Peter-Paul Straube

Katholische Studentengemeinde in der DDR als Ort eines außeruniversitären Studium generale

W0307204

ERFURTER THEOLOGISCHE STUDIEN

IM AUFTRAG
DES PHILOSOPHISCH-THEOLOGISCHEN STUDIUMS ERFURT
HERAUSGEGEBEN VON
KONRAD FEIEREIS UND GEORG HENTSCHEL

BAND 70

KATHOLISCHE STUDENTENGEMEINDE IN DER DDR
ALS ORT EINES AUSSERUNIVERSITÄREN
STUDIUM GENERALE

Peter-Paul Straube

Katholische Studentengemeinde in der DDR als Ort eines außeruniversitären Studium generale

benno
VERLAG

Die Deutsche Bibliothek – CIP-Einheitsaufnahme

Straube, Peter-Paul:
Katholische Studentengemeinde in der DDR
als Ort eines ausseruniversitären Studium generale /
Peter Straube. - Leipzig : Benno-Verl., 1997
(Erfurter theologische Studien ; Bd. 70)
ISBN 3-7462-1160-3
NE: GT

2. Auflage

© St. Benno Buch- und Zeitschriftenverlagsgesellschaft mbH, Leipzig

Satz: St. Benno-Verlag, Leipzig
Druck und Binden: Hubert & Co., Göttingen

Für
Hermann Jansen †
und
Wolfgang Luckhaupt †

INHALTSVERZEICHNIS

VORWORT

Die katholischen Studentengemeinden in der DDR waren Orte der Begegnung, Bildung und Besinnung. Sie boten einen - sowohl an den Universitäten und Hochschulen wie in der Gesellschaft insgesamt bewußt und zielgerichtet vorenthaltenen - Raum der Freiheit und des Geborgenseins, in dem der Einzelne als Person gefragt war und sich mit seinen individuellen Fähigkeiten und Bedürfnissen einbringen konnte. Die vorliegende Arbeit, in der auf analytisch-deskriptive Weise versucht wird, Kontinuität und Wandel der universitären, gesellschaftlichen und kirchlichen Rahmenbedingungen darzustellen und deren Auswirkungen auf die Arbeit der katholischen Studentengemeinden zu diskutieren, korrespondiert mit einer Befragung ehemaliger Mitglieder der Studentengemeinden, deren Ergebnisse in einer eigenen Publikation vorgelegt werden.

Für die Hilfe bei der Materialsuche durch die Mitarbeiter der von mir besuchten Archive danke ich stellvertretend Frau Regina Schild (Leipzig) sowie Herrn Ordinariatsrat Dr. Siegfried Seifert (Bautzen). Danken möchte ich auch all denen, die durch das Mitteilen ihrer Erfahrungen des Lebens und Arbeitens in einer Studentengemeinde sowie durch das Bereitstellen von Materialien dazu beigetragen haben, daß diese Untersuchung durchgeführt werden konnte. Namentlich genannt seien Frau Dr. Christa Fuhlrott (Georgsmarienhütte), Herr Roland Antkowiak (Görlitz), Herr Dr. Hans Friedrich Fischer (Leipzig) und Herr Dr. Johannes Reichel (Freiberg) sowie die Studentenpfarrer Gerhard Packenius (Halle), Norbert Stryczek (Dresden) und Dr. Ulrich Werbs (Rostock) und die ehemaligen Studentenpfarrer Dr. Eberhard Kirsch (Leipzig), Dr. Theo Mechtenberg (Bad Oeynhausen), Dr. Eduard Quiter (Ehlershausen), Pater Erhard Retzek SJ + (Leipzig), Clemens Rosner (Leipzig), Dr. Eberhard Tiefensee (Tübingen), Prof. Dr. Wolfgang Trilling + (Leipzig), Dr. Michael Ulrich (Dresden), Ordinariatsrat Lothar Vierhock (Dresden) und Pater Anton Zug SJ (Leipzig).

Das im Rahmen eines von der Deutschen Forschungsgemeinschaft, Bonn, geförderten Forschungsprojektes entstandene Manuskript wurde im Wintersemester 1994/95 vom Fachbereich Pädagogik der Carl von Ossietzky Universität Oldenburg als Dissertation unter dem Titel „Katholische Studentengemeinde in der DDR als Ort eines außeruniversitären Studium generale" angenommen. Mein besonders herzlicher Dank gilt den beiden Gutachtern, Herrn Prof. Dr. Friedrich W. Busch (Oldenburg), der diese Arbeit ermöglicht und auf vielfältige Weise unterstützt hat, sowie Herrn Prof. Dr. Franz Georg Friemel (Erfurt). Dem Philosophisch-Theologischen Studium Erfurt danke ich für die Aufnahme der Arbeit in seine Reihe „Erfurter Theologische Studien" und dem St. Benno-Verlag Leipzig, insbesondere Herrn Lektor Peter Kokschal, für die mit der Herausgabe verbundene Mühe.

Nordhorn, im Oktober 1994 *Peter-Paul Straube*

QUELLEN- UND LITERATURVERZEICHNIS

1. Ungedruckte Quellen

1.1. Bundesarchiv, Außenstelle Potsdam (BAP)

- Ministerium des Innern (11)	:	835	
- Staatssekretariat für Kirchenfragen (O-4)	:	359	365
- Staatssekretariat/Ministeriums für Hoch- und Fachschulwesen (R-3)	:	171	185
		211	285
		2690	2720
		2957	3954
- Volksbildungsministerium (R-2)	:	1423	1452
		1490	

1.2. Zentrales FDJ-Archiv im Jugendarchiv beim Institut für zeitgeschichtliche Jugendforschung in Berlin (JA IZJ A)

3.659	3.661	3.771	7.399	8.247	9.900
11.887	11.888	11.891	11.892	11.894	11.895
11.909					

1.3. Zentrales Parteiarchiv der SED beim Verbund Archiv/Bibliothek/Technische Werkstätten beim Parteivorstand der PDS in Berlin (ZPA)

IV 2/9.04/77 : SED - Wissenschaft.
IV 2/9.04/581 : Auseinandersetzung mit feindlichen Auffassungen.
IV B2/14/162 : Zentralkomitee der SED - Arbeitsgruppe Kirchenfragen.
NL 182/1097 : Nachlaß Walter Ulbricht - Kirchenfragen.

1.4. Archive des Bundesbeauftragten für die Unterlagen des Staatssicherheitsdienstes der ehemaligen DDR (BStU)

- Berlin:

Analyse über die Situation in der Evangelischen Studentengemeinde (ESG) und der Katholischen Studentengemeinde (KSG) in Greifswald. MfS Kreisdienststelle Greifswald. Greifswald, den 05.07. 1973, S. 1-29.

HA XX/4-36 : Kirchliche Jugend- und Studentenarbeit.

ZAIG 1059 : Bericht über den Verlauf des Patronatsfestes der Katholischen Studentengemeinde Berlin vom 07.-09. Mai 1965.

ZAIG 21234 : Diplomarbeit zum Thema: „Erfahrungen und Probleme bei der langfristigen Entwicklung und des Einsatzes von IM unter reaktionären Kirchenkreisen" (dargestellt aus der Sicht des Referates „Bekämpfung der politischen Untergrundtätigkeit" der Kreisdienststelle Zwickau des MfS) VVS JHS-Nr.: 366/88.

Unabhängiger Untersuchungsausschuß Rostock: Bericht über die Auflösung der Rostocker Bezirksverwaltung des MfS. Rostock Mai 1990.

BStU (Hg.): Die Inoffiziellen Mitarbeiter. Richtlinien, Befehle, Direktiven. Bd. I und II. Berlin 1992.

- Leipzig:

XIII/526/69 : IM-Vorgang.

XIII/863/69 : Operativer Vorgang.

Lektion für die zentrale politisch-operative Fachschulung. Thema: Die vorbeugende Verhinderung, Aufklärung und Bekämpfung des feindlichen Mißbrauchs gesellschaftswidriger Verhaltensweisen Jugendlicher der DDR. VVS - 0001 MfS JHS - Nr.: 71/82/II.

Das Wesen der politischen Untergrundtätigkeit.
Studienmaterial der Juristischen Fachschule Potsdam VVS 34/86.

Entwicklungs- und Verhaltensbesonderheiten junger Menschen und ihre Beachtung in der Gestaltung der inoffiziellen Mitarbeit. VVS MfS JHS-Nr. 47/87.

Fachschulstudium Rechtswissenschaft.
VVS JHS-Nr.: 110/1987.

Orientierungsmaterial zur Anleitung und Schulung der Betreuer.
VVS MfS-Nr. 0016/L37/1989.

- Halle:

VIII/1623/71 : IM-Vorgang.

1.5. Archiv der Universität Leipzig (UAL)

Rektorat 1 : Senatssitzungen 1945 bis 1951.

Rektorat 46 : Arbeitsgemeinschaft demokratischer Studenten, 3/1946 bis 12/1946.

Rektorat 117 : Analysen zur politisch-ideologischen Situation unter den Studenten 1950 bis 1969.

Rektorat 119	: Analysen zur politisch-ideologischen Situation im Studentenrat 11/1946 bis 12/1948.
Rektorat 120	: Junge Gemeinde und Evangelische Studentengemeinde an der Universität 1952 bis 1955.
Rektorat 175	: Betriebsgruppen anderer Blockparteien an der Universität 1947 bis 1953.
Rektorat 218	: Entnazifizierung an der Universität als Ganzes 1945 bis 1947.

1.6. Archiv der Arbeitsgemeinschaft Studentenseelsorge der katholischen Kirche in der DDR (AAGST) in Leipzig (seit 1994 im Bistumsarchiv des Bischöflichen Ordinariates Erfurt)

1.7. Archive der katholischen Studentengemeinden

Leipzig (AKSGL)	Rostock (AKSGR)
Dresden (AKSGD)	Halle (AKSGH)

1.8. Archiv des Bischöflichen Ordinariates des Bistums Dresden-Meißen (ABODM) in Dresden und Bautzen

32.109	: Studentenseelsorge

2. Gedruckte Quellen und Literatur

2.1. Periodika

BILDUNG UND ERZIEHUNG. Loseblattsammlung. Berlin (Ost) 1961ff.

COLLOQUIUM. Zeitschrift für junge Akademiker. Berlin 1947ff.

DAS HOCHSCHULWESEN. Monatsschrift des Ministeriums für Hoch- und Fachschulwesen. Berlin (Ost) 1953ff.

DEUTSCHE ZEITSCHRIFT FÜR PHILOSOPHIE. Berlin (Ost) 1953ff.

DEUTSCHLAND ARCHIV. Zeitschrift für Fragen der DDR und der Deutschlandpolitik. Köln 1968ff.

EINHEIT. Theoretische Monatszeitschrift für Sozialismus. Berlin (Ost) 1946ff.

FORUM. Zeitschrift für das geistige Leben an den deutschen Hochschulen. Berlin (Ost) 1947ff.

GESETZBLATT der DDR. Berlin (Ost) 1961ff.

HERDERKORRESPONDENZ. Monatshefte für Gesellschaft und Religion. Freiburg 1947ff.

HOCHSCHULE OST. Politisch-akademisches journal aus ostdeutschland. Leipzig 1992ff.

ST. HEDWIGSBLATT. Katholisches Kirchenblatt im Bistum Berlin. Berlin (Ost) 1953ff.

TAG DES HERRN. Katholisches Kirchenblatt. Leipzig 1951ff.

VERFÜGUNGEN UND MITTEILUNGEN des Ministeriums für Hoch- und Fachschulwesen. Berlin (Ost) 1962ff.

2.2. *Bibliographien*

BAUM, H.: 20 Jahre Hochschulwesen in der DDR 1949 - 1969. Berlin (Ost) 1969.

GÜNTHER, Chr.: Kommunistische Erziehung der Studenten. Literaturzusammenstellung. Berlin (Ost) 1979.

VÖLKEL, W.: Systematische Bibliographie von Zeitungen, Zeitschriften und Büchern zur politischen und gesellschaftlichen Entwicklung in der SBZ/DDR seit 1945. Opladen 1986.

Wissenschaftszentrum Nordrhein-Westfalen: Bibliographie zum Arbeitskreis Christen, Staat und Gesellschaft in der DDR. Düsseldorf 1993

2.3. *Literatur*

AMMER, T.: Universität zwischen Demokratie und Diktatur. Ein Beitrag zur Nachkriegsgeschichte der Universität Rostock. Köln 1969.

AMMER, T./MEMMLER, H.-J.: Staatssicherheit in Rostock. Köln 1991.

ANRICH, E.: Die Idee der deutschen Universität und die Reform der deutschen Universitäten. Darmstadt 1960.

ANRICH, E. (Hg.): Die Idee der deutschen Universität. Die fünf Grundschriften aus der Zeit ihrer Neubegründung durch klassischen Idealismus und romantischen Realismus. Darmstadt 1964.

ANWEILER, O. (Hg.): Staatliche Steuerung und Eigendynamik im Bildungs- und Erziehungswesen osteuropäischer Staaten und der DDR. Berlin 1986.

ANWEILER, O.: Bildung und Wissenschaft in der DDR. In: WEIDENFELD/ZIMMERMANN 1989 S. 370-388.

ANWEILER, O. (Hg.): Systemwandel im Bildungs- und Erziehungswesen in Mittel- und Osteuropa. Berlin 1992.

ANWEILER, O./MEYER, K. (Hgg.): Die sowjetische Bildungspolitik 1917-1960. Dokumente und Texte. Berlin 1979.

ANWEILER, O./FUCHS, H.-J./DORNER, M./PETERMANN, E. (Hgg.): Bildungspolitik in Deutschland. Ein historisch-vergleichender Quellenband. Opladen 1992.

Arbeitsgruppe Bildungsbericht am Max-Planck-Institut für Bildungsforschung (Hg.): Das Bildungswesen in der Bundesrepublik Deutschland. Strukturen und Entwicklungen im Überblick. Reinbek 1994.

Arbeitsgruppe „Justitia et Pax" der BBK (Hg.): Gerechtigkeit-Frieden-Bewahrung der Schöpfung. Die Ergebnisse der Ökumenischen Versammlung von Dresden-Magdeburg und Basel. Leipzig 1990.

ARNOLD, W.: Universität und Erziehung. In: Das Hochschulwesen 4/1990 S. 117-119.

Aufgaben der Hochschulentwicklung in der DDR und ihre geistigen Probleme. Tagung des Präsidialrates des Kulturbundes der DDR vom 25. Januar 1980. Berlin (Ost) 1980.

Autorenkollektiv: Grundlagen der Methodik des marxistisch-leninistischen Grundlagenstudiums. Berlin (Ost) 1974.

BAHRO, R.: Die Alternative. Zur Kritik des real existierenden Sozialismus. Reinbek 1977.

BALZEREIT, M./SCHWERTNER, E.: Hochschule im Sozialismus. Berlin 1977.

BASKE, S. (Hg.): Bildungspolitik in der DDR 1963-1976. Dokumente. Berlin 1979.

BASKE, S.: Die Konzeptionen der Hochschulpolitik und Hochschulgestaltung in der DDR und in der Volksrepublik Polen. Berlin 1981 (Manuskript).

BASKE, S./ENGELBERT, M.: Zwei Jahrzehnte Bildungspolitik in der Sowjetzone Deutschlands 1945-1965, 2 Bde. Berlin 1966.

BAULE, B.: Die politische Freund-Feind-Differenz als ideologische Grundlage des Ministeriums für Staatssicherheit (MfS). In: Deutschland Archiv 2/1993 S. 170-184.

BAUMGART, F.: Das Hochschulsystem der SBZ. Bonn 1953.

BAYER, J.: Freiräume für Minderheiten. Porträt der Evangelischen Studentengemeinden in der DDR. In: Kirche im Sozialismus 1/90 S. 31-34.

BECK, U.: Risikogesellschaft. Frankfurt/M. 1986.

BECK, U. (Hg.): Politik in der Risikogesellschaft. Frankfurt a. M. 1991.

BECKER, C.: Kläglich versagt. Was die DDR-Forscher im Westen hinderte, die Wahrheit zu erkennen. In: Die Zeit 22/1991 S. 74.

BECKER, Ch.: Gedanken zur Hochschulreform. Leipzig 1919.

BECKER, H.: Über einige Probleme der Betreuung wissenschaftlicher Aspiranten. In: Das Hochschulwesen 2/1954 S. 17-20 und S. 44-47.

BEHAL, M.: Das Leibniz Kolleg Tübingen. Ein Bericht. In: ERMERT/HUBER/LIEBAU 1990 S. 201-210.

BENDER, W.: Die Aufgaben der katholischen Studentengemeinden an der Hochschule. In: Initiative 5/1964, Beilage Nr. 2, S. 4-7.

BENES, M.: Die weltanschauliche Erziehung als Gegenstand der pädagogischen Wissenschaft in der Sowjetunion von 1945 bis 1986. Wiesbaden 1989.

BENKART, P.: Die Akademische Bonifatius-Einigung. In: BENKART/RUF 1965 S. 118-135.

BENKART, P./RUF, W. (Hgg.): Katholische Studentenseelsorge. Geschichte und Gestalt. Paderborn 1965.

BERGER, G.: In tyrannos. Die Sowjetisierung der Hochschulen. Dargestellt am Beispiel der Universität Leipzig. PZ-Archiv, Aktuelle Sonderdrucke 4/1951.

BERGNER, D.: Grundfragen der Theorie und Praxis der sozialistischen Erziehung an der Universität Halle. Halle 1964.

BERTHOLD, L./DIEHL, E. (Hgg.): Revolutionäre deutsche Parteiprogramme. Vom kommunistischen Manifest zum Programm des Sozialismus. Berlin (Ost) 1967.

BESIER, G./WOLF, St. (Hgg.): Pfarrer, Christen und Katholiken. Das Ministerium für Staatssicherheit der ehemaligen DDR und die Kirchen. Neukirchen-Vluyn 1991.

BIAS-ENGELS, S.: Zwischen Wandervogel und Wissenschaft. Zur Geschichte von Jugendbewegung und Studentenschaft 1896-1920. Köln 1988.

BIHLMEYER, K./TÜCHLE, H.: Kirchengeschichte. Bd. 3: Die Neuzeit und die neueste Zeit. Paderborn 1969.

Bischöfliches Ordinariat Berlin (Hg.): Alfred Bengsch, der Kardinal aus Berlin. Berlin 1980.

BLANKERTZ, H.: Die Geschichte der Pädagogik. Von der Aufklärung bis zur Gegenwart. Wetzlar 1992.

BÖHME, H.-J.: Der Beitrag der Universitäten und Hochschulen zum gesellschaftlichen Fortschritt und zur Stärkung der Leistungskraft unseres Landes in den achtziger Jahren. V. Hochschulkonferenz der DDR am 4. und 5. September 1980. Zwickau 1980.

BÖHME, H.-J.: Aufgaben der Universitäten und Hochschulen im Studienjahr 1989/90. In: Das Hochschulwesen 9/1989 S. 289-310.

BÖRGER, B./KRÖSELBERG, M. (Hgg.): Die Kraft wuchs im Verborgenen. Katholische Jugend zwischen Elbe und Oder 1945-1990. Düsseldorf 1993.

BOLCK, F./FIEDLER, P. (Hgg.): Sozialismus und Universität. Jena 1968.

BROCKHOFF, A.: ... und doch ist der Sommer nahe ... Idstein 1989.

Bundesministerium für innerdeutsche Beziehungen (Hg.): Materialien zu Lage der Nation. Vergleich von Bildung und Erziehung in der Bundesrepublik Deutschland und in der Deutschen Demokratischen Republik. Köln 1990.

BUSCH, F.W.: Familienerziehung in der sozialistischen Pädagogik der DDR. Düsseldorf 1972.

BUSCH, F.W.: Umbrüche in Osteuropa und der DDR. Konsequenzen für die Bildungsforschung. Oldenburger Universitätsreden 42. Oldenburg 1990.

BUSCH, F.W.: Dr. Erich Lampey zum 80. Geburtstag. In: Hirschberg. Monatszeitschrift des Bundes Neudeutschland 9/1992 S. 649f.

BUSCH, F.W. (Hg.): Wege entstehen beim Gehen. Erziehungswissenschaft in Dresden. Dresden 1993.

BUSCH, F.W./BUSCH, A./SCHOLZ, W.-D./WOLTER, A.: Schule, Hochschule, Lehrerbildung in der Bundesrepublik Deutschland. Reihe Wortmeldungen. Berlin(Ost) 1990.

BUSCH, F.W./RÜTHER, B./STRAUBE, P.-P. (Hgg.): Universitäten im Umbruch? Zum Verhältnis von Hochschule, Studenten und Gesellschaft. Oldenburg 1992.

BUSEK, E. (Hg.): Wissenschaft und Freiheit. Ideen zu Universität und Universalität. Wien 1989.

Christliche Demokraten in der Mitverantwortung für unser sozialistisches Bildungssystem. Berlin (Ost) 1979.

DÄHN, H.: Konfrontation oder Kooperation? Das Verhältnis von Staat und Kirche in der SBZ/DDR 1945-1980. Opladen 1982.

DÄHN, H. (Hg.): Die Rolle der Kirchen in der DDR. Eine erste Bilanz. München 1993.

DAXNER, M./LÜTHJE, J./SCHRIMPF, H. (Hgg.): Entstaatlichung und Veröffentlichung. Die Hochschule als republikanischer Ort/Eine neue Hochschulpolitik: ökologisch, demokratisch und sozial. Köln 1991.

DAXNER, M.: Die Wiederherstellung der Hochschule. Plädoyer für eine Rückkehr der Hochschulen in die Politik und die Gesellschaft. Köln 1993.

DEITERS, H.: Der Erziehungsauftrag des Hochschullehrers. In: Das Hochschulwesen 4/1953 S. 2f.

Die Auffassungen von Karl Marx über die gesellschaftliche Rolle von Wissenschaft und Bildung - Grundlagen des sozialistischen Hochschulwesens in der DDR. Berlin (Ost) 1984.

Die DDR - Land blühender Wissenschaft und Kultur. Hrsg. vom Sekretariat des Hauptvorstandes der CDU, o. O. 1978.

Die Wissenschaft zum Dienst am Menschen nutzen. Hrsg. vom Sekretariat des Hauptvorstandes der CDU, o. O. 1974.

DIPPELHOFFER-STIEM, B.: Hochschule als Umwelt. Weinheim 1991.

Dokumente zur Geschichte der Freien Deutschen Jugend. Bd. 1. Berlin (Ost) 1960.

DORST, W.: Oktoberrevolution - Geburt des Menschen einer neuen Welt, einer neuen Moral. In: BOLCK/FIEDLER 1968 S. 53-59.

ECKERT, R.: Die Berliner Humboldt-Universität und das Ministerium für Staatssicherheit. In: Deutschland Archiv 7/1993 S. 770-786.

EIGEN, M./GADAMER, H.-G./HABERMAS, J., u.a. (Hgg.): Die Idee der Universität. Versuch einer Standortbestimmung. Berlin 1988.

ELJUTIN, V.E.: Das Hochschulwesen in der UdSSR 1917 - 1967. München 1969.

ELLWEIN, T.: Die deutsche Universität vom Mittelalter bis zur Gegenwart. Königstein 1985.

ERMERT, K./HUBER, L./LIEBAU, E. (Hgg.): Humboldt, High-tech und High-culture. Was heißt „Hochschulkultur" heute? Loccumer Protokolle 14/1990, Loccum 1990.

ERNST, W./FEIEREIS, K. (Hgg.): Denkender Glaube in Geschichte und Gegenwart. Festschrift aus Anlaß der Gründung der Universität Erfurt vor 600 Jahren und aus Anlaß des 40jährigen Bestehens des Philosophisch-Theologischen Studiums Erfurt. Leipzig 1992.

FABERT, K.: Das gesellschaftswissenschaftliche Grundstudium - eine feste und dauerhafte Errungenschaft unseres Hochschulwesens. In: Das Hochschulwesen 4/1953 S. 13-17.

FABERT, K.: Die entscheidende Aufgabe aller Hochschullehrer. In: Das Hochschulwesen 12/1955 S. 1-4.

FALK, W.: Stellungnahme zur Arbeit der Gesellschaftswissenschaftler. In: Das Hochschulwesen 1/1990 S. 1f.

FEIEREIS, K.: Das Zusammenleben von Christen und Marxisten in der DDR. In: Herderkorrespondenz 12/1986 S. 578-584.

FICHTE, J.G.: Deduzierter Plan einer zu Berlin zu errichtenden höheren Lehranstalt. In: ANRICH 1964 S. 127-199.

FICHTE, J.G.: Über den Gelehrten. Berlin (Ost) 1956.

FISCHER, A.: Das Bildungssystem der DDR. Entwicklung, Umbruch und Neugestaltung seit 1989. Darmstadt 1992.

FISCHER, D.: Die „Juristische Hochschule Potsdam". „Kaderschmiede" des ehemaligen Ministeriums für Staatssicherheit. In: Deutschland Archiv 12/1990 S. 1891-1894.

FISCHER, H.F.: Die Wiedererrichtung des Bistums Meißen 1921 und seine Vorgeschichte. Leipzig 1992.

FISCHER, J.: STUDIUM GENERALE - ein Schlüsselbegriff in der Hochschulreformdebatte in der Nachkriegszeit. In: ERMERT/HUBER/LIEBAU 1990 S. 211-228.

FRANZEN, A.: Kleine Kirchengeschichte. Freiburg 1975.

FREUDENTHAL, B.: Der Student als Staatsbürger. Frankfurt a.M. 1919.

FRICKE, D.: Zum 20. Jahrestag der Zusammenkunft Walter Ulbrichts und Vertretern der Sowjetunion mit Angehörigen der Universität Jena am 5. Juli 1945. In: BOLCK/FIEDLER 1968 S. 43-49.

FRICKE, K.W.: Kaderpolitik und Staatssicherheit in der DDR. In: VOIGT 1984 S. 47-65.

FRICKE, K.W.: Entmachtung und Erblast des MfS. In: Deutschland Archiv 12/1990 S. 1881 bis 1890.

FRICKE, K.W.: MfS intern. Macht, Strukturen, Auflösung der DDR-Staatssicherheit. Köln 1991.

FRIEBE, J.: Personalpfarrei. In: KLOSTERMANN/RAHNER/ SCHILD 1972 S. 402.

FRIEMEL, F.G. (Hg.) : ... wie die Träumenden. Katholische Theologen zur gesellschaftlichen Wende. Leipzig 1990.

FRIEMEL, F.G./SCHNEIDER, F. (Hgg.): Abbrüche - Umbrüche - Aufbrüche. Der Dienst der Kirche in einer veränderten Gesellschaft. Leipzig 1993.

FRÜHWALD, W.: Humanistische und naturwissenschaftlich-technische Bildung: die Erfahrung des 19. Jahrhunderts. In: FRÜHWALD u.a. 1991 S. 73-111.

FRÜHWALD, W./JAUSS, R.H./KOSELLECK, R./MITTELSTRASS, J./STEINWACHS, B. (Hgg.): Geisteswissenschaften heute. Eine Denkschrift. Frankfurt a.M. 1991.

FUETER, E.: Das studium generale. Bedeutung - Notwendigkeit - Entwicklung. Zürich 1954.

GILL, D./SCHRÖTER, U.: Das Ministerium für Staatssicherheit. Anatomie des Mielke-Imperiums. Berlin 1991.

GIRNUS, W.: Zur Idee der sozialistischen Hochschule. Berlin (Ost) 1957.

GLAESSNER, G.-J.: Herrschaft durch Kader: Leitung der Gesellschaft und Kaderpolitik in der DDR am Beispiel des Staatsapparates. Wiesbaden 1977.

GLAESSNER, G.-J.: Probleme und Perspektiven der internationalen Deutschland-Forschung. In: Deutschland Archiv 4/1992 S. 393-399.

GLAESSNER, G.-J/HAASE, H./RYTLEWSKI, R.: Student und Studium in der DDR. Bonn-Bad Godesberg 1971.

GLAESSNER, G.-J./RUDOLPH, I.: Macht durch Wissen: zum Zusammenhang von Bildungspolitik, Bildungssystem und Kaderqualifizierung. Opladen 1978.

GOLDSCHMIDT, D.: Die gesellschaftliche Herausforderung der Universität. Historische Analysen, internationale Vergleiche, globale Perspektiven. Weinheim 1991.

GRAF, W./WARNECKE, H.: Zu Theorie und Praxis der Hochschulpädagogik in der Sowjetunion. Berlin (Ost) 1975.

GRANDE, D./SCHÄFER, B.: Zur Kirchenpolitik der SED. Auseinandersetzungen um das Katholikentreffen 1983-1987. Leipzig 1994.

GRÖSCHEL, M.: Der Beitrag sowjetischer Philosophen zur Aneignung der marxistisch-leninistischen Weltanschauung durch die deutsche Arbeiterklasse und zur Verbreitung unter den Volksmassen in der Zeit von 1945 bis 1949. Berlin (Ost) 1965 (Manuskript).

GRUSDEW, P.N.: Marx/Engels über Erziehung und Bildung. Berlin (Ost) 1971.

GUDJONS, H.: Pädagogisches Grundwissen. Bad Heilbrunn 1994.

HABERMAS, J.: Die Idee der Universität - Lernprozesse. In: Zeitschrift für Pädagogik 5/1986 S. 705-718.

HABERMAS, J.: Moralbewußtsein und kommunikatives Handeln. Frankfurt a. M. 1992.

HACKEL, R.: Katholische Publizistik in der DDR 1945-1984. Mainz 1987.

HAESE, U.: Das Protestverhalten der Katholischen Kirche in der DDR bei der Einführung des Wehrunterrichts. In: Deutschland Archiv 9/1993 S. 1049-1057.

HAESE, U.: Katholische Kirche in der DDR und MfS. In: Deutschland Archiv 2/1994 S. 130-140.

HAHN, K.: Staat, Erziehung und Wissenschaft bei J.G. Fichte. München 1969.

HANDEL, G.: Die Hilfe der SMAD beim Aufbau eines demokratischen Hochschulwesens. In: KALBE/TJULPANOW 1975 S. 121-134.

HANDEL, G./KÖHLER, R. (Hgg.): Dokumente der Sowjetischen Militäradministration in Deutschland zum Hoch- und Fachschulwesen 1945-1949. Berlin (Ost) 1975.

HANDEL, G./SCHWENDLER, G.: Chronik der Universität Leipzig 1945-1959. Leipzig 1959.

HANSSLER, B.: Studentenseelsorge im Dritten Reich. In: BENKART/RUF 1965 S. 110-118.

HARIG, G.: Wissenschaft und Marxismus. In: Einheit 4/1948 S. 374f. (1).

HARIG, G.: Dialektischer Materialismus und „offizielle Wissenschaft". In: Forum 12/1948 S. 383-386 (2).

HARIG, G.: Das Hochschulwesen in der Sowjetunion. Ergebnisse einer Delegationsreise. Berlin (Ost) 1952 (1).

HARIG, G.: Es geht um den Beitrag des deutschen Hochschulwesens und der deutschen Wissenschaft im Kampf um die Erhaltung des Friedens, die Einheit Deutschlands und den planmäßigen Aufbau des Sozialismus. Berlin (Ost) 1952 (2).

HARIG, G.: Die Erziehung unserer Studenten im gesellschaftswissenschaftlichen Grundstudium. In: Das Hochschulwesen 5/1954 S. 12-17.

HARTMANN, Cl.: Die Studentenseelsorge zwischen den beiden Weltkriegen. In: BENKART/RUF 1965 S. 39-67.

HAUSER, R.: Der Weg zur Studentengemeinde. In: BENKART/RUF 1965 S. 24-39.

HEIMPEL, H.: Probleme und Problematik der Hochschulreform. Göttingen 1956.

HELWIG, G./URBAN, D. (Hgg.): Kirchen und Gesellschaft in beiden Staaten. Köln 1987.

HENRICH, D.: Über den Begriff der Einheit von Forschung und Lehre und seine Kritik durch den Marxismus. Ein Vortrag, gehalten vor einer Kommission der Westdeutschen Rektorenkonferenz am 18.IV. 1958 in Freiburg. Sonderdruck der Deutschen Universitätszeitung 1958.

HENRICH, R.: Der vormundschaftliche Staat. Hamburg 1989.

HENSELMANN, H.: Idee und Realität der Universität. Rudolstadt 1947.

HERBERHOLD, F.: Alfons M. Wachsmann. In: BENKART/RUF 1965 S. 95-110.

HERTRAMPF, J.: Zur kulturellen Bildung im Hochschulwesen. In: Das Hochschulwesen 5/1990 S. 154f.

HOCH- und FACHSCHULRECHT. Eine Zusammenstellung der wichtigsten gesetzlichen Bestimmungen. Berlin (Ost) 1963.

HÖLLEN, M.: Heinrich Wienken. Der unpolitische Kirchenpolitiker. Mainz 1981.

HÖLLEN, M.: Kirche zwischen Oder und Elbe. Katholiken in der SBZ und der DDR von 1945 bis heute. In: KRESING 1984 S. 223-243.

HÖLLEN, M.: Loyale Distanz? Katholizismus und Kirchenpolitik in SBZ und DDR. Ein historischer Überblick in Dokumenten, Bd. 1 (1945 bis 1955). Berlin 1994.

HOFER, W.: Der Nationalsozialismus. Dokumente 1933 bis 1945. Frankfurt a.M. 1957.

HOFF, A.: Evangelische Studentengemeinden im Osten Deutschlands - gestern, heute - und morgen? In: hochschule ost 2/93 S. 11-17.

HOFMANN, J.: Hochschulreform in der DDR. Einführung und Überblick. Berlin 1974.

HOFFMANN, W.: Grundlagen und literarischer Niederschlag der klassischen Universitätsidee. Tübingen 1930.

HUBER, L./OLBERTZ, J.H.: Bildung des akademischen Ethos. In: BUSCH/RÜTHER/STRAUBE 1992 S. 131-150.

HUBER, W.: Die Zukunft gewinnen. Wir brauchen ein planetarisches Ethos. In: Universitas 6/1993 S. 563-574.

HÜBNER, S.: Denkwürdige Impulse des Zweiten Vatikanischen Konzils für eine Kirche in nichtchristlicher Welt. In: ULLRICH 1986 S. 39-55.

HUMBOLDT, W.v.: Über die innere und äußere Organisation der höheren wissenschaftlichen Anstalten in Berlin. In: ANRICH 1964 S. 375-386.

HUMBOLDT, W.v.: Individuum und Staatsgewalt. Leipzig 1985.

Initiativgruppe zur Erneuerung der Universität: Die Erneuerung der Martin-Luther-Universität Halle. Argumente - Berichte - Analysen - Dokumente. Halle 1990.

JACKSTEL, K.: Kommunistische Erziehung - grundlegende Aufgabe einer sozialistische Hochschule. Teil 1 bis 5. Halle 1979.

JACKSTEL, K.: Studium Generale - die alte neue Herausforderung. In: ERMERT/HUBER/LIEBAU 1990 S. 236-247.

JACKSTEL, K.: Zur Bedeutung eines fachübergreifenden Lehrens und Lernens in der Diskussion des Studentenkongresses der Universitäten und Hochschulen der sowjetischen Besatzungszone vom 19.-21.06. 1947 in Halle. Ein historischer Exkurs zur Geschichte des Studium generale. Mai 1991 (Manuskript).

JAEGER, W.: Stellung und Aufgabe der Universität in der Gegenwart. Berlin 1924.

JASPERS, K.: Die Idee der Universität. Berlin 1946.

JASPERS, K./ROSSMANN, K.: Die Idee der Universität. Berlin 1961.

JENSEN, P.: Universität und Bildungsideal. Berlin 1928.

JONAS, H.: Das Prinzip Verantwortung. Frankfurt a.M. 1984.

KAISER, K.D.: Die Arbeit der Evangelischen Studentengemeinden in der DDR. In: hochschule ost 2/93 S. 5-10.

KALBE, E./TJULPANOW, S.I.: Einheit - im Kampfe geboren. Leipzig 1975.

KAPFERER, N.: Das Feinbild der marxistisch-leninistischen Philosophie in der DDR 1945 bis 1988. Darmstadt 1990.

KELLER, D.: Die Hochschulpolitik der SED als Gegenstand historischer Forschung. In: Partei, Tradition, Wissenschaft 1976 S. 9-23.

KERSTIENS, F.: Hochschulgemeinde. In: KLOSTERMANN/RAHNER/SCHILD 1972 S. 205f.

KILLY, W.: Studium Generale und studentisches Gemeinschaftsleben. Berlin 1952.

KIRCHNER, C.: Akademische Propädeutik oder Vorbereitungswissenschaft zum akademischen Studium. Leipzig 1842.

KLAUS, G.: Jesuiten, Gott, Materie. Berlin (Ost) 1957.

KLAUS, G./BUHR, M.: Philosophisches Wörterbuch. Leipzig 1975, Bd. 1 und 2.

KLEIN, M.: Jugend zwischen den Diktaturen 1945-1956. Mainz 1968.

KLEIN, M.: Jugendarbeit im anderen Teil Deutschlands. In: BÖRGER/KRÖSELBERG 1993 S. 213-218.

KLEIN, M.: K. Marx über die gesellschaftliche Aufgabe der Philosophie. In: Einheit 9/1953 S. 1067-1075.

KLEINEIDAM, E.: Vorgeschichte, Gründung und Aufbau des Regionalpriesterseminars Erfurt. Eine fragmentarische Chronik. In: ERNST/FEIEREIS 1992 S. 97-117.

KLOHR, O.: Ideologische Stählung der Studenten. In: Nauka i religia 17/1975 S. 85f. Fotokopie einer Übersetzung, 3 Bl.

KLOHR, O.: Neue Tendenzen im Katholizismus? In: Deutsche Zeitschrift für Philosophie 9/ 1965 S. 1121ff.

KLOSE-BERGER, A.: Über die Notwendigkeit eines Bildungsauftrages für die Universitäten. In: BUSCH/RÜTHER/STRAUBE 1992 S. 122-130.

KLOSTERMANN, F./RAHNER, K./SCHILD, H. (Hgg.): Handbuch der Pastoraltheologie, Bd. V (Lexikon). Freiburg 1972.

KNAUFT, W.: Katholische Kirche in der DDR. Gemeinden in der Bewährung 1945-1980. Mainz 1980.

KNEPLER, G.: Einige konkrete Vorschläge zur Verbesserung der Erziehungsarbeit. In: Das Hochschulwesen 4/1953 S. 16-18.

KNÖCHEL, W./u.a.: Einführung in die Hochschulpädagogik. Teil 1: Grundlagen und Aufgaben der kommunistischen Erziehung an den Hochschulen der DDR. Berlin (Ost) 1984.

KÖHLER, G.: Pontifex nicht Partisan. Kirche und Staat in der DDR 1945-1958. Stuttgart 1974.

KÖHLER, R./u.a. (Hgg.): Geschichte des Hochschulwesens der Deutschen Demokratischen Republik (1945-1961). Berlin (Ost) 1976.

KÖPKE, H./WIESE, F.-F.: Mein Vaterland ist die Freiheit. Das Schicksal des Studenten Arno Esch. Rostock 1990.

Konzil und Diaspora. Die Beschlüsse der Pastoralsynode der katholischen Kirche in der DDR. Leipzig 1977.

KRATOCHVIL, A.: Die kommunistische Hochschulpolitik in der Tschechoslovakei. Geschichte und Analyse der Entwicklung bis zur Gegenwart. München 1968.

KRAUTKRÄMER, U.: Staat und Erziehung. Begründung öffentlicher Erziehung bei Humboldt, Kant, Fichte, Hegel und Schleiermacher. München 1979.

KRESING, B. (Hg.): Für die Vielen. Zur Theologie in der Diaspora. Paderborn 1984.

KRÖNIG, W./MÜLLER K.-D.: Nachkriegssemester. Studierende und Studienbedingungen nach Kriegsende. Stuttgart 1990.

KRÖNIG, W./MÜLLER K.-D.: Anpassung, Widerstand, Verfolgung. Hochschule und Studenten in der SBZ und DDR 1945-1961. Köln 1994.

KÜNG, H.: Projekt Weltethos. München 1990.

KÜNG, H./KUSCHEL, K.-J. (Hgg.): Erklärung zum Weltethos. Die Deklaration des Parlaments der Weltreligionen. München 1993.

KUNZE, R.: Deckname Lyrik. Frankfurt a.M. 1990.

LANGE, G.: Der schwierige Weg vom DDR-Sozialismus in die Demokratie. In: Kirche und Gesellschaft. Herausgegeben von der Katholischen Sozialwissenschaftlichen Zentralstelle Mönchengladbach, Nr. 171. Köln 1990.

LANGE, G.: Katholische Kirche im sozialistischen Staat DDR. Kontakte zu staatlichen Stellen. In: Ost-West-Informationsdienst des Katholischen Arbeitskreises für zeitgeschichtliche Fragen, Nr. 175. Bonn 1992 S. 3-28.

LANGE, G.: Zum Verhältnis von Staat und Kirche in der DDR. In: BÖRGER/KRÖSELBERG 1993 S. 165-181.

LANGE, G./PRUSS, U./SCHRADER, F./SEIFERT, S. (Hgg.): Katholische Kirche - Sozialistischer Staat DDR. Dokumente und öffentliche Äußerungen 1945-1990. Leipzig 1992.

LEHMANN, G.: Universität mit europäischem Zuschnitt. In: Das Hochschulwesen 8/1990 S. 257f.

LEHNER, H.: Einführung in die empirisch-analytische Erziehungswissenschaft. Wissenschaftsbegriff, Aufgaben, Werturteilsproblematik. Bad Heilbrunn 1994.

Leipziger Bürgerkomitee zur Auflösung des MfS/AfNS (Hg.): Stasi intern. Macht und Banalität. Leipzig 1991.

LEITNER, E.: Hochschulpädagogik. Zur Genese und Funktion der Hochschulpädagogik im Rahmen der Entwicklung der deutschen Universität 1800 - 1968. Frankfurt a.M. 1984.

LENIN, W.I.: Über Wissenschaft und Hochschulwesen. Berlin (Ost) 1969.

LENZEN, D.: Pädagogische Grundbegriffe, Bd. 1 und 2. Reinbek 1993.

LENZEN, D. (Hg.): Erziehungswissenschaft. Ein Grundkurs. Reinbek 1994.

LEONHARD, W.: Die Revolution entläßt ihre Kinder. Köln 1987.

LEONHARDT, F.: Studentenunruhen. Ursachen - Reformen. Stuttgart 1968.

Lexikon für Theologie und Kirche. Sonderausgabe. Freiburg 1986, 14 Bände.

LIBERA, K.: Die Erziehungsarbeit in den Kriegsgefangenenlagern in der Sowjetunion zu einem neuen demokratischen Nationalbewußtsein - ein Beitrag zum Aufbau eines friedliebenden demokratischen Deutschland (1945-1949/50). Berlin (Ost) 1966 (Manuskript).

LINKE, D.: Theologiestudenten der Humboldt-Universität. Zwischen Hörsaal und Anklagebank. Neukirchen-Vluyn 1994.

LITT, Th.: Wissenschaft und Menschenbildung im Lichte des West-Ost-Gegensatzes. Heidelberg 1959.

LÖFFLER, K.: Die Zerstörung. Dokumente und Erinnerungen zum Fall der Universitätskirche. Leipzig 1993.

LOJEWSKI, J.: Tagung der Lehrkräfte des gesellschaftswissenschaftlichen Grundstudiums. In: Das Hochschulwesen 3/1954 S. 17-20.

LUDZ, P.C.: Ideologiebegriff und marxistische Theorie. Ansätze zu einer immanenten Kritik. Opladen 1976.

LUTHER, E.: Das sozialistische Menschenbild und die Heranbildung sozialistischer Fachleute an unserer Universität. Bericht über ein Symposion vom 13./14. Dezember 1963. Martin-Luther-Universität Halle-Wittenberg 1964.

LUTHER, E./NOSKE, D.: Kommunistische Erziehung der Schüler und Studenten. Halle 1977.

MAAZ, H.-J.: Gefühlsstau. Ein Psychogramm der DDR. Berlin 1991.

MÄRZ, C.-P. (Hg.): Die ganz alltägliche Freiheit. Christsein zwischen Traum und Wirklichkeit. Erfurter Theologische Studien Nr. 65. Leipzig 1993.

MAIER, H.: Miteinander reden, aufeinander hören. Erfahrungen aus der Sächsischen Hochschulkommission. In: Frankfurter Allgemeine Zeitung vom 17.09. 1993 S. 12.

MARX, H.: Liberale Studenten im Widerstand. Bonn 1959.

MARX, K./ENGELS, F.: Werke. Bd. 21, Berlin (Ost) 1962 und Bd. 22, Berlin (Ost) 1963.

MASER, P.: Kirchen und Religionsgemeinschaften in der DDR 1949-1989. Konstanz 1992.

MAYER, G./HEINKE, W.: Der Weg zur sozialistischen Universität. Leipzig 1958.

MECHTENBERG, T.: Die Lage der Kirchen in der DDR. Hanns-Seidel-Stiftung e.V. Miesbach 1985.

MECHTENBERG, T.: Das Staat-Kirche-Verhältnis im 40. Jahr der DDR. In: SPITTMANN, I./ HELWIG, G. 1989 S. 162-172.

MECHTENBERG, T.: Anmerkungen zu einem umstrittenen Begriff: „Kirche im Sozialismus". In: Ost-West-Informationsdienst des Katholischen Arbeitskreises für zeitgeschichtliche Fragen Nr. 183. Bonn 1994 S. 3-14.

MENZE, C.: Die Bildungsreform Wilhelm von Humboldts. Hannover 1975.

MERKENS, H.: Forschungsmethode. In: LENZEN 1993 Bd. 1 S. 614-632.

MEYER, G.: Die westdeutsche DDR- Und Deutschlandforschung im Umbruch. In: Deutschland Archiv 3/1992 S. 273-285.

MEYER, H.J.: Die Universität und ihre Rolle in dieser Zeit. In: Das Hochschulwesen 7/1990 S. 217-219.

MEYER, H.J.: Wege und Mauern. Leipzig 1993.

MITTELSTRASS, J.: Glanz und Elend der Geisteswissenschaften. Oldenburger Universitätsreden 27. Oldenburg 1989.

MITTELSTRASS, J.: Hochschulkultur. Oldenburger Universitätsreden 49. Oldenburg 1991.

MITTER, A./WOLLE, St.: Ich liebe euch doch alle! Befehle und Lageberichte des MfS Januar - November 1989. Berlin 1990.

MOCEK, R.: Gedanken über Wissenschaft. Berlin (Ost) 1980.

MOHR, St.: Am Anfang dieser Reise. Berlin (Ost) 1976.

MOSLER, L.: Zur Entwicklung und Arbeit des Franz-Mehring-Instituts. In: Karl-Marx-Universität Leipzig 1409-1959. Beiträge zur Universitätsgeschichte. Leipzig 1959 S. 526-536.

MÜLLER, H.: Die Seminargruppe - Organ der Erziehung und Leistungssteigerung der Studierenden. In: Das Hochschulwesen 4/1953 S. 19-23.

MÜLLER, M./MÜLLER, E.E.: ... stürmt die Festung Wissenschaft. Die Sowjetisierung der mitteldeutschen Universitäten seit 1945. Berlin 1953.

NEUBERT, E.: Vergebung oder Weißwäscherei. Zur Aufarbeitung des Stasiproblems in den Kirchen. Freiburg 1993.

NEUBERT, S.: Für eine schöpferische Methode in der Anleitung der Aspiranten. In: Das Hochschulwesen 2/1954 S. 21-23.

NEUHAUS, R.: Dokumente zur Hochschulreform 1945-1959. Wiesbaden 1961.

NIELEN, J.M.: Die zwanziger Jahre - Erinnerungen und Begegnungen - Carl Sonnenschein und Johannes Pinsk. In: BENKART/RUF 1965 S. 67-82.

NITSCH, W./u.a.: Hochschule in der Demokratie. Berlin 1965.

NOACK, A.: Die evangelischen Studentengemeinden in der DDR. Ihr Weg in Kirche und Gesellschaft 1945-1985. Merseburg 1985 (Manuskript).

NOVIKOV, L.: Hochschulen in der Sowjetunion. Weinheim/Basel 1981.

OEHLER, Chr.: Hochschulentwicklung in der Bundesrepublik Deutschland seit 1945. Frankfurt a.M. 1989.

OKUN, B./HARTIG, H.-J./MENZEL, S.: Die Alternative - Studium generale. Positionspapier zum Studium generale. Beilage zur Leipziger Universitätszeitung 1/1990.

OLSCHOWSKY, H.: Der gesellschaftliche Wandel in der ehemaligen DDR. In: SPIEKER 1992 S. 83-91.

ONDREJKOVIC, P.: Nachkriegsentwicklung und Umgestaltung an den slowakischen Hochschulen während 42 Jahren Sozialismus. In: Das Hochschulwesen 1/1992 S. 28-32.

PAPENKORT, U.: Studium generale. Geschichte und Gegenwart eines hochschulpädagogischen Schlagwortes. Eichstätt 1991 (Manuskript).

PARCHOMENKO, M.: Die Erziehungsarbeit an den sowjetischen Hochschulen. In: Das Hochschulwesen 1/1953 S. 7-11.

Partei, Tradition, Wissenschaft. Berlin (Ost) 1976.

PIEPER, J.: Was heißt akademisch? München 1952.

PILVOUSEK, J.: Die katholische Kirche in der DDR. In: DÄHN 1993 S. 56-72 (1).

PILVOUSEK, J.: Flüchtlinge, Flucht und die Frage des Bleibens. In: MÄRZ 1993 S. 9-23 (2).

PILVOUSEK, J. (Hg.): Kirchliches Leben im totalitären Staat. Seelsorge in der SBZ/DDR 1945 bis 1976. Quellentexte aus den Ordinarien. Leipzig 1994.

POEGGEL, Chr.: Die Rolle der Vorstudienanstalten und der Sozialen Studienbeihilfe im Kampf um die Durchsetzung des Arbeiterstudiums in Sachsen 1945 - 1949. Leipzig 1965 (Manuskript).

PRAHL, H.-W.: Sozialgeschichte des Hochschulwesens. München 1978.

RAHNER; K.: Friedliche Erwägungen über das Pfarrprinzip. In: Schriften zur Theologie, Bd. 2. Einsiedeln 1956 S. 299-339.

RAHNER, K./VORGRIMLER, H. (Hgg.): Kleines Konzilskompendium. Leipzig 1974.

REIN, A.: Die Idee der politischen Universität. Hamburg 1933.

REINHARD, W.: Die Anfänge der Studentenseelsorge bis zum Ende des ersten Weltkrieges. In: BENKART/RUF 1965 S. 13-24.

REISINGER, K./HUBER, L.: Weder „Studium" noch „generale" - zum gegenwärtigen Erscheinungsbild fächerübergreifender Lehrangebote. In: Das Hochschulwesen 3/1992 S. 107ff.

REVESZ, L.: Studenten im Sozialismus. Wien 1981.

RICHERT, E.: Sozialistische Universität. Die Hochschulpolitik der SED. Berlin 1967.

RICHTER, K.: Katholische Kirche in der DDR und Friedensbewegung. In: Deutschland Archiv 7/1982 S. 685-689.

RICHTER, K.: Zu einer Standortbestimmung der katholischen Kirche in der DDR. In: Deutschland Archiv 8/1982 S. 800-804.

RICHTER, K.: Ritenbildung im gesellschafts-politischen System der DDR. In: KRESING 1984 S. 280-297.

RICHTER, M.: Christliche Offiziere. CDU-Mitglieder in Leitungsfunktionen. In: Kirche im Sozialismus 1/1988 S. 22-24.

RICHTER, M.: Die Ost-CDU 1948-1952. Zwischen Widerstand und Gleichschaltung. Düsseldorf 1991.

RIENÄCKER, G.: Von der Erneuerung der deutschen Wissenschaft. In: Forum 6/1947 S. 204 bis 207.

ROGGEMANN, H.: Die DDR-Verfassungen. Berlin 1976.

ROSNER, C.: Die Universitätskirche zu Leipzig. Dokumente einer Zerstörung. Leipzig 1992.

ROTH, L. (Hg.): Methoden erziehungswissenschaftlicher Forschung. Stuttgart 1978.

RÜHLE, O.: Idee und Gestalt der deutschen Universität. Tradition und Aufgabe. Berlin (Ost) 1966.

RÜEGG, W.: Humanismus, Studium Generale und Studia Humanitas in Deutschland. Genf und Darmstadt 1954.

RÜEGG, W.: Marburger Hochschulgespräche 1946-1947. Frankfurt a.M. 1966.

RUDOLPH, H./HUSEMANN, R.: Hochschulpolitik zwischen Expansion und Restriktion. Ein Vergleich der Entwicklung in der Bundesrepublik Deutschland und der Deutschen Demokratischen Republik. Frankfurt a.M. 1984.

SCHÄFER, B.: „Inoffizielle Mitarbeiter" und „Mitarbeit". Zur Differenzierung von Kategorien des Ministeriums für Staatssicherheit im Bereich der katholischen Kirche. In: Kirchliche Zeitgeschichte Göttingen 2/1993 S. 447-466.

SCHÄFER, B.: Grenzen von Staat und Kirche. Zur Diplomatie zwischen DDR und Vatikan von 1972 bis 1979. In: Stimmen der Zeit. Freiburg 2/1994 S. 121-132.

SCHELSKY, H.: Einsamkeit und Freiheit. Idee und Gestalt der deutschen Universität und ihrer Reformen. Düsseldorf 1971.

SCHILFERT, G.: Zur Frage des Gegenwartsbezugs akademischer Erziehung und Unterrichtsgestaltung. In: Das Hochschulwesen 1/1954 S. 15-18.

SCHILLEBEECKX, E. (Hg.): Mystik und Politik. Mainz 1988.

SCHIRRMEISTER, K.-G.: Erziehung zum Haß. Geistige Militarisierung in der DDR. Bonn 1987.

SCHLÖMER, H.: Demokratie - Abenteuer der Vernunft. In: Colloquium 9/1954 S. 6f.

SCHLOSSER, H.: Marxismus und Religion. Die politische Interpretation des Religiösen in der DDR, unter besonderer Berücksichtigung der Auseinandersetzung mit der Schönstattbewegung. Meisenheim 1970.

SCHMIDT, G.: Hochschulen in der DDR. Ein Untersuchung zum Verhältnis von Bildungs- und Beschäftigungssystem. Köln/Wien 1982.

SCHMITT, K.: Politische Erziehung in der DDR. Paderborn 1980.

SCHMUTZLER, G.-S.: Gegen den Strom. Erlebtes in Leipzig unter Hitler und der Stasi. Göttingen 1992.

SCHNEIDER, M.: Das Ende eines Jahrhundertmythos. Eine Bilanz des Sozialismus. Köln 1992.

SCHRAMM, H. (Hg.): Hochschule im Umbruch. Zwischenbilanz Ost. Berlin 1993.

SCHÜRMANN, H.: Ansprache anläßlich der Immatrikulations-Feier des Phil.-Theol.-Studiums Erfurt am 20. Sept. 1959. Rückerinnerung aus aktuellem Anlaß. In: ERNST/FEIEREIS 1992 S. 117-130.

SCHÜTZLER, H./STRIEGNITZ, S.: Die ersten Dekrete der Sowjetmacht. Berlin (Ost) 1987.

SCHULZ, H.-J. (Hg.): Probleme und Aufgaben der Erforschung der progressiven Traditionen in der Geschichte der deutschen Universitäten und Hochschulen. Materialien der hochschulgeschichtlichen Arbeitstagung vom 27. bis 30. März 1972 in Georgenthal. Berlin (Ost) 1972.

SCHWARZ, J.: Studenten in der Weimarer Zeit von 1918 bis 1923 und ihre Stellung zur Politik. Berlin 1971.

SCHWENDENWEIN, H.: Das neue Kirchenrecht. Gesamtdarstellung. Graz 1984.

SCHWENDLER, G.: Die wichtigsten Maßnahmen zur Studien- und Hochschulreform 1950/51. In: Karl-Marx-Universität Leipzig 1409-1959. Beiträge zur Universitätsgeschichte. Leipzig 1959 S. 496- 525.

SCHWERTNER, E./BALZEREIT, M.: Hochschulstudium in der DDR. Berlin (Ost) 1985.

SCHWERTNER, E./KEMPKE, A.: Zur Wissenschafts- und Hochschulpolitik der SED 1945/46 bis 1966. Berlin (Ost) 1967.

SIEBER, M./FREYTAG, R.: Kinder des Systems. DDR-Studenten vor, im und nach dem Herbst '89. Berlin 1993.

SÖDER, G.: Die Kräfte der Literatur im gesellschaftswissenschaftlichen Grundstudium besser nutzen. In: Das Hochschulwesen 1/1954 S. 31f.

SOMMER, G.: Grenzüberschreitungen. Evangelische Studentengemeinde in der DDR und der BRD. Geschichte - Verhältnis - Zusammenarbeit in zwei deutschen Staaten. Stuttgart 1984.

SOMMER, N.: Zorn aus Liebe. Die zornigen alten Männer der Kirche. Stuttgart 1983

SPIEKER, M. (Hg.): Vom Sozialismus zum demokratischen Rechtsstaat. Der Beitrag der katholischen Soziallehre zu den Transformationsprozessen in Polen und in der ehemaligen DDR. Paderborn 1992.

SPINNER, H.F.: Studium Generale und Fachstudium. In: ERMERT/HUBER/LIEBAU 1990 S. 229-236.

SPITTMANN, I./HELWIG, G. (Hgg.): Die DDR im vierzigsten Jahr. Geschichte, Situation, Perspektiven. 42. Tagung zum Stand der DDR-Forschung in der Bundesrepublik Deutschland vom 16. bis 19. Mai 1989. Köln 1990.

SROKA, W.: Die Bildungskonzeption Wilhelms von Humboldt in der DDR. München 1984.

STALLMANN, H.: Hochschulzugang in der SBZ/DDR 1945 bis 1949. Sankt Augustin 1980.

STARITZ, D.: Die Gründung der DDR. München 1984.

STARKE, K.: Jugend im Studium. Zur Persönlichkeitsentwicklung von Hochschulstudenten. Berlin (Ost) 1980.

STEINLEIN, R.: Die gottlosen Jahre. Berlin 1993.

STEINMETZ, M.: Erziehung und Ausbildung des wissenschaftlichen Nachwuchses wirksam verbessern. In: Das Hochschulwesen 6/1954 S. 9-16.

STRAUBE, P.-P.: Unpolitisch und weltfremd. Zur Rolle der katholischen Kirchenzeitungen in der DDR. In: Deutschland Archiv 6/1989 S. 671-676.

STRAUBE, P.-P.: Das Kreuz mit dem Stasi. Der Staatssicherheitsdienst und die Kirchen in der ehemaligen DDR. In: Kirche und Leben. Kirchenzeitung des Bistums Münster 1/1991 S. 3.

STRAUBE, P.-P.: Studentengemeinden standen dem totalitären Anspruch des Marxismus/ Leninismus im Wege. In: Tag des Herrn vom 05.07. 1992 S. 10 (1).

STRAUBE, P.-P.: Zur Einführung eines Erziehungsauftrages an den Universitäten und Hochschulen in der DDR. In: BUSCH/RÜTHER/STRAUBE 1992 S. 29-61 (2).

STRAUBE, P.-P.: Katholische Studentengemeinde in der SBZ/DDR. In: hochschule ost 2/93 S. 26-32 (1).

STRAUBE, P.-P.: Zur Einflußnahme des Staatssicherheitsdienstes der DDR auf das Hochschulwesen. In: Pädagogik und Schule in Ost und West 3/93 S. 183-190 (2).

Studium generale an der Friedrich-Schiller-Universität - ein Diskussionspapier. In: das Hochschulwesen 5/1990 S. 152f.

Studium universale. In: Universität Leipzig 6/93 S. 4.

SUCKUT, S.: Blockpolitik in der SBZ/DDR 1945-1949. Köln 1986.

Synode des Bistums Meißen. Dokumente. Dresden 1972 (hektographiert).

THIEL, H.D.: Die katholische Studentenschaft in Deutschland. In: BENKART/RUF 1965 S. 235-245.

THIERSE, W.: Mit eigener Stimme sprechen. München 1992.

TIEFENSEE, E.: Katholische Studentengemeinden vor und nach dem Herbst 1989. In: hochschule ost 2/93 S. 33-37.

TREDER, H.: Gipfel der Wissenschaft. Zum 40. Jahrestag des Erscheinens von Lenins „Materialismus und Empiriokritizismus“. In: Einheit 4/1949 S. 451-458.

TRILLING, W. In: SOMMER, N., 1983 S. 277-284.

TRILLING, W.: Kirche auf Distanz. In: SCHILLEBEECKX 1988 S. 322-332.

TRILLING, W.: „Trauer gemäß Gott." Leiden in und an der Kirche in der DDR. Richter, K. (Hg.), Münsteraner Theologische Abhandlungen Nr. 33. Altenberge 1994.

ULBRICHT, W.: Entfaltet den Feldzug der Jugend für Wissenschaft und Kultur. In: Zur Geschichte der deutschen Arbeiterbewegung. Berlin (Ost) 1958 S. 97ff.

ULBRICHT, W./MAYER, G.: Entstehung und Geschichte der sozialistischen Universität. Leipzig 1959.

ULLRICH, L. (Hg.): Kirche in nichtchristlicher Welt. Erfurter Theologische Schriften Nr. 15. Leipzig 1986.

ULLRICH, L.: Dankbare Erinnerung. Festvortrag zur Vierzigjahrfeier des Philosophisch-Theologischen Studiums am 11. Juni 1992. In: MÄRZ 1993 S. 129-143.

ULRICH, M.: Studentengemeinden als Sammelpunkte außerhalb des einheitlichen sozialistischen Bildungssystems. In: BÖRGER/KRÖSELBERG 1993 S. 51-58.

Unsere Regierung fördert die Intelligenz. Berlin (Ost) 1953.

USKO, M.: Hochschulen in der DDR. Berlin 1974.

Verband der deutschen Studentenschaften (Hg.): Dokumentation des Terrors. Namen und Schicksale der seit 1945 in der sowjetisch besetzten Zone Deutschlands verhafteten und verschleppten Professoren und Studenten. Berlin 1962.

VÖLKEL, W.: Von der DDR- zur Vereinigungsforschung. In: Deutschland Archiv 3/1990 S. 263-267.

VOIGT, D. (Hg.): Die Gesellschaft der DDR. Berlin 1984.

VOLONTIERI, F.W.: Woher kommt der Hahn? Entstehung und Entwicklung der Evangelischen Studentengemeinde in Deutschland sowie eine exemplarische Beschreibung der Geschichte der ESG Essen. Saarbrücken 1989.

WACKER, U.: Entlarven - Begreifen - Verstehen. Auseinandersetzung mit der DDR-Vergangenheit. Frankfurt a.M. 1993.

WANKE, J.: Last und Chance des Christseins. Akzente eines Weges. Leipzig 1991.

WATERKAMP, D.: Das Einheitsprinzip im Bildungswesen der DDR. Köln/Wien 1985.

WEBER, H.: DDR. Dokumente zur Geschichte der Deutschen Demokratischen Republik 1945 bis 1985. München 1986 (1).

WEBER, H.: Geschichte der DDR. München 1986 (2).

WEBER, H.: Die Wissenschaft benötigt die Unterlagen der Archive. Einige Überlegungen zur Archivsituation in Berlin. In: Deutschland Archiv 5/1991 S. 452-457.

WEBERLING, J.: Für Freiheit und Menschenrechte. Der Ring Christlich-Demokratischer Studenten (RCDS) 1945 - 1986. Düsseldorf 1990.

WEDELL, M./FRIEMEL, F.G. (Hgg.): Schwarz-Rot-Gott? Kirchliche Jugendarbeit nach und vor der deutschen Vereinigung. Leipzig 1993.

WEIDENFELD, W./ZIMMERMANN, H. (Hgg.): Deutschland-Handbuch. Eine doppelte Bilanz 1949-1989. Bonn 1989.

WEISS, K.: Ortsbegehung. Innen- und Außenansichten der katholischen Kirche Ostdeutschlands. In: MÄRZ 1993 S. 109-117.

WELSH, H.A.: Revolutionärer Wandel auf Befehl? Entnazifizierungs- und Personalpolitik in Thüringen und Sachsen. München 1989.

WERNERS, H.: Studentengemeinde - Kirche an der Hochschule. In: Initiative 5/1964, Beilage Nr. 2, S. 1-3.

WERNERS, H.: Die Studentengemeinde. In: BENKART/RUF 1965 S. 178-194.

WOLF, St.: Was steht in einer IM-Akte? In: WACKER 1993 S. 129f.

WRONA, V./RICHTER, F.: Zur Geschichte der marxistisch-leninistischen Philosophie in der DDR. Von 1945 bis Anfang der sechziger Jahre. Berlin (Ost) 1979.

ZIEROLD, K.: Forschung, Lehre und Erziehung. Weinheim 1984.

ZOLLINGER, M.: Universität, Gymnasium und „Studium generale". In: Festschrift zu Ehren von Alt-Rektor Dr. Hans Fischer. Veröffentlicht anläßlich des 50jährigen Bestehen des Gymnasiums Biel. Zürich 1952 S. 45-66.

ZONKER, N.: Kein Abgrund von Verrat. Katholische Kirche und Stasi in der DDR. In: Herderkorrespondenz 9/93 S. 446-450.

ZUMKELLER, A.: Das „studium generale" der Erfurter Augustiner. Eine Keimzelle der theologischen Fakultät der Erfurter Universität. In: ERNST/FEIEREIS 1992 S. 15-26.

ABKÜRZUNGSVERZEICHNIS

AAGST	Archiv der Arbeitsgemeinschaft Studentenseelsorge
ABE	Akademische Bonifatius-Einigung
ABODM	Archiv des Bischöflichen Ordinariates des Bistums Dresden-Meißen
ABV	Akademischer Bonifatius-Verein
AG	Arbeitsgemeinschaft
AGG	Arbeitsgemeinschaft katholischer Studenten- und Hochschulgemeinden
AKH	Aktionskreis Halle
AKSGD	Archiv der KSG Dresden
AKSGH	Archiv der KSG Halle
AKSGL	Archiv der KSG Leipzig
AKSGR	Archiv der KSG Rostock
ASTR	Archiv Straube
BAP	Bundesarchiv, Außenstelle Potsdam
BBK	Berliner Bischofskonferenz
BOK	Berliner Ordinarienkonferenz
BStU	Der Bundesbeauftragte für die Unterlagen des Staatssicherheitsdienstes der ehemaligen DDR
CDU	Christlich-Demokratische Union
DBK	Deutsche Bischofskonferenz
DVV	Deutsche Zentralverwaltung Volksbildung
ESG	Evangelische Studentengemeinde
FB	Fragebogen
FDJ	Freie Deutsche Jugend
FDGB	Freier Deutscher Gewerkschaftsbund
GI	Geheimer Informant
GMS	Gesellschaftlicher Mitarbeiter des MfS
HA	Hauptabteilung
IM	Inoffizieller Mitarbeiter des MfS
JAIZJA	Zentrales FDJ-Archiv im Jugendarchiv beim Institut für zeitgeschichtliche Jugendforschung in Berlin
JHS	Juristische Hochschule Potsdam
KDSE	Katholische Deutsche Studenten-Einigung
KPD	Kommunistische Partei Deutschlands
KSG	Katholische Studentengemeinde
LDPD	Liberal-Demokratische Partei Deutschlands
LThK	Lexikon für Theologie und Kirche
ML	Marxismus-Leninismus
MfS	Ministerium für Staatssicherheit
NDPD	National-Demokratische Partei Deutschlands
NL	Nachlaß

NVA	Nationale Volksarmee der DDR
OPK	Operative Personenkontrolle
OV	Operativer Vorgang
PDS	Partei des Demokratischen Sozialismus
RK	Regionalkreis
ROA	Reserveoffiziersanwärter
SBZ	Sowjetische Besatzungszone
SED	Sozialistische Einheitspartei Deutschlands
SMAD	Sowjetische Militäradministration
TH	Technische Hochschule
TU	Technische Universität
UAL	Universitätsarchiv Leipzig
VVS	Vertrauliche Verschlußsache
ZAIG	Zentrale Auswertungs- und Informationsgruppe des MfS
ZAK	Zentraler Arbeitskreis
ZPA	Zentrales Parteiarchiv der SED/PDS

EINLEITUNG

1. Die Studentinnen und Studenten wie auch die Vertreter der Intelligenz an den Universitäten und Hochschulen gehörten nicht zu den Protagonisten der Ereignisse im Herbst des Jahres 1989 in der DDR.[1] Der Mechanismus von Anpassung und Verweigerung, der aufgrund des ideologisch determinierten Erziehungsanspruches des SED-Staates bereits in der schulischen Entwicklung bis zum Abitur wirksam wurde, gehörte auf besondere Weise auch zum Alltag eines Studierenden und bestimmte dessen Werdegang entscheidend.[2] Es kam an den hohen Schulen nicht selten vor, daß bei der Studienbewerbung oder der Delegierung zum Forschungsstudium ideologische Anpassungsleistungen und Subalternität höher bewertet wurden als fachliche Kompetenz.

Im Hochschulwesen hatte der „vormundschaftliche Staat"[3] durch die ihn beherrschende Partei, die SED, schon im Jahre 1951 über die Zweite Hochschulreform seinen totalitären Einfluß geltend gemacht, der bis 1989 nicht aufgegeben wurde und zu einer degenerativen Kontinuität und einer defizitären Innovation der universitären Kultur führte. Vorrangiges Ziel der mit diesem Eingriff in das Hochschulwesen verbundenen Veränderungen war die Schaffung von Voraussetzungen für eine einheitliche ideologische Erziehung der Studierenden im Sinne des Marxismus-Leninismus sowie die dafür notwendige ideologische Transformierung der Hochschullehrerschaft - in der Summe der Aufbau einer sog. sozialistischen Intelligenz. Die strukturelle Basis dafür sollte die Zentralisierung des Hochschulwesens und die Vereinheitlichung der Studien- und Lehrpläne bilden.

Diesem totalitären Ansinnen standen auf der Ebene der Studierenden insbesondere die kirchlichen Studentengemeinden im Wege, welche deshalb im Kontext der Zweiten Hochschulreform von der SED-Hochschuladministration aus der universitären Öffentlichkeit unter das „Dach ihrer Kirchen" gedrängt wurden. Dort führten die Studentengemeinden eine vom unmittelbaren Einfluß des SED-Staates unabhängige alternative Bildungsarbeit durch und boten den Studierenden einen im Vergleich zum universitären Raum weitestgehend unreglementierten Freiraum zur Kommunikation sowie für vielfältige kreative Eigeninitiativen.

2. Aus bildungshistorischer und -theoretischer Perspektive wird in dieser Untersuchung auf analytisch-deskriptive Weise - exemplarisch an den Studentengemeinden der katholischen Kirche - folgender These nachgegangen: Die Studentengemeinden in der DDR haben aufgrund ihres spezifischen studentischen Gemeinschaftslebens sowie der kontinuierlichen Auseinandersetzung mit Fragen der Philosophie, Geschichte oder Literatur sowie aktuellen kirchlichen, gesellschaftlichen

---

[1] Vgl. z.B. SIEBER/FREYTAG 1993.

[2] Zu den daraus resultierenden psychischen und sozialen Folgen vgl. MAAZ 1991.

[3] Vgl. HENRICH, R., 1989.

und universitären Problemstellungen bei Vortragsabenden, in Seminaren oder bei Bildungswochenenden über den Rahmen ihres eigentlichen theologisch-pastoralen Auftrages hinaus Bildungsarbeit im Sinne eines außeruniversitären Studium generale geleistet.

Durch die Beschäftigung mit philosophischen Denkweisen sowie literarischen oder kulturgeschichtlichen Realitätsorientierungen, die in der universitären und staatlichen Öffentlichkeit tabu waren, wurde gezielt der ideologisch eindimensionalen Erziehung im Hochschulwesen entgegengewirkt. Dies führte zum permanenten Versuch der Kontrolle und der Einflußnahme staatlicher und gesellschaftlicher Institutionen - insbesondere des MfS und der FDJ - auf die Studentengemeinden. Aus diesem Grund werden Kontinuität und Wandel der universitären, gesellschaftlichen und kirchlichen Rahmenbedingungen im Zeitraum von 1945 bis 1989 dargestellt sowie deren Auswirkungen auf die organisatorische und inhaltliche Entwicklung der Bildungsarbeit in den Studentengemeinden untersucht.

3. Seit Ende 1989 besteht für die Forschung die Möglichkeit des wissenschaftlichen Arbeitens in diversen Archiven und damit die Chance, die im Sinne der SED und deren marxistisch-leninistischen Doktrin normierten und zensierten - und z.T. auch bewußt gefälschten - Publikationen historisch-kritisch zu hinterfragen.[4] Hermann Weber macht zu Recht darauf aufmerksam, daß gegenüber Editionen aus der DDR, insbesondere aus den 50er und 60er Jahren, u.a. hinsichtlich ihrer Vollständigkeit, Vorsicht geboten ist.[5]

Der eben beschriebenen Konfrontation mit den Ergebnissen der Archivarbeit müssen nicht nur die ideologisch determinierten und zensierten DDR-Publikationen, sondern auch die geistes- und sozialwissenschaftlichen Arbeiten der DDR-Forschung in der (Alt-)Bundesrepublik unterzogen werden, für die bis 1989/90 in der Regel keine Archivstudien oder empirischen Untersuchungen vor Ort zu Grunde gelegt werden konnten und welche deshalb überwiegend auf Erkenntnissen aus o.g. Veröffentlichungen aus der DDR basieren. Über die sog. systemimmanente Methode erhoffte man sich eine, wenn auch nur partielle, Befreiung aus diesem Di-

---

4 Eingeschränkt werden diese neuen Forschungskonditionen z.Z. insbesondere noch durch Standortverlagerungen - so des Archivs der ehemaligen Berliner Bischofskonferenz, das Anfang 1994 in Erfurt seine Arbeit aufgenommen hat -, Revisionen sowie aufwendige und langwierige Aufbereitungszeiten der Quellen. Letzteres trifft vor allem auf die Behörde des Bundesbeauftragen für die Unterlagen des Staatssicherheitsdienstes der ehemaligen DDR zu.

5 „Nicht selten wurde manipuliert, wurden Dokumente ohne Kenntlichmachung gekürzt, wobei es sich um Weglassen gerade wichtigster Teile handelte; aus politischen Gründen wurde so gefälscht." WEBER 1986 S. 8.- Aus dem Bereich des Hochschulwesens kann als Beispiel für eine derartige Selektion die von Handel und Schwendler 1959 in Leipzig edierte Chronik der Universität Leipzig dienen. Ein jetzt möglicher Vergleich mit den Protokollen der Sitzungen des Senates der Leipziger Universität im Zeitraum von 1945 bis 1951 ergibt u.a., daß eine 11 Blatt umfassende Niederschrift über die Sitzung des Akademischen Senats mit Gästen vom 20.11. 1946, bei der eine äußerst kontrovers geführte Auseinandersetzung zwischen dem Präsidenten der Deutschen Zentralverwaltung für Volksbildung, Wandel, und dem Abteilungsleiter „Hochschulen und Wissenschaft" der DVV, Rompe, sowie der Universitätsleitung über die weitere Entwicklung der Universität stattgefunden hat, in dieser Chronik nicht einmal erwähnt wird. Vgl. UAL Rektorat 1 Bl. 89-99.

lemma. Für diese Anfang der 70er Jahre im Zuge der Brandtschen Ostpolitik von Peter Christian Ludz[6] entwickelte Forschungsmethode galt der Grundsatz, die DDR auf der Basis ihres Selbstverständnisses wissenschaftlich zu untersuchen.[7] Man verzichtete deshalb in systemvergleichenden Fragestellungen auf an demokratischen Grundsätzen orientierte normative Maßstäbe und somit auch auf die Darstellung des repressiven Charakters des DDR-Systems sowie des widersprüchlichen Verhältnisses von Anspruch und Realität, gerade auch im Bildungsbereich.[8]

4. Die katholische Kirche in der DDR wurde im Rahmen der DDR-Forschung in der (Alt-)Bundesrepublik Deutschland nur marginal behandelt; in der DDR selbst sind keine wissenschaftlichen Publikationen aus dem kirchlichen Raum zu kirchenpolitischen oder -zeitgeschichtlichen Fragestellungen erschienen. Die Gründe dafür sind primär politischer Natur. Eine öffentliche Auseinandersetzung über innerkirchliche Angelegenheiten wurde von der katholischen Kirche bis 1989 schon deshalb vermieden, um dem Staat keine Angriffsflächen zu bieten.

Neben diversen Aufsätzen insbesondere im „Deutschland Archiv" (Zeitschrift für Fragen der DDR und der Deutschlandpolitik) und in der „Herderkorrespondenz" (Monatshefte für Gesellschaft und Religion) thematisieren bis zur sog. Wende 1989 drei Monographien die katholische Kirche in der DDR. Die Arbeit von Wolfgang Knauft, Katholische Kirche in der DDR,[9] stellt den vorläufigen Versuch einer Geschichte der Katholischen Kirche in der DDR bis 1980 dar. Mit speziellen Fragestellungen haben sich Martin Höllen und Renate Hackel in ihren Dissertationen befaßt. Höllen zeichnete die Biographie des 1961 verstorbenen Meißner Bischofs Heinrich Wienken nach,[10] Hackel untersuchte die katholische Publizistik in der DDR.[11]

Des weiteren sind die Arbeiten von Horst Dähn zum Thema „Konfrontation oder Kooperation? Das Verhältnis von Staat und Kirche in der SBZ/DDR 1945 - 1980"[12] und von Theo Mechtenberg mit dem Titel „Die Lage der Kirchen in der DDR"[13] hinsichtlich des Staat-Kirche-Verhältnisses zu beachten. Für die Entwicklung der katholischen Studentengemeinden bis 1945 sowie bis Anfang der 60er Jahre in der Bundesrepublik Deutschland ist die von Paul Benkart und Wolfgang Ruf herausgegebene Publikation „Katholische Studentenseelsorge"[14] zu berücksichtigen. Die Bildungsarbeit der katholischen Kirche in der DDR wurde bisher weder bildungs-

---

6 Vgl. LUDZ 1976.

7 In den letzten Jahren fand zu diesem von Anfang an nicht unumstrittenen Forschungsansatz von Ludz eine eingehende Diskussion statt. Vgl. u.a. GLAESSNER 1992, MEYER, G., 1992, DIETRICH 1992, BECKER, C., 1991 und VÖLKEL 1990.

8 Vgl. z.B. SCHMIDT 1982 und RUDOLPH/HUSEMANN 1984.- Die traditionelle normative Betrachtungsweise ist in der bundesdeutschen DDR-Forschung in den 70er und 80er Jahren nur noch vereinzelt zum Zuge gekommen. Vgl. dazu u.a. die auch heute noch gültige Arbeit von RICHERT, E.: Sozialistische Universität. Die Hochschulpolitik der SED. Berlin 1967.

9 Vgl. KNAUFT 1980.

10 Vgl. HÖLLEN 1981.

11 Vgl. HACKEL 1984.

12 Vgl. DÄHN 1982.

13 Vgl. MECHTENBERG 1985.

14 Vgl. BENKART/RUF 1965.

historisch noch bildungstheoretisch in einer wissenschaftlichen Publikation thematisiert.

Bis Ende 1993 sind hinsichtlich der katholischen Kirche in der DDR außer einigen Aufsätzen zu Einzelfragen in Zeitschriften[15] und Sammelbänden[16] sowie einem Dokumentenband mit öffentlichen Äußerungen der katholischen Kirche in der SBZ/DDR[17] keine auf der Basis der seit 1990 bestehenden Forschungskonditionen angefertigten einschlägigen Forschungsarbeiten publiziert worden.[18]

5. Diese Untersuchung stützt sich auf vielfältige und umfangreiche Recherchen in staatlichen und kirchlichen Archiven in den neuen Bundesländern.[19] Ausgehend von einer schriftlichen Anfrage an zehn katholische Studentengemeinden in den neuen Bundesländern wurden in Leipzig, Dresden, Rostock sowie Halle Nachforschungen in den Studentengemeinden und den jeweiligen Universitätsarchiven sowie in den Archiven der AG Studentenseelsorge und des Bischöflichen Ordinariates Dresden-Meißen in Bautzen durchgeführt. Dabei konnte insbesondere für die 60er bis 80er Jahre einschließlich der Zeit der Wende vielfältiges Material - u.a. Programmhefte, Protokolle, diverse Schriftwechsel und Berichte - aufgefunden werden.

Im Bundesarchiv, Außenstelle Potsdam,[20] im Zentralen Parteiarchiv der SED[21] und im Zentralen FDJ-Archiv[22] in Berlin wurden relevante Materialien - insbesondere Berichte und Analysen über die Arbeit der Studentengemeinden - für die 40er und 50er Jahre ausfindig gemacht. Für den Zeitraum von 1961 bis 1989 konnten in den Archiven der Bundesbehörde für die Unterlagen des ehemaligen Ministeriums für Staatssicherheit der DDR in Berlin, Leipzig und Halle z.T. sehr umfangreiche Materialien - vor allem sog. IM-Akten sowie Akten über „Operative Vorgänge" - eingesehen werden. Bei diesen Recherchen wurde evident, daß es eine vielschichtige Verflechtung der Aktivitäten der verschiedenen staatlichen, gesellschaftlichen und universitären Institutionen und der Parteien hinsichtlich der Studentengemeinden gegeben hat.[23]

---

15 Vgl. z.B. HAESE 1993 sowie SCHÄFER 1993.

16 Vgl. z.B. FRIEMEL 1990, WANKE 1991, SPIEKER 1992, MÄRZ 1993, BÖRGER/KRÖSELBERG 1993, WEDELL/FRIEMEL 1993 und FRIEMEL/SCHNEIDER 1993.

17 Vgl. LANGE u.a. 1992.- Ergänzend sei verwiesen auf HÖLLEN 1994 und PILVOUSEK 1994.

18 Hinsichtlich der seit Beginn der 90er Jahre veröffentlichten wissenschaftlichen Literatur zu den universitären Transformationsprozessen sowie hochschulkonzeptionellen und -historischen Fragestellungen vgl. u.a. ANWEILER 1992, BUSCH/RÜTHER/STRAUBE 1992, FISCHER, A., 1992, BUSCH 1993, SCHRAMM 1993 sowie Arbeitsgruppe Bildungsbericht 1994.

19 Vgl. Dokumentenanhang, in dem die wichtigsten Quellenmaterialien ungekürzt enthalten sind.

20 Im Einzelnen konnten Unterlagen des Volksbildungsministerium (R-2), des Staatssekretariates/Ministeriums für das Hoch- und Fachschulwesen (R-3), des Staatssekretariates für Kirchenfragen (O-4) sowie des Ministeriums des Innern (11) eingesehen werden.

21 Z.Z. der Benutzung 1992 wurde dieses Archiv im „Verbund Archiv/Bibliothek/Technische Werkstätten beim Parteivorstand der PDS" verwaltet.

22 Dieses wurde eingebracht in das „Jugendarchiv beim Institut für zeitgeschichtliche Jugendforschung Berlin".

23 Unabdingbare Voraussetzung für eine Hermeneutik, für das Verständnis und die Analyse dieser hinsichtlich Bedeutung, Verläßlichkeit und Aussagekraft sehr unterschiedlichen Materialien ist nicht

6. Um zum einen die Materialbasis zu erweitern sowie zum anderen Auskunft über die Erfahrungen der KSG-Mitglieder zu erhalten und der Frage nach der Differenz von Anspruch und Realität der universitären Erziehung in der DDR nachgehen zu können, wurde ein Fragebogen erarbeitet.[24] Mit Hilfe der mehr qualitativ orientierten Befragung sollen keine im strengen Sinne statistisch repräsentativen Ergebnisse erzielt, sondern - ausgehend von den Einstellungen, Intentionen oder Handlungsvollzügen der Studierenden - bestimmte Orientierungsmuster, besser: Orientierungstendenzen, herausgearbeitet und deren Entwicklung und Veränderung in den einzelnen Zeitetappen dargestellt werden. Der subjektive Faktor wurde bewußt bewahrt und nicht statistischen Methoden geopfert.

Aus diesem Grund enthält der Fragebogen neben geschlossenen eine Vielzahl offener Fragen. Die in den Fragen enthaltenen Hypothesen sind nicht nur zu überprüfen; im Auswertungs- und Verallgemeinerungsprozeß sollen neue Hypothesen generiert werden. Es soll auf diese Weise nicht von vornherein lediglich unterstellt werden, was es eigentlich zu erforschen gilt. Auf diese Weise können - wenn letztlich auch nur vorläufige - Kenntnisse über die Realität gewonnen werden. Außerdem besteht dann die Möglichkeit der Reflexion über die Praxis auf einem neuen Niveau.[25]

Von 925 versandten Fragebögen sind 283 mit z.T. ausführlichen Anlagen, schriftlichen Dokumenten und persönlichen Zeugnissen zurückgeschickt worden; dies entspricht einer Rücklaufquote von 31 Prozent.[26] Über die Fragebögen ist es zu einer Vielzahl von Gesprächen und Interviews mit ehemaligen Studierenden und Studentenseelsorgern gekommen.[27]

---

nur ein textkritischer, prüfender, vergleichender und analysierender Umgang, sondern zunächst eine möglichst subtile Kenntnis der Strukturierung, insbesondere der Machtstrukturen und -kanäle, des SED-Staates.- Vgl. u.a. ROTH 1978, GUDJONS 1994 sowie LENZEN 1994.

[24] Dieser Fragebogen ist chronologisch in vier Zeitabschnitte unterteilt: 1) Zur Person und der Zeit vor dem Studium (FRAGEN 1 bis 8), 2) zum Studienverlauf und den Studienerfahrungen (FRAGEN 9 bis 23), 3) zur KSG-Mitgliedschaft und -Mitarbeit (FRAGEN 24 bis 49) sowie 4) ergänzend zur Person und zum Zeitraum des Berufslebens (FRAGEN 50 bis 56).

[25] „Indem hypothetisches Wissen über die Welt zunimmt, wird gleichzeitig Orientierung in ihr gelernt. Empirische Forschung kann hierzu einen Beitrag leisten. Mit Hilfe qualitativer Forschungsmethoden kann man wichtige Informationen über individuell erlebte Bildungsverläufe sowie Deutungsversuche über das individuelle Bild von der Welt erfahren." MERKENS 1993 S. 628.- Vgl. auch LEHNER 1994.

[26] Von den 283 Respondenten - bei einer relativen Häufigkeit hinsichtlich des Studienbeginns im Zeitraum von 1945 bis 1989 von 6,3 pro Jahr - haben 138 (49 %) ihr Studium vor dem Bau der Berliner Mauer am 13.08. 1961 und 145 (51 %) danach begonnen. Daraus ergibt sich hinsichtlich des Studienbeginns der Teilnehmer der Befragung für den Zeitraum von 1945 bis 1960 eine relative Häufigkeit von 8,6 und von 1961 bis 1989 von 5,0 pro Jahr und damit eine deutliche Dominanz des Zeitraums vor dem Bau der Berliner Mauer im August 1961. Von den 283 Respondenten insgesamt haben 277 (98 %) eine Angabe auf die Frage nach dem Geschlecht gemacht. Von diesen sind 88 Frauen (32 %) und 189 Männer (68 %). Nur sieben Teilnehmer der Befragung haben es vorgezogen, anonym zu antworten.

[27] Im Folgenden sind nur einzelne für die Fragestellung unmittelbar relevante FRAGEN des Fragebogens sowie die von den Respondenten zugesandten Materialien berücksichtigt worden. Eine dezidierte Auswertung der Ergebnisse der Befragung erfolgt nach Abschluß und in Fortsetzung dieser Untersuchung.

7. In Kapitel I wird der Theorie und Praxis „universitärer Bildung" und „universitärer Erziehung" in den letzten beiden Jahrhunderten - angefangen von der neuhumanistischen Universitätsreform zu Beginn des 19. Jahrhunderts bis zur Vereinnahmung des Hochschulwesens durch die Nationalsozialisten in den 30er Jahren unseres Jahrhunderts, einschließlich der sowjetischen Hochschulkonzeption - nachgegangen. Außerdem werden die inhaltliche und organisatorische Ausdifferenzierung der katholischen Studentenseelsorge in Deutschland und die Entstehung von Studentengemeinden und deren Entwicklung bis 1945 nachgezeichnet.

Das II. Kapitel ist zunächst der Genese und der Evaluation universitärer Erziehung und Bildung an den Universitäten und Hochschulen in der SBZ/DDR sowie der Diskussion der daraus resultierenden Folgen für die Studierenden und den universitären Prozeß insgesamt gewidmet. In einem zweiten Abschnitt wird auf die mehrdimensionale Verbindung des Staatssicherheitsdienstes mit dem Hochschulwesen eingegangen, die von konspirativer Zusammenarbeit sowie der Überwachung und Kontrolle der Studierenden und Lehrenden bis zur direkten Einflußnahme des MfS auf universitäre Interna reichte.

Im III. Kapitel wird in zwei Abschnitten - „Aufbruch und Widerstand (1945 bis 1961)" sowie „Engagement und Verweigerung (1961-1989)" - der Entwicklung der gesellschaftlichen, universitären und kirchlichen Rahmenbedingungen für die katholischen Studentengemeinden nachgegangen sowie die daraus resultierenden Folgen für die strukturelle, organisatorische und inhaltliche Entwicklung der Bildungsarbeit analysiert. In einem dritten Abschnitt geht es um die vielfältige Einflußnahme des MfS auf die katholischen Studentengemeinden.

Im abschließenden IV. Kapitel werden nach der Darstellung der Geschichte des „Studium generale" aus studentischer Perspektive die Bildungs- und Aktionsmöglichkeiten in den katholischen Studentengemeinden mit den aus dem universitären Erziehungsanspruch resultierenden Folgen für die Studierenden konfrontiert und aus bildungstheoretischem Blickwinkel die Ausgangshypothese diskutiert, inwieweit die Bildungsarbeit in den katholischen Studentengemeinden als eine spezifische Form eines außeruniversitären Studium generale angesehen werden kann.

8. Für den weiteren Gang der Untersuchung ist es unumgänglich, „universitäre Bildung" und „universitäre Erziehung" zu differenzieren - mit der dazu nötigen kritischen Distanz und unter dem Vorbehalt des Wissens um die Schwierigkeit und Anfechtbarkeit dieses Unterfangens, weil beide Begriffe in ihren theoretischen und praktischen Ausprägungen ineinander übergehen, die definitorischen Grenzen also fließend sind, sie einem hohen Komplexheitsgrad sowie einem ständigen Wandel unterliegen und deshalb nur äußerst behutsam zu definieren sind. Auf eine ausführliche Diskussion hinsichtlich Sprache, Begrifflichkeit und Realität von Erziehung und Bildung muß hier jedoch verzichtet werden.[28]

---

[28] Ein Hauptproblem bei der Differenzierung dieser Begriffe ist die häufig anzutreffende nur unscharf abgegrenzte oder gar kongruente Anwendung von „Bildung" und „Erziehung" bzw. „universitärer Bildung" und „universitärer Erziehung". So ist z.B. das von Humboldt propagierte Ideal einer zweckfreien Bildung für Frühwald ein „Ideal der Erziehung". Vgl. FRÜHWALD 1991 S. 94.

Unter universitärer Bildung wird sowohl der Prozeß, in dem eine Person durch den Umgang mit der Wissenschaft ihre geistig-moralische Gestalt gewinnt, wie auch das Wissen an sich, die fachliche Bildung und die Allgemeinbildung, verstanden, durch die die Basis für einen verantwortungsbewußten Umgang mit der Wissenschaft und für eine fachspezifische und interdisziplinäre Kommunikationskompetenz geschaffen werden soll. Demgegenüber ist universitäre Erziehung ein Prozeß, bei dem über den - nicht unmittelbar dirigier- und kontrollierbaren - Bildungseffekt hinaus auf intentionale Art und Weise bei den Studierenden eine bestimmte Einstellung - bis hin zu einer einheitlichen Weltanschauung - erzeugt und damit die daraus resultierenden Handlungsweisen vorbestimmt werden sollen.

Der entscheidende Unterschied besteht demnach darin, daß universitäre Bildung auf eine freie, unabhängige und individuelle Entfaltung der Person durch eine selbständige Beschäftigung mit der Wissenschaft sowie durch Kommunikation mit den an Lehre, Forschung und Studium Beteiligten hin angelegt ist - ohne zu übersehen, daß Staat und Gesellschaft sowie die Universität als Instituion und Ansammlung von bestimmten Personen von vornherein prägend für die Studierenden sind -, während universitärer Erziehung, ausgehend von einem dazu - in der Regel nicht von der Universität, sondern von außen - erteilten Auftrag und einem vorgegebenen Ziel, sowohl bei der Lehre selbst als auch in außeruniversitären Erziehungsfeldern eine utilitaristische Ausrichtung der Studierenden, u.a. hinsichtlich ihrer weltanschaulichen und politischen Grundüberzeugungen, inhärent ist.[29]

---

[29] Vgl. dazu u.a. ANRICH 1960, JASPERS/ROSSMANN 1961, RÜHLE 1966, LEITNER 1984, ZIEROLD 1984, HABERMAS 1986, OEHLER 1989, LENZEN 1993 und GUDJONS 1994.

I. Universitäre und kirchliche Bildung und Erziehung

1. Von der neuhumanistischen Universitätsidee bis zur sowjetischen Hochschulkonzeption

Die Geschichte der deutschen Universitäten und Hochschulen in den letzten beiden Jahrhunderten macht deutlich, daß jeweils in Zeiten politischer Auf- und Umbrüche intensive Diskussionen und Auseinandersetzungen über die Stellung und Bedeutung der hohen Schulen in Staat und Gesellschaft sowie deren Funktion als allgemeinbildende universitas litterarum, als staatsbürgerliche Erziehungsanstalt und als berufliche Ausbildungstätte stattgefunden haben. Dieser komplexe Konnex von gesellschaftspolitischer und universitärer Entwicklung ist für die neuhumanistische Universitätsreform zu Beginn des 19. Jahrhunderts genauso zu konstatieren wie für die Reformdiskussionen und -versuche nach dem Ersten Weltkrieg und in der Weimarer Republik sowie für die nationalsozialistische Vereinnahmung und Deformierung des universitären Prozesses.

Interessanterweise blickte man bei den einzelnen Reformüberlegungen - mangels anderer überzeugender hochschulkonzeptioneller Programme - immer wieder auf die neuhumanistische Universitätsidee und versuchte diese als Ausgangs- oder Legitimationsbasis heranzuziehen. Des weiteren zeigt die deutsche Universitätsgeschichte, daß die jeweilige politische Macht ihren Einfluß im Sinne ihrer vorherrschenden philosophischen und weltanschaulichen Positionen bei der Entwicklung und Gestaltung des universitären Lebens geltend gemacht hat, was eine freie Entwicklung der wissenschaftlichen Institutionen an sich, von Forschung und Lehre im besonderen, aber auch der einzelnen lehrenden, forschenden und studierenden Individuen unmittelbar beeinflußt, nicht selten stark behindert hat.

Ende des 18. Jahrhunderts, in der Zeit nach der Französischen Revolution und der Entstehung der modernen Demokratie, änderte sich das Gesicht des Staates und somit auch dessen Beziehung zu den Universitäten entscheidend. Die ständische Gesellschaft des absolutistischen Staatswesens begann sich aufzulösen; es entwickelte sich mehr und mehr eine bürgerlich geprägte Gesellschaft. In diesem Zusammenhang kam es zu einer Erweiterung der staatlichen Funktionen in verschiedene gesellschaftliche Bereiche hinein, so in den von Bildung und Erziehung.

Es kann hier nicht der Ort sein, staatsphilosophische Diskussionen über diese Entwicklungsepoche nachzuzeichnen.[1] Es bleibt jedoch festzuhalten, daß diese Veränderungen im Staatswesen sowie der wachsende Anspruch des Bürgertums auf freies, allgemeines und gleiches Recht auf Bildung für die Universitäten und Hochschulen eine Entwicklung eingeleitet haben, die im permanenten Kampf um die rechtliche und wissenschaftliche Autonomie der universitären Institution kulminiert.

[1] Näheres dazu bei KRAUTKRÄMER 1979.

Aus diesem Grunde stellen die Ordnung des Staates mit den ihm eigenen Machtkonstellationen und Wertordnungen und die Suche nach einer angemessenen Autonomie der hohen Schulen die beiden entscheidenden Kontrapunkte für die Gestaltung des universitären Prozesses und damit auch von universitärer Bildung und Erziehung dar. Unter Autonomie ist dabei nicht völlige Unabhängigkeit, völlige „Freiheit von sozioökonomischen Interessen"[2] zu verstehen, sondern die unabhängige Möglichkeit, mit einer spezifischen, der Wissenschaft inhärenten Kompetenz auf die Umwelt nicht nur spontan, sondern in bestimmten Strukturen und nach vereinbarten Regeln zu reagieren.[3]

Dieses komplexe Spannungsverhältnis von Staat und Autonomie der hohen Schulen, von der vom Staat der Wissenschaft zugeschriebenen Rolle und dem Selbstverständnis der Universitäten, sowie die idealistische Überhöhung des Bildungsbegriffs durch die Neuhumanisten führten zu einer äußerst ambivalenten Beziehung der hohen Schulen zur Politik, die - wie die Geschichte gezeigt hat - von grundsätzlicher politischer Abstinenz bis zur Vereinnahmung durch eine totalitäre Partei reicht.[4]

In diesem Abschnitt sollen diejenigen Hochschulkonzeptionen hinsichtlich ihrer jeweiligen Theorie und Praxis der universitärer Bildung und Erziehung behandelt werden, die für die innere und äußere Gestaltung des ostdeutschen Hochschulwesens nach dem Zweiten Weltkrieg von entscheidender Bedeutung waren und auf die man sich in der SBZ/DDR entweder immer wieder berufen oder von denen man sich distanziert hat. Von besonderem Interesse für die Fragestellung ist neben der neuhumanistischen Universitätsidee und der deutschen universitären Tradition des 19. und 20. Jahrhunderts die sowjetische Hochschulkonzeption.

Die sowjetische Hochschultheorie und -politik haben aufgrund ihrer Vorbildfunktion - vor allem für die zweite Hochschulreform 1951/52 in der DDR - eine entscheidende Bedeutung, weil zum einen in der Sowjetunion zum ersten Mal versucht wurde, über eine totalitäre Partei die „Diktatur des Proletariats" in der Wissenschaft zu realisieren, und weil zum anderen die sowjetischen Bildungsoffiziere ihren Einfluß bei der Umgestaltung des Hochschulwesens in der SBZ nach dem Zweiten Weltkrieg nachhaltig zur Geltung gebracht haben.[5] Diese kamen mit einer fast dreißigjährigen Erfahrung bei der sozialistischen Umgestaltung der Universitäten und Hochschulen nach Deutschland. Das Aufeinandertreffen von deutscher Bildungs- und Universitätstradition - und deren spezifischer Geschichte in der Nazizeit 1933 bis 1945 - mit der sowjetischen Hochschulkonzeption stellt ein kompliziertes und konfliktträchtiges Spannungsmoment dar.

---

2 PRAHL 1978 S. 13.
3 Vgl. ELLWEIN 1985 S. 18ff.
4 Vgl. dazu ebd. sowie PRAHL 1978 S. 181ff.
5 Vgl. HANDEL, G./KÖHLER, R. (Hgg.): Dokumente der Sowjetischen Militäradministration in Deutschland zum Hoch- und Fachschulwesen 1945 - 1949. Berlin (Ost) 1975.

Des weiteren soll in diesem Punkt gefragt werden, ob und welche Bezüge es hinsichtlich eines universitären Erziehungsauftrages in der sog. deutschen Arbeiterbewegung vor 1945 gibt. Außerdem wird auf die Entwicklung des Hochschulwesens während der Zeit der Nazidiktatur und die dabei eingetretenen Veränderungen eingegangen. In diesem Zusammenhang geht es u.a. um die Frage, welche strukturellen oder formalen Parallelen es zwischen den Konzeptionen und ebenso den Praktiken der Erziehung an den Universitäten und Hochschulen während der Nazizeit und in der SBZ/DDR gibt.

1.1. Die neuhumanistische Universitätskonzeption

Die neuhumanistische Universitätsidee entstand Anfang des 19. Jahrhunderts vor allem ausgehend von der Kritik der universitären Verhältnisse im Jahrhundert zuvor sowie aufbauend auf den Erfahrungen der großen Aufklärungsuniversitäten in Göttingen und Halle. Die Philosophie des Idealismus hat darin - in der Nachfolge der Theologie - den Platz einer fachüber- und fächerumgreifenden Wissenschaft und wird als Garant für die Einheit von Forschung und Lehre, für die Einheit der Wissenschaften sowie für die Einheit von Wissenschaft und allgemeiner Menschenbildung - Bildung durch Wissenschaft - gesehen.[6]

Im Mittelpunkt der neuhumanistischen Universitätsidee steht die allgemeine Menschenbildung - gegen die einseitige Ausrichtung der Universität als Berufsschule - sowie die Suche nach einer vernünftigen und freiheitlichen Relation zwischen dem sich entwickelnden bürgerlichen Staatswesen und den Universitäten. Die Beschäftigung der Studenten mit der Wissenschaft, deren Teilnahme an der Forschung sowie ihre Communitas mit den Professoren sollte nach Humboldt in eine allgemeine Menschenbildung münden. Davon ausgehend konnte Fichte die Universität als Geburtsstätte einer künftigen emanzipierten Gesellschaft verstehen. Auf diese beiden Vertreter der neuhumanistischen Universitätskonzeption soll hier eingegangen werden, weil an den Überlegungen von Humboldt und Fichte deutlich wird, daß die neuhumanistische Universitätsidee kein durchweg homogenes Programm darstellt, wohl aber intentional in eine Richtung zielt, die von einer inneren und äußeren fundamentalen renovatio der hohen Schulen bestimmt ist.

Humboldt ging es vor allem darum, den Studenten in Freiheit die gesamte Wirklichkeit zu eröffnen und diese zur Transzendenz derselben zu befähigen, weil er nur auf diesem Wege die allseitige Entfaltung der Individualität als möglich erachtete. Die Wissenschaft sei immer als etwas noch nicht ganz Gefundenes und nie ganz Aufzufindendes zu betrachten sowie unablässig als solche zu suchen. „Sobald man aufhört, eigentlich Wissenschaft zu suchen, oder sich einbildet, sie brauche nicht aus der Tiefe des Geistes heraus geschaffen, sondern könne durch Sammeln

[6] Diese „Einheits"-Forderungen waren unter den sich wandelnden kulturellen und gesellschaftlichen Prämissen in den letzten beiden Jahrhunderten immer wieder bildungstheoretische - in der Praxis jedoch unerreichte - Vorbilder.

extensiv aneinandergereiht werden, so ist alles unwiederbringlich und auf ewig verloren für die Wissenschaft ... und verloren für den Staat. Denn nur die Wissenschaft, die aus dem Innern stammt und ins Innere gepflanzt werden kann, bildet auch den Charakter um, und dem Staat ist es ebensowenig als der Menschheit um Wissen und Reden, sondern um Charakter und Handeln zu tun."[7]

Nur auf diesem Wege sei die Aufgabe der höheren wissenschaftlichen Anstalten erfüllbar, „die Wissenschaft im tiefsten und weitesten Sinne des Wortes zu bearbeiten und als einen nicht absichtlich, aber von selbst zweckmäßig vorbereiteten Stoff der geistigen und sittlichen Bildung zu seiner Benutzung hinzugeben"[8]. Um die dazu notwendige Autonomie und die innere Organisation der hohen Schulen, die Einheit von Wissenschaft und Bildung - allgemeine Bildung durch Wissenschaft -, das wissenschaftliche Arbeiten in Einsamkeit, Freiheit und Gemeinschaft - die Sozialidee der Universität -, sowie die Einheit von Forschen, Lehren und Lernen - Forschung als didaktisches Prinzip sowie die Einheit der Wissenschaft - zu gewährleisten, müsse der Staat bemüht sein.[9]

Eine Reduzierung der universitären Bildung auf berufliche Ausbildung sowie gezielte staatsbürgerliche Erziehung an den Universitäten lehnte Humboldt ab. Er weist dem Staat aber eine bedeutende Rolle hinsichtlich der äußeren Gestaltung der Universitäten zu und fordert deshalb, daß die Ernennung der Universitätslehrer ausschließlich dem Staat vorbehalten bleiben und dieser ihnen die Freiheit ihrer Wirksamkeit garantieren müsse. Der Autonomie der hohen Schulen sowie der Freiheit der Wissenschaft drohe aber nicht nur eine vom Staat ausgehende Gefahr, sondern auch von den Anstalten selbst, die „einen gewissen Geist annehmen und gern das Aufkommen eines anderen ersticken"[10]. Des weiteren solle der Staat über die universitären Organisationsgesetze wachen und für wissenschaftliche Hilfsmittel sorgen.[11]

Fichte verband mit seiner Schrift „Deduzierter Plan einer zu Berlin zu errichtenden höheren Lehranstalt"[12] aus dem Jahre 1807 die Absicht, den Staat mit Hilfe der Universität auf geistigem Gebiet zu erneuern. Er wollte sowohl den absolutistischen Ständestaat an sich wie auch die Zersplitterung der Nation beseitigen helfen und einen Staat nach dem Willen aller seiner Bürger kreieren; deshalb forderte er die Beseitigung der ständischen Bildungsprivilegien.

Im Unterschied zu Humboldt wies Fichte der Universität eine Erziehungsfunktion zu; deshalb müsse sie straff organisiert werden, damit sie dieser Funktion als höchster Erziehungsinstanz des Staates gerecht werden könne. Fichtes Gedanken

---

7 HUMBOLDT 1964 S. 379.
8 Ebd. S. 377
9 Vgl. dazu LEITNER 1984 S. 73.
10 HUMBOLDT 1964 S. 380.
11 Begründet sei das einerseits wohlwollend fördernde und andererseits klug distanzierte Verhältnis des Staates zu den Universitäten allemal. „Die Universität steht nämlich immer in enger Beziehung auf das praktische Leben und die Bedürfnisse des Staates, da sie sich immer praktischen Geschäften für ihn, der Leitung der Jugend, unterzieht." Ebd. S. 384.
12 In: ANRICH 1964 S. 127-199.

zur staatsbürgerlichen Erziehung sind als Reflex auf eine historische Situation, aber auch als eigenständige staatsphilosophische Überlegung anzusehen.[13] Dem neuen Staat billigte er eine aus heutiger Sicht überzogene Autorität hinsichtlich des Rechtes und der Pflicht zu einer Nationalerziehung zu. In diesem Zusammenhang sieht er den Universitätslehrer, eigentlich sogar den Gelehrten an sich, als „Erzieher der Menschheit"[14]. Er solle der „sittlich beste Mensch seines Zeitalters sein"[15]; die Universität erklärte er zur Geburtsstätte einer neuen Nation. Den Akademikern wollte er höchste Ämter im Staate zukommen lassen; beruflichen Utilitarismus, d.h. eine Priorisierung von beruflicher Ausbildung gegenüber sittlicher Erziehung an den Universitäten und Hochschulen, lehnte Fichte jedoch ab.[16]

1.2. *Die universitäre Entwicklung im 19. und im 20. Jahrhundert bis 1933*

Auf der Grundlage der neuhumanistischen Universitätsidee ist es immer wieder zu Auseinandersetzungen über die Struktur und Funktion der Universitäten und Hochschulen gekommen. Ob die Feststellung Hoffmanns, daß die idealistische Universitätskonzeption „zuerst in der Universität Berlin, dann in Breslau, Bonn und später in München verwirklicht worden ist"[17], stimmig ist, muß bezweifelt werden, weil die Entwicklung der technischen Wissenschaften sich im 19. Jahrhundert enorm beschleunigte und staatliche Eingriffe in Interna des Universitätsgeschehens nicht lange auf sich warten ließen.

Dies wird bereits an zwei Königlich Preußischen Bekanntmachungen aus den Jahren 1819 und 1835 deutlich. In einem Beschluß vom 20. September 1819 wurde die Anstellung eines am Orte einer Universität residierenden außerordentlichen landesherrlichen Bevollmächtigten, eines Kurators, mit „zweckmäßigen Instruktionen und ausgedehnten Befugnissen" angeordnet. „Das Amt dieses Bevollmächtigten soll sein, über die strengste Vollziehung der bestehenden Gesetze und Disciplinar-Vorschriften zu wachen, den Geist, in welchem die akademischen Lehrer bei ihren öffentlichen und Privat-Vorträgen verfahren, sorgfältig zu beobachten, und demselben, jedoch ohne unmittelbare Einmischung in das Wissenschaftliche und die Lehrmethoden, eine heilsame, auf die künftige Bestimmung der studirenden Jugend berechnete Richtung zu geben."[18]

Ein Beschluß vom 14. November 1835 legte fest, welche grundlegenden Zugeständnisse künftige Studenten gegenüber dem Staat vor der Immatrikulation machen sollten. In einer Verpflichtungserklärung, die an vergleichbare, ebenfalls schriftlich zu leistende Ergebenheitsbekundungen vor Immatrikulationen in der DDR erinnert, heißt es: „Ich Endesunterzeichneter verspreche mittelst meiner Namensun-

---

[13] Vgl. HAHN 1969 S. 133.
[14] FICHTE 1956 S. 80.
[15] Ebd. S. 81.
[16] Vgl. HOFFMANN 1930 S. 14f.
[17] HOFFMANN 1930 S. 5.
[18] „Königlich Preußische Bekanntmachung vom 18. October 1819." In: KIRCHNER 1842 S. 583.

terschrift auf Ehre und Gewissen: 1) dass ich an keiner verbotenen oder unerlaubten Verbindung der Studirenden, insbesondere an keiner burschenschaftlichen Verbindung, welchen Namen dieselbe auch führen mag, Theil nehmen, mich an der dergleichen Verbindungen in keiner Beziehung näher oder entfernter anschliessen, noch solche auf irgendeine Art befördern werde; 2) dass ich weder zu dem Zwecke gemeinschaftlicher Berathschlagungen über die bestehenden Gesetze und Einrichtungen des Landes, noch zu jenem der wirklichen Auflehnung gegen obrigkeitliche Massregeln mit anderen mich vereinigen werde."[19] Über diese Verpflichtungserklärung sollte das staatsbürgerliche Wohlverhalten der Studenten gesichert werden. Dieser politische Dirigismus kann auch als ein Grund für die weitere, überwiegend apolitisch ausgerichtete Gesinnung und Haltung der Hochschullehrer- und Studentenschaft angesehen werden.

In der zweiten Hälfte des 19. Jahrhunderts beschleunigte sich die naturwissenschaftlich-technische Entwicklung erheblich. Die Folge: spezialisierte Hochschulen wurden gegründet, die Philosophie als einheitsstiftende Kraft der Wissenschaften verlor immer mehr an Bedeutung und wurde zu einer wissenschaftlichen Disziplin neben anderen. Die Humboldtsche Universitätskonzeption kam verstärkt in Konflikt mit den gesellschaftlichen Erwartungshaltungen. Die allgemeine Menschenbildung, im neuhumanistischen Sinne auch Voraussetzung für eine Kultur des richtigen Umgangs mit den Forschungsergebnissen, geriet aufgrund der erhöhten fachspezifischen Anforderungen immer mehr aus dem Blick. Eine echte Communitas von Professoren und Studierenden in Forschung und Unterricht wurde aufgrund steigender Studentenzahlen sowie der beginnenden Auslagerung der Forschung aus den Universitäten in Akademien und Forschungsinstitute immer seltener.

In der Zeit der Weimarer Republik war die Entwicklung der Universitäten und Hochschulen gekennzeichnet durch die Folgen des Ersten Weltkrieges, einer wachsenden Internationalisierung der Industrie wie auch der Bildung, der Weltwirtschaftskrise sowie des gesellschaftlichen Aufstrebens der Arbeiterschaft. Die Angehörigen der Universitäten verhielten sich überwiegend abwartend, konservativ verharrend und standen somit der neuen Republik eher ablehnend gegenüber. Der mit der Abschaffung des Kaiserreiches einsetzende Fortschrittsoptimismus und Reformwille konnte sich aufgrund der politischen Reserviertheit der Hochschulangehörigen insgesamt sowie der finanziellen Limitierungen der Universitäten und Hochschulen durch die desolate Situation des Staates nicht entscheidend durchsetzen.[20]

Diese sozialen und politischen Gegebenheiten waren in den 20er Jahren Nährboden für vielfältige hochschulpolitische und -konzeptionelle Entwürfe, von denen einige vorgestellt werden sollen, weil diese - sehr verschieden akzentuierten - Überlegungen wichtige hochschultheoretische und -politische Aspekte enthalten, die sowohl im Hochschulwesen in der Zeit des Nationalsozialismus wie auch der SBZ/

---

[19] „Königlich Preußische Bekanntmachung vom 5. December 1835." In: Ebd. S. 586.

[20] Vgl. u.a. ELLWEIN 1985 S. 227-233.

DDR wiederzufinden sind. Waren die Diskussionen um die Jahrhundertwende noch überwiegend vom weiteren Auseinanderbrechen von spezieller, fachspezifischer Bildung einerseits und der Allgemeinbildung andererseits geprägt, so ging es jetzt vor allem um die Problematik einer zielgerichteten politischen und staatsbürgerlichen Bildung und Erziehung der Studierenden sowie um die Stellung der Universitäten und Hochschulen unter den gegebenen politischen und wirtschaftlichen Konditionen.

Der preußische Kultusminister Ch. *Becker* stellte nach dem ersten Weltkrieg Überlegungen zu einer geistigen Reformierung des Hochschulwesens, ausgehend von der neuhumanistischen Universitätsidee, an. Er forderte einerseits wieder eine stärkere allgemeinbildende Ausrichtung, andererseits aber auch eine Pädagogisierung des Hochschulunterrichts, um die politische Bildung der Studierenden verbessern zu können. Neben der Philosophie sah Becker in der Soziologie eine neue einheitsstiftende Kraft. Seine Überlegungen zeugen von dem Versuch, das Hochschulwesen unter den gegebenen politischen Bedingungen neu zu gestalten und zu einem aktiveren gesellschaftlichen Faktor werden zu lassen. Deshalb fordert er ausdrücklich politische Bildungsveranstaltungen für die Studierenden.[21]

Zum Thema „Student als Staatsbürger"[22] äußerte sich kurz nach dem Ersten Weltkrieg B. Freudenthal, zum Zeitpunkt des Erscheinens seiner Schrift Professor an der Universität Frankfurt am Main. Er unterteilt diesbezügliche Aufgaben der Studenten in „zwei Pflichten", eine außenpolitische - u.a. bezüglich der Diplomatentätigkeit - sowie eine innenpolitische. Es ginge nicht mehr an, daß sich die Studenten von der Politik fernhielten. Deshalb dürfe nicht mehr gelten: „studens taceat in politicis".[23] Freudenthal forderte die Studierenden auf, das soziale Leben ihrer Mitbürger kennenzulernen und gemeinnützig tätig zu werden und warnte vor parteipolitischer Vereinnahmung.

„Wissenschaft ist eine geistige Lebensform"[24] - mit dieser Formel wollte Jaeger die Universität an ihre Aufgabe als Stätte der Werterkenntnis und -bildung erinnern. Die Philosophie dürfe nicht weiter an den Rand gedrängt ihr Dasein fristen. Die großen Fragen nach dem Sinn der Geschichte, nach dem Verhältnis zur Tradition oder den Konditionen der persönlichen Freiheit und Existenz sollte die Philosophie - mit allen anderen Wissenschaften kommunizierend - immer wieder stellen. In diesem Sinne sieht Jaeger wieder in der Philosophie eine „Allwissenschaft", über die der schlechte Ruf der Universität, als „Fachschule mit schlechtem Gewissen"[25], abgebaut werden sollte.

---

[21] Vgl. BECKER, Ch., 1919. Zur Frage der politischen Bildung und Erziehung siehe SCHWARZ 1971 S. 313 - 337.

[22] FREUDENTHAL 1919.

[23] Ebd. S. 6.

[24] JAEGER 1924.

[25] Ebd. S. 26.

Der Göttinger Physiologe Jensen konstatierte in seiner 1928 erschienenen Schrift „Universität und Bildungsideal. Geisteswissenschaft und Naturwissenschaft“[26] eine einseitige Determinierung des wissenschaftlichen Erkennens und Urteilens an sich und fordert deshalb ein omnispektantes, in der Summe ein interdisziplinäres und transzendentales Vorgehen. Darunter versteht Jensen das, „was man sonst in ziemlich unbestimmter und unvollständiger Fassung als möglichst große Gründlichkeit, Umsicht und Klarheit des Urteilens zu bezeichnen pflegt“[27]. Von dieser intellektuellen Omnispektanz leitet er eine omnispektante Schulung und Ausbildung ab, die nicht „nur eine Schulung im Kritisieren, sondern auch im geistigen Produzieren, also eine Anregung der Phantasie, und zwar unter der Leitung der Kritik“[28] bedeute. Diese sei Voraussetzung für eine ethisch-praktische Omnispektanz, zu deren wichtigster Komponente er die Religiösität zählt, nicht in der Form einer bestimmten dogmatischen Religion, sondern als Wesenszug des Menschseins.

Als epochalen Entwurf wollte Adolf Rein, Professor an der Hamburger Universität, seine Überlegungen, welche er unter dem Titel „Die Idee der politischen Universität“[29] veröffentlichte und mit denen er die nationalsozialistische Universitätskonzeption vorbereitete, verstanden wissen. Diese Thesen sind auch deshalb interessant, weil sie eine Vielzahl von Strukturelementen aufweisen, die in der sozialistischen Hochschulkonzeption der DDR wiederzufinden sind. „Die von der deutschen Gegenwart und Zukunft zu fordernde Universität ist die politische Universität. Sie wird in ihrem Kern nicht transzendental, sondern historisch bedingt sein. ... Im politischen Gestaltungswillen wird der Quellboden ihrer Kraft liegen. Ihre Wissenschaft wird auf die Wirklichkeit des Staates bezogen sein; sie wird sich nicht mit einem abstrakten Staatsbegriff begnügen.“[30] Rein gibt de facto die Autonomie der Universität zugunsten einer umfassenden Vorherrschaft des realexistierenden Staates völlig auf und fordert eine zielgerichtete politische Erziehung der Studenten.

Das 14. bis 17. Jahrhundert, so Rein, sei das Zeitalter der „theologischen“ Universität gewesen, das 18. und 19. Jahrhundert der „philosophischen“. Der „politischen“ Universität, die er prophetisch für das 20. Jahrhundert reklamieren möchte, habe nicht mehr allein die Aufgabe, den Menschen zum Menschen zu bilden, sondern „den politischen Deutschen zu erziehen, d.h. einen bestimmten Menschen zu bilden, der in dem universalen Ganzen geltungswürdig ist, fähig, im tieferen Sinn einen hohen Menschentyp in concreto darzustellen“[31]. War die theologische Universität auf der Grundlage einer Gottesidee auf der Suche nach dem Absoluten und hat sich die philosophische Universität mittels der Idee der Vernunft dem Subjektiven zugewandt, so müsse sich die politische Universität, ausgehend vom objektiv Seienden, der endlich-zeitlichen Wirklichkeit zuwenden und ihre Haupttugend, den Gestaltungswillen, pflegen.

---

[26] JENSEN 1928.
[27] Ebd. S. 82.
[28] Ebd.
[29] REIN 1933.
[30] Ebd. S. 11f.
[31] Ebd. S. 12.

Da die deutschen Universitäten sich in Warenhäuser spezialisierter Wissenschaften verwandelt hätten, bedürfe es einer politischen Fakultät, die eine neue Einheit der Wissenschaften garantieren solle. Diese müsse alle diejenigen Fächer umfassen, die essentiell als politisch angesehen werden könnten. Dazu zählt Rein insbesondere die Staatsphilosophie, Geschichte, Pädagogik, Öffentliches Recht, Germanistik sowie Kirchengeschichte, Kirchenrecht und Ethik aus der Theologischen Fakultät. „Da dieses Organ aus Mitgliedern aller Fakultäten gebildet werden müßte, würde auf diese Weise ein Organ der wissenschaftlichen Verbindung innerhalb der Universität gestaltet werden."[32]

Die Universität dürfe jedoch nicht zur Parteischule werden und die Professoren sollten sich niemals als Funktionäre des Staates verstehen. Des weiteren forderte er eine grundlegende Neugestaltung der Universitäten, um liberale Beliebigkeit und demokratische Volkshochschultendenzen abzuwenden; Konzentration sei von allen Seiten her notwendig, vor allem hinsichtlich der Methoden des Unterrichts durch die Einführung von Lehr- und Studienplänen sowie bei der Auswahl der Studierenden. „Ferner: Strenge und Zucht in allem wird das Kennzeichen einer auf die Wirklichkeit des Staates bezogenen politischen Universität sein"[33].

Die programmatische Vielfalt der geschilderten Universitätskonzeptionen läßt auf ein hohes Maß essentieller wie praktischer Defizite im universitären Prozeß insbesondere in den 20er Jahren unseres Jahrhunderts sowie eine grundsätzliche Verunsicherung der Lehrenden und Studierenden schließen, die durch ökonomische Probleme sowie den Säkularisierungsprozeß in der Gesellschaft verstärkt wurden.

1.3. Die Universitäten und Hochschulen in der Zeit des Nationalsozialismus 1933 bis 1945

Schon vor der Machtergreifung der Nationalsozialisten 1933 existierten eine Reihe von Organisationen, in denen Studierende und Lehrende eine „Heimat" für ihre nationalsozialistischen Ideen finden konnten. Diese Organisationen, insbesondere der Nationalsozialistische Deutsche Studenten-Bund und der Nationalsozialistische Dozenten-Bund, dienten der NSDAP als Transmissionsriemen ihrer Politik im Hochschulwesen. Über die Mitglieder dieser Vereinigungen wurde von 1933 an die Politisierung der Universitäten betrieben, massiv in die universitäre Selbstverwaltung eingegriffen, die politische Kontrolle von Prüfungen und Berufungen durchgeführt und durch Bespitzelung und Denunziation die „Säuberung" des Lehrkörper und der Studentenschaft vorangetrieben.[34]

In Hitlers „Mein Kampf" wird die Rolle der Wissenschaft folgendermaßen beschrieben: „Der völkische Staat hat seine gesamte Erziehungsarbeit ... in erster Linie nicht auf das Einpumpen bloßen Wissens einzustellen, sondern auf das Heran-

---

32 Ebd. S. 37.
33 Ebd. S. 36.
34 Vgl. u.a. ELLWEIN 1985 S. 233-238.

züchten kerngesunder Körper. Erst in zweiter Linie kommt dann die Ausbildung der geistigen Fähigkeiten. Hier aber wieder an der Spitze die Entwicklung des Charakters, besonders die Förderung der Willens- und Entschlußkraft, verbunden mit der Erziehung zur Verantwortungsfreudigkeit, und erst als letztes die wissenschaftliche Schulung."[35] Die Rassentheorie wurde im Nationalsozialismus zum Ausgangspunkt für eine völkisch-politische Anthropologie und somit auch zum Sammelpunkt für die Einzelwissenschaft und deren Unterordnung unter die nationalsozialistische Ideologie. „Diese Anthropologie tritt an die Stelle der bisherigen verbrauchten Philosophie in den gemeinsamen Sinnmittelpunkt. Denn es ist die bildende und bedeutsame Aufgabe aller Wissenschaft, mitzuarbeiten an einem neuen Welt- und Menschenbild, zu dem die rassisch-politische Weltanschauung den Weg weist."[36]

Die Folge: Nicht wenige Lehrende und Studierende passen sich an, gehen in die innere Emigration oder werden gar öffentliche Verfechter der faschistischen Ideen. Bücherverbrennungen, Zensur und Selbstzensur oder Bespitzelungen werden mehr oder weniger widerstandslos erduldet. Diejenigen, die sich weiterhin offen und öffentlich zu humanistischen Werten bekennen, werden von den Universitäten verjagt, verhaftet oder gar ermordert. Manch einer, dem es bislang aufgrund defizitärer wissenschaftlicher Qualifikation an Aufstiegschancen mangelte, erhielt diese jetzt über eine Parteikarriere.

Über einen totalitären Erziehungsanspruch betrieb der totalitäre nationalsozialistische Staat systematisch die Gleichschaltung der Universitäten und Hochschulen. Durch verschiedene Anordnungen wurde strikt vereinheitlichend auf das Hochschulwesen eingewirkt und durch die Zweigleisigkeit von staatlicher und NSDAP-Administration eine doppelte Kontrolle gewährleistet. Die Autonomie der hohen Schulen wurde de facto aufgeben, die Freiheit von Forschung und Lehre wurde aufgrund von rassischer Ausgrenzungen und militaristischer Ziele pervertiert sowie die Studenten zu Subjekten einer demagogischen Erziehung degradiert.[37]

1.4. Die linke deutsche Arbeiterbewegung und die hohen Schulen

Die Klassenfrage und die damit verbundene Möglichkeit nur eines kleinen Teils der Gesellschaft, die Universtäten und Hochschulen zu besuchen, stehen im Zentrum der hochschulpolitischen Überlegungen von Marx und Engels.[38] In einem Brief

---

[35] HITLER, A., nach ELLWEIN 1985 S. 279.

[36] KRIECK, E. In: HOFER 1957 S. 17.

[37] Am 17. Juni 1993 wurde an der Dresdner Universität das Hannah-Arendt-Institut für Totalitarismusforschung eröffnet. Dieses soll sich der Erforschung von Diktaturen in der deutschen Geschichte widmen und die politischen und gesellschaftlichen Strukturen von NS-Diktatur und SED-Regime untersuchen. Hier ist auch ein ausführlicher Vergleich des erzieherischen Aspektes im nationalsozialistischen und im DDR-Hochschulwesen zu erwarten. Vgl. Hannah-Arendt-Institut für Totalitarismusforschung eingeweiht. In: Dresdner Universitätsjournal 13/1993 S. 1.

[38] „Durch die Befreiung sämtlicher Unterrichtsanstalten von der Bevormundung und Knechtung der Regierung sollte ... die Wissenschaft nicht nur allen zugänglich gemacht, sondern auch von den Fes-

an den internationalen Kongreß sozialistischer Studenten sprach Engels im Jahre 1893 von der Hoffnung, daß aus den Reihen der teilnehmenden Studenten das „intellektuelle Proletariat“ hervorgehen möge, das imstande sein müsse, die Leitung nicht nur der politischen Maschinerie, sondern ebenso der gesamten gesellschaftlichen Produktion in die Hand zu nehmen.[39]

Die beschwerliche gesellschaftliche Entwicklung in Deutschland sah Engels u.a. in der Bevormundung und Kontrolle der Universitäten durch den Staat sowie dem Ausbleiben der Vermittlung einer „freisinnigen Allgemeinbildung“ an den Universitäten begründet.[40] Auf dem Gebiet der Philosophie konstatierte er den Verlust des alten theoretisch-rücksichtslosen Geistes, wofür die klassische, idealistische Philosophie verantwortlich sei. Gedankenloser Eklektizismus, ängstliche Rücksicht auf Karriere und Einkommen bis herab zum ordinärsten Strebertum seien an seine Stelle getreten. „Die offiziellen Vertreter dieser Wissenschaft sind die unverhüllten Ideologen der Bourgeoisie und des bestehenden Staates geworden - aber zu einer Zeit, wo beide im offenen Gegensatz stehen zur Arbeiterklasse.“[41] Nur in der Arbeiterklasse bestünde dieser theoretische Sinn unbekümmert weiter, weil diese keine Rücksichten auf Karriere, Profitmacherei oder gnädige Protektion von oben nehmen müsse. „Im Gegenteil, je rücksichtsloser und unbefangener die Wissenschaft vorgeht, desto mehr befindet sie sich im Einklang mit den Interessen und Bestrebungen der Arbeiter.“[42]

In diversen Parteiprogrammen und Parteitagsbeschlüssen deutscher kommunistischer und sozialdemokratischer Parteien, angefangen vom Kommunistischen Manifest von Marx und Engels aus dem Jahre 1848 bis zu den Resolutionen der Brüsseler Parteikonferenz 1935 und der Berner Parteikonferenz 1939 der KPD, sind nur spärliche Verweise auf konzeptionelle Überlegungen zu Fragen universitärer Bildung und Erziehung zu finden.[43] In diesen Dokumenten geht es vor allem, ausgehend von der Forderung nach Beseitigung der kapitalistischen Gesellschaftsverhältnisse, um die sog. Brechung des bürgerlichen Bildungsprivilegs und um die Aufhebung der Abhängigkeit der Wissenschaft vom Industrie- und Finanzkapital und dem von diesem gestalteten Staatswesen sowie von idealistischen und kirchlichen Einflüssen.[44]

Vor allem Ende der 20er und Anfang der 30er Jahre wurden in vielen deutschen Universitätsstädten Zeitungen sozialistischer und kommunistischer Studentengrup-

---

seln des Regierungsdrucks und des Klassenvorurteils befreit werden.“ MARX, K.: Zweiter Entwurf zum „Bürgerkrieg in Frankreich“. In: GRUSDEW 1971 S. 196.

39 Vgl. ENGELS, F.: An den internationalen Kongreß sozialistischer Studenten. In: Ebd. S. 284.

40 Vgl. ENGELS, F.: Revolution und Konterrevolution in Deutschland. In: Ebd. S. 143f.

41 ENGELS, F.: Ludwig Feuerbach und der Ausgang der klassischen Philosophie. In: MARX/ENGELS 1962 S. 307.

42 Ebd.

43 Vgl. BERTHOLD/DIEHL 1967.

44 So wurde z.B. auf dem Gründungsparteitag der KPD vom 30.12. 1918 bis 1.1. 1919 lediglich grundsätzlich die Umgestaltung des Bildungswesens im Sinne und Geiste der proletarischen Revolution gefordert. Vgl. ebd. S. 107-118, hier S. 115.

pen herausgegeben, die u.a. unter den Titeln „Der rote Student"[45] oder „Student im Klassenkampf"[46] erschienen. Darin ging man vor allem auf aktuelle universitäre Probleme vor Ort sowie Fragen der Politik in Deutschland ein, insbesondere auf die nahende faschistische Gefahr.

Auf der Brüsseler Konferenz der KPD vom 3. bis 15. Oktober 1935 wurde in einer Resolution[47] eine gründliche Änderung des Charakters des kommunistischen Jugendverbandes und seiner Arbeit gefordert, damit dieser zu einer wirklichen Massenorganisation der ganzen proletarischen Jugend - auch der Jugend an den Universitäten und Hochschulen - werden und erzieherisch im Geiste des Klassenkampfes, des proletarischen Internationalismus und des Marxismus-Leninismus wirken könne.[48] Anfang 1939 wurden auf der Berner KPD-Konferenz Thesen zu einer neuen demokratischen Republik verfaßt. Zu den grundlegenden Zielstellungen zählte dabei - neben den Forderungen nach Aufhebung aller volksfeindlichen Gesetze, nach Garantierung der persönlichen und politischen Freiheit für alle Bürger, ohne Unterschied der Herkunft, des Standes, der Rasse und der Religion sowie nach einer vollen Glaubens- und Gewissensfreiheit - die Forderung nach der „Freiheit der Lehrtätigkeit, der wissenschaftlichen Forschung und künstlerischen Gestaltung"[49].

In weiteren Aktionsprogrammen und Aufrufen der KPD bis 1945 geht es überwiegend um die Beseitigung der faschistischen Diktatur und Überlegungen zum Aufbau eines demokratischen Deutschland, nicht aber um konkrete programmatische Grundsätze hinsichtlich einzelner gesellschaftlicher Bereiche, so des Hochschulwesens. Dies trifft ebenso auf die Dokumente des Nationalkomitees „Freies Deutschland" zu.[50]

1.5. Die sowjetische Hochschule

Als historischer Ausgangspunkt des „realexistierenden Sozialismus" wird die russische Oktoberrevolution 1917 angesehen, die - nach leninistischer Diktion - zur „Geburtsstunde eines neuen Menschen" wurde.[51] Wie diese propagandistische Feststellung im Einzelnen zu beurteilen ist, mag dahingestellt bleiben. Eines ist jedenfalls daran abzulesen: Der neue, der sozialistische Menschentyp, war noch nicht

---

[45] Siehe z.B.: Der rote Student. Organ der freien sozialistischen Studentenvereinigung in Königsberg in Pr. Königsberg 1929f.

[46] Siehe z.B.: Student im Klassenkampf. Zentralorgan der kommunistischen Studentengruppen Deutschlands. Jg. 1. Berlin 1928f.

[47] Der Titel dieser Resolution lautet: Der neue Weg zum gemeinsamen Kampf aller Werktätigen. Für den Sturz der Hitlerdiktatur. In: BERTHOLD/DIEHL 1967 S. 129-154.

[48] Vgl. ebd. S. 144.

[49] Vgl. Der Weg zum Sturze Hitlers und der Kampf um die neue demokratische Republik (Resolution der Berner Konferenz). In: Ebd. S. 160-192, hier S. 182.

[50] Vgl. dazu u.a. LIBERA 1966.

[51] Vgl. DORST, W.: Oktoberrevolution - Geburt des Menschen einer neuen Welt, einer neuen Moral. In: BOLCK 1968 S. 53-59.

vorhanden, noch nicht entwickelt, er mußte - um im Bild zu bleiben - nach seiner Geburt erst noch herangezogen, erzogen werden. Denn einer der wichtigsten Grundsätze und Ausgangspunkte der Marxschen Revolutionstheorie war in Rußland zum Zeitpunkt der Revolution 1917 nicht gegeben: Es existierte kein hochentwickeltes, sondern nur ein - auch rein quantitativ gesehen - schwach entwickeltes Proletariat. Die Entwicklung der kapitalistischen Industrie sowie die fachliche und geistige Qualifizierung der Arbeiterschaft hatte noch nicht den Stand erreicht, um in dieser Hinsicht von einem „Vorabend einer proletarischen Revolution" sprechen zu können. Deshalb forderte Lenin die Schaffung von Voraussetzungen für eine derartige Entwicklung innerhalb der Arbeiterschaft auf administrativem Wege. Was historisch nicht gewachsen war, sollte auf künstlichem Wege nachträglich geschaffen werden.[52]

Im Gegensatz zur russischen Schule, für die erst im Dezember 1917 die Trennung von der orthodoxen Kirche angeordnet wurde, ist an den russischen Hochschulen der westeuropäische Einfluß bereits im 19. Jahrhundert zu erkennen, der sich insbesondere auf die Struktur der Institution an sich wie auf die Lehre auswirkte. Zu den Universitäten gesellte sich auch in Rußland in diesem Jahrhundert eine immer größere Anzahl von Fachhochschulen und Technischen Hochschulen. Die Abhängigkeit der hohen Schulen vom Staat war zeitweise - entsprechend der Politik des jeweiligen Zaren - recht groß.[53]

Das Jahr nach der Revolution 1917 brachte für das Hochschulwesen grundlegende Veränderungen mit sich. Man wandte sich verstärkt von russischen Traditionen ab und öffnete sich der westlichen Bildung und Kultur, um diese für die eigene sozialistische Entwicklung fruchtbar zu machen. In den ersten Monaten nach der Revolution kam es zu ausufernden Liberalisierungen, durch die die bis dahin vorherrschenden Bildungsprivilegien radikal beseitigt werden sollten.[54]

Mit der Forderung nach Umwandlung der Schule „in ein Werkzeug der kommunistischen Umgestaltung der Gesellschaft" setzte sich eine klassenmäßige Privilegierung des Rechts auf Bildung an den Universitäten und Hochschulen immer mehr durch. Dem neuen Staatswesen gegenüber bejahend und aufgeschlossen eingestellte Bürger wurden bevorzugt immatrikuliert. Lenin ging beim Aufbau einer sozialistischen Intelligenz von der Überzeugung aus, daß nur auf diesem Wege die proletarische Revolution im Hochschulwesen durchzuführen, „die Kultur und die Menschheit zu retten" sei.[55]

---

[52] Ebenso gab es in Rußland keine spätkapitalistischen Widersprüche in der Gesellschaft, so zwischen Kapital und Arbeit, zwischen Finanz- und Industriekapital etc., welche - nach Marx - ein solches revolutionäres proletarisches Potential zur Folge haben. Vgl. dazu BAHRO 1977 und SCHNEIDER 1992.

[53] Vgl. ANWEILER/MEYER 1979 S. 22f.

[54] Dies wird insbesondere an der Regelung zur Aufnahme des Studiums im Dekret des Rates der Volkskommissare vom 2. August 1918 deutlich. Darin heißt es: „Jede Person, gleich welchen Bürgerstandes und welchen Geschlechts, im Mindestalter von 16 Jahren, kann als Hörer in eine beliebige Hochschule eintreten, ohne Vorlage eines Diploms, eines Zeugnisses oder eines Nachweises über den Abschluß der Mittelschule oder irgendeiner anderen Schule." Ebd. S. 65f.

[55] Vgl. ELJUTIN 1969 S. 11.- In den Aufnahmebestimmungen für die Hochschulen der Sowjetunion für

Um den Anteil der Kommunisten an den Universitäten und Hochschulen zu erhöhen, wurde bereits Ende 1919 eine Verordnung erlassen, aus der hervorgeht, daß an jeder Universität eine Arbeiterfakultät zu eröffnen sei.[56] Diese Einrichtungen, die bis Anfang der 40er Jahre Bestand hatten, dienten einerseits der Aufarbeitung von Bildungsdefiziten bei studierwilligen Arbeitern und Bauern, andererseits einer zielgerichteten ideologischen Erziehung von klassenbewußten angehenden Studierenden im Sinne des Marxismus-Leninismus.[57] Zur Ausbildung von Hochschullehrern für die gesellschaftswissenschaftlichen Fächer wurden 1921 an den Hochschulen eigene Institute geschaffen, die sog. „Institute der Roten Professur"[58].

Mit der Bildung der Union der sozialistischen Sowjetrepubliken im Jahre 1922 wurden die seit der Revolution in Rußland eingeführten Veränderungen im Hochschulwesen auf alle anderen Republiken ausgedehnt. Moskau wurde in der Folge zur bestimmenden und vor allem zur vereinheitlichenden Komponente in allen hochschulpolitischen und -strukturellen Fragen, so auch hinsichtlich der Erziehung der Studenten zu klassenbewußten Marxisten und Leninisten.

Für Stalin hatten Bildung und Kultur noch mehr als für Lenin eine entscheidende ökonomische und politische Bedeutung, deren Effizienz durch eine bessere Umsetzung des Absolutheitsanspruches der kommunistischen Ideologie an den Universitäten und Hochschulen, durch eine kommunistische patriotische Erziehung, weiter gesteigert werden sollte. Er stellte deshalb immer wieder das sog. Kaderproblem in den Mittelpunkt seiner Reden. Kader dürften nicht nur Besserwisserei betreiben, sondern müßten Spezialisten sein. „Die Wissenschaft meistern, neue Kader bolschewistischer Spezialisten auf allen Wissensgebieten schmieden, lernen, lernen, in der hartnäckigsten Weise lernen - das ist jetzt die Aufgabe,"[59] - so Stalin im Jahre 1928 auf einem Kongreß des Komsomol.[60]

Aus diesem Grunde wurde der Erziehung der Studierenden im Sinne der kommunistischen Ideologie in den 30er Jahren verstärkte Aufmerksamkeit gewidmet. Um die einheitliche Entwicklung der angehenden Kader zu gewährleisten, wurden bis Anfang der 30er Jahre die Zulassungsordnungen, die Studienpläne sowie die Struktur der Leitung der Universitäten und Hochschulen weitestgehend durch zentralisti-

---

das Jahr 1923 wurde u.a. festgelegt, daß in Aufnahmeprüfungen die sog. politische Elementarbildung abzufragen sei. In Punkt 11 heißt es: „Die Kommandierung an eine Hochschule erfolgt durch die Partei- und Berufsorganisationen auf Grund der Klassenauslese." ANWEILER/MEYER 1979 S. 124.

56 Vgl. ebd. S. 97f.

57 Vgl.: Beschluß des Rats der Volkskommissare über die Arbeiterfakultäten vom 17.09. 1920. In: LENIN 1969 S. 335f.

58 Vgl. ebd. S. 115-117.- Ende der 30er Jahre wurden diese Institute wieder aufgelöst - deren Funktion wurde von der bereits im Juni 1918 gegründeten Akademie für Gesellschaftswissenschaften übernommen. Vgl. SCHÜTZLER/STRIEGNITZ 1987 S. 204-207.

59 ANWEILER/MEYER 1979 S. 161.

60 Sieben Jahre später stellte er vor Absolventen der Akademie der Roten Armee fest, daß nicht mehr die alte Losung, „Die Technik entscheidet alles", sondern eine neue: „Die Kader entscheiden alles" gelte. Vgl. ebd. S. 206.

sche Vorgaben vereinheitlicht.[61] Außerdem kam es in verschiedenen Fachrichtungen zur Einführung ständiger Produktionspraktika. Dies führte insgesamt zu einer totalen Verplanung und ideologischen Vereinnahmung des Hochschulwesens und somit zu einer grundsätzlichen Schwächung der universitären Innovationsfähigkeit.[62]

Mit diesen hochschulpolitischen Anforderungen und den damit verbundenen hochschulstrukturellen Veränderungen sollte das Fundament für eine fachlich effiziente Ausbildung sowie eine einheitliche weltanschauliche und politische Erziehung der Studentenschaft gelegt werden. Eine herausragende Bedeutung wurde dabei dem Studium der Gesellschaftswissenschaften zugeschrieben, das für alle Fachrichtungen obligatorisch war. Darüber hinaus wurden die Professoren und Dozenten aller Fachrichtungen sowie die Partei-, Gewerkschafts- und Komsomolorganisationen für die marxistisch-leninistische Erziehung der Hochschuljugend verantwortlich gemacht.[63]

2. Von der Studentenseelsorge zur Studentengemeinde

Die zentrale Frage, der es hinsichtlich der Entstehung einer speziellen Studentenseelsorge und deren Entwicklung zur Studentengemeinde nachzugehen gilt, ist die nach dem gesellschaftspolitischen, universitären und kirchlichen Kontext, der letztendlich die Studentenseelsorge notwendig gemacht sowie eigene Studentengemeinden hervorgebracht hat. Die inhaltliche und organisatorische Ausdifferenzierung der Studentenseelsorge setzte zu Beginn unseres Jahrhunderts ein, führte in den 20er Jahren zur Herausbildung eigener Studentengemeinden und fand in der Zeit des Nationalsozialismus einen grundsätzlichen Abschluß.

2.1. Politische, kirchliche und universitäre Rahmenbedingungen

In den 70er Jahren des 19. Jahrhunderts war es zu einer schwerwiegenden und folgenreichen Auseinandersetzung zwischen dem bürgerlichen Liberalismus und der katholischen Kirche insbesondere in Preußen gekommen. Vor allem der „Syllabus“, eine von Papst Pius IX. im Dezember 1864 an alle Bischöfe übersandte Zusammenstellung von 80 Zeitirrtürmern - dazu zählen z.B. der Rationalismus und der Liberalismus, aber auch der Sozialismus und der Kommunismus -, die vom katholischen Standpunkt aus zu verwerfen seien, sowie die Unfehlbarkeitserklärung auf

---

[61] Vgl. u.a.: Über die Studienpläne und die Leitung in der Hochschule und in den Technika. Verordnung des Zentralexekutivkomitees der UdSSR vom 19. September 1932. In: Ebd. S. 195-199.

[62] Vgl. dazu weiter: HARIG 1952; BAUMGART 1953; Erziehung - wichtigste Aufgabe auch an den sowjetischen Hochschulen. In: Das Hochschulwesen 4/1953 S. 9-12; PARCHOMENKO, M.: Die Erziehungsarbeit an den sowjetischen Hochschulen. In: Das Hochschulwesen 1/1953 S. 7-11 sowie NOVIKOV 1981.

[63] Vgl. z.B.: Über die Festigung der Verbindung der Schule mit dem Leben und die weitere Entwicklung des Volksbildungssystems im Lande. Thesen des Zentralkomitees der KPdSU und des Ministerrats der UdSSR vom 12. November 1958. In: ANWEILER/MEYER 1979 S. 308-339, hier S. 337f.

dem Ersten Vatikanischen Konzil 1869/70 führten dazu, daß die katholische Kirche in der Öffentlichkeit als rückständig und staatsgefährlich angesehen wurde. Der sog. Kulturkampf, der u.a. 1871 zur Aufhebung der katholischen Abteilung im preußischen Kulturministerium und ein Jahr später zum sog. Jesuitengesetz, dem Verbot verschiedener Orden, führte, war vor allem ein Kampf um Weltanschauungen. Außerdem kam es in diesen Jahren zu vielfältigen innerkirchlichen Auseinandersetzungen im Zusammenhang mit den Entscheidungen des Ersten Vatikanischen Konzils, die in der Abspaltung der Altkatholiken gipfelten.[64]

An den Universitäten und Hochschulen setzte in der zweiten Hälfte des 19. Jahrhunderts eine rasante naturwissenschaftlich-technische Entwicklung ein; die Universitäten expandierten, neue spezialisierte Hochschulen wurden gegründet. Berufsbildung und Spezialistenausbildung rückten mehr und mehr in den Mittelpunkt des universitären Interesses; Defizite hinsichtlich einer akademischen Allgemeinbildung wurde immer häufiger beklagt. Die Autonomie der hohen Schulen geriet in Konfrontation mit einem ökonomischem Utilitarismus. Die communitas von Professoren und Studenten, ein herausragendes Moment der Humboldtschen Universitätsreform, konnte allein schon aufgrund rasant steigender Studentenzahlen immer weniger realisiert werden.

Trotz des allmählichen Abbaus der Kulturkampfgesetzgebung in den 80er und 90er Jahren des vorigen Jahrhunderts kam es aufgrund dieser politischen und kirchlichen Auseinandersetzungen sowie der universitären Entwicklungen zu einer extremen Verunsicherung der Studierenden - insbesondere derer katholischer Konfession - vor allem hinsichtlich ihrer Welt- und Wertorientierung. Die studentischen Korporationen verloren an Einfluß; nicht wenige Studierende schlossen sich diesen gar nicht mehr an, Studentinnen waren von vornherein ausgeschlossen.[65] Aus diesem Grunde kam es in der Zeit der Wende vom 19. zum 20. Jahrhundert zu einer freistudentischen Bewegung, welche sich von den traditionellen Korporationen distanzierte.[66] Unter der Maxime der freien Selbsterziehung und -bildung im Sinne selbstgewählter Vorbilder versuchte man die akademische Gemeinde als Kulturgemeinschaft zu verstehen, in der - so die programmatische Forderung - gegen zunehmende Tendenzen der „Züchtung“ einseitiger Fach- und Brotgelehrter harmonisch entwickelte Persönlichkeiten herangebildet werden sollten.[67]

Im Kontext dieser universitären, politischen und kirchlichen Konditionen sowie der expandierenden säkularistischen Tendenzen in der Gesellschaft wurde um die Jahrhundertwende der Ruf katholischer Studierender sowie einzelner Priester nach einer eigenen Studentenseelsorge laut.[68] Die Behörden einiger Diözesen beauftragten

---

[64] Vgl. BIHLMEYER/TÜCHLE 1969 S. 403-413 sowie FRANZEN 1975 S. 339-349.

[65] Vgl. HAUSER 1965 S. 29.

[66] Vgl. BIAS-ENGELS 1988 S. 143-155.

[67] Vgl. JACKSTEL 1990 S. 239f.

[68] Siehe HAUSER 1965 S. 28. „Begründet wird die Forderung vor allem mit der sittlichen und religiösen Gefährdung der Studierenden durch das Leben an den Universitäten.“ Ebd. 29.- Für andere Stände in der Kirche gab es bereits eine spezielle Seelsorge - so für Dienstmädchen, Mütter, Jünglinge oder Arbeiter. Vgl. ebd. S. 30.

deshalb Seelsorger mit der Betreuung von Studentinnen und Studenten. Die Arbeit der zunächst nur nebenamtlich tätigen Seelsorger war von der individuellen pastoralen Betreuung der einzelnen Studierenden bestimmt, außerdem durch Gottesdienste, aber auch durch Vorträge sowie soziale Hilfeleistungen.[69]

2.2. Zu den Anfängen der Studentenseelsorge und der Akademischen Bonifatius-Einigung

Die Gründungen von Bursen sowie von Marianischen Kongregationen im Mittelalter werden als der Beginn der kirchlichen Betreuung von nichtklerikalen Studenten angesehen.[70] In der Mitte des 19. Jahrhunderts entwickelte sich eine katholische Volks- oder Laienbewegung, die zu einem vielfältigen Vereins- und Verbandswesen, auch unter der katholischen Studentenschaft, führte und die als der Beginn des sog. Verbandskatholizismus angesehen wird.[71] In einer Welt, die mehr und mehr von Pluralismus und Säkularismus geprägt war, suchte man die Gemeinschaft von Gleichgesinnten. Man wollte so ein sichtbares katholisches Bekenntnis in der Öffentlichkeit als bewußte Entgegnung auf antireligiöse und kirchenfeindliche Tendenzen in der damaligen Zeit setzen. Apologetik war ein Hauptmerkmal der katholischen Verbände und Vereine in diesen Jahrzehnten.[72]

Eine herausragende Bedeutung in diesem Zusammenhang kommt der vom Bonifatiusverein 1867 gegründeten Akademischen Bonifatius-Einigung zu, welche das Ziel verfolgte, die gesamte katholische Studentenschaft zu organisieren und zu repräsentieren.[73] In den Jahren danach entstanden in vielen Universitätsstädten Akademische Bonifatius-Vereine.[74] Diese hatten sich insbesondere die Unterstützung der Studierenden in der konfessionellen Diaspora, vor allem in Nord- und Mitteldeutschland, zur Aufgabe gemacht. Während des Kulturkampfes boten sie in Preußen den Studierenden in den Vereinsversammlungen auch die Möglichkeit zur Diskussion von aktuellen politischen Tagesfragen.[75] Bereits im Wintersemester 1905/06 hatte die ABV Berlin mit der Unterstützung fast aller anderer Vereine die Einstellung eines Studentenseelsorgers gefordert. Nach Benkart scheiterte dieser Plan an „äußeren Gründen" - er zeige „aber deutlich den Beginn einer neuen allgemeinen

---

[69] Vgl. REINHARD 1965 S. 14.

[70] Vgl. PRAHL 1978 S. 48-56.

[71] Die beiden größten studentischen Vereinigungen waren der 1856 gegründete Cartellverband der katholischen deutschen Studentenverbindungen (CV) und der 1863 gegründete Kartellverband katholischer deutscher Studentenvereine (KV). Vgl. Studentenvereine. In: LThK Bd. 9 Sp. 1119.

[72] Kennzeichnend war außerdem der bloße Kampf um deren Existenz. „In den Jahren 1904/1905 z.B. wurde an den meisten Hochschulen der Ruf nach Auflösung aller konfessionellen Verbindungen erhoben, weil sie angeblich die akademische Freiheit und die Voraussetzungslosigkeit der Wissenschaft mit ihren Prinzipien verletzten. Mancherorts, wie in Jena, wurde die Auflösung vom akademischen Senat tatsächlich verfügt." HAUSER 1965 S. 26.

[73] Vgl. Bonifatiusverein. In: LThK Bd. 2 Sp. 595 sowie BENKART 1965.

[74] Im Jahre 1912 zählten zur ABE 46 Vereine. Im mitteldeutschen Raum existierten sie zu diesem Zeitpunkt lediglich in Berlin und Halle. Vgl. Akademische-Bonifatiuskorrespondenz vom 15. 2. 1912 Nr. 3 S. 180f. In: AKSGR.

[75] Vgl. BENKART 1965 S. 119.

Entwicklung"[76]. Im Wintersemester 1912/13 wurde dann in Freiburg i.Br. der erste hauptamtliche Studentenpfarrer berufen.[77]

In den 20er und 30er Jahren setzte sich die ABE verstärkt für die Einstellung von Studentenseelsorgern sowie die religiöse und weltanschauliche Bildung der katholischen Studierenden ein. Sie förderte Weltanschauungsvorlesungen an den Universitäten und Hochschulen, richtete Bibliotheken oder Lesezimmer ein und organisierte religiös-wissenschaftliche Vorträge. Aus einer Rednerliste der ABE für das Sommersemester 1926 geht hervor, daß neben theologischen und religiösen Themen auch Veranstaltungen zu Fragen der Biologie oder Geschichte angeboten wurden.[78] In einem Bericht der ABE vom 27.11. 1925 wird auf weitere Aktivitäten verwiesen, so den Bau der Akademiker-Gedächtnis-Kirche in Leipzig-Gohlis, der überwiegend aus Mitteln der ABE finanziert wurde. Außerdem ist von einem Plan eines Studentenheimes in Leipzig die Rede, der jedoch nicht verwirklicht werden konnte.[79]

Nach der Machtübernahme der Nationalsozialisten mußten die katholischen studentischen Verbände das konfessionelle Prinzip aufgeben und deshalb aus der ABE austreten.[80] In einem Bericht über die studentische Arbeit der ABE 1934 wird festgestellt, daß es aus diesem Grunde zu „empfindlichen finanziellen Verlusten" gekommen sei und deshalb die bisher gewährten Unterstützungen nicht mehr fortgesetzt werden könnten. Man sprach sich dafür aus, die Arbeit der ABE zu dezentralisieren und die Spenden aus den örtlichen Vereine nur noch für die Veranstaltungen der Studentenseelsorge und Publikationen zu nutzen.[81] Neben der „Akademischen Bonifatius-Korrespondenz", die zweimal im Semester erschien, wurden von der ABE verschiedene Schriftenreihen in loser Folge herausgegeben, so die Schriftenreihe „Der Christ in der Zeit", die einen starken apologetischen Charakter hatte;[82] eine weitere Schriftenreihe mit dem Titel „Ich glaube" bemühte sich um eine positive Darstellung der Glaubenslehre der katholischen Kirche.[83]

Auf einer Sitzung des Generalvorstandes des Bonifatiusvereins im Mai 1934 wurde beschlossen, „die studentische Seelsorge weiterhin im Rahmen der ABE durch-

---

[76] Ebd. S. 120.

[77] Vgl. REINHARD 1965 S.15.

[78] Die Themen, die angeboten wurden, reichen von „Thomas von Aquin", über „Katholische Kirche und moderne Literatur" bis zu „Grenzen der Wissenschaft". Vgl. Rednerliste der ABE aus dem Jahre 1928. In: AKSGL.- Vgl. weiter: Die ABE und die Verwirklichung des ersten Prinzips unserer katholischen Korporationen. In: Mitteilungen der ABE 15/1931 S. 11f. In: AKSGR. Daraus geht hervor, daß die ABE den katholischen Korporationen in einem 12-Punkte-Programm ihre Unterstützung angeboten hat. Diese betraf vor allem die Organisierung und finanzielle Bezuschussung von Bildungsveranstaltungen und Exerzitienkursen.

[79] Vgl. Bericht der ABE, Vorort Paderborn, vom 27.11. 1925, 2 S. In: AKSGR.

[80] Vgl. BENKART 1965 S. 123.

[81] Vgl. Bericht der ABE für das Jahr 1934, 8 S., hier S. 2. In: AKSGR.

[82] In dieser Schriftenreihe setzte man sich in kritischer Weise mit den Bestrebungen der Nationalsozialisten auseinander, die katholische Kirche für ihre Ideen zu vereinnahmen. Die Titel dieser Hefte lauten z.B.: „Das Anliegen der Deutschen Glaubensbewegung und die Katholische Kirche", „Der Deutsche Glaube in philosophischer Sicht" oder „Christentum und Deutschreligion". Vgl. ebd. S. 5 sowie BENKART 1965 S. 125.

[83] Bericht der ABE für das Jahr 1934, 8 S., hier S. 6. In: AKSGR.

zuführen."[84] Das Ansinnen der „Deutschen Studentenschaft" sowie der „Arbeitsgemeinschaft katholischer Deutscher", die Studentenseelsorge in deren Ortsgruppen zu organisieren, wurde entschieden abgelehnt. Die Verweigerung, sich den nationalsozialistischen Organisationsformen zu unterwerfen, führte dann im Februar 1939 letztendlich zur Selbstauflösung der ABE, nachdem zuvor schon verschiedene lokale Gruppierungen von der Geheimen Staatspolizei geschlossen worden waren. Im September 1939 mußte das Erscheinen der Akademischen Bonifatius-Korrespondenz aus Gründen der Papiereinsparung - so die offizielle Version - eingestellt werden, nur einen Monat später wurde sie aus der Liste der Zeitschriften gestrichen.[85]

2.3. *Die Vereinigung von katholischen Studenten- und Studentinnenseelsorgern*

Im Januar 1905 ist es in Würzburg zur ersten nachweisbaren Konferenz von Seelsorgern gekommen, die sich der pastoralen Arbeit mit Studierenden widmeten.[86] Das Hauptanliegen für die weitere Arbeit sah die Konferenz in der Sammlung von Studentinnen und Studenten katholischen Bekenntnisses sowie in der Bekanntmachung dieser neuartigen Pastoral in der kirchlichen Öffentlichkeit. Ein bedeutender Schritt in der katholischen Studentenseelsorge wurde im Jahre 1917 getan. Am 26. September trafen sich 26 haupt- und nebenamtliche Studentenseelsorger aus 15 Hochschulstädten in Frankfurt a.M. und gründeten die „Vereinigung von katholischen Studenten- und Studentinnenseelsorgern für das deutsche Sprachgebiet", die heutzutage noch als Organisationsform besteht.[87] In mehreren Referaten wurde auf dieser Konferenz der Frage nachgegangen, auf welchem Wege die Studentenseelsorge zu organisieren sei.

Der erste Vorsitzende dieser Konferenz, Wilhelm Reinhard aus Freiburg i.Br., betonte in seinem Beitrag, daß es für die Arbeit mit Studentinnen und Studenten einer eigenen kirchlichen Organisation bedürfe, weil diese weder von den katholischen Studentenkorporationen noch von den verschiedenen akademischen katholischen Vereinen geleistet werden könne. „Alle Forderungen, die an eine solche zu stellen sind, erfüllt in idealer Weise die Marianische Kongregation. Sie ist eine Standesorganisation, und zwar aus der studierenden Jugend herausgewachsen, ihr also gewissermaßen auf den Leib zugeschnitten und schon durch historische Bande mit ihr verknüpft."[88] Mögliche Bedenken hinsichtlich einer einseitigen religiösen Ausrichtung der Marianischen Kongregation zerstreute Reinhard mit dem Verweis darauf, daß das Kongregationsziel weit gefaßt sei und eine seelsorgerliche Erfassung aller Studierenden angestrebt werde. Obwohl die Konferenz einstimmig be-

---

84 BENKART 1965 S. 125.
85 Ebd. S. 126f.
86 Vgl. HAUSER 1965 S. 29.
87 Vgl. REINHARD 1965 S. 16.
88 Bericht über die Konferenz katholischer Studenten- und Studentinnenseelsorger zu Frankfurt a.M. am 26. September 1917, 8 S., hier S. 4. In: AKSGR.

schloß, die Marianische Kongregation an allen Hochschulen des deutschen Sprachgebietes zu installieren, wurde dies nur vereinzelt realisiert. Insbesondere in Hochschulstädten in Diasporagebieten mit einem nur geringen Anteil an katholischen Studierenden wurde die studentische Seelsorge weiter über die Akademischen Bonifatius-Vereine, vereinzelt aber auch über Vinzenz-Vereine oder katholische Akademiker-Ausschüsse, durchgeführt.[89]

Carl Sonnenschein[90] plädierte dafür, die Konferenzen der Studentenseelsorger „möchten sich nicht grundsätzlich auf die Behandlung direkt seelsorglicher akademischer Fragen beschränken, sondern über das gesamte Gebiet des Universitäts- und Studentenlebens berichten und unterrichten."[91] Dies geböte die Sache an sich wie auch die studentische Seelsorgetätigkeit im besonderen. Pater Stratmann aus Berlin sprach bei der Frankfurter Konferenz der Studentenseelsorger 1917 erstmals öffentlich den Gedanken einer „Studentengemeinde" aus. „Das Ideal einer gut organisierten Studentenseelsorge dürfte die mit allen Mitteln moderner Pfarrseelsorge arbeitende, unter einheitlicher Oberleitung geschlossen dastehende Studentengemeinde sein."[92] Die weitere Entwicklung sollte Stratmanns vorausschauende Aussage bestätigen.

Auf der konstituierenden Tagung der Vereinigung der Studentenseelsorger am 17. und 18. April 1918 in Leipzig [93] wurde eine Satzung mit dem Ziel verabschiedet, die Arbeit gegenseitig zu fördern und eine möglichst einheitliche Gestaltung herbeizuführen.[94] Die auf dieser Tagung gehaltenen Referate stellen in der Summe ein Grundsatzprogramm für die weitere Arbeit mit katholischen Studentinnen und Studenten dar. Ausgehend von den Erfahrungen in den ersten beiden Jahrzehnten des 20. Jahrhunderts wurde nach einer den Erfordernissen der Zeit entsprechenden Studentenpastoral gesucht.

---

[89] Vgl. Punkt I.2.5. (Siehe S. 33-36.)

[90] U.a. durch die Gründung des „Sekretariats Sozialer Studentenarbeit" im Jahre 1908 sowie die Herausgabe der Sozialen Studentenblätter machte der „Großstadtseelsorger" Sonnenschein zum einen die Studierenden mit den sozialen Problemen ihrer Zeit bekannt und half zum anderen bedürftigen Studentinnen und Studenten, ihre materiellen Nöte zu überwinden. Vgl. NIELEN 1965 S. 70-75.

[91] Bericht über die Konferenz katholischer Studenten- und Studentinnenseelsorger zu Frankfurt a.M. am 26. September 1917, 8 S., hier S. 3. In: AKSGR.

[92] HAUSER 1965 S. 34.

[93] Vgl. die Einladung zu dieser Tagung. In: AKSGR. DOKUMENT 1 S. 167f.

[94] Von den 12 Paragraphen dieser Satzung sind die beiden mit „Wege und Ziele" überschriebenen Paragraphen von besonderem Interesse. „ 1. Die Vereinigung von katholischen Studenten- und Studentinnenseelsorgern für das deutsche Sprachgebiet will die katholischen Priester, welche berufsmäßig im genannten Territorium Seelsorge an Hochschülern und Hochschülerinnen ausüben, zusammenschließen, sie in ihrer Tätigkeit fördern und eine möglichst einheitliche Gestaltung dieser Standespastoral herbeiführen.- Die Vereinigung unterstellt sich gehorsam den Weisungen des Hochwürdigsten Episkopates der römisch-katholischen Kirche in den betreffenden Ländern.- Sitz ist der Wohnort des jeweiligen ersten Vorsitzenden. 2. Zur Erreichung dieser Ziele 1. vertritt die Vereinigung die Interessen der katholischen Studentenseelsorge nach außen; 2. beruft sie, und zwar mindestens einmal im Jahre, Tagungen, auf welchen die Angelegenheiten der Studenten- und Studentinnenseelsorge erörtert werden; 3. sucht sie auf jedwede sonstige Weise die Seelsorge der Akademiker zu befruchten." Zitiert nach REINHARD 1965 S. 17.

Neben den pastoralen Anliegen wird dabei auf die Notwendigkeit studentischer Bildungsarbeit verwiesen.[95] Um den Anforderungen an die Studentenseelsorge nach geistiger Auseinandersetzung insbesondere in Weltanschauungsfragen gerecht werden zu können, wurde vorgeschlagen, sich neben den Aktivitäten in der Bildungsarbeit der Studentenseelsorge (Vorträge, Diskussionsabende, persönliche Gespräche oder die Vermittlung von entsprechender Literatur) für ein diesbezügliches Vorlesungsangebot an den Universitäten und Hochschulen einzusetzen. Deshalb wandte man sich an die Bischöfe mit der Bitte, „dahin wirken zu wollen, daß die preußische Regierung ihr Versprechen, an den Universitäten ohne katholisch-theologische Fakultät eine religionswissenschaftliche Professur zu errichten und mit einem katholischen Theologen zu besetzen, noch während des Krieges einlöst“[96].

Die Konferenzen der Studentenseelsorger, die bis Ende der 30er Jahre jährlich stattfanden, hatten nicht nur eine Bedeutung hinsichtlich des Erfahrungsaustausches der Beteiligten und der konzeptionellen Entwicklung der Studentenseelsorge. Die Vereinigung als Repräsentantin der Studentenseelsorge meldete sich auch zu hochschulpolitischen Fragen zu Wort.[97] Auf der Tagung 1920 in Würzburg wandte sie sich z.B. gegen eine Bildung von katholischen Fraktionen in den studentischen Vertretungen an den Universitäten und Hochschulen.[98] Weiter ging man gegen nationalistische Tendenzen an und forderte in diesem Zusammenhang gegen den im Ersten Weltkrieg geschürten Geist des Völkerhasses eine katholische studentische Internationale.[99]

Mit Überlegungen zu einem „Katholischen Studententag“, der alle katholischen deutschsprachigen Studenten zusammenbringen sollte, befaßte sich die Konferenz auf ihrer Tagung 1926 in Aachen. Man sah aber aufgrund der partikularistischen Tendenzen der einzelnen studentischen Verbände die Zeit dafür noch nicht gekommen. Deshalb beschloß man, zunächst sog. Führertagungen für in der katholischen Verbandsarbeit tätige Studierende zu organisieren. Eine erste derartige Tagung fand im Dezember 1926 statt.[100]

---

95 Carl Sonnenschein forderte bei der Leipziger Tagung ein Fünf-Punkte-Programm für die Studentenseelsorge: 1. Kultur-, 2. Sozial-, 3. National-, 4. Lebens- und 5. Hochschulprogramm. Zuerst nennt Sonnenschein das Kultur- und das Sozialprogramm und erst an vierter Stelle das Lebensprogramm, womit vor allem die pastorale Anleitung zu praktischer christlicher Lebensgestaltung gemeint ist. Vgl. HARTMANN 1965 S. 41f.

96 Ebd. S. 44.

97 Im Wintersemester 1919/20 wurde in Berlin der „Hochschulring deutscher Art“ mit dem Ziel gegründet, das deutsche Volkstum und die deutsche Volksgemeinschaft zu pflegen sowie die Wiedererstarkung von Volk und Vaterland zu erstreben. Juden durften dieser Vereinigung nicht angehören. Die meisten katholischen Korporationen hatten sich diesem Hochschulring angeschlossen. Gegen diese nationalistischen Tendenzen sprach sich die Vereinigung der Studentenseelsorger bei ihren jährlichen Tagungen wiederholt aus, forderte die Überwindung des nationalistischen Geistes sowie eine verstärkte Einbeziehung von ausländischen Studierenden in die eigene Arbeit. HARTMANN 1965 S. 51f.

98 Ebd. S. 48.

99 Zu deren Gründung kam es im Jahre 1920 in Freiburg in der Schweiz. Man gab ihr den Namen „Pax Romana“. Vgl. ebd. S. 50.

100 Vgl. HARTMANN 1965 S. 54f.

Auf der Jahrestagung der Vereinigung der Studentenseelsorger im Jahre 1929 wurde ein gemeinsam mit der ABE entworfenes Programm einer „Religionshochschule" vorgestellt. „Sie soll in der Form moderner religiöser Erwachsenenbildung den Studierenden in den Ferien zur Verfügung stehen. Hauptmitarbeiter sind die Studentenseelsorger. Die Arbeitsform der Religionshochschule sieht in den Städten des gesamten deutschen Sprachgebietes die Einrichtung von dreitägigen Kursen vor. In diesen Kursen soll ausgehend von einem grundsätzlichen Thema eine geistige Bildung sowie eine religiöse Formung und Aktivierung erreicht werden. Für größere, z.T. über mehrere Wochen sich erstreckende Kurse ist der Bau eines eigenen Zentrums in Elkeringhausen bei Winterberg (Hochsauerland) vorgesehen."[101] Diese Religionshochschule wurde mit ihren Aktivitäten zu einem wichtigen Faktor in der Bildungsarbeit der Studentenseelsorge sowohl in Elkeringhausen wie auch in den einzelnen Hochschulstädten.

Auf der Konferenz der Studentenseelsorger im Jahre 1931[102] wurde über die Errichtung von Lehrstühlen für die Katholische Glaubenslehre diskutiert. Hatte man nach dem Ersten Weltkrieg religionswissenschaftliche Lehrstühle gefordert, so war man jetzt - mit einem Bedauern über die verpaßten Möglichkeiten nach dem Krieg - auf die Einrichtung von Weltanschauungsprofessuren aus. Als Beispiel wurde die Gastprofessur von Romano Guardini, Ordinarius an der Universität Breslau, in Berlin genannt.[103] Diese anspruchsvollen Überlegungen mußten aufgrund der Machtübernahme der Nationalsozialisten nur zwei Jahre später und den damit verbundenen Folgen für die kirchliche Studentenarbeit unrealisiert bleiben.

Die Vereinigung von katholischen Studenten- und Studentinnen-Seelsorgern für das deutsche Sprachgebiet entwickelte sich in den 20er Jahren neben der ABE zum entscheidenden Faktor in der Studentenseelsorge. Sie versuchte, sich vor allem durch das Aufgreifen sozialer Fragen und eine umfassende Bildungsarbeit immer mehr auf die spezifische Situation der Studierenden einzustellen und sprengte somit den Rahmen bloßer Standesseelsorge. Davon profitierte insbesondere die Studentenseelsorge in der mitteldeutschen Diaspora, weil hier die katholischen studentischen Verbände und Korporationen aufgrund der relativ geringen Zahl katholischer Studierender nur schwer Fuß fassen konnten. So stand hier schon früh die Persönlichkeit des Seelsorgers im Mittelpunkt nicht nur der Bildungsarbeit, sondern auch hinsichtlich des Wachsens eigenständiger Gemeinden.

Die Fuldaer Bischofskonferenz unterstützte seit Mitte der 20er Jahre verstärkt die überverbandliche und überkorporative Studentenseelsorge durch die Einset-

---

[101] Ebd. S. 57.

[102] Vgl. Einladung zu dieser Konferenz. In: Mitteilungen aus der Vereinigung von kath. Studenten- und Studentinnen-Seelsorgern für das deutsche Sprachgebiet, August 1931, Nr. 28, 1 S. In: AKSGR. DOKUMENT 2 S. 169.

[103] Man beschloß deshalb, „1. daß Weltanschauungs-Professuren an allen Universitäten eingerichtet werden. Wo die Errichtung eines Lehrstuhls oder die Erteilung eines Lehrauftrages an ein Mitglied des Lehrkörpers nicht möglich ist, muß der Studentenseelsorger die Erlaubnis bekommen, eine Weltanschauungs-Vorlesung zu halten. 2. Diese Vorlesung muß eine etwa auf 6 Semester berechnete systematische Einführung in die katholische Glaubenswelt darstellen." HARTMANN 1965 S. 60.

zung von Lokalseelsorgern in den einzelnen Universitäts- und Hochschulstädten, weil man einerseits die Rivalitäten zwischen den einzelnen Verbänden und Korporationen nicht länger hinnehmen und andererseits über die Lokalseelsorger korporations- und verbandslose Studenten und insbesondere Studentinnen erreichen wollte. In einem Hirtenschreiben der Bischofskonferenz an die katholischen Akademiker aus dem Jahre 1922 war noch auf die Korporationen gesetzt worden.[104]

Fünf Jahre später verabschiedete die Fuldaer Bischofskonferenz „Richtlinien für die Förderung der Studentenseelsorge"[105]. In diesem 23-Punkte-Programm favorisiert die Bischofskonferenz die überkorporative Studentenseelsorge. Für größere Universitätsstädte wird ein hauptamtlicher Studentenseelsorger gefordert; die Veranstaltungen, so die Bischöfe, sollen durch ein Werbeblatt den Studierenden zum Semesterbeginn zu Kenntnis gebracht werden.[106]

Mit dieser kirchenamtlichen Weisung wurde letztlich lediglich der Realität Rechnung getragen. Von der „Studentengemeinde" als eigenständigem kirchenrechtlichen Phänomen ist in diesem Schreiben noch nicht die Rede. Dennoch werden alle wesentlichen Elemente angesprochen, die Studentengemeinde konstituieren. Im Mittelpunkt steht die Sorge um ein angemessenes religiöses Leben im Sinne der kirchlichen Erneuerungsbewegungen wie Quickborn oder Bund Neudeutschland sowie die Förderung der religiösen Bildung der Studierenden.[107] Außerdem wird die Einrichtung von Aussprachekreisen über religiöse, soziale und andere Zeitfragen empfohlen.[108]

2.4. *Studentengemeinde in der Zeit des Nationalsozialismus*

Mit der Übernahme der Herrschaft der Nazis in Deutschland rückte die Arbeit der Studentenseelsorge in den Mittelpunkt der kirchlichen Arbeit mit Studierenden, weil die katholischen Studentenvereine und -verbände verboten wurden.[109] Auf der

---

104 „Wir vertrauen zum gesunden Sinn unserer Jugend und zum guten Geist unserer akademischen Korporationen ... Es ist ein Gebot der Stunde, mit allen Mitteln anzukämpfen gegen den atheistischen Materialismus, gegen öde Kulturkämpferei, gegen Herrenmenschentum und Alkoholismus." Kirchliches Amtsblatt für das Bistum Meißen. November 1922, Nr. 104. In: ABODM 321.09/03.

105 Richtlinien für die Förderung der Studentenseelsorge. Aufgestellt von der Fuldaer Bischofskonferenz am 11. August 1927. In: AKSGR. DOKUMENT 3 S. 170.- Vom Vorsitzenden der Vereinigung der Studentenseelsorger, Lutz, wurden diese Richtlinien mit einem Anschreiben vom 18.10. 1927 allen Mitgliedern als „vertrauliches Schriftstück" zugesandt.

106 Ebd. Bl. 2.

107 Unter Punkt 13 heißt es: „Zur Unterstützung der Studentenseelsorger an Hochschulen ohne kath.-theol. Fakultät sind Lehrstühle für katholische Weltanschauung, Philosophie, Geschichte und Kunstgeschichte wünschenswert; ihre Einrichtung ist anzustreben." Ebd.

108 Ebd.

109 Auf einer Tagung katholischer Studierender im Mai 1934 wurde beschlossen, trotz des Verbots des Verbandwesens durch Verbindungsleute weiter Kontakt zu halten. „Mit dem Studentenseelsorger, dem Pfarrer, den erfahrenen führenden Priestern und Laien stehen wir in engster Zusammenarbeit." Vgl. Bericht über die Tagung katholischer Studenten in Haus Altenberg vom 29.04. bis 01.05. 1934. In: AKSGR. DOKUMENT 4 S. 174, hier S. 176.

18. Tagung der Vereinigung der Studentenseelsorger am 26./27.04. 1934 in Paderborn wurden angesichts der neuen gesellschaftlichen und politischen Situation grundsätzliche Fragen der Studentenseelsorge behandelt.[110] Dabei hielt der Rektor der Religionshochschule in Elkeringhausen, Lutz, einen Vortrag zum Thema „Wesen und Ziel der Seelsorge an katholischen Studierenden".

Hinsichtlich des pastoralen Rahmens der Studentenseelsorge führte er aus: „Die Eigenart der Seelsorge an den Studierenden zeigt sich darin, daß der Studentenseelsorger weder eine territoriale noch eine personale Pfarrei leitet, sondern seine Arbeit verstehen muß als eine unter den heutigen Verhältnissen unbedingt notwendige Ergänzung der normalen Pfarrseelsorge."[111] Weiter betonte Lutz in seinem Referat: „In der Methode seiner Arbeit ist der Studentenseelsorger abhängig von der religiösen und moralischen Verfassung der Studierenden. Diese wird stark berührt durch die geistige Umwelt, in der sich die Studierenden in ihrer akademischen Berufsvorbereitung befinden. Die heutige Studentenseelsorge muß darauf achten, daß die berufliche Vorbereitung für den Studierenden aufs stärkste in das Politische eingebettet ist."[112] Lutz sprach hier zwei spezifische Merkmale des universitären Prozesses in dieser Zeit an. Zum einen beobachtete er, daß das Studium immer mehr zu einer akademischen Berufsausbildung degenerierte, die primär auf Spezialausbildung in einem bestimmten Fach und nicht auf Allgemeinbildung ausgerichtet war. Zum anderen verkannte er nicht die den Universitäten und Hochschulen aufgebürdete ideologische Erziehungskomponente im Sinne des NS-Staates.

Der Vorsitzende der Fuldaer Bischofskonferenz, der Breslauer Erzbischof Kardinal Bertram, stellte in einem Schreiben an die Vereinigung der Studentenseelsorger vom 26. Juli 1934 fest, daß, seitdem die katholischen Studentenkorporationen das Konfessionsprinzip aufgegeben hätten, die religiöse Belehrung, die weltanschauliche Bildung sowie die Sorge um die sittliche Haltung der akademischen Jugend in der Studentenseelsorge an Bedeutung gewännen.[113]

Berichte über weitere Tagungen der Konferenz der Studentenseelsorger während der nationalsozialistischen Herrschaft wurden nicht angefertigt - aus Sicherheitsgründen, wie es heißt.[114] Im Zentrum dieser Treffen haben Überlegungen zur Studentenseelsorge im totalitären Staat gestanden, Fragen der Moraltheologie und der

---

[110] Vgl. Mitteilungen aus der Vereinigung von kath. Studenten- und Studentinnen-Seelsorgern für das deutsche Sprachgebiet, November 1934, Nr. 36, S. 163-173. In: AKSGR.

[111] Ebd. S. 165.

[112] Ebd.

[113] In einer Resolution der Fuldaer Bischofskonferenz heißt es: „Die Pflege der religiös-sittlichen Weltanschauung und Bildung betrachtet die Bischofskonferenz als besondere Aufgabe der Akademischen Bonifatius-Einigung. Diese kann durch Schrifttum, Vorträge und Veranstaltung von Kursen hilfreiche Dienste der Studentenseelsorge leisten." Resolution der Fuldaer Bischofskonferenz vom 7. Juni 1934. Zitiert nach HARTMANN 1965 S. 64.

[114] Vgl. ebd. S. 65. Zur Jahrestagung der Studentenseelsorger 1933 wurde bereits festgestellt: „Eine kurze Inhaltsangabe ist kaum zu geben, da man den verschiedenen Auffassungen, die vorgetragen wurden, nur dann gerecht werden könnte, wenn man Verbotenes wiedergeben würde, wozu leider keine Möglichkeit besteht." Ebd. S. 63.

kirchlichen Situation.[115] Nach Hartmann wurde im Jahre 1938 zur 22. und letzten Tagung der Vereinigung der katholischen Studenten- und Studentinnenseelsorger vor dem Zweiten Weltkrieg eingeladen; die 23. sei erst im Oktober 1946 in Hardehausen gefolgt.[116] Gegen diese Feststellung spricht jedoch eine Einladung des Vorsitzenden der Konferenz, Lutz, zu einer Tagung am 28./29. August 1940 nach Elkeringhausen.[117]

Der Dresdner Studentenpfarrer Ludwig Baum hatte bereits 1932 - angesichts der heraufziehenden braunen Gefahr - die Pax-Romana-Bewegung, die katholische Studenteninternationale, zur Kardinalfrage der Studentenseelsorge erklärt.[118] Diese Forderung Baums mußte weithin ungehört bleiben - die Studentenseelsorge orientierte sich weniger nach außen, hin zu stärkeren internationalen Kontakten, sondern vielmehr nach innen. Sie suchte mehr und mehr das Leben als Gemeinde. Die politischen Rahmenbedingungen, die in der Zeit der Nazidiktatur herrschten, zwangen sie zu dieser Neuorientierung. Trotz dieses Rückzuges in den kirchlichen Raum fanden jetzt Nichtkatholiken und Nichtgläubige vor allem deshalb den Weg zu den Veranstaltungen der Studentenseelsorge, weil sie hier eine Gegnerschaft zur braunen Diktatur vermuteten, welcher sie sich solidarisch zeigen wollten.

Der totalitäre Weltanschauungsstaat, der durch die NSDAP aufgebaut wurde, versuchte die Wissenschaft der nationalsozialistischen Ideologie unterzuordnen und die Studenten im Sinne dieser Ideologie zu erziehen. „Die politische Situation prägte den Stil der Studentengemeinden im Dritten Reich. Die Seelsorge an der Hochschule erfuhr zwar zahlreiche Behinderungen, aber man kann nicht leugnen, daß die damalige Lage die Studentenseelsorge zwang, sich nach vorne zu entwickeln. Erst in jenen Jahren kam die katholische Studentenseelsorge zu ihrem eigenen Selbstverständnis. Sie entwickelte Arbeitsmodelle, von denen sie bis heute großenteils lebt."[119] Hanssler stellt deshalb mit Recht fest, daß in der Zeit der braunen Diktatur - aufgrund der damit verbundenen Folgen für das öffentliche Leben - aus der Studentenseelsorge die Studentengemeinden hervorgegangen sind.[120]

Diese Entwicklung, die sich bereits seit den 20er Jahren angedeutet hatte und die durch die äußeren politischen Umstände beschleunigt wurde, führte zur Institution „Studentengemeinde". Zu den traditionellen Schwerpunkten der Studentenseelsorge (Messe und Predigt, Bibel- und Bildungsarbeit, Glaubens- und Gesprächskreise)

---

[115] Vgl. ebd. S. 62.- Der Titel eines Vortrages des Leipziger Oratorianers Philipp Dessauer aus dem Jahre 1936 lautet: „Theologische Beurteilung des nachchristlichen Heidentums und einige sich daraus ergebende Konsequenzen für die pastorale Arbeit"; unter diesem Thema setzte man sich mit der totalitären Theorie und Praxis der Nationalsozialisten auseinander. Vgl. ebd. S. 65.

[116] Vgl. ebd. S. 66.

[117] In: AKSGD.

[118] Vgl. HARTMANN 1965 S. 61.

[119] HANSSLER 1965 S. 111.- Dies gilt insbesondere für die Studentengemeinden in der SBZ/DDR, die auch nach dem 2. Weltkrieg wieder in einem totalitären Weltanschauungsstaat (über-)leben mußten.

[120] Ebd. S. 112.

traten neue, die den Gemeinschaftssinn betonten und z.T. Felder abdeckten, die vor 1933 katholische Korporationen und Verbände belegten.[121]

Die Festsetzung des Zeitpunktes der Entstehung von Studentengemeinden gilt es jedoch zu differenzieren. Für Universitäts- und Hochschulstädte mit einem großen Anteil katholischer Studierender kann Hanssler gefolgt werden. Dagegen ist der Zeitpunkt des Übergangs von der bloßen Studentenseelsorge zu eigenständigen Studentengemeinden für die konfessionelle Diaspora, insbesondere in Mitteldeutschland, ein bis zwei Jahrzehnte früher anzusetzen. Hier wurden die Studentengemeinden auch eher Hauptträger der kirchlichen Bildungsarbeit, weil lokale Gruppen der katholischen Studentenvereine und -verbände sich in vielen Fällen nicht am Leben halten konnten.

2.5. Zur Studentenseelsorge und der Entstehung von Studentengemeinden in Mitteldeutschland

Die Situation der katholischen Kirche in Mitteldeutschland - auf dem Territorium der späteren DDR - war von extremer konfessioneller Diaspora geprägt.[122] Zu den Teilnehmern der Konferenz der Studentenseelsorger im Jahre 1917 in Frankfurt a.M. und somit zu den Gründungsmitgliedern der Vereinigung der Studentenseelsorger im deutschsprachigen Raum gehörten jedoch bereits Vertreter aus Greifswald (Pfarrer Grelich), Jena (Pfarrer Hirden) sowie Berlin (Pfarrer Kaller und Pater Stratmann).[123]

Verschiedene schriftliche Zeugnisse belegen, daß die Akademische Bonifatius-Einigung und die Aktivitäten der Religionshochschule Elkeringhausen in Mitteldeutschland nur schwer Fuß fassen konnten.[124] Aus dem Jahresbericht der Religionshochschule von 1934 geht hervor, daß auf dem Gebiet Mitteldeutschlands nur zwei der aufgezählten 38 Aktivitäten jeweils in Heiligenstadt im Eichsfeld stattgefunden haben.[125] Im Jahresbericht von 1929 waren noch keine Veranstaltungen in Mitteldeutschland vermerkt.[126]

---

[121] Dazu zählten eine verstärkte Tendenz nach gemeinsamer Geselligkeit oder Diskussionen im vertrauten und vor der Öffentlichkeit geschützten Rahmen der Studentengemeinde, so z.B. beim Wandern in den Alpen „oberhalb der Vegetations- und Gestapogrenze". Ebd. S. 113.

[122] Das Bistum Meißen wurde 1921 wiedererrichtet, das Bistum Berlin erst 1930 gegründet . Die anderen territorialen Teile dieses Gebietes gehörten zu Diözesen im Westen Deutschlands oder zum Erzbistum Breslau.

[123] Vgl. Bericht über die Konferenz katholischer Studenten- und Studentinnenseelsorger zu Frankfurt a.M. am 26. September 1917, 8 S. In: AKSGR.

[124] Aus einem Schreiben der ABE vom 30.10. 1919 wird ersichtlich, daß der ABV Rostock nicht mehr existierte. Man bemühte sich um eine Wiedergündung - doch ohne Erfolg. Im Juni 1920 wurde in Rostock ein Katholischer Akademischer Zirkel gegründet, dem in den folgenden Jahren 10 bis 20 Mitglieder angehörten. Im Juni 1930 kam es dann zur Gründung der Akademischen Vereinigung Nordmark. Vgl. Chronik der KSG Rostock. In: AKSGR.

[125] Vgl. Jahresbericht der Religionshochschule Elkeringhausen 1934. In: AKSGR.

[126] Vgl. Jahresbericht der Religionshochschule Elkeringhausen 1929. In: AKSGL.- Auf einer Anschriftenliste der Vereinigung der Studentenseelsorger aus dem Jahre 1934, in der haupt- und nebenamtliche Studentenseelsorger aufgeführt sind, werden folgende 7 Städte Mitteldeutschlands genannt: Rostock, Greifswald, Berlin, Halle, Jena, Leipzig und Dresden. In: AKSGR.

In Leipzig existiert seit 1919 eine eigenständige katholische Studentenseelsorge.[127] Im Zuge der Wiedergründung des Bistums Meißen im Jahre 1921 kam es zur Errichtung des Akademischen Pfarramtes in Leipzig.[128] Zu dieser - in der Geschichte der deutschen Studentengemeinden einmaligen - Personalpfarrei, die bis Ende der 20er Jahre bestand, gehörten nicht nur die Studierenden, sondern ebenso sämtliche katholische Dozenten an den Leipziger Hochschulen samt deren Familien. Neben der pastoralen Gemeindearbeit zeichnete sich diese Gemeinde durch vielfältige religiöse und allgemeine Bildungsarbeit aus.[129]

In einem Brief von Professor Molitor, Universität Leipzig, an den Generalsekretär der Akademischen Bonifatius-Einigung in Paderborn werden die Probleme des katholischen Vortragswesens der Leipziger Studenten Ende der 20er Jahre evident.[130] Größere Veranstaltungen würden, so Molitor, aus Kapazitätsgründen sowie aufgrund ihres wissenschaftlichen Charakters in Gebäuden der Universität durchgeführt. „Die Universität aber, die weit mehr, als das in Preussen der Fall ist, eine vom Staate unabhängige Selbstverwaltung hat, stellt nach sehr bitteren Erfahrungen, die sie gemacht hat, ihre Räume keinesfalls zu politischen, auch nicht zu weltanschaulichen Veranstaltungen zur Verfügung."[131]

Aus diesem Grunde würde bei der überwiegend lutherisch-protestantischen Einstellung Sachsens die Universität ihre Räume schwerlich zu einem Vortrag zur Verfügung stellen, als dessen Veranstalter oder Mitveranstalter der Akademische Bonifatiusverein auftritt. „Um aber die Sache zu retten, auf die es im Grunde doch allein ankommt, ist aus Studierenden ein Katholischer Akademiker-Ausschuss gebildet worden, der nach aussen hin als Veranstalter der Vorträge auftritt und dem nach einer allerdings nicht bekannt gemachten und jederzeit widerruflichen Verfügung des Rektors die Räume der Universität für die von ihm zu veranstaltenden Vorträge vollkommen unentgeltlich zur Verfügung gestellt werden."[132] Die Organisation der Vorträge für katholische Studierende über einen eigenen Ausschuß und nicht über den Akademischen Bonifatius-Verein sollte außerdem vor der universitären Öffentlichkeit von vornherein den Verdacht fernhalten, politisch oder weltanschaulich von außerhalb gesteuert zu sein. Deshalb warb Molitor bei der ABE um Verständnis für diese komplizierten Konditionen der Bildungsarbeit in der konfessionellen Diaspora; gleichzeitig bat er um Beibehaltung der finanziellen Unterstützung.

In der Antwort der ABE auf Molitors Schreiben wird betont, daß die Veranstaltungen der Akademischen Bonifatiusvereine weder politischer noch weltanschau-

---

[127] Vgl. Bennokalender 1921 S. 209. In: ABODM.

[128] Vgl. dazu Dekret über die Errichtung einer akademischen Pfarrei in Leipzig vom 24. Juli 1923. In: ABODM 321.09.- Vgl. weiter FISCHER, H.F., 1992 S. 130f.

[129] Seit dem Sommersemester 1922 erschien in Leipzig ein sog. „Führer für die katholischen Studierenden an den Hochschulen zu Leipzig". Darin werden der akademische Seelsorger sowie der Vorsitzende des Katholischen Akademiker-Ausschusses bekannt gemacht und auf Gottesdienste, Vorträge, studentische Vereinigungen sowie auf Möglichkeiten sozialer Unterstützung verwiesen. Vgl. z.B.: Sommersemester 1928, Elfte Folge. In: AKSGL. DOKUMENT 5 S. 177-182.

[130] Schreiben von Prof. Dr. Molitor, Universität Leipzig, an die ABE vom 25.12. 1927. In: AKSGL.

[131] Ebd.

[132] Ebd.

licher Natur seien, sondern vielmehr rein religiösen Charakter trügen.[133] Des weiteren wird darauf verwiesen, daß an anderen überwiegend protestantisch geprägten Universitäten die ABE als Veranstalter auftreten könne. Dennoch habe man für die Leipziger Verhältnisse Verständnis, wolle nicht mit Gewalt zerstören, was in mühevoller Arbeit aufgebaut worden sei, und würde deshalb diese Arbeit weiterhin finanziell unterstützen.

In Dresden, wo der Beginn der Studentenseelsorge auf das Jahr 1925 zurückgeht, wurden ausschließlich die Studierenden angesprochen und nicht - wie z.B. in Leipzig - alle im Hochschulbereich Tätigen katholischer Konfession.[134] Dennoch standen die Veranstaltungen auch Nichtstudierenden offen. Die Studentenseelsorge unterhielt ein eigenes Sekretariat mit einer Bibliothek. Der Dresdner Studentenseelsorger Ludwig Baum hatte neben seiner Beauftragung zur seelsorglichen Arbeit je einen Lehrauftrag für Religionswissenschaft an der Kulturwissenschaftlichen Abteilung sowie für die Methodik des katholischen Religionsunterrichts am Pädagogischen Institut der Technischen Hochschule Dresden inne. Bereits zu Beginn der Naziherrschaft im Jahre 1933 wurde Baum auf Antrag des Sächsischen Volksbildungsministeriums durch die kirchlichen Behörden von seinen Lehrverpflichtungen an der Technischen Hochschule und als Studentenseelsorger abberufen.[135]

Im Jahre 1938 wurde Baum wieder zum Dresdner Studentenseelsorger ohne Lehrverpflichtungen an der Hochschule ernannt. Daran nahm das Volksbildungsministerium unter Bezugnahme auf die Vorgänge 1933 Anstoß und forderte erneut Baums Abberufung, „weil die Berufung Dr. Baums eine die Hochschule und damit die Studentenschaft in ihrer nationalistischen Geschlossenheit berührende Angelegenheit darstellt"[136]. Außerdem stellte man die Bezeichnung „Studentenseelsorger" in Frage und äußerte die Meinung, „daß die Berufung von Seelsorgern für besondere Kreise und Aufgaben dann nicht nur eine kirchliche Angelegenheit ist, wenn sie zugleich in einen staatlichen Interessenkreis eingreift."[137] Im Antwortschreiben des Bischöflichen Ordinariates wird auf das Recht der Kirche verwiesen, ohne Mitwirkung des Staates ihre Ämter zu besetzen. Die Berufung Baums beziehe sich im Unterschied zu 1933 lediglich auf die Studentenseelsorge, wird weiter ausgeführt; das Dozentenamt sei inzwischen aufgehoben. Die Abberufung Baums als Stu-

---

133 Brief des Akademischen Bonifatius-Vereins vom 29.12. 1927 an Molitor. In: AKSGL.

134 Vgl. Dresden. Dekret über die Studentenseelsorge vom 17. August 1935. In: ABODM 321.09.

135 Über die Gründe, die zu dieser Entscheidung führten, konnten bisher keine umfassenden Erkenntnisse gewonnen werden. Baum scheint den staatlichen Behörden aus politischen Gründen nicht genehm gewesen zu sein. Vorausgegangen waren diesbezügliche Anschuldigungen eines Studenten namens Wittek. Vgl. Schreiben von Baum an das Bischöfliche Ordinariat des Bistums Meißen in Bautzen vom 08.08. 1938. In: Ebd.

136 Schreiben des Sächsischen Ministeriums für Volksbildung in Dresden an das Bischöfliche Ordinariat des Bistums Meißen in Bautzen vom 11.10. 1938. In: Ebd.

137 Ebd.- Ebenso versuchten die staatlichen Behörden im Jahre 1938 Veranstaltungen der Elkeringhausener Religionshochschule in Dresden zu behindern. Es wurde durch den Leiter des Sächsischen Ministeriums für Volksbildung das Verbot ausgesprochen, die Bezeichnung Hochschule zu führen. Vgl. Schreiben des Bischöflichen Ordinariates des Bistums Meißen an die Religionshochschule in Elkeringhausen vom 16.02. 1938. In: Ebd.

dentenseelsorger im Jahre 1933 sei deshalb geschehen, weil Baums Nachfolger im Dozentenamt, Sudbrack, aus Zweckmäßigkeitsgründen in Personalunion auch das Seelsorgeamt übernehmen sollte. Einwendungen politischer Art seien aus Sicht des Ordinariates bei dieser erneuten Besetzung durch Baum nicht zu befürchten.[138]

Die Hetze auf und die Beseitigung von Andersdenkenden in der Zeit der nationalsozialistischen Diktatur traf auch Studentenseelsorger. So wurde Alfons Maria Wachsmann, der Studentenpfarrer von Greifswald, am 21.02. 1944 in Brandenburg-Görden wegen Wehrkraftzersetzung hingerichtet, weil er u.a. gegenüber Studenten die Wehrmachtsberichte angezweifelt hatte.[139] Der Rostocker Studentenpfarrer Wilhelm Leffers wurde zweimal zu mehrjährigen Zuchthausstrafen verurteilt und im Dezember 1940 aus Mecklenburg verwiesen.[140]

2.6. Gemeinschaft und Bildungsarbeit

Hinsichtlich der neuzeitlichen Studentenseelsorge sind drei Etappen der Entwicklung zu konstatieren: 1. Von der Wende vom 19. zum 20. Jahrhundert bis zum Ende des ersten Weltkrieges; 2. von 1918/19 bis zur Machtergreifung der Nationalsozialisten 1933 und 3. die 12-jährige Zeit der Nazidiktatur bis 1945.

1. Ausgangspunkt für eine spezielle Studentenseelsorge um die Jahrhundertwende war eine allgemeine Verunsicherung und Orientierungslosigkeit unter der Studentenschaft insgesamt. Diese wurde insbesondere hervorgerufen durch eine tiefgreifende Individualisierung und Technisierung des Studiums seit der 2. Hälfte des 19. Jahrhunderts. Mit dem Impetus der Universitäten und Hochschulen nach Vermittlung eines mehr utilitaristisch ausgerichteten, spezifischen Fachwissens als allgemeiner und ganzheitlicher Bildung kam es zu grundsätzlichen Defiziten in der subjektiven Befindlichkeit der Studierenden.

Katholische Studierende riefen deshalb in einer von Modernisierung, Technisierung und Säkularisierung geprägten Zeit eines umfassenden Kulturwandels Ende des 19. Jahrhunderts nach eigenen Seelsorgern. Diese bekamen zunächst über die individuelle Seelsorge Kontakt zu den Studenten. Weitere Ursache für den Ruf nach einer eigenen Studentenpastoral sind in dem in diesen Jahren nicht selten als defizitär erfahrenen Wechsel aus der heimatlichen in die großstädtische Umgebung, aus der vertrauten Pfarrgemeinde in die eher anonyme Großstadtgemeinde, sowie der steigenden Zahl von Studentinnen zu sehen, die in den traditionellen studentischen Vereinen und Verbindungen nur schwer oder gar nicht Fuß fassen konnten.

---

[138] Vgl. Schreiben des Bischöflichen Ordinariates des Bistums Meißen an das Sächsische Ministerium für Volksbildung in Dresden vom 28.11. 1938. In: Ebd.

[139] Im Urteil heißt es: „Als Propagandist unserer Kriegsfeinde ist er also unserem kämpfenden Volke in den Rücken gefallen. Er ist für immer ehrlos und wird mit dem Tode bestraft." HERBERHOLD 1965 S. 105.

[140] Vgl. Chronik der KSG Rostock. In: AKSGR.

2. Die wirtschaftliche Not und die Sehnsucht nach geistig-geistlicher Orientierung nach dem Ersten Weltkrieg erforderten eine intensive soziale Arbeit mit den Studierenden sowie religiöse und allgemeine Bildungsarbeit. Die Feier der Eucharistie und die Wortverkündigung bildete in den 20er Jahren nicht nur das Fundament für die Sammlung einer Gemeinschaft von Studierenden, sondern ebenso für ein nun verstärkt einsetzendes Ringen um ein eigenständiges Gemeindeverständnis.[141] Zu den weiteren Charakteristika der Arbeit mit katholischen Studierenden in dieser Zeit gehören: intensive Zusammenarbeit mit den katholischen Studentenvereinen und -verbänden; soziale Aktivitäten, auch über den Kreis der Studenten hinaus; besonderes Augenmerk auf die Arbeit mit Studentinnen; Verbundenheit mit der Jugendbewegung und der liturgischen Bewegung.

Es handelt sich hier also nicht mehr um Standesseelsorge, die sich auf persönliche Begleitung, Sakramentenempfang usw. beschränkt. Sowohl eine fundamentale Bildungsarbeit wie auch ein intensives Eingehen auf Vorgänge an den Universitäten und Hochschulen sowie aktuelle Zeitfragen werden in diesen Jahren zu Constitutiva der Arbeit in der katholischen Studentenseelsorge. Sie hatte von Beginn ihrer organisierten Bildungsarbeit von 1917/18 an nicht nur um die weitere Entwicklung ihres Selbstverständnis zu ringen, sondern sich gleichzeitig auch gegen die - nicht selten grundsätzliche - Infragestellung ihrer Spezialpastoral vor allem von Seiten des Klerus der Territorialgemeinden sowie der zuständigen Generalvikariate und Ordinariate zu wehren.

3. Von 1933 an kam es verstärkt zur Herausbildung eigener Studentengemeinden. Aufgrund des Verbots von studentischen Vereinen und Verbänden wuchsen diesen während der Zeit des Nationalsozialismus weitere Aufgaben sowohl als Gemeinschaft und Freundeskreis von Studierenden wie hinsichtlich der Bildungsarbeit zu, die auch in der SBZ/DDR weitestgehend erhalten blieben. Studentengemeinde war in diesen Jahren eine Gemeinde im urchristlichen Sinn: Im Mittelpunkt stand die Versammlung um den Altar, Eucharistie- und Wortverkündigung; das zusammenhaltende Band der Gemeinschaft war die Person des Studentenseelsorgers; es wurden Gespräche und Diskussionen über - mitunter auch Aktivitäten gegen - einen totalitären Weltanschauungsstaat durchgeführt; religiöse Veranstaltungen dienten als Deckmantel für aktuelle gesellschaftspolitische Gespräche sowie als Raum zur Bildung über den staatlich normierten ideologischen Rahmen hinaus; es wurde eine aktive Diakonia sowohl untereinander wie gegenüber Dritten geübt.

---

[141] Vgl. WERNERS 1965 S. 188.

II. Universitäre Erziehung und Bildung in der DDR

1. *Genese und Kritik universitärer Erziehung und Bildung*

Die Entwicklung der inhaltlichen und strukturellen Momente eines Auftrages zur universitären Erziehung, die mit der Zweiten Hochschulreform 1951/52 einen grundsätzlichen Abschluß gefunden hat - und die damit verbundene ideologische Okkupation und Vergesellschaftung des Hochschulwesens -, verlief in mehreren Etappen und war begleitet von vielfältigem Widerstand der Studenten- wie der Hochschullehrerschaft. Die Skala der gegen diesen Widerstand eingeleiteten universitären und staatlichen Strafmaßnahmen, die nicht zuletzt als Abschreckung und zur Disziplinierung gedacht waren, reichte von Kündigung und Exmatrikulation bis zur Verhängung von Todesurteilen.[1] Von Mitte der 50er Jahre an kam es aufgrund anhaltender staatlicher Repressalien gegenüber anpassungsunwilligen Hochschullehrern und Studenten immer mehr zu Opportunismus, innerer Emigration oder - bis zum Bau der Mauer 1961 - zur Flucht in die Bundesrepublik Deutschland. Diese Fluchtbewegung versuchte die Regierung der DDR durch eine große Anzahl von Verordnungen und Gesetzen zur materiellen Stimulierung der Intelligenz einzudämmen.[2]

Zunächst geht es in einem ersten Punkt dieses Abschnittes um die Erste Hochschulreform in der SBZ, d.h. um die Wiedereröffnung der Universitäten und Hochschulen nach dem Zweiten Weltkrieg und den von 1945 bis 1947 unter sowjetischer Kontrolle durchgeführten Prozeß der Entnazifizierung und Entmilitarisierung des Hochschulwesens sowie der Schaffung von Bedingungen, die einen Hochschulzugang aller Bevölkerungsschichten ermöglichen sollten. In einem zweiten Punkt wird die Entwicklungsphase von 1947 bis 1951 dargestellt, in der es verstärkt zur Entdemokratisierung und ideologischen Vereinnahmung des Hochschulwesens durch die SED gekommen ist. Im dritten Punkt wird auf die einzelnen Kennzeichen der Zweiten Hochschulreform 1951/52 eingegangen, welche die Einführung eines universitären Erziehungsauftrages ermöglicht und in der Summe zu einer modifizierten Paralellisierung mit dem Hochschulwesen in der Sowjetunion geführt hat.[3]

---

1 So forderte der Staatssekretär für das Hochschulwesen, Gerhard Harig, im Jahre 1952 von den Studenten und Professoren in der DDR: „Lassen Sie sich vom Gegner nicht länger düpieren und gegen Ihren Willen für seine Zwecke ausnutzen... Der Fall des ehemaligen Chemiestudenten Kaiser, der von unserem Obersten Gericht zum Tode verurteilt werden mußte - die Fälle des ehemaligen Studenten Adam von der Universität Halle und des ehemaligen Studenten Albrecht von der Universität Rostock, die wegen Spionage verhaftet und verurteilt wurden, zeugen davon, daß der Feind nicht harmlos ist und an unseren Universitäten und Hochschulen sein schmutziges Handwerk treibt." HARIG 1952 (2) S. 12f. sowie Verband der deutschen Studentenschaften 1962.

2 Vgl. dazu: Unsere Regierung fördert die Intelligenz 1953.

3 Zur Periodisierung vgl. u.a. KELLER 1976 S. 20f.

1.1. Entnazifizierung und Neueröffnung - 1945 bis 1947

„Das Jahr 1945 blieb für die westdeutschen Universitäten ein Jahr des Wiederbeginnens, weil der Urteilsspruch der Geschichte in Westdeutschland nicht vollstreckt werden konnte. 1945 wurde für uns dagegen ein Jahr des Neubeginnens, es wurde zum entscheidenden Jahr in der Geschichte unserer Universität seit ihrer Gründung, weil hier die Lehren aus der Geschichte gezogen worden sind, weil hier die Arbeiterklasse die politische Macht übernehmen und damit als Urteilsvollstrecker der Geschichte handeln konnte."[4] So beschreibt Fricke im Jahre 1968 rückblickend die Wiederaufnahme des Vorlesungsbetriebes an der Universität Jena, die als erste Hochschule in der SBZ am 15.10. 1945 die Erlaubnis dazu von der Sowjetischen Militäradministration in Deutschland erhalten hatte.[5] Ausgehend vom Befehl Nr. 50 der SMAD über die Vorbereitung der Hochschulen auf den Beginn des Unterrichts vom 4.9. 1945, in dem es heißt: „Zwecks Neuaufnahme der Lehr- und Forschungstätigkeit der Hochschulen...",[6] wird dieser Anspruch des Neu- und nicht Wiederbeginnens von Vertretern der SMAD und der KPD/SED immer wieder erhoben.

In dieser SMAD-Verlautbarung wurde der Deutschen Zentralverwaltung Volksbildung und den Kommunen befohlen, „Maßnahmen zur Vorbereitung der Hochschulen zwecks Neuaufnahme des Unterrichts durchzuführen, wobei nazistische und militaristische Lehren aus dem Unterricht und der Erziehung der Studenten völlig zu beseitigen sind und die Ausbildung solcher Kräfte zu sichern ist, die fähig sind, demokratische Grundsätze in die Praxis umzusetzen"[7]. Weiter wurde angeordnet, die Leiter von Hochschulen, Fakultäten, Instituten und Lehrstühlen sowie die Lehrpläne der einzelnen Fakultäten auf nationalsozialistisches Gedankengut hin zu überprüfen.

Die Entnazifizierung im Hochschulbereich wurde in der SBZ im Rahmen der Beamtenentnazifizierung durchgeführt.[8] Diese verlief in mehreren Etappen und war im wesentlichen Ende 1947 beendet. Im Unterschied zu den drei westlichen Besatzungszonen, in denen versucht wurde, die Entnazifizierung primär unter strafrechtlichen Gesichtspunkten durchzuführen, hatte sie in der SBZ außerdem eine politische Dimension, die im Ziel der Beseitigung der kapitalistischen Gesellschaftsordnung gipfelte. Sie diente der Entfernung von belasteten NSDAP-Mitglieder wie auch der

---

[4] FRICKE, D., 1968 S. 47.

[5] Für Fricke sei es keine Wortspielerei, den Begriff Wiedereröffnung für diesen Prozeß abzulehnen. Er wolle sich durch den Begriff „Neueröffnung" sowohl von der nationalsozialistischen Vergangenheit der Universität als auch von reaktionären, bürgerlichen Elementen distanzieren und die neue Qualität dieses Vorgangs betonen, die in der Führung der Wissenschaft durch die Partei der Arbeiterklasse, in einer wissenschaftlich begründeten, exakten und sachgemäßen Leitung und in der Umwandlung der Wissenschaft in eine Produktivkraft liege. Vgl. ebd. S. 47f.

[6] HANDEL/KÖHLER 1975 S. 18.

[7] Vgl. ebd. 1975 S. 18f.

[8] Näheres dazu bei WELSH 1989.

Durchsetzung der „Hegemonie der Arbeiterklasse" in allen Bereichen der Gesellschaft.[9]

Bereits am 10. Juni 1945 war durch Befehl Nr. 2 des Obersten Chefs der SMAD, Marschall Shukow, die Zulassung antifaschistischer Parteien und Organisationen in der SBZ genehmigt worden. Diese sollten „sich die endgültige Ausrottung der Überreste des Faschismus und die Festigung der Grundlage der Demokratie und der bürgerlichen Freiheiten in Deutschland... zum Ziel setzen"[10]. Die in der Folge legalisierten oder entstandenen vier Parteien (KPD, SPD, CDU und LDP) versuchten, durch eigene Hochschulgruppen die Entnazifizierung im Hochschulwesen und dessen Entwicklung insgesamt zu beeinflussen. Am 14. Juli 1945 schlossen sie sich zur Einheitsfront der antifaschistisch-demokratischen Parteien zusammen.[11] In einer Sitzung dieses Gremiums am 3. August 1945 forderte man für Naziverbrecher strengste Bestrafung, für aktivistische Nazis Sühnemaßnahmen - für sie schloß man eine Tätigkeit, die mit Erziehung und Bildung der Jugend zusammenhängen könnte, oder in führender Stellung der Wissenschaft, aus -, und sog. nominellen Parteigenossen räumte man die Möglichkeit ein, mit ihrer politischen Vergangenheit zu brechen und sich am Wiederaufbau zu beteiligen.[12]

Die an der Universität Leipzig bis Anfang Oktober 1945 praktizierte Entnazifizierung genügte der SMAD nicht. In einer Besprechung im Rektorat der Universität am 6. Oktober 1945 teilte der sächsische Staatssekretär Menke-Glückert mit, daß die SMAD „radikalere Maßnahmen beim personellen Neuaufbau der Universität erwarte, als sie bisher getroffen worden sind"[13]. Es wurde deshalb eine Kommission gebildet, die aus Vertretern der Universität, der Landesverwaltung, der Parteien und der Stadt bestand. Anhand von Fragebögen sowie Zeugnissen der Parteien wurde über eine Weiterbeschäftigung an der Universität entschieden. Aus diesem Grunde konnte die Wiederaufnahme des Lehrbetriebes an der Leipziger Universität nicht wie geplant am 31.10. 1945, sondern erst am 5.2. 1946 erfolgen.[14] Die entstandenen Lücken im Lehrkörper versuchte die SMAD mit ihren Gefolgsleuten aufzufüllen. In der Niederschrift der Senatssitzung der Leipziger Universität vom 6. März 1946 heißt

---

9 Vgl. ebd. S. 11f. Staritz bezeichnet diesen Vorgang als „Aufstieg der neuen Machtelite". STARITZ 1984 S. 99.

10 HANDEL/KÖHLER 1975 S. 12.

11 Zu deren Hauptaufgaben zählte u.a. die „Zusammenarbeit im Kampf zur Säuberung Deutschlands von den Überresten des Hitlerismus" und die „Sicherung der Freiheit des Geistes und des Gewissens". Vgl. SUCKUT 1986 S. 65.

12 Vgl. ebd. S. 78f.

13 Besprechung im Rektorat der Universität Leipzig am 6. Oktober 1945. In: UAL Rektorat 1 Bl. 200.

14 Bis Mitte Oktober 1945 waren erst 17 Prozent der rund 250 Hochschullehrer entlassen worden. Nach weiteren Entlassungen sollte die Universität Ende Oktober 1945 mit 110 Professoren und Dozenten wiedereröffnet werden. Mehr als die Hälfte dieser Universitätslehrer - überwiegend „nominelle" NSDAP-Mitglieder - wurde bei einer erneuten Überprüfung einen Monat später durch die Sächsische Landesverwaltung entlassen. Vgl. UAL Rektorat 218 Bd. 1 Bl. 78ff. und 90f.

es in einem Bericht des Rektors: „Von Minister Solotuchin[15] ist eine Liste von Persönlichkeiten der Linksparteien, die in die Universität eingebaut werden sollen, überreicht worden."[16].

Die von der SMAD geforderte undifferenzierte Entfernung aller NSDAP-Mitglieder aus den Universitäten und Hochschulen ließ sich nicht durchhalten, weil die Zahl der für den Hochschuldienst geeigneten „Persönlichkeiten der Linksparteien" äußerst gering war. Im Frühjahr 1946 lockerte man deshalb die Entnazifizierungspolitik und setzte zunächst auf die Umerziehbarkeit der „nominellen" NSDAP-Mitglieder unter den Hochschullehrern sowie deren Bereitschaft zu erneuter Anpassung. Anfang 1947 gab es eine weitere generelle Überprüfungswelle; danach wurden auch NSDAP-Funktionäre wieder eingestellt.

Vor Aufnahme des Universitätsbetriebs waren an den hohen Schulen aufgrund einer Anweisung der DVV „Kurse zur demokratischen Erziehung"[17] durchzuführen, in denen Fragen der antifaschistisch-demokratischen Umwälzung, Themen des Marxismus-Leninismus sowie die Geschichte der Sowjetunion und der deutschen Arbeiterbewegung zu behandeln waren.[18] Aus der Aufzählung dieser Themenbereiche wird deutlich, in welche Richtung „demokratische Erziehung" zielte. Diese Kurse stellen die erste Stufe der im Sinne der SMAD und der KPD einsetzenden programmatischen ideologischen Beeinflussung der Studenten an den Universitäten und Hochschulen dar.[19] Sie wurden bis zur Zweiten Hochschulreform immer mehr ausgebaut, u.a. 1947 durch die für alle Fakultäten obligatorische Vorlesungsreihe „Soziale und politische Probleme der Gegenwart", in der vor allem „bewährte" Kommunisten sowie sowjetische Bildungsoffiziere auftraten.[20] Diese Veranstaltungen, deren Charakter sich von einer anfangs antifaschistisch-demokratischen Ausrichtung immer mehr zu einer ideologischen Propaganda im Sinne des Marxismus-Leninismus entwickelte, mündeten 1951 in das Gesellschaftswissenschaftliche

---

[15] Gemeint ist Generalleutnant P.W. Solotuchin, der von 1945 bis 1948 Chef der Abteilung Volksbildung der SMAD war.

[16] Niederschrift der Senatssitzung der Leipziger Universität vom 6. März 1946. In: UAL Rektorat 1 Bl. 70.

[17] Die DVV gab am 30.9. 1945 die erste „Verordnung über die Zulassung zum Studium an Universitäten und Hochschulen" in der SBZ heraus; als Abschrift u.a. abgedruckt in: POEGGEL 1965 S. 215ff.- Unter VI. heißt es in dieser Verordnung: „Dem Studium an Universitäten und Hochschulen geht ein Kursus zur demokratischen Erziehung der Studenten voraus. Die Leitung und Durchführung solcher Kurse muß durch den Finanzträger genehmigt werden. Die Dauer des Kurses muß mindestens 20 Stunden betragen." Ebd. S. 216.

[18] Vgl. ebd. S. 217.

[19] In diesen Kursen sei trotz schwieriger materieller Bedingungen und Störungen durch „provokatorische Zwischenrufe und andere Anfeindungen... (der) Grundstein zur demokratischen Umerziehung der jungen Generation an den Universitäten und Hochschulen" gelegt worden. So KÖHLER u.a. 1976 S. 20f.

[20] In der Sitzung des Leipziger Senats am 10. Dezember 1946 wurde die von der DVV geplante Einführung dieser Vorlesungsreihe als sehr problematisch angesehen, weil sie vom Ansatz her nicht kulturell, sondern politisch ausgerichtet sei. Weiter stimmte man - entgegen der späteren Praxis - darin überein, daß diese Vorlesungen „durch Angehörige des Lehrkörpers der Universität und nicht durch universitätsfremde Personen abzuhalten" seien. Vgl. UAL Rektorat 1 Bl. 104.

Grundstudium, später marxistisch-leninistisches Grundlagenstudium genannt. Der Widerstand an den Universitäten gegen die Einführung derartiger Kurse war mitunter groß. Dadurch konnte die Einführung dieser Kurse jedoch nur verzögert werden.[21]

Ein zentrales Anliegen der ersten Zulassungsverordnung für die SBZ ist die Zulassung zum Studium ohne Reifeprüfung aufgrund von sog. Begabtenprüfungen, um die „begabte deutsche Jugend aller Schichten des deutschen Volkes" zum Universitätsstudium zu führen und diese „zu geistigen Geburtsstätten der neuen demokratischen Intelligenz zu machen"[22]. Dabei erwiesene Bildungsmängel sollten durch die Teilnahme an Sonderkursen abgebaut werden. Aus diesen Sonderkursen entwickelten sich Vorschulen für das Arbeiterstudium und Vorstudienanstalten. Im Dezember 1947 wurden diese in Vorstudienabteilungen an den Universitäten und Hochschulen umgewandelt;[23] im Mai 1949 entstanden aus den Vorstudienabteilungen die Arbeiter-und-Bauern-Fakultäten.

Die Teilnehmer der Vorbereitungskurse für ein Hochschulstudium wurden sozial vielfältig unterstützt, erhielten wesentlich höhere Stipendien und wurden bevorzugt immatrikuliert. Auf diese Weise wurde die Anwendung eines einheitlichen Leistungsprinzips mittels Reifeprüfung als grundlegendes Auswahlkriterium für die Aufnahme eines Studiums in der SBZ außer Kraft gesetzt. Das zunächst demokratisch anmutende und begrüßenswerte Ansinnen, Bildungsschranken zu beseitigen und einen gleichberechtigten Zugang zum Studium für alle Bevölkerungsschichten zu realisieren, wurde zur Privilegierung derer mißbraucht, die sich dem neuen System gegenüber anpassungswillig zeigten.

Zusammenfassend ist für die Entwicklung des Hochschulwesens in der SBZ in den ersten Jahren nach dem Zweiten Weltkrieg zu konstatieren: Aufgrund der desolaten wirtschaftlichen Lage sowie einer großen geistigen Orientierungslosigkeit in Deutschland war zunächst ein antifaschistisch-pluralistischer Impuls als demokratisierende und die verschiedensten politischen und gesellschaftlichen Gruppierungen einende Kraft wirksam. Durch die sowjetisch gelenkte und von Vertretern der KPD/SED getragene Entnazifizierungspolitik wurde jedoch bald damit begon-

---

21 In einem Schreiben des Rektors der Universität Leipzig, Gadamer, vom 24.5. 1947 an die DVV bringt dieser zum Ausdruck, daß das Vorhaben, Pflichtvorlesungen über „Soziale und politische Probleme der Gegenwart" zu installieren, gescheitert sei. Es gäbe dafür keine freien Hörsaalkapazitäten, die Professoren seien bereits überlastet. Außerdem könnten die Studenten die Vorlesungen der Gesellschaftswissenschaftlichen Fakultät besuchen, dies stünde jedem frei. Vom Empfänger wurde dieses Schreiben mit folgender Notiz versehen: „Natürlich Opposition zu diesen wichtigen Vorlesungen. Bitte Rücksprache." In: BAP R-2 1452 Bl. 43.

22 POEGGEL 1965 S. 215.

23 Die direkte Anbindung an das Hochschulwesen erfolgte u.a. deshalb, um durch die Schüler dieser Vorstudienabteilungen, welche den ordentlich immatrikulierten Studenten rechtlich gleichgestellt wurden, Einfluß auf die Arbeit des Studentenrates sowie die „Erziehung" der Studenten insgesamt zu bekommen. Außerdem sollte dadurch die Rolle der SED und FDJ an den Universitäten und Hochschulen gestärkt werden.

nen, die Hochschullehrerschaft im Sinne des Marxismus-Leninismus zu transformieren, die Zusammensetzung der Studentenschaft durch politische Prämissen bei der Auswahl für das Studium zu beeinflussen sowie im Unterschied zur deutschen universitären Tradition vor 1933 und in Anlehnung an die sowjetische Hochschulkonzeption erste grundlegende Veränderungen im Hochschulwesen einzuführen.

Es kam u.a. bereits in diesen Jahren zur Einführung von verbindlichen Lehrplänen und Zwischenprüfungen.[24] Des weiteren wurde eine umfassende Studienkontrolle angewiesen, der Hochschulzugang ohne Reifeprüfung ermöglicht, eigene Pädagogische Fakultäten geschaffen sowie zusätzliche Universitätsveranstaltungen obligatorisch angesetzt, in denen die Studenten antifaschistisch und im Sinne der marxistisch-leninistischen Ideologie der SMAD und KPD/SED politisch erzogen werden sollten.

Der - meist verzweifelte - Versuch überwiegender Teile der Hochschullehrerschaft, die geistige Autonomie der höchsten Bildungsstätten wiederherzustellen, war wenig erfolgreich, weil einerseits deren Verstrickung in die Nazidiktatur nicht unerheblich war und andererseits die SMAD und die KPD/SPD eine echte Demokratisierung der Universitäten nicht zuließen, sondern weitere gravierende Veränderungen in Anlehnung an das sowjetische Hochschulwesen vorbereiteten. Dennoch bestand in diesem Zeitraum noch eine weitverbreitete Hoffnung auf eine demokratische Entwicklung in der SBZ insgesamt, so auch des Hochschulwesens.

Während einer Deutschlandreise besuchte der als Humanismusforscher bekannt gewordene Schweizer Wissenschaftler Walter Rüegg Anfang 1947 die Berliner Universität. Aus den Aufzeichnungen von Rüegg über diese Reise geht hervor, daß er neben hoffnungsvollen Anzeichen für eine demokratische Entwicklung des Hochschulwesens in Berlin und Ostdeutschland auch solche vorgefunden hat, die „auf eine radikale Umgestaltung der Universität in eine Fach- und Volkshochschule" hinzielten.[25]

1.2. Ideologisierung und Sowjetisierung - 1947 bis 1951

„Besonders die 1948 verstärkte ideologische Offensive unter der Führung der SED verhalf dem Marxismus-Leninismus zu ersten festen Positionen an den Universitäten und Hochschulen."[26] Diese Feststellung Handels macht deutlich, daß die im Zuge der Entnazifizierung begonnene marxistisch-leninistische Ideologisierung der

---

[24] In der Niederschrift der Senatssitzung der Universität Leipzig vom 28.8. 1946 wird auf die Art und Weise der Einführung verwiesen. „Die Zentralverwaltung hat Lehrpläne übersandt... Die Pläne seien auf der Rektorenkonferenz beschlossen worden, was aber unrichtig ist. Auch die in den Plänen vorgesehenen Prüfungen nach dem dritten Studienjahr sind nicht auf der Rektorenkonferenz beschlossen worden... Der Prorektor hat Verwahrung bei der Zentralverwaltung eingelegt und Gegenvorschläge angekündigt." UAL Rektorat 1 Bl. 76f.

[25] RÜEGG 1966 S. 43.

[26] HANDEL 1975 S. 133.

gesamtgesellschaftlichen Entwicklung in der SBZ nun offensiver fortgesetzt wurde. Zunächst sollte von den Philosophischen Fakultäten aus der „Siegeszug" der marxistisch-leninistischen Weltanschauung an den Universitäten und Hochschulen geführt und in diesem Sinne das Hochschulwesen ideologisch vereinnahmt werden. Alle anderen philosophischen Denkrichtungen wurden als „spätbürgerlich" abgetan und aus den Universitäten und Hochschulen verbannt.[27] Gleichzeitig wurde mit einer systematischen Sowjetisierung des Hochschulwesens begonnen, die sich u.a. in der Einrichtung von Gesellschaftswissenschaftlichen Fakultäten zeigte und 1951/52 in der Zweiten Hochschulreform gipfelte.

Aus der Sicht der SMAD und der SED gab es unter den Philosophen jedoch nicht genügend geeignete bürgerliche Hochschullehrer, die bereit gewesen wären, den eingeleiteten „Demokratisierungsprozeß" anzuerkennen, mit der SED zusammenzuarbeiten und Verleumdungen des Marxismus-Leninismus zu unterlassen.[28]

Zum Zwecke der Ausbildung von Propagandisten, die die „wissenschaftliche" Weltanschauung des Marxismus-Leninismus an den Universitäten durchsetzen und alle „unwissenschaftlichen" und „reaktionären" - in der Summe alle anderen - Weltanschauungen bekämpfen und ausschalten sollten, wurde deshalb nach sowjetischem Vorbild an den Universitäten Jena, Leipzig und Rostock Gesellschaftswissenschaftliche Fakultäten gebildet.[29] Diese Fakultäten waren für die Ausbildung von Kadern für leitende Funktionen in den Organen der deutschen Selbstverwaltung, in gesellschaftlichen Organisationen, der Wirtschaft, Wissenschaft und Kultur gedacht.[30] Nach Handel galt es auf diese Weise „dem Marxismus-Leninismus eine feste Basis zu schaffen, von der aus er sich in der Folgezeit allmählich die Universitäten erobern konnte."[31] Im Zuge der Zweiten Hochschulreform 1951/52 wurden diese

---

27 Vgl. dazu KAPFERER 1990.

28 „Während es auf anderen Wissenschaftsgebieten viele bürgerliche Gelehrte gab, die im Lauf der Entwicklung politisch, zu einem erheblichen Teil auch ideologisch, auf sozialistische Positionen übergingen, gab es unter den bürgerlichen Philosophen in der damaligen sowjetischen Besatzungszone zwar einzelne, die politisch den Übergang zum sozialistischen Aufbau unterstützten, jedoch keinen, der auf dem Gebiet der Philosophie und als Philosoph bis zum marxistisch-leninistischen Standpunkt vordringen konnte." WRONA/RICHTER 1979 S. 106f.

29 Nach Befehl Nr. 333 des Obersten Chefs der SMAD über die Gründung von Gesellschaftswissenschaftlichen Fakultäten an den Universitäten Leipzig, Jena und Rostock (2. Dezember 1946). In: HANDEL/KÖHLER 1975 S. 56-61.

30 An der Universität Leipzig rief die Art und Weise der Errichtung einer derartigen Fakultät großen Widerstand hervor. Man beklagte die besonderen Zulassungsbestimmungen, die zu kurze Ausbildungszeit, die höheren Stipendien sowie die ausschließliche Vermittlung des Marxismus-Leninismus. In der Senatssitzung vom 18.1. 1947 wurde übereinstimmend zum Ausdruck gebracht, „daß das Forum der Wissenschaft alle politischen Lehren in Betracht zu ziehen habe und daß die Wissenschaft selbst nicht ein ausführendes Organ politischer Kräfte sei, sondern eine Instanz, die berufen sei, den wissenschaftlichen Gehalt politischer Doktrinen vor ihrem Forum zu beurteilen". Niederschrift über die Senatssitzung der Leipziger Universität vom 18.01. 1947. In: UAL Rektorat 1 Bl. 111.

31 HANDEL 1975 S. 128.- Die Ausbildungszeit an den Gesellschaftswissenschaftlichen Fakultäten wurde auf zwei Jahre festgelegt, 1947 wurden in Leipzig 200, in Jena und Rostock je 100 Teilnehmer dieser Kurse immatrikuliert. Aufnahmebedingungen waren eine abgeschlossene Oberschulbildung oder eine andere abgeschlossene Ausbildung mit Oberschulniveau sowie eine mindestens einjährige hauptamtliche Tätigkeit in staatlichen, wirtschaftlichen oder gesellschaftlichen Einrichtungen.

Fakultäten wieder aufgelöst. Die Absolventen dieser Kurse bildeten den Stamm an Lehrkräften für das im Wintersemester 1951 eingeführte Gesellschaftswissenschaftliche Grundstudium.

Weitere Veränderungen in der Hochschullandschaft nach sowjetischem Vorbild ergaben sich in diesem Zeitraum durch die Einführung von Einheitswahllisten bei Wahlen universitärer Gremien, durch die von vornherein die Vorherrschaft der SED und der inzwischen ideologisch einseitig agierenden FDJ gesichert wurde,[32] sowie die Einbindung des Hochschulwesens in den ersten Zweijahrplan. Die obligatorischen Vorlesungen für alle Fakultäten über Dialektischen und Historischen Materialismus und Politische Ökonomie konnten, vor allem aufgrund des Einsatzes sowjetischer Bildungsoffiziere, weiter ausgebaut werden.[33]

Durch diese Eingriffe in das universitäre Geschehen kam es zu einer verstärkten Entdemokratisierung und Ideologisierung des Hochschulwesens. Dies wird auch aus der „Vorläufigen Arbeitsordnung der Universitäten und wissenschaftlichen Hochschulen" ersichtlich, welche am 23. Mai 1949 in Kraft trat. Darin wurde u.a. die Beseitigung der Autonomie der höchsten Bildungsstätten, die Umwandlung der Universitäten und Hochschulen in Volksuniversitäten und die marxistisch-leninistischen Erziehung gefordert.[34]

1.3. Zentralisierung und Vereinheitlichung - 1951 bis 1953

Auf dem III. Parteitag der SED vom 20. bis 24. Juli 1950 wurde der erste Fünfjahrplan aufgestellt. Darin werden Wissenschaft und Forschung eine entscheidende Rolle bei der weiteren Entwicklung der Volkswirtschaft zugeschrieben. Das wissenschaftliche Niveau müsse deshalb im gesamten Bildungswesen, insbesondere im Hochschulwesen, angehoben werden. Es wurde auf defizitäre Entwicklungen im Hochschulwesen verwiesen und festgestellt, die Universitäten hielten mit der ökonomischen und politischen Entwicklung des Staates nicht Schritt. Beklagt wurden u.a. eine ungenügende parteiliche Einflußnahme bei der ideologischen Erziehung der Studenten, das Fehlen einer zentralen staatlichen Studienorganisation sowie mangelhaftes Auswerten der Sowjetwissenschaft. Deshalb forderte Walter Ulbricht einen planmäßigeren und kontrollierteren Unterricht an den Universitäten und Hochschulen sowie eine weitere Steigerung des Anteils der Studenten aus Arbeiter- und Bauernkreisen.[35]

---

[32] Vgl. BERGER 1951.

[33] Näheres dazu bei GRÖSCHEL 1965.

[34] Vgl. HANDEL/KÖHLER 1975 S. 41.

[35] Vgl. BASKE/ENGELBERT 1966 Bd. 1 S. 160-162.- Auf der I. Funktionärskonferenz der FDJ vom 26. bis 28. November 1950 ging Walter Ulbricht erneut auf die aus seiner Sicht ungenügende Entwicklung des Hochschulwesens ein und rief zu einem „Feldzug der Jugend für Wissenschaft und Kultur" auf. Er forderte wiederum eine grundsätzliche Neuorganisation des Hochschulwesens und kritisierte die unzulängliche Arbeit der Hauptabteilung Hochschulen und Wissenschaft beim Ministerium für Volks

Die Entwicklung des Hochschulwesens wurde auf dem IV. Plenum des ZK der SED am 19.1. 1951 noch einmal scharf kritisiert. In der Entschließung „Die nächsten Aufgaben in den Universiäten und Hochschulen" wird das Zurückbleiben der Hochschulen in der ideologischen Entwicklung als das gravierendste Defizit angesehen.[36] Verantwortlich für die mangelhafte ideologische Entwicklung an den Universitäten und Hochschulen machte man primär nicht die „reaktionären" Kräfte an den Universitäten und Hochschulen, sondern die für das Hochschulwesen zuständigen Stellen im Apparat des ZK der SED und den Landesleitungen, die den ideologischen Kampf in den Universitäten ungenügend organisiert und geführt hätten.[37] Deshalb wurde ein Katalog von Forderungen verabschiedet:

a) Entwicklung einer fortschrittlichen Wissenschaft:
durch die obligatorische Einführung des gesellschaftswissenschaftlichen Grundstudiums an allen Fakultäten, die besondere Förderung der Naturwissenschaften sowie eine intensivere Auswertung der Ergebnisse der Sowjetwissenschaft.

b) Verbesserung der Planung und Kontrolle des Studiums:
durch zentrale Studienpläne, regelmäßige Zwischenprüfungen, ein einheitliches Zehnmonatestudienjahr sowie Berufspraktika.

c) Lehre als Anleitung zum Handeln:
durch Vorlesungen und Übungen, in denen auch Anweisungen zum Handeln gegeben werden.

d) Forschung als Anleitung zum Handeln:
durch eine planmäßige Zusammenarbeit aller Beteiligten am Fünfjahrplan sowie die Verbesserung der Grundlagenforschung mit Hilfe eines Wissenschaftlichen Rates an allen größeren Instituten, dem die Angehörigen des Lehrkörpers, die Aspiranten und die besten Studenten der letzten Semester angehören sollen.

e) Zentralisation des Hochschulwesens:
durch die Bildung eines Staatssekretariats, welches die Zentralisierung, Planung

---

bildung, welche die Beschlüsse und Hinweise des III. Parteitages nicht zur Grundlage ihrer Arbeit gemacht hätte. Vgl. ULBRICHT 1958 S. 97ff.

[36] Deshalb sei es notwendig: „1. Einen unversöhnlichen Kampf gegen alle reaktionären Ideologien, gegen den bürgerlichen Objektivismus, den Kosmopolitismus und Sozialdemokratismus an den Universitäten und Hochschulen zu entfalten, um jeden Versuch zu unterbinden, imperialistische Ideologien zu verbreiten; 2. durch öffentliche wissenschaftliche Diskussionen und private Aussprachen über Weltanschauungsfragen den fortschrittlichen Kräften kameradschaftlich zu helfen, den Weg zum Marxismus-Leninismus zu finden; 3. alle fachlich hochqualifizierten Kräfte, die loyal zu unserer antifaschistisch-demokratischen Ordnung stehen, für die fortschrittliche Entwicklung der Wissenschaft und für die fortschrittliche Erziehung der jungen Generation zu gewinnen." Nach BASKE/ENGELBERT 1966 Bd. 2 S. 174-180, hier S. 175.

[37] Die in der Verwaltung und an den Universitäten tätigen Genossen hätten sich nicht energisch und systematisch genug gegen das Alte und für das Neue eingesetzt sowie „die Erfolge der FDJ bei der Einführung neuer Studienmethoden und in der Weckung des Dranges zur Aneignung der Erkenntnisse des Marxismus-Leninismus bei einem großen Teil der Studenten nur zögernd ausgenutzt". Ebd.- Die innere Konzeption der Hochschulpolitik, ausgehend vom jetzt offen gezeigten totalitären Anspruch des Marxismus-Leninismus, wird grundsätzlich - auch in der Folge bis 1989 - nicht hinterfragt.

und Qualifikation des Hochschulwesens sicherstellen soll sowie durch die Schaffung von vier Prorektoratsstellen (für das Gesellschaftswissenschaftliche Grundstudium, für die Forschungsangelegenheiten, für den wissenschaftlichen Nachwuchs und für Studienangelegenheiten und Berufspraktika) an den Universitäten und Hochschulen.

f) Veränderung der Zusammensetzung der Studentenschaft:
durch eine gezieltere Delegation der Jungaktivisten und Jungarbeiter durch FDGB und FDJ an die Arbeiter- und Bauern-Fakultäten, den Auf- und Ausbau von Internaten sowie die Steigerung des Anteils der weiblichen Studierenden.

g) Verbesserung der Aspiranten- und Dozentenweiterbildung:
durch die Ausbildung der Aspiranten in fachlicher und gesellschaftswissenschaftlicher Hinsicht nach individuellen Arbeitsplänen sowie eine entschiedene Einflußnahme der SED auf die Auswahl der Kandidaten und die Gestaltung der Lehrpläne.

h) Maßnahmen zur Förderung der Wissenschaftler:
durch die umfassendere Bereitstellung sowjetischer Fachliteratur sowie eine bessere Besoldungs- und Pensionsordnung.

i) Qualifizierung der Parteiarbeit der SED:
durch die direkte Anbindung der Universitätsbetriebsgruppen an das ZK sowie die Realisierung der führenden Rolle der Partei auf dem Gebiete des ideologischen Kampfes gegen Objektivismus, Kosmopolitismus und Sozialdemokratismus und bei der Erziehung an den Universitäten und Hochschulen.[38]

Diese Forderungen, die in der in der Entschließung des ZK der SED vom 19.01. 1951 vorgefundenen Reihenfolge zusammengefaßt wiedergegeben worden sind, sprechen für sich. Sie stellen - aufbauend auf den bis 1951 durchgeführten Veränderungen in der Hochschullandschaft - ein Programm zur Umgestaltung des Hochschulwesens mit dem Ziel dar, volkswirtschaftlich effiziente Universitäten und Hochschulen zu schaffen und eine im Sinne des Marxismus-Leninismus ideologisch ergebene Studenten- und Hochschullehrerschaft planmäßig und mehrfach kontrolliert zu erziehen.[39]

1.3.1. Zur Zweiten Hochschulreform

Das neugegründete Staatssekretariat für das Hochschulwesen[40] hatte nun die Aufgabe, die Voraussetzungen für die Realisierung dieser Forderungen des ZK der SED über eine Zweite Hochschulreform an den Universitäten und Hochschulen zu schaffen. Es wurde deshalb eine Verordnung über die Neuorganisation des Hochschul-

---

[38] Vgl. BASKE/ENGELBERT 1966 Bd. 2 S. 174-180.

[39] Vgl. KÖHLER 1976 S. 44.

[40] Gemäß § 5 des Gesetzes vom 8.11. 1950. In: Gbl. d. DDR 1950 S. 1135.- Die Hauptabteilung Hochschulwesen des Ministeriums für Volksbildung der DDR und die Hochschulabteilungen der Ministerien für Volksbildung der Länder wurden aufgelöst.

wesens herausgegeben, welche alle rund einen Monat zuvor in der Entschließung des ZK der SED erhobenen Forderungen enthält.[41] Auf der Grundlage von 19 Durchführungsbestimmungen und einer Reihe weiterer Anweisungen sollte eine Neuordnung des Hochschulwesens, dessen grundsätzliche Zentralisierung und exakte Planung erfolgen.

Neben dem Staatssekretariat wurden die staatliche Plankommission und die für die einzelnen Fachrichtungen zuständigen Ministerien ermächtigt, fachliche Kontrollen durchzuführen, sich bei der Aufstellung von Studien- und Prüfungsordnungen zu beteiligen sowie bei Einstellungen und Ernennungen von Professoren und Dozenten Voten abzugeben. Die Einhaltung der Studienpläne sollte durch die universitären SED- und FDJ-Kreisleitungen sowie durch eigens eingerichtete sog. wissenschaftliche Räte an den einzelnen Fachrichtungen, deren Vorsitzende vom Staatssekretariat ernannt wurden, vor Ort überwacht und kontrolliert werden.

Die Verordnung über die Neuorganisation des Hochschulwesens wurde mit Beginn des Herbstsemesters 1951 wirksam. Wie die folgenden Jahre zeigten, gab es bei der praktischen Umsetzung der einzelnen Programmpunkte erhebliche Schwierigkeiten, die nicht nur materiell-technisch und organisatorisch, sondern vor allem konzeptionell bedingt waren sowie durch die ablehnende Haltung der Professoren- und Studentenschaft verursacht wurden. Im Vergleich zu den westdeutschen Universitäten kam es durch diese Hochschulreform zu einer enormen Erhöhung der Anzahl der Studienwochenstunden wie der Semesterwochen. Durch jährliche Berufspraktika und Arbeitseinsätze, bei denen die Studenten neben berufspraktischer Erfahrung „Verbindung zur Arbeiterklasse" bekommen sollten, und die sog. gesellschaftliche Arbeit[42] wurden den Studenten bewußt enge zeitliche Begrenzungen gesetzt.

Bei der Zweiten Hochschulreform wird die für die Entwicklung des Hochschulwesens in der DDR maßgebliche hierarchische Trias evident: 1. das ZK der SED und dessen Beschlüsse als dogmatische Vorgabe, 2. das Staatssekretariat, später das Ministerium für Hoch- und Fachschulwesen, und deren - vor allem aus Parteibeschlüssen resultierenden - Anweisungen in Form von Verordnungen und Gesetzen, und 3. die Hochschulleitungen als Empfänger derselben und ihr Auftrag zur Umsetzung in die Praxis. Die Kommunikation in dieser Trias war bis Ende der 50er Jahre - bis dahin hatte die SED an den Universitäten und Hochschulen die Machtfrage für sich entschieden - nicht selten schwierig und konfliktgeladen. Danach zeichneten

---

[41] Verordnung über die Neuorganisation des Hochschulwesens vom 22.2. 1951. In: Gbl. der DDR, 1951. Nr. 21 S. 123-125. Einleitend heißt es in dieser Verordnung: „Während im Westen Deutschlands die Wissenschaften und ihre Institutionen für die anglo-amerikanischen Kriegsvorbereitungen mißbraucht werden, müssen im Kampf für die Sicherung des Friedens und die Wiederherstellung der Einheit Deutschlands auf demokratischer Grundlage Studium, Lehre und Forschung an unseren Universitäten, Hochschulen und wissenschaftlichen Einrichtungen eine Anleitung zum Handeln im Interesse der fortschrittlichen Wissenschaft werden." Ebd. S. 123.

[42] Dazu zählen z.B. Aktivitäten in der FDJ und anderen gesellschaftlichen Organisationen oder die Beteiligung an Veranstaltungen anläßlich sozialistischer Feste und Feiertage.

sich die Vertreter aller drei Ebenen durch eine grundsätzliche ideologische Kongruenz aus.[43] Die Hochschulleitung vor Ort wurde de facto durch die SED über die Universitätsbetriebsgruppen ausgeübt.[44]

Ziel der mit der Zweiten Hochschulreform verbundenen Veränderungen im Hochschulwesen war die Schaffung von Voraussetzungen für eine einheitliche ideologische Erziehung der Studenten im Sinne des Marxismus-Leninismus sowie die dafür notwendige ideologische Transformierung der Hochschullehrerschaft - die Schaffung einer „sozialistischen Intelligenz". Im Mittelpunkt dieses universitären Erziehungsauftrages stand die Übernahme der „wissenschaftlichen" Weltanschauung des Marxismus-Leninismus. Die strukturelle Basis dafür sollte die Zentralisierung des Hochschulwesens und die Vereinheitlichung der Studien- und Lehrpläne, deren Einhaltung mehrfach kontrolliert wurde, bilden.[45]

Der Begriff „Erziehungsauftrag" kommt in der Entschließung des ZK der SED vom 19.1. 1951 und in der Verordnung des Staatssekretariats für Hochschulwesen vom 22.2. 1951 nicht vor. Erst seit der Diskussion über Probleme bei der Umsetzung dieser Verordnung in die Praxis ist immer wieder vom Erziehungsauftrag der Universitäten und Hochschulen die Rede.[46]

1.3.2. Das Gesellschaftswissenschaftliche Grundstudium

Zentrale Plattform der ideologischen Erziehung bildete das für alle Fachrichtungen obligatorische Gesellschaftswissenschaftliche Grundstudium.[47] Anfangs beinhaltete es folgende Fächer: a) Grundlagen des Marxismus-Leninismus, b) Grundlagen der

---

[43] In einem Schreiben des Staatssekretariats für Hoch- und Fachschulwesen an das ZK der SED vom 11.09. 1958 wird auf Anfrage festgestellt, daß alle leitenden Stellen in diesem Staatssekretariat mit Mitgliedern der SED besetzt sind. Vgl. BAP R-3 3954.- Auch unter den Hochschullehrern nahm der Anteil an SED-Mitgliedern kontinuierlich zu.

[44] Aus diversen Materialien des Bundesarchivs, Abteilungen Potsdam, aus den 50er Jahren geht hervor, daß sich das ZK der SED, Abteilung Wissenschaft und Propaganda, nicht nur mit Grundsatzfragen des Hochschulwesens befaßt hat, sondern oft bis ins Detail „mitwirkte", so z.B. bei der Auswahl von Studenten für das Studium in der Sowjetunion oder bei der Festlegung von Sondergehältern.- Die große Bedeutung, welche die SED der ideologischen Erziehung an den Universitäten und Hochschulen beigemessen hat, wird auch an der Tatsache deutlich, daß „Propaganda" und „Wissenschaft" in einer Abteilung im ZK der SED zusammengefaßt wurden.

[45] Ende der 50er Jahre faßte Schwendler das Anliegen der 2. Hochschulreform so zusammen: „Hauptinhalt der Hochschulreform war die Erziehung der jungen Generation zu lebenstüchtigen Menschen, deren Fühlen und Handeln die proletarische Weltanschauung bestimmt." SCHWENDLER 1959 S. 511.

[46] Das publizistische Forum für die von der SED geförderten öffentlichen Diskussion über den Erziehungsauftrag bildete hauptsächlich die in Berlin/Ost seit 1953 herausgegebene Zeitschrift „DAS HOCHSCHULWESEN".

[47] „Das gesellschaftswissenschaftliche Grundstudium hat die Aufgabe, den Studierenden die Einsicht in die Entwicklungsgesetze von Natur und Gesellschaft zu vermitteln, und sie zu unermüdlichen Kämpfern für den Frieden und den Fortschritt der Menschheit zu erziehen. Es bildet die Grundlage des gesamten Studiums." Fünfte Durchführungsbestimmung zur Verordnung über die Neuorganisation des Hochschulwesens - Gesellschaftliches Grundstudium an den Universitäten und Hochschulen -, vom 4. August 1951. In: Gesetzblatt der DDR 1951 S. 727-728, hier S. 727.

Politischen Ökonomie und c) Dialektischer und Historischer Materialismus. Am Ende eines jeden Studienjahres wurden Zwischenprüfungen angesetzt, von denen das Weiterstudium abhängig gemacht wurde.[48] Aus verschiedenen Studienplänen geht hervor, daß rund ein Drittel der Gesamtstundenzahl des Studiums dafür verwandt wurde.

Die im Gesellschaftswissenschaftlichen Grundstudium eingesetzten Lehrer waren zunächst in der Regel weder promoviert noch habilitiert, von den Vertretern anderer Fächer wurden sie nicht anerkannt. Ihre Ausbildung hatten sie überwiegend an den o.g. Gesellschaftswissenschaftlichen Fakultäten und am Franz-Mehring-Institut der Universität Leipzig erhalten.[49] Dennoch wagte Fabert bereits 1953 die Feststellung, das Gesellschaftswissenschaftliche Grundstudium sei eine „feste und dauerhafte Errungenschaft des Hochschulwesens"[50]. Seine Hauptaufgabe läge darin, nicht „Nurfachleute", sondern solche mit sozialistischem Bewußtsein zu erziehen. Fabert verschweigt nicht die an den Universitäten „noch" diskutierte Frage nach der Vertretbarkeit der obligatorischen Einführung des Grundstudiums. Er sieht darin aber lediglich einen Versuch, den politischen Erziehungsprozeß zu stören.[51]

Den Hauptgrund für das Ausbleiben der erhofften Effizienz des Gesellschaftswissenschaftlichen Grundstudiums in den ersten Jahren nach dessen Einführung sah Harig dagegen in diversen Haltungen der Studentenschaft.[52] Es fehle außerdem eine „kameradschaftliche Verbindung" zu den Fachwissenschaften. Aus diesem Grunde seien „die Dozenten des gesellschaftswissenschaftlichen Grundstudiums fest auf die einzelnen Fakultäten verteilt"[53] worden, um sich die notwendigen Grundkenntnisse der dort beheimateten Wissenschaft besser aneignen zu können, mit dem Ziel, die grundsätzlichen und aktuellen Probleme der jeweiligen Fachwis-

---

[48] Dadurch war die Möglichkeit gegeben, politisch nicht anpassungswillige Studierende „aus dem Studium zu prüfen". Vgl. DOKUMENT 9 S. 194.

[49] Zur Rolle des Franz-Mehring-Institutes vgl. MOSLER 1959.

[50] FABERT, K.: Das gesellschaftswissenschaftliche Grundstudium - eine feste und dauerhafte Errungenschaft unseres Hochschulwesens. In: Das Hochschulwesen 4/1953 S. 13-17, hier S. 13.

[51] Nicht durch eine Erweiterung der Stundenzahl oder durch eine grundlegende Veränderung der Themenpläne des Gesellschaftswissenschaftlichen Grundstudiums für die einzelnen Studienjahre könne dessen Wirksamkeit erhöht werden; es komme vielmehr darauf an, daß „die politische Wirksamkeit des Grundstudiums durch die Dozenten und Assistenten erhöht wird. Ohne Zweifel müssen eine Reihe von Schwächen im Grundstudium überwunden werden. Das Grundstudium wird dann die wichtige Aufgabe der Erziehung von felsenfesten und standhaften Kadern, der Erziehung von Kämpfern für die Sache des Friedens, der Demokratie und des Sozialismus umso besser erfüllen." Ebd. S. 17.

[52] Er verweist im einzelnen auf folgende Mängel: „1. Unsere Studenten verhalten sich vielfach unparteiisch, d.h. skeptisch und leichtgläubig zugleich, lassen es in ideologisch-politischer Beziehung an der notwendigen kämpferischen Einstellung fehlen und tragen ihre Differenzen oft auf enger subjektiver und kurzsichtiger Basis aus. 2. Unsere Studenten, die ein auskömmliches steuerfreies Stipendium erhalten, sind z.T. verwöhnt und zeigen eine ungesunde Rentierideologie. Ebenso entspricht ihr kulturelles Niveau nicht immer den an Studenten zu stellenden Anforderungen. 3. Unsere Studenten sind vielfach noch unhöflich und nicht immer genügend diszipliniert. 4. Die FDJ spielt an den Universitäten und Hochschulen lange nicht mehr die mobilisierende und vorwärtstreibende Rolle wie vor einigen Jahren." HARIG, G.: Die Erziehung unserer Studenten im gesellschaftswissenschaftlichen Grundstudium. In: Das Hochschulwesen 5/1954 S. 12-17, hier S. 12f.

[53] Ebd. S. 15

senschaft wie auch der gesellschaftlichen Entwicklung insgesamt in die eigenen Vorlesungen einbringen zu können.[54]

In den folgenden Jahren wurde immer wieder versucht, die Strukturierung und Organisierung des Gesellschaftswissenschaftlichen Grundstudiums zu verändern sowie für die Studenten anziehender und im Sinne der SED effektiver zu gestalten.[55] Dessen eindimensionale marxistisch-leninistische Ausrichtung wurde jedoch nie in Frage gestellt; aus diesem Grunde liefen alle Innovationsbemühungen ins Leere.

1.3.3. Seminargruppe als Ort der Erziehung

In Anweisung Nr. 26 des Staatssekretariats für Hochschulwesen der DDR vom 6. September 1952 wird ausgeführt, daß die Seminargruppen eine entscheidende Voraussetzung für die Ausbildung und Erziehung der heranwachsenden Intelligenz seien. „Die Seminargruppen sollen jeden Studenten zu einem Kämpfer für die Einheit unseres Vaterlandes erziehen, zu einem glühenden Patrioten, der bereit ist, an der Seite der Arbeiterklasse die Errungenschaften der Werktätigen zu schützen"[56]. Die entscheidende Rolle bei der Organisierung und Leitung der - nach Immatrikulationsjahrgängen und Fachrichtungen aufgebauten - Seminargruppen wurde der FDJ zugeschrieben.

Die Einführung der Seminargruppen diente auch der Umsetzung einer neuen Praxis der Fachseminare - das universitäre Seminar wurde zu einer Übung zur Vorlesung innerhalb des Seminargruppenverbandes.[57] Außerdem sollte damit eine Methode der kontrollierten Kollektiverziehung an den Universitäten und Hochschulen zur Anwendung kommen, nach Müller „eine aus den gesellschaftlichen Gesetzen und den Bildungs- und Erziehungszielen unserer Ordnung sich ergebende Arbeitsform"[58]. Ebenso wurde in der Unterbringung der Studenten nach Seminar-

---

[54] In einem Bericht über eine Tagung der Lehrkräfte des Gesellschaftswissenschaftlichen Grundstudiums am 13. und 14. Februar 1954 in Leipzig faßte Lojewski die dort geäußerten Defizite der gesellschaftswissenschaftlichen Vorlesungen und Seminare in vier Punkten zusammen, die überwiegend die Unterrichtsgestaltung betreffen: Ungenügendes Herausarbeiten des Wesens der marxistisch-leninistischen Weltanschauung, ungenügende Darstellung der Rolle der Volksmassen in der Geschichte, ungenügende Darstellung des Staates der Arbeiter- und Bauernmacht in der DDR und ungenügende Erziehung zur Freundschaft mit allen friedliebenden Menschen der Welt, besonders zu den Völkern der Sowjetunion und den Ländern der Volksdemokratien. Vgl. LOJEWSKI, J.: Tagung der Lehrkräfte des gesellschaftswissenschaftlichen Grundstudiums. In: Das Hochschulwesen 3/1954 S. 17-20.

[55] Siehe u.a.: Anweisung Nr. 56 des Staatssekretariats für Hochschulwesen über die Durchführung des gesellschaftswissenschaftlichen Grundstudiums an den Universitäten und Hochschulen vom 1. Oktober 1954. In: Das Hochschulwesen 1/1954 (Beilage) S. 10-12, oder: SÖDER, G.: Die Kräfte der Literatur im gesellschaftswissenschaftlichen Grundstudium besser nutzen. In: Das Hochschulwesen 1/1954 S. 31f.

[56] Anweisung Nr. 26 des Staatssekretariats für das Hochschulwesen der DDR betr. Bildung und Aufgaben der Seminargruppen vom 6. September 1952. In: Das Hochschulwesen 1/1955 (Beilage) S. 4f.

[57] Siehe Anweisung Nr. 17 des Staatsekretariats für Hochschulwesen der DDR betr. Formen des akademischen Unterrichts vom 8. November 1951. In: Das Hochschulwesen 1/1955 (Beilage) S. 2-4.

[58] MÜLLER, H.: Die Seminargruppe - Organ der Erziehung und Leistungssteigerung der Studierenden. In: Das Hochschulwesen 4/1953 S. 19-23, hier S. 20.

gruppen in Wohnheimen ein Erziehungsfeld gesehen. In einer Anweisung des Staatssekretariats heißt es: „Die Studentenwohnheime unserer Universitäten und Hochschulen sind Eigentum des Volkes ... Die Zusammenfassung von Studierenden in Wohnheimen soll dazu beitragen, das demokratische Kollektiv zu entwikkeln, die patriotische Erziehung zu fördern und das Studium zu intensivieren und zu erleichtern."[59]

1.3.4. Hochschullehrer als Erzieher

Die Umsetzung des Erziehungsauftrages erwies sich auch deshalb als äußerst problematisch, weil sich viele Hochschullehrer von der 2. Hochschulreform distanzierten, eine klare Unterscheidung zwischen ihrer Fachwissenschaft und den Gesellschaftswissenschaften vornahmen und diesen die ideologische Erziehungsarbeit nur allzu gern überließen. Mit dieser Einstellung war die SED-Führung keineswegs einverstanden. Denn sie schrieb der Hochschullehrerschaft insgesamt eine entscheidende Rolle bei der Umsetzung des Erziehungsauftrages zu.

Eine SED-Hochschultagung Ende 1953 befaßte sich mit dem Niveau der Erziehung der Studierenden. Dabei wurde festgestellt, daß der Hochschullehrer gegenüber der Studentenschaft in seinem Lehramt und als Persönlichkeit die neue Gesellschaftsordnung und den Staat, der ihr die gesetzliche Form gegeben hat, sie schützt und fördert, zu vertreten habe.[60] Deshalb müßten dem Lehrkörper die Grundlagen des Marxismus-Leninismus vermittelt werden. Dies sei Aufgabe der Lehrkräfte des Gesellschaftswissenschaftlichen Grundstudiums.[61] Knepler forderte in diesem Zusammenhang von den Lehrern der Gesellschaftswissenschaften, die Lehren des Marxismus entschiedener mit Problemen der Gegenwart zu verbinden.[62]

---

[59] Anweisung Nr. 39 des Staatssekretariats für Hochschulwesen über die Leitung und Betreuung der Studentenwohnheime an den Universitäten und Hochschulen vom 24. Dezember 1953. In: Das Hochschulwesen 1/1954 (Beilage) S. 13f, hier S. 13.

[60] „Um erzieherisch auf das gesellschaftliche Bewußtsein der Studenten einzuwirken, muß er in Worten und Handlungen klar zum Ausdruck bringen, daß er selbst von dem geschichtlichen Recht dieser neuen Ordnung überzeugt ist. Nur dann vermag er den erzieherischen Auftrag zu erfüllen, der sich als gesellschaftspolitischer mit seinem wissenschaftlichen so zu einer Einheit verbindet, daß beide untrennbar zusammengehören." DEITERS, H.: Der Erziehungsauftrag des Hochschullehrers. In: Das Hochschulwesen 4/1953 S. 2f.- Deiters geht hier auch auf diverse Umsetzungsmöglichkeiten dieses erzieherischen Auftrages ein, die in der „Bewältigung unzähliger kleiner und kleinster Teilaufgaben im täglichen Ablauf des Studienganges" lägen, welche ein Teil der allgemeinen gesellschaftlichen Auseinandersetzungen seien. Um seiner Funktion als Erzieher hinsichtlich der Überzeugungen und sittlichen Gewohnheiten der Studenten gerecht werden zu können, habe der Hochschullehrer auch außerhalb von Vorlesungen und Seminaren u.a. auch „bei akademischen Feiern, bei Prüfungen, im persönlichen Verkehr" auf die Studenten einzuwirken.

[61] Vgl. dazu auch FABERT, K.: Die entscheidende Aufgabe aller Hochschullehrer. In: Das Hochschulwesen 12/1955 S. 1-4.

[62] Vgl. KNEPLER, G.: Einige konkrete Vorschläge zur Verbesserung der Erziehungsarbeit. In: Das Hochschulwesen 4/1953 S. 16-18, hier S. 18. Vgl. dazu auch SCHILFERT, G.: Zur Frage des Gegenwartsbezugs akademischer Erziehung und Unterrichtsgestaltung. In: Das Hochschulwesen 1/1954 S. 15-18.

Ebenso galt es bei der Ausbildung des wissenschaftlichen Nachwuchses einen Erziehungsauftrag zu realisieren. In der Aspirantenordnung vom November 1951 heißt es: „Die Bewerber um die Aufnahme in die wissenschaftliche Doktoraspirantur müssen erstmalig nach Ablauf des Studienjahres 1951/52 eine Aufnahmeprüfung ablegen: a) in den Grundlagen des Marxismus-Leninismus, b) in der russischen Sprache, c) in der jeweiligen Fachdisziplin."[63] Erst an dritter Stelle wird nach der fachlichen Qualifikation gefragt. Durch diese ideologisch determinierte Prämissensetzung wurden viele begabte Wissenschaftler an ihrer Weiterentwicklung grundsätzlich gehindert, der SED genehme und systemkonforme Kader dagegen privilegiert.[64]

1.4. Die neue Einheit der Wissenschaft

Die Zweite Hochschulreform und die Einführung eines den Universitäten und Hochschulen durch die SED nach sowjetischem Vorbild erteilten Erziehungsauftrages stellen einen grundsätzlichen Abschluß der seit 1945 eingeleiteten punktuellen Transformationsbemühungen im Hochschulwesen der SBZ/DDR dar. Die dabei eingetretenen strukturellen und inhaltlichen Veränderungen blieben in ihrer Substanz bis 1989 gültig. Der Marxismus-Leninismus diente als ausschließliche philosophische Plattform sowohl für die einheitliche und zentralistisch gelenkte Gestaltung des Hochschulwesens als auch für eine einheitliche und totalitäre ideologische Erziehung der Studierenden aller Fachrichtungen und die dafür notwendige Transformierung der Professoren- und Dozentenschaft.

Aus der Sicht der SED-Philosophen befand sich die sog. bürgerliche Wissenschaft nach dem 2. Weltkrieg am Ende, weil „die moderne Wissenschaft die Grenzen der kapitalistischen Ideologie längst überschritten"[65] habe. Sie müsse daher notwendigerweise auch mit der kapitalistischen Gesellschaft in Konflikt geraten. Deshalb forderte Harig, diesen Widerspruch zwischen der Wissenschaft und der kapitalistischen Gesellschaft in den Mittelpunkt des ideologischen Kampfes zu stellen.[66]

---

[63] Ordnung der wissenschaftlichen Aspirantur an den Universitäten und Hochschulen der DDR vom 15.11. 1951. In: BAUMGART 1953 S. 18.

[64] Der Aspirant sollte in diesem Erziehungsprozeß „nicht Objekt erzieherischer Bemühungen sein, sondern Subjekt und im Lehren lernen, als Gebender sich entwickeln, nicht neben sondern in der wissenschaftlichen Arbeit politisch erzogen werden". NEUBERT, S.: Für eine schöpferische Methode in der Anleitung der Aspiranten. In: Das Hochschulwesen 2/1954 S. 21-23, hier S. 21. Vgl. weiter dazu BECKER, H.: Über einige Probleme der Betreuung wissenschaftlicher Aspiranten, ebd. S. 17-20 und S. 44-47, sowie STEINMETZ, M.: Erziehung und Ausbildung des wissenschaftlichen Nachwuchses wirksam verbessern. In: Das Hochschulwesen 6/1954 S. 9-16.

[65] HARIG, G.: Wissenschaft und Marxismus. In: Einheit 4/1948 S. 374f., hier S. 374.

[66] Die Lösung dieses Konfliktes wurde in der Beseitigung der für die Wissenschaft zu eng gewordenen bürgerlichen Ideologie und im Ablegen der Scheu vor „revolutionären" Konsequenzen gesehen.- Bereits Anfang 1948 hatte Harig gefordert: „Wir müssen unseren Kollegen, unseren Studenten immer wieder zeigen: Ein echter Wissenschaftler, der seine Wissenschaft ernst nimmt und vor ihren Konsequenzen nicht zurückschreckt, kann heute nur Marxist sein." Ebd. S. 375.

Nur auf der Basis des Dialektischen und Historischen Materialismus sei es möglich, die tatsächlichen Zusammenhänge in der Wissenschaft zu erkennen, die historische Situation aufzuhellen und zum Handeln, zum bewußten und revolutionären Gestalten der Welt anzuleiten. Der Dialektische Materialismus, durch den die sog. Grundfrage der Philosophie materialistisch beantwortet und die Materie, die objektive Realität, das Physische gegenüber dem Bewußtsein, dem Denken, dem Psychischen als das Primäre angesehen wird, sollte nicht nur die Basis der Geistes- bzw. Gesellschaftswissenschaften sein, sondern die Voraussetzung jeder Wissenschaft. In ihm begründe sich eine neue Einheit der Wissenschaft.[67]

Des weiteren stellte man - ausgehend vom Postulat der Einheit von Theorie und Praxis - fest, alle wissenschaftlichen Neuerungen seien durch die Praxis bedingt. Die Praxis, die Produktion wurde zum Motor der Wissenschaft, die Wissenschaft selbst zur Produktivkraft erklärt.[68] Jeder unpolitischen und voraussetzungslosen Wissenschaft wurde eine Absage erteilt. Erst in der Vergesellschaftung der Wissenschaft könne es zu deren eigentlichen, wahrhaftigen Entwicklung kommen; die Voraussetzung dafür bestünde in der völligen Übereinstimmung der Interessen der Wissenschaft und des sich entwickelnden sozialistischen Staates.[69]

Als zwei sich ergänzende Größen eines pädagogischen Prozesses sieht Rühle universitäre Bildung und Erziehung, wobei Erziehung Bildung im neuhumanistischen Sinne einschließt.[70] In seiner Analyse kommt er zu folgendem summarischen Schluß: „Sozialistische Erziehung unterscheidet sich in Klasseninhalt, Ziel und Methode von der klassischen bürgerlichen Bildungsauffassung. Sozialistische Überzeugungen, Charaktereigenschaften, Verhaltensweisen können nicht allein durch den persönlichkeitsbildenden Charakter der Vorlesungen, Seminare und Übungen erreicht werden. Sie setzen bewußt gestaltete Verbindung von Erziehung und Bildung auf der Grundlage der marxistisch-leninistischen Theorie voraus. Produktive Arbeit, Gemeinschaft, sozialistische Praxis sind auch an der Universität ausschlaggebende Erziehungsfaktoren."[71] Im Gedankengang Rühles wird evident, daß der Auftrag zur sozialistischen Erziehung an den Universitäten und Hochschulen

---

[67] Vgl. u.a. TREDER, H.: Gipfel der Wissenschaft. Zum 40. Jahrestag des Erscheinens von Lenins „Materialismus und Empiriokritizismus". In: Einheit 4/1949 S. 451-458.

[68] Henrich kommt davon ausgehend zu der These, daß in der sozialistischen Hochschule der DDR das traditionell universitätstragende Prinzip der Einheit von Lehre und Forschung durch das Postulat der Einheit von Wissenschaft und Praxis ersetzt wurde. „An die Stelle der Lehre, die zugleich Bildung sein will, tritt das Bündnis der Universität mit der Arbeiterklasse. Und für den Studenten übernimmt ihre Partei und ihre Massenorganisationen alle Aufgaben, die ehedem dem ‚patriarchalischen' Professor zufielen." HENRICH, D.: Über den Begriff der Einheit von Forschung und Lehre und seine Kritik durch den Marxismus. Ein Vortrag, gehalten vor einer Kommission der Westdeutschen Rektorenkonferenz am 18.IV. 1958 in Freiburg. Sonderdruck der Deutschen Universitätszeitung 1958 S. 14.

[69] Zur weiteren Charakterisierung des sozialistischen Wissenschaftsverständnisses in der DDR siehe u.a. HENSELMANN 1947; HARIG, G.: Dialektischer Materialismus und „offizielle Wissenschaft". In: Forum 12/1948 S. 383-386; KLEIN, M.: K. Marx über die gesellschaftliche Aufgabe der Philosophie. In: Einheit 9/1953 S. 1067 - 1075; GIRNUS 1957; MAYER/HEINKE 1958; ULBRICHT/MAYER 1959 sowie BERGNER 1964.

[70] Vgl. RÜHLE 1966 S. 233ff.

[71] Ebd. S. 269.

in der DDR vor allem deshalb als unbedingt notwendig erachtet wurde, weil man bloßer „Bildung durch Wissenschaft" - ohne die Möglichkeit zentralistischer Regulierungs- und Kontrollmechanismen - für den Aufbau einer sozialistischen Intelligenz mißtraute.

Nach Humboldt soll Wissenschaft in der Einheit von Lehre und Forschung, an der die Studenten aktiv partizipieren können, als Suchen betrieben, d.h. aus der Tiefe des Geistes heraus geschaffen und nicht durch Sammeln extensiv aneinandergereiht werden. Diese so verstandene „Bildung durch Wissenschaft", die auf einem personalen Prozeß basiert, der integriertes, nicht bloßes summiertes Wissen hervorbringen soll, ist seit der Mitte des letzten Jahrhunderts hinsichtlich ihrer ethischen Effizienz immer wieder angefragt worden. In der DDR versuchte man das Problem des Ausbleibens dieses Bildungseffektes auf der Grundlage der bei der zur Zweiten Hochschulreform 1951/52 wirksam gewordenen Zentralisierung und Vereinheitlichung des Hochschulwesens mit der Verordnung des Marxismus-Leninismus als verbindlicher philosophischer Grundlage aller Wissenschaften, mit der Forderung, Lehre und Forschung mit direkter Anleitung zum Handeln zu verbinden, sowie mit der Einführung eines obligatorischen marxistisch-leninistischen Gesellschaftswissenschaftlichen Grundstudiums für alle Fachrichtungen zu lösen. Die Folge dieser „Einheit" von Lehre und Erziehung: Der Student wurde zum Objekt einer autoritären und totalitären erzieherischen Einwirkung - sowohl durch die Art und Weise des Umgangs mit Wissenschaft an sich wie auch durch vielfältige außerwissenschaftliche Erziehungsfelder -, die ihn entmündigte und bevormundete.

Die neuhumanistische Formel „Bildung durch Wissenschaft", bei der Bildungsmethode und Bildungsinhalt eine prozessuale Einheit bilden,[72] wurde im sozialistischen Universitätskonzept in der DDR durch den Ansatz „Erziehung in der Lehre und durch außerwissenschaftliche Erziehungsfelder" auseinandergerissen. Der universitäre Bildungsauftrag wurde durch einen ideologisch und ökonomisch determinierten Erziehungsauftrag ersetzt, der Teil eines permanenten gesamtgesellschaftlichen Erziehungsvorganges des vom Marxismus-Leninismus okkupierten Gesellschaftssystems in der DDR war. Die traditionelle „Einheit von Wissenschaft und Bildung" wurde somit in der DDR durch die „Einheit von Lehre und Erziehung" ersetzt.

Auf der Basis der bei der Zweiten Hochschulreform 1951/52 vorgenommenen strukturellen Veränderungen im Hochschulwesen, dessen grundsätzlicher Vereinheitlichung und Zentralisierung, sowie der dabei vorgegebenen bildungspolitischen Erziehungsziele und -inhalte, die in der Summe auf eine totalitäre ideologische Vereinnahmung der Studenten hin angelegt waren, wurde im Laufe der Jahre immer wieder versucht, diesen Erziehungsanspruch nach Vorgaben der SED zu aktualisieren. Besondere Bedeutung kommt in diesem Zusammenhang dem Gesetz über das einheitliche sozialistische Bildungssystem vom 25. Februar 1965 zu,[73] in

---

[72] Vgl. NITSCH u.a. 1965 S. 325.
[73] Vgl. Gesetzblatt der DDR 1965 Teil I Nr. 6 S. 83-106.

dem als Hauptziel festgehalten wird, alle Bürger zu allseitig und harmonisch entwickelten sozialistischen Persönlichkeiten zu erziehen. Die universitäre Erziehung wird als eine Etappe des Erziehungsprozesses vom Kindergarten bis zum Arbeitsplatz gesehen.[74]

Vor der Einführung des „Atheismus" als obligatorischem Fach für alle Studienrichtungen im Rahmen des Marxistisch-leninistischen Grundlagenstudiums in den 60er Jahren schreckte man nach langwierigen Vorbereitungen aus taktischen Gründen allerdings zurück.[75] Olof Klohr, in den 60er Jahren Leiter des Lehrstuhls für „Wissenschaftlichen Atheismus" an der Universität Jena, betonte in einem Beitrag der „Deutschen Zeitschrift für Philosophie" bereits im Jahre 1965, daß der Marxismus-Leninismus zwar die Institution des Klassenstaates und den politischen Klerikalismus bekämpfe, deswegen der Sozialismus aber noch keine atheistische Gesellschaft sei. „Es widerspricht einer marxistischen Politik, den Atheismus zu einem zwangsläufigen Glaubensartikel zu erheben."[76]

Der in der zweiten Hälfte der 60er Jahre eingeleiteten Dritten Hochschulreform, die zu erneuten strukturellen Veränderungen, so zur Umfunktionierung der Fakultäten in Sektionen und zu einer noch stärkeren Orientierung und Einbindung des Hochschulwesens an die Erfordernisse der Praxis, an die Bedürfnisse der Wirtschaft, führte, sowie der V. Hochschulkonferenz 1980, auf der u.a. die Erziehungsleistungen zur Diskussion gestellt wurden, gebührt ebenfalls hinsichtlich des permanenten Versuchs der SED, die Umsetzung des Erziehungsauftrages zu verbessern, besondere Beachtung.[77]

Die Vielschichtigkeit der kommunistischen Erziehung im Hochschulbereich stellte ein Programm dar, mit dem versucht werden sollte, alle studentischen Lebensbereiche zu erfassen und einzubeziehen.[78] Das Ziel war die Erziehung kommunistischer Persönlichkeiten, die auf der Basis des marxistisch-leninistischen Weltbildes ihre persönlichen Überzeugungen und Verhaltensweisen entwickeln, welche von sozialistischem Patriotismus und proletarischem Internationalismus, von Arbeitsliebe, Verteidigungsbereitschaft, Gemeinschaftsgeist und dem Streben nach kommunistischen Idealen geprägt sein sollten.[79]

---

74 Zur Problematisierung und Entwicklung der Einheitlichkeit im DDR-Bildungswesen vgl. WATERKAMP 1985.

75 Vgl. III.2.1. (Siehe S. 102-104)

76 KLOHR, O.: Neue Tendenzen im Katholizismus? In: Deutsche Zeitschrift für Philosophie 9/1965 S. 1121.

77 Vgl. BÖHME 1980.

78 Die Heranbildung sozialistischer Persönlichkeiten sollte seit dem IX. Parteitag der SED 1976 - dem Stand der gesellschaftlichen Entwicklung in der DDR entsprechend - über die „kommunistische" Erziehung der Studenten erreicht werden. Mit dieser neuen Umschreibung sollte auch für die universitäre Erziehung eine neue Qualität zum Ausdruck gebracht worden. Vgl. JACKSTEL, K.: Kommunistische Erziehung - grundlegende Aufgabe einer sozialistischen Hochschule. Teil 1 bis 5 Halle 1979, sowie KNÖCHEL, W. u.a.: Einführung in die Hochschulpädagogik. Teil 1: Grundlagen und Aufgaben der kommunistischen Erziehung an den Hochschulen der DDR. Berlin (Ost) 1984 S. 64-147.

79 Vgl. ebd. S. 68.

Spezielle Aufgaben der kommunistischen Erziehung leitete man aus bestimmten gesellschaftlichen Anforderungen ab.[80] An erster Stelle wird immer wieder die weltanschauliche, ideologische, politische und moralische Erziehung genannt - dadurch vollziehe sich die entscheidende Formung des Bewußtseins und Verhaltens der Studierenden -, gefolgt von der Arbeits- und Berufserziehung sowie der Kollektiverziehung. Diesen drei Aufgabenkomplexen wurde die Erfassung aller Detailaufgaben der kommunistischen Erziehung zugeschrieben. Einen besonderen Wert legte man des weiteren auf die Wehrerziehung, durch die zur Bereitschaft, Führungsaufgaben als Reserveoffizier in der Armee zu übernehmen, erzogen werden sollte.

Zu den Zielen der weltanschaulichen Erziehung,[81] die grundsätzlich antireligiös, antikirchlich und atheistisch geprägt war, rechnete man vor allem die Aneignung der Grundlagen des Marxismus-Leninismus, der „wissenschaftlichen Weltanschauung der Arbeiterklasse". Auf dieser Wissensbasis sollte jeder Student ein dialektisch-materialistisches Weltbild für sich entwickeln, um von da aus eine „praktizierte Weltanschauung"[82] im studentischen und später im beruflichen Alltag zur Anwendung bringen zu können. Durch die ideologische Erziehung sollten die Studenten zur individuellen Aneignung des Klassenstandpunktes der Arbeiterklasse und einer konsequenten sozialistischen Parteilichkeit erzogen werden. Die politischen Erziehungsziele wurden als feste Verbundenheit mit der DDR und dem gesamten sozialistischen Lager, insbesondere der Sowjetunion, und als politische Standfestigkeit in Bezug auf die weitere Gestaltung der sozialistischen Gesellschaft definiert.[83]

Aus den genannten Kriterien des Konzeptes der kommunistischen Erziehung, deren Rangordnung und inhaltlicher Determination, ist eindeutig zu abzulesen, daß damit die Universitäten und Hochschulen planmäßig als Projektionsfläche und Transportmittel einer totalitären Ideologie mißbraucht werden sollten. Der Versuch, alle Studenten zu einer einheitlichen materialistischen und atheistischen Weltanschauung erziehen zu wollen, steht in krassem Widerspruch zu grundlegenden Menschenrechten, wie dem auf Meinungs- und Gewissensfreiheit. Insbesondere für Stu

---

[80] „Das sind Anforderungen aus der Volkswirtschaft als Ganzer oder aus einzelnen ihrer Bereiche und Zweige, Anforderungen aus der Entwicklung der Ideologie, Anforderungen aus der Wissenschaft und Kultur sowie Anforderungen, die sich aus dem Schutz der sozialistischen Heimat, aus der Weiterentwicklung der sozialistischen Demokratie, aus der politischen Organisation und Leitung von Staat und Gesellschaft ergeben." Ebd. S. 90.

[81] Vgl. dazu LUTHER, E.: Das sozialistische Menschenbild und die Heranbildung sozialistischer Fachleute an unserer Universität. Bericht über ein Symposion vom 13./14. Dezember 1963. Martin-Luther-Universität Halle-Wittenberg 1964.

[82] Vgl. dazu BENES 1989.

[83] Zusammenfassend stellt Knöchel fest: „Das Anliegen der weltanschaulich-ideologischen und der politisch-moralischen Erziehung an Hochschulen besteht also darin, die wissenschaftliche Weltanschauung der Arbeiterklasse, ihre ideologischen, politischen und moralischen Positionen - also einen wesentlichen Teil des gesellschaftlichen Bewußtseins - zum individuellen Bewußtsein der Studenten werden zu lassen, das auch ihr Handeln und Verhalten bestimmt." KNÖCHEL 1984 S. 93.

dierende christlichen Glaubens stellte dieser Anspruch ein permanentes Konfliktpotential dar und führte zu persönlichen Benachteiligungen, aber auch zu unterschiedlich graduierten Anpassungsleistungen.

1.5. Zur Evaluation des Auftrages zur universitären Erziehung

Auffällig ist, daß es in den 40er und Anfang der 50er Jahre in der SBZ/DDR keine öffentliche bildungstheoretische Diskussion über die Problematik eines universitären Erziehungsanspruches gegeben hat, über die Frage also, soll oder darf die Universität überhaupt erziehen oder haben die hohen Schulen lediglich eine Bildungsaufgabe, weil die ihnen anvertrauten Studenten nach dem Gesetz erwachsene, volljährige Bürger sind. Die Frage nach der universitären Erziehung scheint demnach von vornherein mit Ja beantwortet gewesen zu sein. Die ausgebliebene Diskussion ist jedoch bereits ein Indiz dafür, daß der universitäre Erziehungsauftrag auf administrativem Wege, bildungspolitisch bedingt, von außen in das universitäre Geschehen eingebracht worden ist.[84] In welcher Beziehung oder Abhängigkeit, ist nun zu fragen, steht das Konzept des universitären Erziehungsauftrages in der DDR zur deutschen universitären Tradition und zur sowjetischen Hochschulkonzeption und deren Praxis? Welche Traditionslinien können gezogen werden, welche Vorbilder und Einflüsse waren für die Konzeption und Entwicklung des universitären Erziehungsauftrages in der DDR maßgeblich?

Auf der Basis der im Abschnitt I.1. darlegten Ausführungen zu Theorie und Praxis universitärer Erziehung soll nun ein Vergleich mit den inhaltlichen, strukturellen und entwicklungsgeschichtlichen Aspekten des universitären Erziehungsauftrages in der DDR vorgenommen werden. Dabei kann es nicht um einen umfassenden Vergleich der einzelnen Hochschulkonzepte und -systeme an sich gehen. Es sollen vielmehr jeweils die parallelen und widersprüchlichen Momente herausgearbeitet und auf den spezifischen universitätsgeschichtlichen und -theoretischen Hintergrund eingegangen werden, der für die Programmatik und Praxis des Erziehungsauftrages der Universitäten und Hochschulen in der DDR von entscheidender Bedeutung war.

1. Die in der DDR immer wieder laut gewordene Behauptung, die neuhumanistische Universitätskonzeption[85] hätte in der sozialistischen Konzeption des DDR-

---

[84] In der Bundesrepublik Deutschland ist es dagegen vor allem in den 50er und 60er Jahren im Zusammenhang mit Hochschulreformauseinandersetzungen zu Diskussionen über universitäre Erziehung, deren Notwendigkeit oder Berechtigung, gekommen. Als Beispiel dafür sei hier nur Heimpel zitiert, der neben Forschung und Lehre die Erziehung als drittes Wesensmerkmal der Hochschule nennt. Er versteht unter Erziehung eine außerhalb der Wissenschaft zu erstrebende pädagogische Einwirkung auf die Studenten. Nach Heimpel liegt in der „Hinzufügung eines besonderen Erziehungsauftrages zu den alten Hochschulaufgaben der eigentliche revolutionäre Kern aller Hochschulreform". HEIMPEL 1956 S. 7.

[85] Vgl. I.1.1. (Siehe S. 10-12)

Hochschulwesens eine Weiterentwicklung auf qualitativ höherer Stufe erfahren,[86] weil durch die verbindliche Einführung der marxistisch-leninistischen an Stelle der idealistischen Philosophie erst die Praktizierbarkeit des neuhumanistischen Konzeptes ermöglicht wurde, ist aus verschiedenen Gründen unhaltbar, weil grundsätzliche Überlegungen und Forderungen Humboldts vernachlässigt wurden oder diametral angewandt wiederzufinden sind.

Humboldt hatte, ausgehend von seiner These der Einheit von Wissenschaft und Bildung, „Bildung durch Wissenschaft", sowie der Communio von Lehrenden und Studierenden, eine freie und „allgemeine Menschenbildung" für die Studierenden angestrebt. In der DDR versuchte man über das Konzept der Einheit von Lehre und Erziehung sowie durch verschiedene außeruniversitäre Erziehungsfelder, verbunden mit staatsbürgerlichen Erziehungszielen im Sinne des Marxismus-Leninismus, „sozialistische Persönlichkeiten" zu erziehen.

Der Humboldtschen Forderung nach weitestgehender Autonomie der hohen Schulen vom Staat steht ein von einem totalitären Staatswesen dirigiertes Hochschulwesen in der DDR gegenüber. Die Einheit von Forschung und Lehre wurde durch die weitgehende Auslagerung der Forschung aus den Universitäten und Hochschulen in die Akademien zurückgedrängt. Ebenso war eine intensive und offene Kommunikation zwischen Lehrenden und Studierenden, von der Humboldt ebenfalls einen Bildungseffekt erwartete, nicht möglich, weil aufgrund eines permanent wirkenden ideologischen Vorbehaltes vielfach kein freier und offener Dialog möglich war.

Zur theoretischen Legitimierung und zwecks Einbindung des Erziehungsauftrages in die deutsche universitäre Tradition wurde u.a. auf Fichte verwiesen.[87] Fichte ging es aber darum, die ständischen Bildungsprivilegien des feudalabsolutistischen Staates zu beseitigen sowie durch eine umfassende Nationalerziehung den Bürgern Demokratiefähigkeit zu vermitteln. In diesem Sinne verstand er die Gelehrten als Erzieher der Menschheit, zwecks Gestaltung eines freien, demokratischen und bürgerlichen Staatswesens. Im DDR-Hochschulwesen wurden jedoch durch den totalitären Anspruch der kommunistischen Erziehung neue Bildungsschranken aufgebaut. Deshalb ist der Versuch, Fichte für die Legitimierung der kommunistischen Erziehung zu reklamieren, nicht überzeugend.

2. Die Entwicklung der Universitäten und Hochschulen im 19. und Anfang des 20. Jahrhunderts[88] tendierte einerseits zu einer immer stärkeren Berufs- und Ausbildungsorientierung und führte andererseits nicht zuletzt aufgrund von staatsbürgerlichen Reglementierungen der staatlichen Macht zu einer apolitischen Grundeinstellung der Mehrheit der Studierenden und der Hochschullehrer.

Konzeptionelle Überlegungen hinsichtlich eines universitären Erziehungsauftrages sind insbesondere in den 20er Jahren unseres Jahrhunderts zu registrieren. Für

[86] Vgl. dazu z.B. RÜHLE 1966 S. 94 und S. 203ff.
[87] Vgl. z.B. ebd. S. 84.
[88] Vgl. I.1.2. (Siehe S. 12-16)

die Konzeption und Einführung des universitären Erziehungsauftrages in der SBZ/DDR sind die Überlegungen von Rein von besonderem Interesse. Seine These, die „politische Universität" müsse die „theologische" und die „philosophische" Universität ablösen, erfuhr eine praktische Umsetzung in der Zeit der Nazidiktatur und ist formal mit der Konzeption des sozialistischen Hochschulwesen vergleichbar. Sowohl in der Zeit der braunen wie auch der roten Diktatur trug ein - unter verschiedenen ideologischen Prämissen stehender - universitärer Erziehungsauftrag zu einer fundamentalen Entautonomisierung und Entdemokratisierung der Universitäten und Hochschulen sowie zur Entmündigung der Hochschullehrer- und Studentenschaft bei.

3. Abgesehen von den unterschiedlichen ideologischen Vorzeichen können eine Reihe von grundlegenden formalen und strukturellen Parallelen zwischen dem Hochschulwesen im Nationalsozialismus[89] und dem im „real-existierenden Sozialismus" in der DDR festgestellt werden. Die totalitäre Ideologie einer Partei sollte über verschiedene Organisationen im Hochschulwesen durchgesetzt werden; sie dienten als Transmissionsriemen der Politik. Andersdenkende, die die herrschende, einheitliche Weltanschauung negierten, wurden schon durch entsprechende Immatrikulationsrichtlinien am Studium gehindert oder während des Studiums exmatrikuliert. Kontrolle und Bespitzelung durch diverse staatliche Organe sowie Zensur aller Veröffentlichungen waren an der Tagesordnung.

4. In den Dokumenten der linken deutschen Arbeiterbewegung von Mitte des 19. bis Mitte des 20. Jahrhunderts[90] sind keine direkten Vorbilder für ein Konzept eines universitären Erziehungsauftrages nachweisbar. Im Mittelpunkt der Programme und Thesen steht die sog. Klassenfrage, die nur gelöst werden könne, wenn die kapitalistische Gesellschaftsordnung beseitigt würde. Marx forderte deshalb in diesem Zusammenhang die Befreiung des Bildungswesens, so auch der Universitäten und Hochschulen, von der Bevormundung und Knechtung des Staates. Diese wurde auch als Voraussetzung für die „Brechung des bürgerlichen Bildungsprivilegs" an den Gymnasien und Universitäten angesehen.

In der Terminologie des DDR-Hochschulwesens wurde die bildungstheoretische Herleitung der Aufgaben der kommunistischen Erziehung als „Ableitung" bezeichnet.[91] Bei einer Karl-Marx-Tagung 1983 in Berlin (Ost) versuchte man, die verschiedensten Charakteristika des DDR-Hochschulwesens auf Marx zurückzuführen.[92] Ziel dieser Tagung war es, „überzeugend nachzuweisen, wie die theoretischen Grundaussagen von Karl Marx in der Wissenschafts- und Hochschulpolitik Anwendung finden und erfolgreich realisiert werden"[93]. Dieses Vorhaben, für möglichst

---

[89] Vgl. I.1.3. (Siehe S. 16 f.)
[90] Vgl. I.1.4. (Siehe S. 17-19)
[91] Vgl. KNÖCHEL 1984 S. 64-68.
[92] Vgl. Die Auffassungen von Karl Marx über die gesellschaftliche Rolle von Wissenschaft und Bildung - Grundlagen des sozialistischen Hochschulwesens in der DDR. Berlin (Ost) 1984.
[93] Ebd. S. 5.

viele Erscheinungen und Entwicklungen im Hochschulwesen einen Quellenverweis bei Marx anzugeben, hat nicht selten groteske und - wissenschaftlich gesehen - abenteuerliche Züge.

Hinsichtlich der allseitigen Erziehung und Bildung der Studierenden zu „sozialistischen Persönlichkeiten“ in der DDR wird z.B. auf die These von Marx vom „vollseitig entwickelten Menschen“ verwiesen. Auf Einzelheiten eines konkreten Weges zur Erreichung des Bildungsziels vom „vollseitig entwickelten Menschen“ gehen Marx und Engels nicht ein. Zu der von ihnen geforderten „freisinnigen Allgemeinbildung“ und Achtung der „Glaubens- und Gewissensfreiheit“ sowie zur Befreiung des Hochschulwesens von der „Knechtung durch die Regierung“ und der „Kontrolle durch den Staat“ konnte es über das Konzept einer einheitlichen, totalitären Erziehung „sozialistischer Persönlichkeiten“, das mit Hilfe von Zensur der Publikationen, der Verhinderung des freien Zugangs zu den Bibliotheken und mehrfacher Kontrolle des universitären Prozesses durchgesetzt werden sollte, nicht kommen.

In den verschiedenen Programmen und Beschlüssen der deutschen Arbeiterparteien sind keine Anhaltspunkte für einen wie auch immer gearteten universitären Erziehungsauftrag nachweisbar. Es sind eher Forderungen zu finden, die dem in der DDR eingeführten Erziehungsauftrag in wesentlichen Punkten entgegenstehen. So wurde z.B. auf der Berner KPD-Konferenz 1939 sowohl die persönliche und politische Freiheit für alle Bürger wie auch die grundsätzliche Freiheit von Wissenschaft, Lehre und Forschung gefordert.

5. In der SBZ kam es von 1945 bis 1947 zunächst zu einer Entwicklungsphase im Hochschulwesen, in der ein antifaschistisch und pluralistisch geprägter Impuls wirksam war. Für die Entwicklung des Hochschulwesens in Rußland ist für die Jahre nach der Oktoberrevolution von 1917 bis 1919 ein vergleichbarer demokratisch-liberaler und antizaristischer Impuls feststellbar.[94] Sowohl in Rußland als auch in der SBZ mußte ein Mangel eines intellektuellen proletarischen Potential registriert und nach Wegen gesucht werden, dieses Defizit abzubauen. Im Anschluß an diese Entwicklungsetappen wurde in beiden Hochschulsystemen die diktatorische Macht einer Partei dominant, die als Studentenvertretung nur ihre jeweilige Jugendorganisation duldete. Maßgeblich für die weitere Ausgestaltung der Hochschulsysteme wurden die Beschlüsse der Gremien einer totalitären Partei, die über die jeweiligen Kreisleitungen an den Universitäten und Hochschulen vor Ort die eigentliche universitäre Leitung ausübte.

Neben dieser entwicklungsgeschichtlichen Parallele sind inhaltliche und strukturelle Übereinstimmungen des universitären Erziehungsprozesses zu konstatieren. Diese lassen den Schluß zu, daß die grundlegenden Veränderungen im Hochschulwesen der SBZ/DDR nach sowjetischem Vorbild durchgeführt worden sind. Über die Befehle der SMAD wurde in Zusammenarbeit mit Vertretern der KPD/SED dieser Prozeß der Angleichung eingeleitet und bis 1989 über eine intensive Kontaktnahme zwischen beiden Hochschulsystemen fortgesetzt. Dies führte zu ei-

[94] Vgl. I.1.5. (Siehe S. 19-22.)

ner inhaltlich-konzeptionellen Konvergenz - Wissenschaft als Produktivkraft eingebunden in Wirtschaftspläne, universitäre Erziehung als fachlich und ideologisch determinierte Größe, „Kader"-auslese etc. - und ebenso zu einer strukturell-organisatorischen Konvergenz - Zentralisierung, Vereinheitlichung und Verschulung des universitären Prozesses, eigene Marxismus-Leninismus-Institute etc. - des sowjetischen und des ostdeutschen Hochschulwesens.

Die dargestellte dreifache Parallelität auf entwicklungsgeschichtlicher, inhaltlich-konzeptioneller sowie strukturell-organisatorischer Ebene legt den Schluß nahe, daß von einer eigenständigen DDR-Hochschulkonzeption als Fortsetzung und Weiterentwicklung der deutschen Hochschultradition nicht gesprochen werden kann. Es muß vielmehr ein gravierender Bruch in der deutschen Universitätstradition konstatiert werden, weil Planung, Reglementierung und Ideologisierung des universitären Prozesses dem inneren universitären Formprinzip, der bedingungslosen und freien Wahrheitssuche, fundamental widersprechen.

Die zeitversetzte Parallelisierung mit dem Hochschulwesen in der Sowjetunion haben dazu geführt, daß die Hochschulen und Universitäten nicht mehr einen an demokratischen und pluralistischen Grundsätzen orientierten Bildungsauftrag wahrnehmen konnten, sondern einen Erziehungsauftrag umzusetzen hatten, der aufgrund seiner exklusiven Verknüpfung mit dem Marxismus-Leninismus ökonomisch-utilitaristisch und weltanschaulich-totalitär determiniert war.[95] Die damit verbundene Vergesellschaftung des Erziehungsprozesses führte zu einer Entmündigung der Studierenden, zur Privilegierung anpassungswilliger Lehrender sowie zur Ausgrenzung Andersdenkender aus den Universitäten und Hochschulen. Diese degenerative Kontinuität der über vier Jahrzehnte aufrechterhaltenen Vereinnahmung des Hochschulwesens durch die SED fügte der universitären Kultur großen Schaden zu. Deshalb war nach 1989 eine Erneuerung der Universitäten und Hochschulen in der DDR von innen heraus nicht möglich.

2. Das MfS und das Hochschulwesen

Eine besondere Aufmerksamkeit bei der Kontrolle, aber auch bei der Gestaltung des universitären Prozesses, ließ das Ministerium für Staatssicherheit dem Hochschulwesen zukommen. Das MfS suchte als „Schild und Schwert der SED" und als „ein spezielles Organ der Diktatur des Proletariats" die Politik dieser Partei und

[95] Ein Vergleich mit den Hochschulkonzeptionen der anderen ehemaligen sozialistischen Staaten, in denen aufgrund des sowjetischen Einflusses auf ähnliche Weise versucht wurde, einen Erziehungsauftrag zu praktizieren, kann im Rahmen dieser Arbeit nicht vorgenommen, sondern lediglich angezeigt werden.- Vgl. dazu u.a. ONDREJKOVIC, P.: Nachkriegsentwicklung und Umgestaltung an den slowakischen Hochschulen während 42 Jahren Sozialismus. In: Das Hochschulwesen 1/1992 S. 28-32; BASKE 1981; REVESZ, L.: Studenten im Sozialismus. Wien 1981; KRATOCHVIL, A.: Die kommunistische Hochschulpolitik in der Tschechoslovakei. Geschichte und Analyse der Entwicklung bis zur Gegenwart. München 1968.

deren Ideologie mit spezifischen, nicht selten ungesetzlichen und inhumanen Mitteln und Methoden über fast 40 Jahre in allen gesellschaftlichen Bereichen aufrechtzuerhalten und zu stabilisieren. Das MfS war somit ein konstitutives Herrschaftsinstrument der SED. Der inzwischen immer wieder diskutierten These, das MfS sei - insbesondere in den 80er Jahren - ein „Staat im Staate" gewesen, muß deshalb widersprochen werden. Diese Argumentationslinie dient lediglich der Verschleierung der historischen Verantwortung der SED.[96]

Das MfS war bemüht, alle Bereiche der Gesellschaft nicht nur zu unterwandern, um umfassende Informationen zu erhalten und sog. feindlich-negative Kräfte im Vorfeld zu entlarven und auszuschalten, sondern diese auch gezielt mitzugestalten. Diesen beiden Hauptmomenten der Tätigkeit der Mitarbeiter des Staatssicherheitsdienstes, der konspirativen Informationsbeschaffung einerseits sowie der aktiven Einflußnahme andererseits, soll im Folgenden hinsichtlich des Hochschulwesens nachgegangen werden. Eine weitere Aufgabe an den Universitäten und Hochschulen sah das MfS in der Rekrutierung von Studenten und jungen Wissenschaftlern für die „Ergänzung der eigenen Reihen". Zu deren Qualifizierung existierte eine eigene zentrale Ausbildungsstätte, die „Juristische Hochschule Potsdam"[97].

In der bundesdeutschen DDR-Forschung wurde das MfS nur marginal behandelt. Dies lag nicht nur daran, daß es bis zum Zusammenbruch der SED-Diktatur äußerst schwierig war, wissenschaftlich verwertbares Material zu erhalten, sondern auch an einer grundsätzlichen Unterschätzung der Bedeutung der Rolle des MfS. Karl Wilhelm Fricke war in den vergangenen Jahrzehnten einer der wenigen, die das MfS immer wieder thematisiert und auf diesbezügliche Forschungsdefizite verwiesen haben. So werde, kritisierte Fricke z.B. im Jahre 1984, in der 1977 erschienenen Publikation von Glaessner mit dem Titel „Herrschaft durch Kader: Leitung der Gesellschaft und Kaderpolitik in der DDR am Beispiel des Staatsapparates"[98] das MfS nicht ein einziges Mal auch nur erwähnt.[99] Auf die große Bedeutung des MfS für die Kaderpolitik wird im Jahre 1990 in einer Publikation der Initiativgruppe zur Erneuerung der Martin-Luther-Universität Halle[100] verwiesen. „Nach der Devise ‚Kaderfragen sind Machtfragen' war diese Kaderpolitik ein zentraler Punkt bei der Durchsetzung des universellen Machtanspruchs der SED. Sie wurde über sämtliche Weisungskanäle - über die Parteileitungen, über staatliche Leitungen, über Gewerkschaften - durchgesetzt und von der STASI unmittelbar kontrolliert."[101]

---

[96] Vgl. dazu u.a. FRICKE, K.W., 1991 S. 11-20.

[97] Vgl. dazu die Ausführungen eines ehemaligen Lehrstuhlinhabers der Juristischen Hochschule Potsdam. FISCHER, D., 1990.

[98] GLAESSNER 1977.

[99] Vgl. FRICKE, K.W., 1984 S. 47.

[100] Initiativgruppe zur Erneuerung der Universität: Die Erneuerung der Martin-Luther-Universität Halle. Argumente - Berichte - Analysen - Dokumente. Halle 1990.

[101] Ebd. S. 58.

2.1. *Kontext und Quellen*

Die vielfältige Einflußnahme des Staatssicherheitsdienstes auf das Hochschulwesen war nicht zuletzt eine Konsequenz aus dessen spezifischer Transformierung nach sowjetischem Vorbild Ende der 40er/Anfang der 50er Jahre. Der totalitäre Anspruch, alle Studenten weltanschaulich im Sinne des Marxismus-Leninismus erziehen zu wollen und davon abweichende Anschauungen nicht zu tolerieren, führte mehr oder weniger zwangsläufig zum Einsatz eines Spitzelwesens. In diesem Kontext entwickelte sich ein universitäres Klima, das aufgrund der eingeforderten ideologischen Anpassungsleistungen überwiegend von Subordination und Konformismus, vor allem in den erziehungs- und gesellschaftswissenschaftlichen Fächern, geprägt war.

Ausgangsbasis der Legitimation der MfS-Aktivitäten in den 50er Jahren war ein primitives dualistisches Freund-Feind-Schema, welches grundsätzlich auch in den folgenden Jahrzehnten Bestand hatte. Feind in diesem Sinne war das kapitalistische System an sich, insbesondere aktualisiert in der Gestalt des kapitalistischen Staates Bundesrepublik Deutschland. Hinsichtlich der kommunistischen Erziehung der Jugend hatte das MfS die Aufgabe, mittels politisch-operativer Arbeit der Durchsetzung der Jugend- und Bildungspolitik der SED zu dienen und diese zuverlässig zu sichern sowie alle Angriffe des Feindes abzuwehren.[102]

„Die aufgrund des Freund-Feind-Denkens verzerrte Wahrnehmung politischer Realität führte nicht nur unweigerlich zu einer permanenten Informationsaufnahme und -verarbeitung bei SED und MfS, sondern konsequenterweise auch zum immer umfassenderen Ausbau des MfS-Repressionsapparates, denn in der ideologischen Perspektive konnte im Prinzip jeder DDR-Bürger der ‚subversiven Tätigkeit' des Feindes erliegen und so selbst zum Feind werden."[103] Diese latent gegebene Feinddeklaration eines jeden DDR-Bürgers führte u.a. zu einer intensiven Bespitzelung der Wissenschaftler, die als sog. Reisekader in das westliche Ausland reisen durften.

Die sog. Stasiakten lassen sich grundsätzlich in sach- und personenbezogene Akten einteilen, wobei letztere wahrscheinlich eine größere Bedeutung für die Forschung haben. Außerdem sind als Quellen zu beachten insbesondere die internen Dokumente des Stasiapparates wie Jahrespläne, Richtlinien, Befehle und Direktiven, also sämtliche Schriftstücke mit orientierendem, normierendem und anweisendem Charakter sowie diverse Dokumente über Kontakte mit staatlichen Stellen, Parteien und gesellschaftlichen Organisationen.[104] Des weiteren sind die verschiedenen Studi-

---

[102] Vgl. Lektion für die zentrale politisch-operative Fachschulung. Thema: Die vorbeugende Verhinderung, Aufklärung und Bekämpfung des feindlichen Mißbrauchs gesellschaftswidriger Verhaltensweisen Jugendlicher der DDR. VVS - 0001 MfS JHS - Nr.: 71/82/II S. 4-10.

[103] BAULE, B.: Die politische Freund-Feind-Differenz als ideologische Grundlage des Ministeriums für Staatssicherheit (MfS). In: Deutschland Archiv 2/1993 S. 170-184, hier S. 173.

[104] Vgl. Der Bundesbeauftragte für die Unterlagen des Staatssicherheitsdienstes der ehemaligen DDR: Die Inoffiziellen Mitarbeiter. Reihe A: Dokumente. Nr. 1, Richtlinien, Befehle, Direktiven. Band I S. IV.

enmaterialien sowie Diplomarbeiten und Dissertationen der Potsdamer Hochschule des MfS als Quellen verwendbar.

Eine umfassende Aufarbeitung von Strategie und Taktik sowie der Frage nach dem Verhältnis von Kontinuität und Wandel der Tätigkeit des MfS im Bereich des Hochschulwesens kann erst dann erfolgen, wenn diese Materialien ausgewertet worden sind. Darüber hinaus müssen nicht nur Archivalien verschiedener staatlicher Dienststellen sowie der SED, sondern auch der Blockparteien und der Massenorganisationen auf Querverbindungen zum MfS untersucht werden. Insbesondere deren hauptamtliche Funktionäre lieferten - nicht selten ohne als IM registriert worden zu sein - dem MfS Informationen über Personen und Vorgänge.[105]

2.2. *Überwachung, Zusammenarbeit und Einflußnahme*

Die konspirative Überwachung der Universitäten und Hochschulen sowie die Zusammenarbeit von Lehrenden und Studierenden mit dem Staatssicherheitsdienst stellen die beiden Hauptmomente der Verflechtung des MfS mit dem Hochschulwesen dar.[106] In der MfS-Bezirksdienststelle Leipzig fanden Vertreter des Bürgerkomitees Anfang 1990 verschiedene universitäre Materialien. Darunter waren Studentenausweise und Diplomzeugnisse, die nur noch der Eintragung eines Namens und eines Datums harrten. Außerdem wurden Einsatzpläne eines sog. „Bereitschaftsdienstes für Ordnung und Sicherheit" entdeckt. Derartige Einrichtungen des MfS hat es wahrscheinlich an allen Universitäten und Hochschulen gegeben. Sie sind vergleichbar mit der Institution der Sicherheitsbeauftragten in der Volkswirtschaft.[107]

Zu den Mitarbeitern des MfS im Hochschulwesen im engeren Sinne zählten neben den Inoffiziellen Mitarbeitern die Gesellschaftlichen Mitarbeiter. Diese mußten im Unterschied zu den IM nicht erst zur Mitarbeit geworben werden. GMS wurde man durch die Übernahme einer bestimmten Funktion, z.B. der eines Prorektors

---

[105] Voraussetzung für eine systematische Analyse der Einflußnahme des MfS auf das Hochschulwesen ist eine dezidierte Aufarbeitung an den einzelnen Hochschulstandorten. Vgl. ECKERT, R.: Die Berliner Humboldt-Universität und das Ministerium für Staatssicherheit. In: Deutschland Archiv 7/1993 S. 770-786.

[106] Folgende Grundformen der Zusammenarbeit mit dem MfS lassen sich nach Eckert bisher feststellen: „1. Arbeit für die Auslandsspionage; 2. Unterdrückung von Dissidenz und Opposition vor allem in der Studentenschaft; 3. Die Abschirmung der DDR-Forschung gegenüber ausländischen Geheimdiensten; ‚Sicherung der Forschung' durch Verhinderung von ‚Republikflucht'; 4. Gewinnung von Informationen über die Situation der Universitäten für die Berichterstattung des MfS an die SED-Führung; 5. Die Vergabe von Forschungsaufträgen durch das MfS; 6. Gutachten von Wissenschaftlern für die Staatssicherheit (wie auch für die Generalstaatsanwaltschaft der DDR); 7. Einflußnahme der Staatssicherheit auf die Personalentwicklung von der Verteilung von Studienplätzen bis zur Absolventenvermittlung; 8. Beeinflussung des gesellschaftlichen Lebens der Universitäten und des Unterrichts; 9. Hochschulen als Reservoir für den offiziellen und inoffiziellen Nachwuchs des Ministeriums für Staatssicherheit; 10. Überwachung der Auslandsbeziehungen und ausländischer Studenten sowie Wissenschaftler in der DDR; Genehmigung von Auslandsdienstreisen und Bespitzelung von Wissenschaftlern im Ausland." Ebd. S. 772.

[107] Vgl. dazu: Die Arbeit des MfS mit den Sicherheitsbeauftragten. In: AMMER/MEMMLER 1991 S. 87-90.

für Erziehung und Ausbildung oder der eines Ersten Parteisekretärs der SED an einer Universität oder Hochschule.[108] Koordiniert wurde die Überwachung des Hochschulwesens von der Abteilung 8 der Hauptabteilung XX der Berliner MfS-Zentrale mit rund 25 hauptamtlichen Mitarbeitern.[109] Vor Ort wurden die Universitäten und Hochschulen von den zuständigen Bezirks- und Kreisdienststellen des MfS „bearbeitet".[110] Nach einem Bericht der Abteilung XII der Bezirksverwaltung Rostock vom 19.07. 1989 wurden an der Rostocker Universität 232 IM, an der Universität Greifswald mehr als 100 IM und an der TH Wismar 28 IM geführt. „Das war nicht die Gesamtzahl der IM, da auch andere Dienststellen, z.B. die Zentrale in Berlin, Agenten in diesen Einrichtungen führten."[111] Nicht zu vergessen ist in diesem Zusammenhang eine unbekannte Anzahl von GMS.

In einem Stasi-Dokument vom Frühjahr 1988, das zu den sog. „Richtlinien" gehört, wird für die Arbeit des MfS an den Hochschulen der DDR grundsätzlich Folgendes konstatiert: „Der Prozeß der weiteren dynamischen Entwicklung des Hochschulwesens ist durch das MfS aktiv zu unterstützen ... Es ist zu sichern, daß die politisch-operative Lage im Verantwortungsbereich ständig objektiv real eingeschätzt wird."[112] Aus dieser Maßgabe wird u.a. folgende Schlußfolgerung gezogen: „Die politische operative Lage unter den Hochschullehrern ist weiter zu qualifizieren und schwerpunktmäßig zu organisieren. Es sind dabei politische Überraschungen auszuschließen."[113] Hier wird das zur Perfektion getriebene Unterwanderungs- und Überwachungssystem, welches das MfS auch und gerade im Bereich des Hochschulwesens errichtet hatte, evident. Angefangen von der Operativen Personenkontrolle über die Post- bis zur Gesprächsüberwachung wurde versucht, sog. feindlich-negative Kräfte permanent zu überwachen und zu „gläsernen Menschen" zu machen. Hinter diesem Ansinnen steckt eine ideologisierte Anthropologie, ein absurdes Bild vom Menschen und seiner Würde als Person.

In den 50er Jahren war das MfS insbesondere mit sog. Säuberungen, mit der Aufdeckung von „Agententätigkeit", befaßt. In einem „Offenen Brief" wandte sich das MfS im Frühjahr 1957 an die Angehörigen des Lehrkörpers und der Studentenschaft der Ost-Berliner Humboldt-Universität. Dieser „Offene Brief" kann als Beispiel für die offensive und noch nicht grundsätzlich konspirative Vorgehensweise des MfS in den 50er Jahren dienen. Einleitend heißt es darin: „Die großen Erfolge der DDR beim Aufbau des Sozialismus und bei der Entwicklung der Wis-

---

108 „So wurden beispielsweise Akten aus den Personalabteilungen und den Archiven der Universitäten regelmäßig und komplikationslos dem MfS übergeben, und die Direktorate für Bildung und Erziehung gaben Auskunft über Studenten." ECKERT 1993 S. 773.

109 Vgl. GILL/SCHRÖTER 1991 S. 52.

110 Auf eine Besonderheit in der vertikalen Strukturierung des MfS muß an dieser Stelle verwiesen werden. Nach K.W. Fricke gliederte sich das MfS in 15 Bezirksverwaltungen sowie 209 Kreis- und 7 Objektdienststellen. Zu den Objektdienststellen zählten große Industriekombinate und - als einzige Universität - die TU Dresden. Vgl. FRICKE, K.W.: Entmachtung und Erblast des MfS. In: Deutschland Archiv 12/1990 S. 1881-1890, hier S. 1884.

111 Unabhängiger Untersuchungsausschuß Rostock: Bericht über die Auflösung der Rostocker Bezirksverwaltung des MfS. Rostock Mai 1990 S. 122. In: BStU Berlin.

112 Ebd. S. 124.

113 Ebd.

senschaft und Technik versetzen die Imperialisten und Militaristen in Wut."[114] Ausländische Geheimdienste würden das Leben an der Universität zu stören versuchen, das MfS hätte ein Komplott aufgedeckt. Es sei z.B. die Losung verbreitet worden, das Gesellschaftswissenschaftliche Grundstudium und der Russischunterricht müßten abgeschafft werden. Außerdem würden Studenten nach Berlin (West) abgeworben. Mit Hilfe von Arbeitern aus Berliner Betrieben hätte das MfS diese Provokationen vereiteln können. Abschließend ist zu lesen: „Das Ministerium für Staatssicherheit ruft deshalb die akademische Jugend unseres Arbeiter-und-Bauern-Staates auf, durch erhöhte Wachsamkeit allen feindlichen Bestrebungen zur Störung der demokratischen Entwicklung unseres Hochschulwesens entschieden und kompromißlos entgegenzuwirken."[115]

Mit dem Bau der Mauer im August 1961 bekam die Tätigkeit des MfS neue Akzente. Der Staatssicherheitsdienst griff jetzt immer häufiger in universitäre Interna direkt ein - in die Bewerbung für ein Studium genauso wie in die Absolventenvermittlung. In einem Bericht aus der Stasi-Bezirksverwaltung Rostock aus dem Jahre 1984 heißt es: „Im Zusammenwirken mit den Prorektoren für Erziehung und Ausbildung konnte gewährleistet werden, daß bei ausgewählten Studienrichtungen wie z.B. Medizin, Theologie, Sonderschulpädagogik und Lateinamerikawissenschaften aufgrund der Spezifik und den erkannten Angriffen des Feindes auf diese Personenkreise eine Abstimmung vor der Zulassung zum Studium erfolgt."[116] Unter „Angriffe des Feindes" ist der relativ hohe Anteil von christlichen Studenten in den genannten Fachrichtungen zu verstehen. Deshalb galt es, in diesen Fächern den Anteil von politisch zuverlässigen Studierenden zu erhöhen.

In einem Schulungsmaterial[117] der Potsdamer Hochschule des MfS wird in einem Fallbeispiel, das aus „der operativen Praxis"[118] stammt, ausgeführt, daß an einer Leipziger Hochschule antisozialistische Literatur kursiere, die während der Leipziger Buchmesse von westdeutschen Verlagen verschafft worden sei. Über eine „Einsatz- und Entwicklungskonzeption" wurde versucht, diese „auf lange Sicht angelegten Angriffe des Gegners" mit dem Einsatz von sieben IM abzuwehren. Bei den IM handelte es sich um vier Studenten verschiedener Sektionen sowie um drei Wohnheimleiter. Diese sollten die entsprechenden Personen, welche die Literatur beschafft haben und in „ihren Diskussionen hauptsächlich Argumente des Gegners" benutzen, ausfindig machen sowie permanent Informationen über die politisch-ideologische Situation aus ihrem Bereich erarbeiten.[119]

Über das Anlegen einer Operativen Personenkontrolle über einen Studierenden

---

[114] Offener Brief an die Angehörigen des Lehrkörpers und die Studentenschaft der Humboldt-Universität zu Berlin. Berlin 1957. In: ZPA IV 2/9.04/77 Bl. 8f., hier Bl. 8. DOKUMENT 6 S. 183-186.

[115] Ebd. Bl. 9.

[116] Unabhängiger Untersuchungsausschuß Rostock 1990 S. 125. In: BStU Berlin.

[117] Vgl. Fachschulstudium Rechtswissenschaft. VVS JHS-Nr.: 110/1987. In: BStU Leipzig.

[118] Ebd. S. 3.

[119] Auf persönliche Beziehungen verhindernd und zerstörend einzuwirken, wenn diese „grenzüberschreitenden Charakter" hatten, gehörte zur Palette der Aktivitäten von MfS-Mitarbeitern. Man wollte so

des 1. Studienjahres wird in einem Jahresarbeitsplan der Stasibezirksverwaltung Rostock von 1984 berichtet. „... Der (Name) studierte bis 1983 ... in Berlin und wurde aufgrund politischer Äußerungen exmatrikuliert. Am 1.9. 1983 nahm (Name) ein Studium an der WPU (= Wilhelm Pieck Universität, d. Verf.) Rostock auf. Bisher konnte erarbeitet werden, daß sich (Name) aktiv im Rahmen der ESG Rostock betätigt, ROA-Ablehner ist und eindeutig pazifistisches Gedankengut verbreitet. Ziel der Bearbeitung des (Name) ist die Erarbeitung von operativ bedeutsamen Anhaltspunkten, die das Anlegen einer OPK gemäß RL (= Richtlinie, d. Verf.) 1/81 rechtfertigen sowie die Prüfung der operativen Nutzung bzw. Exmatrikulation ..."[120] Bemerkenswert ist hier die erpresserische Alternative. „Operative Nutzung" heißt Werbung als Spitzel, andernfalls wurde mit Exmatrikulation gedroht. Hieraus wird ersichtlich, daß in derartigen Fällen nicht die Hochschule, sondern das MfS über die Exmatrikulation entschieden hat.

In einer Vielzahl von Berichten befaßte man sich mit den Lehrveranstaltungen. Ein Grundproblem war dabei, daß - z.B. in der Medizin - immer wieder Professoren und Dozenten auffielen, die ihre Vorlesungen und Seminare rein fachlich und ohne den gewünschten politischen Bezug hielten und dabei westliche Forschungsergebnisse vorrangig behandelten, die in der DDR nicht praxiswirksam werden konnten. Diese Lehrenden begünstigten, so die Einschätzung des MfS, politisch negative Haltungen unter den Studenten. Über obligatorische Weiterbildungsveranstaltungen, Einzelgespräche sowie die Androhung disziplinarischer Maßnahmen wurde auf Anordnung und unter Mitwirkung des MfS versucht, die bereits in der Berufungsordnung verankerte Pflicht der gesamten Professoren- und Dozentenschaft zur Erziehung der Studenten im Sinne des SED-Staates durchzusetzen.[121]

Das MfS versuchte auch auf die Forschung Einfluß zu nehmen, so über die Aktion „Reserven" im Jahre 1988. Über die strategische Zielstellung dieser Aktion, die wahrscheinlich an allen Universitäten und Hochschulen in der DDR durchgeführt wurde, wird in einem Bericht der Kreisdienststelle Greifswald Auskunft gegeben.[122] „Die der Universität zur Verfügung stehenden beschränkten materiellen, finanziellen und personellen Fonds müssen nach Meinung von Experten IM in den nächsten Jahren auf Schwerpunkte der Forschung, Ausbildung und medizinischen Betreuung konzentriert werden, um einen hinreichenden Effekt zu erzielen. Zur Zeit erfolgt dies nicht ..."[123] Erhebliche Reserven bestünden bei der Erwirtschaftung von

---

eine mögliche Antragstellung auf Übersiedlung in das westliche Ausland, inclusive die Bundesrepublik, bereits im Vorfeld verhindern. In einem Bericht aus dem Jahre 1984 über feindliche Kontakttätigkeit heißt es: „Durch den Referatsleiter ist zu gewährleisten, daß über alle bestehenden Liebesbeziehungen eine aktuelle Übersicht besteht und die erforderlichen Aufklärungsmaßnahmen eingeleitet werden. Im Zusammenwirken mit der staatlichen Leitung der WPU (= Wilhelm Pieck Universität Rostock, d. Verf.) ist ein offensives Vorgehen zur Zurückdrängung zu gewährleisten." Unabhängiger Untersuchungsausschuß Rostock 1990 S. 126. In: BStU Berlin.

[120] Ebd. S. 125.

[121] Vgl. Fachschulstudium Rechtswissenschaft. VVS JHS-Nr.: 110/1987 S. 7. In: BStU Leipzig.

[122] Unabhängiger Untersuchungsausschuß Rostock 1990 S. 129. In: BStU Berlin.

Valuta durch immateriellen Export sowie auf dem Gebiet der Forschungsplanung und -abrechnung. Für die Aktion „Reserven" wurde deshalb gefordert: Verstärkter Einsatz von IM im Sinn der Aktion, Erarbeitung einer auszugsweisen Information an den Rektor mit dem Vorschlag, die Wissenschaftskonzeption der Universität schwerpunktmäßig zu konzentrieren und eine Schulung zu Fragen des immateriellen Exports zu organisieren. An dieser Aktion „Reserven" sei zu ersehen - so der Untersuchungsausschuß -, daß in den 80er Jahren eine zusätzliche inoffizielle Forschungsstrategie des MfS existierte, die auf die Arbeit der wissenschaftlichen Gremien zunehmend an Einfluß gewann.[124]

Zusammenfassend bleibt vorläufig zu konstatieren: Im Auftrag der SED und in Zusammenarbeit mit der FDJ, den Blockparteien und den verschiedenen gesellschaftlichen Organisationen hat der Staatssicherheitsdienst auf vielfältige Weise massiv auf das universitäre Geschehen eingewirkt und dadurch einen spezifischen Beitrag zur Entautonomisierung und Entmündigung der Universitäten und Hochschulen sowie zur Behinderung einer effizienten Entwicklung von Studenten, von Wissenschaftlern und der Wissenschaft an sich geleistet. Außerdem waren die Universitäten und Hochschulen ein bevorzugtes Pflaster für die Werbung späterer hauptamtlicher Mitarbeiter des MfS.[125]

---

[123] Ebd.

[124] Ebd. S. 130.

[125] In einem Orientierungsmaterial zur Anleitung und Schulung von Betreuern dieser Studenten werden fünf Erziehungsziele genannt: 1. die Vertiefung der Motivation für den Dienst im MfS, 2. die Ausprägung eines aufgabenbezogenen Feindbildes, 3. die Einhaltung der Prinzipien der Wachsamkeit, Geheimhaltung und Konspiration, 4. die Entwicklung eines abwehrmäßigen Denkens und Verhaltens sowie 5. die Einflußnahme auf die Partnerwahl und ein den tschekistischen Anforderungen entsprechendes Freizeitverhalten. Vgl. Orientierungsmaterial zur Anleitung und Schulung der Betreuer. VVS MfS-Nr. 0016/L37/1989 S. 1-47, hier S. 3. In: BStU Leipzig.

III. Katholische Studentengemeinde in der DDR

Die Geschichte der katholischen Studentengemeinden in der SBZ/DDR kann in zwei Perioden eingeteilt werden: zum einen von 1945 bis 1961 und zum anderen von 1961 bis 1989. Hintergrund für diese Periodisierung sind der 13. August 1961, der Tag des Mauerbaus, und die damit verbundenen Folgen für die gesamtgesellschaftliche Entwicklung in der DDR und somit auch für die Arbeit der Studentengemeinden. Die dadurch entstandene Ghettoisierung hatte vor allem in den 60er Jahren zur Folge, daß - wie sonst in keinem anderen Jahrzehnt - in den Studentengemeinden intensiv über den geschichtlichen Ort, die gesellschaftspolitische Situation nachgedacht wurde. Politische Bildung stand hoch im Kurs; man wollte auf ideologische Auseinandersetzungen an den Universitäten und Hochschulen vorbereitet sein und sich als katholischer Christ in die gesellschaftliche Entwicklung einbringen.

Die katholischen Studentengemeinden verstanden sich über den gesamten zu betrachtenden Zeitraum als christliche Gemeinschaft, nicht als Organisation oder Verein. Neben einer sonntäglichen gottesdienstlichen Zusammenkunft traf man sich in vielen Studentengemeinden auch einmal wöchentlich zu einer Meßfeier oder einem Wortgottesdienst. Diese dienten jedoch nicht allein der geistlichen Erbauung. Die dabei gehaltenen Predigten und geführten Predigtgespräche waren ein wesentliches Element der Bildungsarbeit. Bei Vortragsabenden mit Diskussion, in Seminaren, in Arbeits- und Gesprächskreisen in kleinen Hausgruppen, bei regionalen und überregionalen Bildungswochenenden sowie katholischen Studententagen und Wallfahrten wurde eine umfassende Bildungsarbeit geleistet und dabei die ideologisch verengte und einseitige Sicht der Wissenschaft und des Menschen im DDR-Hochschulwesen aufgebrochen.

Die strukturellen und inhaltlichen Aspekte der Bildungsarbeit der katholischen Studentengemeinden in der SBZ/DDR und deren Kontinuität und Wandel in den Jahren 1945 bis 1989 können nur angemessen dargestellt und analysiert werden, wenn dazu die jeweiligen gesamtgesellschaftlichen, universitären und kirchenpolitischen Rahmenbedingungen in den Blick genommen und als Diskussionsbasis herangezogen werden. Denn nur auf diese Weise kann eruiert werden, welche Herausforderungen sich für die Studentengemeinden in diesem Zeitraum von 45 Jahren ergeben haben und ob und wie in den Studentengemeinden darauf reagiert worden ist.

1. Aufbruch und Widerstand - 1945 bis 1961

Dieser Zeitraum von 16 Jahren läßt sich noch einmal in drei Etappen einteilen: 1) die Jahre 1945 bis 1947, 2) der sich anschließende Zeitraum bis 1953 und 3) 1953 bis 1961.[1] In den ersten Jahren nach dem Zweiten Weltkrieg, die trotz der vielfältigen

---

[1] Zur Periodisierung vgl. II.1. (S. 38-62) sowie WEBER 1986 S. 7-19.

sozialen Not von einer befreienden Aufbruchsstimmung geprägt waren, unterhielten die Studentengemeinden rege Kontakte zur Institution Hochschule, zu politischen Parteien und Gremien und zu anderen studentischen Gruppierungen. Die Studentengemeinde war eine studentische Gemeinschaft unter vielen.

Die Jahre 1948/49 waren jene Jahre, in denen die Hoffnung auf mehr Öffentlichkeit für die Arbeit der Studentengemeinden - so auf ein ungehindertes Auftreten im universitären Raum - aufgrund einer verstärkten Stalinisierung aller gesellschaftlichen Bereiche immer mehr dahinschwand und der Rückzug unter das „Dach der Kirche" angetreten werden mußte. Höhepunkt der Auseinandersetzung mit dem Staat waren die Jahre 1952 und 1953, in denen es zu einer Vielzahl von Exmatrikulationen, Verhaftungen sowie einer großer Anzahl von Flüchtlingen in die Bundesrepublik Deutschland gekommen ist und sogar befürchtet werden mußte, daß der Staat jegliche Betätigung der Kirchen mit Jugendlichen und Studenten unterbinden könnte.

Die Jahre bis zum Mauerbau waren von Unsicherheit, Abwarten und überwiegend passivem Widerstand sowie der „Abstimmung mit den Füßen", einer anhaltenden Fluchtwelle, geprägt. Hoffnung hegten viele immer noch hinsichtlich eines nicht allzulangen Bestehens der DDR; Unsicherheit prägte das Gefühl vor allem vieler christlicher Studierender hinsichtlich ihres Studienabschlusses sowie der Möglichkeiten der beruflichen Tätigkeit.

1.1. *Antifaschistischer Impuls - 1945 bis 1947*

Insbesondere in den Jahren 1945/46 war in der SBZ ein alle weltanschaulichen Grenzen übersteigender antifaschistischer Impuls spürbar, nicht zuletzt aufgrund der allgemeinen Not und der Ungewißheit des weiteren Weges Deutschlands.[2] Im Zuge dieses antifaschistischen Konsenses kam es zu einer von der SMAD und der KPD als pluralistisch und demokratisch deklarierten ersten Nachkriegsphase.[3] Es gab Anzeichen für eine größere Öffentlichkeit der Studentengemeinden an den Universitäten und Hochschulen, die ein freies und gleichberechtigtes Tun sowohl der Studentengemeinden als studentische Gruppierungen wie auch der einzelnen Studierenden versprachen.[4]

---

[2] Vgl. II.1.1. (Siehe S. 39-43.)

[3] Walter Ulbricht hatte jedoch bereits kurz nach dem Eintreffen seiner Gruppe aus Moskau bezüglich des Neuaufbaus der deutschen Verwaltungen in Berlin gegenüber seinen Mitarbeitern am 2. Mai 1945 die Devise ausgegeben: „Es ist doch ganz klar: Es muß demokratisch aussehen, aber wir müssen alles in der Hand haben." LEONHARD 1987 S. 317.

[4] An der Universität Leipzig z.B. wurde im Februar 1946 eine studentische Arbeitsgemeinschaft gegründet, an der mehrere katholische Studierende mitarbeiteten. Im Gründungsbeschluß heißt es: „Die AG demokratischer Studenten (AdS) dient der Selbstverwaltung des studentischen Lebens; sie umfaßt alle immatrikulierten Studenten und Studentinnen. Zu ihren wichtigsten Aufgaben gehört die politische, kulturelle und soziale Betreuung sowie die demokratische Erziehung der Studentenschaft." UAL Rektorat 46 Bl. 3.

1.1.1. Die Gründung der FDJ

In der SBZ konnte es nach dem Zweiten Weltkrieg nicht wie in den Westzonen zu einer Wiederbelebung der katholischen Studentenvereine und -verbände sowie des Korporationsstudententums kommen. Studentengemeinde blieb die einzige Möglichkeit der kirchlichen Arbeit mit Studierenden. Ein Befehl der SMAD vom 5. März 1946 erlaubte nach sowjetischem Vorbild lediglich die Gründung einer einheitlichen Jugendorganisation.[5] Mit diesem Befehl wurde der Gründungsbeschluß der „Freien Deutschen Jugend" vom 28. Februar 1946 bestätigt, der auch vom katholischen Jugendseelsorger der Diözese Berlin, Domvikar Robert Lange, unterzeichnet worden ist.[6] „Damals gab es eine echte und große Chance der Zusammenarbeit zwischen allen wahrhaft demokratischen und christlichen Kräften in der frühen Form der CDU und auch der FDJ. Es gab viele Katholiken und Protestanten, die noch die alte bündische Tradition aus ihren konfessionell bestimmten Bünden mitbrachten und als selbstverständliches bewahrtes Erbe mit in die FDJ hineintrugen, dort oft auch führend waren ..."[7]

Die angestrebte Überparteilichkeit wurde spätestens im August 1948 offiziell aufgegeben, als die FDJ den Antrag zur Aufnahme in die kommunistische Weltjugendorganisation, den „Weltbund der demokratischen Jugend" stellte.[8] Es wurde außerdem in der FDJ immer mehr zur Praxis, daß neben der Forderung zum Bekenntnis zu der sich in der SBZ entwickelnden gesellschaftlichen Ordnung auch das Bekenntnis zur der diese tragende Weltanschauung eingefordert wurde.[9] Über die sog. Blockpolitik und die dabei zum Einsatz gekommenen undemokratischen Wahlordnungen verschaffte sich die FDJ die Vorherrschaft in den studentischen Vertretungen.[10] Diese Entwicklung erschwerte den meisten christlichen Studierenden die Mitgliedschaft und machte sie nicht wenigen unmöglich.[11] Die Nichtmit-

---

[5] Vgl. BASKE/ENGELBERT 1966 Bd. 1 S. 22.

[6] Vgl. Nachdruck des Gründungsbeschlusses. In: St. Hedwigsblatt 24/1988 S. 188.

[7] TRILLING, W.: Wo stehen wir? Vortrag in der KSG Leipzig am 13.10. 1964. In: AKSGL.

[8] Vgl. Dokumente zur Geschichte der Freien Deutschen Jugend. Berlin (Ost) 1960, Bd. 1, S. 164.- Auf dem III. Parlament der FDJ vom 1. bis zum 5. Mai 1949 wurde in einer „Verfassung" die grundsätzliche Übereinstimmung der FDJ mit den Zielen der SED festgeschrieben und somit die Entwicklung der FDJ zur Kaderreserve der SED besiegelt. Vgl. ebd. S. 240-242.

[9] Auskunft über diese Zeit gibt Manfred Klein in seinem Buch: Jugend zwischen den Diktaturen 1945-1956 (Mainz 1968).- Klein war bis zu seiner Verhaftung am 13.03. 1947 u.a. als Beauftragter der katholischen Jugend im zentralen Jugendausschuß, als Kulturreferent im Zentralrat der FDJ sowie als Pressereferent im Studentenrat der Berliner Humboldt-Universität tätig.- Erwähnenswert ist in diesem Zusammenhang ein Treffen von Vertretern deutscher Jugendorganisationen am 4./5.11. 1947 im Haus Altenberg, dem Bildungshaus der katholischen Jugend der Diözese Köln. Dabei wurden die inzwischen unüberbrückbaren Gegensätze zwischen der FDJ, die mit einer Delegation unter der Leitung von Erich Honecker erschienen war und u.a. versuchte, die Verhaftung von Manfred Klein zu rechtfertigen, und den westlichen Jugendvertretern hinsichtlich der Bemühungen um eine intensive interzonale Zusammenarbeit sowie eines einheitlichen Dachverbandes der verschiedenen Jugendorganisationen deutlich. Vgl. dazu einen Bericht aus Perspektive der FDJ. In: JA IZJ A 11.909 Bl. 1-15.

[10] Vgl. BERGER 1951.

[11] Der letzte demokratisch gewählte Vorsitzende des Studentenrates der Universität Leipzig, Wolfgang Natonek, einer der exponierten Studentenvertreter in der SBZ, machte auf einer Tagung des FDGB in

gliedschaft in der FDJ führte in der Folge in vielen Fällen zu Nachteilen bei der Bewerbung für einen bestimmten Studienplatz oder zu Behinderungen bei der Suche nach einem Arbeitsplatz, weil dazu Beurteilungen von Parteien oder gesellschaftlichen Organisationen vorzulegen waren.

1.1.2. Zur Situation der katholischen Kirche und der Studentengemeinden

Die katholische Kirche in der SBZ verstand sich in diesen Jahren als Minderheit in einer konfessionellen und - zunehmend auch - in einer weltanschaulichen Diaspora und war vor allem um die Integration und caritative Betreuung Hunderttausender katholischer Flüchtlinge bemüht.[12] Die katholischen Bischöfe äußerten sich in den ersten Jahren nach dem Zweiten Weltkrieg nur zögerlich zu Problemen des gesellschaftlichen Lebens in der SBZ. In einem gemeinsamen Hirtenwort mit dem Titel „Einen neuen Anfang machen" vom 23.8. 1945 bringen die deutschen Bischöfe u.a. die Hoffnung zum Ausdruck, „daß den katholischen Eltern wieder die Möglichkeit gegeben wird, ihre Kinder in katholische Schulen zu schicken. Es gibt keine bessere Bürgschaft für die Gesundung der geistigen Lage als eine wahrhaft religiöse Erziehung, die in der Bekenntnisschule gesichert ist."[13]

Eine für die weitere kirchenpolitische Entwicklung richtungsweisende Erklärung gab der Berliner Bischof, Konrad Kardinal von Preysing, am 20. Dezember 1947 ab. Darin betont er, daß nur die Gesamtheit der Bischöfe Deutschlands berechtigt sei, im Namen der katholischen Kirche Erklärungen zu Zeitfragen abzugeben.[14] Diese kircheninterne Anordnung wurde von den Nachfolgern Preysings immer wieder bekräftigt und später als „Döpfner-Erlaß" bezeichnet.[15]

„Wichtige Absprachen für das kirchliche Wirken in Mitteldeutschland wurden in der Stille getroffen."[16] Wegweisend für dieses Vorgehen war die Tätigkeit von Heinrich Wienken - dem späteren Bischof von Meißen - als Leiter des Kommissariats der Fuldaer Bischofskonferenz in Berlin und dessen Verhandlungen mit der

---

Leipzig im Dezember 1947 aufgrund der immer stärker ideologisch determinierten Zulassung zum Studium folgende Aussage: „Es gab einmal eine Zeit, in der der verhindert war zu studieren, der eine nichtarische Großmutter hatte. Wir wollen nicht eine Zeit, in der es dem verhindert wird zu studieren, der nicht über eine proletarische Großmutter verfügt." Schreiben des Kreisvorstandes des FDGB an den Senat der Universität Leipzig vom 8.12. 1947. In: UAL Rektorat 119 Bl. 26.- In der Nacht vom 11. zum 12. November 1948 wurde Natonek verhaftet und zu einer mehrjährigen Zuchthausstrafe verurteilt. Vgl. BERGER 1951 S. 15.

12 Vgl. PILVOUSEK 1993 (2).

13 LANGE u.a. 1992 S. 1-6, hier S. 3.- Besonders gravierend waren die Entwicklungen im Bildungsbereich, die in der Folge im Verhältnis zwischen der SMAD und den deutschen Behörden sowie den Kirchen immer wieder zu Konflikten führten. Die Einrichtung von katholischen Privatschulen wurde von der SMAD in der SBZ nicht erlaubt. Lediglich in Ost-Berlin ist es 1948 zur Gründung der katholischen St. Theresien-Schule gekommen, weil es hier zu einer modifizierten Anwendung des „Gesetzes zur demokratischen Schulreform" gekommen ist. Vgl. KNAUFT 1980 S. 25.

14 Vgl. ebd. S. 22.

15 Nach KNAUFT 1980 S. 32.- Vgl. dazu auch die Anweisung des Bischofs von Berlin vom 26.11. 1957. In: LANGE u.a. 1992 S. 113f.

16 HÖLLEN 1984 S. 226.

SMAD. Die dabei erzielten Vereinbarungen behielten zum größten Teil bis 1989 ihre Gültigkeit, „etwa die kirchliche Autonomie bei Pfarrer- und Bischofsernennungen, der Kontakt mit dem Vatikan, die Beibehaltung des Religionsunterrichts, die Zulassung öffentlicher Wallfahrten und Prozessionen oder die Weiterführung der katholischen Krankenhäuser."[17] Ungelöst blieben in den 40er Jahren insbesondere die Fragen der Priesterausbildung auf dem Gebiet der SBZ sowie der Herausgabe von Publikationen.

Nach dem 2. Weltkrieg begann in der SBZ schon vor der Wiedereröffnung der Universitäten und Hochschulen Ende 1945/Anfang 1946 das Leben in den Studentengemeinden, so in den Universitätsstädten Berlin, Rostock, Greifswald, Leipzig, Halle und Jena sowie in Dresden. Ein Bericht über die Arbeit der katholischen Studentengemeinde Leipzig vom Mai 1945 bis zum Juni 1946 gibt Aufschluß über die Schwerpunkte der Bildungsarbeit: „Die Arbeit in beiden Semestern diente wiederum dem christlichen Menschenbild ... An genau 50 Abenden versuchten wir von der Naturwissenschaft, der Politik, der Philosophie und der Theologie aus tiefer in das christliche Weltbild einzudringen."[18]

1.1.3. Die Katholische Deutsche Studenten-Einigung

Die Akademische Bonifatius-Einigung wurde am 8. Januar 1946 in Paderborn wiedergegründet; sie stellte sich u.a. die Aufgabe, „an der Formung eines verantwortungsbewußten und glaubwürdigen Typs des katholischen Studenten"[19] mitzuwirken. „Auf Einladung der ‚Akademischen Bonifatius-Einigung' trafen sich Vertreter fast aller deutschen Studentengemeinden zweimal während des Jahres 1946 in Hardehausen."[20] Beim Treffen am 3. Oktober 1946 wurde ein „Grundgesetz der deutschen katholischen Studentenschaft" verabschiedet.[21]

Ausgehend vom Bekenntnis zur Einheit der deutschen katholischen Studentenschaft werden darin folgende Schwerpunkte gesetzt: Bemühen um religiöse und akademische Bildung; Ausgangspunkt für das Leben einer Studentengemeinde: Gemeinschaft am Altar; Zusammenarbeit mit den Akademikern und der katholischen Jugend sowie aufrichtige Begegnung mit evangelischen Studenten und den Studierenden in den Nachbarländern. Im Punkt 12 wird betont: „Wir wollen keine parteipolitische Bindung der Deutschen Katholischen Studentenschaft. Wir wollen eine sozialethische und sozialpolitische Bildung als Grundlage der persönlichen Entscheidung jedes einzelnen."[22] Diese anspruchsvollen Grundsätze hatten eine

---

[17] Ebd.- Vgl. dazu auch HÖLLEN 1981.

[18] Bericht über die Arbeit der katholischen Studentengemeinde Leipzig vom Mai 1945 bis zum Juni 1946. In: AKSGL. DOKUMENT 7 S. 187-192, hier S. 187.

[19] Schreiben der ABE an die KSG Dresden o.D. In: AKSGD.- Darin wird auch die Herausgabe der Zeitschrift „Lebendiges Zeugnis" angekündigt, die inzwischen im 49. Jahrgang als Schriftenreihe der ABE publiziert wird.

[20] THIEL 1965 S. 238.

[21] Vgl. Grundgesetz der deutschen katholischen Studentenschaft. In: AKSGD. DOKUMENT 8 S. 193.

[22] Ebd.

große Bedeutung für die spätere Erarbeitung von Satzungen und Statuten der einzelnen Studentengemeinden. Kritisch anzumerken bleibt vor allem die Tatsache, daß in diesem Grundgesetz keine Bereitschaft zum Dialog mit Andersdenkenden ausgesprochen wird.

Auf dem 1. Katholischen Studententag nach dem Zweiten Weltkrieg im März 1947 in Limburg wurde die Katholische Deutsche Studenten-Einigung (KDSE) gegründet, die sich als Zusammenschluß der einzelnen Studentengemeinden und -verbände verstand und von nun an die Federführung in der überregionalen Zusammenarbeit von der ABE übernahm. In der Präambel der am 24.3. 1947 verabschiedeten Verfassung der KDSE, in die das Hardehausener Grundgesetz eingegangen ist, heißt es: „Zur Erfüllung ihrer Aufgabe brauchen die katholischen Studenten eine Möglichkeit, jederzeit als Ganzes in fällige Entscheidungen hineinzusprechen und mit dem Gewicht ihrer Gesamtheit in die Entwicklung der Dinge einzugreifen."[23]

Im Eröffnungsreferat dieses Studententages von Studentenpfarrer Pater Franz J. Müller S.J.[24] wird die ganze Misere des universitären und studentischen Lebens in der Nachkriegszeit angesprochen. An den Anfang seiner Ausführungen stellte Müller die Schilderung der damaligen mehrdimensionalen Not. Daraus leitete er die zentrale Frage des Studententages ab: „Welches ist vermutlich - soweit wir jetzt sehen können - der beste Weg, auf dem wir helfen können?"[25] Alle organisatorischen und strukturellen Fragen der Studentenarbeit seien sekundäre oder tertiäre Fragen. Im Mittelpunkt der Diskussion müsse die Frage nach der rechten Formung der Persönlichkeit des Akademikers stehen. Dabei komme es vor allem darauf an, die im Katholizismus bisher überwiegend praktizierte Trennung zwischen Religion und irdischem Bereich zu überwinden. Darin sah Müller auch einen Grund dafür, daß in der Nazizeit „die Dämonie nicht begriffen wurde"[26]. Er forderte deshalb dazu auf, diesen Fehler nicht wieder zu begehen, sich nicht auf den sakralen Raum zurückdrängen zu lassen, sondern „in dieser Zeit des Gerichts" den missionarischen Auftrag der Kirche nicht zu vergessen.

Die Struktur der KDSE sah fünf verschiedene Regionen vor. Die Region Ost umfaßte das Gebiet der SBZ. Eine große Bedeutung für die überregionale Kommunikation hatten die in der Folge jährlich stattfindenden katholischen Studententage, die einzelnen Patenschaftsverbindungen zwischen den Gemeinden in Ost und West sowie die Konferenz der deutschsprachigen Studentenseelsorger.

---

23 Verfassung der KDSE S. 1. In: Materialien der AGG 1/87 S. 103-112.

24 Vgl. ebd. S. 13-27.

25 Ebd. S. 16.

26 Ebd. S. 23.

1.2. *Rückzug unter das „Dach der Kirche" - 1947 bis 1953*

Die Zurückdrängung der Studentengemeinden aus dem universitären Raum unter das „Dach der Kirche" passierte nicht abrupt, sondern in kleinen Schritten, und kulminierte im Jahre 1953 in öffentlichen Anschuldigungen des SED-Staates, sie seien feindliche Organisationen im Dienste der Bundesrepublik Deutschland und der USA, und den damit verbundenen sog. administrativen Maßnahmen, welche wiederum zu Exmatrikulationen und Verhaftungen führten.

1.2.1. *Zur Trennung von Staat und Kirche*

Mit der Gründung der DDR am 7. Oktober 1949 trat eine Verfassung in Kraft, in der in acht Artikeln die Kirchen und Religionsgemeinschaften sowie den einzelnen Gläubigen betreffende Regelungen festgeschrieben wurden.[27] Am 29.12. 1949 reagierte der Berliner Kardinal Preysing mit einem Schreiben an den stellvertretenden Ministerpräsidenten in der DDR, Otto Nuschke, auf diese Verfassung.[28] Er konstatierte darin u.a., „daß die Religions- und Gewissensfreiheit in der Deutschen Demokratischen Republik von den staatlichen Stellen praktisch so gehandhabt wird, daß das religiöse Leben dadurch teils unterbunden, teils gefährdet ist"[29]. Insbesondere auf drei Gebieten stellte er gravierende Einschränkungen sowie einen Widerspruch zwischen Theorie und Praxis fest: 1. bei der staatlichen Erziehung, 2. hinsichtlich der Nichtzulassung des Aufbaus eines katholischen Pressewesens und 3. in Bezug auf die Religionsfreiheit aufgrund deren Einschränkung durch Verwaltungsmaßnahmen, insbesondere durch die Anordnung über die Anzeigepflicht von Veranstaltungen.[30]

Diese drei angesprochenen Gravamina beeinträchtigten in der Folge insbesondere auch die Arbeit in den Studentengemeinden. Denn der Verfassungsgrundsatz der Trennung von Kirche und Staat und die in der Verfassung festgeschriebene Religionsfreiheit wurde von der SED folgendermaßen interpretiert und praktiziert: Man erklärte Religion zur reinen Privatangelegenheit und setzte diese mit Kultausübung gleich; die Religionsfreiheit wurde somit auf die Freiheit des Kultes beschränkt. Das führte dann u.a. dazu, daß für bestimmte Veranstaltungen der Studentengemeinden ein kultischer Rahmen gefunden werden mußte oder eigentliche Kultveranstaltungen partiell als Bildungs- und Diskussionsforen genutzt wurden, z.B. die Studentenwallfahrten nach Rosenthal.

---

[27] Vgl. ROGGEMANN 1976 S. 174ff.

[28] LANGE u.a. 1992 S. 30-32.

[29] Ebd. S. 31.

[30] „Der Widerspruch zwischen den politischen Absichten und dem Verfassungstext ist eklatant. ... Jedenfalls war bezüglich der Verbindlichkeit und Interpretation der Verfassungsartikel Skepsis angezeigt, und wie berechtigt dieses Mißtrauen war, sollte die Entwicklung der folgenden Jahre zeigen, deren kirchenpolitische Konflikte den Widerspruch zwischen Verfassungstext und Verfassungswirklichkeit belegen." MECHTENBERG 1985 S. 34.

Preysing wandte sich nur vier Monate später im Namen aller Ordinarien und Bischöflichen Kommissare in einem Schreiben an Ministerpräsident Grotewohl.[31] Darin trat er entschieden gegen den mit der christlichen Lehre nicht zu vereinbarenden Materialismus auf, weil diesem der Rang einer staatlichen Weltanschauung, einer exklusiven Staatsreligion eingeräumt werde, deren Theorie und Praxis dem gesamten Volksleben aufgezwungen werden solle. „Ob im Kindergarten, ob in der Schule, ob auf der Universität, ob in den systematisch zwangsweise vorgenommenen Schulungen, ob in der FDJ, ob bei den Jungen Pionieren, überall wird zwangsweise das materialistische Welt- und Menschenbild als einzig zugelassenes Vorbild für die Formung des einzelnen Menschen und der Gesellschaft benutzt."[32] Des weiteren geht Preysing wieder auf die Beschränkung der Versammlungsfreiheit[33] sowie auf die Behinderung der Herausgabe von Publikationen durch die katholische Kirche, „die im Dienste ihrer Lehre und Weltanschauung stehen,"[34] ein.

Die mit einer Vielzahl von Hirtenworten und Eingaben der Ordinarien[35] an die Regierung der DDR wiederholt zur Sprache gebrachten Einschränkungen der Glaubens- und Gewissensfreiheit, aber auch der Versammlungs- und der Reisefreiheit,[36]

---

[31] Schreiben vom 22. April 1950. In: LANGE u.a. 1992 S. 42-45.- Anlaß dafür war eine bis dahin ausgebliebene Antwort auf sein Schreiben an Nuschke vom Dezember 1950 sowie die Feststellung, „daß die Handhabung der Staatsgewalt in der DDR immer mehr darauf abzielt, das Leben nach christlichem Gewissen in der Republik unmöglich zu machen". Ebd. S. 43.

[32] Ebd.

[33] „Die Einschränkung des Religiösen auf das rein Kultische bei gleichzeitiger Formung des öffentlichen und privaten Lebens nach dem Geiste des Materialismus gehört zum Liquidationsrezept des Religiösen überhaupt ..." Ebd. S. 44.

[34] Ebd.- Erst 1951 erhielt der St. Benno-Verlag Leipzig eine Lizenz zur Herausgabe katholischen Schrifttums. Dieser konnte den Studentengemeinden kein Podium für eigene Publikationen bieten, ebensowenig die Kirchenzeitungen „Tag des Herrn" und „St. Hedwigsblatt". Die katholische Jugendzeitschrift „Christophorus" erschien nur von April 1952 bis Januar 1953. Im Zusammenhang mit dem Kampf gegen die „Junge Gemeinde" wurde ihre Herausgabe staatlicherseits verboten - die offizielle Begründung lautete: Papiermangel! Vgl. dazu HACKEL 1987 S. 54-57.- Peter Kokschal, Lektor beim St. Benno-Verlag, stellt zu diesem Vorgang fest: „Der ‚Christophorus' war mit 14 Seiten genehmigt. Da ein Druckbogen 16 Seiten hat, waren 2 Seiten Abfall. Daher stellte der Verlag beim Presseamt den Antrag auf Erweiterung um 2 Seiten. Antwort: Dazu muß die Lizenzurkunde geändert werden. Sie ist daher zurückzugeben. Die Lizenzurkunde wurde vom Presseamt nicht geändert, sondern kommentarlos einbehalten. Ohne Lizenzurkunde war kein Druck mehr möglich." Aktennotiz vom 29.11. 1994. In: ASTR.

[35] Am 29.07. 1950 errichtete Papst Pius XII. eine regionale Konferenz der ostdeutschen Ordinarien innerhalb der deutschen Bischofskonferenz unter dem Vorsitz des Berliner Bischofs Kardinal Preysing (vgl. KNAUFT 1980 S. 39f.). Nach Preysings Tod im Dezember 1950 wird dessen Nachfolger als Bischof der Berliner Diözese, der Magdeburger Weihbischof Weskamm, auch neuer Vorsitzender dieser Konferenz.

[36] Vgl. z.B. das Schreiben des Bischofs von Berlin, Weskamm, an Ministerpräsident Grotewohl vom 3. Juli 1952, in dem er auf die Schwierigkeiten verweist, die sich für die Pastoral durch die staatlichen Grenzsicherungsmaßnahmen ergeben (MASER 1992 S. 37).- Vgl. weiter das Grußwort der Bischöfe und Bischöflichen Kommissare auf dem Gebiet der DDR an die katholische Jugend vom 3. Mai 1953 (LANGE u.a. 1992 S. 61-63) sowie ein Memorandum von Weskamm an Grotewohl vom 11. Juli 1953 (ebd. S. 63-67), in dem dieser u.a. feststellt: „Für christliche Kinder verschloß man die Oberschule und das Studium immer mehr" (Ebd. S. 64). Abschließend fordert Weskamm wiederum die Einhaltung der Verfassung und führt u.a. aus: „Freiheit von weltanschaulichem Zwang (dialektischer Materialismus) für Schule, Universität, Lehrer, Angestellte und Arbeiter des öffentlichen Dienstes" (Ebd. S. 67).

waren auf besondere Weise unter den katholischen Studierenden spürbar, weil denen an den Universitäten und Hochschulen nicht mehr nur ein Bekenntnis zur neuen gesellschaftlichen Ordnung, sondern auch zu deren Weltanschauung abverlangt wurde.[37]

Für die weitere Entwicklung der katholischen Kirche in der DDR war die Eröffnung des Philosophisch-Theologischen Studiums in Erfurt im Juni 1952 als kirchliche Institution - und nicht als staatliche Fakultät an einer Universität - von herausragender Bedeutung.[38] Hier konnte die theologische und philosophische Wissenschaft in Lehre und Forschung unabhängig von unmittelbaren staatlichen Einflüssen gepflegt werden. Der Preis dafür war jedoch eine weitgehende Abstinenz in gesellschaftlich-politischer Hinsicht. Die Studentengemeinden profitierten in der Folge von der Arbeit des Philosophisch-Theologischen Studiums Erfurt. Die Studentenpfarrer der 60er bis 80er Jahre erhielten in Erfurt ihre Ausbildung; die Professoren und Dozenten dieser Hochschule waren als Referenten in den Studentengemeinden tätig; ein Vertreter der Theologiestudenten arbeitete in den studentischen Leitungsgremien der katholischen Studentengemeinden auf DDR-Ebene mit.

1.2.2. Die Studentengemeinden und die universitäre Öffentlichkeit

Im Hochschulwesen in der SBZ/DDR begann Ende der 40er Jahre in struktureller und inhaltlicher Hinsicht eine systematische Parallelisierung mit dem sowjetischen Hochschulwesen. In den Mittelpunkt rückte immer mehr die einheitliche ideologische Erziehung der Studenten. Bei der 1951 begonnenen Zweiten Hochschulreform wurde den Universitäten und Hochschulen von der SED ein Auftrag zur universitären Erziehung im Sinne des Marxismus-Leninismus erteilt, der bis zum friedlichen Zusammenbruch der SED-Diktatur im Herbst 1989 grundsätzlich nicht aufgegeben wurde.[39]

Die FDJ hatte Anfang der 50er Jahre alle studentischen Vertretungen aus den Universitäten und Hochschulen verdrängt oder zur Bedeutungslosigkeit degradiert. Diese Entwicklung konnte auch für die Studentengemeinden nicht ohne Folgen bleiben. In einer mit „Vorschläge für den Sektor Kirche" überschriebenen Aktennotiz aus dem Nachlaß Ulbrichts über die Aufgaben der FDJ in diesem Zeitraum heißt es noch: „Die FDJ-Hochschulgruppen müssen ihre besondere Aufmerksamkeit den christlichen Studentengruppen zuwenden, und sich in kameradschaftlicher Weise

---

[37] Ein Schreiben aus dem Volksbildungsministerium vom Juli 1950 an den Generalsekretär des Zentralkomitees der SED, Walter Ulbricht, belegt, daß die obligatorische Prüfung für alle Fakultäten im Fach Gesellschaftswissenschaften auch deshalb eingeführt wurde, um mißliebige Studenten aus den Universitäten und Hochschulen herausprüfen zu können. Darin wird auf eine vom damaligen Volksbildungsminister Paul Wandel herausgegebene Verfügung verwiesen, die vom Politbüro der SED möglichst schnell genehmigt werden sollte. Vgl. BAP R-2 1490 Bl. 64. DOKUMENT 9 S. 194.- Vgl. auch II.1.3.2.

[38] Vgl. dazu KLEINEIDAM 1992, SCHÜRMANN 1992 sowie ULLRICH 1992.

[39] Vgl. dazu die Ausführungen in Punkt II.1. (Siehe S. 38-62.)

bemühen, die christlichen Studenten zu sich herüberzuziehen."[40] Im Jahre 1953 wird entschiedener in einer internen Mitteilung des Zentralrats der FDJ festgestellt: „Mitgliedschaft in der ‚Jungen Gemeinde' unvereinbar mit der Mitgliedschaft in der FDJ."[41] Drei Jahre später überlegte man in der FDJ-Führung, ob Mitgliedern der Jungen Gemeinden grundsätzlich der Zugang zu den Universitäten und Hochschulen verwehrt werden sollte.[42]

Den verantwortlichen Funktionären für die DDR-Hochschulpolitik waren die Studentengemeinden schon deshalb grundsätzlich suspekt, weil sie keinen direkten Einfluß darauf nehmen konnten und deren überregionale Arbeit gesamtdeutsch organisiert wurde. Von 1950/51 an verfolgte man deshalb das Ziel, die Studentengemeinden gänzlich aus dem offiziellen universitären Alltag in den Raum der Kirche, „unter das Dach der Kirchen", zu verbannen, der man kein langes Überleben unter sozialistischen Verhältnissen in Aussicht stellte.[43]

Bis Ende der 40er Jahre war es üblich, daß die evangelischen und katholischen Studentengemeinden in den Vorlesungsverzeichnissen der Universitäten und Hochschulen aufgeführt wurden. Noch im Oktober 1949 wurde der Leipziger Studentenpfarrer Becker persönlich zum Rektoratswechsel eingeladen,[44] auch zu einer Universitätsveranstaltung zum Thema „Zweijahresplan und Hochschule" November 1948 ist eine Einladung des Studentenpfarrers nachweisbar.[45] Ebenso belegt ein Zeugnis, das der Leipziger Propst und spätere Meißner Bischof, Otto Spülbeck, im Jahre 1946 dem Leipziger Studentenpfarrer Becker für die Universität ausstellte, daß die Beziehungen zwischen der katholischen Kirche und der Universität noch nicht ganz abgebrochen waren.[46]

Das Bestreben staatlicher und universitärer Behörden, einerseits Einfluß auf die Studentengemeinden zu gewinnen und andererseits diesen die Öffentlichkeit zu nehmen, führte in der Folge verstärkt zu Konflikten christlicher Studierender und der Studentengemeinden mit der Institution Hochschule sowie staatlichen Organen. Bereits im Februar 1949 war es zur Verhaftung des katholischen Rostocker Studentenseelsorgers Hermann Jansen gekommen. Dieser wurde wegen angeblicher

---

40 ZPA NL 182/1097 Bl. 39-42, hier Bl. 40.

41 JA IZJ A 11.887 Bl. 8f.

42 Vgl. „Streng vertrauliche" Hausmitteilung des Zentralrats der FDJ vom 17.03. 1956. In: JA IZJ A 3710 2 Bl., hier Bl. 1.

43 Das mitunter radikale Verhalten der SED Anfang der 50er Jahre an der Basis zeigt ein Bericht über eine Parteiversammlung der SED-Betriebsgruppe der Pädagogischen Fakultät der Leipziger Universität vom 9.6. 1950: „Als Hort der Reaktion und der grundsätzlichen Ablehnung, der FDJ beizutreten, werden hauptsächlich die katholische und evangelische Studentengemeinde bezeichnet ... Es wurde einstimmig der Beschluß gefaßt, daß ein Ausschuß der Nationalen Front gebildet werden wird. Sodann werden alle Studierenden, die der FDJ nicht angehören, gezwungen, vor diesem Ausschuß Stellung zu beziehen. Es gäbe nur 2 Möglichkeiten: Eintritt in die FDJ oder Exmatrikulation und sei es auch 14 Tage vor dem Staatsexamen." In: AKSGL.

44 Vgl. Einladung an Studentenpfarrer Becker zum Rektoratswechsel an der Universität Leipzig am 31.10. 1949. In: AKSGL.

45 Vgl. ebd.

46 Vgl. UAL Rektorat 120 Bl. 5f. DOKUMENT 10 S. 195

Spionage zu 25 Jahren Zwangsarbeit verurteilt.[47] Der eigentliche Grund seiner Verhaftung ist jedoch in seiner Arbeit als Studentenpfarrer zu suchen. Jansen hatte in Rostock eine kirchliche Mensa organisiert und war den Behörden durch Vorträge zu literarischen und philosophischen Themen aufgefallen.[48]

Im Jahre 1948 war von den deutschen Behörden in der SBZ noch überlegt worden, Studentenpfarrer dem jeweiligen Rektor einer Universität oder Hochschule zu unterstellen[49]; vier Jahre später wurde dagegen in einer Aktennotiz des Staatssekretariates für das Hochschulwesen ausgeführt: „Die heute wieder amtierenden Studentenpfarrer sind eine völlig ungesetzliche Institution ... Sie werden von den Kirchenleitungen ernannt und bezahlt, weil die Auswahl ihrer Person dafür garantiert, dass sie den staatsfeindlichen Zielen der reaktionären Kirchenleitungen in jedem Sinne dienen ... Durch die kirchliche Bindung werden die Studenten bewusst der Lebensgemeinschaft mit den anderen Studenten und damit der gesellschaftlichen Erziehung und auch der Möglichkeit, in der FDJ-Hochschulgruppe mitzuarbeiten, entzogen."[50]

Der Rektor der Hallenser Universität, Agricola, veranlaßte im Juli 1952 den Dekan der Juristischen Fakultät sowie den Universitätsrat, per Gutachten den Nachweis zu erbringen, daß „Studenten"-Pfarrer ihren Titel zu Unrecht tragen, weil dadurch in der Öffentlichkeit der Eindruck entstehen könne, es handle sich bei ihnen um Universitätsangehörige.[51] Diese Gutachten sandte Agricola an das Staatssekretariat für das Hochschulwesen[52]. Staatssekretär Harig wiederum wandte sich nur vier Tage später an das ZK der SED, Abteilung Propaganda und Wissenschaft. Das Ersuchen Agricolas, so Harig, die Bezeichnung „Studentenpfarrer" als juristisch unzulässig zu verbieten, bedürfe einer Anordnung, die „sich nicht nur auf Halle beziehen kann, sondern von allgemeiner Bedeutung ist"[53].

---

[47] Vgl. dazu die Personalakte Jansens im Bischöflichen Archiv Osnabrück sowie AMMER 1969 S. 47f.- Nach 8 Jahren Haft kam Jansen frei und ging nach Osnabrück, wo er 1970 im Alter von 59 Jahren gestorben ist.- Verwiesen sei in diesem Zusammenhang auf das Schicksal des Rostocker Studenten Arno Esch, der 1950 vom Sowjetischen Militärtribunal zum Tode verurteilt und 1951 in der Sowjetunion hingerichtet wurde. Vgl. dazu ebd. 48ff. sowie KÖPKE 1990.

[48] So die damalige Rostocker Studentin, Dr. med. Fuhlrott, Georgsmarienhütte, in einem Gespräch am 08.09. 1992, sowie Pater Zug SJ, Leipzig, der von 1952 bis 1966 Studentenpfarrer in Rostock war, in einem Gespräch am 07.02. 1991.

[49] Vgl. Aktenvermerk der DVV vom 5. April 1948. In: BAP R-2 1423 Bl. 53-55, hier 54.

[50] Über die Studentenpfarrer, 28.5. 1952. In: BAP R-3 2720, 2 Bl.- Weiter heißt es: „Zusammenfassend muß gesagt werden, dass diese illegal und ohne staatliche Anerkennung und Genehmigung amtierenden Studentenpfarrer einen wesentlichen Einfluss auf die Studentenschaft im reaktionären Sinne der Kirchenleitungen ausüben und in Zusammenarbeit mit der ‚Jungen Gemeinde' einen grossen Teil der Studentenschaft fest in der Hand haben." Ebd.

[51] Vgl. BAP R-3 211 Bl. 102f.- In einem Schreiben an den Bischof von Meißen vom 30.10. 1947 hatte der Leipziger Studentenpfarrer Becker noch darum gebeten, den Titel „Studentenpfarrer" und nicht „Hochschulseelsorger" tragen zu dürfen, weil letzterer bei Aufnahmen zu einer Rundfunkpredigt von der Zensur beanstandet worden sei. In: ABODM 32.109/09.

[52] Vgl. Schreiben vom 25.07. 1952. In: BAP R-3 211 Bl. 101.

[53] Ebd. Bl. 100.- Eine entsprechende Anweisung oder Anordnung zu dieser Frage konnte nicht ausfindig gemacht werden.- An diesem Vorgang aus dem Jahre 1952 wird aber wiederum die Hierarchie der Kompetenzen im Hochschulwesen von der Universität, über das Staatssekretariat für das Hochschulwesen bis zum ZK der SED evident.- Vgl. II.1.3.1. (Siehe S. 47-49.)

Mit diesen Vorgängen korrespondiert das Verdrängen der Studentengemeinden von den schwarzen Brettern und aus den Räumlichkeiten der Universitäten und Hochschulen. In einer gemeinsamen Einladung der ESG und KSG Leipzig an Neuimmatrikulierte aus dem Jahre 1952 heißt es noch: „Unsere Aushänge und Monatspläne befinden sich am Eingang der Universitätskirche und an mehreren Stellen der Innenstadt."[54] In einem Schreiben des Staatssekretärs für das Hochschulwesen an den Rektor der Leipziger Universität vom 17.11. 1952 wird aufgrund von nicht näher bezeichneten Hinweisen festgestellt: Es sei unzulässig, „daß der Studentenpfarrer bzw. die Studentengemeinde in und an universitäts- oder hochschuleigenen Gebäuden Werbematerial und Bekanntmachungen aushängt"[55]. Begründet wird dieses Verbot damit, daß in der DDR eine Trennung von Kirche und Staat bestünde und die Religionsgemeinschaften somit nur in den im Eigentum oder in Nutzung der Kirche befindlichen Gebäuden tätig sein könnten.[56] Bereits vier Tage später teilte der Rektor der Leipziger Universität dem Staatssekretariat mit, daß er schon von der Hochschulgruppenleitung der FDJ auf die Werbung der ESG und der KSG an schwarzen Brettern der Universität aufmerksam gemacht worden sei und er dies sofort verboten hätte.[57]

1.2.3. Das Jahr 1953

Insbesondere im Jahre 1953 wurden die Studentengemeinden im Zuge der Auseinandersetzungen mit der „Jungen Gemeinde" durch staatliche Stellen, durch das MfS und die FDJ immer wieder provoziert und u.a. als Agentenzentralen, als illegal und ungenehmigte Organisation diffamiert.[58] In einer Vorlage für das Sekretariat der SED vom 13.01. 1953 werden Maßnahmen gegen die Tätigkeit der „Jungen Gemeinde" festgelegt. „Das Sekretariat beschließt: I. Ideologische Maßnahmen, II. Maßnahmen der Freien Deutschen Jugend und III. Administrative Maßnahmen."[59]

---

[54] In: AKSGL. DOKUMENT 11 S. 197

[55] UAL Rektorat 117 Bl. 18. DOKUMENT 12 S. 199.

[56] Ausdrücklich wird deshalb erklärt: „Die Studentenpfarrer sowie die evangelischen und katholischen Studentengemeinden (bzw. die sogenannten ‚Jungen Gemeinden') gehören nicht zu den an den Universitäten und Hochschulen zugelassenen Personen bzw. Organisationen, sondern sind lediglich im Bereich der Kirche tätig. Daher dürfen den Studentenpfarrern und den Studentengemeinden keinesfalls staatliche, d.h. universitätseigene Räume für Veranstaltungen zur Verfügung gestellt werden." Ebd.

[57] Vgl. Schreiben des Rektors der Leipziger Universität an das Staatssekretariat für das Hochschulwesen vom 21.11. 1952. In: UAL Rektorat 117 Bl. 17. DOKUMENT 13 S. 200.

[58] Über diese Auseinandersetzungen 1952/53 kann man ausführlich in der in Ost-Berlin herausgegebenen Zeitschrift „Forum. Organ des Zentralrats der FDJ für die deutschen Studenten" nachlesen.- Vgl. dazu auch NOACK 1984 S. 221-282.- In einer Stellungnahme des Staatssekretariats für das Innere wurde die Junge Gemeinde gar als „faschistische Tarnorganisation" (KÖHLER, G., 1974 S. 87) und als „Tarnorganisation für Kriegshetze, Sabotage und Spionage im USA-Auftrag" (FORUM 15/1953 S. 6) diskriminiert.

[59] Vgl. ZPA NL 182/1097 Bl. 153-163, hier Bl. 153. DOKUMENT 14 S. 201-209.- Vgl. auch Vorlage des Zentralrates der FDJ an das Politbüro der SED die „Junge Gemeinde" betreffend vom 23.1. 1953, in der empfohlen wird, „jede Zusammenfassung und Tätigkeit von Jugendlichen aller Religionsgemeinschaften im Gebiet der DDR und im demokratischen Sektor von Berlin, die über den Rahmen der in der Verfassung garantierten Religionsausübung hinausgeht (wie z.B. Jugendwanderungen, Zeltlager, Rüstzeitlager, Laienspiele, christliche Akademien usw.) zu verbieten". JA IZJ A 11891 Bl. 1-6, hier Bl. 5.

Zu den beabsichtigten grundsätzlichen - in der Praxis jedoch nur punktuell und zeitlich begrenzt umgesetzten - administrativen Maßnahmen zählte u.a.: „Alle in den Gemeinden, in den Oberschulen, Universitäten und sonstigen Schulen und Hochschulen bestehenden Jugendgruppen bzw. Studentengruppen von Religionsgemeinschaften sind aufzulösen. Ihr vorhandenes Eigentum ist zu beschlagnahmen.“[60]

Außerdem wurde in dieser Vorlage die mangelhafte Arbeit der FDJ-Leitungen an den Universitäten beklagt, die für diese Misere verantwortlich sei.[61] Mit der These, die „Junge Gemeinde“ sei eine Organisation[62] und nicht Teil der Kirche, sie identifiziere sich lediglich mit dieser, versuchte man dem - berechtigten - Vorwurf der Kirchen und des Westens, es handle sich hierbei um einen mit der Verfassung der DDR nicht zu vereinbarenden Kampf des Staates gegen die Kirche, entgegenzutreten.

Am 10. Juni 1953 - am Tag zuvor hatte das Politbüro der SED den „Neuen Kurs“ beschlossen[63] - kam es zu einem Spitzengespräch zwischen Vertretern des Staates und der evangelischen Kirche, in dem vereinbart wurde, daß der Staat keine weiteren Maßnahmen gegen die „Junge Gemeinde vornehmen und die Relegierung von Schülern und Studenten überprüfen und rückgängig machen werde“[64]. Dies führte zu einer vorübergehenden Beruhigung der Auseinandersetzungen, ist aber letztlich nur als taktische Maßnahme des Staates zur inneren Stabilisierung und nicht als Beginn einer entspannteren Phase der Beziehungen zwischen Kirche und Staat zu werten.[65]

Aus verschiedenen Quellen des zentralen FDJ-Archivs, des zentralen PDS-Archivs und des Archivs des Staatssekretariats für das Hochschulwesen geht hervor, daß sich diese Aktionen gegen alle kirchlichen Jugend- und Studentengruppen richteten, primär gegen die „Junge Gemeinde“ der evangelischen Kirchen, die Jugendgruppen in den evangelischen Kirchgemeinden, aber ebenso gegen die evangelischen

---

60 ZPA NL 182/1097 Bl. 153-163, hier Bl. 161. DOKUMENT 14 S. 207.

61 Vgl. ebd. S. 207.

62 Vgl. z.B. JA IZJ A 11.888 Bl. 37-42, hier Bl. 38.- „Gegen die Wühl- und Zersetzungsarbeit dieser illegalen Organisation müssen Staat und Kirche geschützt werden“, heißt es in einer „Bekanntmachung“ des Rektors der Technischen Hochschule Dresden vom 26.05. 1953. In: UAL Rektorat 120 Bl. 40. DOKUMENT 15 S. 210.- Vgl. weiter: Aktennotiz über Beispiele der festen illegalen Organisationsformen der „Jungen Gemeinde“ vom 13.01. 1953. In: ZPA NL 182/1097 Bl. 164-168, hier Bl. 165, sowie Bericht über die Tätigkeit der katholischen Pfarrjugend und der Jungen Gemeinde. In: JA IZJ A 11894 Bl. 8-12.

63 Vgl. WEBER 1986 (2) S. 235.

64 Vgl. DÄHN 1982 S. 46-52.

65 Vgl. MECHTENBERG 1985 S. 41.- Dafür spricht auch ein Bericht des FDJ-Zentralrates vom 29.08. 1953 - der „Neue Kurs“ war schon fast drei Monate proklamiert - „über die weitere Durchführung der Protestversammlungen gegen die Jugendverfolgung in Westdeutschland und des Kampfes zur Liquidierung der ‚Jungen Gemeinde‘ (Studentengemeinde) an den Universitäten und Hochschulen“. JA IZJ A 11.888 Bl. 37-42, hier Bl. 37f.- Andere Quellen sprechen dagegen moderater von der „Liquidierung des Einflusses der Jungen Gemeinde“. Vgl. z.B. Plan der Freien Deutschen Jugend zur Verstärkung der ideologisch-politischen und kulturellen Aufklärungsarbeit. In: JA IZJ A 11.892 Bl. 19-24, hier Bl. 19.

Studentengemeinden - diese wurden mitunter als „Junge Gemeinde an der Hochschule" bezeichnet - sowie die katholischen Jugendgruppen und Studentengemeinden.[66]

Der offizielle Kontakt der Studentengemeinden zur Institution Hochschule und zu anderen studentischen Gruppierungen wurde in der Folge von der SED und der FDJ nicht mehr geduldet und deshalb unterbunden. Der in der ersten Hälfte der 50er Jahre offen und danach mit subtileren Methoden geführte Kampf gegen die Studentengemeinden prägte deren weitere Arbeitsweise entscheidend.[67]

In einem Fernschreiben an die Ersten Sekretäre der Bezirksleitungen der FDJ vom 15.04. 1953 forderte der Erste Sekretär des Zentralrates der FDJ, Honecker, zum wiederholten Male: „Schilder, Aushängekästen, die auf die Tätigkeit der Jungen Gemeinde hinweisen, sind, falls es erforderlich ist, von Gruppen der FDJ in aller Öffentlichkeit zu entfernen."[68] Einen Tag später notierte der Dresdner Studentenpfarrer Baum: „Schaukasten der KSG geraubt."[69] Am 2. Mai teilte er in einem Schreiben dem Rektor der TH Dresden den Vorfall mit. Darin heißt es: „Über den Verbleib (dieses Schaukastens - d. Verf.) ist uns nichts bekannt. Wohl aber sollen sich in einer Studentenversammlung am Tage darauf Angehörige der FDJ-Hochschulgruppe zu dieser Tat bekannt haben. In dem Schaukasten befand sich lediglich ein Bild, das auf den katholischen Ostergottesdienst hinwies. Es war eine Originalzeichnung von Alexander Alfs, die der Künstler uns leihweise zur Verfügung gestellt hatte, und die er jetzt als sein Eigentum zurückfordert."[70]

1.2.4. *Bildungsarbeit und soziale Hilfe*

Die überregionale Arbeit der KDSE konzentrierte sich in diesem Zeitraum vor allem auf die jährlich stattfindenden Studententage. Im Rahmen des 75. Deutschen Katholikentages vom 19.-22. August 1952 in Berlin fand der sechste Katholische Deutsche Studententag nach dem Zweiten Weltkrieg statt, der mehr als 1700 Studierende zusammenführte, von denen ungefähr ein Drittel aus der DDR kamen.[71]

---

[66] „Junge Gemeinde" diente aus staatlicher Perspektive als Ober- oder Sammelbegriff für alle kirchlichen Jugend- und Studentengruppen. Die evangelische Kirche stand vor allem deshalb im Zentrum des Kampfes gegen die Kirchen, weil sie rein quantitativ die Mehrheit der Christen in der DDR ausmachte und deshalb für den Staat der wichtigste kirchliche Faktor war. Sie war - vor allem aufgrund ihrer landeskirchlichen Verfaßtheit - im Unterschied zur katholischen Kirche in der DDR, die sich zuerst als Teil der Weltkirche begriff, darauf bedacht, sich konstruktiv in gesellschaftliche Prozesse einzubringen und kam deshalb verstärkt in Kollision mit den staatlichen Behörden.

[67] Der Druck, der damals auf die Mitglieder der Studentengemeinden ausgeübt wurde, wird an folgender Erklärung zweier Studenten vom 20. Mai 1953 deutlich: „Wir haben uns entschlossen, die Studentengemeinde nicht mehr zu besuchen, damit uns aus einer weiteren Zugehörigkeit zu ihr keine Unannehmlichkeiten erwachsen." JA IZJ A 3.661/I.

[68] In: JA IZJ A 11895 Bl. 40f., hier Bl. 41. DOKUMENT 16 S. 212f.- Weiter heißt es in diesem Fernschreiben: „Es besteht kein Zweifel, dass bei einer entsprechenden Aufklärungsarbeit in kurzer Zeit das von uns gesteckte Ziel der Liquidierung der Jungen Gemeinden erreicht werden kann." Ebd. S. 212.

[69] Notiz von Studentenpfarrer Baum vom 16.04. 1953. In: AKSGD.

[70] Schreiben von Baum an den Rektor der TH Dresden vom 02. Mai 1953. In: Ebd.

[71] Vgl. Mitteilungen der KDSE Juli/August 1952 S. 3. In: ASTR.

Aus einem Bericht geht hervor, daß in Predigten und Vorträgen insbesondere der Verfall der Glaubenssubstanz der Studierenden beklagt wurde.[72] Der Leipziger Studentenpfarrer Becker führte in einem Referat u.a. aus, daß für den christlichen Studenten an jeder Universität Diaspora sei, auch im Westen Deutschlands, dort zwar gemildert, aber trügerischer. Im Osten würde ein dauernder ideologischer Angriff auf Andersdenkende rollen und sich deshalb die Fronten klarer voneinander scheiden. Im Westen dagegen wäre eine vielfältige, oft erschreckend unbewußte Gegnerschaft anzutreffen, z.B. in restaurativem Egoismus aller Spielarten.[73]

Neben den Studententagen und verschiedenen regionalen Tagungen boten auch internationale Veranstaltungen katholischen Studierenden aus der DDR die Möglichkeit zur Weiterbildung und zur Kontaktnahme mit Studierenden aus anderen Ländern. So veranstaltete z.B. die KDSE zusammen mit der Pax Romana im August 1952 auf der Burg Gemen in Westfalen eine Studienwoche unter dem Thema: „Die Mission der Universität und der moderne Atheismus", an der 180 Studierende aus 21 Nationen teilnahmen.[74]

In der Bildungsarbeit der katholischen Studentengemeinden wurde auf die marxistisch-leninistische Offensive an den Universitäten und Hochschulen mit einer theoretischen Auseinandersetzung mit dem Dialektischen und Historischen Materialismus reagiert. Pater Retzek SJ, von 1952 bis 1967 Studentenpfarrer in Jena, hielt in verschiedenen Studentengemeinden philosophische Grundkurse.[75] Aus Notizen eines ehemaligen Mitgliedes der KSG Rostock über eine philosophische Arbeitstagung, die vom 7. bis 14. Januar 1952 in Rostock von Pater Retzek SJ und Pater Ogiermann SJ durchgeführt wurde, ist ersichtlich, daß neben grundlegenden Fragen der Metaphysik Überlegungen zur Gottesfrage und zum Materiebegriff im Mittelpunkt der Vorträge dieser Tagung standen.[76] Ein weiterer Schwerpunkt der Bildungsarbeit in den Studentengemeinden war die Ausbildung von Studierenden zu Katecheten.[77]

Für das Herbstsemester 1952 verschickten die ESG und die KSG Leipzig gedruckte Einladungen an Neuimmatrikulierte. Darin heißt es, daß die Mitglieder der Studentengemeinden versuchen, „Antwort zu erhalten auf die vielen Fragen, die uns

---

[72] Vgl. Colloquium 10/52 S. 4f.

[73] Vgl. ebd. S. 5.

[74] Vgl. dazu ein Schreiben von Günter Wonik vom 19.7. 1993. In: ASTR.- Wonik war Anfang der 50er Jahre Student in Dresden und nahm 1951 und 1952 an den Studienwochen auf der Burg Gemen teil. „Wir trafen uns in Westberlin und wurden per Flugzeug in den Westen und zurück gebracht. Das Erlebnis der internationalen Studentengemeinschaft und die Vorträge von Philosophen und Theologen hohen Ranges haben mich sehr bereichert." Ebd.- Vgl. außerdem Mitteilungen der KDSE Juli/ August 1952 S. 7. In: ASTR.

[75] Er legte dafür keine Vortragsmanuskripte an, um möglichen Hausdurchsuchungen durch das MfS vorzubeugen.- So Retzek in einem Gespräch am 07.02. 1991 in Leipzig.

[76] Vgl. Anlage zum FB 104. In: ASTR.

[77] Vgl. Bescheinigung des Bischöflichen Kommissariates Magdeburg für den Studenten Günter Nowottnik, der 1949/50 an einem katechetischen Kursus in der Studentengemeinde Halle teilgenommen hat und zunächst für zwei Jahre die Erlaubnis erhielt, Kindern bis zum Alter von 14 Jahren Religionsunterricht zu erteilen. Vgl. Anlage zum FB 198. In: ASTR.

das Leben stellt. Wir wollen hören, was uns Gottes Wort heute zu sagen hat"[78]. In einer ausführlicheren, nicht für die Öffentlichkeit bestimmten Version des Einladungstextes wird dagegen ausdrücklich die Frage nach der „studentischen Existenz, des privaten und gesellschaftlichen Lebens" gestellt und als Ziel genannt, „unter Gottes Wort zu leben und zu studieren".[79]

Patronatsfeste gehörten auch in den 50er Jahren zu den Höhepunkten im Leben einer KSG. Nach wochenlangen Vorbereitungen feierten die Studierenden das Fest zusammen mit Akademikern sowie Gästen aus anderen Studentengemeinden aus der DDR und der Bundesrepublik. Das Programm über das Patronatsfest der KSG Leipzig von 1951 gibt außerdem darüber Auskunft, daß größere Veranstaltungen in Hörsälen der Universität und der Handelshochschule stattgefunden haben.[80]

„Aus Anlaß des 90-jährigen Bestehens der Staatlichen Hochschule für Baukunst und Bildende Kunst in Weimar führte die katholische Studentengemeinde der Weimarer Hochschulen eine religiös-kulturell-gesellige Tagung durch, zu der Vertreter der KSG aller Universitäten und Hochschulen der Region Ost eingeladen wurden."[81] Aus dem Bericht über diese Tage geht außerdem hervor, daß neben Vorträgen und Theaterbesuchen auch eine Besichtigung der Hochschule für Baukunst und Bildende Kunst auf dem Programm stand.

Ein Schwerpunkt im Leben der katholischen Studentengemeinden war auch in diesen Jahren die vielfältige Hilfe zur Überwindung der sozialen Not der Studierenden. In einem Schreiben an den Caritasdirektor der Diözese Meißen bittet der Dresdner Studentenseelsorger Ludwig Baum um Lebensmittelspenden für die mehr als 100 aktiven Mitglieder seiner Gemeinde und bringt dabei die Hoffnung zum Ausdruck, daß diese seiner Arbeit insgesamt zugute kommen werden. „Die Bedürftigkeit der allermeisten davon ist wohl ebensowenig zu bezweifeln wie die Aussicht, den schwierigen Ausbau der Studentenseelsorge durch gelegentliche Lebensmittelspenden wirksam fördern zu können."[82] Der Leipziger Studentenpfarrer Becker versuchte u.a. über Bettelpredigten sowie Bettelbriefe an kirchliche Würdenträger die wirtschaftliche Situation seiner Studenten zu verbessern.[83]

Nicht nur die Aufbesserung der materiellen Lage der Studierenden war notwendig, sondern ebenso deren Begleitung in schwierigen Situationen. „Vergeßt sie nicht!"

---

[78] Einladung der ESG und der KSG Leipzig zum Herbstsemester 1950. In: AKSGL. DOKUMENT 11 S. 197f.

[79] Vgl. Abschrift des Einladungstextes. In: UAL Rektorat 120 Bl. 39. DOKUMENT 17 S. 213.

[80] Programm des Patronatsfestes der KSG Leipzig am 28. und 29.06. 1951. In: AKSGL. DOKUMENT 18 S. 214.

[81] Bericht über religiös-kulturell-gesellige Tage in Weimar vom 14.-16. Januar 1950. In: AKSGL. DOKUMENT 19 S. 215ff.

[82] Schreiben von Baum an den Caritasdirektor des Bistums Meißen vom 06.06. 1947. In: AKSGD.

[83] Vgl. das Schreiben Beckers aus dem Jahr 1950 an den Caritasdirektor Zinke (DOKUMENT 20 S. 218) sowie den Kölner Kardinal Frings (DOKUMENT 21 S. 220). In: AKSGL.- Aus dem Schreiben an Zinke geht hervor: „Die Liste der Akademiker, Lehrer und Neulehrer, Studenten und Gäste umfaßt über 600 Namen. Bis auf etwa 30 sind mir alle persönlich bekannt."- Im Schreiben an Frings stellt Becker fest: „Es geht bei mir um drei große Kreise von Hilfsbedürftigen: die Priester meiner Diözese, die Studenten, die sich hier noch halten können und auch die Studenten aus der mitteldeutschen Diaspora, die von Leipzig an westliche Universitäten gegangen sind."

- dieser Aufruf ist in diesen Jahren immer wieder in der Zeitschrift „Colloquium" zu lesen. Gemeint sind damit die inhaftierten oder vermißten Studierenden, Dozenten und Professoren.[84] In einem Brief bittet der damalige Cottbusser Kaplan und spätere Bischof von Meißen, Gerhard Schaffran, Studentenpfarrer Becker um Beistand für eine Leipziger Studentin, die aus politischen Gründen inhaftiert war.[85]

In sechs Punkten stellte der Verband der deutschen Studentenschaften auf einer Konferenz im April 1953 Forderungen an die FDJ zusammen, welche die damalige Lage an den Universitäten und Hochschulen in der DDR und somit auch die Situation der christlichen Studenten treffend charakterisieren: „Treten sie daher ein für: 1. Freiheit in Forschung und Lehre; 2. Abänderung der augenblicklich geltenden Zulassungsbestimmungen an den Universitäten und Hochschulen der sowjetischen Besatzungszone zugunsten einer Regelung, die den fachlich und charakterlich besten Bewerbern ein Hochschulstudium ermöglicht; 3. Abschaffung von politischen Pflichtvorlesungen und politischen Zwangsexamina; 4. Freie und geheime Studentenratswahlen; 5. Koalitionsfreiheit, Freiheit der Meinungsäußerung und das Recht auf uneingeschränkte politische Betätigung; 6. Freilassung sämtlicher aus politischen Gründen verurteilten, verhafteten und verschleppten Professoren, Assistenten und Studenten."[86]

1.3. Abwarten ohne Alternative - 1953 bis 1961

Die harte Konfrontation zwischen dem Staat und den Kirchen nahm in den Jahren 1953 bis 1961 zwar ab, doch erwies sich diese Tendenz nur als neue Taktik der SED-Führung. Dieser war klar geworden, daß sie es nicht schaffen würde, in nur wenigen Jahren die Liquidation der Kirchen durch totalitäre Gewaltakte erzwingen und die überwiegende Zahl der Christen für ihre Weltanschauung gewinnen zu können. Man versuchte deshalb, „ohne das strategische Ziel einer Eliminierung der Kirchen aus allen gesellschaftlichen Bereichen aus dem Auge zu verlieren,"[87] die Auseinandersetzungen von der Ebene der Kirchenleitungen auf die des einzelnen christlichen Bürgers zu verschieben.

1.3.1. Zum Verhältnis von Staat und Kirche

Die katholischen Bischöfe, die bei der Gestaltung ihrer Beziehungen zum Staat von der Voraussetzung ausgingen, daß es sich bei diesem lediglich um ein Provisorium handele, waren auch in der zweiten Hälfte der 50er Jahre nicht bereit, den SED-Staat auf irgendeine Art und Weise offiziell anzuerkennen oder eine Loyalitätserklärung

---

84 Vgl. z.B. COLLOQUIUM 10/52 S. 15.
85 Vgl. Schreiben von Schaffran an Becker vom 17.11. 1950. In: AKSGL.
86 In: COLLOQUIUM 8/53 S. 6.
87 MECHTENBERG 1985 S. 41.

gegenüber der DDR-Regierung abzugeben, weil die totalitäre Einflußnahme der marxistisch-leninistischen Weltanschauung, eines nicht selten militanten Atheismus, christliche Bürger in vielen Bereichen des gesellschaftlichen Lebens stark bedrängte. Insbesondere im Erziehungsbereich waren deshalb Dauerkonflikte programmiert, die letztlich aufgrund der weltanschaulichen Gegensätze nicht lösbar waren. Die christliche Religion wurde in den gesellschaftswissenschaftlichen Fächern an den Universitäten und Hochschulen als „Aberglauben" und „unwissenschaftlich" abgetan, sie galt als überholt und reaktionär.

Am 14. November 1954 rief ein „Zentraler Ausschuß für die Jugendweihe" dazu auf, junge Menschen sollten ungeachtet ihrer Weltanschauung an der Jugendweihe teilnehmen.[88] Im Dezember reagierten die Bischöfe mit Hirtenworten, in denen die Jugendweihe als für einen katholischen Christen niemals in Frage kommend und als Kursus für den Unglauben gewertet wurde.[89] Das Prinzip der Freiwilligkeit der Teilnahme an der Jugendweihe wurde in den folgenden Jahren in der Praxis immer mehr unterlaufen. Denn die Jugendweihe entwickelte sich zu einem entscheidenden Kriterium für die Delegierung zur Erweiterten Oberschule und damit für die Möglichkeit, das Abitur abzulegen und anschließend ein Studium aufzunehmen.

„Die Beteiligung an der Jugendweihe wurde objektiv zu einem Akt der Glaubensverleugnung, ihre Verweigerung zu einem Glaubensbekenntnis."[90] Neben den Schülern gerieten auch katholische Lehrer zunehmend unter Druck, sich aktiv an der Vorbereitung auf die Jugendweihe zu beteiligen.[91] Die anderen sozialistischen Ersatzriten - sozialistische Namensgebung, Eheschließung oder Trauerfeier - belasteten die Staat-Kirche-Beziehungen nicht, weil hier die Freiwilligkeit gewahrt wurde.[92] Bei der Jugendweihe war dies jedoch nicht der Fall, weil diese letztlich zu einem integrativen Bestandteil des Erziehungsprozesses in der Schule wurde.[93]

---

[88] Vgl. MASER 1992 S. 44.

[89] Vgl. LANGE u.a. 1992 S. 73-81.

[90] MECHTENBERG 1985 S. 44.

[91] Die katholischen Bischöfe nahmen in den folgenden Jahren immer wieder zur Jugendweihe Stellung. Vgl. z.B. Erklärung der Bischöfe und Bischöflichen Kommissare im Bereich der DDR vom 23.10. 1955. In: LANGE u.a. 1992 S. 88f.- Katholische Jugendliche nahmen in den ersten Jahren nur ganz vereinzelt an der Jugendweihe teil, in den 60er bis 80er Jahren mit steigender Tendenz. Diese faktische Situation sowie eine leicht veränderte Gelöbnisformel veranlaßte die Bischöfe nicht, ihren Standpunkt zur Jugendweihe zu modifizieren. Sie forderten jedoch eine differenzierte pastorale Behandlung. Die bis in die 60er Jahre gehandhabte Sanktionspraxis im Falle der Jugendweihe - zeitweiliger Ausschluß vom Sakramentenempfang - sollte durch eine andere geeignete Bewährung im Glauben ersetzt werden. Vgl. Stellungnahme der BOK vom 25.02. 1969. In: Ebd. S. 237f. sowie Pastoralbrief an die Priester von Kardinal Bengsch vom 03.03. 1972. In: Ebd. 249-253.

[92] Vgl. dazu RICHTER, K., 1984 S. 280-297.

[93] Vgl. FRAGE 5: *Haben Sie an der Jugendweihe teilgenommen?* Von den 145 Teilnehmern an der Befragung, die von 1961 an ihr Studium begonnen haben, nahmen nur 44 (30 %) an der Jugendweihe teil.- Begründet wurde die Teilnahme überwiegend damit, daß ansonsten ein Besuch der Erweiterten Oberschule nicht möglich gewesen wäre und man die Jugendweihe nur als formalen, schulischen Akt gesehen habe. Als Gründe für die Nichtteilnahme an der Jugendweihe wurden u.a. genannt: Teilnahme war „freiwillig", deshalb strikte Ablehnung (FB 6); Bekenntnis zum Staat unmöglich (FB 50); Glaube an Gott und Bekenntnis zum atheistischen Staat vor dem Gewissen nicht vereinbar (FB 88); die Jugendweihe war ein eindeutig ideologisches Bekenntnis (FB 278).

Die katholischen Bischöfe rekurrierten in ihren Eingaben und Hirtenworten immer wieder auf die den Kirchen in der Verfassung von 1949 zugestandenen Rechte.[94] Sie sprachen sich gegen die „Irrlehre" des dialektischen Materialismus wie auch gegen den praktischen Materialismus aus und forderten die Beendigung der Transformierung des Staatswesens in eine einheitliche Weltanschauungs- und Bekenntnisgemeinschaft. Viel beachtet wurde eine Predigt des Meißner Bischofs Otto Spülbeck auf dem Kölner Katholikentag 1956, in der er das Leben eines katholischen Christen in der DDR mit dem Leben in einem Haus verglich, „dessen Grundfesten wir nicht gebaut haben, dessen tragende Fundamente wir sogar für falsch halten ... Wir tragen gerne dazu bei, daß wir selbst in diesem Haus noch menschenwürdig und als Christen leben können."[95] Aus diesem Grunde müsse trotz der weltanschaulichen Gegensätze mit staatlichen Vertretern gesprochen werden.

Eine herausragende Bedeutung in diesem Zusammenhang kommt dem Memorandum der Bischöfe der BOK zur Situation des religiös-kirchlichen Lebens vom 4. Dezember 1957 zu.[96] Darin heißt es u.a.: „Der Atheismus als geistige Atmosphäre und der Atheismus als verpflichtende Richtlinie, insbesondere für das ganze Gebiet der Erziehung und Wissenschaft, muß sich für das religiöse Leben der kirchlichen Gemeinden, der christlichen Familien und der einzelnen Christen bedrückend auswirken."[97] Die Bischöfe setzten sich für eine unbeengte Entfaltung der Glaubens- und Gewissensfreiheit ein und forderten eine Reihe von Veränderungen im gesellschaftlichen Leben.[98]

Auf dieses Memorandum antwortete Grotewohl bereits am 14. Januar 1958. Er lehnte die von der BOK erhobenen Forderungen ab, da sie einer sorgfältigen Prüfung nicht standhalten würden.[99] In einem weiteren Schreiben der BOK vom 09.01. 1960 an Grotewohl[100] beschweren sich die Bischöfe insbesondere über die atheisti-

---

94 Vgl. Hirtenbrief der deutschen Bischöfe zur Fastenzeit vom 19.02. 1956. In: LANGE u. a. 1992 S. 90-95; Hirtenbrief des Bischofs von Berlin vom 13.04. 1956. In: Ebd. S. 96f; Hirtenwort der Bischöfe und Bischöflichen Kommissare der BOK vom 23.10. 1957. In: Ebd. S. 108-111; Schreiben der Mitglieder der BOK an Ministerpräsident Grotewohl vom 08.10. 1958. In : Ebd. S. 136-138; Fastenhirtenbriefe der Bischöfe und Bischöflichen Kommissare der BOK vom 08.02. 1959 und 20.01. 1960. In : Ebd. S. 136-138 sowie 163-168.

95 Vgl. ebd. S. 98-103.

96 Ebd. S. 115-120.

97 Ebd. S. 117f.

98 Dazu zählen: „1. Die vom Staat nicht behinderte, sondern z.T. sogar propagierte Diskriminierung der Religion und der Kirche muß aufgegeben werden. 2. An die Stelle des atheistischen Grundcharakters der schulischen Erziehung muß positive Toleranz treten. ... 3. Die Lehrerausbildung darf nicht von der atheistischen Philosophie beherrscht werden; ... 4. Der freiwillige Charakter der Jugendweihe muß sichergestellt sein. ... 5. Kirchliche Autoren müssen die Freiheit erhalten, bei wissenschaftlichen Auseinandersetzungen mit Vertretern des dialektischen und historischen Materialismus die gleichen publizistischen Möglichkeiten zu benutzen wie diese. 6. Der Kirche muß die Freiheit gegeben werden, Angriffe, gleich welcher Art, mit den Mitteln moderner Publizistik abzuwehren. 7. Jede berufliche Benachteiligung, die ihre Ursache in der aktiven Zugehörigkeit zur Kirche hat, muß aufhören." Ebd. S 119.

99 Vgl. Schreiben der BOK an Grotewohl, Vorsitzender des Ministerrates, vom 08.10. 1958. In: Ebd. S. 136-138.

100 Vgl. ebd. S. 157-162.

sche Grundtendenz des Gesetzes über die sozialistische Entwicklung des Schulwesens in der DDR vom Dezember 1959. In einer vierseitigen Aktennotiz wertete die staatliche Behörde dieses Beschwerdeschreiben als offenen Versuch der Vertreter des politischen Klerikalismus, die DDR durch Drohungen und verleumderische Behauptungen zu diffamieren.[101]

Der Erfolg oder Mißerfolg derartiger Schreiben an Regierungsstellen der DDR, in denen in diesen Jahren die Probleme der Christen in der Gesellschaft präzise beschrieben werden, kann nicht pauschal benannt, sondern muß in jedem einzelnen Fall einer Beurteilung unterzogen werden. Eine grundsätzliche Effizienz ist zum einen bei den staatlichen Behörden zu sehen, bei denen die angesprochenen Gravamina einen Diskussionsprozeß einleiteten, der aus den offiziellen schriftlichen Erwiderungen, die meist sehr knapp gehalten sind, nur selten deutlich wird. Zum anderen war es den einzelnen Christen möglich, bei Auseinandersetzungen mit staatlichen Stellen in Studium und Beruf auf die Stellung der katholischen Kirche zu bestimmten Fragen verweisen zu können.

Walter Ulbricht erklärte am 04.10. 1960 vor der Volkskammer: „Das Christentum und die humanistischen Ziele des Sozialismus sind keine Gegensätze."[102] Die evangelische Kirche stimme mit den humanistischen Zielen des Sozialismus überein, während die katholische Kirche noch immer unter dem Einfluß des politischen Klerikalismus stünde. Der Staat verfolgte nun das Ziel, die Kirchen und ihre Mitglieder in das gesellschaftliche System zu integrieren, sie für die Entwicklung der DDR im Sinne der SED nutzbar zu machen.[103]

1.3.2. Differenzierung anstelle von Liquidierung

In der zweiten Hälfte der 50er Jahre kam es zu einer stärkeren Kontrolle des universitären Prozesses insgesamt wie auch der einzelnen Studierenden.[104] Insbesondere

---

[101] Vgl. Aktennotiz vom 23.02. 1960. In: BAP O-4 359, 4 Bl.

[102] Nach MASER 1992 S. 59.

[103] Bereits am 2. Juni 1958 war es zu einem offiziellen Gespräch zwischen Ministerpräsident Grotewohl und Vertretern der evangelischen Kirchen gekommen, das in der Folge nicht ohne Auswirkungen auf die staatliche Kirchenpolitik geblieben ist. Vgl. dazu MECHTENBERG 1985 S. 54-61.- Auf dem V. Parteitag der SED 1958 wurden „Zehn Gebote der sozialistischen Moral" ausgerufen, die bewußt in Anlehnung an den biblischen Dekalog kreiert worden waren und den Christen die gemeinsamen humanistischen Grundanliegen mit den Marxisten-Leninisten aufzeigen sollten. Vgl. ebd. S. 49-51.

[104] Für Reisen ins westliche Ausland mußte mindestens vier Wochen vor Antritt der Reise ein Antrag schriftlich beim Prorektor der Universität oder Hochschule gestellt und während der Reise der Studentenausweis hinterlegt werden. „Bei Verstößen gegen die Bestimmungen dieser Anweisung ist den Betreffenden die Unterstützung der staatlichen Organe für die Durchführung des Studiums zu entziehen; dazu gehören: Entzug der Stipendien, Entzug der Studienerlaubnis auf begrenzte oder unbegrenzte Zeit." Anweisung des Staatssekretariats für Hochschulwesen über die Befürwortung von Reisen der Studierenden der Universitäten, Hoch- und Fachschulen in Mitgliedsstaaten der NATO vom 24. Mai 1957. In: BAP R-3 171 Bl. 63. DOKUMENT 22 S. 221.- Dadurch kam es bereits vor dem Bau der Berliner Mauer im Jahre 1961 zu einer großen Beeinträchtigung der überregionalen Zusammenarbeit der Studentengemeinden.

über die Prorektorate für Studienangelegenheiten wurde die Durchsetzung der sozialistischen Kaderpolitik unter den Studierenden forciert. „Zur Zeit geht es darum, zur sozialistischen Umwandlung der Universitäten und Hochschulen eine einheitliche Erzieherfront herzustellen und Partei, Lehrkörper und Jugendverband auf diese gemeinsamen Ziele zu orientieren,"[105] insbesondere hinsichtlich der politisch-ideologischen Erziehung.

Bereits Ende 1957 wurde vom ZK der SED, Abteilung Wissenschaft, ein Beschluß über die militärische Ausbildung der Studenten der Hoch- und Fachschulen gefaßt.[106] „Für die militärische Ausbildung sind wöchentlich ein Tag und am Ende des Studienjahres ein Lehrgang von vier Wochen vorgesehen."[107] Am Ende dieses Beschlusses heißt es: „Die Forderung nach militärischer Ausbildung soll in den Delegierten-Konferenzen der FDJ im Dezember von fortschrittlichen FDJ-Studenten gestellt werden."[108] Dieser Beschluß und die damit verbundene Praxis führten in der Folge bei christlichen Studenten zu Konflikten und zur Verstärkung der Fluchtwelle in die Bundesrepublik Deutschland.

Ende der 50er/Anfang der 60er Jahre wurden die Studentengemeinden nicht mehr öffentlich von staatlichen oder universitären Stellen als Institution angegriffen. Man konzentrierte sich vielmehr auf die einzelnen Studierenden und Studentenpfarrer und setzte auf partielle Integration oder punktuelle administrative Maßnahmen.[109] Exmatrikulationen wurden nicht mehr offiziell mit Aktivitäten in der Studentengemeinde begründet. In einer Aktennotiz des Staatssekretariats für das Hochschulwesen aus dem Jahre 1958 wird zum Problem der „Ausschlüsse vom Studium aufgrund der Zugehörigkeit zur ‚Studentengemeinde'" Stellung genommen. Darin legte man fest, „solche Ausschlüsse nicht auf die Argumente der Zugehörigkeit zur ‚Studentengemeinde' aufzubauen, sondern exakt den Nachweis zu führen, in welchen Fragen die betr. Studierenden gegen das Statut der Hochschule, die Disziplinarordnung und die Forderungen an den sozialistischen Studenten verstossen haben."[110]

---

[105] Bericht über die politisch-operative Arbeit des Prorektorats für Studienangelegenheiten der Universität Rostock vom 01.11. 1957. In: BAP R-3 2957, 7 Bl.

[106] Vgl. Aktenvermerk über eine Sitzung in der Abteilung Wissenschaft des ZK der SED am 29.10. 1957. BAP R-3 171, 3 Bl.- Begonnen werden sollte mit der militärischen Ausbildung am 1. Januar 1958 zunächst an der Deutschen Hochschule für Körperkultur Leipzig. Im September dieses Jahres sollten dann u.a. die Institute für Körpererziehung der Universitäten, die Juristischen Fakultäten und die Fakultäten für Journalistik folgen, nach Ausbau der Kapazitäten auch alle anderen Fakultäten.

[107] Ebd. Bl. 1.

[108] Ebd. Bl. 3.- Diese Vorgehensweise, über Studenten das administrative Eingreifen des ZK der SED in das Hochschulwesen zu vertuschen, ist ein Beispiel für diktatorische und pseudodemokratische Prozesse im Hochschulwesen der DDR.

[109] Auch in diesem Zeitraum kam es zu Verhaftungen. Eines der bekanntesten Opfer ist der evangelische Studentenpfarrer Schmutzler aus Leipzig, der im April 1957 verhaftet wurde und bis 1961 in Haft war. Vgl. SCHMUTZLER 1992.

[110] Aktennotiz des Staatssekretariats für das Hochschulwesen vom Juni 1958. In: BAP R-3 2957, 1 Bl.

In einem als „streng vertraulich" deklarierten 21-seitigen Papier aus dem Staatssekretariat für das Hochschulwesen mit dem Titel „Erläuterungen zum Verbot der Betätigung in der Studentengemeinde"[111] war noch im Januar 1958 dafür plädiert worden, daß ein Verbot der Tätigkeit für alle Angehörigen der Universitäten, Hoch- und Fachschulen in der Studentengemeinde bzw. unter der Anleitung eines Studentenpfarrers u.a. deshalb auszusprechen sei, weil die Studentengemeinden in den staatlichen Bereich des Hochschulwesens eingreifen würden, was im Widerspruch zum Verfassungsgrundsatz der Trennung von Staat und Kirche stünde. Die evangelische und die katholische Kirche hätten in der Zeit des Hitlerfaschismus Studentengemeinden gebildet. „Weil diese Einrichtung im Kampf gegen den Hitlerfaschismus entstanden war, wurde ihre Existenz nach der Zerschlagung Hitlerdeutschlands von der Sowjetischen Militär-Administration in Deutschland (SMAD) nicht angetastet ..."[112] Mit dem Aufbau des Sozialismus in der DDR hätten Einrichtungen wie Studentengemeinden und Studentenpfarrer ihre Berechtigung verloren.[113]

Der Zentralrat der FDJ setzte sich Anfang 1961 für die von der SED ausgegebene neue Taktik ein, jeden einzelnen Christen „für den Kampf zur Sicherung des Friedens in Deutschland, für die Vollendung des Sieges des Sozialismus in der DDR"[114] zu gewinnen und nahm den Vorwurf gegenüber den kirchlichen Jugend- und Studentengruppen zurück, es handle sich bei diesen um vom Klassenfeind gesteuerte Organisationen.[115] Zu den evangelischen Studentengemeinden wird ausgeführt, daß mit der bisherigen unfruchtbaren Politik einer völligen Ignorierung Schluß zu machen und die politische Differenzierung bewußt und zielstrebig voranzutreiben sei.[116] „Die ‚KSG' spielt hinsichtlich der Zahl ihrer Glieder eine geringere Rolle, ist jedoch im Inhalt ihrer Arbeit ernst zu nehmen. Sie wird stärker als die ‚ESG' von reaktionären Gremien des politischen Klerikalismus in Westdeutschland beeinflußt und arbeitet in der DDR vorwiegend konspirativ. Es ist dementsprechend ein untragbarer Zustand, daß der Arbeit der ‚KSG' in den vergangenen

---

[111] Vgl. BAP R-3 285 Bl. 2-22 sowie ZPA IV 2/9.04/581 Bl. 91-111. DOKUMENT 23 S. 222-239.

[112] Ebd. S. 222.

[113] Ebd. S. 330.- Die in diesem umfangreichen Papier zusammengefaßten Vorwürfe und Anschuldigungen, die primär an die Adresse der evangelischen Studentengemeinden gerichtet waren, aber in den meisten Punkten auch den katholischen Studentengemeinden galten, dienten allein dem Ziel, die Studentengemeinden zu desavouieren und ihnen ihre Existenzberechtigung abzusprechen.

[114] Zu einigen Problemen der Arbeit unter der religiös gebundenen Jugend. Berlin, den 14.02. 1961. In: JA IZJ A 7.399, 12 Bl., hier Bl. 1. DOKUMENT 24 S. 240-250.- Bereits 1961 stellte man fest: „Es gibt auch Anzeichen, daß sich Jugendliche aus Opposition zum Arbeiter-und-Bauern-Staat, begünstigt durch Nichtbeachtung ihrer Interessen usw., auf die Seite der Kirche stellen, ohne zu ihr eine enge Bindung zu haben." Ebd. S. 241.

[115] „Die evangelische ‚Junge Gemeinde', die ‚katholische Pfarrjugend', die ‚Evangelische Studentengemeinde' und die ‚Katholische Studentengemeinde' sind keine Organisationen. Sie sind die lose Zusammenfassung von religiös gebundenen Jugendlichen der Kirchgemeinde eines Ortes bzw. von religiös gebundenen Studenten." Ebd. S. 244.

[116] Ebd. S. 248.

Jahren keine Aufmerksamkeit geschenkt wurde und keinerlei Informationen vorliegen."[117] Der gemeinsame Feind der Christen und der Atheisten sei der westdeutsche Militarismus.[118] Dieser werde vom „politischen Klerikalismus" in Westdeutschland, vor dem es auch die Christen in der DDR zu schützen gelte, unterstützt.[119]

1.3.3. Die CDU und die Studentengemeinden

Die CDU konnte in der SBZ nur bis Ende der 40er Jahre eine relativ eigenständige Politik betreiben. Diese Einschätzung trifft auch auf die CDU-Hochschulgruppen zu.[120] Die CDU-Hochschulgruppe an der Universität Leipzig trat am 18.06. 1948 mit einer Resolution an die Öffentlichkeit. Darin setzte sie sich für eine demokratische Universität als „Stätte unbestechlicher Wahrheitssuche" ein. Der akademische Ernst schließe aus, so wird betont, daß die Hochschule zur „Arena des politischen Tageskampfes" werde. Unter Berufung auf die sächsische Verfassung forderte man ein gleiches Recht auf Bildung für alle und deshalb die Rücknahme der Immatrikulationsbestimmungen für das Wintersemester 1948/49.[121]

Nach der Transformierung der CDU zur Partei ohne eigenes Profil in der Gefolgschaft der SED in den Jahren 1948 bis 1952 wird Anfang 1953 in einer Publikation der CDU zum „Problem Studentengemeinden" betont, diese stünden katholischerseits in der keineswegs ausschließlich guten Tradition der vielen Korporationen.[122] Als vordringliche Aufgabe wurde es deshalb angesehen, die Mitglieder der Studentengemeinden zur aktiven politischen Tätigkeit innerhalb der CDU und

---

[117] Ebd. S. 250.- Diese Feststellung gilt es jedoch zu differenzieren. Informationsdefizite hatte offensichtlich nur die FDJ. Im Staatssekretariat für Kirchenfragen lagen dagegen am 30.06. 1959 Zahlen vor. Für die evangelischen Studentengemeinden werden 2635 Mitglieder in 25 Gruppen und für die katholischen Studentengemeinden 706 Mitglieder in 16 Gruppen angegeben. Vgl. Einschätzung der Aktivität der Kirche unter der Jugend. In: BAP O-4 359, 7 Bl., hier Bl. 1..

[118] In: JA IZJ A 7.399 Bl. 2. DOKUMENT 24 S. 241.

[119] Vgl. dazu SCHLOSSER 1970 S. 100-130.

[120] Die Gründung einer CDU-Hochschulgruppe an der Jenaer Universität im Herbst 1945 wird als Geburtsstunde des Ringes Christlich-Demokratischer Studenten (RCDS) angesehen, der sich als Bundesverband im Februar 1951 in Marburg konstituierte. Vgl. WEBERLING 1990 S. 19. Weberling beschreibt ausführlich die Entwicklung der CDU-Hochschulgruppen an den einzelnen Universitäten in der SBZ/DDR. Ebd. S. 17-47.

[121] Vgl. UAL Rektorat 175 Bl. 17f.

[122] Vgl. Zum Problem Studentengemeinden. In: Union teilt mit 1/1953 S. 13f., hier S. 13.- Vgl. auch mit „Vertraulich!" gezeichnete Information der Parteileitung der CDU - gezeichnet von G. Wirth - zum Thema „Junge Gemeinde" vom 26.03. 1953, in der es unter 5. heißt: „Es kann deshalb überhaupt keine Diskussion in den Parteiorganisationen darüber geben, wie sich die Christlich-Demokratische Union zu den Jungen Gemeinden verhält. Sie verhält sich so, wie es ihr als Regierungspartei einerseits und als Partei, die die christlichen Forderungen und Verpflichtungen Ernst nimmt und für die gegenwärtige Situation des entscheidenden Kampfes um den Frieden praktiziert, geziemt, d.h. sie wird alle staatsfeindliche Tätigkeit von Pfarrern und bestimmten kirchlichen Gruppen, beispielsweise der Jungen Gemeinde verurteilen, den prinzipiellen ideologischen Standpunkt der fortschrittlichen Christen vertreten und sich den gesetzlichen Maßnahmen der demokratischen Staatsmacht anschließen und ihre Verwirklichung unterstützen." In: JA IZJ A 11.891 Bl. 73-75, hier Bl. 74.

der FDJ zu bewegen.[123] Der mit der Transformierung der CDU zur Blockpartei einhergehende massive Mitgliederschwund Anfang der 50er Jahre kann als Indiz für den Verlust an Glaubwürdigkeit der CDU bei ihren Anhängern angesehen werden. Diese Entwicklung erklärt auch die grundsätzliche Distanz der katholischen Studentengemeinden sowie der großen Mehrheit der Christen und der Bischöfe zur CDU in der DDR bis 1989.[124]

Auf dem 6. Parteitag im Oktober 1952 legte sich die Ost-CDU definitiv auf die Linie der SED fest und erkannte deren führende Rolle vorbehaltlos an. Für die Universitäten und Hochschulen wurde in Auswertung dieses Parteitages ein Aufgabenkatalog erarbeitet. Darin heißt es u.a., daß im Hochschulwesen Maßnahmen durchzuführen seien, durch die die Position der christlichen Studenten genau bestimmt und deren aktive Beteiligung am Aufbau des Sozialismus gewährleistet werden könne. Deshalb müßten insbesondere mit den Studentenpfarrern und den Vertrauensstudenten der Studentengemeinden Diskussionen geführt werden, „um ihre Argumente zu hören, sie entweder zu zerstreuen oder zu entlarven"[125]. Diese seien aus falschen Vorurteilen zu befreien und vor der Auslieferung an schädliche Theorien zu schützen. Außerdem wurde beschlossen, an den Universitäten und Hochschulen auf Vollversammlungen der Studierenden gemeinsam mit Vertretern der SED vorher genau abgesprochene Erklärungen abzugeben.[126]

Von Anfang der 50er Jahre an bis 1989 wurde die Hochschul- und Wissenschaftspolitik der SED von der CDU mitgetragen.[127] Es steht weiterhin außer Zweifel, daß insbesondere hauptamtliche CDU-Funktionäre der SED oder dem MfS „Amtshil-

---

[123] In einem Schreiben der CDU-Hochschulgruppe an die Delegiertenkonferenz der FDJ-Hochschulgruppe an der Leipziger Universität wird auf Defizite in der geistigen Auseinandersetzung mit den konfessionellen Studentengemeinden verwiesen und gefordert: „Nur in offener und kameradschaftlicher Diskussion, nicht durch den Versuch, das gesamte Problem durch Einzelmaßnahmen zu lösen, wird es uns gelingen, die große Mehrheit dieses Teiles unserer Studenten zu aktiven Erbauern einer sozialistischen Gesellschaft und echten Patrioten zu erziehen." Schreiben vom 31.01. 1953. In: JA IZJ A 3661/I.

[124] „Die CDU war ... in bezug auf die Kirchen zu einem Informationsbeschaffungs- und Beeinflussungsinstrument der SED und des MfS degeneriert" - so das Fazit des Historikers Michael Richter hinsichtlich der Entwicklung der CDU in der DDR in den Jahren 1948 bis 1952. RICHTER, M., 1991 S. 329.

[125] Aufgaben auf dem Gebiete des Hochschulwesens. In: BAP R-3 2720, 6 Bl., hier Bl. 1. DOKUMENT 25 S. 251-255.

[126] Vgl. ebd. S. 254.

[127] In einem Schulungsheft der CDU wird betont: „Der Sozialismus befreit die Wissenschaft nicht nur aus den vielfältigen Sklavenrollen, die sie in den auf Privateigentum an den Produktionsmitteln beruhenden Gesellschaftsordnungen zu spielen hatte. Er führt sie zu ihrem eigentlichen Wesen, nämlich an der gesellschaftlichen Veränderung der Welt im Interesse aller Menschen mitzuwirken." In: Die DDR - Land blühender Wissenschaft und Kultur. Hrsg. vom Sekretariat des Hauptvorstandes der CDU, o. O. 1978 S.3; vgl. dazu weiter: Die Wissenschaft zum Dienst am Menschen nutzen. Hrsg. vom Sekretariat des Hauptvorstandes der CDU, o. O. 1974; Für die sozialistische Erziehung. Berlin (Ost) 1958 sowie Christliche Demokraten in der Mitverantwortung für unser sozialistisches Bildungssystem. Berlin (Ost) 1979.

fe" geleistet haben[128] - die Bereitschaft dazu wurde auch in zahlreichen Glückwunschschreiben der verschiedenen CDU-Gremien an das MfS zu dessen Gründungstagsfeierlichkeiten immer wieder bekundet.[129] Bis Ende der 80er Jahre sind derartige Aktivitäten nachweisbar. Auf das Katholikentreffen 1987 in Dresden, zu dem sich Katholiken aus allen ostdeutschen Jurisdiktionsbezirken versammelten, bereitete sich der CDU-Bezirksverband Dresden intensiv vor. Dies geht aus Duplikaten von Schriftstücken der CDU hervor, die im Zentralen SED-Archiv in Berlin abgelegt worden sind. Katholische CDU-Mitglieder in der ganzen DDR wurden dazu aufgefordert, sich als Delegierte für das interne Katholikentreffen zu bewerben, um dort im Sinne des SED-Staates auftreten und über diese Veranstaltungen Bericht erstatten zu können.[130]

1.3.4. Von der KDSE und aus den Studentengemeinden

Von herausragender Bedeutung in der Arbeit der KDSE waren wiederum die jährlichen katholischen Studententage, so z.B. im Jahre 1954 in Fulda und 1958 in Berlin. Das Thema des 54er Treffens lautete: „Unsere Stellung zur Demokratie."[131] Verschiedene Berichte und Analysen der Hauptverwaltung der Volkspolizei der DDR veranschaulichen den immensen Aufwand, den staatliche und universitäre Stellen

---

[128] Vgl. z.B. diverse Schreiben aus den 50er Jahren von Günter Wirth, Sekretär des Hauptvorstandes der CDU, an das Staatssekretariat für das Hochschulwesen, in denen dieser über Anschauungen und Einstellungen kirchlicher Mitarbeiter sowie von Dozenten und Professoren Theologischer Fakultäten berichtet. Vgl. BAP R-3 2957.- In einer Anlage zu einem Bericht über eine Tagung von CDU-Hochschulgruppenfunktionären im Januar 1953 heißt es unter der Überschrift „Unser Verhältnis zu den Studentengemeinden" u.a., die CDU-Hochschulgruppen hätten die Aufgabe, am aktiven Kampf um Frieden und Einheit unter der Führung der Partei der Arbeiterklasse teilzunehmen sowie die SED über die kirchliche Lage und die verschiedenen christlichen Strömungen zu orientieren. Vgl. Bericht über den zentralen Kurzlehrgang für CDU-Hochschulgruppen-Funktionäre vom 08.-11.01. 1953 in Berlin. In: JA IZJ A 3659, 8 S. mit 2 S. Anlage, hier Anlage S. 1.

[129] Vgl. RICHTER, M.: Christliche Offiziere. CDU-Mitglieder in Leitungsfunktionen. In: Kirche im Sozialismus 1/1988 S. 22-24, hier S. 23.

[130] „Seit November 1986 haben die Bezirkssekretariate der CDU Teilnehmer für das Katholikentreffen gewonnen und diese für ein staatsbewußtes Auftreten in den Arbeitsgruppen vorbereitet. Unsere Freunde wurden ermuntert und mit spezifischen Argumenten versehen, um Grundfragen der auf Frieden, Sicherheit, soziale Gerechtigkeit und verantwortlichem Umgang mit der Umwelt gerichteten Politik unseres Staates unter Berücksichtigung der innerkirchlichen Situation offensiv zu vertreten." Information über die politische Unterstützung der am Katholikentreffen teilnehmenden Unionsfreunde vom 04.07. 1987. In: ZPA IV B2/14/162 Bl. 105-107, hier Bl. 105.- Vgl. außerdem: Konzeption für den politischen Dienst von Einsatzkräften des Bezirksverbandes der CDU zum Katholikentreffen vom 15.06. 1987. In: Ebd. Bl. 96-98.

[131] Vgl. SCHLÖMER 1954 S. 6.- Nach Ausführungen zu den verschiedenen Denominationen der Demokratie, die überwiegend vom westlichen Diskussionszusammenhang geprägt waren und immer wieder die Freiheit - und nicht die Macht - als Grundkategorie der Demokratie benannten, wurde auch Kritik an der Einstellung vieler Christen und deren mangelndem Engagement in Politik und Gesellschaft laut. Bundestagsvizepräsident Jäger sah in den Ereignissen der deutschen Geschichte in der ersten Hälfte des 20. Jahrhunderts auch eine Mitschuld eines zu sehr verbürgerlichten Christentums. Walter Dirks bezeichnete das Verhalten vieler Christen, die sich nur noch um ihr eigenes Wohl kümmerten und das Gemeinwohl völlig aus den Augen verloren hätten, als „Fahnenflucht". Vgl. ebd.

betrieben haben, um einerseits die Teilnahme katholischer Studierender aus der DDR am 16. Katholischen Studententag im August 1958 in Berlin zu verhindern und um andererseits möglichst umfassende Informationen über Verlauf und Inhalt der Veranstaltungen zu erhalten. Man ging davon aus, daß trotz verschiedener Veranstaltungen von Massenorganisationen in der DDR in diesem Zeitraum, die katholische Studierende an ihren Heimatort binden sollten, sowie verstärkter Kontrollen in der Reichsbahn, bei denen eine große Zahl katholischer Studierender an der Weiterreise nach Berlin gehindert wurde, rund 200 Mitglieder aus katholischen Studentengemeinden in der DDR an diesem Studententag teilgenommen haben.[132]

In einem Schreiben der Hauptverwaltung der Volkspolizei an die Bezirksbehörden über den Studententag 1958 heißt es: „Das Treffen der katholischen Studenten hatte das Ziel, die Studenten für eine weltanschauliche Auseinandersetzung zu aktivieren. Man versuchte, die Studenten theoretisch zu schulen und für eine ideologische Diversionstätigkeit in der DDR zu beeinflussen. Die Sicherungsmaßnahmen der katholischen Kirche während der Veranstaltungen lassen darauf schließen, daß es hinter den Kulissen Aussprachen gab, die nicht offiziell bekannt werden durften."[133] Die katholische Kirche handle dabei aus der Erkenntnis, daß „die Erziehung der Menschen zum sozialistischen Bewußtsein das Hauptkettenglied in der jetzigen Periode ist."[134] Deshalb versuche sie, diese Entwicklung durch ihre bürgerliche Theorie zu paralysieren. In den Unterlagen des Ministeriums des Innern befinden sich des weiteren detaillierte Einschätzungen zu einzelnen Veranstaltungen des Studententages, die auf ähnliche Weise den katholischen Studierenden oppositionelle Bestrebungen unterstellen, sowie Schlußfolgerungen für die Arbeit an den Universitäten und Hochschulen mit dem Ziel, durch politische Massenarbeit eine Verbesserung des Einflusses der sozialistischen Ideologie zu erreichen.[135]

In den Studentengemeinden wurde in der zweiten Hälfte der 50er Jahre damit begonnen, Satzungen und Statute zu erarbeiten. In der „Satzung der Katholischen Studentenseelsorge Leipzig" vom 01.06. 1958 heißt es, die Studentengemeinde habe „die zu ihr gehörenden Studenten der Leipziger Hoch- und Fachschulen in der ihnen eigenen Weise kirchlich zu beheimaten und für sie religiös Sorge zu tragen."[136]

---

[132] Diese Schätzung liegt wahrscheinlich weit unter der wirklichen Zahl der Teilnehmer aus der DDR. Der Leipziger Studentenpfarrer Becker gibt in einem Schreiben an das Bischöfliche Ordinariat in Bautzen, in dem er um finanzielle Unterstützung für den Studententag bittet, die Teilnehmerzahl der Leipziger KSG bereits mit 86 an. Vgl. Schreiben von Becker vom 16.07. 1954. In: ABODM 32.109.

[133] Schreiben der Hauptverwaltung der Volkspolizei Berlin (Ost) an die Bezirksbehörden vom 24.09. 1958. In: BAP 11 835 Bl. 122. DOKUMENT 26 S. 256.

[134] Einschätzung des 12. Katholischen Studententages in Berlin vom 10.-13. August 1958 in der Kongreßhalle (W-Berlin) vom 13. August 1958 durch das Staatssekretariat für Kirchenfragen. In: Ebd. Bl. 130-132a, hier Bl. 131. DOKUMENT 27 S. 257-260.- Vgl. außerdem einen Bericht vom 29.08. 1958. In: Ebd. Bl. 124-129.

[135] Vgl. Aktennotiz vom 12.08. 1958. In: Ebd. Bl. 133-138.

[136] Satzung der KSG Leipzig vom 01.06. 1958. In: AKSGL. DOKUMENT 28 S. 261.- Vgl. auch die weitgehend identische Satzung der KSG Dresden vom 01.01. 1959. In: AKSGD.

Es wird nicht mehr von der Studentengemeinde an einer Universität oder Hochschule gesprochen, sondern von Studentenseelsorge in einer bestimmten Stadt.[137] Verweise auf die christliche Weltverantwortung der Studierenden wurden in den Satzungen vermieden, um diese jederzeit auf Ersuchen der Universitätsbehörden vorlegen und damit nachweisen zu können, daß die Studentengemeinden keine „verbotenen" Organisationen, sondern kirchliche Gemeinden sind.[138] In Dresden, das per Dekret vom 20.05. 1954 wieder einen hauptamtlichen Studentenseelsorger bekommen hatte, wurde in den 50er Jahren die „Hochschülerseelsorge" zunächst auch auf die Akademiker bezogen.[139]

In einer Dienstanweisung für die Hochschul-Seelsorge des Bistums Meißen aus dem Jahre 1954 wird die Ausgangsbasis für die Studentenseelsorge in dieser Zeit treffend beschrieben: „Der graduelle Abstand der heutigen Hochschulen von den Universitäten und Techn. Hochschulen vor 1933 in lehrzielmäßiger, methodischer und personeller Hinsicht erfordert heute eine Hochschulseelsorge, die wesentliche Züge mit der Jugendseelsorge im Allgemeinen gemeinsam hat. Sie muß darauf Rücksicht nehmen, daß 1. der Begriff der akademischen Freiheit verlorengegangen ist und der Student ein einfacher Lernender im Maßstab früherer Mittelschulen ist; 2. die akademischen Sitten und Gebräuche nahezu unbekannt sind; 3. die universale Allgemeinbildung zugunsten der Fachausbildung preisgegeben worden ist; 4. die ideologischen Einwirkungen die Studenten zu Kompromissen veranlassen, die die Gewissen irritieren."[140] Aufgrund dieser defizitären universitären Konditionen könne sich Hochschulseelsorge nicht auf einige wenige Veranstaltungen wie akademische Gottesdienste und Bonifatius-Zirkel beschränken, sondern diese erfordere vielmehr eine umfassende seelsorgliche Betreuung der Studierenden.[141] In einem Entwurf für eine Bischöfliche Anweisung aus dem Jahre 1956 wird ein dreifaches Ziel für die Studentenseelsorge angegeben: „a) Sie erstrebt die wissenschaftlich durchgebildete, bewußt römisch-katholische Persönlichkeit; b) sie repräsentiert die römisch-katholische Kirche im geistigen Leben der Hoch- und Fachschulen; c) sie

[137] Die Aushänge der KSG Leipzig waren dennoch bis Ende 1959 überschrieben: Katholische Studentengemeinde an der Universität Leipzig. Vgl. AKSGL.

[138] Vgl. Schreiben von Becker an das Bischöfliche Ordinariat in Bautzen vom 02.10. 1955. In: ABODM 32.109.

[139] Vgl. Dekret über die Hochschülerseelsorge vom 20. Mai 1954. 2 S., hier S. 1. In: AKSGD. DOKUMENT 29 S. 262-263.- Der Leipziger Studentenpfarrer Becker befürwortete dagegen eine Trennung von Studenten- und Akademikerseelsorge, weil Studierende einen besonderen Stand in der Kirche ausmachten und die Akademiker in ihre Pfarrgemeinde gehörten, in der sie wohnen. Vgl. Schreiben Beckers vom 02.10. 1955 an das Bischöfliche Ordinariat in Bautzen. In: ABODM 32.109.

[140] Dienstanweisung für die Hochschul-Seelsorge des Bistums Meißen vom 29.01. 1954. In: Ebd. DOKUMENT 30 S. 264-265.

[141] Zu den besonderen Obliegenheiten des Studentenseelsorgers wurden deshalb gezählt: „1. akademische Gottesdienste; 2. Beichtgelegenheit; 3. Einkehrtage und Exerzitien; 4. Seelsorgl. Einzelberatung; 5. Religionsvorlesungen und Glaubensstunden; 6. Caritative Betreuung, 7. Zirkeltätigkeit: a. akad. Bonifatiuseinigung, b. akad. Vinzenzkonferenz, c. akad. Bibelkreis; d. akad. Aussprachekreis, e. akad. Singekreis; 8. religions- und kunstgeschichtliche Fahrten und Führungen; 9. Wallfahrten; 10. Werkwochen." Ebd. S. 264.

sorgt für die Orientierung der bischöflichen Behörde über wichtige geistige Probleme des studentischen Raumes."[142]

Im Wintersemester 1957 nahmen in Dresden rund 250 Studierende an den Veranstaltungen der KSG teil, durchschnittlich 130 am wöchentlichen Vortragsabend.[143] Für das Patronatsfest der KSG Leipzig im Jahre 1960 wurden eine interne sowie eine für Aushänge geeignete Einladung konzipiert, in der weder ein Forumsgespräch noch ein „Bunter Abend" oder der „Festliche Ausklang" Erwähnung finden.[144] In Halle hatten die Gemeindemitglieder die Möglichkeit, in der Regel semesterweise in den Räumen der KSG zu wohnen. Außerdem bekam diese Studentengemeinde durch den sog. Sprachenkurs, in dem sich Abiturienten auf das Theologiestudium in Erfurt vorbereiteten, und die Mitarbeit der Kursteilnehmer in der Studentengemeinde eine spezifische Prägung.[145] Die 1953 gegründete KSG Magdeburg stellte das Studienjahr 1960/61 unter das Rahmenthema „Katholische Soziallehre".[146] Zu den Hauptvorträgen der KSG Rostock kamen in den 50er Jahren 30 bis 50 Studierende.[147]

An der Basis kam es immer wieder zu Versuchen, den Aktionsradius der Studentengemeinden einzuengen. Propst Pfeiffer wurde am 31. März 1958 auf das Leipziger Volkspolizei-Kreisamt mit der Begründung vorgeladen, die Studentengemeinde habe die Verordnung über die Meldepflicht von Veranstaltungen nicht eingehalten. Am 25. März sei ein Vortrag über Ergebnisse der Virusforschung gehalten worden. Dieser hätte der Meldepflicht unterlegen, weil er nicht religiösen Inhalts gewesen sei. In einem Schreiben an das Volkspolizei-Kreisamt vom 31.03. 1958 teilte der Propst mit, daß der Vortrag über die Virusforschung nicht stattgefunden hätte, stattdessen ein Vortrag über den Marienwallfahrtsort Lourdes.[148]

---

142 Entwurf für eine Bischöfliche Anweisung für die Studentenseelsorge aus dem Jahre 1956. In: ABODM 32.109, 2 S., hier S. 1.

143 Vgl. Schreiben des Dresdner Studentenpfarrers Baum an das Bischöfliche Ordinariat in Bautzen o.D. In: Ebd.- Auf die Vortragsprogramme wurde an 20 kirchlichen Lokalitäten in der Stadt per Aushang verwiesen. Vgl.: Programm der KSG Dresden vom November 1955. In: AKSGD. DOKUMENT 31 S. 266.

144 Vgl. Programm des Patronatsfestes der KSG Leipzig vom 29.-31.10. 1960. In: AKSGL. DOKUMENT 32 S. 267.- Außerdem: Programm der KSG Leipzig vom Oktober 1958. In: Ebd. DOKUMENT 33 S. 268.

145 Vgl. Aufzeichnungen des ehemaligen Hallenser Studentenpfarrers Adolf Brockhoff, 4 Bl. In: AKSGH.- Danach haben zwischen 1954 und 1963 ca. 700 Studenten in Halle die Studentengemeinde besucht. Am wöchentlichen Hauptkreis nahmen durchschnittlich 120-140, an der Mittwochabendmesse 130-150 Studierende teil. Außerdem geben diese Aufzeichnungen einen Überblick über die Vielfalt der Veranstaltungsformen - Arbeitskreise, Studienwochen, Schriftkreise, Glaubensschule und das Kulturprogramm - und deren Themen.- Vgl. auch BROCKHOFF 1989.

146 Vgl. Programm der KSG Magdeburg 1960/61, 3 Bl. In: ASTR.- Eduard Quiter, der von 1954 bis 1962 Studentenpfarrer in Magdeburg war, fertigte ausführliche Statistiken über diese Zeit an, die er dem Verfasser freundlicherweise zur Verfügung stellte. Danach besuchten in diesem Zeitraum etwa 360 namentlich erfaßte Studierende regelmäßig oder einigermaßen regelmäßig die Veranstaltungen der KSG Magdeburg, 100 nur gelegentlich.

147 Vgl. Chronik der KSG Rostock S. 14. In: AKSGR.- „Gegen Ende der fünfziger Jahre stellte man fest, daß die Zahl der Studenten geisteswissenschaftlicher Fächer ständig abnahm. Vielmehr dominierten unter den Studierenden die Vertreter der technischen und medizinischen Fachrichtungen. So waren unter den 19 Neuimmatrikulierten des Jahrganges 1961 zwölf Medizinstudenten." Ebd. S. 17.

148 Schreiben von Pfeiffer an das Volkspolizei-Kreisamt Leipzig vom 31.03. 1958. In: ABODM 32.109, 2 Bl., hier Bl. 1.

Pfeiffer äußerte darin die Meinung, daß das geplante Thema nicht der Meldepflicht unterliegen würde, weil Erwachsenenbildung zur religiösen Bildungsarbeit der Kirche zu rechnen sei. Dennoch teilte er dem Volkspolizei-Kreisamt mit: „Ich habe mit Herrn Studentenpfarrer Dr. Becker vereinbart, daß die Themen in der Ankündigung der Studentengemeinde künftig in jedem Fall den religiösen Charakter des Vortrages erkennen lassen."[149] Diese Feststellung verweist auf die Tatsache, daß die Auswahl der Titel für die Vortragsabende und Arbeitskreise in den Studentengemeinden mitunter recht „flexibel" gehandhabt wurde, um möglichen staatlichen Eingriffen vorzubeugen, und diese deshalb nur bedingt eine Aussage über die Themenvielfalt der Vorträge und Arbeitskreise geben können.

1.4. Kirchliche Gemeinschaft

Im Zentrum des Lebens der Studentengemeinden stand in den Jahren 1945 bis 1961 die gemeinsame Meßfeier. Aufgrund der massiven ideologischen Indoktrinierung des universitären Prozesses sowie der Beibehaltung des durch die Nationalsozialisten ausgesprochenen Verbots von katholischen studentischen Vereinen und Korporationen stellten sich für die Studentengemeinden, die sich zu keiner Zeit als Organisation oder Verein, sondern als kirchliche Gemeinschaft verstanden, vielfältige Aufgaben, die weit über bloße seelsorgliche Betreuung hinausgingen. Dazu zählen insbesondere die geistige Auseinandersetzung mit dem Dialektischen und Historischen Materialismus, eine allgemeine Bildungsarbeit sowie soziale Arbeit.

Standen in den 40er Jahren grundlegende Lebens- und Sinnfragen im Mittelpunkt der Semesterprogramme, so waren es in den 50er Jahren Grundfragen der Philosophie, ausgelöst durch die Zweite Hochschulreform und die Einführung des Marxismus-Leninismus als Pflichtfach für alle Studienrichtungen, der mit einer Flut von antireligiöser und militant atheistischer Literatur propagiert wurde. Bücherspenden aus der Bundesrepublik, die dem Aufbau von Bibliotheken in den Studentengemeinden dienten, sowie katholische Studententage, Begegnungstreffen mit westdeutschen Studentengemeinden und regionale Bildungsveranstaltungen erwiesen sich als Basis notwendiger geistiger Auseinandersetzungen.[150]

---

[149] Ebd.

[150] In einem Schreiben an den Vorsitzenden der Studentenpfarrerkonferenz der Region Ost, Pater Retzek SJ, Jena, spricht der Vorsitzende der BOK, Kardinal Döpfner, von drei grundlegenden Zielsetzungen der Arbeit in den Studentengemeinden: „1. Die katholischen Studierenden in den Jahren ihrer Ausbildung zu einer lebendigen Gemeinschaft zusammenzuführen, die ihnen in der Kirche Heimat bedeutet und sie gleichzeitig für das Leben in einer weithin glaubensfeindlichen Umwelt stärkt; 2. ihnen nach bester Möglichkeit durch vertiefte Einführung in die philosophischen Grundfragen, der katholischen Glaubenslehre und auch Soziallehre einige Hilfe zu bieten, sich mit den entscheidenden Irrlehren unsrer Zeit geistig auseinanderzusetzen; 3. sie durch die gemeinsame Feier der hl. Liturgie und durch persönliche religiöse Führung dazu zu befähigen, in Ausbildung und Beruf Zeugnis für Christus und Seine Kirche abzulegen." Schreiben von Döpfner an Retzek vom 27.02. 1961. In: ABODM 32.109.

Insbesondere Anfang der 50er Jahre waren die Studentengemeinden und ihre Mitglieder öffentlichen Anfeindungen ausgesetzt. Im Kontext der Zweiten Hochschulreform wurden die Studentengemeinden aus dem universitären Raum „unter das Dach" ihrer Kirchen gedrängt und wurden dort zu geistigen Oasen. In der zweiten Hälfte der 50er Jahre verhielten sich universitäre und staatliche Stellen gegenüber den Studentengemeinden im Vergleich zu 1952/53 moderater, taktisch anders. Man griff die Studentengemeinden als Institution nicht mehr öffentlich an, ging aber weiter gezielt gegen deren Mitglieder vor.

Bei offiziellen Bildungsveranstaltungen der Studentengemeinden wurde die offene Konfrontation mit dem Marxismus-Leninismus und den Gesellschaftsbedingungen in der DDR in der Regel vermieden. Die Sprecherinnen und Sprecher gewannen in diesen Jahren zunehmend nicht nur hinsichtlich der Organisation der Arbeit der Studentengemeinden, sondern auch in Bezug auf die inhaltliche Konzipierung der Semesterprogramme an Bedeutung.

Auf Seiten der Kirche sieht Wolfgang Trilling in der zweiten Hälfte der 50er Jahre nach den harten Auseinandersetzungen mit der marxistisch-leninistischen Weltanschauung, die durch die omnipotente Macht des Staates gestützt wurde, erste Ermüdungserscheinungen. „Dazu kommt: Die Ausblutung - besonders auch der katholischen Intelligenz - durch die Abwanderung nach dem Westen. Es gibt kaum neue konstruktive Ansätze und Ideen, weder von Laien noch von der Hierarchie entwickelt. Die Parole, die gleichsam immanent in diesem Zeitraum galt und für viele auch heute noch gilt, ist die des Durchhaltens, des Überwinterns, aber eben ohne eine konkrete Hoffnung, ohne eine echte, auch wirklich realisierbare und anspornende Zielsetzung. Dazu kommt die damals ganz besonders leidvoll erfahrene Abschnürung auch nach den Ländern des Ostens hin."[151]

2. Engagement und Verweigerung - 1961 bis 1989

Das Leben als christliche Gemeinschaft sowie vielfältige Bildungsarbeit, nicht im Sinne einer konfessionellen Standesbildung, sondern als notwendige Ergänzung zur defizitären und ideologisch einseitig ausgerichteten Erziehung und (Aus-)Bildung an den Universitäten und Hochschulen, blieben auch im Zeitraum von 1961 bis 1989 die wichtigsten Konstitutiva der Studentengemeinden.

Insbesondere die - aufgrund der Errichtung der Berliner Mauer und der Schließung der Westgrenzen seit August 1961 entstandene - Ghettoisierung des gesamtgesellschaftlichen Lebens in der DDR sowie die Impulse und Anregungen des Zweiten Vatikanischen Konzils führten in den Studentengemeinden in den 60er und Anfang der 70er Jahre einerseits zu einer intensiven Auseinandersetzung mit dem Problemkreis des Christseins unter realsozialistischen Bedingungen, zur Suche nach

---

[151] Wo stehen wir - wohin gehen wir? Vortrag von Wolfgang Trilling am 13.10 1964 in der KSG Leipzig, 16 S., hier S. 11. In: AKSGL.

Möglichkeiten eines gesellschaftlichen Engagements als katholische Studierende und Akademiker, aber ebenso eines verantwortlichen Engagements in der Kirche. Andererseits kam es bis Mitte der 70er Jahre zur Herausbildung neuer regionaler und gemeindlicher Strukturformen. Es wurde eine eigene DDR-Studentenpfarrerkonferenz gegründet; der „Regionalkreis Ost" der Studentenvertreter wurde in „Zentraler Arbeitskreis" umbenannt. Bereits im Jahre 1953 hatte nach Interventionen durch Studierende bei der Berliner Bistumsleitung diese einen eigenen Studentenpfarrer für den Ostteil Berlins eingesetzt.[152]

Ein großes Defizit für die Arbeit der katholischen Studentengemeinden in der DDR bestand in der Tatsache, daß es in der Regel nicht mehr möglich war, öffentlich auf Veranstaltungen hinzuweisen und dafür zu werben oder Printmedien zur Reflexion oder Diskussion spezifischer studentischer Fragestellungen zu nutzen. Lediglich an kirchlichen Gebäuden sowie über Vermeldungen in Gottesdiensten konnte auf die Termine der Studentengemeinden verwiesen werden. In der zweiten Hälfte der 60er Jahre wurde in den meisten katholischen Studentengemeinden damit begonnen, Semesterprogramme herzustellen und zu vervielfältigen. Diese handlichen Programmhefte - überwiegend im DIN A-6 Format - enthielten in der Regel sowohl die Programme der ESG wie der KSG einer Stadt.[153] Die beiden katholischen Kirchenzeitungen „Tag des Herrn" und „St. Hedwigsblatt"[154] veröffentlichten lediglich zu Beginn eines Studienjahres die Namen und Anschriften der Studentenseelsorger mit dem Hinweis auf den Beginn der Gottesdienste und Vortragsveranstaltungen.[155] Gelegentlich wurden Berichte über die alle zwei Jahre in Rosenthal bei Bautzen stattfindenden Studentenwallfahrten publiziert.[156]

---

[152] Vgl. Schreiben von Dieter Thor, Berlin, der 1954/55 Sprecher der KDSE der Region Ost war, vom 17.07. 1992. In: ASTR.

[153] Bei Referenten aus der Bundesrepublik wurden meist Name und Herkunftsort nicht genannt. Vgl. ULRICH 1993 S. 54.

[154] Vgl. dazu STRAUBE 1989.- Auf der Studentenpfarrerkonferenz vom 02./03.02. 1975 wurde die unzureichende und ungenügende Aufbereitung der Informationen in den Kirchenzeitungen kritisiert. Außerdem wird pauschalierend konstatiert: Studenten gehören nicht zur Leserschaft. Vgl. Protokoll der Studentenpfarrerkonferenz vom 14./15.09. 1973. In: AAGST.- Die beiden katholischen Kirchenzeitungen gingen aufgrund der Zensur durch den Staat, die eine umfassende Selbstzensur zur Folge hatte, z.B. nur zaghaft auf konkrete Fragen des Christseins in der DDR oder innerkirchliche Problemstellungen ein. Deshalb stellt der Leipziger Theologe Trilling zu Recht fest: „Die beiden Kirchenblätter bieten kein Forum für innerkirchliche Diskussionen". TRILLING 1983 S. 278.- Verwiesen sei an dieser Stelle auf den Roman „Am Anfang dieser Reise" von Steffen Mohr, in welchem dieser - ausgehend von seinen persönlichen KSG-Erfahrungen - das Studentenleben einer katholischen Musikstudentin nachzeichnet. Vgl. MOHR 1976.

[155] Vgl. z.B. Wo wohnen unsere Studentenseelsorger? In: Tag des Herrn 08.08. 1981 S. 126.- Im Rahmen der Reihe „Eine Gemeinde stellt sich vor", die der „Tag des Herrn" in der ersten Hälfte der 80er Jahre erarbeitete und in der sich verschiedene Ortsgemeinden aus allen Teilen der DDR vorstellen konnten, war es nicht möglich, auf eine Studentengemeinde einzugehen. Nach Rücksprache der Redaktion mit dem Sekretariat der BBK wurde davon Abstand genommen, um staatliche Stellen nicht auf die vielfältigen Aktivitäten der Studentengemeinden öffentlich aufmerksam zu machen und diese dadurch zu gefährden.- Der Verfasser war zu diesem Zeitpunkt als Redakteur der Kirchenzeitung „Tag des Herrn" tätig.

[156] Vgl. z.B. GERTLER, Th.: Gibt es Neues aus den Studentengemeinden zu berichten? In: Tag des Herrn 21.07. 1984 S. 119.

Vor dem 2. Weltkrieg existierten bereits in den sechs Universitätsstädten Mitteldeutschlands (Rostock, Greifswald, Berlin, Halle, Leipzig und Jena) und in Dresden katholische Studentengemeinden. In den 50er Jahren waren weitere hinzugekommen, u.a. in Magdeburg und Chemnitz. Seit den 60er Jahren gibt es mehr als 20 katholische Studentengemeinden für die Hoch- und Fachschulseelsorge. Bei der Zusammensetzung hinsichtlich der Studienrichtungen kam es in den 60er Jahren immer mehr zu einer Majorisierung der naturwissenschaftlich-mathematischen und technischen Fächer sowie der Medizin; geisteswissenschaftliche Fächer hatten aufgrund der ihnen in besonderem Maße inhärenten ideologischen Determinierung nicht mehr den Stellenwert des ersten Jahrzehntes nach dem Zweiten Weltkrieg, Jura fiel fast ganz aus.[157]

Der Anteil der christlichen Professoren und Dozenten an den Universitäten und Hochschulen wurde in diesen Jahren immer kleiner, so daß auch auf dieser Ebene die Kontakte der Studentengemeinden zur Institution Hochschule zurückgehen mußten und dieser Personenkreis demzufolge kaum noch als potentielle Referenten zur Verfügung stand. An ihre Stelle traten seit Mitte der 60er Jahre verstärkt ehemalige Mitglieder der Studentengemeinden, denen in manchen Fällen aufgrund ihrer Kirchenzugehörigkeit eine universitäre Karriere verwehrt worden war.

Genaue Angaben über die Zahl der Mitglieder in einzelnen Studentengemeinden sowie in der DDR insgesamt sind nicht ermittelbar. Die Studentengemeinden selbst haben in der Regel keine umfassenden Statistiken ihrer Mitglieder geführt. Bei offiziellen Befragungen von staatlichen Institutionen, z.B. des Leipziger Zentralinstituts für Jugendforschung, wurde nicht nach der Konfessionszugehörigkeit und schon gar nicht nach der Zugehörigkeit zu einer Studentengemeinde gefragt, wohl aber nach der Weltanschauung.[158] In einer Niederschrift einer Konferenz der Ersten Sekretäre der FDJ-Bezirksleitungen im Jahre 1968 wird von 26 katholischen Studentengemeinden mit nur 944 Mitgliedern gesprochen.[159] In einem Protokoll einer Dienstkonferenz des Seelsorgereferates des Bistums Meißen vom 20.03. 1962 heißt es: „Die katholische Studentengemeinde in Dresden, wo sich zur Zeit insgesamt etwa 17.500 Studenten aufhalten, ... erfaßt zur Zeit etwa 500 Studenten. Zu dem wöchentlichen Hauptkreis finden sich etwa 150 bis 200 Studenten ein."[160]

---

[157] Aus diesem Grund haben sich manche Abiturienten gar nicht erst für das Fach beworben, welches ihrem Studienwunsch entsprochen hätte. Jeder fünfte Respondent (21 %) hat auf die Frage: *Haben Sie sich von vornherein für ein anderes Fach entschieden?* (vgl. FRAGE 9) mit JA geantwortet.- Als Alternativen für geisteswissenschaftliche Fächer sind überwiegend technische Richtungen gewählt worden.

[158] „Nach den Angaben von soziologischen Untersuchungen der Religiösität, die von uns im Jahre 1972 unter Studenten durchgeführt wurden, erklärten 75 Prozent der Befragten, daß sie der marxistisch-leninistischen Weltanschauung verbunden sind." KLOHR 1975 Bl. 2. Davon seien jedoch nur 59 % überzeugte Atheisten, 82 % leugneten die Existenz eines Gottes als höchster Kraft, der die Welt regiert; 12 % wurden als Gläubige ausgewiesen.

[159] Vgl. JA IZJ A 8.247 Bl. 56.

[160] Protokoll der Dienstkonferenz des Seelsorgereferates des Bistums Meißen vom 20.03. 1962. In: AKSGD.- Nach diesen Angaben gehörten fast drei Prozent der Studierenden in Dresden Anfang der 60er Jahre zur KSG, rund ein Prozent der Studierenden insgesamt besuchte die wöchentlichen Vortragsabende.

In einer als „Vertrauliche Kollegiumsvorlage" deklarierten „Analyse der politisch-ideologischen Situation unter den Studierenden an den Hoch- und Fachschulen" des Staatssekretariats für das Hoch- und Fachschulwesen vom Oktober 1961[161] wird festgestellt, daß im Zusammenhang mit dem Mauerbau „erhebliche ideologische Mängel"[162] unter den Studierenden aufgetreten seien. Bei der Mehrheit gäbe es noch Unverständnis bezüglich des Ernstes der Situation und viele Zweifel. „Die Diskussion zum Problem der Verteidigung unserer Republik und ihrer sozialistischen Errungenschaften in den Reihen der NVA hat sich als der entscheidende Prüfstein erwiesen."[163] An den Fachschulen hätten sich 98 % der Studierenden bereit erklärt, die DDR jederzeit zu verteidigen, an den Universitäten und Hochschulen dagegen nur 90 Prozent.[164]

Die Ursachen für die „ideologischen Unklarheiten" suchte man insbesondere in der ungenügenden Verbindung des Gesellschaftswissenschaftlichen Grundstudiums mit dem universitären Prozeß insgesamt sowie in der nicht befriedigenden politisch-ideologischen und klassenmäßigen Erziehungsarbeit des gesamten Lehrkörpers, der sich im wesentlichen nur für die fachliche Ausbildung verantwortlich zeige und sich nicht der Pflicht der sozialistischen Erziehung stelle. „In der Konsequenz hat unsere gesamte Erziehungsarbeit noch nicht erreicht, daß bei der Mehrheit der Studenten die Überzeugung von der sozialistischen Perspektive der Entwicklung und das Verstehen, daß die DDR untrennbarer Bestandteil des sozialistischen Lagers ist, vorhanden ist."[165] Aus diesem Grunde verabschiedete man ein „Ideologisches Programm für Lektionen, Vorträge, Kolloquien und Artikel"[166], in dem die kommunistische Gesellschaftsordnung als Voraussetzung für eine glückliche Zukunft der ganzen Menschheit gesehen und auf die „siegreichen humanisti-

---

[161] Analyse der politisch-ideologischen Situation unter den Studierenden an den Hoch- und Fachschulen vom 26.10. 1961. In: BAP R-3 185 Bl. 1-25.

[162] Ebd. Bl. 1.

[163] Ebd. Bl. 2.

[164] Vgl. ebd. Bl. 5.- In einer Studienordnung der Technischen Universität Dresden - diese wurde freundlicherweise dem Verfasser von Manfred Zimolong, Dresden, zur Verfügung gestellt -, in der eine „Verpflichtung" der Studierenden, das „Erziehungs- und Bildungsziel", „Rechte und Pflichten" der Studierenden sowie „Studienorganisatorische Bestimmungen" festgeschrieben werden, heißt es zur Frage der Wehrbereitschaft: „Jeder männliche Studierende schwört den Fahneneid eines Angehörigen der bewaffneten Organe. Er hat seine Bereitschaft zum persönlichen Einsatz beim militärischen Schutz unserer Republik durch Erreichen höchster Ausbildungsergebnisse in der militärischen und vormilitärischen Ausbildung zum Ausdruck zu bringen." Studienordnung der Technischen Universität Dresden vom 01.03. 1967 Teil II, Punkt 1. In: ASTR. DOKUMENT 34 S. 269-275.- Eine Verweigerung der Teilnahme an der militärischen Ausbildung führte in den meisten Fällen zum unwiederbringlichen Verlust des Studienplatzes.

[165] Analyse der politisch-ideologischen Situation unter den Studierenden an den Hoch- und Fachschulen vom 26.10. 1961. BAP R-3 185. Bl. 6.

[166] Vgl. ebd. Bl. 19-25.

schen Ideen des Marxismus-Leninismus" verwiesen wird.[167] Eine herausragende Bedeutung bei der Erziehung maß man auch in diesem Programm der Bereitschaft der Studierenden bei, an der militärischen Ausbildung teilzunehmen.

Diese erneute staatliche Offensive in Bezug auf die marxistisch-leninistische Erziehung der Studierenden Anfang der 60er Jahre führte zu einer verstärkten Verunsicherung christlicher Studentinnen und Studenten an den Universitäten und Hochschulen. Sie war aber auch ein wesentlicher Grund dafür, daß man sich in den Studentengemeinden intensiv mit Fragen des Marxismus-Leninismus sowie Möglichkeiten des christlichen Engagements oder Weltdienstes in der real-existierenden Gesellschaft in der DDR auseinandersetzte.

Die Mitgliedschaft in der FDJ wurde in diesen Jahren in der Regel zur obligatorischen Bedingung für die Aufnahme auf die Erweiterte Oberschule wie auch eines Studiums.[168] Sie wurde als Hauptfaktor der sog. gesellschaftlichen Arbeit gesehen, die bei der Aufnahme auf die EOS oder die Studienbewerbung einen höheren Stellenwert als ausgezeichnete fachliche Leistungen hatte. Gerade an der Mitgliedschaft in der FDJ wird aber die Differenz zwischen ideologischem Anspruch und politischer Wirklichkeit deutlich.[169]

Selbst für staatliche Funktionäre stellte sich die Mitgliedschaft von Christen in der FDJ als ambivalentes Phänomen dar. Einerseits betrachtete man auch Anfang der 60er Jahre „die kameradschaftliche Zusammenarbeit von jungen Marxisten und religiös gebundenen Jugendlichen in der FDJ ... als die Hauptlinie der Arbeit mit jungen Christen"[170], andererseits wurde die aktive Mitarbeit von Christen in der FDJ als Unterwanderung und konspirative Tätigkeit gesehen.[171]

---

[167] Die Ziele der Erziehung zur sozialistischen Persönlichkeit waren jedoch so allgemein formuliert, daß aufgrund mangelnder Überprüfungskriterien ein Erfolg oder Mißerfolg hinsichtlich der Bewußtseinsbildung schlecht abzuschätzen war und diese Erziehungsziele somit in der universitären Praxis stark relativiert wurden.- Vgl. auch Thesen zur sozialistischen Klassenerziehung und wissenschaftlich-produktiven Tätigkeit der Studenten 1964-1973. In: JA IZJ A 9900.

[168] Nur in einzelnen Fällen war es christlichen Schülern von den 60er Jahren an noch möglich, eine EOS zu besuchen, ohne FDJ-Mitglied zu sein. Dies setzte ein couragiertes Auftreten der Eltern bei staatlichen Stellen voraus. Vgl. z.B. FB 024: Erst nach mehrfachen Eingaben an den Rat des Kreises und den Staatsrat der DDR sowie diversen Vorladungen und Aussprachen war es im Jahren 1967 einem katholischen Schüler möglich, die EOS zu besuchen, ohne FDJ-Mitglied zu sein. In: ASTR.

[169] Von den 283 Teilnehmern der Befragung waren 232 (82 %) Mitglied in der FDJ - von den 138 Respondenten, die vor dem Mauerbau mit dem Studium begonnen haben, waren 98 (71 %) Mitglied der FDJ; von den 145, die nach dem Mauerbau mit dem Studium begannen, waren es 134 (92 %), was einer Steigerung von mehr als 20 % entspricht (vgl. FRAGE 13).- Die Begründungen für die Mitgliedschaft reichen von „Um den Bildungsweg zu ermöglichen, wurde dieser Kompromiß eingegangen" (FB 89), über „Eingetreten, weil es so üblich war" (FB 106) bis zu „Pioniereintritt durch Gruppenzwang, Übergang in FDJ automatisch" (FB 155).

[170] Bericht über eine Tagung der Ersten Sekretäre der FDJ-Bezirksleitungen im Jahre 1969. In: JA IZJ A 8.247.

[171] Vgl. z.B. Vermerk in den Unterlagen des Staatssekretariats für Kirchenfragen vom 25.11. 1961: „Am 24.11. 1961 habe ich an alle Räte der Bezirke von 14-15.30 Uhr folgendes durchgegeben: Es gibt Anzeichen konspirativer Tätigkeit. In einigen Bezirken wurde eine Unterwanderung der FDJ festgestellt: Funktionäre der FDJ sind gleichzeitig Mitglieder der Jungen Gemeinde." In: BAP O-4 359.

Im Zuge der Dritten Hochschulreform in der zweiten Hälfte der 60er Jahre wurde das Hochschulwesen neu strukturiert - die alten Fakultäten und Institute abgeschafft und durch Sektionen ersetzt - und auf die Erfordernisse des Gesetzes über das einheitliche sozialistische Bildungssystem vom 25.02. 1965 eingestellt - so die offizielle Diktion -, in dem gefordert wird, alle Bürger der DDR zu „allseitig entwickelten Persönlichkeiten" zu erziehen, weil die Herausbildung eines sozialistisch-kommunistischen Bewußtseins die Voraussetzung für die Weiterentwicklung und Sicherung der sozialistischen bzw. kommunistischen Gesellschaftsordnung sei. Dies verlange eine abgestimmte Erziehung in allen Lebensphasen, von der Familie, über die Schule, Berufsausbildung, Fach- und Hochschule bis zum Arbeitsprozeß.[172]

2.2. Kirchliche Entwicklungen

Die katholische Studentengeneration der 60er Jahre lebte im Osten wie im Westen Deutschlands in der großen Hoffnung einer grundlegenden kirchlichen Erneuerung durch das Zweite Vatikanische Konzil. Sie wollte den Aufruf des Konzils, als sog. Laienchrist eine spezifisch christliche Weltverantwortung wahrzunehmen, bewußt aufgreifen und umsetzen, d.h. den „Zeichen der Zeit" nachgehen und eine offene Auseinandersetzung mit der konkreten Situation in Kirche und Gesellschaft suchen. Den schmerzlichen Dualismus von Kirche und Welt, von persönlichem Glauben und alltäglichem Leben, wollte man nicht länger hinnehmen. Eine „Emigration" in die BRD war von 1961 an zunächst fast unmöglich geworden und später mit einer Vielzahl von Unwägbarkeiten verbunden. Nicht zuletzt aus diesem Grunde war man jetzt darauf bedacht, einen vertretbaren Weg als katholischer Christ unter den gegebenen gesellschaftlichen Bedingungen zu suchen und sich nicht gegenseitig in destruktiver Resignation zu bestärken oder - äußerlich angepaßt - in eine „innere Emigration" zurückzuziehen.

Die Gestaltung der Kontakte der katholischen Kirche zum SED-Staat wurde von 1961 an entscheidend vom Berliner Bischof Kardinal Bengsch geprägt.[173] Sie waren - nach den Erfahrungen der 50er Jahre und dem Bau der Berliner Mauer - gekennzeichnet vom Verzicht jeglicher öffentlicher Loyalitätsbekundungen gegenüber dem Staat sowie der Verweigerung eines offiziellen Gesprächskontaktes mit Vertretern des totalitären Staatswesens auf höchster Ebene. Es sollten auf diese Weise die Kirche als vom unmittelbaren Einfluß der marxistisch-leninistischen Ideologie unabhängiger Freiraum bewahrt und die jetzt permanent vorgetragenen Integrationsversuche staatlicher Stellen und der CDU[174] von vornherein abgewehrt wer-

---

172 Vgl. dazu BUSCH 1972, SCHMITT 1980 sowie WATERKAMP 1985.

173 Bengsch wurde am 16. August 1961 - nur wenige Tage nach dem Bau der Berliner Mauer - Nachfolger von Döpfner als Bischof des Bistums Berlin, jedoch mit Wohnsitz in Ostberlin. Vgl. MASER 1992 S. 65.

174 Über die im Oktober 1961 mit Hilfe staatlicher Mittel gegründete und von führenden CDU-Mitgliedern verantwortete Zeitschrift „begegnung" sollten vor allem katholische Akademiker angesprochen

den. Diese konsequente Haltung der Verweigerung - zu einer gewissen Kooperation der katholischen Kirche mit dem Staat ist es lediglich auf der caritativen Ebene gekommen - bedeutete nach Theo Mechtenberg aber „auch den Verzicht auf die mögliche Chance ..., das kirchliche Selbstverständnis unter den gesellschaftlichen Bedingungen des ‚realen Sozialismus' zu reflektieren und nach neuen Formen missionarischer Verkündigung zu suchen"[175].

Nach dem Tod von Kardinal Bengsch im Dezember 1979 blieben seine Nachfolger im Vorsitz der BBK[176] dieser kirchenpolitischen Grundlinie weitestgehend treu,[177] welche tiefgreifende Folgen bezüglich der Rezeption der Beschlüsse des Zweiten Vatikanischen Konzils und der Gestaltung und Durchführung der Pastoralsynode der Bistümer und Jurisdiktionsbezirke in der DDR (1973 bis 1975) hatte. Auf der Synode des Bistums Meißen (1969 bis 1971) wurde dagegen vom Ansatz her entschiedener versucht, die Überlegungen des Zweiten Vatikanums auf die gesellschaftliche Realität in der DDR anzuwenden.

---

und für eine aktive Mitarbeit bei der gesellschaftlichen Entwicklung der DDR im Sinne der Programmatik der SED gewonnen werden. Vgl. Die Zeitschrift „begegnung" - ein verlängerter Arm der SED. In: HACKEL 1987 S. 77-90.- U.a. durch führende Mitglieder der Redaktion der „begegnung" wurde drei Jahre später die „Berliner Konferenz" geschaffen, die vor allem über die Durchführung von Tagungen die Zielsetzung verfolgte, katholische Christen für die Interessen des SED-Staates zu gewinnen. Am 17./18.11. 1964 fand die erste Tagung der „Berliner Konferenz" statt. Vgl. ebd. S. 88.- Das - von der SED beeinflußte - Ansinnen der „begegnung" und der „Berliner Konferenz", die Katholiken „gleichzuschalten", wurde von der übergroßen Mehrheit der katholischen Christen durchschaut und deshalb ignoriert.

[175] MECHTENBERG 1985 S. 60.- „Allerdings war dieser von Kardinal Bengsch verfolgte Kurs des ‚Überwinterns' in einem prinzipiell kirchenfeindlichen System ... innerkirchlich umstritten." Ebd. S. 88.- Gerhard Lange - Beauftragter der BOK/BBK für die Gespräche mit dem Staatssekretariat für Kirchenfragen im Zeitraum von 1974 bis 1990 - weist den Vorwurf, die katholische Kirche in der DDR habe sich in ein Ghetto zurückgezogen und „überwintert", entschieden zurück - jedoch mit wenig überzeugenden Argumenten. „Diese Behauptung ist objektiv falsch. Sie entspringt einer verkehrten Perspektive, sei es, daß die Situation bloß von außerhalb der DDR gesehen wurde oder daß DDR-Insider hinter einer solchen Behauptung eine sehr fundamentale Kirchenkritik versteckten und sich dabei ihrer kirchlichen Sondersituation im Staat DDR ‚erfreuten'." LANGE 1990 S. 5.- Lange spielt hier einerseits auf Kritiker in der BRD an - so Theo Mechtenberg, der bis 1971 Studentenpfarrer in Magdeburg war, nach seinem Ausscheiden aus dem Priesteramt mehrere Jahre in Polen lebte und dann in die BRD übersiedelte sowie den in Leipzig aufgewachsenen und in Münster lehrenden Theologieprofessor Klemens Richter - sowie andererseits auf den „Aktionskreis Halle" und den Leipziger Theologieprofessor Wolfgang Trilling, der 1958/59, von 1961 bis 1966 sowie kurzzeitig 1982 und 1987 Studentenpfarrer in Leipzig war. Die innerkirchliche Kritik in dieser Frage läßt sich aber nicht allein am AKH und Trilling festmachen. Sie wurde - in unterschiedlicher Form - in der Bischofskonferenz selbst laut, von Vertretern des Erfurter Philosophisch-Theologischen Studiums geäußert und insbesondere von Akademiker- und Studentenkreisen immer wieder vorgetragen. Eine detaillierte Aufarbeitung dieser Problematik steht noch aus.

[176] Auf einer Sitzung der BOK am 18./19. Oktober 1976 teilte Kardinal Bengsch mit, daß die Berliner Ordinarienkonferenz von Rom als selbständige Bischofskonferenz anerkannt worden sei. Von nun firmierte sie als Berliner Bischofskonferenz (BBK). Vgl. St. Hedwigsblatt 44/1976 S. 347.

[177] Eine mehr formale Ausnahme und keine grundsätzliche taktische Änderung im Verhalten der katholischen Kirche gegenüber dem SED-Staat stellt der Antrittsbesuch von Bischof Schaffran als Vorsitzender der BBK beim Vorsitzenden des Staatsrates der DDR, Honecker, am 15.01. 1981 dar. Vgl. MASER 1992 S. 117.

Weite Teile der evangelischen Kirchen versuchten sich seit den 70er Jahren als „Kirche im Sozialismus" zu verstehen.[178] Dies führte einerseits zum Ruf der Systemnähe, andererseits aber zur Möglichkeit, sich in Studieneinrichtungen und auf Synoden intensiv mit Fragen des Christseins in der DDR befassen und in den 80er Jahren - in weitaus größerem Maße als die katholische Kirche - oppositionellen Gruppierungen einen Raum für deren Aktivitäten bieten zu können.

Wie in den Jahren bis zum Mauerbau 1961, aber moderater und in weitaus geringerem Umfang,[179] benannten die katholischen Bischöfe in den Jahren 1961 bis 1989 in Hirtenbriefen und Eingaben an staatliche Stellen Probleme der Katholiken in der Gesellschaft, z.B. hinsichtlich der Jugendweihe[180] und des Wehrkundeunterrichts.[181] Die staatliche Seite reagierte auf diese Anfragen in der Regel nicht öffentlich; Kontroversen wurden zwischen Gesprächsbeauftragten der Bischöfe und Vertretern des Staatssekretariates für Kirchenfragen und des Ministeriums für Staatssicherheit behandelt.[182]

Von besonderem Interesse für die katholischen Studierenden und die Studentengemeinden waren die Hirtenworte zur christlichen Erziehung (1974)[183] und zur Friedensfrage (1983)[184] sowie das Pastoralschreiben an die Priester und Diakone (1986)[185]. In den 80er Jahren fanden Predigten und Vorträge des Erfurter Bischofs Wanke, in denen dieser u.a. die Problematik des christlichen Weltdienstes in der DDR reflek-

---

[178] Gegen diese Formel und die damit verbundene Praxis gab es in den evangelischen Kirchen auch Widerstand. Vgl. STEINLEIN 1993 S. 99-115, DÄHN 1982 S. 125-131 sowie MECHTENBERG 1985 S. 69-98 und 1994 S. 3-14.

[179] In der von LANGE u.a. 1992 herausgegebenen Publikation „Katholische Kirche - Sozialistischer Staat. Dokumente und öffentliche Äußerungen" sind für den Zeitraum von 1945 bis zum Mauerbau im August 1961 (rund 16 Jahre) Dokumente im Umfang von 183 Seiten und für den Zeitraum von 1961 bis zur Wende im November 1989 (rund 28 Jahre) lediglich Dokumente im Umfang von 203 Seiten enthalten - dies bedeutet eine Verringerung um rund ein Drittel.

[180] Vgl. u.a. Zur Frage der Jugendweihe. Stellungnahme der BOK vom 25.02. 1969. In: Ebd. 1992 S. 237f., sowie Pastoralbrief von Kardinal Bengsch vom 03.03. 1972. In: Ebd. S. 249-253.

[181] „Es ist für uns kein Zweifel, daß die Einführung dieses Unterrichts bei Eltern, Jugendlichen, Studenten schwere Bedenken und teilweise Beunruhigung ausgelöst hat. Wir fühlen uns deshalb verpflichtet, die Regierung der Deutschen Demokratischen Republik um Überprüfung der geplanten Maßnahmen zu bitten." Zur Einführung des Wehrkundeunterrichts in den 9. und 10. Klassen. Schreiben der BBK an die Regierung der DDR vom 12.06. 1978. In: Ebd. S. 294-296, hier S. 294. Siehe dazu auch HAESE 1993.

[182] Schwierigkeiten mit Schulbehörden bei der Erlangung des Abiturs und bezüglich des Wehr- und Reservedienstes bei der NVA sowie bei Anträgen auf Übersiedlung in die Bundesrepublik waren in den 70er und 80er Jahren die Hauptprobleme von Schülern und Studierenden, die in diesen Gesprächen vorgebracht wurden und für die eine Einzelfallösung gesucht wurde. So Gerhard Lange in einem Gespräch am 30.07. 1992 in Berlin. Vgl. auch LANGE 1992 S. 6.

[183] Vgl. LANGE u.a. 1993 S. 257-262.

[184] Vgl. ebd. S. 306-311.- Zu diesem Hirtenwort wurden die Bischöfe im Oktober 1982 anläßlich einer Audienz bei Papst Johannes Paul II. in Rom ermutigt und außerdem dazu aufgefordert, in Fragen der Friedensverantwortung das Gespräch mit den evangelischen Kirchen zu suchen. Vgl. MECHTENBERG 1985 S. 112.

[185] Vgl. LANGE u.a. 1992 S. 320-331.

tierte, auch in den Studentengemeinden in hektographierter Form Verbreitung.[186] Beim Katholikentreffen in Dresden 1987 wurden in Arbeitskreisen und Predigten die gesellschaftlichen Defizite in der DDR eindeutig benannt.[187] Für die politischen Ereignisse im Herbst 1989 hatte die in den Jahren zuvor durchgeführte Ökumenische Versammlung für „Gerechtigkeit, Frieden und Bewahrung der Schöpfung", an der die katholische Kirche - nach langem Zögern - als Vollmitglied teilgenommen hat und in die auch die Studentengemeinden involviert waren, eine außerordentlich Bedeutung.[188]

In der zweiten Hälfte der 80er Jahre sieht Mechtenberg eine Tendenzwende von der Grundoption des „Überwinterns" zu einer vorsichtigen Öffnung. Im Mai 1989 konstatierte er, für die katholische Kirche sei „am Ende eines 40jährigen Weges die Annahme ihrer gesellschaftlichen Situation kein Problem mehr, die sie durch die Doppelwirkung von Ideologisierung und Säkularisierung bestimmt sieht und als Herausforderung zu akzeptieren bereit ist."[189]

2.2.1. Das Zweite Vatikanische Konzil

In den Dokumenten des Zweiten Vatikanischen Konzils ist von „Studentengemeinden" nicht ausdrücklich die Rede.[190] Lediglich in der Erklärung über die christliche Erziehung „Gravissimum educationis"[191] geht es im 10. Kapitel um die Sorge der

---

[186] Darin prägte Bischof Wanke - in Absetzung zur „Kirche im Sozialismus" der evangelischen Kirchen - die Formel von einer „Kirche in einer säkularisierten und materialistischen Welt" und versuchte so tieferliegende Ursachen für die gesellschaftliche Situation in der DDR, aber auch in der westlichen Welt aufzuzeigen.- Vgl. WANKE 1991 sowie HÜBNER 1986.

[187] Vgl. dazu GRANDE, D./SCHÄFER, B.: Zur Kirchenpolitik der SED. Auseinandersetzungen um das Katholikentreffen 1983 - 1987. Leipzig 1994.

[188] Die Dokumente der Ökumenischen Versammlung dienten manchen Bürgerbewegungen als Ausgangsbasis für ihre Programme; Pfarrgemeinden stellten Räumlichkeiten und Informationssysteme - vom Telefon bis zum Fotokopierer - zur Verfügung. Vgl. dazu Dokumente der 3. Vollversammlung. Gerechtigkeit - Frieden - Bewahrung der Schöpfung (Arbeitsgruppe 1990) sowie Schreiben eines Friedenskreises der ESG und der KSG Dresden an die BBK und die Synode des Bundes der evangelischen Kirchen in der DDR vom 15.12. 1986, in dem Wünsche und Hoffnungen der Studierenden hinsichtlich des konziliaren Prozesses zum Ausdruck gebracht werden. In: AKSGD. DOKUMENT 35 S. 276-279.

[189] MECHTENBERG 1989 S. 164.- Zur Problematik des Dialoges zwischen Christen und Marxisten sei auf einen Vortrag verwiesen, den der Erfurter Theologe und Philosoph Konrad Feiereis bei einem gemeinsam vom Vatikanischen Sekretariat für die Nichtglaubenden und der Ungarischen Akademie der Wissenschaften veranstalteten Symposion über „Gesellschaft und ethische Werte" vom 8. bis 10. Oktober 1986 in Budapest zum Thema „Das Zusammenleben von Christen und Marxisten in der DDR" gehalten hat. In: Herderkorrespondenz 12/1986 S. 578-584.

[190] Nach fast vierjähriger Vorbereitungszeit wurde am 11. Oktober 1962 das Zweite Vatikanische Konzil eröffnet, in dessen Mittelpunkt u.a. die Lehre von der Kirche als Volk Gottes stand. In der Folge des Konzils kam es zum Aufbau von verschiedenen Laienräten von der Gemeinde- bis zur Diözesanebene und somit zur Förderung synodaler Strukturen in der Pastoral der katholischen Kirche. Vgl. RAHNER/VORGRIMLER 1972.

[191] Erklärung über die christliche Erziehung „Gravissimum educationis". In: Ebd. S. 345-348.

Kirche um die katholischen Universitäten und Hochschulen.[192] Der letzte Absatz spricht dann von den Studierenden insgesamt: „Weil das Schicksal der Gesellschaft und der Kirche selbst mit der Entwicklung der Hochschulstudenten sehr eng verbunden ist, sollen die Oberhirten der Kirche nicht nur für das geistliche Leben der Studenten an katholischen Universitäten Sorge tragen; sie sollen vielmehr, um die geistliche Bildung aller ihrer Söhne besorgt, nach sachdienlichen Beratungen der Bischöfe darauf achten, daß auch an nichtkatholischen Universitäten katholische Studentenheime und Universitätszentren errichtet werden, in denen sorgfältig ausgewählte und vorgebildete Priester, Ordensleute und Laien der studierenden Jugend dauernde geistliche und geistige Hilfe bieten."[193] Die Diktion dieser Erklärung weist gerade in diesem Abschnitt noch vorkonziliären Geist auf - daß „Töchter" studieren, wird gänzlich vergessen - und ist inhaltlich wenig hilfreich. Für die Studentengemeinden und deren Entwicklung in den 60er und 70er Jahren sind andere Konzilsdokumente von weitaus größerer Bedeutung.

In der dogmatischen Konstitution über die Kirche „Lumen gentium" wird die generische Gemeinsamkeit aller Gläubigen einschließlich der Priester, deren Amt primär als Dienst verstanden wird, hervorgehoben. Danach haben auch die Laien aufgrund der Taufe teil am „priesterlichen, prophetischen und königlichen Amt Christi"[194]. Ihnen kommt demnach eine Mitverantwortung in der Kirche und somit die „Möglichkeit, und bisweilen auch die Pflicht, ihre Meinung in dem, was das Wohl der Kirche angeht, zu erklären"[195], zu. Damit macht das Konzil Schluß mit dem Dualismus zwischen Kirche und Welt sowie zwischen Priester und Laien.[196]

Diese Aussagen in „Lumen gentium" werden in der pastoralen Konstitution über die Kirche in der Welt von heute „Gaudium et spes" konkretisiert.[197] Dabei geht man methodisch nicht von der Kirche und ihrem Selbstverständnis aus, sondern von der aktuellen Situation in der Welt. Auf der Basis der Analyse der „Zeichen der Zeit" wird die Bedeutung des Evangeliums in der Welt von heute reflektiert und darauf verwiesen, daß die spezifische Eigenart der Völker sowie deren geschichtliche Entwicklung zu beachten sei. „Wo jedoch die Staatsbürger von einer öffentlichen Gewalt, die ihre Zuständigkeit überschreitet, bedrückt werden, sollen sie sich nicht weigern, das zu tun, was das Gemeinwohl objektiv verlangt. Sie haben jedoch das Recht, ihre und ihrer Mitbürger Rechte gegen den Mißbrauch der staatlichen Autorität zu verteidigen, freilich innerhalb der Grenzen des Naturrechts und des Evangeliums."[198]

---

[192] Diese „sollen besonders den begabten Studenten offenstehen, auch wenn diese zu den Armen zählen, vor allem auch denen, die aus den jungen Völkern stammen." Ebd. S. 346.

[193] Ebd.

[194] Die dogmatische Konstitution über die Kirche „Lumen gentium". In ebd. S. 123-197, hier S. 161.

[195] Ebd. S. 168.

[196] Vgl. ebd. S. 161-169.

[197] Die pastorale Konstitution über die Kirche in der Welt von heute „Gaudium et spes". Vgl. ebd. S. 423-552.

[198] Ebd. S. 531.

In der DDR gab es keine unabhängige Gerichtsbarkeit, keine Gewaltentrennung; Staat und Gesellschaft waren nicht weltanschaulich neutral gestaltet, sondern von der marxistisch-leninistischen Ideologie okkupiert; die Menschenrechte wurden in der Praxis in weiten Teilen nicht gewährt, der sog. demokratische Zentralismus verhinderte echte basisdemokratische Prozesse. Vor allem diese zu einem freiheitlichen und pluralistischen Staatswesen in fundamentalem Widerspruch stehenden Momente haben den damaligen Vorsitzenden der BOK, Kardinal Bengsch, bewogen, bei der Abstimmung der Konstitution „Gaudium et spes" in der Konzilsaula mit „Nein" zu votieren.[199] Diese Auffassung basiert auf der Überzeugung, daß für die katholische Kirche in der DDR zwischen Gleichschaltung und Verweigerung kein dritter Weg möglich gewesen ist - wie z.B. der Versuch der evangelischen Kirchen, „sich in eine Position zwischen Kooperation und Konflikt zu begeben"[200]. Die berechtigte Sorge von Kardinal Bengsch hinsichtlich der Gefahr einer Vereinnahmung der Kirche durch ein diktatorisches Staatswesen führte letztlich zu einer Dialogverweigerung mit der DDR-Staatsführung auf höchster Ebene und zur Praxis der vertraulichen Kontakte von „Amtsträger zu Amtsträger, Geheimdiplomatie gleichsam, wie sie die katholische Kirche im Interesse ihrer binnenkirchlichen Geschlossenheit gern pflegte"[201].

Für die Rezeption der Pastoralkonstitution in der DDR hatte dies weitreichende Folgen. Der Leipziger Theologe Trilling kommt deshalb zu folgendem Fazit: „Die Pastoralkonstitution wurde in der Kirche hierzulande faktisch nicht rezipiert. Sie konnte nicht zur Wirkung kommen, da sie zwar gedruckt, aber als nicht einschlägig behandelt wurde. Es ging keine belebende Wirkung von ihr aus, sich der Wirklichkeit zuzuwenden und nach einem neuen Modell für das Verhältnis von Staat und Kirche wie auch für das Verhältnis von Christ und Gesellschaft zu suchen."[202]

2.2.2. Meißner Synode - Pastoralsynode

Der Meißner Bischof Otto Spülbeck eröffnete nach intensiven Vorbereitungen am 13. Juni 1969 in Dresden eine der ersten Diözesansynoden nach dem Zweiten Va-

---

199 „Die Gründe für die Ablehnung legte er Papst Paul VI. ausführlich dar." Bischöfliches Ordinariat 1980 S. 67.- Bengsch habe außerdem grundsätzlich eine Gefährdung der kirchlichen Hierarchie durch diesen Konzilsbeschluß befürchtet. Fraglich sei für Bengsch dabei auch der methodische Ansatz der Konstitution gewesen, bei dem nicht vom Selbstverständnis der Kirche, sondern von einer aktuellen Situationsanalyse ausgegangen wurde.- So Prälat Gerhard Lange, langjähriger Mitarbeiter von Bengsch, in einem Gespräch am 30.07. 1992 in Berlin.

200 MECHTENBERG 1985 S. 88.

201 OLSCHOWSKY 1992 S. 86.- Weiter heißt es bei Olschowsky zur katholischen Kirche in der DDR: „Unbedarft und ratlos beim Beschreiben der sozialen Problemlage ihrer Gläubigen, wie der Gesellschaft überhaupt, fixiert auf den Gegensatz zur atheistischen Umwelt, bereitete sie dem Staat keine Schwierigkeiten. ... Keineswegs möchte ich mit diesen Bemerkungen das geringschätzen, was in den katholischen Studentengemeinden und der lokalen Akademikerarbeit für die Pflege der deutsch-deutschen Kontakte sowie für die Weitung des geistigen und politischen Horizonts geleistet wurde." Ebd.- Vgl. dazu auch WEISS 1993.

202 TRILLING 1988 S. 325.

tikanischen Konzil.[203] In den Beschlüssen der Meißner Synode wird u.a. dazu aufgerufen, den Forderungen und Einsichten des Konzils Rechnung zu tragen und gezielte Versuche zur Weiterentwicklung der pastoralen Methoden und Modelle, so in der Studentenarbeit, anzustellen.[204] Es wurde empfohlen, „die Studentengemeinden in den Großstädten Dresden und Leipzig als Personalpfarreien" zu errichten.[205] Der plötzliche Tod des Meißner Bischofs Spülbeck am 21. Juni 1970 führte jedoch zu einem vorzeitigen Ende dieses Versuches einer nachkonziliären Erneuerung der Kirche.

Die Pastoralsynode aller Jurisdiktionsbezirke in der DDR[206], die vom 23. bis zum 25. März 1973 zu ihrer ersten Vollversammlung zusammentrat und bis 1975 arbeitete, wurde von Kardinal Bengsch und dessen kirchenpolitischem Kurs, welcher auch die Diskussionen und Beschlüsse zu Fragen der Pastoral entscheidend geprägt hat, dominiert. Sie blieb nicht nur in der Diktion, sondern vor allem hinsichtlich der Darstellung und Konkretisierung der pastoralen Problemstellungen und Aufgaben der Kirche wie der sozialen Probleme ihrer Mitglieder unter den realsozialistischen Bedingungen in der DDR hinter der Meißner Synode zurück. Die Studentengemeinden finden lediglich einmal bei der Gliederung der pastoralen Ebenen Erwähnung. „Pfarrgemeinden mit ihren Substrukturen, Studentengemeinden, Krankenhausgemeinden u.ä. sowie Pfarrverbände bilden die untere Ebene."[207] Das Stichwort Akademiker fehlt dagegen gänzlich; auf deren vom Zweiten Vatikanischen Konzil hervorgehobene besondere Bedeutung und Verantwortung bei der weiteren Entwicklung von Kirche und Gesellschaft wird nicht eingegangen. Festgeschrieben wurde von der Pastoralsynode die vom II. Vatikanum geforderte und bereits praktizierte Einrichtung von Gemeinderäten.[208]

In einem Thesenpapier des Regionalkreises der Studentengemeinden, welches im Vorfeld der Synode an die BOK gesandt wurde, hatte dieser die Möglichkeit einer basisdemokratischen Mitarbeit bei der Vorbereitung der Synode gefordert. Es wurden verschiedene pastorale und theologische Fragestellungen angesprochen und der Behandlung durch die Synode empfohlen. Einleitend heißt es: „Der Christ in der DDR findet sich in einer Situation vor, die bestimmt ist durch die zunehmende

[203] Vgl. Synode des Bistums Meißen. Dokumente. Dresden 1972.- Hierbei handelt es sich um einen hektographierten Dokumentenband der Synode, der bisher nicht im Druck vorliegt.- Von besonderer Bedeutung ist das theologische Grundsatzpapier „Ziele und Aufgaben der Erneuerung des Bistums Meißen nach dem II. Vatikanischen Konzil" (vgl. ebd. S. 18-38), das „erstmals in aller Deutlichkeit eine den evangelischen Kirchen vergleichbare Positionsbestimmung als Kirche in einer sozialistischen Gesellschaftsordnung vollzog und diese spezifische Situation einer Glaubensreflexion unterzog, um Zeugnis und Dienst der Kirche konkretisieren zu können". MECHTENBERG 1985 S. 94.- Dieser pastorale Ansatz der Synode führte zu erheblichen Dissonanzen zwischen Bischof Spülbeck und Kardinal Bengsch, „der dann auch seinen ganzen Einfluß geltend machte, diesen Ansatz nicht zur Wirkung kommen zu lassen". Ebd.- Eine dezidierte Aufarbeitung der Meißner Synode sowie der daraus resultierenden Auseinandersetzungen steht noch aus.

[204] Vgl. Synode des Bistums Meißen. Dokumente. Dresden 1972 S. 75.

[205] Vgl. ebd. S. 70.- Zur Frage der Personalpfarreien vgl. Punkt III.2.2.3. (Siehe S. 112 f.)

[206] Vgl. Konzil und Diaspora. Die Beschlüsse der Pastoralsynode der katholischen Kirche in der DDR. Leipzig 1977.

[207] Ebd. S. 121.

[208] Ebd. S. 122.

Divergenz zwischen dem Lebensvollzug, der sich auf dem Glauben gründet, und der Daseinsbewältigung, die in erster Linie dadurch geformt wird, daß sein Leben eingebettet ist in gesellschaftliche Funktionszusammenhänge. ... Daraus resultiert eine eigentümliche Flexibilität, die - ohne daß sie so recht bewußt wird - die Zuständigkeit des Glaubens für aktuelle Konflikte immer wieder aus diesen hinausdrängt. So entsteht unbemerkt ein Alltagsatheismus aus der scheinbaren Unerheblichkeit des Glaubens für die Bewältigung der gegenwärtigen Wirklichkeit."[209]

Diese - nicht neue - fundamentale Problematik wurde ausgehend von der Frage nach dem Selbstverständnis der Kirche und der Christen in der sozialistischen Gesellschaft bis hin zur Forderung, die ökumenische Arbeit zu verbessern, kritisch reflektiert. Man beklagte insbesondere „die Unfähigkeit, über nachbarschaftliche Gefälligkeit und die - fraglos wichtige - caritative Hilfe hinausgehend gesellschaftlich wirksame Dienste zu erbringen, sei es ein Beitrag zum Menschenbild, sei es die Formulierung von Ansichten zu den Zielsetzungen der gesamtgesellschaftlichen Entwicklung, sei es Motivation und Verständnishilfe für die Lebensführung des Einzelnen"[210].

Da nach einem halben Jahr noch keine Reaktion der BOK auf diesen Vorschlagskatalog erfolgt war, beschloß die Vollversammlung der Studentengemeinden, noch einmal schriftlich um eine Reaktion zu bitten. In diesem Schreiben heißt es u.a.: „Wir hoffen, daß unsere bisherigen Überlegungen Ihnen nützlich erscheinen sowie die bisher ungefragte Mitarbeit Sie davon überzeugt, daß wir redlich bemüht sind, an dem für die Kirche der DDR so wichtigen Vorhaben mitzuarbeiten."[211]

Hinsichtlich der Problematik des Christseins in der DDR ist es durch die Pastoralsynode zu keiner Neuorientierung gekommen. Nicht zuletzt diese Tatsache führte in den Studentengemeinden Mitte der 70er Jahre zur Resignation hinsichtlich einer Suche nach Möglichkeiten eines größeren Engagements als katholischer Studierender und Akademiker im gesellschaftlichen Bereich. Der bleibende Wert der vorzeitig beendeten Meißner Synode und der Pastoralsynode ist vor allem in der Einmischung der Studentengemeinden in deren Vorbereitung sowie in der inhaltlichen Auseinandersetzung mit den vorläufigen Synodenpapieren - insbesondere hinsichtlich des Themas „Beruf und Welt" - und der dabei eingeübten Streitkultur zu sehen.[212]

---

209 Vorschläge zur Thematik einer möglichen DDR-Synode und zu ihrer Vorbereitung. Vgl. Protokoll des Regionalkreises vom 01.02. 1970, 13 S. In: AAGST. DOKUMENT 36 S. 280-292.- Diese Überlegungen wurden von einer Gruppe der KSG Berlin erarbeitet. Die Vertreter des Regionalkreises stimmten ihnen am 01.02. 1970 mehrheitlich zu.

210 Ebd. S. 283.

211 Schreiben des Regionalkreises an die BOK vom 10.11. 1970. In: AAGST.- Im Januar 1971 erhielt der Regionalkreis als Reaktion auf seine Schreiben vom Sekretär der BOK lediglich die Kopie eines äußerst knapp gehaltenen Protokolls einer Konferenz der Ordinarien und der Mitglieder der Vorbereitungskommission der geplanten Pastoralsynode vom 08./09.01. 1971 zugesandt, aus dem lediglich hervorgeht, daß seitens der Bischofskonferenz die Vorbereitung einer Pastoralsynode angelaufen sei. In: Ebd.

212 Vgl. DÄHN 1982 S. 182-184.- So wurde z.B. das Vorpapier 5 „Apostolat und Weltdienst", in dem insbesondere die gesellschaftlichen Gegebenheiten in der DDR eingehend reflektiert und analysiert werden, noch vor der ersten Vollversammlung der Pastoralsynode von den Bischöfen zurückgezogen. „Lediglich einzelne Elemente fanden Eingang in eine andere Vorlage mit dem Titel ‚Dienst der Kirche für Versöhnung und Frieden'." Ebd. S. 184.

2.2.3. *Zur kirchenrechtlichen Stellung der Studentengemeinden*

Nach Rahner ist das „Ortsprinzip“, die Sammlung von Christen nach dem territorialen Gesichtspunkt, das grundsätzliche, aber nicht das alleinberechtigte Prinzip der Konstituierung von Gemeinden.[213] „Neben ihm steht in eigener Berechtigung das Standesprinzip und das Freigruppenprinzip, und zwar auch dann, wenn die ‚Stände‘ (in dem hier gemeinten Sinn) und die Freigruppen nicht als bloße Ausgliederungen der einzelnen Pfarrei auftreten.“[214] Aufgrund der heutigen Nomadisierung der Menschen könne die Kirche diese nicht mehr von ihrer territorialen Beheimatung allein her erreichen. Deshalb fragt Rahner z.B. hinsichtlich der Studierenden und der Akademiker, „kann dann die Seelsorge darauf verzichten, in gewissem, (nicht in kirchenrechtlichem!) Sinn eine ‚Personalpfarrei‘ für solche Menschen zu schaffen, den geistigen Raum zu verchristlichen, in dem diese Menschen nun einmal leben“[215]?

Bei dieser von Rahner avisierten - nicht im kirchenrechtlichen Sinne mit der Territorialpfarrei gleichrangigen - Personalpfarrei handelt es sich letztlich um eine „Personalgemeinde“, die mit einer gewissen Eigenständigkeit, einem Eigenleben und einem eigenen Verantwortungsbewußtsein ausgestattet ist.[216] Nach diesem - kirchenrechtlich defizitären - Modell arbeiten die Studentengemeinden bis heute.[217] Der Vorschlag der Meißner Synode, die Studentengemeinden in Dresden und Leipzig als Personalpfarreien zu errichten, wurde nicht weiter verfolgt.[218]

Für die konkrete Arbeit der Studentengemeinden hat die fehlende volle Jurisdiktion keine unmittelbare Auswirkung. Für die Studentenpfarrer bedeutet dies aber u.a., daß sie sich bei bestimmten sakramentalen Vollzügen, z.B. der Eheschließung oder der Taufe, vom jeweiligen Ortspfarrer delegieren lassen müssen. Außerdem sind sie in ihrer kirchenrechtlichen Stellung dem Bischof gegenüber weniger „stabil“, d.h. sie können einfacher reglementiert oder auch versetzt werden.[219] Schwerwie-

---

[213] Vgl. RAHNER 1956 S. 299-337, hier S. 324, sowie HAUSER 1965 S. 36. Werners versteht unter Ortshaftigkeit nicht nur lokale Ortshaftigkeit. Vgl. WERNERS 1965 S. 184.

[214] RAHNER 1956 S. 325.

[215] Ebd. S. 316.

[216] Vgl. FRIEBE 1972.

[217] Erinnert sei an dieser Stelle an die im deutschen Sprachraum einmalige Tatsache, daß in den 20er Jahren die Leipziger Studentengemeinde als Pfarrei konstituiert war. Vgl. I.2.5. (Siehe S. 33-36.)

[218] Vgl. III.2.2.2. (Siehe S. 109-111.)

[219] Aufgrund der Einladung des aus dem kirchlichen Dienst ausgeschiedenen Priesters und ehemaligen Studentenpfarrers von Magdeburg, Theo Mechtenberg, im Herbst 1973 zu einem Vortrag zum Thema „Christen in der Minderheit“ in die KSG Leipzig, wurde Studentenpfarrer Luckhaupt von Bischof Schaffran vorgeladen. Dieser teilte Luckhaupt u.a. mit, daß er vor der Frage stünde, ihn als Studentenpfarrer abzulösen. Er bewegte Luckhaupt zu dem Versprechen, in Zukunft keine aus dem kirchlichen Dienst ausgeschiedenen Priester zu Vorträgen mehr einzuladen.- Ein Priester aus Mecklenburg hatte Luckhaupt schriftlich bei Bischof Schaffran denunziert. Vgl. Registrat von Schaffran nach einem Gespräch mit Luckhaupt am 01.12. 1973. In: ABODM 32.109/09.- Wolfgang Luckhaupt war von 1971 bis 1982 Studentenpfarrer in Leipzig. Anschließend wurde er Gemeindepfarrer in Dresden und engagierte sich insbesondere bei der Vorbereitung der ökumenischen Versammlung. Im Jahre 1987 wurde er - unter noch ungeklärten Umständen - in der Nacht vom 21. zum 22. März in Dresden von einem Motorradfahrer angefahren und dabei tödlich verletzt.

gende Gründe für die Verweigerung einer weitergehenden kirchenrechtlichen Anerkennung der Studentengemeinden als Personalpfarreien sind nicht auszumachen, zumal anderen Personalgemeinden - z.B. in der Militärseelsorge - eine den Territorialpfarreien vergleichbare Jurisdiktion zugestanden wird.[220]

2.3. Neue Strukturformen

Bei einer Zusammenkunft der Ersten Sekretäre der FDJ-Bezirksleitungen im Jahre 1969 wurde festgestellt, daß in der kirchlichen Jugend- und Studentenarbeit Angriffe auf das sozialistische Bildungssystem durch Aktivitäten stattfänden, die der klassenmäßigen Erziehung entgegenstünden, sowie die Verteidigungspolitik der DDR durch die Verbreitung des Pazifismus in Frage gestellt würde. Diese allgemein gehaltenen Anschuldigungen wurden ergänzt durch die Beobachtung, daß sich der Schwerpunkt der kirchlichen Aktivitäten immer mehr von der religiösen Verkündigung und Erbauung auf eine allgemeine politische, kulturelle und sportliche Betätigung, die zunehmend über den Rahmen der Religionsausübung hinausgehe, verlagere. Dabei würden Formen einer Jugendorganisation deutlich. „Den Kirchen ist es gelungen, mit neuen Organisationsformen, neuen Methoden sowie mit qualifizierten Theologen, Katecheten und Laien auf einigen Gebieten ihrer Jugendarbeit Teilerfolge zu erzielen."[221] Diese in der Tendenz richtige Feststellung bezüglich struktureller und inhaltlicher Veränderungen in der kirchlichen Jugend-, Studenten- oder Akademikerarbeit ist auch innerhalb der katholischen Kirche nachweisbar.

Zwischen den Studentengemeinden in West- und Ostdeutschland gab es vielfältige Kontakte und Verbindungen, die aufgrund des Mauerbaus 1961 und der damit unterbundenen Reisemöglichkeit für Bürger der DDR neu gestaltet werden mußten. Dies galt ebenso für überregionale Veranstaltungen wie katholische Studententage, Bildungsseminare oder Bildungsreisen. Die veränderten Reisebedingungen sowie die grundsätzlich unterschiedlichen gesellschaftlichen und universitären Konstellationen in Ost und West führten nicht nur zu einer inhaltlich, sondern zwangsläufig auch zu einer strukturell divergierenden Entwicklung der Arbeit der ost- und westdeutschen Studentengemeinden.

Als Brücke zwischen den katholischen Studentengemeinden in Ost und West wurde Anfang der 60er Jahre durch die KDSE das Berliner Bildungszentrum (BBZ) errichtet.[222] Es diente insbesondere als Informations- und Bildungsstelle für die Part-

---

[220] Vgl. SCHWENDENWEIN 1984 S. 192 sowie 253f.- Der ehemalige Münsteraner Studentenpfarrer Werners verwies in einem Gespräch am 26.10. 1992 in Münster auf seine erfolglosen Bemühungen in den 60er Jahren als Leiter der Studentenpfarrerkonferenz des deutschen Sprachraumes, durch Interventionen bei der Deutschen Bischofskonferenz die kirchenrechtliche Stellung der Studentengemeinden zu verbessern.

[221] Vgl. Bericht über eine Tagung der Ersten Sekretäre der FDJ-Bezirksleitungen im Jahre 1969. Vgl. JA IZJ A 8.247.

[222] Vgl. Materialien der AGG 1/87 S. 5.

nerschaftsarbeit, insbesondere für die Ost-Arbeitskreise der westdeutschen Studentengemeinden.[223] Westdeutschen Studierenden wurde die Möglichkeit der Übernachtung geboten, um zu Tagesbegegnungen nach Berlin (Ost) reisen zu können. Außerdem wurden Seminare über Kirche, Staat und Gesellschaft in der DDR und die Chancen und Grenzen der Partnerschaftsarbeit durchgeführt.[224]

2.3.1. *Studentenpfarrerkonferenz*

Auf DDR-Ebene wurde in den 60er Jahren eine eigenständige Studentenpfarrerkonferenz gebildet.[225] Zu dieser gehörten die haupt- und nebenamtlichen Studentenpfarrer sowie die hauptamtlichen Assistentinnen und Assistenten. Für die Dauer von in der Regel drei Jahren wurde jeweils ein Vorsitzender der Studentenpfarrerkonferenz gewählt. Bis zum Mauerbau hatten die Studentenpfarrer der DDR an den Tagungen der Studentenpfarrerkonferenz des deutschsprachigen Raumes teilgenommen. Dies konnte nach 1961 nur über ausgewählte Delegierte oder bei den in der Regel einmal jährlich stattfindenden Tagungen dieser Konferenz in Ostberlin der Fall sein. Die Konferenz der Studentenseelsorger auf DDR-Ebene war neben dem Regionalkreis der Studentenvertreter[226] das maßgebliche Gremium für die organisatorische und inhaltliche Gestaltung der regionalen Bildungsarbeit.[227] Gleichzeitig diente sie als Informations- und Ideenbörse sowie dem Austausch der Erfahrungen in der Gemeindearbeit.[228]

Bis Anfang der 70er Jahre war der „Studentenpfarrer vom Reisedienst", der keine eigene Gemeinde zu betreuen hatte, für die Koordinierung der Zusammenarbeit der Studentenpfarrerkonferenz und des Regionalkreises sowie für die überregionalen Veranstaltungen verantwortlich.[229] Er stand den Studentengemeinden als Referent zur Verfügung und hatte im wesentlichen „die vier regionalen Wochenenden

---

223 Diese wurden offiziell in der Regel als Sozialreferate bezeichnet. Die Bundesregierung subventionierte derartige Kontakte, ebenso Treffen in mittel- und osteuropäischen Staaten. Vgl. dazu SOMMER, G., 1984 S.127-150.

224 Vgl. Schreiben des Leipziger Studentenpfarrers Luckhaupt vom 05.06. 1979. In: AAGST.

225 Das erste nachweisbare Protokoll einer DDR-Studentenpfarrerkonferenz ist auf den 28.08. 1965 datiert. In: AAGST.

226 Vgl. III.2.3.2. (Siehe S. 117 f.)

227 Vgl. z.B. Protokoll der Studentenpfarrerkonferenz vom 01.03. 1970 in Berlin. In: AAGST. DOKUMENT 37 S. 293-294.

228 Aufgrund einer Anfrage der Studentenvertreter der katholischen Studentengemeinden befaßte sich die Studentenpfarrerkonferenz im September 1973 mit ihrem Selbstverständnis. Als Ergebnis wurde u.a. konstatiert: Die Studentenpfarrerkonferenz sollte sich neben den aktuellen Problemen mehr als bisher mit grundsätzlichen Fragen der Gemeindearbeit und des Studentseins in der DDR befassen. Vgl. Protokoll der Studentenpfarrerkonferenz vom 14./15.09. 1973. In: AAGST.

229 Dieser wurde auch als „Studentenpfarrer z.b.V." (zur besonderen Verwendung) oder als „Studentenpfarrer für die außerordentliche Studentenseelsorge auf DDR-Ebene" bezeichnet. Bis zum 31.12. 1971 existierte dieses Amt, das zuletzt Pfarrer Muschick ausübte. Es wurde nicht wieder besetzt, obwohl diese Tätigkeit „von allen Studentengemeinden und Studentenpfarrern für nötig erachtet wird". Schreiben des Dresdner Studentenpfarrers Ulrich an die BOK vom 20.12. 1971. In: ABODM 321.09/09.

vorzubereiten; die Osterliturgie in Naundorf zu feiern; die Organisation von Werkwochen zu übernehmen, ebenso die Feriengestaltung; mit dem Regionalkreis zusammenzuarbeiten (wenigstens einmal im Semester mit diesem zusammenzukommen); am Sprechertag teilzunehmen, ebenso an der Pfarrerkonferenz"[230]. Neben dem Studentenpfarrer vom Reisedienst gab es ein eigenes Referat Studentinnenseelsorge. Dieses wurde im Jahre 1967 aufgegeben, weil verschiedene Einwände gegen eine besondere Studentinnenarbeit immer stärker wurden. Insbesondere die Studentinnen selbst lehnten dieses Referat ab und waren der Meinung, daß spezifisch weibliche Probleme und Fragestellungen eine gewisse Öffentlichkeit vertrügen.[231]

Die Fachschülerseelsorge wurde bis zu deren Angliederung an die Studentenseelsorge Ende der 60er Jahre überwiegend noch in Abstimmung mit der Jugendseelsorge getätigt.[232] In Städten, in denen es ausschließlich Fachschulen gab, wie in Reichenbach oder Glashütte, wurden Gemeinden für Fachschüler gebildet. In Hochschul- und Universitätsstädten nahmen die Fachschüler mit einem Alter von über 18 Jahren am Leben der Studentengemeinden teil. Die immer wieder diskutierten „Minderwertigkeitskomplexe" der Fachschüler spielten dann keine Rolle mehr, nicht zuletzt auch deshalb, weil manch einer der Fachschüler aus politischen Gründen keine Hochschulreife erlangen konnte.[233]

Zwischen der BOK und der Studentenpfarrerkonferenz kam es insbesondere in den 60er und 70er Jahren aufgrund von kirchenpolitischen und theologischen Meinungsverschiedenheiten immer wieder zu Konflikten. Als „Berliner Vorfall" wird folgende Begebenheit bezeichnet: Am 12. Oktober 1971 sollte im Bildungsheim des Bischöflichen Stuhles St. Josef in Berlin, Pappelallee, eine Zusammenkunft von Studentenpfarrern des deutschen Sprachraumes stattfinden. Auf Anweisung von Kardinal Bengsch wurde die Durchführung dieser Tagung in der Pappelallee verboten, weil westdeutsche Studentenpfarrer sich einige Tage zuvor öffentlich gegen eine Erklärung der Deutschen Bischofskonferenz zur KDSE ausgesprochen hatten. Kardinal Bengsch bemerkte dazu in einem Schreiben an den Münsteraner Studentenseelsorger Waltermann vom 24.10. 1972: „In dieser - öffentlich bekannten - Lage

---

230 Vgl. Protokoll der Studentenpfarrerkonferenz vom 09.01. 1967. In: AAGST.

231 Vgl. ebd.

232 Ein Vertreter der Fachschulseelsorger nahm jeweils an den Studentenpfarrerkonferenzen teil. Vgl. Protokolle der Studentenpfarrerkonferenzen aus den 60er Jahren. In: AAGST.- In einem Protokoll der Studentenpfarrerkonferenz vom 24./25. 09. 1968 wurde noch die Einrichtung von eigenen Fachschülerwochenenden erwogen. In: AAGST.- Im Bistum Meißen existierte ein eigenes Referat für Fachschulseelsorge, welches im September 1972 aufgehoben wurde. Vgl. Rundschreiben des Ordinariats des Bistums Meißen vom 13.09. 1972 S. 2. In: AKSGL.

233 Die Vertreter des Regionalkreises stellten 1968 fest: „An den Orten, wo eine KSG existiert, lohnt sich eine eigene Fachschulseelsorge nicht. Diese Fachschüler sollten sich als vollwertige KSG-Mitglieder fühlen." In: Protokoll des Regionalkreises vom 30.11./01.12. 1968 S. 2.- Eine ähnlich gelagerte Diskussion wurde auch in den katholischen Akademikerkreisen geführt. Dabei war man sich Ende der 60er Jahre einig, unter „Akademiker" nicht nur Hochschulabsolventen zu verstehen, sondern alle, die zur Reflexion befähigt sind, um sich mit Fragen der Theologie, der Philosophie oder der Soziologie auseinanderzusetzen. Vgl. z.B. Vortrag von Theo Mechtenberg aus dem Jahre 1967 zum Thema: Kirchliche Akademikerarbeit heute. In: AKSGL.

kann die Studentenpfarrerkonferenz nicht gleichzeitig in einem Haus tagen, das als bischöfliches Bildungsheim für den Dienst am Glauben und für die Pastoral in kirchlichem Auftrag bestimmt ist."[234] Die Konferenz konnte dennoch in Berlin tagen - in einem Bildungshaus der evangelischen Kirche. Das schwierige Verhältnis der Studentenpfarrerkonferenz zur BOK veranlaßte die Studentenpfarrer zu folgendem Beschluß: „Es wird empfohlen, daß in den einzelnen Diözesen die Studentenpfarrer mit den Ordinarien sprechen und über ihre Arbeit berichten, damit das Verhältnis Studentenseelsorger - Ordinarienkonferenz freundlicher wird."[235]

Vom 16. bis 19. April 1968 fand eine erste gemeinsame katholisch-evangelische Studentenpfarrerkonferenz auf DDR-Ebene statt, an der 30 evangelische und 16 katholische Studentenseelsorger teilnahmen.[236] „Voraus gingen regelmäßige Gespräche von je zwei Studentenpfarrern beider Konfessionen, die sich etwa zweimal im Jahr trafen. Ebenso ging voraus ein Beobachterstatus an den jeweiligen Tagungen der getrennten Konferenzen."[237] Bis dahin war die Kontaktnahme zwischen den evangelischen und katholischen Studentengemeinden überwiegend lokal geprägt, insbesondere durch gemeinsame Gottesdienste und Arbeitskreise sowie Referentenaustausch.[238]

In diesem Zusammenhang war es bereits Ende 1965 offenkundig geworden, daß „niemand im Namen der Region sprechen kann, weil eine deutliche, mit Vollmachten ausgerüstete Institution fehlt"[239]. Man beschloß deshalb, zunächst eine regionale Verfassung der katholischen Studentengemeinden in der DDR zu erarbeiten.[240] Weiter wurde bemängelt, daß es keine Geschäftsstelle der katholischen Studentengemeinden in der DDR gäbe.[241]

---

[234] In: AAGST.- In einem Schreiben des Leipziger Studentenpfarrers Luckhaupt an den Meißner Bischof Schaffran vom 12.11. 1971 heißt es: „Diese Angelegenheit erscheint mir deshalb so bedauerlich, weil das Hausverbot des Herrn Kardinal ein Mißtrauen gegen uns darstellt, so, als ob wir nicht in der Lage wären, westliche theologische Positionen kritisch zu betrachten. Sollten die von Herrn Kardinal genannten Gründe nicht die eigentlichen sein, dann ist es ebenfalls unerklärlich, weshalb er die eigentlichen uns nicht mitgeteilt hat, da sicherlich bei uns eine Bereitschaft vorhanden ist, schwerwiegende Gründe miteinander zu erwägen." In: ABODM 321.09/09.

[235] Vgl. Protokoll der Studentenpfarrerkonferenz vom 26.08. 1969. In: AAGST.

[236] Vgl. Schreiben der Studentenpfarrerkonferenz an den Berliner Bischof und Vorsitzenden der BOK, Alfred Kardinal Bengsch, vom 25.04. 1968. In: AAGST.

[237] Ebd.

[238] In einem Schreiben an die Mitglieder der Studentenpfarrerkonferenz vom 31.05. 1977 verweist Studentenpfarrer Luckhaupt auf die mangelnde Teilnahme an der ökumenischen Studentenpfarrerkonferenz im Jahre 1977. „Wir mußten uns von unseren evangelischen Mitgliedern fragen lassen, wie ernst wir das ökumenische Bemühen nehmen." In: AAGST.

[239] Vgl. Protokoll der Studentenpfarrerkonferenz vom 19.12. 1965. In: AAGST.

[240] Vgl. III.2.3.3. (Siehe S: 118-120)

[241] Zur Einrichtung einer derartigen Geschäftsstelle ist es bis 1989 nicht gekommen. Im Jahre 1968 wurden gar Überlegungen zwecks Aufbau einer ökumenischen Geschäftsstelle der Studentengemeinden in der DDR angestellt. Man begründete dies mit identischen Problemen und Interessen der evangelischen und katholischen Studierenden und versprach sich davon insbesondere die Schaffung einer Basis für eine gemeinsame Arbeit bezüglich der Vorbereitung und Durchführung regionaler Veranstaltungen sowie eine effektivere Erarbeitung und Weitergabe von Analysen, Dokumentationen und Informationen. Vgl. Protokoll der Studentenpfarrerkonferenz vom 24./25.09. 1968. In: AAGST.

2.3.2. Vom Regionalkreis zum Zentralen Arbeitskreis

Der Regionalkreis, der aufgrund eines Beschlusses einer Konferenz der Sprecher der Studentengemeinden am 07. Januar 1967 gebildet wurde,[242] entwickelte sich neben der Studentenpfarrerkonferenz zur wichtigsten Institution der katholischen Studentengemeinden in der DDR. Jeweils eine Studentin und ein Student waren ein bis zwei Jahre als Sprecher des Regionalkreises tätig, zu dem in der Regel zwei Vertreter der Studentenpfarrerkonferenz sowie zehn delegierte Studierende aus den Gemeinden jeweils für einen Zeitraum von zwei Jahren gehörten. Der Regionalkreis tagte meist zwei bis vier Mal pro Semester.[243]

Im Jahre 1972 wurden der Regionalkreis sowie verschiedene - von diesem organisierte - Veranstaltungen umbenannt. In einem Protokoll eines Sprechertages heißt es: „Der leichteren Verständlichkeit wegen und um Mißverständnisse in Zukunft zu vermeiden, wurde nach Beratung beschlossen, einige Bezeichnungen zu ändern: statt bisher ‚Regionalkreis' jetzt ‚Zentraler Arbeitskreis', statt ‚regionale Wochenenden in Roßbach' jetzt ‚zentrale Wochenenden in Roßbach', statt ‚großer und kleiner Sprechertag' jetzt ‚Winter- und Sommersprechertag'."[244]

Eine der Hauptaufgaben des RK/ZAK bestand in der inhaltlichen und organisatorischen Vorbereitung und Durchführung der Studentenwallfahrten nach Rosenthal. Die Studentenwallfahrten, die seit Ende der 50er Jahre alle zwei Jahre in Rosenthal bei Bautzen durchgeführt werden und an denen bis zur Wende 1989 jeweils ein- bis zweitausend Studenten teilgenommen haben - nach der Wende hat sich die Teilnehmerzahl auf wenige Hundert reduziert -, hatten nicht nur eine religiöse Bedeutung, sondern aufgrund der dabei in Arbeitsgruppen oder bei Vorträgen behandelten Themen und geführten Diskussionen zu gesellschaftlichen, universitären und kirchlichen Fragen auch bezüglich der Bildungsarbeit einen hohen Stellenwert.[245] In der Bundesrepublik hat sich eine derartige Wallfahrtstradition nicht herausgebildet - genauer gesagt: nicht herausbilden müssen -, weil hier andere Formen der Auseinandersetzung mit derartigen Fragestellungen sowohl im universitären wie im kirchlichen Raum vorhanden waren. Diese Funktionalisierung einer religiösen Ver-

---

[242] Vgl. Bericht des Vorsitzenden der Studentenpfarrerkonferenz über die Arbeit der katholischen Studentengemeinden in der DDR für das Jahr 1966. In: AAGST.

[243] Vgl. dazu Protokoll einer Sitzung des Regionalkreises vom 20./21.02. 1971. In: AAGST. DOKUMENT 38 S. 294-296.

[244] Protokoll des Sprechertages vom 15.-17.12. 1972 in Roßbach. In: AAGST.- Diese Umbenennung zeigt auch eine gewisse Verselbständigung und Abnabelung von den westdeutschen Studentengemeinden an.- Seit 1973 werden in den Protokollen des ZAK nicht mehr die Namen der einzelnen Mitglieder genannt, sondern lediglich der Hochschulstädte. Dadurch wollte man den ZAK-Mitgliedern eine gewisse Anonymität zukommen lassen und sie vor möglichen Schwierigkeiten an der Universität, Hoch- oder Fachschulen schützen.

[245] Vgl. z.B. Protokoll des Sprechertages und der Sitzung des Regionalkreises vom 02.-04.1. 1970, in dem Vorschläge für die thematischen Arbeitskreise der Studentenwallfahrt im Jahre 1970 aufgelistet werden. In: AAGST. Vgl. DOKUMENT 39 S. 298-302.- Auf dem Sprechertag im Dezember 1972 wurde u.a. die Frage diskutiert, anstelle einer Wallfahrt eine Arbeitstagung durchzuführen. In: AAGST. Vgl. DOKUMENT 38 S. 297.

anstaltung gilt auch für die Patronatsfeste der Studentengemeinden, bei denen neben einem Festgottesdienst und geselligem Beisammensein eine Festakademie auf dem Programm stand.

Weitere Veranstaltungen, die vom Zentralen Arbeitskreis in Zusammenarbeit mit der Studentenpfarrerkonferenz verantwortlich durchgeführt wurden, waren Sprechertage zur Schulung der in den Gemeinden fungierenden Sprecherinnen und Sprecher, thematische Wochenenden, die allen Mitgliedern der Studentengemeinden zur Teilnahme offen standen, sowie die Winterakademie, welche auch der Begegnung mit Vertretern westdeutscher Studentengemeinden diente. Bei diesen Veranstaltungen war es möglich, sich über kirchliche und gesellschaftliche Entwicklungen in den beiden deutschen Staaten auszutauschen und westdeutsche Hochschullehrer oder Schriftsteller aus der DDR, die mitunter in der DDR keine Publikationsmöglichkeit hatten, zu hören und mit diesen ins Gespräch zu kommen.

2.3.3. Statut der katholischen Studentengemeinden in der DDR

Für die strukturelle und organisatorische Entwicklung der regionalen Arbeit der katholischen Studentengemeinden in der DDR sind vor allem die Impulse des Zweiten Vatikanischen Konzils, die Verbannung der Studentengemeinden aus der universitären Öffentlichkeit sowie die durch den Mauerbau entstandene Ghettosituation als maßgebliche Ursachen anzusehen.[246] Außerdem kam es in den 60er und Anfang der 70er Jahre immer wieder zu Differenzen zwischen den bundesdeutschen Studentengemeinden und der Deutschen Bischofskonferenz. „Der Vorwurf an die Adresse der KDSE lautete: Politische Einseitigkeit, im Klartext ‚Linkslastigkeit' und ein Gemeindeverständnis der KDSE, das nicht mit der überkommenen Lehre der Kirche übereinstimme."[247] Im März 1973 entzog die Deutsche Bischofskonferenz der KDSE die Anerkennung als Repräsentantin der katholischen Studentenschaft und damit auch die finanzielle Förderung durch kirchliche Mittel. Auf einem Gemeindevertretertag im Dezember 1973 beschlossen die Delegierten die Auflösung der KDSE und die Gründung der AGG, der Arbeitsgemeinschaft katholischer Studenten- und Hochschulgemeinden in der BRD.[248]

Bereits vier Jahre zuvor war ein Statut - bis zur Auflösung der KDSE firmierte es als „Regional"-Statut - der katholischen Studentengemeinden in der DDR erarbeitet wor-

---

246 Nach dem Bau der Mauer ist in Verlautbarungen der KDSE aus kirchenpolitischen Gründen nicht mehr öffentlich von der Zusammenarbeit mit den Studentengemeinden in der DDR die Rede. Vgl. z.B. Schwerpunktprogramm für die weitere Arbeit der katholischen Studentengemeinden, der Projektbereiche und des Vorstandes der KDSE - beschlossen vom Gemeindevertretertag vom 17. bis 21.07. 1971. In: AAGST.- Unbeschadet davon wurde die finanzielle Unterstützung und die Partnerschaftsarbeit zwischen west- und ostdeutschen Studentengemeinden fortgesetzt.

247 Materialien der AGG 1/87 S. 6.

248 In einem Schreiben der Gründungsversammlung der AGG vom 03.12. 1973 an die Mitglieder der Deutschen Bischofskonferenz wird - wiederum aus kirchenpolitischen Gründen - auf die ehemalige Region Ost der KDSE oder die Partnerschaftsbeziehungen zu ostdeutschen Studentengemeinden nicht eingegangen. Vgl. ebd. S. 76-78.

den, in dem die Zusammensetzung, die Aufgaben und die Arbeitsweise des Regionalkreises und anderer Gremien geregelt wurde. Dieses Statut wurde nach einem langwierigen Diskussionsprozeß im November 1969 vom Regionalkreis verabschiedet[249] und am 4. Januar 1970 von der Vollversammlung der Studentengemeinden angenommen.[250] Damit wurde eine Entwicklung abgeschlossen, welche bereits Anfang der 50er Jahre eingesetzt hatte und die jetzt zu einer Verselbständigung der Arbeit der katholischen Studentengemeinden in der DDR in organisatorischer Hinsicht führte.

In diesem Statut heißt es einleitend: „Die Studentengemeinden der einzelnen Jurisdiktionsbezirke arbeiten auf DDR-Ebene zusammen. Diese Zusammenarbeit soll den einzelnen Gemeinden durch Anregung und Koordinierung dienen. Sie soll es ermöglichen, die Anliegen der Studentengemeinden bei der Ordinarienkonferenz und den örtlichen Gliederungen der Kirche zu vertreten und Verbindungen zu den örtlichen Organen der evangelischen Studentengemeinden der DDR sowie zu den Studentengemeinden anderer Länder herzustellen. Organe der katholischen Studentengemeinden der DDR sind: die Vollversammlung, die Sprecherkonferenz, die Studentenpfarrerkonferenz, der zentrale Arbeitskreis und das Leitungsgremium."[251]

Die *Vollversammlung*, das erste Organ der katholischen Studentengemeinden in der DDR, bilden die Sprecherkonferenz, die Studentenpfarrerkonferenz und der Zentrale Arbeitskreis. Sie tagt normalerweise zweimal im Jahr und „gibt Richtlinien für die gemeinsame Arbeit und beschließt zentrale Veranstaltungen. Sie behandelt Anträge der Sprecherkonferenz, der Studentenpfarrerkonferenz und des ZAK."[252]

Die *Sprecherkonferenz*, welche aus den amtierenden Sprechern bzw. Delegierten der Gemeinden (Berlin, Dresden, Leipzig, Halle, Jena und Magdeburg haben jeweils vier Stimmen, alle übrigen Gemeinden zwei Stimmen) sowie den studentischen Mitgliedern des ZAK besteht, trifft sich ebenfalls in der Regel zweimal pro Jahr und berät die von den Studentengemeinden, dem ZAK und der Studentenpfarrerkonferenz vorgeschlagenen Arbeitsfragen.- „Auf diesen Tagungen wird außerdem ein Thema behandelt."[253] Neben der Weiterbildung der Sprecher dient diese Konferenz dem gegenseitigen Informations- und Ideenaustausch[254], der Planung zentraler Veranstaltungen und der Koordinierung der Arbeit mit den evangelischen Studentengemeinden.

Die *Studentenpfarrerkonferenz* „berät pastorale Fragen, macht Vorschläge für die gemeinsame Arbeit und die zentralen Veranstaltungen. Zusammen mit dem ZAK ist

---

[249] Vgl. Protokoll der Sitzung des Regionalkreises vom 01./02. 11. 1969. In: AAGST.

[250] Vgl. Protokoll über die Vollversammlung der Studentengemeinden vom 07.01. 1970. In: AAGST.

[251] Statut der katholischen Studentengemeinden in der DDR - überarbeitete Fassung, die auf der Vollversammlung vom 12.-14. September 1975 angenommen wurde. In: AAGST. DOKUMENT 40 S. 303-306.

[252] Ebd. S. 303.- Die Studentenpfarrerkonferenz hat in der Vollversammlung kein Vetorecht.- In der BRD wurde dagegen auf Intervention der Deutschen Bischofskonferenz im Jahre 1984 im Statut der AGG eine Vetorecht der Studentenpfarrer innerhalb der Sprechergruppe durchgesetzt. Vgl. Materialien der AGG 1/87 S. 8.

[253] Statut der katholischen Studentengemeinden in der DDR. DOKUMENT 40 S. 304.

[254] In den 70er und 80er Jahren wurde eine Kartei der Referenten der katholischen Studentengemeinden aufgebaut, die bei der Erstellung der Semesterprogramme in den Gemeinden zu Rate gezogen werden konnte.

sie für die Durchführung dieser Veranstaltungen verantwortlich, vertritt sie die Anliegen der Studentengemeinden bei der Ordinarienkonferenz und den örtlichen Gliederungen der Kirche und unterbreitet den Ordinarien Vorschläge zur Berufung oder Abberufung haupt- und nebenamtlicher Studentenpfarrer."[255]

Das vierte Organ der katholischen Studentengemeinden in der DDR ist der *Zentrale Arbeitskreis*, das von der Sprecher- und der Pfarrerkonferenz beauftragte exekutive Organ. Dieses ist der Vollversammlung rechenschaftspflichtig. Zum ZAK gehören als Sprecher ein Student und eine Studentin - jeweils für ein Jahr aus den Reihen des ZAK gewählt -, zwei hauptamtlich in der Studentenseelsorge tätige Vertreter der Studentenpfarrerkonferenz sowie von den Gemeinden delegierte Studierende, und zwar je ein Vertreter aus Berlin, Dresden, Erfurt, Halle, Jena, Karl-Marx-Stadt, Leipzig, Magdeburg, Rostock und dem Philosophisch-Theologischen Studium Erfurt. Diese Vertreter sind jeweils auch für die benachbarten Gemeinden verantwortlich, die keinen eigenen Delegierten im ZAK haben. Der ZAK „konkretisiert die von der Vollversammlung beschlossenen Arbeitsvorhaben und befaßt sich mit speziellen, die Studentengemeinden betreffenden Fragen"[256] . Außerdem wird dem ZAK das Recht zugesprochen, Vorschläge zur Berufung bzw. Abberufung der haupt- und nebenamtlichen Studentenpfarrer zu unterbreiten.[257]

Das *Leitungsgremium*, welches aus den beiden ZAK-Sprechern und dem Vorsitzenden der Studentenpfarrerkonferenz besteht, beruft den ZAK und gegebenenfalls eine außerordentliche Vollversammlung ein. „Das Leitungsgremium ist berechtigt, in dringenden Fällen im Namen der Studentengemeinden der DDR zu entscheiden."[258]

Mit der Erarbeitung und Verabschiedung dieses Statutes kam die strukturelle und organisatorische Entwicklung der regionalen und übergemeindlichen Arbeit der katholischen Studentengemeinden in der DDR zu einem grundsätzlichen Abschluß. Es bildete die Grundlage für die Koordinierung der Zusammenarbeit der einzelnen Studentengemeinden, für die Vertretung ihrer Angelegenheiten gegenüber der Bischofskonferenz und für die zentrale Bildungsarbeit in der Form von Sprechertagen und thematischen Wochenenden. Auf die Zusammenarbeit mit dem Berliner Bildungszentrum und die Partnerschaftsarbeit mit westdeutschen Studentengemeinden wurde in diesem Statut aus kirchenpolitischen Gründen nicht eingegangen.[259]

---

[255] Statut der katholischen Studentengemeinden in der DDR. DOKUMENT 40 S. 305.

[256] Ebd. S. 305.

[257] Davon machte der ZAK z.B. im Jahre 1977 Gebrauch, als der Magdeburger Bischof Braun über Monate der KSG Halle den Zutritt und die weitere Benutzung der Räumlichkeiten am Mühlweg in Halle verbot und es zu einer permanenten Konfliktsituation zwischen weiten Teilen der KSG und dem von Bischof Braun eingesetzten Studentenpfarrer Richter gekommen war. Vgl. Schreiben des ZAK an den Magdeburger Bischof Braun vom 22.10. 1977. In: AAGST. DOKUMENT 41 S. 307-309.

[258] Statut der katholischen Studentengemeinden in der DDR. DOKUMENT 40 S. 306.

[259] Als eine der fünf überdiözesanen Arbeitsgemeinschaften (neben der Studentenseelsorge sind dies die Kinder-, Jugend, Erwachsenen- und Akademikerseelsorge) war die Studentenseelsorge in der entsprechend den Beschlüssen des Zweiten Vatikanischen Konzils auf DDR-Ebene gebildeten Pastoralkonferenz vertreten. Vgl. Schreiben von Michael Ulrich an die Mitglieder des Regionalkreises vom 26.10 1970. In: AAGST.

2.4. Zur Bildungsarbeit

Die thematischen Schwerpunkte der Bildungsarbeit in den Gemeinden, die den Studierenden eine Nische außerhalb des von der SED totalitär beherrschten universitären Bereiches sowie ein Forum für vielfältige Aktivitäten boten, wurden im wesentlichen von den Studierenden selbst vor allem über den Gemeinderat und das Sprecheramt bestimmt. Aus den thematischen Akzentsetzungen im Zeitraum von 1961 bis 1989 lassen sich zwei Etappen der Bildungsarbeit feststellen: Zum einen die Etappe von 1961 bis Mitte der 70er Jahre, die von der Suche nach einem verantwortlichen Platz als christlicher Studierender und Akademiker in der DDR-Gesellschaft geprägt war,[260] zum anderen die Etappe von Mitte der 70er Jahre bis zum Zusammenbruch der SED-Diktatur im Herbst 1989, in der zunächst ein Rückzug auf mehr religiöse und psychoanalytische Fragestellungen festzustellen ist; Anfang der 80er Jahre ist es - ausgehend von der Beschäftigung mit der Friedensproblematik - wieder zu einer verstärkten Auseinandersetzung mit gesellschaftlichen Problemstellungen sowie zu einer Intensivierung der Zusammenarbeit mit den evangelischen Studentengemeinden gekommen.[261]

2.4.1. Forum und Aktionsraum

Die Studentengemeinden waren auch im Zeitraum von 1961 bis 1989 Gemeinschaften, in denen sich vornehmlich, aber nicht ausschließlich, katholische Studierende der verschiedenen Hoch- und Fachschulen eines Studienortes versammelten. Sie boten ein Forum für Bildungsarbeit und Diskussionen sowie Raum für kulturelle und soziale Aktivitäten oder persönliche Gespräche. Der Höhepunkt des wöchentlichen Gemeindelebens war der Hauptabend in der Regel als Vortrag mit Diskussion.[262] Die

---

[260] In den 60er Jahren knüpften die Studentengemeinden Kontakte nach Osteuropa, insbesondere nach Polen. Nach Mechtenberg wurde auf diese Weise ein Beitrag zur Aussöhnung mit dem polnischen Volk geleistet; so Mechtenberg in einem Gespräch am 04.12. 1992 in Vlotho.- Jeder fünfte Teilnehmer (21 %) der Befragung insgesamt hat angegeben, daß seine KSG Kontakte zu christlichen Studenten in Osteuropa unterhalten hat (vgl. FRAGE 44) - bis 1961 waren es nur 10 %, danach 32 %; diese deutliche Steigerung ist zum einen auf den Bau der Mauer und die damit unterbundene Reisemöglichkeit in Ost-West-Richtung zurückzuführen, zum anderen aber auch auf eine veränderte Einstellung zu den Nachbarn im Osten, die weit mehr unter der kommunistischen Diktatur zu leiden hatten. In Chemnitz (bis 1990 Karl-Marx-Stadt) existierte in den 70er und 80er Jahren eine eigene polnische Studentengemeinde, die von einem polnischen Priester betreut wurde (vgl. FB 82).- „Pfarrer Brockhoff hat uns nach Polen ‚gejagt'", heißt es im Fragebogen 111; „Westbücher kamen über Polen", wird im Fragebogen 130 berichtet.

[261] In Köthen und Altenburg bildeten sich in den 80er Jahren ökumenische Studentenkreise, die das Bildungsprogramm grundsätzlich gemeinsam veranstalteten. Vgl. Struktur der katholischen Studentenseelsorge in der DDR - Stand Januar 1990. In: AAGST.

[262] Als weitere Formen des wöchentlichen Hauptabends werden im Frühjahrssemesterprogramm der KSG Leipzig von 1981 genannt: „Pro und Contra" - zwei Referenten vertreten verschiedene Standpunkte - sowie „Referentengespräch" - in drei Kreisen diskutiert jeweils ein Referent mit den Studierenden zu einem Thema. In: AKSGL.

Themen dieser Vorträge waren primär nicht von religiösem oder theologischem Inhalt. In einem weitaus größerem Umfang wurden Fragen der Philosophie und Soziologie, naturwissenschaftliche Problemstellungen oder Themen aus Kunst und Literatur sowie von aktuellen gesellschaftlichen oder kirchlichen Entwicklungen ausgehende Fragestellungen behandelt. Der Hauptabend wurde in vielen Studentengemeinden mit einer Meßfeier begonnen.[263]

Zu den weiteren Programmpunkten der wöchentlichen Bildungsarbeit sind Glaubens- und Bibelseminare sowie thematische Arbeitskreise und Wochenendseminare zu zählen,[264] in denen ebenso Fragestellungen der Philosophie, Kunst, Geschichte oder Literatur häufiger anzutreffen sind als theologische oder kirchliche Themen. Auf diese Weise hatten die Studierenden die Möglichkeit zu einem fächer- und semesterübergreifenden Dialog, der im Alltag des verschulten DDR-Hochschulwesens nicht möglich war. Den Bibliotheken der Studentengemeinden kam in diesem Zusammenhang eine besondere Bedeutung zu, weil sie mit einer Vielzahl von in der DDR nicht zugänglicher belletristischer und wissenschaftlicher Literatur ausgestattet waren.[265] Diese Bibliotheken wurden vor allem mit Hilfe der westdeutschen Partnergemeinden aufgebaut. Auf oft abenteuerlichen Wegen, u.a. über Polen, wur-

---

[263] Im Jahresbericht der KSG Dresden aus dem Jahre 1968 heißt es z.B.: „Im Frühjahrssemester wurde erstmals ein Buch des Neuen Testaments zum Ausgangspunkt der Vorträge genommen: Der Römerbrief des Apostels Paulus. Es zeigte sich, wie dieser Brief zu allen Zeiten das Denken der Kirche beeinflußt hat bis auf unsere Tage. ... Im Herbstsemester gingen wir umgekehrt vor: Es wurde nicht die Offenbarung der Schrift befragt auf ihre Aussage für unsere heutige Zeit, sondern wir gingen heutigen Problemstellungen nach, um zu sehen, wie die Offenbarung auf sie antwortet. Das Semesterthema lautete deshalb: Soziologisches Denken und die Verantwortung des Christen. Bei diesen Vorträgen merkte man besonders, wie nahe man dem Puls der Zeit war." Jahresbericht 1968 der KSG Dresden an das Bischöfliche Ordinariat Meißen. In: AKSGD.

[264] „Eine gewisse Veränderung im Stil der Arbeit bahnt sich an durch die zunehmende Veranstaltung von ‚Wochenenden'. Bisher wurde die gesamte religiöse Bildungsarbeit in den örtlichen Gemeinden vorgenommen; eine Ausweitung darüber hinaus ergab sich fast nur aus dem Besuch der Patronatsfeste der anderen Gemeinden. Für das kommende Jahr sind ... acht Wochenenden geplant, die hauptsächlich von Pfr. Brockhoff und Dr. Sonntag gehalten werden." Jahresbericht 1962 der KSG Dresden an das Bischöfliche Ordinariat des Bistums Meißen. In: AKSGD.- Adolf Brockhoff war in den 50er und 60er Jahren Studentenpfarrer in Halle; Franz Peter Sonntag arbeitete in den 60er Jahren als Studentenpfarrer vom Reisedienst und war bis in die 80er Jahre ein viel gefragter Referent in den Studentengemeinden.- FRAGE 31 lautet: *Neben den wöchentlichen Vortragsveranstaltungen gab es eine Reihe weiterer Veranstaltungen in den KSGen. Kreuzen Sie bitte diejenigen Aktivitäten an, an denen Sie teilgenommen haben!* Folgendes Ergebnis ist zu konstatieren: *Glaubensseminar* - 61 Nennungen (22 %); *Bibelkreis* - 49 (17 %); *Sonntagsmesse* - 208 (73 %); *Wallfahrt* - 161 (57 %); *Theatergruppe* - 51 (18 %); *thematische Arbeitskreise* - 131 (46 %); *Patronatsfest* - 244 (86 %); *Chor* - 26 (9 %); *Wochenendseminare* - 165 (58 %); *Soziale Aktivitäten* - 69 (24 %); *Ehevorbereitungsseminare* - 15 (5 %) sowie *Theologie im Fernkurs* - 9 (3 %).- Zwischen den Zeiträumen von 1945 bis 1961 und 1961 bis 1989 sind auffällige Veränderungen bei der Beantwortung dieser Frage nur hinsichtlich folgender Punkte feststellbar, die jeweils eine Steigerung der Nennungen bedeutet: *Wallfahrt* (vor 1961 - 41 % auf 72 % - nach 1961); *thematische Arbeitskreise* (von 41 % auf 52 %); *Wochenendseminare* (von 45 % auf 71 %) sowie *Soziale Aktivitäten* (von 20 % auf 29 %).

[265] Von den Respondenten insgesamt nutzten 71 % die Bibliothek der KSG, vor 1961 waren es 61 %, nach 1961 stieg der Anteil der Benutzer auf 81 % (vgl. FRAGE 33).

den diese Publikationen in die DDR gebracht. Büchersendungen aus Westdeutschland per Post wurden in vielen Fällen beschlagnahmt.[266]

Der jährliche Höhepunkt der Arbeit der Studentengemeinden ist das Patronatsfest - mit Festakademie und Festgottesdienst sowie nicht selten mit einem von den Studentinnen und Studenten vorgeführten Theaterstück -, zu dem neben den Studierenden insbesondere die Absolventen der Gemeinde sowie Studierende anderer Studentengemeinden eingeladen wurden. Weitere hervorzuhebende Programmpunkte sind ökumenische Aktivitäten, die in der Regel in ihrer Intensität weit über die ökumenische Arbeit in den Ortsgemeinden hinausgingen und als vorbildhaft für diese anzusehen sind,[267] die Partnerschaftsarbeit mit westdeutschen Gemeinden, bei denen über die persönliche Kontaktnahme hinaus auch thematisch gearbeitet wurde, gemeinsame Ferienfahrten oder der Besuch von Kulturveranstaltungen.[268]

Das primäre Ziel der Arbeit der Studentengemeinden wurde in der Befähigung der Studierenden zu einer Lebensorientierung aus dem christlichen Glauben gesehen.[269] „Ausgehend von den Erwartungen und Bedürfnissen soll das Gemeindeleben beitragen zu kritischem Bewußtsein, zum Mündigwerden, zur Persönlichkeitsbildung. Das Gemeindeleben soll Hilfe zur Selbsthilfe sein. ... Die Studentengemeinde soll eine Vertrauensatmosphäre schaffen, in der sowohl weiterhelfende Gespräche als auch harte sachliche Auseinandersetzungen möglich sind. Dabei ist von jedem das Interesse an der Emanzipation des anderen gefordert."[270] Die Arbeit der Gemeinden vor Ort wurde wiederum in Statuten geregelt.[271]

---

[266] In einer Vorlage des Rates des Bezirkes Leipzig für das Sekretariat der Bezirksleitung der SED über Kirchenfragen vom 11.03. 1966 werden in einer Anlage detaillierte Angaben zu beschlagnahmten „Organisationssendungen", womit in der Regel postalische Bücherpakete aus der Bundesrepublik Deutschland gemeint waren, gemacht. Danach wurde 1964 im Bezirk insgesamt 5421 derartige Paketsendungen beschlagnahmt (davon 3332 von Mitgliedern der evangelischen Kirchen und 2089 von Mitgliedern der katholischen Kirche), im Jahre 1965 waren es 8344 (davon 5634 von Mitgliedern der evangelischen Kirchen und 2710 von Mitgliedern der katholischen Kirche). Damit sei eine Steigerung von 53,9 % zu konstatieren. Vgl. BAP O-4 365: Kirchenpolitische Lage Bezirk Leipzig 1960-1970.

[267] „Bei den kleinen Studentengemeinden trafen sich vielfach die evangelischen und katholischen Studenten normalerweise gemeinsam und nur ausnahmsweise getrennt, bei den großen war es umgekehrt." ULRICH 1993 S. 57.- In Leipzig wurde z.B. in der Semesterpause im Frühjahr ein sog. ökumenisches Zwischensemesterprogramm veranstaltet.

[268] Erwähnt seien hier außerdem die vielfältigen Dienste in der Gemeinde (vom Bibliothekar bis zum „Hausgeist"), die sozialen Aktivitäten über die Gemeinde hinaus (insbesondere Behinderten - und Seniorenarbeit) oder die „Action five", bei der regelmäßig 5 Prozent des Stipendiums für die Entwicklungshilfe gespendet wurden.

[269] Vgl. dazu den Entwurf zu einem Pastorale für die Arbeit der Studentengemeinden, der Anfang der 70er Jahre vom Regionalkreis erarbeitet wurde. In: ASTR. DOKUMENT 42 S. 310-316.- Ausgehend von der Kennzeichnung der Situation der Studierenden werden vier Aufgaben als pastorale Konsequenzen genannt: 1. Eucharistiefeier und Gottesdienst, 2. Verkündigung und Problembewältigung, 3. Gemeinschaft und Struktur sowie 4. Diakonie und Weltdienst.

[270] Aufgaben der Gemeinderatsmitglieder der KSG Leipzig. In: ASTR. Dieser Aufgabenkatalog wurde nach der Ordnung für die Pfarrgemeinderäte des Bistums Meißen Anfang der 70er verfaßt.

[271] Vgl. Statut der KSG Leipzig aus dem Jahre 1966. In: AKSGL. DOKUMENT 43 S. 317-320.

Verantwortlich für die Arbeit in den Studentengemeinden sind Studentenpfarrer, in einigen Fällen unterstützt durch eine Assistentin oder einen Assistenten, sowie die Sprecher und der Gemeinderat. In der Regel bilden zwei bis vier Sprecher, die meist zwei Semester amtieren, mit den hauptamtlichen Mitarbeitern ein Leitungsteam, das dem Gemeinderat rechenschaftspflichtig ist. Die Sprecher werden vom Gemeinderat oder direkt von der Gemeinde gewählt.[272] „Die Mitglieder des Gemeinderates sollen in brüderlicher Zusammenarbeit die Situation der Gemeinde und ihrer Umwelt erkennen und die notwendigen seelsorglichen, gesellschaftlichen, missionarischen und ökonomischen Aufgaben überlegen und verwirklichen."[273]

Die wichtigste Aufgabe des Gemeinderates besteht in Erarbeitung des Semesterprogramms und „erfordert die Initiative jedes Gemeinderatsmitgliedes bei der Diskussion und der Entscheidung über die vorgeschlagenen Themen"[274]. Bis in die 60er Jahre war das Semesterprogramm primär vom Studentenpfarrer in Zusammenarbeit mit den Sprechern und dem Mitarbeiterkreis gestaltet worden. Der Studentenpfarrer fungierte bis dahin auch bei den meisten Vortragsabenden in seiner Gemeinde als Referent. In den 70er und 80er Jahren wurde die Mehrzahl der Referate von externen Referenten gehalten, in vielen Fällen von auswärtigen Studentenpfarrern.

Durch die Einbeziehung des Gemeinderates wurde die Erarbeitung der Semesterprogramme auf eine breitere Basis gestellt. Auf diese Weise konnten die Interessen und Bedürfnisse der Studierenden direkt in die thematische Gestaltung der Bildungsarbeit einfließen. In Leipzig entstand ein Semesterprogramm, das jeweils ungefähr 14 Vortragsabende umfaßt, an einem Sitzungswochenende des Gemeinderates. Das Verfahren dazu war - wie in allen größeren Studentengemeinden - ein differenziert geregeltes und festgeschriebenes Ritual. Die Vorarbeit für dieses Sitzungswochenende bestand darin, daß Studenten sich in Programmgruppen zusammensetzten und ein komplettes Vortragsprogramm ausarbeiteten. Dazu wurden Fachleute konsultiert, Bücher herangezogen, eigene Interessen, Anliegen und Erlebnisse eingebracht. Die so erarbeiteten Programmvorschläge wurden dann an einem Gemeinderatswochenende vorgestellt und erläutert, dann wieder überarbeitet und erneut vorgestellt, bis ein Vorschlag mehrheitsfähig war. Dieser Vorgang war

---

[272] Bis zum Zweiten Vatikanischen Konzil gab es in den größeren Studentengemeinden „Mitarbeiterkreise", deren Mitglieder vom Studentenpfarrer bestimmt wurden.- Aus FRAGE 28 geht hervor, daß 149 (53 %) der Befragten Erfahrungen im Gemeinderat/Sprecherkreis/ Mitarbeiterkreis sowie 39 (14 %) im Zentralen Arbeitskreis/Regionalkreis sammeln konnten.

[273] Satzung für den Gemeinderat der KSG Jena vom April 1970. In: AAGST.

[274] Aufgaben der Gemeinderatsmitglieder der KSG Leipzig. In: ASTR.- Außerdem wußten sich die Mitglieder des Gemeinderates insbesondere für die Integration der Erstsemester verantwortlich, für die in vielen Studentengemeinden „Neuen-Wochenenden" angeboten wurden.- In den größeren Hochschulstädten wurde der Religionsunterricht für die Oberschüler vom Studentenpfarrer gehalten und somit schon Kontakt zur Studentengemeinde hergestellt. Außerdem führten die Pastoralen Ämter der einzelnen Jurisdiktionsbezirke Abituriententage durch, bei denen sich Studentengemeinden den Abiturienten vorstellten.

mehr als nur ein demokratisches Spiel, sondern für die Beteiligten schon ein umfassendes Bildungserlebnis an sich.[275]

Die Jungakademiker wurden vor allem in den 60er Jahren und 70er Jahren von den Studentengemeinden auf besondere Weise betreut, da sich ihre Eingliederung in die Ortsgemeinde ihrer beruflichen Wirkungsstätte nicht selten als schwierig erwies. „Es kommt zunächst darauf an, diese Jungakademiker in bestimmten Gruppen zu sammeln. ... Wünschenswert erscheint dabei, daß sich aus diesem persönlichen Kennenlernen lebensfähige kleine Kreise (Freundesgruppen) bilden, die selbständig in ihrem Wohn- und Arbeitsgebiet weiterarbeiten."[276] In vielen Städten bildeten sich katholische Akademikerkreise. Auf Dekanats- oder Jurisdiktionsbezirksebene wurden Akademikersonntage, -wochenenden und -werkwochen durchgeführt. Die AG „Akademikerseelsorge", die in der Regel einmal jährlich tagte und sich aus drei Vertretern (zwei Laien, ein Priester) jedes Jurisdiktionsbezirkes zusammensetzte, diente vor allem der gegenseitigen Information und Hilfestellung.[277]

2.4.2. Christlicher Weltdienst

In den 60er Jahre wurde in vielen Studentengemeinden[278] intensiv über den geschichtlichen Ort, die konkrete gesellschaftspolitische Situation, nachgedacht und nach Möglichkeiten eines christlichen Weltdienstes und dessen praktischer Umsetzung gesucht, nach einem Platz als katholischer Student und Akademiker in der Gesellschaft des DDR-Sozialismus. Man wollte auf die ideologischen Auseinandersetzungen an den Universitäten und Hochschulen nicht nur theoretisch vorbereitet sein, sondern sich diesen bewußt stellen und die aktive Mitarbeit als Katho-

---

[275] „Diese Art der Programmwahl war eine nicht zu unterschätzende Schule der Demokratie ... In all dem liegt m.E. eine Erklärung, warum nach der ‚Wende' eine erhebliche Zahl von katholischen Akademikern in der Lage war, verantwortungsvolle Posten in einer sich 1989/90 erst einübenden Demokratie zu übernehmen, warum sie gewissermaßen aus dem Stand Verhandlungen, Versammlungen, Abstimmungen leiten konnten, ihre Meinung vertraten, Reden hielten und über ein für DDR-Verhältnisse breites Allgemeinwissen verfügten." So der ehemalige Leipziger Studentenpfarrer Eberhard Tiefensee in einem Vortrag im September 1992 in Untermarchtal. In: ASTR.

[276] Vgl.: Protokoll einer Dienstkonferenz des Seelsorgereferates des Bistums Meißen vom 20.03. 1962. In: AKSGD.- Im Jahre 1973 wurde zu dieser Problematik eigens eine „Handreichung zur Gestaltung eines Wochenendes für die Studenten des letzten Studienjahres" konzipiert. In: ASTR.

[277] Verwiesen sei hier auch auf den Arbeitskreis „Wissenschaft und Gegenwart e. V.", über den ein wissenschaftlicher Dialog zwischen einem ausgewählten Akademikerkreis aus der DDR und westdeutschen Akademikern möglich war. Dieser Verein wurde 1956 auf Initiative der Bischöfe und des Zentralkomitees der deutschen Katholiken ins Leben gerufen. Zum 01. Januar 1993 stellte der Verein offiziell seine Arbeit ein. Vgl. dazu BUSCH 1992.

[278] Zu diesen Studentengemeinden zählen insbesondere: Halle (Studentenpfarrer Brockhoff und Göbel), Berlin (Studentenpfarrer Kirsch), Magdeburg (Studentenpfarrer Mechtenberg), Leipzig (Studentenpfarrer Trilling und Rosner sowie Assistent Wolfgang Bartel) und Jena/Weimar (Studentenpfarrer Herwig Bartel).

lik in der Gesellschaft suchen, sich engagieren.[279] Über die Benutzung des Begriffes „Engagement" kam es in der zweiten Hälfte der 60er Jahre zu einer Auseinandersetzung zwischen der Studentenpfarrerkonferenz und Kardinal Bengsch, weil dieser der Meinung war, daß durch die Bereitschaft zum „Engagement" indirekt angezeigt sei, sich vom ideologisierten Staatswesen der DDR vereinnahmen zu lassen.[280] Als Vorsitzender der BOK teilte Bengsch der Studentenpfarrerkonferenz in einem Schreiben mit: „Die Berliner Ordinarienkonferenz hat sich auf ihrer Sitzung am 11./ 12. Juli 1966 mit der von verschiedener Seite diskutierten Frage des Engagement befaßt. Sie versteht die Wichtigkeit der Frage und ist der Auffassung, daß sie mit den geeigneten Laien gründlich und sachgerecht diskutiert werden soll. Dabei bittet die Konferenz, den unter Umständen mißverständlichen Ausdruck ‚Engagement' tunlichst zu vermeiden und dafür die konziliaren Begriffe von der Präsenz der Kirche und des Christen in der heutigen Welt oder vom Weltauftrag der Kirche und des Christen zu wählen."[281]

Auf einem Sprechertag 1969 in Halle wurde das Thema „Theologie der Revolution" behandelt.[282] Dabei suchte man u.a. nach Möglichkeiten der Anwendung der Guerilla-Methode, durch die vorhandene Strukturen qualitativ verbessert werden sollen. „Unser Ziel ist eine sozialistische Gesellschaft, in der der Mensch von jeder Entfremdung befreit wird. Um dieses Ziel zu erreichen, wurde Guerilla als Methode untersucht. Die christlichen Kirchen sollten ihre Mitglieder befähigen, gesellschaftlich aktiv mitzuarbeiten. Der heutigen Situation entsprechend scheint es angepaßt, ein Bekenntnischristentum durch anonymes Handeln als Christ zu ersetzen, da unsere Mitarbeit als Christ nicht gefragt ist."[283] An der Einsicht, Bekenntnischristentum durch anonymes Handeln unter christlichen Vorzeichen ersetzen zu müssen, wird deutlich, daß es den Teilnehmern des Sprechertages unter den gegebenen gesellschaftspolitischen Konditionen unrealistisch erschien, ein offenes und öffentliches christliches Engagement anzustreben.

U.a. als Ergebnis dieser Suche nach Möglichkeiten eines gesellschaftlichen Engagements entstand im Jahre 1969 der Aktionskreis Halle (AKH), welcher von katho-

---

[279] Der Dresdner Studentenpfarrer Baum oder der Jenaer Studentenpfarrer Retzek standen diesem Ansinnen kritisch und distanziert gegenüber - so Retzek in einem Gespräch am 07.02. 1991 in Leipzig.- In einem Schreiben des ehemaligen Leipziger Studentenpfarrers Becker an den Meißner Bischof Spülbeck vom 29.08. 1969 heißt es u.a.: „Ein Kreis von Akademikern veranstaltet ... ein Wochenende über ‚Der Christ in der sozialistischen Gesellschaft' (gemeint ist die DDR, die doch eine so verdorbene sozialistische Gesellschaft ist, dass man kaum von Gesellschaft und nicht wirklich von Sozialismus sprechen kann)." In: ABODM 32.109/09.

[280] So Eberhard Kirsch, in den 60er Jahren Studentenpfarrer in Berlin, am 26. Oktober 1993 in einem Gespräch in Leipzig.- Vgl. auch Protokoll einer Sitzung der AG Akademikerseelsorge vom 27./28.01. 1968. In: ABODM 32.109/10.

[281] Schreiben von Kardinal Bengsch an Eberhard Kirsch, Leiter der AG Studentenseelsorge, vom 14.07. 1966. In: AAGST.

[282] Vgl. Protokoll des Sprechertages vom 03.-05.01. 1969 in Halle. In: AKSGL. DOKUMENT 44 S. 321-326.

[283] Ebd. S. 325.

lischen Akademikern und Studierenden in Halle/Sa. gegründet wurde. Durch die Versendung von Rundbriefen sowie die Durchführung von Arbeitstagungen versuchte der AKH kirchliche, theologische und gesellschaftliche Entwicklungen zu dokumentieren und kritisch aufzuarbeiten. Dadurch geriet er immer wieder in kirchliche und staatliche Kritik.[284]

Anfang der 70er Jahre wurde die Suche nach einem praktizierbaren Weg eines Engagements in der Gesellschaft in den Studentengemeinden schwächer, wofür es - neben der massiven Einschüchterung der Studierenden durch vielfältige Aktivitäten des MfS in diesen Jahren[285] - eine Reihe weiterer Gründe gibt. Mit der Dritten Hochschulreform in der zweiten Hälfte der 60er Jahre wurde der Studienablauf einer strengeren Kontrolle unterzogen und außerdem versucht, die Ergebnisse der marxistisch-leninistischen Erziehungsarbeit zu verbessern. Demzufolge verschärfte sich der ideologische Druck auf die Studierenden.[286] Außerdem waren die Hoffnungen, die das Zweite Vatikanische Konzil unter katholischen Studenten und Akademikern geweckt hatte, nur ansatzweise in Erfüllung gegangen.

Insbesondere drei Ereignisse aus dem Jahr 1968 hatten in diesem Kontext eine desillusionierende Wirkung: Zunächst das Inkrafttreten der zweiten Verfassung der DDR am 6. April, in der den Kirchen nur ein Artikel gewidmet ist (1949 war es noch ein ganzer Abschnitt mit mehreren Artikeln) - diese formale wie inhaltliche Verkürzung sollte letztlich die gesellschaftliche Irrelevanz der Kirchen auch optisch unterstreichen;[287] dann die Sprengung der Leipziger Universitätskirche am 30. Mai 1968[288] sowie schließlich der Einmarsch des Warschauer Pakts im August dieses Jahres in Prag.

---

[284] Verwiesen sei hier auch auf den „Ökumenischen Briefkreis", der Ende der 50er Jahre ins Leben gerufen wurde. Katholischerseits arbeitete Karl Herbst an diesen Rundbriefen mit, die insbesondere von Theologen, christlichen Akademikern und Studierenden gelesen wurden. Im Februar 1970 entzog die BOK dem Briefkreis die kirchliche Unterstützung. Dagegen protestierte der Gemeinderat der KSG Jena. Vgl. Schreiben vom 03.10. 1970. In: ASTR. DOKUMENT 45 S. 327.

[285] Vgl. III.3. (Siehe S. 134-145)

[286] Vgl. Thesen zur Studentenseelsorge nach der 3. Hochschulreform, in denen auf die wachsende Ideologisierung und Vergesellschaftung des Studiums eingegangen wird. In AKSGH. DOKUMENT 46 S. 328-330.

[287] Mitglieder der KSG Leipzig hatten anläßlich der Abstimmung zur Verfassung Flugblätter hergestellt und verteilt. Auf diesen Blättern stand: „Sage Ja oder Nein! Entscheide nach deinem Gewissen!" Aus diesem Grunde wurden Ende 1971 vier ehemalige Mitglieder der KSG Leipzig durch das MfS verhaftet und wegen staatsfeindlicher Gruppenbildung und Verteilung von Flugblättern zur Verfassungsabstimmung 1968 zu Gefängnisstrafen verurteilt. Vgl. ROSNER 1992 S. 7.

[288] Zur Geschichte der Sprengung der Universitätskirche vgl. außerdem LÖFFLER 1993.- Im Zusammenhang mit den o.g. Verhaftungen wurde der damalige Leipziger Studentenpfarrer Rosner von Vertretern des MfS vernommen und aufgefordert, das Manuskript einer Dokumentation über die Vorgänge im Zusammenhang mit der Sprengung der Leipziger Universitätskirche, die von Mitgliedern der KSG und der ESG Leipzig erstellt worden war, herauszugeben. Diesem Ansinnen mußte Rosner nachkommen, um eine Hausdurchsuchung des Leipziger Oratoriums abzuwenden - weitere Exemplare versteckte er. In der von Rosner 1992 herausgegebenen Publikation „Die Universitätskirche zu Leipzig. Dokumente einer Zerstörung" ist dieses einzigartige zeitgeschichtliche Dokument nun der Öffentlichkeit zugänglich.

2.4.3. *Christlicher Friedensdienst*

Aus MfS-Materialien geht hervor, daß sich eine Gruppe der Ostberliner KSG bereits 1969 mit der Frage eines Friedensdienstes befaßt hat. Die grundsätzliche Diskussion darüber faßte ein Arbeitskreis im Jahre 1969 in einem Summarium zusammen, welches in den Räumen der KSG ausgehängt wurde.[289] Darin wird unter 3. eine eindeutige Option für eine aktive Mitarbeit beim Aufbau des Sozialismus in der DDR ausgesprochen. „Friedensdienst kann in der DDR nur leisten, wer den Sozialismus mit aufbauen will. Weder politischer Affront noch unkritische Loyalität sind Friedensdienst. Wir müssen uns mit unserer Wirklichkeit identifizieren: wir sind Bürger der DDR."[290]

In der zweiten Hälfte der 70er Jahre bekamen die Studentengemeinden als Lebensraum, als Heimat eine wachsende Bedeutung. Der Studentenpfarrer wurde wieder mehr als Vaterfigur gesucht; man wollte weniger diskutieren, vielmehr die „alternative" Gemeinschaft suchen und leben.[291] Diese Studentengeneration hatte bereits den größten Teil oder ihre gesamte Schulzeit nach dem Mauerbau 1961 absolviert und verhielt sich angepaßter. In der Bildungsarbeit der katholischen Studentengemeinden traten z.B. Fragen der Psychoanalyse in den Blickpunkt des Interesses, Sigmund Freud oder Erich Fromm waren gefragt.

In den 80er Jahren werden wieder Fragen zur Situation der Kirche oder zum Christsein in der DDR verstärkt behandelt, aber nicht mehr in der existentiellen Intensität und Finalität der 60er Jahre.[292] Die Auseinandersetzung mit der Werbung von Reserveoffizieren durch die NVA unter den Studenten,[293] aber auch die Bedrohung des globalen Friedens in diesen Jahren, führten zu einer Sensibilisierung der Studierenden hinsichtlich der Friedensproblematik. Eine Initiativgruppe aus Mitgliedern der ESG und der KSG Leipzig wollte z.B. am 28.05. 1982 an einer offiziellen Demonstration gegen die Rüstung der NATO in Leipzig unter vier von der FDJ

---

289 Vgl. Information vom 04.02. 1969, 2 S., sowie Gedanken zum Friedensdienst der Christen in der DDR (von einem Arbeitskreis der KSG Berlin), 4 S. In: BStU HA XX/4-36 Bl. 429-434. DOKUMENT 47 S. 331-336.

290 Ebd. S. 331.

291 Im Bericht der AG Studentenseelsorge an die BBK aus dem Jahre 1978 heißt es: „Die Studenten bevorzugen den Vortragsabend, wegen des belehrenden Vortrags und um der größeren Gemeinschaft willen. ... Der Besuch der Gruppen, Arbeitskreise und ähnlichem erfolgt unterschiedlich, freie Gesprächsgruppen sind selten geworden." In: AAGST.

292 Diese Akzentverschiebung wird z.B. an den Themen der Vorträge des Leipziger Studentenpfarrers Wolfgang Luckhaupt deutlich. Dieser befaßte sich in den 70er Jahren mit Fragen der Psychoanalyse und der modernen Theologie. In den 80er Jahren lauteten die Themen seiner Vorträge u.a.: „Neue Chancen der Kirche in der DDR", „Demokratiefähigkeit und -formen" oder „Wie politisch darf Kirche sein?". Vgl. z.B. Programme der KSG Leipzig von 1975 bis 1986. In: AKSGL.

293 Nur jeder fünfte (22 %) der männlichen Respondenten brauchte keinen Reservedienst bei der NVA abzuleisten (vgl. FRAGE 53).- Von den 102 männlichen Teilnehmern der Befragung, die vor 1961 ihr Studium begonnen haben, wurde es lediglich bei 8 - ohne Erfolg - versucht, sie als Reserveoffizier der NVA zu werben. Von 1961 bis 1989 wurden von den 87 männlichen Respondenten 56 (64 %) als Reserveoffizier geworben, 13 davon (23 %) erklärten sich dazu bereit (vgl. FRAGE 22).

vorgegebenen Losungen und drei eigenen Losungen teilnehmen. Diese lauteten: „Miteinander überleben", „Jeder Schritt zum Vertrauen ist ein Schritt zum Frieden" sowie „Mit unserer kleinen Kraft machen was den Frieden schafft". Eine Zusage der universitären Behörden zu dieser Möglichkeit der Teilnahme an der Demonstration wurde am Nachmittag zuvor zurückgezogen. Als Begründung wurde angeführt, daß es aufgrund der Einheitlichkeit, welche eine solche Demonstration erfordere, keine weiteren Losungen geben dürfe.[294]

Ein Friedenskreis der KSG Dresden wies 1982 in einem Schreiben an den Schweriner Bischof Theissing auf konkrete Fragen bezüglich des Wehrkundeunterrichts, des Wehrdienstes und der Problematik der Reserveoffizierswerbung hin und fragte: „Wäre ein Einspruch seitens der Bischöfe hier vielleicht angebracht?"[295] In einem Antwortschreiben verwies Theissing auf ein Gespräch vom 24.02. 1982 beim Rat des Bezirkes Rostock, bei dem er die Problematik der Reserveoffizierswerbung vorgetragen und beanstandet hatte.[296] Im „Friedenshirtenbrief" der BBK vom Januar 1983 gingen die Bischöfe jedoch nicht expressis verbis auf die Reserveoffizierswerbung ein, sprachen jedoch den Wunsch aus, „daß Reservisten, die mit der Waffe gedient haben, nachträglich die Möglichkeit des waffenlosen Dienstes eingeräumt wird"[297].

Vom Ministerium für Hoch- und Fachschulwesen wurde zwar immer wieder die Freiwilligkeit in dieser Frage betont,[298] in der Praxis kam es jedoch nach der Verweigerung der Reserveoffizierswerbung zu Benachteiligungen z.B. hinsichtlich der Delegierung zum Forschungsstudium oder der Bewerbung für eine Arbeitsstelle. Aufgrund der Tatsache, daß bereits am Ende der Armeezeit - also in der Regel vor Beginn des Studiums - die angehenden Studenten hinsichtlich der Reserveoffizierslaufbahn angefragt wurden, erstellte der Zentrale Arbeitskreis im Jahre 1984 ein elfseitiges „Arbeitspapier zur Frage der Reserveoffiziersausbildung bei Studenten"[299]. Nicht zuletzt aufgrund der intensiven Auseinandersetzungen mit der Frie-

---

294 Vgl. Notiz von Studentenpfarrer Luckhaupt vom 27.05. 1982. In: AKSGL.

295 Brief des Friedenskreises der KSG Dresden an Bischof Theissing vom 21.06. 1982, der dem Verfasser freundlicherweise von Benedikt Antkowiak, Dresden, als Kopie überlassen wurde. In: ASTR. DOKUMENT 48 S. 337-338.

296 Schreiben von Theissing an die KSG Dresden vom 08.07. 1982. In: AKSGD.

297 Vgl. LANGE u.a. 1992 S. 306-311, hier S. 309.- Vgl. dazu die „Anordnung des Nationalen Verteidigungsrates der DDR über die Aufstellung von Baueinheiten ... vom 7.9. 1964". Auszugsweise wiedergegeben in: Konzil und Diaspora 1977 S. 248, Anmerkung 32.

298 Vgl. z.B. Schreiben an die Geschäftsstelle der evangelischen Studentengemeinde in der DDR vom 09.11. 1982. In: AKSGR. DOKUMENT 49 S. 339-350.

299 Vgl. Protokoll der Studentenpfarrerkonferenz vom 01./02. Juli 1984. In: AAGST.- Dieses Papier wurde am 01.06. 1985 von der Abteilung Jugendseelsorge des Bischöflichen Amtes Magdeburg zum innerkirchlichen Gebrauch herausgegeben und den Jugendseelsorgeämtern zur Verfügung gestellt. Darin wird über die Stellung und Aufgaben eines Reserveoffiziers, über den Entwicklungsweg des Studenten zum Reserveoffizier, die Ablehnung der Reserveoffiziersbereitschaft sowie über Argumentationshilfen für katholische Studenten Auskunft gegeben. Dieses Papier war als Angebot an die Jugendlichen gedacht und sollte als Entscheidungshilfe dienen. In: AKSGR. DOKUMENT 49 S. 339-350.

densfrage und der Reserveoffiziersproblematik kam es in den 80er Jahre in vielen Studienorten zu einer engeren Zusammenarbeit zwischen den evangelischen und katholischen Studentengemeinden.[300]

2.5. Nische Studentengemeinde

In den 60er Jahren und Anfang der 70er Jahre sind in den katholischen Studentengemeinden in der Hauptsache drei Trends zu beobachten, die einander bedingen und nicht isoliert betrachtet werden dürfen:

a) *Bildungstrend:* Auf die Defizite der universitären Bildung hinsichtlich ihres allgemeinen Aspektes sowie die marxistisch-leninistische Normierung insbesondere der geisteswissenschaftlichen Fächer reagierten die katholischen Studentengemeinden mit einem vielseitigen Bildungsprogramm, in dem auch Themen behandelt wurden, die in der universitären Öffentlichkeit tabu waren; dessen Erarbeitung war bereits ein Bildungserlebnis für die Studierenden; in der „Nische Studentengemeinde" entwickelte sich eine Einheit von Bildung und Gemeinschaft.

b) *Demokratisierungstrend:* Weitgehende Mitverantwortung und Mitbestimmung im Gemeindeleben - ganz im Gegensatz zur Erfahrung der ideologischen Bevormundung und totalitären Kollektivismuspraxis im Studium; der vom Zweiten Vatikanischen Konzil betonte missionarische Weltauftrag und dessen Realisierungsmöglichkeiten unter den gegebenen realsozialistischen Bedingungen sowie Überlegungen zur Demokratisierung der Gesellschaft in der DDR und der „Reformierung" der Kirche standen im Mittelpunkt der Auseinandersetzungen.

c) *Oppositionstrend:* Neues Bewußtsein der Zugehörigkeit zur Kirche sowie der Mitverantwortung in der Gemeinde; beispielhafte Praxis einer von Dialog und Offenheit geprägten Kommunikationsstruktur innerhalb der Studentengemeinde, die - ohne das persönliche „Kirchesein" grundsätzlich in Frage zu stellen - eine oppositionelle Haltung bei einzelnen Problemstellungen implizierte und deshalb immer wieder zu innerkirchlichen Spannungen führte.

Die katholischen Studentengemeinden verstanden sich über den gesamten Zeitraum von 1945 bis 1989 als christliche Gemeinschaften, die im Vergleich zu den Ortsgemeinden von einem hohen Maß eigenverantwortlicher Aktivitäten der Ge-

---

[300] An den Universitätsstandorten hatten die evangelischen Studentengemeinden aufgrund der dort etablierten Evangelischen Theologischen Fakultäten eine besondere Bedeutung hinsichtlich der Funktion der Studentengemeinden als „Kirche an der Hochschule".- Evangelische Studentengemeinden gingen in ihrer Arbeit intensiver und öffentlicher auf gesellschaftliche Probleme ein und boten in größerem Maße aus der Gesellschaft ausgegrenzten Menschen ein Forum. Zur Geschichte und Entwicklung der evangelischen Studentengemeinden in der DDR, auf die im Rahmen dieser Arbeit nicht näher eingegangen werden kann, vgl. insbesondere NOACK 1984, SOMMER 1984, VOLONTIERI 1989, BAYER 1990, KAISER 1993 und HOFF 1993.

meindeglieder und einem intensiven Gemeinschaftsleben geprägt waren.[301] Durch deren vielfältige - in den einzelnen Jahrzehnten und auch hinsichtlich der einzelnen Gemeinden[302] unterschiedlich akzentuierte - Bildungsarbeit wurde dem verordneten und ideologisierten Erziehungs- und Ausbildungsprozeß an den Universitäten und Hochschulen und der damit verbundenen Entmündigung und Subalternisierung der Studierenden entgegengewirkt. Die strukturelle und organisatorische Entwicklung der Studentengemeinden auf lokaler und regionaler Ebene fand bis 1975 einen grundsätzlichen Abschluß. Der oppositionelle und politisierende Trend schwächte sich aufgrund des staatlichen und amtskirchlichen Druckes auf die Studentengemeinden von Mitte der 70er Jahre an stark ab.

Bei den Ereignissen im Oktober und November 1989 in der DDR sowie dem dabei eingeleiteten gesellschaftlichen und universitären Erneuerungsprozeß haben die katholischen Studentengemeinden als Institutionen keine wesentliche Rolle gespielt.[303] Bemerkenswert ist die Mitarbeit von Vertretern des Zentralen Arbeitskreises am „Zentralen runden Tisch der Jugend“ sowie ein neunseitiges Schreiben der Arbeitsgemeinschaft Studentenseelsorge an das Bildungsministerium vom April 1990 mit dem Titel „Überlegungen zur Jugendpolitik im Bereich der studentischen Jugend“, das vom Grundtenor her mehr die praktischen Belange des Studiums und der Studierenden behandelt und weniger auf universitäre oder studentengemeindliche Innovation bedacht ist.[304] Einzelne Mitglieder der Studentengemeinden waren dagegen bei den Friedensgebeten und Demonstrationen aktiv und haben sich in den neuen Gremien an den Universitäten und Hochschulen engagiert.[305]

---

301 Ob diese Art und Weise, christliche Gemeinde zu leben, Modell der Ortskirche von morgen sein kann, wird die Zukunft erweisen. Für diese These spricht u.a., daß der Übergang von der „Volkskirche“ zur „Freiwilligkeitskirche“, in der viele Gemeindemitglieder ihre „zweite Bekehrung“ erleben, in den Studentengemeinden weitestgehend vollzogen ist und nicht mehr fürsorgliche Betreuung im Mittelpunkt steht, sondern persönliches Engagement gefragt ist. Zu bedenken ist jedoch, daß es sich bei den Mitgliedern der Studentengemeinden in der Regel um einzelne Personen ohne feste familiäre Bindungen handelt und die Studentengemeinden einem permanenten Wechsel ihrer Mitglieder unterliegen. Die Realisierung dieser These hinsichtlich künftiger Pfarrstrukturen wird u.a. auch davon abhängen, inwieweit es den Studentengemeinden gelingt, der immer wieder beschworenen Funktion als „Durchlauferhitzer“ gerecht zu werden, und die Absolventen ihre Erfahrungen in die Ortsgemeinden einbringen. Vgl. dazu KERSTIENS 1972.

302 „Katholische Studentengemeinde“ ist kein einheitliches und homogenes Gebilde. Für die Gestaltung des Lebens einer Studentengemeinde sind grundsätzlich zwei Kräfte kausal wirksam: zum einen die jeweiligen Erfahrungen und Bedürfnisse, die die Studierenden einbringen, zum anderen die Persönlichkeit des jeweiligen Studentenseelsorgers.

303 In einem Schreiben an die Mitglieder der Studentenpfarrerkonferenz vom 30.10. 1989 fordert deren Vorsitzender, Eberhard Tiefensee, diese auf, in die Hochschulöffentlichkeit zu gehen und die vorhandenen kirchlichen Kommunikationssysteme den sich bildenden studentischen Räten und Gruppierungen zur Verfügung zu stellen. In: AKSGL. DOKUMENT 50 S. 351-352.

304 In: AAGST. DOKUMENT 51 S. 353-360.- Dieses Papier wurde zunächst beim Ministerium für Jugend und Sport eingereicht und von dort dem zuständigen Ministerium für Bildung und Wissenschaft übergeben.- Vgl. dazu: Evangelische Studentengemeinden in der DDR: Erklärung zur zukünftigen Hochschulpolitik. In: Das Hochschulwesen 9/1990 S. 296f.

305 Vgl. TIEFENSEE 1993 S. 36.

Im Verlaufe des Jahres 1990 ist es in den meisten Hochschulstädten zu Kontakten mit den neuen Hochschulleitungen gekommen. Die Studentengemeinden sind seit der Wende wieder zu einem öffentlichen Teil des universitären Lebens geworden, ohne sich jedoch als Institution in den hochschulpolitischen und -strukturellen Erneuerungsprozeß einzuschalten. Es besteht vielerorts immer noch eine gewisse Scheu und Ängstlichkeit, sich auf die - missionarische - Aufgabe als Kirche an der Hochschule einzulassen. Die Umorientierung von der Studentengemeinde zur Hochschulgemeinde, d.h. zu einer Gemeinde an einer Universität oder Hochschule, wird als mögliche Entwicklungslinie in den größeren Hochschulstädten gesehen, jedoch nicht administrativ provoziert.[306]

Im Mittelpunkt der Arbeit der katholischen Studentengemeinden in den neuen Bundesländern stehen - im Unterschied zu den westdeutschen Studentengemeinden, die in der Regel einen loseren Zusammenhalt haben und mehr auf Informations- und Interessenkreise ausgerichtet sind - weiterhin das Leben als Gemeinde sowie eine - vor allem hinsichtlich politischer Bildung erweiterte - Bildungsarbeit.[307] Die Funktionalisierung der Studentengemeinde als Nische hat sich erübrigt; jetzt ist die offene Gemeinde, die den an den heutigen Massenuniversitäten oft isolierten Studenten menschliche Beheimatung sowie die Möglichkeit zu Dialog und Kommunikation, sozialgesellschaftlichen Aktivitäten und intellektueller Auseinandersetzung mit den Fragen der Zeit auf dem Hintergrund des christlichen Wert- und Weltverständnisses bietet, gefragt. Ein weiterer Schwerpunkt wird die Vermittlung der christlichen Glaubensinhalte sein, die im schulischen Bereich erst seit 1990 möglich ist. In der Auseinandersetzung mit den nach 1989 wieder zugelassenen oder sich neu gebildeten konfessionellen und universitären studentischen Gruppierungen werden die Studentengemeinden weiter um ihr Selbstverständnis ringen und ihr spezifisches Profil suchen müssen.

Zusammenfassend ist festzustellen: Die katholischen Studentengemeinden in der DDR haben überwiegend, aber nicht ausschließlich, christlichen Studierenden nicht nur die Möglichkeit zu einem studentischen Gemeinschaftsleben und zu religiöser Weiterbildung, sondern insbesondere zu philosophischer, historischer und kultureller Bildung - über den ideologisch normierten Rahmen an den Universitäten und Hochschulen hinaus - geboten. Diese als „Bildung und Gemeinschaft" praktizierte Bildungsarbeit stellt eine spezifische Form eines außeruniversitären humanistischen Studium generale dar.[308]

---

306 Nach der Eingliederung der Berliner Bischofskonferenz in die Deutsche Bischofskonferenz firmiert der Zusammenschluß der katholischen Studentengemeinden auf dem Gebiet der neuen Bundesländer unter „Region Ost der AGG", obwohl bisher nur ein Teil der Gemeinden offizielles Mitglied der AGG geworden ist. Vgl. Protokoll einer Sitzung der AG Studentenseelsorge Region Ost am 03.07. 1992. In: AKSGR.

307 Vgl. Bericht von Studentenpfarrer Norbert Stryczek über die Arbeit der KSG Dresden von 1990 bis 1992 vom 10.03. 1993. In: AKSGD.

308 Vgl. IV.2. (Siehe S. 152-159.)

Die Studentengemeinden waren für Studentinnen und Studenten in der DDR die einzigen öffentlichen „loci libertatis, veritatis et communitatis", an denen unabhängig vom direkten Einfluß des totalitären Staates bei Vortragsveranstaltungen, in Seminaren oder in kleinen Gesprächsgruppen Kritik- und Dialogprozesse erprobt sowie eigenständiges Denken und Verantwortung eingeübt werden konnten. Die eigenverantwortliche Organisierung dieser Bildungsarbeit war für viele Studenten eine „Grund"-Schule der Demokratie. Neben der daraus resultierenden unmittelbaren subjekt- und gemeinschaftsbezogenen Sozialisation ist eine für die Gesellschaft an sich relevante mittelbare Folge der Arbeit der Studentengemeinden in der Tatsache zu sehen, daß nach dem Zusammenbruch der SED-Diktatur im Herbst 1989 eine überproportional große Zahl christlicher Akademiker bereit und in der Lage war, sich in den gesellschaftlichen Demokratisierungs- und Transformationsprozeß aktiv einbringen zu können.

Die Bildungsarbeit in den Studentengemeinden an sich, mit ihren nicht selten brisanten politischen Fragestellungen, stellt eine Hauptform des - passiven - Widerstandes gegen die SED-Diktatur dar. Für manchen war die bloße Teilnahme am Leben einer Studentengemeinde ein bekennender Akt, der Mut und Überwindung kostete. Viele übernahmen Verantwortung als Sprecher, Gemeinderatsmitglied oder Vertreter im Zentralen Arbeitskreis und haben dadurch aktiv die Arbeit in den Studentengemeinden mitgestaltet. Einzelne riskierten ihren Studienplatz oder ihre berufliche Position und nahmen mitunter Gefängnisstrafen auf sich, weil sie gezielt politische Aktionen, z.B. anläßlich der Verfassungsabstimmung im Jahre 1968, durchführten, einen Antrag auf Übersiedlung in die Bundesrepublik und Entlassung aus der Staatsbürgerschaft der DDR bei den staatlichen Behörden stellten oder die Teilnahme am Grundwehr- oder Reservedienst bei der NVA verweigerten.

Die Frage nach dem Verhältnis von Widerstand und Anpassung, von bewiesener Zivilcourage und ängstlicher Loyalität und dem Ausmaß opportunistischen Verhaltens in den Jahren der SED-Diktatur ist primär individuell zu beantworten; bereits für die Erlangung des Abiturs und eines Studienplatzes war ein gewisses Maß an Anpassung zu leisten, das in der Regel ein unauffälliges Verhalten in der universitären Öffentlichkeit sowie mehr Distanz als Nähe zu den oppositionellen sozialethischen Gruppierungen vor der Wende 1989 zur Folge hatte. Vor dem Versuch der Beantwortung dieser Frage und deren Interpretation sollte jedoch das gegenseitige Erinnern und Bewußtmachen, das Erzählen und Informieren, wie es gewesen ist, stehen. Eine pauschale Bewertung muß an der Realität vorbeigehen, weil diese zu komplex und differenziert gestaltet war.

3. *Zur Einflußnahme des MfS auf die katholischen Studentengemeinden*

Christliche Studierende, die als solche an den Universitäten und Hochschulen bekannt waren, durften sich in vielen Fällen einer besonderen Beachtung durch die SED-Kreisleitung ihrer Hochschule „erfreuen".[309] Am folgenreichsten für diese sowie die Studentengemeinden insgesamt war jedoch die „Bearbeitung" durch das MfS. In einem Dienstgespräch im November 1966 stellte der Minister für Staatssicherheit, Mielke, fest: „Die Beeinflussung der jugendlichen Intelligenz erfolgt weiter vor allem im Rahmen der evangelischen und katholischen Studentengemeinden an den Universitäten, Hoch- und Fachschulen. An den regelmäßigen Veranstaltungen der Studentengemeinden nehmen häufig zahlreiche jugendliche Gäste teil, so daß der Hörerkreis bei interessanten Veranstaltungen bis zu 500 Personen erfaßt. Ich erinnere in diesem Zusammenhang noch einmal an meine Ausführungen über die Maßnahmepläne, wo ich besonders auf die Bearbeitung dieser ideologisch zersetzend wirkenden Konzentration hinwies. Die reaktionärsten Mitglieder dieser studentischen Organisationen sind in ‚Kernkreisen' zusammengefaßt, von denen maßgeblich die negative Beeinflussung und Organisierung der Tätigkeit der evangelischen und katholischen Studentengemeinden ausgeht."[310] An der „Bearbeitung dieser ideologisch zersetzend wirkenden Konzentration" hatte das MfS auch deshalb ein besonderes Interesse, weil die Studentengemeinden zum einen zu jenen kirchlichen Einrichtungen zählten, die ein hohes Maß an „Feindberührung", an Westkontakten, hatten und deren Mitglieder zum anderen in der Regel Studierende an einer staatlichen Universität, Hoch- oder Fachschule waren. Die Kirchen und die höheren Bildungsstätten standen bei der politisch-operativen Tätigkeit des MfS in vorderster Linie.[311]

---

[309] Vgl. z.B. Anforderung einer Zuarbeit der SED-Kreisleitung der TU Dresden an das Direktorat für Studienangelegenheiten vom 17.03. 1977 für den 25.04. 1977; mit dem Datum vom 21.04. 1977 wurde der Kreisleitung auftragsgemäß eine neunseitige „Einschätzung des Einflusses und der staatsbürgerlichen Haltung religiös gebundener Studenten unserer Universität" übermittelt. U.a. wird darin zur Frage Stellung genommen, wie sich religiös gebundene Studierende bemerkbar machen: „Übernahme von gesellschaftlichen Funktionen in Seminargruppen und Wohnheimen ... Versuche, unter dem Deckmantel der Religionsfreiheit zu provozieren ... Unter dem Deckmantel der Glaubensfreiheit versucht man gesellschaftlichen Verpflichtungen zu entgehen ... Mit guten fachlichen Leistungen. Damit gewinnen sie großen Einfluß in der Gruppe und können Genossen-Studenten, die schlechtere Leistungen haben, zurückdrängen ... Die kirchlich gebundenen Kräfte nutzen jede Gelegenheit, um Einfluß auf das politische Niveau in der Gruppe zu nehmen ... Sie nutzen jede politische Anonymität, um unerkannt ihren Einfluß geltend zu machen" (ebd. S. 3-5). Diese sechs Punkte werden jeweils mit Beispielen belegt; dabei werden die Namen einzelner Studierender genannt. Auf den Seiten 6 bis 8 wird die Arbeit der Studentengemeinden dargestellt und abschließend u.a. geschlußfolgert: „Die atheistische Propaganda sowohl in den Lehrveranstaltungen des ML, als auch in interessanten Foren außerhalb des Lehrbetriebes ist so zu verstärken, daß der gezielten Arbeit der Kirche offensiv begegnet werden kann" (ebd. S. 8).- In: ASTR. (Kopien dieses Papiers aus dem Archiv der Dresdner SED-Bezirksleitung wurden dem Verfasser freundlicherweise von A. Holfeld, Dresden, zur Verfügung gestellt).

[310] Auszug aus einer Rede Mielkes aus Anlaß einer Dienstkonferenz am 30.11. 1966. In: BESIER/WOLF 1991 S. 259-262, hier S. 260f.

[311] Vgl. II.2. (Siehe S. 62-69.) Hier wird Grundsätzliches zur Einflußnahme des MfS auf das Hochschulwesen ausgeführt.

Für das MfS boten die Kirchen grundsätzlich eine potentielle Basis für feindlich-negative Aktivitäten, weil diese die vom direkten staatlichen Zugriff unabhängigsten Institutionen in der DDR waren.[312] In einer - kirchenpolitisch gesehen interessanten - Rededisposition beschreibt ein Offizier des MfS die katholische Kirche in der DDR im Oktober 1982 folgendermaßen: „Prinzipiell gibt es ein gutes Verhältnis zur katholischen Kirche in der DDR. Die Führung der katholischen Kirche in der DDR ist klug genug, um zu wissen, wenn sie am kürzeren Hebel sitzen, dann werden sie keine politischen Aktivitäten entfalten (Klugheit aus 2000 Jahren Geschichte). Deshalb beteiligt sich die katholische Kirche überhaupt nicht an der Aufnäher-Diskussion (im Zusammenhang mit der Aktion „Schwerter zu Pflugscharen", d. Verf.) und zur Pazifismus-Diskussion. Der katholische Christ beispielsweise war zu allen Zeiten ein guter Soldat, auch jetzt in der NVA. Nur wenige sind als Bausoldat tätig. Grundidee der katholischen Kirche: Abwarten, wir überdauern den Kommunismus, wir müssen nur zusammenhalten. Wir haben schon ganz andere überlebt. ... Diese Haltung der katholischen Kirche erspart uns einen ‚Zwei-Fronten-Krieg'."[313]

Die katholische Kirche legt heute Wert auf die Feststellung, daß sie nur mit staatlichen Stellen der DDR und nicht mit SED-Gremien gesprochen hat. „Man muß sich vergegenwärtigen, welche Bedeutung das MfS hatte. Einerseits war es ein Ministerium neben anderen. ... Andererseits war das MfS anderen Ministerien vorgeordnet. Deshalb konnten wir über die Verhandlungen mit dem MfS eine gewisse Einflußnahme auf die anderen Ministerien erwarten."[314] Als Hauptgrund für die Kontakte zur Staatssicherheit, die Sterzinsky auch aus heutiger Perspektive für nötig erachtet, nennt der Kardinal die Absicht, das Eindringen des Staatssicherheitsdienstes mit seinem Spitzel- und Überwachungsapparat in alle Verästelungen der Kirche zu verhindern.[315]

Im Mittelpunkt der öffentlichen Diskussion zur Problematik „Katholische Kirche - MfS" stehen bisher Unterlagen über Kontakte des MfS zu Priestern, die vom

---

[312] Die Gründe dafür werden in einem Studienmaterial der Juristischen Fachschule des MfS so fixiert: „Die einerseits materielle Unabhängigkeit und finanzielle Selbständigkeit der Kirchen in der sozialistischen Gesellschaft und andererseits die materielle und finanzielle Abhängigkeit von den Kirchen in der BRD; die im Gegensatz zum Marxismus-Leninismus stehenden eigenständigen und institutionalisierten geistigen und ideologischen Positionen; die auf allen Ebenen vorhandenen Strukturen und Organisationsformen; den für Auseinandersetzungen gut ausgebildeten und sehr umfangreichen und differenzierten Kaderbestand; die für die Manipulierung nutzbaren Einflußmöglichkeiten auf breite Bevölkerungsschichten, zu denen insbesondere auch Zielgruppen des Gegners gehören; das Vorhandensein eines gut funktionierenden eigenen Informationssystems und selbständiger Publikationsmöglichkeiten; die engen und stark verflochtenen Bindungen an die Kirchen in der BRD sowie die umfangreichen internationalen Verbindungen; die Möglichkeit, zu jedem beliebigen Zeitpunkt öffentlichkeitswirksam zu werden und jederzeit Zusammenkünfte unterschiedlichster Art an jedem Ort zu organisieren." Das Wesen der politischen Untergrundtätigkeit. Studienmaterial der Juristischen Fachschule Potsdam, VVS 34/86, S. 32f. In: BStU Leipzig.- Vgl. dazu BESIER/WOLF 1991, STRAUBE 1991, NEUBERT 1993, ZONKER 1993 sowie SCHÄFER 1994.

[313] BESIER/WOLF 1991 S. 366.

[314] So der Berliner Bischof, Kardinal Sterzinsky, in einem Interview mit der Leipziger Kirchenzeitung. In: Tag des Herrn vom 03.10. 1993, S. 10.

[315] Vgl. Tag des Herrn vom 10.10. 1993 S. 3.

MfS als IM kategorisiert wurden.[316] Ohne die grundsätzliche Bedeutung der Gesprächskontakte kirchlicher Amtsträger mit dem MfS und deren notwendige und differenzierte Aufarbeitung in Frage stellen zu wollen, spricht gegen eine exklusive priesterzentrierte Vorgehensweise, daß das MfS mit seinen hervorragenden technischen Möglichkeiten sowie durch die Mitarbeit einer großen Anzahl von „Laien"-IM, die haupt- oder ehrenamtlich in der Kirche tätig waren, insbesondere hinsichtlich der Informationsbeschaffung - weniger in Bezug auf die Einflußnahme auf kirchliche Entscheidungsprozesse - nicht allein auf Priester angewiesen war.[317] Dies zeigt die aufwendige Arbeits- und Vorgehensweise des MfS hinsichtlich der Studentengemeinden.

Die Auseinandersetzung mit dem Archivgut des MfS muß äußerst differenziert erfolgen. Die einzelnen literarischen Gattungen (IM-Berichte, von MfS-Mitarbeitern verfaßte Treffberichte, Informationen, Maßnahmepläne etc.) sind einer eingehenden Textkritik zu unterziehen. Dabei sind der Vorgang ihrer Entstehung, die damit verbundene Intention, die Verfasserschaft sowie mögliche redaktionelle Schichten zu eruieren. Zu diesen text- und literarkritischen Analysen müssen Ergebnisse aus Recherchen in Archiven der SED, aber auch der Kirche, der CDU und der staatlichen Organe zum Vergleich herangezogen sowie Zeitzeugen gehört werden. Erst dann ist eine spezifische Hermeneutik der Materialien des MfS sowie im Einzelfall ein differenzierter Umgang mit Schuld möglich. Grundsätzlich sollte bei der Auseinandersetzung mit dem MfS nicht vergessen werden, daß es sich bei der Überwachung, Kontrolle und Zersetzung „feindlich-negativer Kräfte" um repressive und meist außerhalb jeglicher Legalität stehende Aktivitäten eines verbrecherischen und skrupellosen Geheimdienstes handelte, der im Auftrage einer totalitär regierenden Partei agierte.[318]

3.1. Inoffizielle Mitarbeiter und ihre Akten

Die sog. IM-Akten bestehen in der Regel aus zwei Teilen. Aus der Personalakte (Teil I) ist zunächst der sog. IM-Vorlauf ersichtlich, aus dem u.a. hervorgeht, auf welche Weise eine Person geworben wurde (z.B. auf der Basis der Überzeugung und Freiwilligkeit, der materiellen Interessiertheit oder durch Erpressung), welchen Deck-

---

[316] Die als IM registrierten Priester können in drei Gruppen eingeteilt werden: 1. Beauftragte eines Bischofs für Gespräche mit dem MfS, 2. Priester, welche ohne Wissen der kirchlichen Behörden Gesprächskontakte zum MfS hatten und 3. eine kleine Gruppe derjenigen, die sich schriftlich zur Mitarbeit als IM bereiterklärten. Vgl. SCHÄFER, B.: Sachgemäße Aufarbeitung braucht Zeit. In: Rheinischer Merkur vom 09.07. 1993 S. 25.

[317] Erst im März 1993 kam es auf Beschluß der DBK/Region Ost zur Bildung einer eigenen „Arbeitsgruppe zur Aufarbeitung der Tätigkeit staatlicher und politischer Organe/MfS gegenüber der katholischen Kirche", die von Prälat Grande, Dresden, geleitet wird. Vgl. Geschichte der Kirche aufarbeiten. Bischöfe richteten Kommission ein. In: Tag des Herrn vom 14.03. 1993 S. 3.

[318] „Die Akten ernst zu nehmen verlangt, sie als das zu verstehen, was sie waren: Instrumente im Dienst der SED-Diktatur." THIERSE 1993 S. 287.

namen sie bekommen hat und welche Legende bei der Werbung ggf. eingesetzt wurde. Außerdem enthält dieser Teil in vielen Fällen eine handschriftliche Verpflichtungserklärung. In der Personalakte sind außerdem Analysen über die Arbeit des IM und dessen Einsatzmöglichkeiten zu finden.[319]

Die Arbeitsakte (Teil II) enthält die Ergebnisse der Aktivitäten eines IM in Form von Berichten des Führungsoffiziers über die Treffen, vom IM verfaßte Berichte über Personen oder Vorgänge, Abschriften von Tonbandaufzeichnungen, die bei den Treffen konspirativ aufgezeichnet oder von Inoffiziellen Mitarbeitern bewußt besprochen wurden, sog. Wanzen-Protokolle (Abschriften von Abhörmaßnahmen, d. Verf.), aufgrund der Informationsvorlagen angefertigte Analysen und Maßnahmepläne, auf deren Basis weitere Operative Personenkontrollen (OPK) und Operative Vorgänge (OV) eingeleitet wurden,[320] sowie Materialien, die der IM dem Führungsoffizier übergeben hat, z.B. Programmhefte der Studentengemeinden, Fotos oder Protokolle von Gemeinderatssitzungen.[321]

Neben der Informationsbeschaffung hatten die Inoffiziellen Mitarbeiter in vielen Fällen den Auftrag, sich nach Möglichkeit in Entscheidungs- und Organisationsprozesse in den Studentengemeinden - z.B. bei der Auswahl von Themen und Referenten für Bildungsveranstaltungen oder als Quartiergeber für Besucher aus der Bundesrepublik - entsprechend ihres Auftrages durch das MfS aktiv einzuschalten.[322]

Bei Kontakten zu kirchlichen Amtsträgern wie zu kirchlichen Mitarbeitern und Gemeindemitgliedern hat das MfS in vielen Fällen von einer schriftlichen Verpflichtung abgesehen, so daß den Betreffenden nicht bewußt sein mußte, daß sie als IM geführt worden sind.[323] In einer Richtlinie für die Arbeit mit Inoffiziellen Mitarbeitern aus dem Jahre 1958 heißt es bereits: „Bei Angehörigen der Intelligenz und besonders bei kirchlichen Würdenträgern u.a. ... muß im Endergebnis eine enge Zusammenarbeit geschaffen werden, so daß in besonderen Fällen selbst von einer

---

[319] Vgl. Der Beauftragte für die Unterlagen des Staatssicherheitsdienstes der ehemaligen DDR (Hg.): Die Inoffiziellen Mitarbeiter. Richtlinien, Befehle, Direktiven. Bd. I und II Berlin 1992, sowie Entwicklungs- und Verhaltensbesonderheiten junger Menschen und ihre Beachtung in der Gestaltung der inoffiziellen Mitarbeit. VVS MfS JHS-Nr. 47/87, 26 Bl. In: BStU Leipzig.

[320] Eine OPK wurde wie ein OV mit einem Decknamen versehen. Vgl. OV-Richtlinie 1/76. In: GILL/SCHRÖTER 1991 S. 346-402.

[321] In wenigen Fällen wurden auch ein Teil III, in dem die Quittungen der finanziellen Zuwendungen gesammelt wurden, sowie ein Teil IV, der u.a. Auszeichnungen enthält, angelegt. Vgl. WOLF 1993 S. 129f.

[322] Zur internen Kategorisierung der Inoffiziellen Mitarbeiter durch das MfS - z.B. als IMV (bis 1979 stand IMV für einen IM mit vertraulichen Beziehungen zu vom MfS verfolgten Personen, danach für einen IM-Vorlauf) oder IMB (IM mit Feindverbindung) - vgl. BStU (Hg.): Die Inoffiziellen Mitarbeiter. Richtlinien, Befehle, Direktiven. Bd. I S. 161-183.

[323] Bei den Beauftragten der Bischöfe für die Gespräche mit dem MfS verzichtete das MfS z.B. auch auf eine totale Konspiration und ging davon aus, daß diese mit Wissen und im Auftrag ihrer Vorgesetzten diese Kontakte tätigten. In der kirchlichen Öffentlichkeit oder gar in den Gemeinden waren jedoch weder die Art und Weise der Kontaktnahme der katholischen Kirche zum MfS noch die damit beauftragten Personen bekannt.

schriftlichen Erklärung abgesehen werden kann, wenn ohne eine schriftliche Verpflichtung das Ziel besser erreicht wird bzw. durch die Ergebnisse der Mitarbeit eine unzertrennbare Bindung erfolgt."[324]

Der Wahrheitsgehalt der IM-Akten ist grundsätzlich nicht in Frage zu stellen. Dennoch ist davon auszugehen, daß das MfS ein verengtes, ideologisch bestimmtes Menschenbild hatte. „Daß Mitarbeiter ihre Phantasieprodukte gestalten konnten, um so eine Prämie zu bekommen oder befördert zu werden, galt nicht für Berichte über Arbeitsergebnisse der IM. Andere Teile des MfS mußten mit diesen Ergebnissen weiterarbeiten. Das sorgte für eine gegenseitige Kontrolle, außerdem gab es innerhalb des MfS Kontrollinstanzen."[325]

In einer Diplomarbeit zum Thema „Erfahrungen und Probleme bei der langfristigen Entwicklung und des Einsatzes von Inoffiziellen Mitarbeitern unter reaktionären Kirchenkreisen"[326] geht es insbesondere um die Einschleusung von IM in den kirchlichen Raum sowie um deren spätere „Herauslösung". Es wird u.a. von einem IM berichtet, der Mitte der 80er Jahre auf die KSG Zwickau angesetzt war[327] und insbesondere im Rahmen des OV „Sakrament" tätig wurde.[328] Nachdem dieser IM im Sinne des MfS erfolgreich in der KSG eingesetzt worden war, erhielt er von seiner Arbeitsstelle - er hatte sein Studium abgebrochen und arbeitete als Hilfsarbeiter - die Möglichkeit eines erneuten Studiums, welche jedoch von der Mitgliedschaft in der SED abhängig gemacht wurde. Von dieser „Konfliktsituation" berichtete der IM dem Studentenseelsorger und bat um Verständnis für sein Fernbleiben von der KSG.[329] Abschließend heißt es in dieser Arbeit: „Insgesamt wird sichtbar, daß sich

---

324 Ebd. S. 107.- Im Falle eines westdeutschen Priesters, der über einen Zeitraum von mehr als 20 Jahren zum MfS Kontakt hatte und als IM geführt wurde, kann es möglich sein, daß dieser nicht davon ausging, mit Vertretern des MfS in Verbindung gestanden zu haben, weil sich diese über eine Legende als Angehörige einer Universität, die für die Entwicklung internationaler Beziehungen zuständig seien, ausgegeben haben.- Die MfS-Registriernummer und die aufgefundenen Akten sind dem Verfasser bekannt.

325 Gesetz des Handeln selbst bestimmen. Interview mit dem Bundesbeauftragten für die Unterlagen des MfS, Joachim Gauck. In: Tag des Herrn 7/1992 S. 4.

326 ZAIG 21234. VVS JHS-Nr.: 366/88. In: BStU Berlin.

327 Ziel seines Auftrages war zunächst die Herstellung vertrauensvoller Verbindungen zum Studentenseelsorger und den Sprechern. Diese sollte u.a. durch folgende Verhaltensweisen und Handlungen des IM erreicht werden: „Loyales, teilweise pazifistisches Auftreten gegenüber dem Lehrkörper und den Studenten seiner Seminargruppe, um sein Verhalten im Rahmen der KSG glaubhaft zu legendieren. Dazu hat er seine FDJ-Arbeit passiv zu gestalten und unter Begründung seiner kirchlichen Bindung um seine Ablösung als Sekretär der FDJ-Gruppe zu ersuchen ... In der christlichen Buchhandlung Kauf von religiösen Materialien, wie beispielsweise ‚Kreuz', ‚Das alte Testament', ‚Die gute Nachricht', usw., um ... sich auf die Taufe vorzubereiten." Ebd. Bl. 19f.

328 „So konnte 1985 erfolgreich der OV ‚Sakrament' mit Einleitung eines Ermittlungsverfahrens mit Haft 106 StGB (= ‚Staatsfeindliche Hetze' - d. Verf.) gegen einen Studenten der Pädagogischen Hochschule ‚Ernst Schneller' Zwickau (KSG) abgeschlossen werden. Durch diesen Abschluß kam es zu einer teilweisen Verunsicherung und Zurückdrängung der feindlich negativen Aktivitäten in den Studentengemeinschaften". Ebd. Bl. 8.

329 So der damalige Zwickauer Studentenseelsorger, Lothar Vierhock, in einem Gespräch am 06.01. 1993 in Schmochtitz.

die Phase der Herauslösung eng an die lebensnahe Entwicklung von Legenden gebunden ist. Bewährt hat sich dabei auch die Ausnutzung von Konfliktsituationen, um sich glaubwürdig einen ,Abgang' aus der Gruppe zu schaffen."[330]

3.2. Beispiele der Aktivitäten des MfS in den Studentengemeinden

Im Folgenden soll den vielfältigen Aktivitäten des MfS gegenüber den katholischen Studentengemeinden vor allem hinsichtlich der katholischen Gemeinden in Leipzig, Berlin und Halle nachgegangen werden, die - nach dem bisherigen Kenntnisstand - im Mittelpunkt der „Bearbeitung" durch das MfS standen. Es geht dabei einerseits um die Darstellung der Vorgehensweisen und Zielstellungen des MfS bei der „Bearbeitung" der Studentengemeinden sowie andererseits um eine differenzierte Auseinandersetzung mit den verschiedenen Quellenmaterialien.[331]

Aufgrund der immer wieder vorgekommenen Fälle, in denen der Staatssicherheitsdienst Mitglieder der Studentengemeinde aufforderte und zum Teil drängte, sich für seine Aufgaben zur Verfügung zu stellen, sah sich der Leipziger Studentenpfarrer Trilling im Jahre 1963 veranlaßt, einen „Offenen Brief" zu verfassen, der in den Räumen der Studentengemeinde ausgehängt und an die anderen katholischen Studentengemeinden weitergereicht wurde. Trilling selbst brachte ihn zur Leipziger Bezirksbehörde des MfS.[332] In diesem „Offenen Brief" erklärt er u.a.: „Es kommen immer wieder Fälle vor, in denen der Staatssicherheitsdienst Mitglieder der Studentengemeinde auffordert und zum Teil drängt, sich für seine Aufgaben ... zur Verfügung zu stellen ... Sofern es sich nicht um die Aufklärung eines Verbrechens handelt, ist jedem Ansinnen auf eine oben beschriebene Mitarbeit entschlossener Widerstand entgegenzusetzen. ... Als Motiv genügt der Hinweis, daß sich eine solche Tätigkeit nicht mit dem Gewissen vereinbart"[333]. In der Praxis war es Studierenden in der Tat in den meisten Fällen möglich, über eine Dekonspiration den Werbungsversuchen des MfS zu entkommen.[334]

---

[330] Ebd. Bl. 35.

[331] Bereits im März 1992 berichtete der ehemalige Dresdner Studentenpfarrer Eberhard Prause in einem Interview über Material, welches das MfS zu seiner Person gesammelt hatte. „Wie Blitzlichter in ganz seltsamen Situationen." Was der ehemalige Studentenpfarrer Prause in seiner Stasi-Akte fand. In: Tag des Herrn vom 01.03. 1992 S. 3.

[332] So Trilling in einem Gespräch am 19.12. 1992 in Leipzig.

[333] Erklärung. Leipzig, 23.11. 1963. In: AKSGL. DOKUMENT 52 S. 361.- In den folgenden Jahren wurde dieser Brief zu Beginn eines Studienjahres in der KSG Leipzig verlesen. Vgl. Schreiben von Clemens Rosner vom 21.10. 1993. In: ASTR.

[334] Von den 283 Respondenten gaben 12 (4 %) an, daß sie - ohne Erfolg - für einen Mitarbeit beim MfS geworben wurden (vgl. FRAGE 21). In FB 160 heißt es: „Der Anwerbeversuch wurde abgebrochen, als ich darauf hinwies, daß ich mich mit dem Studentenpfarrer beraten werde."- Auf FRAGE 47 „Sind Ihnen Disziplinarverfahren oder Exmatrikulationen mit politischem Hintergrund, Übergriffe des MfS, die in Zusammenhang mit einer KSG-Zugehörigkeit stehen, bekannt?" antworteten 272 Teilnehmer der Befragung, davon 89 (33 %) mit JA und 183 (67 %) mit NEIN.

Eine der aufwendigsten Aktionen des MfS bezüglich der katholischen Studentengemeinden war der Operative Vorgang „Schild“, bei dem von 1969 bis 1974 die KSG Leipzig „bearbeitet“ wurde.[335] Im Beschluß zur Einleitung des Operativen Vorlaufs vom 05. September 1969 wird als Grund dafür der Verdacht der Bildung einer Gruppe in der KSG Leipzig, die sich für ähnliche Verhältnisse wie 1968 in der ČSSR engagiere und deshalb mit staatsfeindlicher Hetze in Erscheinung trete, genannt.[336] Beim sog. Messetreffen während der Leipziger Frühjahrsmesse mit Studierenden aus der Bundesrepublik im März 1973 waren z.B. mindestens sechs Inoffizielle Mitarbeiter im Einsatz, die das MfS fast „rund um die Uhr“ mit Informationen über die Themen der Gespräche und Vorträge, Teilnehmerzahlen und auffällige Diskutanten versorgten und somit dem MfS die Möglichkeit eines umfassenden Vergleichs der Informationen gegeben war.[337] Im August 1974 wurde abschließend festgestellt, daß vor allem aufgrund der Verhaftung ehemaliger KSG-Mitglieder im November 1971,[338] personeller Veränderungen in der Leitung der KSG Leipzig und einer vom Meißner Bischof Schaffran im Juli 1973 ausgesprochenen Empfehlung, in den KSG-Veranstaltungen politische Themen nicht zu behandeln, sich die weitere „Bearbeitung“ des OV „Schild“ erübrige.[339]

Der Staatssicherheitsdienst hat über Inoffizielle Mitarbeiter nicht nur versucht, die Arbeit der Studentengemeinden auszuspionieren, sondern auch mitzugestalten. Dies betraf auch Veranstaltungen, von denen eigentlich zu erwarten gewesen wäre, daß das MfS ausschließlich daran hätte interessiert sein müssen, die Durchführung dieser Veranstaltungen zu verhindern. Denn zu den Hauptaufgaben eines IM gehörte die Verhinderung von „öffentlichkeitswirksamen Aktivitäten feindlich-negativer Kräfte“[340].

Ein bemerkenswerter Fall in dieser Hinsicht ist folgender: Am 18. Februar 1975 fand im Rahmen des von der ESG und der KSG Leipzig gemeinsam durchgeführten Zwischensemesterprogramms ein „Reiner-Kunze-Abend“ statt. Der Lyriker Kunze - vom MfS als äußerst „feindlich-negativ“ eingestuft - war in den 70er Jahren ein gern gesehener Gast in christlichen Jugend- und Studentengruppen. In einem Bericht des IM „Horst“, den Kunze in seinen Stasiakten gefunden und auszugsweise in einem kleinen Band mit dem Titel „Deckname Lyrik“ veröffentlicht hat, ist über diesen Abend u.a. zu lesen: „Anwesend waren etwa 250 Personen, darunter R. Kunze und Frau ... Der Verlauf bestätigte, daß bei ... unsere Gesellschaft in Frage stellenden

[335] Vgl. BStU Leipzig XIII/863/69. Die bisher aufgefundenen Materialien dieses OV bestehen aus 3 Bänden, 14 Nebenbänden sowie einer Mappe mit Briefen.

[336] Vgl. ebd. Bd. 1 Bl. 5.- In einer Aktennotiz vom 09.02. 1970 wird festgestellt, daß in diesem Zusammenhang bereits 14 Studenten ermittelt worden seien. Es wurde beschlossen, in Zusammenarbeit mit SED-Kreisleitung der Leipziger Universität das Verhalten dieser Studenten innerhalb ihrer Seminargruppen „herauszuarbeiten“. Vgl. ebd. Bl. 175.

[337] Vgl. ebd. Bd. 3 Bl. 22-24, 36-38 sowie 47-49. DOKUMENT 53 S. 362-370.

[338] Vgl. III.2.4.2. (Siehe S. 125-127)

[339] Vgl. BStU Leipzig XXIII/863/69 Bd. 3 Bl. 121-125.

[340] BStU (Hg.): Die Inoffiziellen Mitarbeiter. Richtlinien, Befehle, Direktiven. Bd. II S. 668.

Texten oft spontan Beifall bekundet wurde (vergl. Mitschnitt)."[341] IM „Horst", Schauspielstudent und Mitglied der KSG Leipzig, hatte diesen Abend vorbereitet und anschließend über einen schriftlichen Bericht und Tonbandmaterialien dem MfS die Reaktionen der Studierenden auf Kunzes Texte mitgeteilt.[342]

Neben der Leipziger KSG, die vor allem aufgrund ihrer Kontaktmöglichkeiten mit Mitgliedern westdeutscher Studentengemeinden über die mit weniger Formalitäten mögliche Einreise aus Anlaß der Leipziger Messen für das MfS von besonderem Interesse war, galt dies der Ostberliner KSG nicht nur wegen der besonderen Einreisekonditionen in Berlin, sondern auch aufgrund des überwiegend über diese KSG gelaufenen Kontaktes zum Berliner Bildungszentrum und der vielfältigen Veranstaltungen im Bildungshaus der Berliner Diözese in der Pappelallee.[343]

Nach einem Artikel über die katholischen Studentengemeinden in der Leipziger Kirchenzeitung „Tag des Herrn" im Juli 1992[344] meldete sich eine Person aus Leipzig und teilte in einem Schreiben mit, daß sie in der zweiten Hälfte der 50er Jahre als IM auf die KSG Berlin angesetzt war.[345] In diesem Schreiben heißt es: „Ziel der Ausspähung war: Offenlegung der Verbindung zur KSG-West, Erforschung der inneren Strukturen der KSG; Erforschung subversiver Aktionen."[346] Ein IM mit dem Decknamen „Günther" wurde, wie aus Unterlagen des Zentralen Parteiarchivs der SED hervorgeht, in der zweiten Hälfte der 50er Jahre enttarnt und aus dem Räumen der KSG verwiesen.[347]

Äußerst erfolgreich, nicht nur hinsichtlich der Informationsbeschaffung, sondern auch in Bezug auf die daraus resultierende Einleitung von operativen Maßnahmen, war das MfS bei seinen Kontakten zu Joachim Berger, der von 1969 bis 1976 Studentenpfarrer der Ostberliner KSG war und in diesem Zeitraum vom MfS unter den Decknamen „Berg" und „Johannes"[348] als IM geführt wurde. Über seine Gespräche mit dem MfS hat Berger seinem Bischof keine Mitteilungen erstattet.[349] Seinen jah-

---

[341] KUNZE, R.: Deckname Lyrik. Frankfurt a.M. 1990 S. 47f.

[342] Christoph Unger - IM „Horst" - arbeitete von 1969 an auf freiwilliger Basis und aus Überzeugung sowie für umfangreiche finanzielle Zuwendungen als - zeitweise halbamtlicher - IM und kehrte im Auftrag des MfS im Jahre 1980 von einer Besuchsreise in die Bundesrepublik nicht in die DDR zurück, um dort u.a. die KSG Freiburg und den Frankfurter Fischer Verlag zu „bearbeiten". Vgl. BStU Leipzig XIII/526/69 sowie DOKUMENT 53 S. 362-370.- Im Frühjahr 1993 schickte Unger an ehemalige Leipziger KSG-Mitglieder einen Brief, in dem er seine freiwillige IM-Tätigkeit mit politischen Motiven begründet. In: ASTR. DOKUMENT 54 S. 371.

[343] Ein achtseitiger Bericht über den Verlauf des Patronatsfestes der Ostberliner KSG vom 07. bis zum 09. Mai 1965 gibt sowohl Einblick in die Zusammensetzung der Teilnehmerschaft wie über die dabei gehaltenen Vorträge.- Vgl. BStU ZAIG 1059 Bl. 1-8. DOKUMENT 55 S. 372-377.

[344] Vgl. STRAUBE 1992 (1).

[345] Vgl. Schreiben vom 04.07. 1992. In: ASTR.

[346] Ebd. S. 2.

[347] Vgl. Auseinandersetzung mit feindlichen Auffassungen. In: ZPA IV 2/904/581.

[348] Vgl. Tag des Herrn vom 25.07. 1993 S. 4.

[349] Vgl. ebd.- Bisher kann die Zeitdauer der Verbindung Bergers zum MfS noch nicht verifiziert werden, weil nach telephonischer Auskunft der BStU vom 21.12. 1993 die Personalakte Bergers noch nicht

relangen Gesprächskontakt rechtfertigte Berger damit, daß ihm dieser „in einer lang andauernden, politisch extremen Situation der Katholischen Studentengemeinde Berlin (nach 1968) ... zum Schutz der KSG als Ganzer sowie besonders auch vieler ihrer gefährdeten Mitglieder dringend notwendig erschien"[350].

Bei den bisher in der Berliner Behörde des Bundesbeauftragten für die Unterlagen des MfS einsehbaren Akten, aus denen mit großer Sicherheit hervorgeht, daß die darin enthaltenen Informationen von Joachim Berger stammen, handelt es sich überwiegend um „Treffberichte", die von einem Offizier des MfS nach Gesprächen mit Berger - z.T. unter Einbeziehung von Tonbandaufzeichnungen - verfaßt und in der Regel mit „Nordt, Hptm." gezeichnet worden sind. Darin finden sich Informationen über Veranstaltungen der KSG Berlin, über regionale Veranstaltungen sowie über Gemeindemitglieder und Studentenpfarrer.[351] Ergänzt wurden diese Informationen durch die Übergabe von Protokollen von Sitzungen der verschiedenen Gremien der katholischen Studentengemeinden an das MfS.[352]

Berger versuchte auf diese Weise - in Interessenkongruenz mit dem MfS und partiell auch mit der Berliner Kirchenleitung - gesellschafts- und kirchenkritische Tendenzen und Aktivitäten insbesondere in der Berliner KSG zu verhindern und zu unterbinden. In einem Treffbericht vom Juni 1974 heißt es, daß es Berger gelungen sei, „den Einfluß negativer Kreise von seiten der Jungakademiker auf die Studentengemeinde abzubauen. Alle kirchenpolitischen Bestrebungen sowie Versuche, innerkirchliche Veränderungen herbeizuführen, seien durch entsprechendes Vorgehen von Berger zurückgedrängt worden."[353]

---

aufgefunden wurde.- Im Bundesarchiv, Abteilungen Potsdam, Staatssekretariat für das Hochschulwesen, wurde ein „Individueller Arbeitsplan" Bergers vom 13.11. 1957 zum Zwecke der Habilitierung an der Ostberliner Humboldt-Universität aufgefunden. Die Frage, ob dieser im Zusammenhang mit seinen Kontakten zum MfS steht, konnte bisher aufgrund der defizitären Aktenlage noch nicht geklärt werden. Vgl. BAP R-3 2690.

350 Tag des Herrn vom 08.08. 1993 S. 14.- In einem Zwischenbericht des Berliner Ordinariats zu Kontakten von Priestern mit dem MfS wird Berger nicht erwähnt. Vgl. ebd. vom 24.10. 1993 S. 14.

351 Vgl. dazu z.B. Treffbericht vom 26.09. 1973 mit Informationen über den Sprechertag der katholischen Studentengemeinden vom 14.-16.09. 1973 in Halle und eine dabei durchgeführte Studentenpfarrerkonferenz, über die KSG Berlin sowie über - auf der Basis dieser Informationen eingeleitete - operative Maßnahmen. BStU HA XX/4-36. Bl. 501-507. DOKUMENT 56 S. 378-384.

352 Vgl. dazu Treffbericht vom 22.08. 1973 mit Informationen über das Berliner Bildungszentrum der KDSE, die katholischen Studentengemeinden in der DDR und über die Gemeinderatswahlen der Ostberliner KSG - mit Nennung von Namen und Sektionen; das MfS erstellte davon ausgehend über Personenermittlungen eine Liste der Gemeinderatsmitglieder.- Bei diesem Treffen wurden folgende kircheninterne Dokumente dem Führungsoffizier übergeben: ein Protokoll der Studentenpfarrerkonferenz vom 02.07. 1973, eine Aufstellung der Anschriften der katholischen Studentengemeinden in der DDR und ihrer Seelsorger, ein Protokoll einer Tagung des Zentralen Arbeitskreises der katholischen Studentengemeinden vom 16./17.06. 1973 sowie die Einladung und das Programm des Sommersprechertages vom 14.-16.09. 1973 in Halle. Ebd. Bl. 381-387.

353 Vgl. Treffbericht vom 26.06. 1974. Ebd. Bl. 456-460, hier Bl. 457.- In diesem Kontext ist ein „Offener Brief" Bergers vom 24.09. 1973 „An die katholischen Studentenseelsorger in der DDR" anzusiedeln, in dem dieser innerkirchliches Experimentieren in den katholischen Studentengemeinden kritisiert und zu echter Kirchlichkeit aufruft. Die Mehrzahl der Studentenseelsorger widersprach in einem Schreiben vom 04.10. 1973 der Meinung und den Forderungen Bergers. In: AAGST.

Anhand zweier vom MfS als Inoffizielle Mitarbeiter registrierter Personen aus dem Umfeld der KSG Halle und des Aktionskreises Halle soll im Folgenden auf die Notwendigkeit einer differenzierten Auseinandersetzung mit dem Phänomen IM exemplarisch verwiesen werden. Der Inoffizielle Mitarbeiter „Dr. Herzog", Walter Fürst, Professor für Pharmazie an der Hallenser Universität und Mitglied der CDU, war in den 70er und 80er Jahren einer der Hauptinformanten über die katholische Kirche und ihre Gruppierungen in Halle. Fürst berichtete dem MfS freiwillig und aus Überzeugung über alle seine Lebensbereiche, so die Universität, die Pfarrgemeinde, die Ost-CDU, den Aktionskreis Halle und die KSG Halle.[354] Aus diesen Unterlagen geht hervor, daß er ohne Legende vom MfS angesprochen wurde, sich zur Mitarbeit aus freien Stücken bereit erklärt hat und per Handschlag verpflichtet wurde.[355] Neben kontinuierlichen finanziellen Zuwendungen erhielt Fürst auch Unterstützung durch das MfS bei seiner Karriere zum Professor.[356] Aufgrund seiner vom MfS als „operativ" bedeutsam eingeschätzten Informationen wurden ihm mehrfach Auszeichnungen verliehen.[357]

Hinsichtlich der KSG Halle handelt es sich insbesondere um Informationen über Vortragsveranstaltungen,[358] die Absolventenarbeit,[359] das Patronatsfest der KSG Halle im Jahre 1978[360] oder gemeinsame Vortragsveranstaltungen der Hallenser ESG und KSG, so mit dem Bundestagsabgeordneten Eppler am 06.11. 1984[361], über deren Planung Fürst das MfS schon zwei Monate im voraus informierte.[362] Nach einem Vortrag des damaligen Mitgliedes des Hauptvorstandes der CDU, Carl Ordnung, in der KSG Halle am 29.01. 1975 äußerten sich zwei Pharmaziestudenten kritisch zur Menschenrechtssituation in der DDR. Die Namen dieser beiden Studierenden teilte der IM „Dr. Herzog" dem MfS mit.[363] In einem Treffbericht vom 20.11. 89, also 11

---

[354] Die von Fürst dem MfS gelieferten Informationen - vor allem in der Form von Tonbandberichten - sind in fünf Ordnern der Arbeitsakte gesammelt. Sie hat einen Umfang von 1.734 Seiten. Vgl. BStU Halle VIII 1623/71.

[355] Vgl. Vorschlag zur Werbung vom 22.11. 1971 und Bericht darüber vom 03.12. 1971. Ebd. Bd. I Bl. 222-232.

[356] In einem Plan zur Überprüfung des IMB „Dr. Herzog" auf Zuverlässigkeit und Ehrlichkeit heißt es: „Der IMB ist sich darüber bewußt, da er durch die inoffizielle Zusammenarbeit mit dem MfS persönliche Vorteile, z.B. hat das MfS seine Professur unterstützt, erzielt hat." Ebd. Bl. 281.- Bereits im Jahre 1959 unterstützte der CDU-Bezirksverband Gera in einem Schreiben vom 27. Mai den Beginn seiner Hochschullaufbahn an der Jenenser Universität. Vgl. ebd. Bl. 140.

[357] Vgl. z.B. Auszeichnung aus Anlaß des 28. Jahrestages der Bildung des MfS mit der „Medaille für treue Dienste in der NVA in Bronze" - verbunden mit einer Geldprämie von 100 Mark - vom 08.02. 1978. Vgl. ebd. Bl. 302. DOKUMENT 57 S. 385.

[358] Vgl. z.B. Bericht über einen Vortrag vom 12.04. 1989. Vgl. ebd. Bd. II/5 Bl. 70f.; vgl. weiter die daraus vom MfS erarbeitete Information. Vgl. ebd. Bl. 72-74. DOKUMENT 58 S. 386-390.

[359] Vgl. z.B. Information zum Treffen ehemaliger Absolventen in der „Mühle" - so werden die Räumlichkeiten der KSG Halle am Mühlweg bezeichnet - vom 15.-17.06. 1984 als Tonbandabschrift vom 21.06. 1984. Ebd. Bd. II/3 Bl. 08f. DOKUMENT 59 S. 391-392.

[360] Vgl. Tonbandabschrift vom 28.11. 1978. Ebd. Bd. II/2 Bl. 61f.

[361] Vgl. ebd. Bd. II/3 Bl. 44-47.

[362] Vgl. ebd. Bl. 22.

[363] Vgl. Information über eine KSG-Veranstaltung am 22. 1. 1975 zum Thema „Zum Verhältnis zwischen Ideologie und Glaube". Ebd. Bd. II/1 Bl. 146f. DOKUMENT 60 S. 393-394.

Tage nach dem Mauerfall, heißt es noch: „Informierung des IM über die Auflösung des MfS und die daraus entstehenden Veränderungen für die weitere inoffizielle Zusammenarbeit. Seitens des IM besteht auch unter den neuen Bedingungen uneingeschränkte Bereitschaft zur inoffiziellen Zusammenarbeit."[364]

Ganz anders gestaltete sich dagegen die Zusammenarbeit des MfS mit einer ebenfalls als IM registrierten Person, die in der ersten Hälfte der 70er Jahre in Halle studierte und in dieser Zeit sowie nach dem Studium als Absolvent Mitglied der KSG Halle war. In einer Beurteilung heißt es: „Im Rahmen der operativen Bearbeitung eines OV wurde (sie) als Empfänger des Machwerkes der ‚Charta 77' bekannt. Bei der Werbung erfolgte keine handschriftliche Verpflichtung ... Die Perspektive des Einsatzes des IM liegt in der operativen Bearbeitung negativ klerikaler Kräfte unter der konfessionell gebundenen studentischen Jugend, speziell der KSG Halle."[365] Hier liegt die Annahme nahe, daß das MfS das Wissen um den Empfang der Charta 77 ausnutzte, um sich über einen OV durch „Erpressung" einen IM aufzubauen. Die Aussagen dieser Person bei Kontaktgesprächen mit dem MfS wurden in der Regel mit „Mündlicher Bericht" betitelt und vom Führungsoffizier, Oberfeldwebel Heinrich, signiert. Nach mehr als dreijähriger Verbindung löste das MfS im August 1982 seinerseits die Kontakte, weil festgestellt worden war, daß der IM oberflächlich und unvollständig berichtete.[366]

Bei der Bewertung der Akten der als Inoffizielle Mitarbeiter registrierten Personen muß zunächst gefragt werden, auf welche Weise diese mit dem MfS in Kontakt gekommen sind, ob sie von der Registrierung als IM gewußt haben, über welchen Zeitraum und mit welcher Häufigkeit sie Kontakte zum MfS hatten sowie ob Informationen über Dritte mitgeteilt oder z.B. kircheninterne Materialien übergeben worden sind. Die formale Kennzeichnung und Einordnung einer Person durch das MfS als IM zeigt zunächst an, daß das MfS diesen Kontakten eine bestimmte Bedeutung zugemessen hat. Entscheidende Kriterien für das MfS zur Aufrechterhaltung von Gesprächskontakten waren der Informationsgehalt dieser Gespräche, ihr „politisch-operativer Wert", die Bereitschaft der Gesprächspartner zu regelmäßigen Kontakten und ein gewisser Grad an Konspiration - im Einzelfall wurde auf eine schriftliche Verpflichtungserklärung sowie schriftliche Berichterstattung verzichtet, aber eine Einordnung als IM mit Decknamen ohne Wissen des Gesprächspartners vorgenommen. Deshalb sollte erst nach eingehender Prüfung des Sachverhaltes der Deckname oder die Registriernummer einer vom MfS als IM geführten Person in der Öffentlichkeit genannt und von „Zusammenarbeit" gesprochen werden.

Die Studentengemeinden waren ein bevorzugtes Terrain der Aktivitäten des MfS, weil es sich bei den Studierenden um eine kirchlich wie gesellschaftlich gesehen

---

[364] Ebd. Bd. II/5 Bl. 165f.

[365] Die MfS-Registriernummer und die aufgefundenen Akten sind dem Verfasser bekannt.

[366] Im Mai 1985 fiel diese Person als Teilnehmer eines Treffens des Ärztekreises „Christliche Mediziner in sozialer Verantwortung" über das polizeiliche Kennzeichen ihres Personenkraftwagens dem MfS wieder auf. Dadurch kam es erneut zu Gesprächskontakten mit dem MfS, die jedoch wiederum für das MfS keine operativ relevanten Informationen erbrachten.

bedeutsame Population handelte. In enger Zusammenarbeit mit universitären Stellen, der SED und der CDU sowie über den Einsatz einer Vielzahl von Inoffiziellen Mitarbeitern und technischer Hilfsmittel versuchte deshalb das MfS, die Arbeit der Studentengemeinden „konspirativ zu bearbeiten" und zu kontrollieren, über IM in Führungspositionen in den Gemeinden zu kommen sowie über „Zersetzungsmaßnahmen" auf einzelne Personen Einfluß zu nehmen. In einzelnen Fällen kam es zu Verhaftungen, mitunter zu „Stasiphobie" und in der Summe zu einer Verunsicherung der KSG-Mitglieder, welche einen stärkeren Rückzug in die Nische „Studentengemeinde" oder das Wegbleiben einzelner Studierender aus den Studentengemeinden zur Folge hatte.[367]

In einer Analyse der MfS-Kreisdienststelle Greifswald vom 5.7. 1973 über die Situation in der evangelischen und der katholischen Studentengemeinde in Greifswald heißt es treffend: „Global kann eingeschätzt werden, daß die beiden kirchlichen studentischen Jugendorganisationen entsprechend ihrer zentral geleiteten Organisationen im Rahmen der Klassenauseinandersetzung zwischen Sozialismus und Kapitalismus aktiv feindlich ideologisch wirksam sind. ... Von vielen Studenten wird die ESG und die KSG als ‚Freiraum', ‚wirkliche Freiheit' oder ‚Modell der Demokratie' für unkontrollierbare Diskussionen betrachtet. Damit bietet sich den reaktionären Studenten eine Plattform zum Studium und zur Auswertung westlicher Publikationen, zur Verbreitung feindlicher Ideologien bis zur Bildung von Gruppierungen."[368]

---

[367] „Wir wußten, daß sich die Stasi alles erlauben kann. Nicht so sicher wußten wir, was genau sie sich erlaubt." SCHRÖDER, R.: Soll die Zersetzung endlos weitergehen? In: Frankfurter Allgemeine Zeitung vom 02.01. 1991 S. 23.

[368] Analyse über die Situation in der Evangelischen Studentengemeinde (ESG) und der Katholischen Studentengemeinde (KSG) in Greifswald. MfS Kreisdienststelle Greifswald. Greifswald, den 05.07. 1973, S. 1-29, hier S. 1. In: BStU.

IV. Bildungsarbeit in den Studentengemeinden - außeruniversitäres Studium generale

Für die Evaluation der Bildungsarbeit in den katholischen Studentengemeinden in der DDR ist es notwendig, in einem ersten Punkt dieses Kapitels auf die bildungspolitische und -historische Entwicklung des Begriffes Studium generale und dessen Anwendung einzugehen. Anschließend wird in einem zweiten Punkt der Frage nachgegangen, inwieweit die Bildungsarbeit in den katholischen Studentengemeinden unter den universitären und gesamtgesellschaftlichen Konditionen in der DDR eine spezifische Form eines außeruniversitären Studium generale darstellt und in welcher Hinsicht diese für die konzeptionelle Gestaltung und die praktische Umsetzung des Studium generale an den Universitäten und Hochschulen - insbesondere in den neuen Bundesländern - eine Vorbildfunktion haben kann.[1]

1. Studium generale - Geschichte und Gegenwart

Unter dem Stichwort „Generalstudium" sind im „Lexikon für Theologie und Kirche" drei Erklärungen zu finden. Danach diente Studium generale zunächst als Bezeichnung für die mittelalterliche Universität an sich.[2] Des weiteren wird darunter ein besonderes Ordensstudium verstanden.[3] Zum ersten Mal taucht der Ausdruck Studium generale in einer päpstlichen Bulle aus dem Jahre 1233 als Bezeichnung für die Hochschule von Paris auf.[4] Bedeutende Generalstudien existierten u.a. in Magdeburg, Leipzig und Erfurt;[5] deren Vorlesungen waren in der Regel

---

[1] An Stelle des Begriffes „Studium generale" lassen sich heutzutage in den Vorlesungs- und Veranstaltungsverzeichnissen weitere Verbindungen des Substantivs „Studium" mit anderen Attributen als „generale" ausmachen, die einen besonderen inhaltlichen Aspekt des Studium generale betonen: „Studium fundamentale" - dadurch soll die Notwendigkeit eines philosophischen Diskurses hinsichtlich der Grundlagen eines Faches sowie der Wissenschaft an sich deutlich werden -, „Studium integrale" - hier wird die integrative Einbindung eines Faches in die Wissenschaft sowie der interdisziplinäre Dialog betont - und „Studium universale" - dieses richtet den Blick vor allem auf die allgemeine universitäre Bildung. Vgl. dazu PAPENKORT, U.: Studium generale. Geschichte und Gegenwart eines hochschulpädagogischen Schlagwortes. Eichstätt 1991 S. 19f.

[2] Vgl. Studium generale/Generalstudium. In: LThK Bd. IV S. 666f.- Es sind verschiedene Schreibweisen von Studium generale in der Literatur anzutreffen; neben „Studium generale" - die hier Verwendung finden soll - die lateinische Fassung „studium generale" sowie „Studium Generale" oder „STUDIUM GENERALE". Vgl. PAPENKORT 1991 S. 11-28.

[3] „Dominikus ersetzte die bei den alten Orden auch für den Kleriker übliche Handarbeit durch das Studium." Studium generale/Generalstudium. In: LThK Bd. IV S. 666.

[4] Vgl. ZOLLINGER 1952 S. 49.

[5] Vgl. ZUMKELLER 1992.

öffentlich.[6] Drittens steht Studium generale für „eine seit 1945, z.T. von den USA beeinflußte, aus der Reformbedürftigkeit der deutschen Hochschulen erwachsene, noch unklar umrissene Universitäts-Einrichtung bzw. -Bewegung, die über alle Geteiltheit und Zerrissenheit wieder eine Einheit von Lehre und Forschung, Professoren und Studenten und den einzelnen Lehrstoffen erstrebt durch gemeinsame Seminare, Gast- und Ringvorlesungen, interfakultative Zusammenarbeit, studentische Wohngemeinschaften und gemeinsame Tagungen"[7].

Der Begriff Studium generale wird demnach für zwei grundverschiedene, voneinander unabhängige und durch fast ein halbes Jahrtausend getrennte Phänomene verwendet.[8] Einerseits dient er der Bezeichnung von mittelalterlichen universitären Institutionen (Universität/Ordenshochschule).[9] Andererseits wird unter Studium generale eine universitäre Reformbewegung im 20. Jahrhundert verstanden, die es - ergänzend zu den Ausführungen im „Lexikon für Theologie und Kirche" - in verschiedene Phasen einzuteilen gilt. Nach dem Ersten Weltkrieg verfaßte der preußische Kulturminister Becker ein universitäres Reformprogramm, in dem es ihm insbesondere um eine stärkere allgemeinbildende Ausrichtung des Studiums inclusive politischer Bildung der Studierenden geht.[10] Ob Beckers Reformidee als Vorbild für das Studium generale nach dem Zweiten Weltkrieg bis Ende der 50er Jahre gelten kann, ist eher unwahrscheinlich. „Der Ausdruck ‚Studium generale' muß durch ein Mitglied des ‚Studienausschusses für Hochschulreform' in die Diskussion gebracht worden sein,"[11] als Übersetzung von „general education".[12]

In einem Gutachten zur Hochschulreform, das 1948 in Hamburg von einem internationalen Studienausschuß verfaßt wurde, heißt es: „Die Grundwissenschaften humanistisch-philosophischer und sozialwissenschaftlich-historischer Richtung sollen sowohl unter dem Gesichtspunkt der Einheit der Wissenschaft und der Einheit der Bildung als auch unter dem Gesichtspunkt des sozialen Bewußtseins für Hörer aller Fakultäten vorgetragen werden."[13] An vielen Universitäten und Hochschulen der drei Westzonen kam es Ende der 40er Jahre zur Einrichtung derartiger „Studium generale-Veranstaltungen". Hauptveranstaltungsformen waren Kolloquien, Ringvorlesungen, Arbeitsgemeinschaften oder der sog. Dies academicus. Außerdem wurden Studiengemeinschaften und Studienhäuser aufgebaut.[14] Die Palette der behandelten Themen reichte von Fragen der Philosophie und Theologie

---

6 „Die Studienordnungen verschiedener Orden unterscheiden heute noch Studia provincialia und generalia." Studium generale/Generalstudium. In: LThK Bd. IV S. 666.

7 Ebd. S. 666f.

8 Vgl. FUETER 1954 S. 3.

9 „Studium Generale war jede Hochschule - auch eine reine Fachschule - mit dem Recht, Titel für die allgemeine Christenheit und nicht nur für eine partikulare Diözese zu erteilen." RÜEGG 1954 S. 42.

10 Vgl. dazu die Ausführungen in I.1.2. (Siehe S. 12-16.)

11 PAPENKORT 1991 S. 90.

12 Der Begriff „Studium generale" wurde wahrscheinlich von Lord Lindsay of Birker, Philosophieprofessor in Oxford, eingebracht. „Statt der Verdeutschung der englischen Wendung durch das Wort ‚Allgemeinbildung' wählte der Studienausschuß ihre Latinisierung." Ebd.

13 NEUHAUS 1961 S. 346. Neuhaus bietet eine vorzügliche Zusammenstellung aller Dokumente zur bundesdeutschen Hochschulreform 1945 bis 1959.

14 So z.B. das „Collegium Leibnizianum" in Tübingen. Vgl. BEHAL 1990.

bis zu Problemstellungen der Biologie und Physik.[15] Rüegg stellte fest: „Nur so kann das humanistische Hauptproblem unserer Zeit, die Selbstbehauptung der menschlichen Person gegenüber den anonymen Mächten der Technik und der Bürokratie, auf der Hochschule gelöst werden."[16]

Auf dem Studententag der KDSE im Jahre 1953 in Würzburg wurde eine Resolution zu Fragen der Hochschulreform verabschiedet.[17] Darin geht es insbesondere „um Ansatzpunkte und Wege zu einer echten, ganzheitlichen Bildung"[18]. Es sei notwendig, die Begrenztheit des Fachwissens in geistiger Aufgeschlossenheit und Offenheit auf das Ziel einer Gesamtschau der Wirklichkeit hin auszuweiten.[19] Aus der Erkenntnis der Notwendigkeit einer Befähigung der Studierenden zu trans- und interdisziplinärer Kommunikation drängte man auf die Förderung des Anliegens des Studium generale. „Stellt es doch eine uns gegebene Möglichkeit dar, in der Begegnung mit allen Erscheinungsformen menschlichen Geistes ein gültiges Weltbild zu erarbeiten und gleichzeitig die Universität von einer Stätte der bloßen Wissensvermittlung umzuwandeln in einen Raum ganzheitlicher Persönlichkeitsformung in charakterlicher, wissenschaftlicher und gesellschaftlicher Hinsicht."[20]

Fünf Jahre später wurde in einem Diskussionsbeitrag der KDSE zum 5. Deutschen Studententag in Karlsruhe die praktische Umsetzung des Studium generale an den Universitäten und Hochschulen als gescheitert angesehen.[21] Es stehe isoliert neben dem Fachstudium und erscheine daher als „schöngeistige" Zutat. Ein auf dem Universalismus der Bildungsidee des Idealismus aufgebautes Studium generale hätte sich als problematisch und unter den gegebenen universitären und wissenschaftlichen Bedingungen als nicht praktizierbar erwiesen. Deshalb forderte man die Fachwissenschaften dazu auf, durch das Aufzeigen der Grundlagen ihres Faches den Bezug zum Allgemeinen deutlich zu machen, und intendierte damit auf eine Reformierung des Studium generale im Sinne eines Studium fundamentale, das nicht darauf ausgerichtet sein dürfe, die Gesamtheit des Wissens zu beherrschen, sondern sich den Fragen, die sich aus der gesellschaftlichen Bezogenheit des Menschen ergeben, stellen müsse. Dazu wurden insbesondere Fragen der Ethik und der Soziallehre gezählt. „Der Mensch ist es seiner Würde als Person schuldig, daß er sich denkend um seine Stellung zu sich selbst, zu seiner Umwelt und zum Tran-

---

15 Vgl. KILLY 1952 S. 24-35, KRÖNIG/MÜLLER 1990 S. 200-207 sowie FUETER 1954 S. 20-24.

16 RÜEGG 1954 S.60.

17 Vgl. NEUHAUS 1961 S. 563-569.

18 Ebd. S. 564.

19 Unter Punkt 2 der Resolution heißt es: „Wir bejahen die Pflege des philosophischen Denkens und dringen auf philosophische Grundlegung und Fragestellung in den Einzelwissenschaften, weil wir darin die Möglichkeit sehen, im Vorstoß zur Sinnfrage von einem zusammenhangslosen Kenntnisnehmen von Tatsachen zu echter Einheit der Bildung zu gelangen." Ebd.

20 Ebd. S. 565.

21 Vgl. Diskussionsbeitrag der KDSE zum 5. Deutschen Studententag in Karlsruhe vom 01.-04. Mai 1958. In: NEUHAUS 1961 S. 571-579, hier S. 576.

szendenten bemüht. In diesem Zusammenhang muß Raum für die Behandlung theologischer Fragen gewährt werden."[22]

Von 1947 bis 1971 erschien eine von einem Heidelberger Kreis um Karl Jaspers initiierte Zeitschrift mit dem Titel „STUDIUM GENERALE"[23], deren Gründer auf die neuhumanistische Universitätstradition rekurrierten.[24] Dieser traditionell als unpolitisch geltende Reformansatz mußte mit den eher positivistisch-demokratisch orientierten Überlegungen der Alliierten in Kollision geraten. Dies betraf auch eine weitere Reformlinie, die von den katholischen Denkern Guardini und Steinbüchel entscheidend geprägt wurde.[25] In der zweiten Hälfte der 50er Jahre verflachte die Studium-generale-Bewegung immer mehr und hatte in den 60er Jahren de facto keine Bedeutung mehr. In den 70er Jahren kam es in der Bundesrepublik Deutschland vor allem in Folge der 68er Studentenbewegung an einzelnen Universitäten und Hochschulen in sehr unterschiedlicher Ausprägung zu einer punktuellen Wiederbelebung der Studia generalia.[26]

An den Universitäten und Hochschulen in der SBZ/DDR wurde der Begriff „Studium generale" explizit nicht verwendet, dessen Anliegen jedoch in den ersten Jahren nach dem Zweiten Weltkrieg partiell verfolgt. Auf einem Kongreß der Vertreter von Studentenräten vom 19.-21. Juni 1947 in Halle erreichte man erst nach äußerst kontrovers geführten Diskussionen insbesondere zur Frage einer möglichen Wiederholung der Verabsolutierung einer Philosophie oder Weltanschauung an den Universitäten und Hochschulen - der Marxismus/Leninismus wurde in dieser Hinsicht als sehr anfällig eingeschätzt[27] - einen Konsens darüber, „daß die permanente philosophische Diskussion und die Auseinandersetzung um weltanschauliche Fragen über das Fachliche hinaus immanenter Bestandteil des Studiums sein müsse"[28].

In der in Ostberlin herausgegebenen Zeitschrift „Forum" heißt es in einer Denkschrift der deutschen Studenten, die anläßlich der ersten interzonalen Studententagung Anfang 1948 in Berlin verfaßt wurde: „Allgemeinbildende Vorlesungen und staatspolitischer Unterricht scheinen das einzige Mittel zu sein, Staatsbürger zu bilden."[29] Lehrveranstaltungen politischen und allgemeinbildenden Charakters for-

---

[22] Ebd. S. 577.

[23] Der Untertitel lautete: Zeitschrift für die Einheit der Wissenschaften im Zusammenhang ihrer Begriffsbildung und Forschungsmethoden.

[24] Vgl. RÜEGG 1954 S. 29.

[25] Seit April 1946 wird in Tübingen die - in diesem Kontext gegründete - Zeitschrift „Universitas. Zeitschrift für Wissenschaft, Kunst und Literatur" herausgegeben, die sich nach dem Vorbild der Universität des Mittelalters am Ideal der Gemeinschaft von Lehrenden und Studierenden orientiert und die ganzheitliche, integrale Dimension der Wissenschaft betont. Vgl. RÜEGG 1954 S. 39-43 sowie KILLY 1952 S. 24-35.

[26] Die Spannbreite der damit bezeichneten Veranstaltungen reicht von solchen mit Volkshochschulcharakter über allgemeinbildende Ringvorlesungen bis zu interdisziplinären Lehrveranstaltungen.

[27] Vgl. JACKSTEL 1991 S. 6.

[28] Ebd.

[29] Vgl. Denkschrift der deutschen Studenten. In: FORUM 2/1948 S. 22-27, hier S. 26.

derte auch der ostzonale Studentenrat.[30] Gleichzeitig wurden die auf Anweisung der SMAD eingeführten und in der Regel im Sinne der marxistisch-leninistischen Ideologie determinierten Pflichtvorlesungen zu politischen und aktuellen Fragestellungen kritisch beurteilt. „Die zur Zeit abgehaltenen Pflichtvorlesungen tragen nicht den gegebenen Forderungen Rechnung, sondern sind eher geeignet, den Studenten vom politischen Leben abzustoßen, da in ihnen zu den Problemen der heutigen Zeit fast ausnahmslos einseitig Stellung genommen wird."[31] Deshalb verlangte man, daß sich Vertreter verschiedener politischer Richtungen an den Pflichtvorlesungen beteiligen sollten und dabei auch die gesamte Bandbreite der Philosophie zur Sprache kommen müßte.

Im Zusammenhang mit der Transformierung des Hochschulwesens in der DDR bei der Zweiten Hochschulreform 1951/52 nach sowjetischem Vorbild wurde der grundsätzlich atheistisch und religionsfeindlich determinierte Marxismus-Leninismus auf administrativem Wege zur alleinigen Grundlage der Auseinandersetzung mit Wissenschafts-, Weltanschauungs- oder Lebensfragen an den Universitäten und Hochschulen bestimmt. Alle anderen Denkansätze wurden als überholt, spätbürgerlich und unwissenschaftlich abgetan. Öffentliche Diskussionen um ein pluralistisches und demokratisches Studium generale sind bis zum Herbst 1989 im Hochschulwesen der DDR nicht mehr nachweisbar.

Die Abschaffung des totalitären Staatswesens und die damit verbundeneAufhebung der Unterordnung von Wissenschaft und Bildung unter die pseudotheoretisch begründete Macht der SED sowie die Abschaffung des ideologisch determinierten Erziehungsauftrages waren nach den Ereignissen im Herbst 1989 unabdingbare Voraussetzungen für eine demokratische Erneuerung der Universitäten und Hochschulen.[32] Der letzte Minister für Bildung und Wissenschaft der DDR, Hans Joachim Meyer, warnte im Mai 1990: „Wer dafür plädiert, die Universitäten dieses Landes als linke Alternativen zu profilieren, will Bastionen errichten für eine Auseinandersetzung, die nicht mehr stattfindet, nämlich für die Auseinandersetzung über die Frage ‚Bundesrepublik oder eine bessere DDR'."[33]

Schon zu Beginn des Jahres 1990 ist es im Kontext der universitären Reformbemühungen an den meisten Universitäten und Hochschulen in der DDR zur Einführung von in der Regel wahlobligatorischen Studia generalia mit dem Ziel gekommen, die sozialen und kulturellen Defizite und Verformungen der sozialistischen

---

30 Vgl. FORUM 7/1948 S. 23f.

31 Ebd. S. 24.

32 Erstaunlich schnell und meist ohne begriffliche und inhaltliche Diskussion vollzogen Vertreter des DDR-Hochschulwesens den Wechsel in der Terminologie von „universitärer Erziehung" zu „universitärer Bildung" (vgl. z.B. FALK 1990 oder KLOSE-BERGER 1992); andere versuchten „Erziehung" als universitätsimmanentes Element zu rechtfertigen (ARNOLD 1990), bis hin zur Proklamierung von „Europa als Erziehungsauftrag" (LEHMANN 1990).

33 MEYER, H.J., 1990 S. 217.

universitären Praxis aufzuarbeiten.[34] Zunächst hatte es - insbesondere zum Zwecke der „Existenzsicherung" von Lehrenden des marxistisch-leninistischen Grundlagenstudiums - Versuche gegeben, Studium-generale-Veranstaltungen als Ersatz für das marxistisch-leninistische Grundlagenstudium anzubieten; die sog. gesellschaftswissenschaftlichen Fächer waren in politik- und sozialwissenschaftliche umbenannt worden, was sich als „Etikettenschwindel" herausstellte.[35] Gleichzeitig gab es aber auch Initiativen, die in eindeutiger Abgrenzung zum marxistisch-leninistischen Grundlagenstudium die Einführung eines demokratisch und pluralistisch geprägten Studium generale betrieben haben.[36]

Es stellte sich bald heraus, daß eine Erneuerung des Hochschulsystems von innen, d.h. über die „alten Kader", nicht gelingen konnte; neue Bildungsinhalte verlangten nach neuen Bildungsstrukturen und vor allem nach neuen Persönlichkeiten an den Universitäten und Hochschulen. Die Leiter der Sektionen und Institute hatten sich in der Regel über das Stellen der Vertrauensfrage von ihren langjährigen Mitarbeitern im Amt bestätigen lassen und verstanden dies als demokratischen Prozeß. Damit war jedoch weder eine personelle noch eine strukturelle Erneuerung verbunden; diese konnte erst über die Einsetzung von Evaluierungskommissionen und von Gründungsdekanen eingeleitet werden.[37]

Studium generale erschien Anfang 1990 als „Zauberformel" für die Hochschulreform in der DDR, ähnlich wie nach dem Zweiten Weltkrieg in den Westzonen.[38] Dadurch wurde auch in den alten Bundesländern die Diskussion hinsichtlich des

---

[34] Hertrampf beschrieb Anfang 1990 „kulturelle Bildung" im DDR-Hochschulwesen folgendermaßen: „Insgesamt war sie von formelhafter Ideologie zum Zwecke eines intoleranten politischen Konformismus überfrachtet und ihr Eigenwert wurde unterschätzt. Sie fungierte mehr als Vehikel eines sich letztlich am politischen Zweck orientierenden Ideologietransports." HERTRAMPF 1990 S. 154.

[35] Verwiesen sei hier z.B. auf OKUN u.a. 1990, die unter dem Titel „Die Alternative - Studium generale. Positionspapier zum Studium generale" auf ein gesellschaftswissenschaftliches Grundstudium aller Studierenden insistierten, durch das diese von reaktionären Ideologien und Weltanschauungen fernzuhalten und Antifaschismus, Humanismus und Sozialismus als Grundwerte der geistigen Kultur zu sichern seien.

[36] Vgl. z.B.: Studium generale an der Friedrich-Schiller-Universität - ein Diskussionspapier. In: Das Hochschulwesen 5/1990 S. 152f.- Dieses Papier aus Jena zielt auf eine umfassende Orientierung der Studierenden „in der Welt von heute, in der Welt von gestern und, soweit möglich, in der Welt von morgen ... Im Studium generale sagt die Universität - bei aller Einzelverantwortung der Lehrenden - ihr Wort zu den brennendsten und am stärksten interessierenden Fragen unserer Epoche. Damit leistet sie einen spezifischen Beitrag zur Persönlichkeitsbildung." Ebd. S. 152.- Vgl. auch das „Studium universale" der Leipziger Universität. Eine zentrale Ringvorlesung stand im Wintersemester 1993 unter der Überschrift „Die Herausforderung des Fremden". Dabei sollte das Phänomen des/der Fremden „in seinen reichen historischen, theologischen, philosophischen und anthropologisch-biologischen Bezügen sichtbar werden." Studium universale. In: Universität Leipzig 6/93 S. 4.

[37] Vgl. BUSCH 1993 sowie MAIER, H.: Miteinander reden, aufeinander hören. Erfahrungen aus der Sächsischen Hochschulkommission. In: Frankfurter Allgemeine Zeitung vom 17.09. 1993 S. 12.

[38] Vgl. dazu JACKSTEL 1990 und PAPENKORT 1991 S. 237-247.

Studium generale kurzfristig belebt.[39] Inzwischen hat sich das Studium-generale-„Fieber" gelegt. Die Gründe dafür sind vielfältig. Die (zu) großen Erwartungen an die Idee des Studium generale mußten aufgrund defizitärer konzeptioneller Überlegungen sowie der Priorisierung pragmatischer Überlegungen im universitären Erneuerungsprozeß enttäuscht werden. In Dresden wurde Ende Oktober 1993 durch den Senat der Universität das Projekt eines obligatorischen Studium generale für alle Studienrichtungen gekippt, in dem neben einer Fremdsprachenausbildung Umwelt- und fächerübergreifende Veranstaltungen vorgesehen waren. „Die fächerübergreifenden Veranstaltungen sahen eine Einführung für Studenten der Geisteswissenschaften und der Ingenieurwissenschaften in Denkweisen und Inhalte des jeweils anderen Fachgebietes vor."[40] Begründet wurde die Ablehnung eines obligatorischen Studium generale mit der mangelnden Qualität der bisher durchgeführten Veranstaltungen sowie einer damit verbundenen Einschränkung der akademischen Freiheit der Lehre und der Freiheit des Rechtes der Wahl der Veranstaltungen durch die Studierenden.

2. Bildung und Gemeinschaft

Ideengeschichtlich besteht die Problematik des Studium generale, seitdem es hohe Schulen gibt. „Stets war es eine hohe und schwierige Bildungsaufgabe, wie sich die wissenschaftliche Spezialisierung mit einer guten Allgemeinbildung, mit dem geistigen Werden der Persönlichkeit, den Pflichten eines Staatsbürgers und sittlichen Menschen vereinigen lasse."[41] Hinsichtlich des neuzeitlichen Studium generale kann summarisch konstatiert werden: Mit der beschleunigten Ausdifferenzierung und Spezialisierung der Wissenschaft wurde Studium generale im 20. Jahrhundert einerseits zu einem Synonym für die Suche nach dem Allgemeinen, nach einem neuen normativen Leitbild der Wissenschaften, weil die Philosophie, der diese fundamentale Funktion in der neuhumanistischen Universitätskonzeption zugedacht worden war, zu einer wissenschaftlichen Disziplin neben anderen wurde; andererseits wurde Studium generale in der Bundesrepublik Deutschland zur Bezeichnung verschiedener praktischer Realisierungsversuche - in der Form von Ringvorlesungen, Kolloquien oder des gemeinschaftlichen Lebens und Lernens in Studienhäusern -, mit denen das Ziel verfolgt wurde, den Studierenden über das Fachstudium hinaus philosophische und allgemeine Bildung zu vermitteln, um sie zu interdisziplinärer Kommunikation und ethisch fundierter Wissenschaftsreflexion sowie zur aktiven Mitarbeit am bonum commune zu befähigen.

In einer Publikation mit dem Titel „Studium generale und Gemeinschaftsleben" aus dem Jahre 1952 widmet Killy den Studentengemeinden einen eigenen Ab-

---

39 Vgl. z.B. ERMERT/HUBER/LIEBAU 1990 sowie REISINGER, K./HUBER, L.: Weder „Studium" noch „generale" - zum gegenwärtigen Erscheinungsbild fächerübergreifender Lehrangebote. In: Das Hochschulwesen 3/1992 S. 107ff.

40 WAGNER, E.: TU Dresden kippt das Studium Generale. In: Sächsische Zeitung vom 25.10. 1993 S. 8.

41 FUETER 1954 S. 3.

schnitt.[42] Er kommt dabei hinsichtlich der Bildungswochenenden der Studentengemeinden zu dem Schluß: „An diesen Wochenenden wird außer theologischer Arbeit ausgesprochene Studium-Generale-Arbeit getrieben."[43] Hier schließt sich die Frage an, inwieweit die spezifische Bildungsarbeit und deren Organisierung in den katholischen Studentengemeinden in der DDR über das von Killy zu Recht konstatierte Studium-generale-Phänomen hinaus als ein außeruniversitäres Studium generale gelten kann.

Das Hochschulwesen in der DDR wurde von der Zweiten Hochschulreform 1951/52 bis zum Jahre 1989 von der SED kontrolliert.[44] Der nach sowjetischem Vorbild ideologisch determinierte Erziehungsauftrag brachte eine an zentralistischen und vereinheitlichenden Grundsätzen orientierte Umgestaltung des universitären Prozesses mit sich. Diese Transformation der Universitäten und Hochschulen in staatliche Erziehungsanstalten hatte für die Studierenden weitreichende Folgen, die zu einer freien und demokratischen universitären Kultur in fundamentalem Widerspruch standen. Dazu zählen vor allem:

- Zulassung zum Studium und zum Forschungsstudium primär nach ideologischen Auswahlkriterien, welche zu Anpassung und Subalternität führten; der Kreis, aus dem sich die Studierenden und die Vertreter der Wissenschaft rekrutierten, war demzufolge viel kleiner als das real in der Gesellschaft vorhandene Potential; somit wurde nicht nur der Einzelne in seiner beruflichen Entwicklung, sondern die Entwicklung von Wissenschaft und Gesellschaft insgesamt behindert.
- Einteilung der Studierenden in Seminargruppen nach Fachrichtungen und Immatrikulationsjahrgängen, die in der Regel auch den Rahmen für Vorlesungen, Seminare und Übungen bildeten; eine jahrgangsübergreifende Kommunikation in den einzelnen Fachwissenschaften wurde durch diese kollektivistische Verschulung des Studiums de facto unterbunden.
- Regelung des Studienablaufes nach festen Plänen - bis hin zu einem vorgegebenen Wochenstundenplan - und fachliche Kontrolle durch regelmäßige Zwischenprüfungen sowie Kontrolle der Anwesenheit; dadurch wurde die Teilnahme an Veranstaltungen anderer Fächer fast unmöglich gemacht.
- Obligatorische Durchführung des marxistisch-leninistischen Grundlagenstudiums für alle Fachrichtungen zum Zwecke einer systematischen ideologischen Erziehung der Studierenden im Sinne der atheistisch und religionsfeindlich determinierten Lehre des marxismus-Leninismus; dadurch kam es an den hohen Schulen zu einer eindimensionalen und verengten Sicht der Wissenschaft, der Gesellschaft und des Menschen.

[42] Vgl. KILLY 1952 S. 99-104.
[43] Ebd. S. 100.
[44] Vgl. II.1.3. (Siehe S. 45-53.)

- Studentische Aktivitäten an den Universitäten und Hochschulen waren allein über die FDJ möglich, die offiziell als Kaderreserve der SED galt; unabhängige Gruppierungen wurden nicht geduldet; eine freie, pluralistische und demokratische Teilnahme der Studierenden am universitären Prozeß war nicht möglich.

Die katholischen Studentengemeinden in Deutschland entstanden in den 20er bis 40er Jahren unseres Jahrhunderts als Reflex auf spezifische universitäre und gesellschaftliche Entwicklungen. Der universitäre Prozeß wurde immer stärker von Technisierung und Individualisierung bestimmt; die säkularistischen Tendenzen in der Gesellschaft hatten Defizite hinsichtlich der geistig-geistlichen Orientierung der Studierenden zur Folge. Aus einer mehr individuellen Standesseelsorge entwickelten sich eigene Gemeinden von Studentinnen und Studenten, die sich insbesondere einer religiösen und allgemeinen Bildungsarbeit und der sozialen Hilfe widmeten. Abgesehen von den ersten Nachkriegsjahren, in denen sich Vertreter der Studentengemeinden am öffentlichen universitären Leben beteiligen konnten, waren die Studentengemeinden in der DDR bis 1989 aufgrund der Beibehaltung des in der Zeit des Nationalsozialismus ausgesprochenen Verbotes unabhängiger und konfessioneller studentischer Vereine und Verbände die einzigen vom unmittelbaren staatlichen Erziehungseinfluß unabhängigen studentischen Gruppierungen.

Im Mittelpunkt der Studentengemeinden stand das Leben als christliche Gemeinschaft sowie eine umfassende philosophische, theologische und allgemeine Bildungsarbeit, die inhaltlich von den Studierenden weitestgehend selbst bestimmt und organisatorisch mitgetragen wurde. In den 40er und 50er Jahren setzte man sich in den Studentengemeinden insbesondere mit den Folgen des Zweiten Weltkrieges sowie der Theorie des Marxismus-Leninismus und den aus dessen verbindlicher Einführung auf allen Wissenschaftsgebieten resultierenden Konsequenzen für das Studium auseinander. Nach dem Bau der Mauer wurde in den 60er Jahren nach Möglichkeiten eines verantwortlichen Engagements in der DDR-Gesellschaft unter christlichem Vorzeichen und eines Dialogs mit Andersdenkenden - letztlich ohne Erfolg - gesucht, weil der Staat an einer gleichberechtigten Mitarbeit der Christen nicht interessiert war. Ab Mitte der 70er Jahre treten die Psychoanalyse und die Friedensproblematik als besondere Akzente der Bildungsarbeit hervor.[45]

Analog zu den fünf o.g. wichtigsten Folgen für die Studierenden aufgrund der Transformierung der hohen Schulen in der DDR in Erziehungsanstalten sind hinsichtlich der Bildungs- und Aktionsmöglichkeiten in den katholischen Studentengemeinden zusammenfassend folgende Charakteristika anzumerken:

- Die katholischen Studentengemeinden in der DDR waren Gemeinschaften überwiegend katholischer Studierender der Universitäten, Hoch- und Fachschulen eines Studienortes, die auch evangelischen und kirchlich nicht gebundenen Studierenden zugänglich waren; sie waren - kirchenrechtlich gesehen - als Personalgemeinden konstituiert und wurden von den Aktivitäten ihrer Mitglieder sowie der Person des Studentenseelsorgers entscheidend geprägt.

---

[45] Vgl. III.2.4. (Siehe S.121-130.)

- Die Zusammensetzung der Gemeinden richtete sich nach den Fachrichtungen, die am jeweiligen Studienort angeboten wurden, abgesehen von bestimmten Fächern, wie z.B. der sozialistischen Rechtswissenschaft, für die sich christliche Studierende in der Regel gar nicht erst beworben haben; dadurch war - entsprechend dem lokalen Studienangebot - ein fächer- und jahrgangsübergreifender Dialog möglich.
- Von den Studierenden wurde die inhaltliche Planung und die Durchführung der verschiedenen Bildungsveranstaltungen auf gemeindlicher Ebene - Sprecherkreis/Gemeinderat - und regionaler Ebene - Sprecherkonferenz/Zentraler Arbeitskreis - wesentlich mitbestimmt; vorbereitet auf diese Tätigkeiten wurden die Studierenden durch Schulungen in Rhetorik und Gesprächsleitung.
- Ganzheitliche - d.h. an der Transzendenzfähigkeit und Kontingenz des menschlichen Seins orientierte - philosophische, theologische und allgemeine Bildungsarbeit wurde als Ergänzung und Relativierung der ideologisch eindimensionalen Erziehung und Bildung im Hoch- und Fachschulwesen, insbesondere im marxistisch-leninistischen Grundlagenstudium, angeboten; diese diente der Vorbereitung auf mögliche Auseinandersetzungen an den Bildungseinrichtungen und fand auch in sozialer Betätigung ihren Ausdruck.
- Bei Vortragsveranstaltungen, in Seminaren oder in kleinen Gesprächsgruppen konnten Kritik- und Dialogprozesse geübt, eigenständiges Denken und Verantwortung erprobt werden; die Organisierung dieser Bildungsarbeit war für die aktiven Gemeindemitglieder eine „Grund"-Schule der Demokratie.

Die Bildungsarbeit der katholischen Studentengemeinden in der DDR, die von den religiösen, wissenschaftlichen und kulturellen Interessen (Literatur, Theater, Musik) der Studierenden bestimmt war, wurde in verschiedenen Veranstaltungsformen wie Vortrags- und Diskussionsveranstaltungen, Seminaren, Wochenendtagungen, Exkursionen, Festen sowie Theater- und Musikaufführungen durchgeführt. Sowohl die formalen wie die inhaltlichen Ausprägungen dieser Bildungsarbeit gehören nach der von Papenkort vorgenommenen Klassifizierung des modernen Studium generale nach Veranstaltungsformen[46] sowie nach Veranstaltungsinhalten[47] zu deren möglichen Varianten. Zu den Veranstaltern des Studium generale rechnet Papenkort primär inneruniversitäre Institutionen.[48] Unter den außeruniversitären Studia generalia werden die Studentengemeinden nicht diskutiert.[49]

Aufgrund der Tatsache, daß die Studentengemeinden in der DDR mit der Zweiten Hochschulreform 1951/52 aus dem universitären Bereich ausgegrenzt und un-

---

46 Dazu werden u.a. gezählt: Arbeitsgemeinschaft, Bildungswoche, Diskussionsreihe, Exkursionsveranstaltung, Fest, Kolloquium, Spielgemeinschaft, Tagung sowie Vortragsveranstaltung. Vgl. PAPENKORT 1991 S. 150-177.

47 Diese ordnet Papenkort folgenden Inhaltsbereichen zu: Wissenschaft, Kunst, Sport, Sprache, Technik, Spiel und Bildung. Vgl. ebd. S. 190-214.

48 Vgl. ebd. S. 221-234.

49 Als solche werden Veranstaltungen angesehen, die von Volkshochschulen und Buchverlagen angeboten werden. Vgl. ebd. S. 234f.

ter das „Dach der Kirche" gedrängt worden sind, sowie auf der Basis der dargestellten inhaltlichen, strukturellen und organisatorischen Momente der Bildungsarbeit in den Studentengemeinden[50] erscheint es gerechtfertigt, diese - ergänzend zu der von Papenkort vorgenommenen Klassifizierung - als eine spezifische Form eines außeruniversitären Studium generale zu charakterisieren. Denn diese studienbegleitende „Bildung und Gemeinschaft", die sich inhaltlich primär an den Bildungsbedürfnissen der Studierenden orientierte und von diesen organisatorisch mitgetragen und -verantwortet wurde, hatte - neben einem pastoraltheologischen Aspekt - vor allem das Ziel, den Studierenden über den auf Ausbildung und marxistisch-leninistische Erziehung reduzierten Studienprozeß hinaus Orientierungswissen zu vermitteln, welches die Voraussetzung für eine verantwortliche ethische und soziale Kompetenz darstellt. Die Teilnahme an dieser Bildungsarbeit beruhte auf dem Prinzip der Freiwilligkeit und war mit persönlichen Risiken verbunden, weil es dadurch mitunter zu Benachteiligungen im Studium sowie bei der Bewerbung zum Forschungsstudium oder für einen bestimmten Arbeitsplatz kommen konnte.

Mit der begonnenen demokratischen Erneuerung nach (alt-)bundesdeutschem Vorbild hat sich die Studium-generale-Arbeit der Studentengemeinden nicht erübrigt. Die Studentengemeinden haben aber keine exklusive Stellung wie zu DDR-Zeiten mehr, sondern sind nunmehr eine spezifische Form einer studentischen Gemeinschaft unter vielen. Sie haben jetzt die Chance, sich als christliche studentische Gemeinschaften mit einer vielfältigen, neu akzentuierten Bildungsarbeit - vor allem hinsichtlich politischer Bildung - zu profilieren und auch durch Aktivitäten im universitären Raum präsent zu sein sowie ihr traditionelles gesellschafts- und kirchenkritisches Engagement unter den neuen Bedingungen als Herausforderung anzunehmen.

Die Erfahrungen in der Bildungsarbeit der Studentengemeinden - insbesondere bezüglich der Verbindung von „Bildung und Gemeinschaft", der selbstverantwortlichen Organisierung von Bildungsveranstaltungen durch die Studierenden, der Zusammenarbeit von Studierenden unterschiedlicher Fächer und Semester sowie der Möglichkeit sozialer Aktivitäten und der Diskussion aktueller gesellschaftlicher, universitärer und kirchlicher Probleme - sollten in die konzeptionellen Überlegungen der universitären Studia generalia einfließen. Denn Studium generale ist mehr als nur intellektuelle Auseinandersetzung mit fachspezifischen, philosophischen oder interdisziplinären Problemstellungen. Die bloße Aneignung von Wissen darf nicht letztes Ziel dieses Bildungsstrebens sein, sondern dessen Anwendung beim Umgang mit und in der Wissenschaft und der Gesellschaft.

„Reine" Bildung bietet keine Garantie für eine - daraus resultierende - versittlichende Aktivierung der einzelnen Individuen. Erst eine umfassende dialogische Kommunikation zwischen allen am universitären Prozeß Beteiligten sowie der Gesellschaft insgesamt ermöglicht einen finalen Qualitätssprung von der akademi-

---

[50] Vgl. III.1. und 2. (Siehe S. 70-99 und 99-133.)

schen Bildung zum akademischen Ethos.[51] In der Gruppe kann sich soziale Kompetenz und zivilcouragiertes Engagement entwickeln und entfalten. Neben den traditionellen Lehrveranstaltungen - Vorlesungen und Seminare - sollten neue praxisverbundene Kommunikationswege und -strukturen wie wissenschaftliche Streitgespräche, Projekte, Exkursionen etc. gesucht und erprobt werden, in denen beim - nicht neben dem - wissenschaftlichen Dialog kritische Welt- und Wertorientierung möglich ist.

In den neuen Bundesländern steht weiterhin auch im Hochschulwesen die Aufgabe der Aufarbeitung der aus dem ideologisch verengten Bildungswesen der DDR insgesamt resultierenden Sozialisations- und Bildungsdefizite; über philosophische oder soziologische Lehrveranstaltungen für Hörer aller Fakultäten im Rahmen eines universitären Studium generale könnten diese abgebaut werden.[52] Wünschenswert wäre auch - nicht zuletzt aufgrund der geistigen Orientierungslosigkeit vieler Jugendlicher in den neuen Ländern - der Aufbau wissenschafts- und studienpropädeutischer Kollegs, auf denen in einer Lern- und Lebensgemeinschaft ein Prozeß der Selbstfindung eingeleitet sowie durch die Einführung in das wissenschaftliche Denken und Erkennen und in fachspezifische Problemstellungen und Forschungsmethoden auf das Studium oder die Wahl eines Studienfaches vorbereitet werden könnte.[53]

Des weiteren sollte bei der Konzipierung des Studium generale - unter verantwortlicher Einbeziehung der Studentinnen und Studenten - die ganze formale und inhaltliche Bandbreite der verschiedenen o.g. studienbegleitenden Studium-generale-Veranstaltungen entsprechend den jeweiligen Erfordernissen einer Universität oder Hochschule als fakultative oder wahlobligatorische Angebote in Betracht gezogen werden, so z.B. spezifische philosophische Veranstaltungen für Techniker oder Naturwissenschaftler, aber ebenso für Studierende der Geisteswissenschaften zu naturwissenschaftlichen und technischen Problemstellungen - dieser Umkehrschluß wird in der Regel vergessen.[54]

Unerläßlich für eine effektive Realisierung des Studium generale scheint - angesichts der für alle Seiten unbefriedigenden Entwicklung - dessen förmliche Instal-

---

[51] Vgl. dazu HUBER/OLBERTZ 1992 sowie PIEPER 1952.- Habermas sieht das integrierende Selbstverständnis der hohen Schulen unserer Tage in der Kommunikationsgemeinschaft der am universitären Prozeß Beteiligten gegründet. Vgl. HABERMAS 1986 S. 716f. sowie HABERMAS 1992.

[52] Der Akademikerseelsorger der Diözese Dresden-Meißen, Siegfried Foelz, hat z.B. Anfang der 90er Jahre als Gastdozent an der Bergakademie Freiberg mehrere Semester Philosophie-Vorlesungen gehalten.

[53] Vgl. BEHAL 1990.

[54] Dadurch kann auch eine Basis für die interdisziplinäre Kommunikation geschaffen werden. Denn die sog. Kompensationstheorie, nach der die Geisteswissenschaften die durch naturwissenschaftliche und technische Innovationen entstandenen Mängel und Schäden wieder kompensieren, ist angesichts der derzeitigen globalen ökologischen Problemstellungen eine zu einfache und inzwischen überholte Antwort. Zur Kritik der Kompensationstheorie vgl. MITTELSTRASS 1989.

lation als akademische Institution an den hohen Schulen zu sein[55] - dies wiederum setzt die Bereitschaft der zuständigen Bildungspolitiker in dafür notwendige Investitionen voraus -, in der sich Vertreter der Studierenden und der Lehrenden der einzelnen Fachdisziplinen zur Planung, Koordinierung und zum Erfahrungsaustausch zusammenfinden. Ohne eine solche institutionelle Größe, welche das Anliegen des Studium generale permanent präsent macht, sowie eine gewisse Verbindlichkeit der Veranstaltungen des Studium generale - über den Einbau in die Prüfungs- und Studienordnungen - wird diesem auf die Dauer kein Überleben an den Universitäten und Hochschulen beschieden sein.

Die Verwirklichung der Idee des Studium generale, die eindimensionale fachliche universitäre Ausbildung durch eine ganzheitliche Bildung aufzubrechen und die Studierenden für Zukunftsprobleme angesichts der Grenzen des Wachstums zu sensibilisieren, wird jedoch primär nicht davon abhängen, inwieweit es gelingt, organisatorische, inhaltliche und methodische Fragen fächerübergreifender Lehrveranstaltungen zu lösen und diese in prüfungsrelevante Angebote für die Studierenden einzubinden. Vielmehr sollte das wissenschaftliche Arbeiten nicht primär quantitativ-extensiv und monologisch ausgerichtet sein, sondern bereits im Prozeß des Forschens und Lehrens qualitativ-intensive Verantwortungs- und Folgenreflexion und dialogische Kommunikation betrieben werden.[56] Das bedeutet für die Fachwissenschaften, sich den philosophischen, ethischen und wissenschaftstheoretischen Implikationen ihrer Disziplin zu stellen und deren Bedeutung für den wissenschaftlichen und gesamtgesellschaftlichen Kontext zu reflektieren. Das traditionelle disziplinorientierte Lehren und Studieren sollte stärker, als bisher geschehen, durch eine problemorientierte Kommunikation von Vertretern verschiedener Fächer ergänzt werden.

Im Sinne dieser Idee eines Studium generale haben die Universitäten und Hochschulen einen - an der sinnstiftenden Kontingenz und Transzendenzfähigkeit des menschlichen Seins orientierten - Auftrag zu humanistischer Bildung.[57] Auf diese

---

[55] An der Universität Karlsruhe existiert z.B. seit mehr als 20 Jahren das Studium generale als eine durch den Senat gegründete zentrale Universitätseinrichtung eigener Art, welche neben den Fakultäten angesiedelt und direkt dem Senat unterstellt ist. Vgl. SPINNER 1990 S. 230.

[56] Um das Überleben der menschlichen Gattung zu garantieren, sollte deshalb nach Daxner die Wissenschaft aufgrund der globalen ökologischen Krise neben der Erkenntnissuche weitere Funktionen wahrnehmen: Kritik, Kommentierung, Warnung, Unterstützung, Legitimation usw. Er fordert deshalb grundsätzlich: „Hauptaufgabe aller Wissenschaften ist es, den Prozeß der menschlichen Selbstvernichtung rückgängig zu machen". DAXNER, M./LÜTHJE, J./SCHRIMPF, H.: Entstaatlichung und Veröffentlichung. Die Hochschule als republikanischer Ort. Eine neue Hochschulpolitik: ökologisch, demokratisch und sozial. Köln 1991 S. 42.- Vgl. weiter DAXNER, M.: Die Wiederherstellung der Hochschule. Plädoyer für eine Rückkehr der Hochschulen in die Politik und die Gesellschaft. Köln 1993, KÜNG, H.: Projekt Weltethos. München 1990 sowie BECK, U.: Risikogesellschaft. Frankfurt a.M. 1986 und ders. (Hg.): Politik in der Risikogesellschaft. Frankfurt a.M. 1991.

[57] Die Bemerkungen Rüeggs zum „Schlagwort" Humanismus nach dem 2. Weltkrieg haben in diesem Kontext an Aktualität nichts verloren: „Das Ziel des Humanismus, die Verwirklichung des Menschen in der menschlichen Gesellschaft, sollte zugleich demokratisch und freiheitlich verwirklicht werden, d.h. auf der freien Einsicht aller Partner, also auf einer freiwilligen Zusammenarbeit von Anhängern verschiedenster Humanismen aufbauen." RÜEGG 1954 S. 28.

Weise soll den Studierenden die Möglichkeit geboten werden, sich zu dialog- und kritikfähigen akademischen Persönlichkeiten zu entwickeln, die in der Lage sind, sowohl fachlich wie interdisziplinär innovativ und verantwortungsbewußt zu denken und zu handeln sowie aktiv am bonum commune mitzuarbeiten. Voraussetzung dafür ist eine kritische Welt- und Wertorientierung, die sich nur in einem dialogischen Prozeß aller am universitären Geschehen Beteiligten und mit der Gesellschaft insgesamt entfalten und von akademischer Bildung zu akademischem Ethos führen kann.

Die Begriffe „Erziehung" und „Erziehungsauftrag" sollten im universitären Kontext - schon aufgrund ihrer historischen Belastung - nicht gebraucht werden. Ein für Lehrende und Studierende verbindlicher - von wem auch immer erteilter - Auftrag zu universitärer Erziehung wirkt in jedem Fall zentralisierend und vereinheitlichend und steht damit im Widerspruch zu einem verantwortlichen Umgang mit der Freiheit von Forschung, Lehre und Studium. Die Problemlösung besteht „gerade nicht in der Etablierung eines außerwissenschaftlichen Erziehungsauftrages, sondern im Gegenteil in der striktesten Ausschaltung all dessen, was die Legitimation durch die rationale Selbstbestimmung des Subjekts scheut." [58]

---

[58] NITSCH u.a. 1965 S. 232.

DOKUMENTENVERZEICHNIS

Die Dokumente, die bisher überwiegend nicht gedruckt vorlagen, sind ungekürzt als Faksimile oder Abschrift wiedergegeben. Enthaltene Fehler wurden belassen, um die Originalität zu wahren

[illegible] von Studentenpfarrer Trilling [illegible] Mitarbeiter des MfS [illegible] der
[illegible] vom [illegible] 1965
[illegible]

83 [illegible] des [illegible] von Vertretern der KSG [illegible]
[illegible] Studierenden im März 1965 in Leipzig
[illegible] XII/680/[illegible]

[illegible] Schreiben von [illegible] der KSG Leipzig vom [illegible] 1965
[illegible]

[illegible] Bericht über den Verlauf des [illegible] der KSG [illegible] vom [illegible]
[illegible] Mai 1965
[illegible]

[illegible] Bericht über die [illegible] mit IM [illegible]
[illegible]

[illegible]

[illegible]

[illegible]
der KSG [illegible]
[illegible]

[illegible]
[illegible]

Vereinigung
von
kathol. Studenten- und
Studentinnen-Seelsorgern
für das
deutsche Sprachgebiet.

Freiburg i. Br. im März 1918.

Ew. Hochwürden

beehren wir uns, zu einer

Tagung

am 17. und 18. April d. J. zu Leipzig im Hotel „Deutsches Haus", Königsplatz 13, ergebenst einzuladen.
Die Tagung beginnt vormittags 9 Uhr.

Folgende **Tagesordnung** ist vorgesehen:

I. Beratung und Beschlußfassung über die Satzungen der Vereinigung.

II. **Vorstandswahl.**

III. **Ausarbeitung von Leitsätzen für die Akademiker-Seelsorge,** und zwar über:

1. **Organisation der Studentenseelsorge.**
   Referent: Privatdozent Dr. K. Benz-München.
2. **Seelsorger und Student.**
   Referent: Repetitor Dr. W. Reinhard-Freiburg i. Br.
3. **Das akademische Frauenstudium als pastorales Problem.**
   Referenten: P. Fr. Stratmann O. Pr.-Berlin.
   Pfarrer Dr. Custodis-Bonn.
4. **Das Grenzgebiet der Studentenseelsorge.**
   Referent: Dr. K. Sonnenschein-M.-Gladbach.

Anträge und Wünsche für die Tagung sind bis spätestens 7. April an den Unterzeichneten (Freiburg i. Br., Burgstraße 1) einzusenden. Dahin sind auch Beitrittserklärungen zu obiger Vereinigung zu richten.

Mit vorzüglicher Hochachtung.

Der geschäftsführende Ausschuß:

Dr. W. Reinhard, Repetitor.
Vorsitzender.

NB. 1. Die Verlegung der Tagung um eine weitere Woche als vorgesehen war, geschah mit Rücksicht auf den Kursus für studentische Berufsberatung in Berlin, der am 10. April seinen Anfang nehmen soll. Auskunft hierüber vom „Deutschen Studentendienst", Berlin, Bauhofstr. 7.

2. Zur Unterkunft in Leipzig werden empfohlen: genanntes Hotel „Deutsches Haus", Hotel „Fürstenhof", Tröndlinring 8 (Nähe des Hauptbahnhofes), und Hotel „Hentschel", Roßstr. 1–3.

3. Am Vorabend der Tagung gemütliche Zusammenkunft im Hotel „Deutsches Haus".

MITTEILUNGEN

AUS DER VEREINIGUNG VON KATH. STUDENTEN- UND STUDENTINNEN-SEELSORGERN FÜR DAS DEUTSCHE SPRACHGEBIET

Nummer 28 **August 1931**

Einladung
zur XV. Tagung der Vereinigung.

Sie findet statt in Marburg a. d. Lahn, Kath. Gesellenhaus

am Freitag, den 4. September 1931, Beginn 9 Uhr morgens.

Folgende Tagesordnung ist vorgesehen:

I. Mitgliederversammlung.

1. Entgegennahme des Geschäftsberichtes und der Rechnungslegung.
2. Wahl des Vorstandes.
3. Etwaige Anträge und Verschiedenes.

II. Verhandlungen über die studentische Seelsorge.

Auf mehrfach geäußerten Wunsch hin soll in diesem Jahr von der Erstattung größerer Vorträge Abstand genommen werden und die Verhandlungen über Fragen der Studentenseelsorge ausschließlich in die Form der Aussprache gelegt werden. Die Aussprache über die einzelnen Bezirke der Studentenseelsorge wird jedesmal durch ein kurzes Referat eingeleitet. Folgende Referate sollen vorgelegt werden:

1. Ist die marianische Studentenkongregation noch zeitgemäß?
2. Die besonderen Schwierigkeiten der akademischen Seelsorge in einer ausgesprochenen Diasporahochschulstadt.
3. Predigt vor den Studierenden.
4. Der Student in der Politik und Hochschulpolitik.
5. Unsere Wünsche an den Studentinnenseelsorger.
6. Die wirtschaftliche Notlage der Studenten und ihre Bekämpfung.
7. Die Vorlesungen der Weltanschauungsprofessoren nach Gegenstand und Zielsetzung.
8. Die Idee der katholischen Universität.
9. Masse und Elite.
10. Die Stellung des Studentenseelsorgers zur Universitätsbehörde, zur kath. theol. Fakultät, zum Pfarrklerus, Studentenverbänden und sonst in Betracht kommenden Stellen.
11. Die religiöse Unterweisung der Studierenden durch Zirkelarbeit.
12. Streiflichter über die Studentenseelsorge in Oesterreich.

Anmeldungen zur Mitgliederversammlung richte man an Herrn Pfarrer Hünseler, Marburg/Lahn, der auch für Unterkunft Sorge trägt.

Eine Anzahl von Mitgliedern hat den Jahresbeitrag für 1930/31 noch nicht gezahlt. Diejenigen, die es angeht, finden am Rand einen roten Strich. Diejenigen, die auch noch für 1929/30 rückständig sind, finden zwei Striche. Es wird gebeten, den Betrag von Mk. 6.— auf das Postscheckkonto Nr. 53307 Köln, (Pfarrer Dr. Grosche, Vochem) sofort einzuzahlen, damit auf der Mitgliederversammlung die Abrechnung möglich ist.

Alle Mitglieder und Freunde unserer Sache sind zur Tagung herzlich eingeladen.

Elkeringhausen b. Winterberg (Westf.), den 4. August 1931.

Rektor H. Lutz
1. Vorsitzender

RICHTLINIEN FÜR FÖRDERUNG DER STUDENTEN-SEELSORGE

Aufgestellt von der Fuldaer Bischofskonferenz am 11. August 1927

1. Alle eingegangenen Berichte über Erfahrungen und Gedanken zur Studentenseelsorge lassen keinen Zweifel darüber bestehen, daß trotz vieler Enttäuschungen und Mißerfolge eine besondere berufsmäßige Studentenseelsorge den tatsächlichen Bedürfnissen entspricht.

Die Geistesrichtung auf den Universitäten mit ihren Gefahren für den Glauben, die Nichtbeteiligung eines großen Teils der katholischen Studenten am religiösen Leben, die großen sittlichen Gefahren erfordern besondere Seelsorge.

In kleineren Universitätsstädten mit geringer Anzahl katholischer Studenten mag die Seelsorge für diese von einem Geistlichen nebenamtlich übernommen werden. Für größere Städte aber mit vielen katholischen Studenten ist die Ernennung eines hauptamtlichen Studentenseelsorgers, der in gutem Einvernehmen mit den anderen Seelsorgern des Ortes wirken soll, durchaus am Platze. Universitätsprofessoren, Privatdozenten, Religionslehrer, literarisch oder seelsorglich anderweitig beschäftigte Persönlichkeiten, die die Studentenseelsorge im Nebenamt versehen, genügen hier nicht.

2. Die Darbietungen und Veranstaltungen der Studentenseelsorge sollen in geeigneter Weise etwa durch ein Werbeblatt, allen katholischen Studenten beim Beginn des Semesters zur Kenntnis gebracht werden.

3. Zweck der Studentenseelsorge soll sein: Religiöse Belehrung, Pflege des religiösen Lebens, des Sakramentenempfangs, der Sonntagsheiligung, des Verantwortlichkeitsgefühls, des apostolischen Geistes, der pietätvollen, aus innerster Überzeugung entspringenden Achtung vor der Autorität der Kirche und des Bewußtseins vorbildlich allen Ständen voranzuleuchten.

4. Die Studentenseelsorge ist als Diözesanangelegenheit zu behandeln. Den Studenten muß es zum Bewußtsein kommen, daß der Studentenseelsorger im Namen und Auftrage des Bischofs dasteht.

5. Der Studentenseelsorger soll mit allen Kräften, mit apostolisch hingebender, selbstloser Liebe seinem Beruf sich widmen. Er soll Führer

der Studenten im religiösen Leben sein, soll ihnen als väterlicher Freund Hilfe bieten in den Krisen, wie sie aus der Umgebung und dem Lebensalter der Studenten sich ergeben. Er bringe den Studenten große Achtung entgegen und Verständnis für die Schwierigkeiten des Innenlebens, mit denen viele derselben von Haus aus schon lange zu kämpfen hatten. Harte und schroffe Beurteilung würde ein Fehlgriff sein. Er soll zunächst selbst eine klare, echt katholische Haltung zur Kirche und zu allen Fragen einnehmen, die heute oft so leidenschaftlich erörtert werden. Es ist nicht seine Aufgabe, vor den Studenten stets neue sogenannte „Probleme" aufzurollen und zu erörtern.

6. Vor allem sind persönliche Anregungen und persönliche Aussprachen zwischen Seelsorger und Studenten von großem Nutzen. Doch liegen hier besondere Schwierigkeiten. Die Frage ist: Wie kommt der Seelsorger an die Studenten heran? Viele haben ihre Nöte, sind froh, darüber mit dem Seelsorger reden zu können; aber eine gewisse Scheu und Fahrigkeit hindern sie oft daran.

7. Um die studentische Masse religiös zu erfassen, sind besondere gottesdienstliche Veranstaltungen – Vormittags-Gottesdienste oder periodische Abendgottesdienste – unentbehrlich, in denen der Studentenseelsorger öffentlich und beauftragt vor die Gesamtheit der katholischen Studenten hintritt. Die Studenten, insbesondere die nichtinkorporierten, lernen so ihren Seelsorger kennen.

8. Wenn die akademische Predigt auf Grund irgendwelcher Überlieferung von einem anderen Herrn (Theologieprofessor) gehalten wird, ist es zu wünschen, daß wenigstens einigemal im Semester auch der Studentenseelsorger predigt.

9. An den einzelnen Orten, etwa in der Diaspora, mag es sich empfehlen, den akademischen Gottesdienst mit einem Pfarrgottesdienst zu verbinden (Akademiker und Volksgemeinschaft).

10. Der Studentenseelsorger fördere im besonderen die Marianische Kongregation, den akadem. Bonifatiusverein, den akadem. Missionsverein, die akadem. Vinzenskonferenzen, auch die Exerzitienbewegung unter den Studenten. Auf diese Weise schafft er sich eine religiöse Elite und Mitarbeiter zur Förderung des religiösen Lebens. Die Exerzitien sollen in die Ferienzeit, nach Ermessen auch unmittelbar vor Semesteranfang verlegt werden.

11. Gemeinsame Kommuniontage studentischer Gruppen und Verbände sind als Höhepunkte gemeinsam gottesdienstlichen Lebens zu betrachten.

12. Die Theologiestudierenden aus auswärtigen Diözesen, die nicht in einem Konvikt wohnen, sind anzuhalten, den für alle Studenten ab-

gehaltenen Veranstaltungen religiöser Art beizuwohnen. Sie sollten die Hilfstruppen der Seelsorger, ähnlich dem Laienapostolat der allgemeinen Seelsorge sein; sie sind naturgemäß der Kern der studentischen Seelsorgsgemeinde, können auch in taktvoller Weise direkt oder indirekt dem Seelsorger Hilfsdienste leisten, ohne irgendwie aufdringlich zu werden.

13. Zur Unterstützung der Studentenseelsorger an Hochschulen ohne katholisch-theologische Fakultät sind Lehrstühle für katholische Weltanschauung, Philosophie, Geschichte und Kunstgeschichte wünschenswert; ihre Einrichtung ist anzustreben.

14. Der Studentenseelsorger soll dafür Sorge tragen, daß in jedem Semester außerhalb der gottesdienstlichen Veranstaltungen durch geeignete Kräfte religiös befestigende Vorträge für die katholischen Studenten gehalten werden, evtl. mit anschließender Aussprache. Auch hier gilt: Nicht beständige Erörterung von sogenannten Problemen.

15. Kleinere Aussprachekreise über religiöse, sozial und andere Zeitfragen, die die Studentenschaft bewegen, haben sich als nützlich erwiesen. Doch ist gute Vorbereitung und klärende Leitung der Aussprachen dringend geboten.

16. Der Studentenseelsorger soll den einzelnen katholischen Studentenvereinigungen gleichmäßig achtungsvoll und wohlwollend gegenüber stehen. Er möge von diesem eingeladen werden und ihre Veranstaltungen, besonders ihre gelegentlichen festlichen Gottesdienste besuchen. Vorträge des Studentenseelsorgers in diesen Vereinen sind zu empfehlen. Seine besondere Aufgabe ist es auch, die vielen „Äußerlichkeiten" des Korporationswesens zu bekämpfen, dem übertriebenen Luxus und der Vergnügungssucht entgegen zu arbeiten. Er erwerbe sich in jeder Korporation besondere Vertrauensleute, durch die er leichter auf die Gesamtheit einwirkt; auch ersuche er die „Alten Herren" um ihre Hilfe und Mitarbeit.

17. Wo sogenannte Verbands- oder gar Korporationsseelsorger notwendig erscheinen, sollen sie in Unterordnung (Einvernehmen) mit dem vom Bischof bestellten Studentenseelsorger arbeiten. Sie sollen den Seelsorger in allem unterstützen, sich als Mitseelsorger in den Dienst des Ganzen stellen.

18. Die Bischöfe sollen es als ihr Recht in Anspruch nehmen, offenkundige Mißstände in den katholischen Korporationen – Halten kirchenfeindlicher Zeitungen, interkonfessionelle Veranstaltungen religiöser Art, Einführung protestantischer Couleurdamen in katholische Vereine, Verweilen junger Mädchen ohne Begleitung bis in die frühen Morgenstunden in der Korporation, Dulden solcher Mitglieder, die ihre religiösen

Pflichten nicht erfüllen – zu rügen. Der Name „katholische Korporation" muß als eine Ehre gelten, für die der Verein dem Bischof Verantwortung schuldet. Die Korporation ist Erziehungsgemeinschaft und geht den Oberhirten ebenso nahe als irgend ein anderer katholischer Verein.

19. Es hat sich als nützlich erwiesen, daß der Studentenseelsorger mit den Senioren der katholischen Korporationen gewisse Leitsätze über Studentenseelsorge bespricht, sie dem Bischof unterbreitet und dann in seinem Namen der Korporation übergibt.

20. Die Religionslehrer sollen in taktvoller Weise den Abiturienten einerseits das vae soli, andererseits die Unerlaubtheit der Zugehörigkeit zu schlagenden Verbindungen darlegen; sie sollen ihre Abiturienten aufmerksam machen auf die Studentenseelsorge und sie zur Teilnahme an den Veranstaltungen der Studentenseelsorge ermuntern. Auch die Seelsorger in den Universitätsstädten sollen die Studenten nach Möglichkeit auf die Studentenseelsorge hinweisen und deren Veranstaltungen empfehlen.

21. Am Anfang und am Schluß des Semesters mögen alle katholischen Studenten zu einem feierlichen Gottesdienst vereinigt werden.

22. Die von der Vereinigung der Studentenseelsorger jährlich abgehaltenen Konferenzen bieten durch den Austausch der Erfahrungen manche Anregungen und sind daher zu begrüßen.

23. Die Organisationen zu materieller Hilfe bedürftiger katholischer Studenten (soziale Hilfe) sind von den Studentenseelsorgern und den anderen Geistlichen zu fördern. Man möge besonders engere Fühlung halten mit dem Albertus-Magnus-Verein und der Caritas für Akademiker.

Bericht über die

TAGUNG KATHOLISCHER STUDENTEN

in Haus Altenberg vom 29. April bis 1. Mai 1934

Anfang Mai trafen sich in Altenberg Studenten der Universitäten Bonn, Köln, München, Freiburg, Königsberg, der technischen Hochschule Aachen und des Priesterseminars Trier, Angehörige der bisherigen katholischen Korporation, des Großneudeutschen Bundes, des Hochlandverbandes, Studentenmitglieder des Jungmännerverbandes und Freistudenten. Als Gäste waren erschienen mehrere Studentenseelsorger, Ordenspriester, führende Persönlichkeiten vom Jungmännerverband und von Neudeutschland.

Der äußere Anlaß zu dem Treffen war die neuartige Situation, in welche die katholische Studentenschaft durch Fortfall der katholischen Korporationen und durch die besondere hochschulpolitische Lage gestellt wurde. Vor allem aber hatte die geistige Lage, in der sich heute die katholische Jugend befindet, ein solches Treffen zu einer inneren Notwendigkeit werden lassen. Allerorts war dieses Problem lebendig und man war von den verschiedensten Seiten an eine Lösung herangegangen. So hatte z. B. der Großneudeutsche Bund seinen Hochschulring aufgelöst, um seinen Angehörigen die Arbeit in erweiterter Front und Sicht zu ermöglichen.
Es kam also in Altenberg darauf an, die Basis für ein *einheitliches* Wollen zu finden und zu verhindern, daß wertvolle Kräfte in planlosem Neben- und Gegeneinanderarbeiten vergeudet werden.

I. Unser Wesen
Wir katholischen Studenten stehen in der katholischen Jugend und bekennen uns restlos zu ihr. Mit ihr zusammen wollen wir junge Kirche sein. Das besonders geartete Entwicklungsstadium, das wir zwischen Elternhaus und späterem Beruf durchmachen, bedingt aber an der Hochschule ein gewisses Eigenleben, und darum betrachten wir uns soweit als ein (ständisches) Glied der katholischen Jugend.

II. Unsere Aufgabe
Aus der persönlichen Lebensgestaltung in Christus soll uns sinnvolle Arbeit für Volk und Vaterland erwachsen.

Daraus ergibt sich im einzelnen:

1. Der Wille zu tiefem Wissen um unseren heiligen Glauben.
2. Die Bereitschaft, aus diesem Glauben heraus zu leben und ihn in jeder Situation praktisch zu aktivieren.
3. Das Bewußtsein der besonderen Sendung des katholischen Menschen in dieser Zeit (Laienapostolat).

III. Unser Weg

Junge Kirche kann nur wirken, wenn sie lebendige „Gemeinschaft des Brotbrechens" ist. Diese Gemeinschaft tritt nicht neben die offizielle Kirche, sie ist vielmehr die zur wirklichen Altargemeinschaft gewachsene Pfarre.

Als ein Glied dieser Pfarre nehmen wir an ihrem Leben regen Anteil, reihen uns einzeln in ihre Jugendorganisation ein, arbeiten in ihren Vereinen und Bünden (in der Heimat oder in der Universitätsstadt) mit und feiern mit ihr zusammen das heilige Meßopfer.

Innerhalb unseres engeren studentischen Kreises treffen wir uns allwöchentlich oder vierzehntägig an einem Werktag zur Gemeinschaftsmesse; der Altar ist uns Zentralpunkt und Träger unserer Idee. Die kurze Predigt in dieser Messe baut sich planvoll in unsere Semesterarbeit ein und dient liturgischer und dogmatischer Belehrung und Vertiefung. Ein- bis zweimal in der Woche finden wir uns zu Vorträgen, Ausspracheabenden, Sing- und Feierstunden zusammen; diese Schulungsstunden, zu denen wir erfahrene Priester und Laien laden, behandeln akute Themen der Gegenwart und sollen aus katholischer Schau heraus die Dinge beleuchten und uns gleichzeitig Rüstzeug geben für unsere tägliche Arbeit, die Katholizismus in letzter Konsequenz sein will. Dabei vermeiden wir alles, was unserer Bewegung einen politischen oder reaktionären Anstrich geben könnte.

Als eine besondere Aufgabe sehen wir auch die Erfassung unserer religiös indifferenten Mitmenschen an, besonders unserer Kommilitonen; dies wird besonders ein Gebiet für die Betätigung des Einzelnen von uns sein, der im Kameradschaftshaus und in der Korporation sich bewähren muß.

Einen engen organisatorischen Zusammenschluß untereinander (vereinsmäßig) oder im Anschluß an bestehende Verbände, lehnen wir im Augenblick ab, nicht zuletzt auch, weil wir einer evtl. Neuorganisation der bündischen katholischen Jugend nach Abschluß der Verhandlungen zwischen Rom und Berlin nicht vorgreifen wollen. Andererseits sind wir mehr als eine bloß mehr oder weniger zufällige Arbeitsgemeinschaft.

DOKUMENT 4

Mit dem Studentenseelsorger, dem Pfarrer, den erfahrenen führenden Priestern und Laien stehen wir in engster Zusammenarbeit.

Die einzelnen Kreise stehen miteinander in Fühlung durch die beauftragten Verbindungsleute. Für den Großneudeutschen Bund Dr. Jupp Jansen, Bonn, Sternstraße; für den Jungmännerverband jur. Jupp Mühlenhöver, Bonn, Humboldstr. 39.

In Altenberg haben wir in großen Zügen nur den Rahmen unserer Arbeit in der kommenden Zeit entworfen. Die innere Ausgestaltung überlassen wir bewußt der organischen Entwicklung. So muß sich jeder einzelne mit ganzer Kraft einsetzen, damit überall das begonnene Werk wachse

„für Christi Reich im neuen Deutschland"

Jupp Mühlenhöver.

FÜHRER

FÜR DIE KATHOLISCHEN STUDIERENDEN AN DEN HOCHSCHULEN ZU LEIPZIG

SOMMER-SEMESTER 1928

ELFTE FOLGE

Der akademische Seelsorger

Dr. P. Lehmann S. J. wohnt Plagwitzer Str. 33 II. Sprechstunden: Dienstag, Sonnabend 10-12, Mittwoch 3-5 Uhr. Fernruf 45 937.

---

1. Gottesdienste

Der AKADEMISCHE GOTTESDIENST findet jeden Sonntag im Semester in der St. Trinitatiskirche, Weststr. 2, statt. 11 1/4 Uhr Singmesse u. Predigt, Hochschulseelsorger Dr. Lehmann.

Am 1. Sonntag im Juli findet die Semesterkommunion aller Leipziger Studierenden statt. Näheres wird noch bekannt gegeben.

Kommilitonen, die am akademischen Gottesdienst nicht teilnehmen können, weisen wir auf die Pfarrgottesdienste hin.

LEIPZIG MITTE: St. Trinitatiskirche, Weststr. 2, heilige Messen 6 und 7 Uhr, 9 Uhr Hochamt, 10 1/4 Uhr Schulgottesdienst, 11 1/4 Uhr akademischer Gottesdienst.

OSTEN: St. Laurentius, Reudnitz, Friedrich-Wilhelm-Str. 20, 7 Uhr, 9 Uhr Hochamt und Predigt.

Mockau-Schönefeld, Rathaussaal, Breslauer Str. 37, 1/2 10 Uhr.

WESTEN: St. Marien, Lindenau, Karl-Heine-Str. 112, 1/2 7, 7 1/4, 8 1/4 Uhr, 1/2 10 Uhr Hochamt und Predigt.

NORDEN: St. Georg, Gohlis, Jägerplatz, 7 Uhr, 9 Uhr Hochamt und Predigt.

SÜDEN: Connewitz, Lichtspielhaus, Bornaische Straße 3 C, 1/2 8 und 1/2 10 Uhr.

Beichtgelegenheit in allen Kirchen Sonnabends von 18 Uhr an.

Der Studentenseelsorger hört Beichte in der St. Trinitatiskirche Sonnabends von 18 Uhr an.

2. Sonstige Veranstaltungen

Der Katholische Akademiker-Ausschuß veranstaltet auch in diesem Semester mehrere

VORTRÄGE

in der Universität, gehalten von namhaften Persönlichkeiten unsrer Weltanschauung. Zu diesen Vorträgen erhalten Sie besondere Einladungen, außerdem erfolgen Anschläge an den schwarzen Brettern der Hochschulen.

Ferner werden

religiös-wissenschaftliche Zirkel

abgehalten. Um Anmeldungen bittet der Hochschulseelsorger.

---

3. Vereinigungen

1) Katholischer Akademiker-Ausschuß (K.A.A.)

Vorsitzender: Benno Kaiser, cand. med., Roßstr. 22 IV.

2) Akademischer Bonifatiusverein

Für den Semesterbeitrag von 1 M. wird die ausgezeichnet geschriebene „Akademische Bonifatius-Korrespondenz" geliefert. Die Veranstaltungen des K. A. A. sind zugleich die des A. B. V.

Anmeldungen an Benno Kaiser, cand. med., Roßstr. 22 IV.

3) Congregatio Mariana Academica

Kommuniongottesdienste mit religiösem Vortrag an jedem 1. Freitag im Monat, pünktlich 7 1/4 Uhr, in der Kapelle der Grauen Schwestern, Rudolphstraße 7. - Abendbesprechung an jedem 3. Donnerstag 20 Uhr c. t., Grassistr. 44 III. - Anmeldungen beim Hochschulseelsorger oder dem Präfekten, Günther Ackermann, Grassistr. 44 III. Fernruf 331 46.

4. Korporationen

TEUTONIA

im Kartellverband der katholischen Studentenvereine Deutschlands (K.V.), nichtfarbentragend. Gegr. 1872. Farben: blau-weiß-grün. Teutonenheim: Elisenstraße 103. Fernruf 325 83.

BURGUNDIA

im Kartellverband der katholischen deutschen Studentenverbindungen (C.V.), farbentragend. Gegr. 1879. Farben: orange-weiß-blau, Mütze: orange. Burgundenheim: Poniatowskistraße 10. Fernruf 274 03.

UNITAS

im Verbande der wissenschaftlichen katholischen Studentenvereine „Unitas". Farben: weiß-blau-gold. Gegr. 1921. Nichtfarbentragender Verein. Vereinslokal „Dorotheengarten", Otto-Schill-Straße. Fernruf 229 75.

HILDEGARDIS

Verein hatholischer Studentinnen, erstrebt Zusammenschluß der katholischen Studentinnen auf dem Boden der katholischen Weltanschauung. Anmeldung bei phil. Milly Dahnk, Mozartstr. 11 II r.

---

5. Studentische Fürsorge

Auskunft durch Dr. Lehmann, Plagwitzer Straße 33 II r.

---

1) Albertus-Magnus- und Hildegardis-Verein

erteilen zinsfreie Darlehen an bedürftige Studierende, die der sächsischen Diaspora angehören.

Kommilitonen, Kommilitoninnen!

Seit mehreren Jahren besteht in unserer Stadt ein Katholischer Akademiker-Ausschuß (K.A.A.), der sich aus Vertrauensleuten der Kath. Korporationen und der Freistudentenschaft zusammensetzt. Sein Ziel ist die Wahrung der Belange der hiesigen kath. Studentenschaft.

Der K. A. A. begrüßt alle Kommilitonen und Kommilitoninnen, die in diesem Semester an den Hochschulen der Diasporastadt Leipzig (Universität, Handelshochschule, Akademie, Konservatorium) studieren. Er erlaubt sich, diesen Führer zu überreichen und lädt ein, sich rege an den nachfolgend aufgeführten Veranstaltungen zu beteiligen.

An alle Kommilitonen und Kommilitoninnen richtet er am Schluß die Bitte, ihm jeden Wohnungswechsel, der während des Semesters erfolgt, mitzuteilen, ebenso die Anschriften derjenigen Kommilitonen und Kommilitoninnen, die keinen Führer und keine Einladungen erhalten haben.

Beide Mitteilungen erbitten wir an den Vorsitzenden des K.A.A.

Benno Kaiser, cand. med., Leipzig C I, Roßstr. 22 IV.

2) Caritas für Akademiker (C. f. A.)

ist ein unter Mitwirkung des Albertus-Magnus-Vereins, der Studentenseelsorger und caritativer Vereine arbeitender Hilfsausschuß, der in Fällen besonderer Not katholische Studierende unterstützt (Geldmittel, Kleidung, Ferienaufenthalt).

Mittel erbeten an Studentenseelsorger Dr. Lehmann, Plagwitzer Straße 33 II.

---

3) Berufsberatung und Auskunft

in Studienfragen bei dem *Sächsischen Akademischen Auskunftsamt*, Schillerstraße 7.

Kommilitonen, beachtet unsere Anschläge am schwarzen Brett.

Gedruckt bei Poeschel & Trepte in Leipzig

Herausgegeben vom katholischen Hochschulseelsorger unter Mitwirkung des katholischen Akademiker-Ausschusses.

DOKUMENT 6

OFFENER BRIEF

an die Angehörigen des Lehrkörpers und die Studentenschaft der Humboldt-Universität zu Berlin

Die großen Erfolge der DDR beim Aufbau des Sozialismus und bei der Entwicklung der Wissenschaft und Technik versetzen die Imperialisten und Militaristen in Wut.

In letzter Zeit werden von ausländischen Geheimdiensten und westberliner Agentenzentralen und auch von politischen Institutionen und Behörden Westdeutschlands im verstärkten Maße Versuche unternommen, um das Leben und Studium an den Universitäten und Hochschulen der Deutschen Demokratischen Republik zu desorganisieren und unter den Professoren, Dozenten und Studenten Unruhe zu schaffen.

In Anbetracht dieser Tatsachen sieht sich das Ministerium für Staatssicherheit der DDR veranlaßt, den Lehrkörper und die Studentenschaft der Humboldt-Universität zu Berlin auf die gefährliche Tätigkeit der westdeutschen und westberliner Störzentralen aufmerksam zu machen. Das ist umso notwendiger, als sich die Feinde unseres Arbeiter-und-Bauern-Staates gerade auf die Humboldt-Universität konzentrieren.

Das Ministerium für Staatssicherheit der DDR setzt deshalb die Angehörigen des Lehrkörpers und die Studierenden der Humboldt-Universität zu Berlin von folgenden Vorkommnissen in Kenntnis:

> Vom Ministerium für Staatssicherheit wurde ein Komplott aufgedeckt, das von ausländischen Geheimdiensten und westberliner Agentenzentralen organisiert worden war um unter den Studenten der Berliner Humboldt-Universität Unruhe zu stiften und sie zu Provokationen gegen die Arbeiter-und-Bauern-Macht zu mißbrauchen.
>
> Die Organisatoren dieses Komplotts waren der amerikanische Geheimdienst, der französische Geheimdienst und das sogenannte „Amt für Gesamtdeutsche Studentenfragen", das von der Bonner Regierung finanziert wird. Feststellungen ergaben, daß die Studenten der Berliner Humboldt-Universität in den Tagen des November 1956 zu ähnlichen provokatorischen Ausschreitungen aufgewiegelt werden sollten, wie das durch ausländische Störzentralen in der Volksrepublik Ungarn geschah.
>
> Der amerikanische Geheimdienst beabsichtigte, durch einige als Agenten angeworbene Studenten schrittweise provokatorische Forderungen an der Humboldt-Universität zu Berlin zu verbreiten, dann zu Demonstrationen und schließlich zu offenen Provokationen überzugehen. Um unter den Studenten eine möglichst breite Plattform für diesen Plan zu finden, wurde von den Geheimdienststellen in Westberlin zuerst die Losung nach Abschaffung des

Russisch-Unterrichtes und des gesellschaftswissenschaftlichen Grundstudiums aufgestellt.

Zur Vorbereitung der geplanten Provokationen trafen sich auf Betreiben des Studenten der Vet.-med. Fakultät, Manfred Stoye, am 1. 11. 1956 im Studentenheim Berlin-Biesdorf die Studenten Stoye, Thieme, Drews, Harrendorf, Hessler und Heissinger. Das Ziel der Zusammenkunft bestand darin, die Durchführung einer Studentenversammlung an der Vet.-med. Fakultät der Humboldt-Universität zu besprechen.

Die Versammlung sollte zu den Ereignissen in Ungarn Stellung nehmen mit der Perspektive, unter den Studenten der Humboldt-Universität Unruhen hervorzurufen, die als Solidarisierung mit dem konterrevolutionären Putsch in Ungarn ausgegeben werden sollten.

Von dem genannten Personenkreis wurde auf Veranlassung von Stoye und Thieme, die Agenten des amerikanischen Geheimdienstes sind und in dessen Auftrag handelten, zur Vorbereitung dieser Versammlung 5 Flugblätter entworfen. Da jedoch die erste Fassung dieser Flugblätter eine Reihe überaus scharfer Formulierungen und Forderungen enthielt, wurde sie verworfen, weil man befürchtete, unter der Studentenschaft dafür keine Zustimmung zu finden. Es wurde deshalb eine zweite Fassung der Flugblätter angefertigt, die dann unter den Studenten der Vet.-med. Fakultät vertrieben wurden.

Es ist bekannt, daß es den Provokateuren nicht gelang, auf dieser Versammlung ihre feindlichen Absichten durchzusetzen. Es dürfte aber nicht bekannt und deshalb recht aufschlußreich sein, daß das damalige Mitglied des Zehner-Rates der Vet.-med. Fakultät, der Student Radtke, vom amerikanischen Geheimdienst für das „ungeschickte Auftreten" gerügt wurde.

Nachdem den Provokateuren klar geworden war, daß ihre Versuche, Unruhe zu stiften, erfolglos bleiben mußten, führten sie ihre feindliche Tätigkeit unter den Studenten insgeheim fort. Vor allem aber versuchten sie, indifferente Studenten zum Verlassen der DDR zu bewegen. Gleichzeitig bereiteten sie auch ihre Flucht nach Westberlin vor.
Es ist kennzeichnend, daß zum Beispiel der Student Bergmann der Störzentrale „Amt für Gesamtdeutsche Studentenfragen" schon vorher mitteilte, daß er und die Studenten Mahlke, Wagner, Fritsch, Stoye und Ahrends sich nach Westberlin begeben wollten.

Nach dieser Vorbereitung, setzten sich die Agenten gegen Ende April dieses Jahres nach Westberlin ab, wobei es ihnen gelang, einige schwankende Studenten der Vet.-med. Fakultät ebenfalls zum Verlassen der DDR zu bewegen.
Der Student Claus Harrendorf, der sich mit nach Westberlin begeben hatte, kam jedoch rechtzeitig zur Einsicht und kehrte noch am gleichen Tage in den demokratischen Sektor zurück.

Im westberliner Flüchtlingslager Marienfelde sprachen die Rädelsführer erstmals offen über ihre Verbindungen zu ausländischen Geheimdiensten. Thieme und Fritsch prahlten zum Beispiel mit ihren Beziehungen zu Offizieren des amerikanischen Geheimdienstes. Dabei verhehlten sie auch nicht, daß sie nach ihrem Eintreffen in Westberlin weitere Aufträge vom US-Geheimdienst erhalten hatten. So sollten sie zum Beispiel schnellstens Kontakte zu Studenten der Humboldt-Universität, insbesondere zu Angehörigen der Vet.-med. Fakultät und zu Bewohnern des Studentenwohnheimes Biesdorf anknüpfen, um auf diese Weise neue Untergrundgruppen an der Universität zu schaffen.

Gleichartige Anweisungen erhielten Bergmann und Günzel. Sie erzählten im Flüchtlingslager, daß sie nunmehr den Auftrag haben, dem französischen Geheimdienst von Westberlin aus Studenten der Humboldt-Universität in die Hände zu spielen.

Sämtliche Studenten, die im Flüchtlingslager Marienfelde untergebracht waren, wurden von den Geheimdiensten außerdem aufgefordert, an Studenten und Angehörige des Lehrkörpers der Humboldt-Universität Briefe zu schreiben mit dem Ziel, durch die darin enthaltenen Gerüchte Unruhen und Unsicherheit auszulösen. Darüber hinaus mußten sie spionagetechnische Angaben über militärische Einrichtungen in der DDR machen.

Das Vorgehen dieser Agentenzentrale und vor allem das offene Eingeständnis der Rädelsführer, daß sie schon vorher Beziehungen zu ausländischen Geheimdiensten unterhalten hatten, löste unter den Studenten, die sich zum Verlassen der DDR hatten überreden lassen, große Bestürzung aus. Einige von ihnen äußerten, daß sie die DDR nie verlassen hätten, wenn ihnen all das schon vorher bekannt gewesen wäre.
Es wurde ihnen klar, daß sie gewissenlosen Agenten auf den Leim gegangen waren.

Ihre Ernüchterung wurde noch größer, als die irregeführten Studenten vom Schicksal einiger ehemaliger Schüler der Rostocker Fachschule für Veterinärmedizin erfuhren. Diese Schüler waren von ihrem Lehrer, der in Verbindung zu einem westberliner Spionagedienst stand, zum Verlassen der DDR überredet worden. Als sie nach ihrer Ankunft im Flüchtlingslager Marienfelde diese Hintergründe erkannten und den Wunsch äußerten, wieder in die Deutsche Demokratische Republik zurückzukehren, suchte man sie mit der Drohung einzuschüchtern, sie würden nach ihrer Rückkehr in Rostock verhaftet werden.

Als sich die Schüler schließlich dagegen verwahrten, daß man sie als politische Reklameobjekte benutzte, wurden sie Anfang Mai nach Sandbostel in Niedersachsen ausgeflogen, um zu verhindern, daß sie sich über die Einschüchterungsversuche hinwegsetzen und doch in die Deutsche Demokratische Republik zurückkehren.

Die gleichen Erfahrungen mußten auch die Studenten der Vet.-med. Fakultät der Humboldt-Universität Wagner, Drews, Ahrends und Schmeil machen. Da man sie für unsicher hielt und meinte, sie würden in die DDR zurückkehren, wurden sie auf Veranlassung des amerikanischen Geheimdienstes schnellstens mit dem Flugzeug nach Westdeutschland gebracht. Der Student Günter Schmeil fand jedoch in letzter Minute die Kraft, sich über die massiven Einschüchterungsversuche hinwegzusetzen und in den demokratischen Sektor von Berlin zurückzukehren.

DOKUMENT 6

Das Ministerium für Staatssicherheit hat die von ausländischen Geheimdiensten und westberliner Agentenzentralen unternommenen Anstrengungen, mit Hilfe von Agenten unter der Studentenschaft Provokationen an der Humboldt-Universität anzuzetteln, zusammen mit Arbeitern Berliner Betriebe vereitelt. Die Sicherheitsorgane konnten sich dabei auch auf die fortschrittlichen Studenten stützen, die, ausgehend von ihrer patriotischen Pflicht, der Staatssicherheit die notwendige Hilfe leisteten und auch in Zukunft leisten werden, wenn es darauf ankommt, die Zersetzungsversuche feindlicher Kräfte unwirksam zu machen.

Wichtig ist jedoch vor allem, daß jeder Angehörige des Lehrkörpers und alle Studierenden unserer Universitäten begreifen, daß die verbrecherische Tätigkeit der Geheimdienste und Agentenzentralen, die Organisierung von Untergrundgruppen und die Verbreitung hetzerischer Schriften, die Durchführung von Spionageaufträgen und die Versuche zur Zersetzung sich gegen den Frieden und gegen die Wissenschaft richten.

Das Ministerium für Staatssicherheit der Deutschen Demokratischen Republik hält es für eine ehrenvolle Verpflichtung, die feindlichen Anschläge abzuwehren, die sich gegen die studentische Jugend und gegen die Errungenschaften unseres Arbeiter-und-Bauern-Staates auf dem Gebiete des Hochschulwesens und der Wissenschaft richten. Das Ministerium für Staatssicherheit glaubt jedoch zugleich, daß die Sicherung dieser Errungenschaften eine ebenso ehrenvolle Verpflichtung für jeden einzelnen Studierenden in der DDR darstellt.

Das Ministerium für Staatssicherheit ruft deshalb die akademische Jugend unseres Arbeiter-und-Bauern-Staates auf, durch erhöhte Wachsamkeit allen feindlichen Bestrebungen zur Störung der demokratischen Entwicklung unseres Hochschulwesens entschieden und kompromißlos entgegenzuwirken.

BERICHT
über die Arbeit im katholischen Studentenkreis von Mai 1945 bis Juni 1946

Besonders dankbar empfanden wir katholischen Studenten, daß die Arbeit im Kreis ohne Unterbrechung weiterging, obwohl die Universität nach der Besetzung der Stadt zunächst geschlossen war. Waren doch gerade die Referate und Diskussionen in den offenen Abenden, sowie die Ansprachen in der Missa, die uns erneut auf ewige, absolut gültige Werte hingewiesen und uns dadurch halfen, uns zurechtzufinden in einer völlig neuen Situation, in der wir uns befanden, in der so vieles Alte zusammenbrach und sich als Trugbild erwies.

Die Arbeit in beiden Semestern diente wiederum dem christlichen Menschenbild. Die Abende sollten wegweisend sein, damit wir zu unserer eigentlichen Mitte fänden. Von ganz verschiedenen Ansatzpunkten her wurde unser Weltbild beleuchtet, und so drangen wir von außen kommend immer wieder zum eigentlichen Kern – zu Christus – vor. An genau 50 Abenden versuchten wir von der Naturwissenschaft, der Politik, der Philosophie und der Theologie aus tiefer in das christliche Weltbild einzudringen.

Die Semesterarbeit hätte auch ganz anders aufgezogen werden könne. So hätten wir uns z. B. nur mit einem speziellen Thema beschäftigen können, indem wir vielleicht gemeinsam eine Schrift Guardinis oder ähnliches durcharbeiteten. Wir begrüßten aber gerade in dieser Zeit des Suchens und Tastens das „Katholische", das Umfassende der Abende. Wir erlebten so dankerfüllt, daß unser Glaube es vermag, uns einen Standort zu geben, von dem aus alle Fragen diskutiert werden können. Es brannte ja in unseren Herzen, uns mit den verschiedensten Problemen auseinanderzusetzen, und Fachmänner der verschiedenen Disziplinen halfen uns dabei.

Nachdem der Studentenseelsorger zunächst im engeren Kreis im Mai und Anfang Juni 1945 zur religiösen Situation, sowie über Werke der Barmherzigkeit, über Schwermut und Trauer gesprochen hatten, waren vom 19. 6. 45 an die Abende wieder allen katholischen Studenten und auch Gästen zugänglich.

Die ersten vier Abende dienten der c h r i s t l i c h e n S i t t e n l e h r e, Kaplan Gülden sprach über Gewissen und Gewissensbildung nach Kardinal Newmann und dem Vaterunser; über das Naturgesetz und das Liebesgebot Christi. Wir erkannten, daß das Vaterunser ein vollendeter Maßstab sein kann zur Gestaltung christlichen Lebens.

Sechs Abende schenkte uns Propst Dr. Spülbeck. An zwei Abenden im Juli 1945 sprach er über das Weltbild der modernen Physik und christliche Weltanschauung und an vier Abenden im Winter 45/46 über Biologie und Weltanschauung. Es wurde uns bewußt, daß die Erkenntnisse der modernen Physik und Biologie sich nicht im Widerspruch zur katholischen Lehre befinden. Deutlich empfanden wird, daß mit Hilfe der Vernunft allein, d. h. auf natürliche Weise, die Rätsel der Schöpfung niemals restlos zu erklären sind, sondern voll Ehrfurcht stehen wir vor Gottes Wunder der Schöpfung und wissen, daß der Mensch auf Gott hin geschaffen ist.

Von der Medizin aus wurde ebenfalls die Naturwissenschaft mit dem Christentum in Verbindung gebracht. Dr. Lachmann sprach an drei Abenden zu uns über das Fortleben nach dem Tode, über die Quellen des Schamgefühles und über psychisch bedingte Organerkrankungen. Mit regem Interesse hörten wir von seinen reichen Erfahrungen, sowie von seiner Seelentheorie.

Politische Themen wurden an acht Abenden berührt und die Stellung des Christen klar umrissen und gaben Anlaß zu lebhaften Diskussionen. Pfarrer Gunkel sprach über Kirche und Politik, wobei die Studentenschaft fast einstimmig der Ansicht war, daß ein Seelsorger nicht parteilich gebunden sein sollte. Kaplan Gülden gab uns das Referat von Pfarrer Rothstein: „Auf dem Weg zum Frieden" und Dr. Buchheim führte uns in die materialistische Geschichtsauffassung ein, und an zwei Abenden sprach er zur Geschichte der Entstehung des politischen Katholizismus.

Mit literarischen und ästhetischen Fragen beschäftigten wir uns an fünf Abenden. Dr. Jung führte uns in Dantes unsterbliches Werk ein, so daß in uns allen sich der Wunsch regte, Zeit zu finden, sich mit der „Göttlichen Komödie" beschäftigen zu können. Kaplan Gülden bot uns ein Referat von Bernt v. Heiseler über Gertrud von Le Fort, und eine Studentin, Frl. Bruhns, sprach über das Kult- und Andachtsbild und zeigte uns wunderschöne Ikonenabbildungen.

Mit philosophischen Fragen setzten wir uns an sechs weiteren Abenden auseinander. Zu einem tiefen Erlebnis und richtungsweisend wurde uns der Vortrag von Prof. Klingner über Humanitas und Humanität. Über das Naturrecht in der Geschichte der Philosophie und nach der Lehre von Thomas von Aquin unterrichtete uns *Fr.* Dr. Czabania. Mit reger Anteilnahme hörten wir R. J. Sorges Antwort an Fr. Nietzsche, die uns Kaplan Gülden interpretierte. Gedanken aus Prof. Dessauers Buch „Philosophie der Technik, die uns Kaplan Gülden übermittelte, nahmen uns sehr gefangen. Ein Student, Herr Gramse, sprach über angewandte Psychologie.

Auch mit theologischen Fragen beschäftigten wir uns. Kaplan Jammers las uns den Aufsatz von R. Schneider über die Macht des Gebetes in der Geschichte. Kaplan Gülden sprach über die Oxforder Kirchenkonferenz 1937, von der wir ja bisher nur wenig wußten, und an einem Abend führte er uns in die Gedankengänge Kardinal Newmans ein, die uns stark beeindruckten, vor allem die „Einwohnung Gottes in der menschlichen Seele". Ein Lebensbild, das ein Student, Herr Gramse, bot, ergänzte den Abend. Ebenso interessierte uns sehr, das Lebensbild des heiligen Thomas Morus, das Domkapitular Palm in der Nikolaikirche entwarf und das Weltbild und Schicksal Platons, das uns Heinz Maeder zeichnete. Besonders dankbar erlebten wir sechs Feierstunden, die uns der Alltagssorgen enthoben. So verschieden sie auch waren, so berührten sie doch tiefe Seiten in uns, denn sie waren vom Religiösen her gestaltet. Sie ließen uns an ernster, aber auch froher Gemeinschaft teilhaben. In der schönen Bibliothek des Oratoriums feierten wir *Advent*. In einer Ansprache des Hochschulseelsorgers, die tief erfüllt vom Zeiterleben und doch über das Zeitliche hinausweisend war, wurde uns gezeigt, daß wir nicht „mit bangem Herzen Weihnachten entgegenzugehen" brauchen, sondern „der bittere Kern wird uns süß schmecken, wenn das Leid in Hingabe verwandelt wird"... Still und ergriffen lauschten wir dem ersten Metanoeitespiel von R. J. Sorge. Im Januar versammelten wir uns an der Krippe und feierten einen Weihnachtsabend. Wir hörten die Ansprache des Hochschulseelsorgers über Weihnachtskraft für kommende Zeiten und das zweite Metanoeitespiel. Viele Kerzen, die alten schönen Lieder, die Stille des unzerstörten Hauses ließen uns so recht die Friedensbotschaft der Weihnacht erleben und dankerfüllt sein, daß uns diese Feierstunden ermöglicht wurden.

Eine Passionsstunde begingen wir in der Nikolaikirche. Stabat Mater von Pergolese und Werke von Buxtehude und Bach gaben uns in der dunklen Kirche die Möglichkeit, uns in das Leiden des Herrn zu vertiefen.

DOKUMENT 7

Eine fröhliche Wanderung zu Ehren der Mutter Gottes vereinte uns mit der gesamten katholischen Jugend Leipzigs, die in Podelwitz eine Maiandacht hielt.

Eine schöne Feierstunde erlebten wir am Ende des Semesters im Oratorium. Wir hörten Sonette von Goethe und versenkten uns in das Emmaus-Evangelium; denn Kaplan Gülden bot uns Ausschnitte aus seiner „religiösen Zeitbetrachtung".

Einen Ausflug zum Stausee am Pfingstmontag mit ernsten Gesprächen, fröhlichen Liedern und lustigem Rätselraten schloß die Semesterarbeit und damit die Tätigkeit Kaplan Güldens als Hochschulseelsorger ab, dem wir aufrichtig dankbar sind, daß er uns 2 $^{1}/_{2}$ Jahre so wegweisend führte.

H. Schneider

Übersicht über die offenen Abende im Studentenkreis nach Kriegsende

22. 5. 45	Kpl. Gülden: Zur religiösen Situation
29. 5. 45	Kpl. Gülden: Über die Werke der geistigen Barmherzigkeit „Verschüttete bergen"
5. 6. 45	Kpl. Gülden: Die Überwindung der Schwermut (nach dem Aufsatz von R. Guardini über Kierkegaard)
12. 6. 45	Kpl. Gülden: Thomas von Aquin: Über die Traurigkeit
19. 6. 45	Kpl. Gülden: Einleitung zu einer christlichen Sittenlehre
26. 6. 45	Kpl. Gülden: Gewissen und Gewissensbildung nach Kardinal Newman und dem Vaterunser
3. 7. 45	Kpl. Gülden: Das Sittengesetz, das Naturgesetz
10. 7. 45	Kpl. Gülden: Das Gesetz des christlichen Lebens
17. 7. 45	Propst Dr. Spülbeck: Das Weltbild der modernen Physik und christlicher Weltanschauung (I. Abend)
24. 7. 45	Pfarrer Gunkel: Religion und Politik
31. 7. 45	Propst Dr. Spülbeck: II. Abend
7. 8. 45	Kpl. Gülden: Auf dem Weg zum Frieden (nach dem Referat von Rothstein)
14. 8. 45	Kpl. Gülden: II. Abend
21. 8. 45	Kpl. Jammers: Reinhold Schneider, Macht des Gebetes
28. 8. 45	Frl. Dr. Czabania: Das Naturrecht
4. 9. 45	Frl. Dr. Czabania: II. Abend
11. 9. 45	Dr. Jung: Dante und sein Werk
18. 9. 45	Dr. Lachmann: Das Fortleben nach dem Tode von naturwissenschaftlichem Gesichtspunkt
25. 9. 45	Dr. Jung: Dante II. Abend
2.10. 45	Dr. Jung: Dante III. Abend
9. 10. 45	Kpl. Gülden: Bericht zur Lage
16. 10. 45	Kpl. Gülden: Bericht zur Lage
23. 10. 45	Propst Dr. Spülbeck: Die moderne Biologie und die christliche Weltanschauung
30. 10. 45	Propst Dr. Spülbeck: Die moderne Biologie... II. Abend
6. 11. 45	Kpl. Gülden: Kardinal Newman
13. 11. 45	Dr. Lachmann: Die Quellen des Schamgefühls
20. 11. 45	Dr. Buchheim: Materialistische Geschichtsauffassung
27. 11. 45	Propst Dr. Spülbeck: III. Abend
4. 12. 45	Herr Gramse: Lebensbild des Kardinal Newman

18. 12. 45	Kpl. Gülden: Adventsabend
8. 1. 46	Kpl. Gülden: Weihnachtsabend
15. 1. 46	Propst Dr. Spülbeck: IV. Abend
22. 1. 46	Prof. Klingner: Humanitas und Humanität
29. 1. 46	Dr. Lachmann: Psychisch bedingte Organerkrankungen
5. 2. 46	Dr. Bruhns: Kult- und Andachtsbild
12. 2. 46	Kpl. Gülden: Bernt v. Heiseler über Gertrud von Le Fort
19. 2. 46	Kpl. Gülden: R. J. Sorges Antwort an Fr. Nietzsche
26. 2. 46	Kpl. Gülden: Über die Oxforter Kirchenkonferenz
5. 3. 46	Dr. Buchheim: Politischer Katholizismus
19. 3. 46	Domkapitular Palm: Der heilige Thomas Morus
26. 3. 46	Dr. Buchheim: Politischer Katholizismus
2. 4. 46	Passionsabend in der Nikolaikirche mit dem Stabat mater von Pergolese
9. 4. 46	Heinz Maeder: Platon
30. 4. 46	Herr Gramse: Angewandte Psychologie
7. 5. 46	Kpl. Gülden: Philosophie der Technik (Prof. Dessauer)
12. 5. 46	Ausflug nach Podelwitz
14. 5. 46	Semesterabschluß in Lindenau
10. 6. 46	Pfingstmontag-Wanderung nach dem Stausee und Großzschocher

GRUNDGESETZ DER DEUTSCHEN KATHOLISCHEN STUDENTENSCHAFT

Die am 3. Oktober 1946 in Hardehausen/Westf. versammlten Vertreter der Deutschen Katholischen Studentenschaft bekennen sich zu folgenden Grundsätzen:

1. Wir wollen die Einheit der Deutschen Katholischen Studentenschaft.
2. Wir wollen religiöse Lebensgestaltung zur Formung echter katholischer Persönlichkeit durch Vertiefung der religiösen Bildung im Leben mit der Kirche und durch sozialcaritative und apostolische Tat im Sinne der Katholischen Aktion.
3. Wir wollen die wissenschaftliche Lebensgestaltung mit dem Ziel der Durchdringung aller Wissens- und Lebensgebiete mit christlichem Berufsethos durch Selbsterziehung zu ernster und wissenschaftlicher Arbeit und durch umfassende menschliche und akademische Bildung im Sinne einer universitas litterarum.
4. Wir wollen die gesellschaftliche Lebensgestaltung zur Vorbereitung auf die natürlichen Lebensgemeinschaften in Beruf, Familie und Volk durch Pflege wahrer Gemeinschaft, durch frohe Geselligkeit und aufrichtige Freundschaft.
5. Wir wollen diese Lebensgestaltung in katholischen studentischen Gemeinschaften verwirklichen. Wir sind Glieder der Studentengemeinde unserer Hochschule. Die Gemeinschaft am Altar ist der Ausgangspunkt unseres Lebens.
6. Wir wollen die Freiheit der studentischen Gemeinschaftsformen. Über der Vielheit der Formen wollen wir die alle verbindende Einheit.
7. Wir wollen als Student und Studentin in Achtung und Ehrfurcht einander gegenüberstehen. Wir wollen in echter Aufgeschlossenheit unseren Weg zum Ziel in Beruf, Familie und Volk gemeinsam gehen.
8. Wir wollen ein vertrauensvolles und freundschaftliches Verhältnis zur deutschen katholischen Altakademikerschaft in Erwartung des Rates und der Hilfe der Älteren.
9. Wir wollen über die Grenzen unserer studentischen Berufs- und Lebensgemeinschaft hinweg den Weg finden zu unseren werktätigen Brüdern und Schwestern in der Gemeinschaft der deutschen katholischen Jugend.
10. Wir wollen im Bewußtsein der Liebe und Einheit in Christus den evangelischen Studenten begegnen. Wir wollen in Zusammenarbeit mit ihnen den Wiederaufbau und die Erneuerung des deutschen Volkes auf der Grundlage der christlichen Gesellschaftsordnung als unsere Aufgabe in der Gesamtheit der Deutschen Studentenschaft betrachten.
11. Wir wollen den katholischen Studierenden jenseits der Grenzen unseres Volkes aufrichtig die Hand reichen.
12. Wir wollen keine parteipolitische Bindung der Deutschen Katholischen Studentenschaft. Wir wollen eine sozialethische und sozialpolitische Bildung als Grundlage der persönlichen Entscheidung jedes einzelnen.

DOKUMENT 9

O. Halle
Ministerium für Volksbildung

Berlin, den 26. Juli 1950

An den
Generalsekretär des Zentralkomitees
der Sozialistischen Einheitspartei Deutschlands
Gen. Walter U l b r i c h t ,

B e r l i n N 4
Lothringer Str.

Betrifft: Studienrichtlinien für die gesellschaftswissenschaftlichen Vorlesungen (Gesellschaftsw. Minimalprogramm aller Fakultäten und Hochschulen der DDR).

Werter Genosse Walter Ulbricht!

Beiliegend übersende ich Dir den 9. Entwurf der oben angegebenen Studienrichtlinien, die vom Gen. Wandel genehmigt sind, mit der besonderen Bitte, darauf hinzuwirken, daß diese Vorlage vom Politbüro schnellstens genehmigt wird.

Durch diese Studienrichtlinien bzw. deren Übergangsbestimmungen ist uns die Möglichkeit gegeben, alle Studenten, die jetzt vor ihrer Fachabschlußprüfung stehen, in „Politischen und sozialen Problemen der Gegenwart" zu überprüfen und dadurch Entfernung derjenigen Studenten zu erreichen, die reaktionär eingestellt sind.

Damit diese Vorlage auch Anwendung finden kann auf die in Kürze stattfindenden Abschlußexamen, bitten wir um Deine Mithilfe, daß diese Vorlage schnellstens vom Politbüro genehmigt wird.

(Unterschrift)

Dr. Werner Becker,
seit November als kathol. Studentenpfarrer in Leipzig tätig, wurde am 17. Mai 1904 als Sohn des Texilkaufmannes Richard Becker in M.-Gladbach geboren. Dort Besuch des Gymnasiums bis zum Abitur Ostern 1922. Er studierte Rechtswissenschaft und Philosophie an den Universitäten Freiburg/Br., Berlin und Bonn, wo er am 25. Juli 1925 aufgrund einer rechtsphilosophischen Dissertation „Summa cum laude" zum Dr. jur. promovierte.
1926 bestand er an der Bonner kath.-theologischen Fakultät das „Examen Philosophicum"; im Sommer 1926 nahm er als Mitglied des Friedensbundes deutscher Katholiken an einem Friedenskongreß in Biervielle bei Paris teil und studierte darauf zwei Trimester katholische Theologie an der Pariser katholischen Universität. Nach weiteren 8 Semestern katholischer Theologie in Tübingen, Bonn und Bensberg bei Köln erhielt er am 12. Februar 1932 die Priesterweihe.

Nach kurzer Tätigkeit in der Arbeiterseelsorge wurde er am 1. Mai 1933 zum Studentenpfarrer in Marburg bestellt und wurde dort im Wintersemester 1933 zum Halten von Vorlesungen in der philosophischen Fakultät zugelassen.

Im Wintersemester 1937 bekam Marburg in Prof. Zimmerl den ersten nazistischen Rektor und die Folge war, daß Dr. Becker, dessen „staatsfeindliche" Haltung bekannt war, noch im gleichen Semester seine Vorlesungstätigkeit einstellen mußte.

Im November 1939 wurde Dr. Becker auf Grund der Verhaftung seines Vorgängers durch die Gestapo vom Bischof von Meißen zum Studentenseelsorger für die Studenten der Leipziger Hochschulen berufen. Infolge einer Denunziation bei der Gestapo mußte er im Oktober 1943 sein Amt niederlegen.

Dr. Becker hatte in all den Jahren seine Beziehungen zu seinen ausländischen bzw. emigrierten Freunden nie verleugnet. In Marburg nahm er viele Monate lang einen ehemaligen Dozenten und einen Studenten in seine Wohnung auf, die im Rufe des „Kulturbolschewismus" standen. In Leipzig nahm er sich besonders der ausländischen Arbeiter an, die ihre Versammlungen illegal in seinem Pfarrhause abhielten. Bei einem der wiederholten Verhöre, denen er infolge seiner Verbindung zu Widerstandskreisen beider Kirchen und zu Emigranten ausgesetzt war, wurde der Haftbefehl für das KZ ausgeschrieben und schließlich in eine Geldbuße von 1.000,— RM umgewandelt.

Im Oktober 1943 wurde er denunziert, daß er eine „untergetauchte" jüdische Medizinstudentin bei seinen Verwandten versteckt hatte.

Seit November 1943 war Dr. Becker als Sanitätssoldat der Wehrmacht, seit April 1944 in Lazaretten in Polen und der Tschechoslowakei. Am 8. Mai 1945 ergab er sich den russischen Soldaten bei Kolin. Er wurde jedoch schon am 31. August 1945 wegen Krankheit in die Heimat entlassen.

Bei einem Besuch in Marburg im Mai 1946 erklärte die Marburger Universität durch ihren Prorektor, wie schon vorher durch Prof. Werner Krauss (jetzt in Leipzig), daß Dr. Becker in Marburg wieder in seine alten Rechte eingesetzt werden solle. Dr. Becker hielt aber an seinem Entschluß, in der Ostzone zu bleiben, fest. Seit dem Sommersemester 1946 ist er als Studentenpfarrer in Leipzig tätig. Er ist Mitglied des Kulturbundes und erhielt kürzlich vom Leiter der Leipziger VVN, Stadtrat Dr. Lehmann, eine Aufforderung, der VVN beizutreten, so daß er sich auch auf diesen Gewährsmann berufen kann.

gez. Dr. Otto Spülbeck
Propst

Die Evangelische und die Katholische Studentengemeinde grüßt alle Studenten, die zum Herbstsemester 1952 nach Leipzig gekommen sind.
Wie an jedem Hochschulort in Deutschland, so gibt es auch in Leipzig eine Evangelische und eine Katholische Studentengemeinde, in denen die Studentinnen und Studenten, die zu ihrem christlichen Glauben stehen wollen, zusammenkommen. Sie versuchen Antwort zu erhalten auf die vielen Fragen, die uns das Leben stellt.
Wir wollen hören, was uns Gottes Wort heute zu sagen hat. Sein Wort soll uns Weg und Weisung sein, und wir wollen in fröhlicher Gemeinschaft zueinander finden.
Wir laden alle evangelischen und katholischen Studenten herzlich ein, sich am Leben der Studentengemeinden zu beteiligen.

Unsere Studentenpfarrer sind
für die Evangelische Studentengemeinde:

Pfarrer GOTHART FEHLBERG, Leipzig C 1,
Riemannstraße 38 III. Telefon 3 29 66.
Sprechstunden montags bis freitags 13.30 bis 15 00 Uhr in der Wohnung, sonst nach Vereinbarung;

für die Katholische Studentengemeinde:

Pfarrer Dr. WERNER BECKER, Leipzig W 31,
Karl-Heine-Straße 110. Telefon 4 29 05.
Sprechstunden dienstags 16—18, sonnabends 11—12 Uhr Friedrich-Ebert-Straße 91 I.

Unsere Aushänge und Monatspläne befinden sich am Eingang der Universitätskirche u. an mehreren Stellen der Innenstadt.

DOKUMENT 11

Die EVANGELISCHE STUDENTENGEMEINDE

lädt ein

zu den Bibelstunden an jedem Donnerstag, 19.30 Uhr im Saal Paul-Gruner-Straße 44;

zu den Akademischen Gottesdiensten sonntags 9.30 Uhr in der Universitätskirche;

zu den Rüstzeiten, den Kleinkreisen und den Offenen Abenden, die jeweils besonders bekanntgegeben werden;

zur Kurrende, die sich mittwochs 19.30 Uhr Alfred-Kästner-Straße 11 trifft.

Die KATHOLISCHE STUDENTENGEMEINDE

lädt ein

zur Sonntagsmesse jeden zweiten Sonntag im Monat, 9.15 Uhr in der Kapelle August-Bebel-Straße 41, jeden dritten Sonntag im Monat, 11.30 Uhr in der Universitätskirche;

zur Gemeinschaftsmesse jeden Freitag 6.00 Uhr in der Universitätskirche;

zu den Offenen Abenden jeden Dienstag, 19.30 Uhr Elsterstraße 15.

Deutsche Demokratische Republik
Staatssekretariat für Hochschulwesen
Der Staatssekretär

Berlin W 1, den 17. 11. 1952
Wilhelmstrasse 68
Tel. 220381
App. 121

An den
Herrn Rektor der
Universität Leipzig
L e i p z i g   C 1

Magnifizenz!

Es liegt Veranlassung vor, auf Artikel 43 der Verfassung der Deutschen Demokratischen Republik hinzuweisen, der besagt, daß in der Deutschen Demokratischen Republik eine Trennung zwischen Kirche und Staat, d. h. keine Staatskirche besteht.
Die Religionsgemeinschaften können nur in den im Eigentum oder in Nutzung der Kirche befindlichen Gebäuden tätig sein. Die Studentenpfarrer sowie die evangelischen und katholischen Studentengemeinden (bzw. die sogenannten „Jungen Gemeinden") gehören nicht zu den an den Universitäten und Hochschulen zugelassenen Personen bzw. Organisationen, sondern sind lediglich im Bereich der Kirche tätig. Daher dürfen den Studentenpfarrern und den Studentengemeinden keinesfalls staatliche, d. h. universitätseigene Räume für deren Veranstaltungen zur Verfügung gestellt werden.
Es ist auch unzulässig, daß der Studentenpfarrer bzw. die Studentengemeinde in und an universitäts- und hochschuleigenen Gebäuden Werbematerial und Bekanntmachungen aushängt.

Wir ersuchen um sorgfältige Beachtung.

Mit vorzüglicher Hochachtung!

(Unterschrift)

(Prof. Dr. G. Harig)
Staatssekretär

DOKUMENT 13

21. 11. 1952
Wa/Gn

An die

Deutsche Demokratische Republik
Staatssekretariat für Hochschulwesen

B e r l i n - W 1
Wilhelmstr. 64

Sehr geehrter Herr Staatssekretär!

Unter Bezugnahme auf Ihr Schreiben vom 17. 11. 1952 teilt Ihnen die Universität Leipzig folgendes mit:

Durch die Hochschulgruppenleitung der Freien Deutschen Jugend bin ich darauf aufmerksam gemacht worden, daß in einzelnen Fakultäten Anschläge der katholischen und evangelischen Kirche an die schwarzen Bretter angeheftet wurden, in denen auf religiöse Veranstaltungen hingewiesen wird. Auch wären wiederholt universitätseigene Räume den religiösen Gemeinschaften zur Verfügung gestellt worden.

Ich habe sofort, nachdem mir dies bekannt wurde, alle Herren Dekane und Institutsdirektoren darauf hingewiesen, daß es neben der FDJ keine anderen zugelassenen studentischen Organisationen gibt und daß private Vereinigungen, zu denen religiöse Gemeinschaften zu zählen sind, nicht das Recht haben, die Institutsbretter für Mitteilungen und die universitätseigenen Räume für ihre Veranstaltungen zu benutzen.

Mit vorzüglicher Hochachtung

Ihr
sehr ergebener

(Unterschrift)

Prof. Dr. Georg Mayer
Rektor
der Universität Leipzig

An das Sekretariat Staatl. Verw. Vb-Ba/Kj. 13. 1. 53

V o r l a g e

für das Sekretariat

Betr.: Maßnahmen gegen die Tätigkeit der „Jungen Gemeinde"

Das Sekretaritat beschließt:

I. Ideologische Maßnahmen
II. Maßnahmen der Freien Deutschen Jugend
III. Administrative Maßnahmen

Zu I.

1. Die Genossen im Ministerium für Volksbildung werden beauftragt, die Direktoren der allgemeinbildenden Schulen anzuweisen, dafür zu sorgen, daß der Religionsunterricht sich auf den Unterrichtsablauf in der Schule sowie in der Mitarbeit der Kinder bei den Organisationen der „Thälmann-Pioniere" nicht hindernd auswirkt. Die Genossen Direktoren werden verpflichtet, eine genaue Kontrolle der Tätigkeit kirchlicher Stellen unter den Kindern auszuüben.

2. Die Genossen im Ministerium für Volksbildung werden beauftragt, dafür zu sorgen, daß in den C-Klassen an den Oberschulen, an denen Altsprachen gelehrt werden, die ideologisch klarsten und klassenbewußtesten Lehrer unterrichten, da ein großer Teil der Schüler dieser Klassen sich auf das Studium der Theologie vorbereitet.

3. Die Genossen im Ministerium für Volksbildung werden beauftragt, durch geeignete Maßnahmen dafür zu sorgen, daß in den neuen 10-Klassenschulen kein Religionsunterricht durchgeführt wird.

4. Die Genossen im Ministerium für Staatssicherheit und die Genossen der Volkspolizei werden beauftragt, dem Presseamt beim Ministerpräsidenten zur Übergabe an die demokratische Presse Material über die feindliche Tätigkeit reaktionärer Kirchenstellen und der Leiter der Jugendgruppen von Religionsgemeinschaften zur Verfügung zu stellen und veröffentlichen zu lassen.

5. Alle Parteien und Massenorganisationen werden aufgefordert, auf Grund des vorhandenen Materials einen scharfen ideologischen Kampf zu führen, um Klarheit bei der gesamten Bevölkerung darüber zu schaffen, daß die Jugendlichen der Religionsgemeinchaften („Junge Gemeinde") als ein Instrument des amerikanischen und westdeutschen Imperialismus benutzt werden.
Die Ausschüsse der Nationalen Front des demokratischen Deutschland und die Friedenskomitees sowie die Leitungen der Massenorganisationen FDGB, DFD, demokratische Sportbewegung, Kulturbund werden beauftragt, die Jugendlichen, die bei ihnen erfaßt sind, durch besondere Vorträge über die feindliche Tätigkeit der Drahtzieher der „Jungen Gemeinde" und der sich daraus ergebenden Folgen für die Jugend aufzuklären.

<u>Zu II.</u>

1. Die Genossen im Zentralrat der FDJ werden beauftragt, in den Bezirks- und Kreisleitungssitzungen sowie in den Mitgliederversammlungen – ausgehend von der 3. Tagung des Zentralrates – Stellung nehmen zu lassen zur Rolle der Jugendgruppen von Religionsgemeinschaften, im besonderen zur sogenannten „Jungen Gemeinde".
Diese Jugendgruppen sind zu entlarven als die Agenturen amerikanischer Dienststellen in Westberlin und Westdeutschland, die durch den Aufbau derartiger illegaler Organisationen die Einheit der deutschen Jugend im Gebiet der Deutschen Demokratischen Republik zerschlagen und sich eine Basis für ihre Sabotage- und Diversionstätigkeit schaffen wollen. In einigen Prozessen, so z. B. in Erfurt und Halle, traten die Auswirkungen der schändlichen Tätigkeit dieser illegalen Jugendorganisation bereits zutage.
In öffentlichen Jugendversammlungen, besonders im Tätigkeitsbereich der sogenannten „Jungen Gemeinde", sollen FDJ-Funktionäre Lektionen halten. Die Genossen im Zentralrat der FDJ werden beauftragt, hierzu das entsprechende Material auszuarbeiten.
<u>Thema:</u> Verteidigt die Einheit der Jugend gegen den Mißbrauch durch westdeutsche und amerikanische Agentenzentralen.

2. Die Genossen im Zentralrat der FDJ werden beauftragt, in der Abteilung Verbandsorgane im Zentralrat der FDJ und in den Bezirksleitungen einen Instrukteur für die Bearbeitung aller Angelegenheiten, die sich auf die „Junge Gemeinde" beziehen, einzusetzen. Bei den

Kreisleitungen der FDJ ist ein Jugendfreund für diese Tätigkeit verantwortlich zu benennen.
Im Sekretariat des Zentralrates und in den Sekretariaten der Bezirks- und Kreisleitungen ist je ein Sekretär für die Fragen der „Jungen Gemeinde" speziell verantwortlich zu machen.
Die Genossen im Zentralrat der FDJ werden beauftragt, über die bereits festgelegten Lektionen hinaus, Material und Lektionen über Themen wie:

1. Wie entstand die Erde?
2. Wie entstand das Leben auf der Erde?
3. Wozu leben wir und welchen Inhalt muß unser Leben haben?
4. Was ist Liebe? – Verhältnis zwischen Mädchen und Jungen vor der Ehe. – Wo finde ich meinen Lebensgefährten?
5. Fragen der Wissenschaft und Technik

usw.

herauszugeben. Die Genossen in den Leitungen der FDJ werden beauftragt, diese Lektionen vor der Jugend, besonders der aus kleinbürgerlichen Kreisen und in den Gebieten, in denen die sogenannte „Junge Gemeinde" einen besonders starken Einfluß ausübt, zu halten.

3. Die Genossen in den Leitungen der FDJ müssen sich dafür einsetzen, daß die Leitungen und Mitglieder der FDJ eine breite Überzeugungsarbeit leisten, um die von der sogenannten „Jungen Gemeinde" irregeführte Jugend für die regelmäßige Teilnahme am FDJ-Schuljahr zu gewinnen.

4. In den Gebieten, in denen die Jugendgruppen der Religionsgemeinschaften Einfluß auf die Jugend haben, wie z. B. in den Kreisen Hildburghausen, Heiligenstadt, Lübz, Demmin usw., ist eine unermüdliche Aufklärungsarbeit – vor allem unter der ländlichen Jugend – zu führen, die Kultur- und Sportarbeit zu entfalten und ein frohes Jugendleben verstärkt zu entwickeln. Gute Beispiele und Erfahrungen müssen differenziert mit den Leitungen der FDJ ausgewertet werden.

5. In der „Jungen Welt" und der „Jungen Generation" sind regelmäßig Artikel zu veröffentlichen, in denen die Jugendgruppen der Religionsgemeinschaften, besonders die „Junge Gemeinde" und ihre Auf-

traggeber entlarvt werden, um die Jugend von den Leitungen dieser Jugendgruppen zu isolieren und diesen Teil der irregeführten Jugendlichen für den patriotischen Kampf der deutschen Jugend und für die Freie Deutsche Jugend zu gewinnen.

6. Die Genossen in den Leitungen der FDJ werden beauftragt, die jungen Frauen und Mütter für eine aktive Mitarbeit in der FDJ zu gewinnen, um sie dem Einfluß der Jugendgruppen der Religionsgemeinschaften zu entziehen. Die Leitungen der FDJ müssen darauf achten, daß den Interessen der jungen Frauen und Mütter in der FDJ-Arbeit durch die Einrichtungen von Strick- und Nähzirkeln, Kochstunden und Säuglingspflegeunterricht in engster Zusammenarbeit mit dem DFD stärker Rechnung getragen wird.

7. Pfarrer und Leiter der sogenannten „Jungen Gemeinde" wie auch der „Jungschar", die Kriegshetze betreiben, das Bonner Regierungsregime verherrlichen und Diversions- und Spionagetätigkeit leisten, sind vor der Masse der Jugend in Versammlungen, in der Presse und im Rundfunk zu entlarven.

8. Die Genossen der FDJ werden verpflichtet, sich viel stärker als bisher mit der Arbeit der Elternbeiräte an den Schulen zu beschäftigen. Zu den Elternbeiratssitzungen sollen Vertreter der Kreisleitungen der FDJ regelmäßig anwesend sein. Gemeinsam mit den Elternbeiräten sollen Beschlüsse und Maßnahmen zur politischen und moralischen Erziehung der Schüler festgelegt werden.

9. Die Genossen im Zentralrat der FDJ werden beauftragt, an jeder Oberschule einen hauptamtlichen FDJ-Funktionär einzustellen.

10. Die Genossen im Zentralrat der FDJ werden beauftragt, im II. Quartal 1953 eine Konferenz der hauptamtlichen und ehrenamtlichen Sekretäre an den Oberschulen zu organisieren mit dem Ziel, alle Fragen der FDJ-Arbeit an den Oberschulen zu erläutern und konkrete Maßnahmen zur Festigung der Einheit der Jugend festzulegen.

11. Die Bezirks- und Kreisleitungen der FDJ haben sofort nach Beschlußfassung mit den Sekretären der FDJ-Lehrergruppen an den Oberschulen Seminare durchzuführen. In diesen Seminaren sind alle die in diesem Beschluß festgelegten Maßnahmen sowie ihre Durchführung mit Unterstützung des Lehrkörpers zu behandeln.

12. Die Genossen im Zentralrat der FDJ werden beauftragt, die Bezirks- und Kreisleitungen der FDJ so anzuleiten, daß in Verbindung mit den Schulabschlußfeiern die Überführung der Pioniere der 8. Klasse in die FDJ rechtzeitig vorbereitet wird, um die Durchführung würdiger Abschlußfeiern zu ermöglichen.

13. Die Genossen der FDJ werden beauftragt, in jedem Bezirk umgehend ein Beispiel des Protestes der Jugend gegen die jugendfeindliche Tätigkeit der sogenannten „Jungen Gemeinde" zu schaffen. Damit soll die Forderung der Unterbindung aller feindlichen Tätigkeiten erhoben werden. Diese Stellungnahmen sind sofort an das Ministerium für Volksbildung, an die Parteien und Massenorganisationen, an die demokratische Presse zu richten.

14. Alle Kreisleitungen der FDJ sind verpflichtet, bis Ende März eine genaue Aufstellung
    a) über die vorhanden gewesenen und aufgelösten illegalen Gruppen der „Jungen Gemeinde"
    b) über die nach wie vor noch illegal tätigen Gruppen der „Jungen Gemeinde"

    zu beschaffen. Diese Aufstellungen sind monatlich berichtigt an die übergeordneten Leitungen der FDJ einzureichen mit den entsprechenden Vorschlägen und durchgeführten Maßnahmen, die zur Auflösung dieser Gruppen notwendig sind.

15. Die Genossen im Zentralrat der FDJ haben in Verbindung mit dem Umtausch der Verbandsdokumente dahingehend zu arbeiten, daß die Leitungen der Gruppen und Grundeinheiten der FDJ von den aktiven Anhängern der „Jungen Gemeinde", besonders an den Oberschulen und Universitäten, gesäubert werden, die die Tätigkeit dieser illegalen Jugendorganisation unter der Jugend fördern.

16. Die Bezirksleitungen der Partei bilden unter dem Vorsitz eines Mitgliedes des Sekretariats zur Durchführung dieses Beschlusses eine Kommission, die sich zusammensetzt aus:

    1. einem Mitglied des Bezirkssekretariats der FDJ,
    2. dem Sachbearbeiter für Kirchenfragen in der Abt. Staatliche Organe der Bezirksleitung der Partei,

3. einem verantwortlichen Genossen des Ministeriums für Staatssicherheit,
4. dem Sachbearbeiter der Abteilung Paß- und Meldewesen bei der Bezirksverwaltung der Deutschen Volkspolizei,
5. dem Referenten für Religionsgemeinschaften beim Vorsitzenden des Rats des Bezirks,
6. einem verantwortlichen Genossen aus der Abteilung Volksbildung beim Rat des Bezirkes.

17. Alle ersten Bezirks- und Kreissekretäre der FDJ werden verpflichtet, diesen Beschluß in den Sekretariatssitzungen zu behandeln, entsprechende Maßnahmen zur Durchführung einzuleiten und seine Durchführung zu kontrollieren.

Zu III.

Die illegale Tätigkeit der „Jungen Gemeinde" verstößt fortgesetzt gegen die Artikel 6 und 41 der Verfassung der Deutschen Demokratischen Republik. Sie richtet sich somit gegen den Artikel 12 der Verfassung. Zur Einstellung jeglicher Tätigkeit und zur völligen Liquidierung dieser illegalen Organisation werden deshalb folgende Maßnahmen beschlossen:

Das Ministerium des Innern teilt den Leitungen der evangelischen und katholischen Kirche mit, daß die „Junge Gemeinde" und die „Jungschar" gesetzwidrige, illegale Organisationen innerhalb des Gebietes der Deutschen Demokratischen Republik und des demokratischen Sektors von Berlin sind und ihre Tätigkeit sofort einzustellen haben. Der evangelischen und katholischen Kirche sind zur Durchführung dieser Anordnung vom Ministerium des Innern folgende Auflagen zu erteilen:

a) Auflösung der Jugendkammer-Ost beim Rat der Evangelischen Kirche in Deutschland sowie der in der Deutschen Demokratischen Republik bestehenden Landesjugendkammern und der Landesarbeitskreise für Jungen, Jungmänner- bzw. Jungmädchenarbeit. Ihre Tätigkeit ist zu verbieten.
b) Allen in der Jugendarbeit tätigen Personen, wie Landes- und Kreisjugendpfarrer, Landes- und Kreisjugendsekretärinnen, Landes- und Kreisjugendwarte, Beauftragte für Jungen- und Jungmädchenarbeit sowie Laienhelfer und anderen Personen wird ihre Tätigkeit unter der Jugend verboten.

c) Gleiche Maßnahmen wie die unter a) und b) genannten sind auch bei allen ähnlichen Einrichtungen der katholischen Kirche durchzuführen.

d) Jede Tätigkeit der sogenannten „Jungen Gemeinde" ist aufzulösen und zu verbieten, da diese innerhalb der Kirchgemeinden illegal durchgeführt wird. Enthebung aller Leiter von Jugendkreisen von ihren Funktionen.

e) Die Tätigkeit von Wanderpredigern in der Deutschen Demokratischen Republik ist zu verbieten, weil diese als Agenten zum größten Teil aus Westdeutschland kommen und die Jugendgruppen der Religionsgemeinschaften mit Hetzmaterial versorgen, Diejenigen, die trotz Verbot auftreten, sind festzunehmen und den Gerichten zu übergeben.

f) Jede Zusammenfassung und Tätigkeit von Jugendlichen aller Religionsgemeinchaften, auch die der evangelischen und katholischen Kirche, im Gebiet der Deutschen Demokratischen Republik und im demokratischen Sektor von Berlin, die über den Rahmen der in der Verfassung garantierten Religionsausübung hinausgeht (wie z. B. Organisierung von Jugendwanderungen, Zeltlagern, Rüstzeitlagern, Laienspielen usw.) ist verboten. Diese Maßnahme erstreckt sich auch auf die Tätigkeit innerhalb der Kirche und im kircheneigenen Gelände.

g) Alle in den Gemeinden, in den Oberschulen, Universitäten und sonstigen Schulen und Hochschulen bestehenden Jugendgruppen bzw. Studentengruppen von Religionsgemeinschaften sind aufzulösen. Ihr vorhandenes Eigentum ist zu beschlagnahmen.

h) Da nach dem Westen geflüchtete Kriegs- und Wirtschaftsverbrecher und sonstige kriminelle Elemente einen Teil ihres Vermögens (Grundstücke, Ländereien etc. usw.) der Kirche und konfessionellen Einrichtungen übereignet haben, wird das Ministerium des Innern beauftragt, eine Überprüfung der sich z. Zt. im konfessionellen Besitz befindlichen Grundstücke und Ländereien durchzuführen. Alles sich rechtswidrig angeeignete Vermögen ist zu beschlagnahmen.

i) Das Tragen des sogenannten Bekenntniszeichens, das auf die Zugehörigkeit der „Jungen Gemeinde" bzw. „Jungschar" hinweist, wird verboten.

j) Die Herausgabe aller kirchlichen Jugendzeitschriften, wie die „Stafette", „Christopherus" sowie sonstiger religiöser Jugendschriften wird verboten.

k) Die Genossen im Ministerium für Volksbildung werden beauftragt, eine Überprüfung des Lehrkörpers der Oberschulen vorzunehmen mit dem Ziel, alle Lehrkräfte, die gegen die Prinzipien der Wissenschaftlichkeit des Unterrichts und der patriotischen Erziehung verstoßen, von den Oberschulen zu entfernen.

l) Die Pfarrer und Leiter der ehemaligen Jugendgruppen von Religionsgemeinschaften sind von den Sicherheitsorganen unseres Staates auf der Grundlage des Gesetzes zum Schutze des Friedens und anderen demokratischen gesetzlichen Bestimmungen zur Verantwortung zu ziehen, wenn festgestellt wird, daß sie feindliches Hetzmaterial aus Westberlin oder Westdeutschland beziehen bzw. besitzen oder ihre Hetze gegen die Politik und den Aufbau der Deutschen Demokratischen Republik, gegen die Volksdemokratien und die Sowjet-Union betreiben.

m) Die Genossen im Amt für Kontrolle des Warenverkehrs werden beauftragt, Maßnahmen zu treffen, daß Paketsendungen an Geistliche und sonstige kirchliche Persönlichkeiten und kirchliche Stellen besonders aufmerksam kontrolliert werden. Gleichzeitig ist das Ministerium für Post- und Fernmeldewesen anzuweisen, die gleichen Maßnahmen in den entsprechenden Postämtern durchzuführen.

n) Die bisher geltende Verordnung über die Anmeldepflicht von Veranstaltungen wird außer Kraft gesetzt. Die als Anlage I beiliegende Verordnung über die Genehmigungs- und Anmeldepflicht von Veranstaltungen aller Art ist durch das Ministerium des Innern herauszugeben.

Begründung:

I. Die „Junge Gemeinde“ ist ihrem Aufbau und ihrer Tätigkeit nach eine illegale konfessionelle Jugendorganisation mit festen Organisationsformen und einer zentralen Leitung der „Jugendkammer Ost“, die ihren Sitz in Westberlin hat. Zahlreiche Beispiele, die der Vorlage beigefügt sind, beweisen ihre verfassungsfeindliche und gesetzeswidrige Tätigkeit, die sie unter dem Deckmantel einer christlichen Jugend verrichten.

II. Sie betreiben systematisch eine bewußte Hetze gegen die Deutsche Demokratische Republik, gegen die Länder der Volksdemokratien, gegen die Sowjetunion, gegen führende Staatsfunktionäre, gegen die

Erfüllung des Fünfjahrplanes und gegen den Aufbau des Sozialismus in der Deutschen Demokratischen Republik.

III. Ihre verbrecherische staatsfeindliche illegale Tätigkeit richtet sich insbesondere gegen die Freie Deutsche Jugend. Die „Junge Gemeinde" versucht mit allen Mitteln die Einheit der Jugend in der Deutschen Demokratischen Republik zu stören und dort, wo ihre illegale zersetzende Tätigkeit keinen Erfolg bringt, greift sie zu offenen, provokatorischen und terroristischen Maßnahmen.
Während ihre bisherige Tätigkeit darin bestand, mit allen Mitteln, vor allem der der Gewissenserpressung, viele Jugendliche für die „Junge Gemeinde" zu gewinnen, wenden sie jetzt die Taktik an, möglichst viele ihrer Anhänger in leitende Funktionen der FDJ zu bringen. Sie wollen sich auf dieser Basis noch bessere Voraussetzungen für ihre illegale staatsfeindliche und zersetzende Tätigkeit verschaffen.

Abt. Staatliche Verwaltung

(Unterschrift)

(Willi Barth)

DOKUMENT 15

Der Rektor
der Technischen Hochschule
Dresden

Dresden, am 26. Mai 1953

<u>Bekanntmachung</u>

Der Senat hat sich in seiner Sitzung am 16. 5. 1953 mit der „Jungen Gemeinde" an unserer Hochschule beschäftigt und festgestellt,

daß die „Junge Gemeinde" eine illegale Organisation an unserer Technischen Hochschule ist,

daß sich deren Mitglieder unter dem Vorwand, religiöse Ziele zu verfolgen, staatsfeindlich betätigt haben.

Gegen die Wühl- und Zersetzungsarbeit dieser illegalen Organisation müssen Staat und Kirche geschützt werden.

Der Senat ist deshalb der Meinung, daß Studenten und Mitarbeiter unserer Hochschule, die Mitglieder der „Jungen Gemeinde" sind und sich nicht von ihr distanzieren, alle Konsequenzen aus ihren Verhalten zu tragen haben.

Der Rektor der Technischen Hochschule

gez. Koloc

Berlin, den 15. 4. 1953

Fernschreiben

An die
1. Sekretäre der
Bezirksleitungen der Freien Deutschen Jugend

Liebe Freunde!

Wir möchten Eure Aufmerksamkeit auf die Tatsache lenken, daß die „Junge Welt" vom 16. April neue Materialien über die Junge Gemeinde als Tarnorganisation für Kriegshetze, Sabotage und Spionage, die von den westdeutschen und amerikanischen Imperialisten dirigiert wird, bringt. Damit wird vor der Jugend und der gesamten Bevölkerung das wahre Gesicht dieser Hilfsorganisation des BDJ in der Deutschen Demokratischen Republik enthüllt. Es ist offensichtlich, daß die Tätigkeit dieser gegen den Frieden und die nationale Wiedervereinigung unseres Vaterlandes gerichteten illegalen Organisation mit allen Mitteln unterbunden werden muß. Hierzu ist es erforderlich, daß auf der Grundlage der Enthüllungen eine breite Aufklärungsarbeit unter der Jugend und der Bevölkerung sofort organisiert werden muß. Insbesondere ist es erforderlich, daß Jugendliche, die bisher aus Unkenntnis der Sachlage der Jungen Gemeinde angehört haben, offen gegen die Drahtzieher der Jungen Gemeinde, wie sie in dem Material genannt werden, auftreten und sich von der Jungen Gemeinde lossagen. Die entsprechenden Erklärungen von jungen Christen und Pfarrern sind den Provinzzeitungen und der „Jungen Welt" zur Veröffentlichung zur Verfügung zu stellen. Es ist erforderlich, in den weiter zu organisierenden Versammlungen gegen die Jugendverfolgung in Westdeutschland die Enthüllungen der „Jungen Welt" zu behandeln und gleichzeitig in den Entschließungen gegen die Jugendverfolgung, die kriegshetzerische, Sabotage- und Spionagetätigkeit der Jungen Gemeinde zu verurteilen. Im Kampf gegen die Tätigkeit dieser illegalen Organisation kann es für uns keine Kompromisse geben. Deshalb sind in Verbindung mit der breitesten Aufklärungsarbeit unter der Jugend und Bevölkerung alle Maßnahmen zu treffen, um jegliche Arbeit der Jungen Gemeinde zu unterbinden, da sie nicht erlaubt ist und sich daher ihre Tätigkeit und Existenz gegen die Gesetze unserer Republik richten. Insbesondere sind verstärkt durchzuführen die beprochenen Maßnahmen in Bezug auf die Reinigung der Oberschulen und Universitäten in der Linie, die feindlichen Elemente zu entfernen, wobei im Auge zu halten ist die Masse der Jugendlichen für die Mitarbeit in der FDJ zu gewinnen. Auf keinen Fall ist die weitere Arbeit der Jungen Gemeinde zuzulassen. Schilder, Aushängekästen, die auf die Tätigkeit der Jungen Gemeinde hinweisen, sind, falls es erforderlich ist, von Gruppen der FDJ in aller Öffentlichkeit zu entfernen. Treffen der Jungen Gemeinde sind mit allen zur Verfügung stehenden Mitteln zu unterbinden. Es besteht kein Zweifel, daß bei einer entsprechenden Aufklärungsarbeit in kurzer Zeit das von uns gesteckte Ziel der Liquidierung der Jungen Gemeinde erreicht werden kann. Deshalb ist es erforderlich, daß das Bezirkssekretariat auf der Grundlage der neuen Enthüllungen über die Junge Gemeinde sofort einen Plan ausarbeitet, um die begonnenen Maßnahmen zur Liquidierung der Jungen Gemeinde verstärkt und mit einem größeren Schwung durchzuführen.

Im Interesse der Unterstützung Eurer Aufklärungsarbeit erhält jeder Bezirk am Freitag, den 18. 4. 1953, Sondernummern der „Jungen Welt" zum Verkauf.

Freundschaft!
Sekretariat des Zentralrates der
Freien deutschen Jugend

(Unterschrift)

(E. Honecker)

Abschrift

Leipzig, Anfang Oktober 1952

Liebe Kommilitoninnen und Kommilitonen!

Wie an jedem Hochschulort in Deutschland, so gibt es auch in Leipzig eine evangelische und eine katholische Studentengemeinde, in denen die Studentinnen und die Studenten aller Fakultäten und Hochschulen, die zu ihrem christlichen Glauben stehen wollen, zusammenkommen. Sie versuchen Antwort zu erhalten auf die vielen Fragen, die uns das Leben stellt. Um uns darin weiterzuhelfen, treffen wir uns wöchentlich zur Bibelstunde oder zum offenen Abend. Es gibt für die Studentengemeinden jeweils eigene Gottesdienste, insbesondere der akademische Gottesdienst sonntags 1/2 10 Uhr und für die Katholiken die Gemeinschaftsmesse zur Semestereröffnung am 17. Oktober 1952, 19,30 Uhr, beides in der Universitätskirche. Wir wollen hören, was uns Gottes Wort heute zu sagen hat, denn wir können ohne die Wahrheit nicht leben, darüber hinaus haben wir kleinere Kreise, die sich mit den speziellen Fragen unserer studentischen ~~Existenz, des privaten und gesellschaftlichen~~ Lebens beschäftigen. Sangeslustige finden sich in der Kurrende oder dem Singkreis zusammen. Kurz, wir wollen, wie es uns unser christlicher Glaube gebietet, ein Stück echter Gemeinschaft an unseren Hochschulen sein. Deshalb rufen wir auch Sie in unsere Gemeinden, ~~(um mit uns unter Gottes Wort zu leben und zu studieren).~~ Bitte beachten Sie unsere Bekanntmachungen, die Sie am Schwarzen Brett Ihrer Fakultät oder Ihres Institutes finden. Zu Fragen und Auskünften stehen der Evangelische Studentenpfarrer Gothart Fehlberg, Leipzig C 1, Riemannstraße 38 III und der Katholische Studentenpfarrer Dr. Werner Becker, Leipzig W33, Karl-Heine-Str. 110 und die Vertrauensstudenten jederzeit zur Verfügung.
Herzlich begrüßen wir Sie hier in Leipzig und wünschen Ihnen einen guten Beginn und Fortgang Ihres Studiums.

Bernhard Uhlmann, theol. — Joachim Pilot, math.-nat.
Magda Lauckner, math.-nat. — Kathe Riedel, math.-nat.

N.B. Die Streichungen wurden im Original ebenfalls nachträglich vorgenommen.

PATRONATSFEST DER KSG LEIPZIG

1951

Donnerstag, 28. 6.: 14,30 h Endstelle der Linien 1 und 22 (Thekla),
Exkursion nach Thekla. Dozent Dr. Ladendorf zeigt uns die mittelalterliche Kirche von Thekla.

Anschließend Besuch des Schloßparkes von Abtnaundorf.

Freitag, 29. 6.:
8 h Hochamt in der Universitätskirche.
9,15 h Frühstück im Thüringer Hof.
11 h Morgenfeier, Karl-Heine-Str. 110, unter Mitwirkung von Amadeus Webersinke, mit einem Vortrag von P. Superior Borucki S. J. über „Thomas von Aquin".
15 h Hörsaal 2 der Handelshochschule, Ritterstr., Vorlesung von Prof. Hans Pfeil (Philos.-theol. Hochschule Bamberg) über „Die Mythen Platons".
17,30 h Sommerfest mit Tanz, Gasthaus Marienbrunn, S 3, Am Bogen (Linie 16).

Se. Exzellenz Bischof Heinrich Wienken hat sein Kommen in Aussicht gestellt.

Gleichzeitig weisen wir auf die beiden letzten Vorträge unserer Semesterarbeit hin:

Dienstag, 26. 6.: Medizinerkreis, 19,30 h Friedrich-Ebert-Str. 91 I.
Dozent Gerhard Fischer: „Das Leib-Seele-Problem".

Mittwoch, 27. 6.: Gemeinsame Veranstaltung mit der evangelischen Studentengemeinde, 19 h Hörsaal 2 der Handelshochschule, Ritterstr.,
Stud.-Pfarrer Dr. Werner Becker: „Theologische Antwort auf das Werk Ernst Wiecherts".

RELIGIÖS-KULTURELL-GESELLIGE TAGE

in Weimar 14. - 16. Juni 1950

Aus Anlaß des 90-jährigen Bestehens der Staatlichen Hochschule für Baukunst und Bildende Künste in Weimar führte die katholische Studentengemeinde der Weimarer Hochschulen eine religiös-kulturell-gesellige Tagung durch, zu der Vertreter der KSG aller Universitäten und Hochschulen der Region Ost eingeladen wurden. Diese Tage sollten einmal den katholischen Studenten in Weimar zeigen, daß sie nicht allein dastehen, zum anderen sollten sie dazu dienen, die Verbindung zwischen den einzelnen KSG der Region fester zu knüpfen und zu vertiefen.

Samstag, den 14. Januar 1950

Die Tage wurden eröffnet mit einer Bet-Singmesse in der Weimarer Herz-Jesu-Pfarrkirche. Zu Beginn der Heiligen Messe begrüßte H. H. Kaplan L. Schramm die Teilnehmer und wünschte den Tagen einen glücklichen Verlauf und stellte sie unter den besonderen Schutz der Gottesmutter. Während des Frühstücks hieß nun Robert Kneib, der Sprecher der KSG Weimar, die bereits am Vorabend eingetroffenen Gäste von allen Universitäten der Region herzlich willkommen. Sein besonderer Gruß galt den Studentenseelsorgern von Dresden und Jena, sowie den Referenten der Tagung, H. H. Pfr. Hubert Muschalek – Erfurt und H. H. P. Retzek S. J. - Erfurt.

Nach einigen kurzen Ausführungen über die Diasporapfarrei Weimar, die ein Gebiet von ca. 200 Ortschaften umfaßt und nach dem Kriege durch die gewaltigen Bevölkerungsumschichtungen in 16 große Seelsorgsbezirke mit eigenen Geistlichen unterteilt werden mußte, erteilte H. H. Kpl. Schramm das Wort H. H. Pfr. Hubert Muchalek zu seinem Vortrag „Von der naturhaften Größe und Würde des Menschen".
Am Nachmittag führten zwei Studienräte die Gäste durch Weimar und seine Kulturstätten. Die Führung begann am Goethe-Schiller-Denkmal vor dem Deutschen Nationaltheater, vorbei am Wittumspalais der Herzogin Anna Amalia, indem sich zur berühmten Tafelrunde Goethe, Schiller, Herder und Wieland des öfteren einfanden. Schillers Wohnhaus und das Goethehaus am Frauenplan waren weitere Stationen der Weimar-Führung. Von der Fürstengruft, in der Karl-August mit den beiden Dichterfürsten zur letzten Ruhe gebettet ist, gingen noch einige Unentwegte trotz des schlechten Wetters in den Goethe-Park, um jenseits der Ilm

dem bekannten Goethe-Gartenhäuschen noch einen Besuch abzustatten. Am Abend fanden sich dann alle im Deutschen Nationaltheater zur Aufführung von Goethes „Faust I".

Sonntag, den 15. Januar 1950

Gemeinsam mit der Pfarrgemeinde wohnten alle Tagungsteilnehmer um 10 Uhr einem feierlichen Levitenhochamt bei, das H. H. Domkapitular W. Breitung zelebrierte. Die Predigt hielt der Studentenseelsorger von Dresden H. H. Dr. Baum.
Im Laufe des Samstag Nachmittags waren noch die beiden Regionalsprecher Herr U. Knoblauch und Fräulein A. Kauschke aus Berlin eingetroffen, die nach dem Hochamt von Robert Kneib aufs herzlichste begrüßt wurden. Somit war die gesamte Region Ost in Weimar vertreten. Es waren anwesend aus:

Berlin	3 Vertreter
Dresden	2 Vertreter u. Stud. Pfarrer
Freiberg	3 Vertreter
Greifswald	5 Vertreter
Halle	7 Vertreter
Jena	6 Vertreter u. Stud. Pfarrer
Leipzig	8 Vertreter
Rostock	2 Vertreter

Aus dem Westen nahmen 4 Studenten aus dem Priesterseminar Fulda an der Tagung teil.

Nach dem Mittagessen wurde die am Vortage abgebrochene Debatte über das Referat von H. H. Pfr. Muschalek fortgesetzt und zu Ende geführt.

Bereits um 15 Uhr begaben sich alle Teilnehmer ins Nationaltheater zur Aufführung von Goethes „Faust II".

Am Abend saßen Gäste und Gastgeber zu einem frohen Spiel- und Singekreis im Tagungsheim beisammen. Gleichzeitig tagten in einem Nebenraum unter der Leitung des Herrn U. Knoblauch, Berlin, die Sprecher der einzelnen Studentengemeinden, um noch einige regionale Fragen zu klären.

Montag, den 16. Januar 1950

Der letzte Tag begann wiederum mit einer hl. Messe, die H. H. Muschalek zelebrierte. Nach dem Frühstück begann nach einigen einleitenden

Worten von H. H. Kpl. Schramm H. H. P. Retzek sein Referat „Freiheit und Verantwortlichkeit".

Am Nachmittag hatten die Gäste Gelegenheit die Hochschule für Baukunst und Bildende Künste zu besichtigen. Der Dekan der Abtlg. Bildende Kunst Professor Tschierschky führte die Besucher zunächst in die Klasse der Grundstufe, in der Maler, Graphiker und Bildhauer ein gemeinsames Grundstudium durchführen, um dann in der Oberstufe in Spezialklassen aufgeteilt zu werden. Die Führung ging weiter durch die Klassen für Wandmalerei und Bildhauerei, um in der Klasse für industrielle Formgebung zu enden.
Herr Dipl.-Ing. E. Ressel, ehem. Mitglied der KSG., führte dann durch die Abtlg. Baukunst. Die Gäste konnten sich eine Ausstellung der letzten Diplom-Arbeiten sowie einige Seminarräume anschauen. Die Besichtigung endete im Baustoffprüfungsamt, das der Hochschule eingegliedert ist.

Eine deutsche Komplet, zu der sich Gäste und Gastgeber in der Pfarrkirche vereinigten, bildete gleichsam den geistigen Abschluß der Weimaer Tage. H. H. Kpl. Schramm führte in einer kurzen Ansprache aus, daß das Band nicht zerreißen darf, welches die Tage gemeinsamen Arbeitens und Erlebens geknüpft haben, vielmehr müsse diese Gemeinschaft fortleben im Gebet und im Opfer.

Zum letzten Male trafen sich dann um 20 Uhr im Tagungsheim alle zu einem frohen bunten Abschlußabend.

DOKUMENT 20

Dr. Werner Becker
Studentenpfarrer

Leipzig, den 25. 10. 1950
Karl-Heine-Str. 110

Lieber Hans Zinke!

Ich versprach Dir genauere Aufstellung meiner Gemeinde zu machen und habe nun folgendes festgestellt. Die Liste der Akademiker, Lehrer und Neulehrer, Studenten und Gäste umfaßt über 600 Namen. Bis auf etwa 30 sind mir alle auch persönlich bekannt. Rechnen wir die Altakademiker und älteren Lehrer ab, so bleiben 480 junge Menschen, die ich in der Studentengemeinde und im Lehrerkreis zu betreuen habe. Nun habe ich gesehen, daß von diesen 480 160 nicht mehr in Leipzig studieren, davon sind allein 68 als Studenten in den Westen gegangen. Das bedeutet aber nicht, daß diese aus meiner Sorge entlassen wären. 60, davon zur Hälfte Weststudenten, erwarten noch von mir materielle Hilfe. Weitere 70 könnten als Gäste der Studentengemeinde abgezogen werden, zur Hälfte sind es Protestanten. Regelrecht immatrikulierte Studenten zähle ich nur noch 156, dazu kommen 43 Abiturienten, die den Studenten gleichstehen. Ich habe also:

200 Studenten
100 Altmitglieder
60 Neulehrer

in der Studentengemeinde zu betreuen. Dazu

70 Gäste und
10 Dozenten und Assistenten.

Von der Gesamtzahl sind 115 Ostflüchtlinge oder ausgebombt, 35 sind verheiratet (53 Kinder gibt es schon), nicht weniger als 40 sind Konvertiten.

Am meisten ist jetzt Hilfe für unsere Kranken nötig. Es gibt immer wieder neue Tbc-Fälle. Das Streptomycin, um das ich Dich gebeten hatte, habe ich schon aus dem Westen mitgebracht, so daß ich jetzt am dringendsten Pasalon nötig habe.

Bei meiner letzten Westreise konnte ich nur eine einzige Bettelpredigt halten, allerdings mit sehr gutem Erfolg. Kürzlich fand ich eine Notiz, daß Dr. Hengsbach eine Osthilfe für die Universitäten begründen wollte. Ich haben seinem Nachfolger Dr. Benkart geschrieben, daß es so vielleicht leichter ist, Geld von Behörden zu erhalten. Durch meine vier Bettelreisen, die ich dies Jahr unternommen habe, konnte ich immerhin 60 von den 140 Studenten, die ich eigentlich finanziell unterstützen müßte, ab und zu einmal helfen. Aber es ist ja kein angenehmer Zustand, so von der Hand in den Mund zu leben.

Leider habe ich den Bischof in Frankfurt verpaßt. Wirst Du ihm unsere Lage vorstellen?

Ich hoffe, bald einmal nach Berlin zu kommen. Bis dahin

herzliche Grüße
Dein

gez. Becker

DOKUMENT 21

Dr. Werner Becker
Studentenpfarrer

Leipzig W 33, den 11.12.1950
Karl-Heine-Str. 110

Ew. Eminenz,
Hochwürdigster Herr Kardinal!

Ob Sie wohl die Kühnheit freundlich aufgenommen haben, mit der ich mich im Interesse meiner armen Studenten an Sie gewendet habe? Ich bat Sie um einen finanziellen Zuschuß. Ich weiß wohl, daß ich auf eine wiederholte oder gar regelmäßige Hilfe nicht hoffen darf. Nun bin ich aber gerade jetzt in einer akuten Verlegenheit und habe schon bei meinem Vater ein Darlehen von 600,- DM aufnehmen müssen. Es geht bei mir um drei große Kreise von Hilfsbedürftigen: die Priester meiner Diözese, die Studenten, die sich hier noch halten können und auch die Studenten aus der mitteldeutschen Diaspora, die von Leipzig an westliche Universitäten gegangen sind. Wenn Ihnen unter einem dieser drei Gesichtspunkte Mittel zur Verfügung stehen, so bitte ich Sie um Hilfe, am besten gleich durch Überweisung eines Betrages an Herrn [redacted], M. Gladbach, [redacted].

Hier wird die Lage immer schwieriger, aber das eigentlich Priesterliche unserer Arbeit wird ja dadurch nicht berührt. Jetzt zu Weihnachten dürfen wir wieder damit rechnen, daß es gelingt, Gemeinde zu bauen und einander Freude zu bereiten.

Mit herzlicher Empfehlung und allen guten Wünschen für ein recht gesegnetes Weihnachtsfest, Ihnen, hochwürdigster Herr Kardinal

in Verehrung ergeben

ANWEISUNG

des Staatssekretariats für Hochschulwesen
über die Befürwortung von Reisen der Studierenden der Universitäten, Hoch- und Fachschulen in Mitgliedstaaten der NATO

vom 24 Mai 1957

1. Reisen von Studierenden der Universitäten, Hoch- und Fachschulen der Deutschen Demokratischen Republik nach NATO-Staaten bedürfen einer besonderen Befürwortung. Diese Bestimmung gilt für Reisen in alle NATO-Staaten ohne Ausnahme.
2. Die Befürwortung gibt für Studierende der Universitäten und Hochschulen der Prorektor für Studienangelegenheiten, für Studierende der Fachschulen der Direktor. Die Befürwortung erfolgt schriftlich.
3. Die Befürwortung kann gegeben werden:
   a) für Studienreisen, deren Notwendigkeit vom Rektor bestätigt ist und die im Rahmen des allgemeinen Studienplanes liegen,
   b) für Reisen, die von gesellschaftlichen Organisationen oder staatlichen Organen der Deutschen Demokratischen Republik im Dienste der friedlichen Annäherung zwischen der Deutschen Demokratischen Republik und dem betreffenden Staat durchgeführt werden.
   c) für Reisen bei dringenden familiären Anlässen, sofern es sich um nächste Verwandte handelt (Eltern, Großeltern, Kinder, Geschwister).
4. Der Antrag auf Befürwortung einer Reise ist 4 Wochen vor Antritt schriftlich beim Prorektor für Studienangelegenheiten bzw. beim Direktor einzureichen. Bei dringenden Anlässen kann auch ein später eingereichter Antrag berücksichtigt werden. Vor Antritt der Reise ist der Studentenausweis beim Prorektor für Studienangelegenheiten bzw. beim Direktor zu hinterlegen.
5. Bei Verstößen gegen die Bestimmungen dieser Anweisung ist den Betreffenden die Unterstützung der staatlichen Organe für die Durchführung des Studiums zu entziehen; dazu gehören: Entzug der Stipendien, Entzug der Studienerlaubnis auf begrenzte oder unbegrenzte Zeit. Der Rektor bzw. Direktor verfügt diese Maßnahmen im Verwaltungswege, an Universitäten und Hochschulen auf Vorschlag des Prorektors für Studienangelegenheiten.
6. Die Bestimmungen dieser Anweisung verlieren für Reisen in diejenigen Staaten ihre Gültigkeit, die aus der NATO ausgeschieden sind und die diskriminierenden Maßnahmen gegen Bürger der Deutschen Demokratischen Republik aufgehoben haben.
7. Diese Anweisung tritt am 1. Juni 1957 in Kraft.

gez. Dr. Wilhelm Girnus
Staatssekretär

Streng vertraulich

Erläuterungen zum Verbot der Betätigung in der Studentengemeinde

Das Verbot der Tätigkeit für alle Angehörigen der Universitäten, Hoch- und Fachschulen in der Studentengemeinde bzw. unter Anleitung eines Studentenpfarrers, mußte aus zwei Gründen ausgesprochen werden:

1. Weil die Studentengemeinden eine kirchliche Einrichtung sind, die in den staatlichen Bereich der Universitäten, Hoch- und Fachschulen eingriffen, was im Widerspruch zum Verfassungsgrundgesetz der Trennung von Staat und Kirche steht;
2. Weil die Studentengemeinden immer mehr dazu übergegangen sind, die NATO-Politik, an die sich die evangelische Kirche Deutschlands durch den NATO-Militärseelsorgevertrag gebunden hat, in der DDR durchzusetzen, d. h. staatsfeindliche Tätigkeit zu betreiben.

Zu 1. Die evangelische und katholische Kirche haben, vor allem in der Zeit des Hitlerfaschismus, als die faschistische Regierung ihren Einfluß auf die Kirche durch die Berufung „deutscher Christen" als Universitätsprofessoren geltend machte, Studentenpfarrer benannt und von sich aus eingesetzt und die christlichen Studenten zu Studentengemeinden zusammengefaßt. Weil diese Einrichtung im Kampf gegen den Hitlerfaschismus entstanden war, wurde ihre Existenz nach der Zerschlagung Hitlerdeutschlands von der Sowjetischen Militär-Administration in Deutschland (SMAD) nicht angetastet, wie Generalmajor Shukow Bischof Dibelius in einem Gespräch zu verstehen gab.

Die Kirche beruft sich auf dieses Gespräch, weil sie es als Rechtsgrundlage für die Existenz der Studentengemeinden und der Studentenpfarrer ansieht. Das zeigt, daß die Kirche selbst die Einrichtung der Studentengemeinden und der Studentenpfarrer nicht als eine innere Angelegenheit der Kirche betrachtet, deren Regelung allein in ihrer Hand liegt. Sie weiß genau, daß die Einrichtung der Studentengemeinden und Studentenpfarrer eine Angelegenheit ist, die in den staatlichen Bereich hinübergreift, die die staatliche Tätigkeit von den Universitäten, Hoch- und Fachschulen als staatliche Institutionen beeinflußt. Nach Artikel 43, Abs. 2 der Verfassung der DDR sind die Kirchen nur zur Regelung ihrer inneren Angelegenheiten allein berechtigt. In den staatlichen Bereich dürfen sie nur auf Grund staatlicher Gesetze oder auf Grund rechtlicher Vereinbarungen mit dem Staat eingreifen (vgl. auch die Betätigungen der Kirche in staatlichen Krankenhäusern, Feierabendheimen und Haftanstalten).

Das Gespräch zwischen Generalmajor Shukow und Bischof Dibelius ist keine solche Rechtsgrundlage, da es öffentlich-rechtliche Rechtsgrundlagen mündlicher Art nicht gibt. Wollte man selbst das Gespräch als rechtsverbindliche Vereinbarung zwischen der SMAD und der evangelischen Kirche Deutschlands ansehen, wäre diese, wie alle anderen rechtlichen Äußerungen der SMAD mit der Erklärung der Aufhebung der SMAD-Befehle vom 5. August 1954 ungültig geworden. Unser Staat hat keine Rechtsnormen übernommen oder erlassen, die den Kirchen ein Eingreifen in den staatlichen Bereich der Universitäten, Hoch- und Fachschulen gestatten.

Außerdem ist klar, daß mit dem Aufbau der antifaschistisch-demokratischen Ordnung und dem Aufbau des Sozialismus in der DDR Einrichtungen wie Studentengemeinden und Studentenpfarrer, die im Kampf gegen den faschistischen Staat entstanden waren, ihre Berechtigung verloren haben, insbesondere aber von dem Zeitpunkt des Abschlusses des Militärseelsorgevertrages ab, der zwischen der evangelischen Kirche Deutschlands, der alle evangelischen Gliedkirchen in der DDR angehören, und der Bundesrepublik. Durch diesen Vertrag hat sich die evangelische Kirche Deutschlands der Nato-Politik verschrieben, die sich gegen den Bestand der DDR richtet.

Die Studentengemeinden sind – anders als die Junge Gemeinde – gänzlich aus dem Rahmen der Kirchenorganisation herausfallende Zusammenschlüsse. Die Kirche baut sich nach dem Parochialprinzip auf, das bedeutet, daß jeder Kirchenangehörige sich an die Kirchengemeinde zu halten hat, in der er wohnt. Dort besitzt er nach den Kirchenverfasungen das aktive und passive Wahlrecht und ist dort kirchensteuerpflichtig.

Die Organisation der Studentengemeinde aber baut sich nach dem Prinzip der Zugehörigkeit der jungen Christen zu bestimmten staatlichen Institutionen, nach Universitäten, Hoch- und Fachschulen auf. Die Kirche behauptet, die Studentengemeinden seien der

Ort geordneten kirchlichen Dienstes und keine gesetzlosen Organisationen.
Es ist richtig, daß die Studenten (wenigstens zum Teil) aus ihren Heimatgemeinden gelöst sind, aber sie wurden Mitglieder der Gemeinde, in der sie ihren Wohnsitz nahmen und dort besteht gemäß der geltenden Kirchenverfassungen die Möglichkeit, sich seelsorgerisch betreuen zu lassen, sich der Jungen Gemeinde, der Frauengemeinde, dem Männerwerk etc. anzuschließen. Darüber hinaus gibt es an den Universitäten die Einrichtung des Hochschulpredigers, der akademische Hochschulgottesdienste usw. abhält. Von dieser Seite her kann also die studentengemäße seelsorgerische Betreuung als gewährleistet angesehen werden.

Gänzlich aus dem Rahmen der Kirchenverfassungen herausfallend ist der Zusammenschluß der Studentengemeinden in der DDR bzw. in Deutschland. Dieser Zusammenschluß ist streng zentralisiert und macht deutlich, daß es den Studentengemeinden gar nicht um die seelsorgerische Betreuung der Studenten, sondern um ihre gegen die DDR gerichtete politische Ausrichtung geht, daß sie Organ einer zentral gelenkten kirchlichen Hochschulpolitik sind. Nach der sogenannten Ordnung der evangelischen Studentengemeinde ist mit der Leitung der Studentengemeinde am Hochschulort ein Studentenpfarrer betraut, der von der zuständigen Landeskirche ernannt wird. Ihm zur Seite stehen die Vertrauensstudenten, die von ihm vorgeschlagen und von der Landeskirchenleitung bestätigt werden. Die Studentenpfarrer sind zusammengeschlossen in der Studentenpfarrerkonferenz. Die Studentengemeinden bilden als ihr zentrales Organ den Vertrauensrat der deutschen Studentengemeinde. Die Konferenzen der Studentenpfarrer und des Vertrauensrates finden regelmäßig in Westdeutschland, häufig in Westberlin statt. Die Geschäftsführung der evangelischen Studentengemeinde liegt in den Händen der Studentenpfarrer vom Reisedienst (das sind die Instrukteure, die die Verbindung zu der Zentrale und den örtlichen Studentengemeinden halten).

Man sieht also, daß die Studentengemeinden eine zentralisiert aufgebaute Organisation sind, deren leitende Organe sich außerhalb der Grenzen der Deutschen Demokratischen Republik befinden und bei deren Zusammenschluß der westdeutsche Einfluß überwiegt. Was für eine Politik von diesen Organen betrieben wird, werden wir unter Punkt 2 untersuchen. Aber dessen ungeachtet steht fest: Die Tätigkeit dieser kirchlichen Organisationen an unseren Universitäten, Hoch- und Fachschulen als staatliche Bildungs- und Forschungsstätten ist gesetzlos und widerspricht der Verfassung der DDR,

1. weil die Kirche ohne ausdrückliches staatliches Gesetz oder mit staatlicher Vereinbarung nicht das Recht hat, in die staatliche Sphäre einzugreifen,

2. weil der zentralisierte Aufbau der Studentengemeinden in gar keiner Weise von den seelsorgerischen Bedürfnissen der Studenten diktiert ist, sondern einzig und allein von den Interessen der Durchsetzung einer bestimmten kirchlichen Politik an unseren Hoch- und Fachschulen und

3. weil die Studentengemeinden westdeutschen Kirchenorganen und damit natürlich auch westdeutschen Staatsorganen einen dominierenden Einfluß auf unsere Hochschulpolitik in der DDR ermöglichen und zugestehen.

Zu 2. Die Studentengemeinden sind Horte staatsfeindlicher Tätigkeit. Es ist nicht so, daß lediglich in einzelnen Studentengemeinden einzelne Studenten sich von Agentenorganisationen zu staatsfeindlicher Tätigkeit gegen die DDR mißbrauchen lassen. Die Tatsachen ergeben, daß von den zentralen Organen der Studentengemeinden, insbesondere von den Studentenpfarrerkonferenzen, auf denen die Studentenpfarrer, die Leiter der Studentengemeinden, Beschlüsse fassen, die für alle Studentengemeinden verbindlich sind, bewußt und systematisch die staatsfeindliche Tätigkeit gegen die DDR organisiert wird.

a) Vom 12. bis 18. 11. 1956 fand in Westberlin eine Studentenpfarrerkonferenz statt. Auf dieser Konferenz hat der verurteilte Studentenpfarrer Schmutzler ein ganzes Programm von umstürzlerischer Tätigkeit an den Universitäten entworfen. Er berichtete von dem berüchtigten Fünf-Punkte-Programm, das unter seiner Leitung von der Studentengemeinde Leipzig ausgearbeitet wurde, das die Abschaffung des Russischunterrichts, des Grundlagenstudiums, die Beseitigung der FDJ und die Bildung einer bürgerlichen Studentenbetreuung, die Abschaffung des Zehn-Monatestudiums und die Entstalinisierung der Universitäten vorsah. Sein Verhalten wurde von der Mehrheit der Studentenpfarrer gebilligt. Eine Minderheit billigte es im Prinzip, hielt aber den Zeitpunkt des Vorgehens für ungünstig. Niemand hat die Universität und andere Staatsorgane über die aufrührerischen Machenschaften informiert. Die Studentenpfarrer wurden auf dieser Konferenz aufgefordert, ähnliche Resolutionen gegen Maßnahmen der Regierung der DDR zu inszenieren.

An dieser Konferenz nahmen folgende Studentenpfarrer aus der DDR teil:

Heidrich-Meissner, Dresden,
Forck, Berlin
Dr. Winter, Greifswald
Hüllweck, Köthen,
Hahn, Magdeburg,
Ansohn, Karl-Marx-Stadt
Ludwig, Zwickau,
Richter, Kottbus,
Hinz, Halle,
Kranich, Jena,
Kaiser, Erfurt,
Teubner, Glauchau,
Scheibner, Freital-Tharandt,
Gogolin, Potsdam,
Superintendent Kohl, Freiberg,
Hamel, Katechetenoberseminar Naumburg

Außerdem nahmen die westdeutschen Studentenpfarrer teil.

Die Organisierung der aufrührerischen Machenschaften während der Novembertage 1956 durch die Studentengemeinden sah in Leipzig folgendermaßen aus:

Am 5. 11. 1956 wurde in einem Kleinkreis (das sind Zusammenkünfte von Angehörigen der Studentengemeinde, in denen über politische Fragen, insbesondere über aus dem Westen eingeführte Hetzliteratur diskutiert wird) vorgeschlagen, am 6. 11. 1956 in einem erweiterten Mitarbeiterkreis der Studentengemeinde über zu ergreifende Maßnahmen zu sprechen, die die Studenten in Ausnutzung der Situation in Ungarn zum Vorgehen gegen unseren Staat bewegen sollten, um in der DDR ein Gleiches wie in Ungarn anzurichten. An der Versammlung des erweiterten Mitarbeiterkreises nahmen 20 Angehörige der

Studentengemeinde teil. Die Leitung lag in den Händen des Leiters der Studentengemeinde.
Der erweiterte Mitarbeiterkreis beschloß das o. g. Fünf-Punkte-Programm, das als Vorwand dienen sollte, um die Studenten zum Verlassen des Pflichtunterrichts, zur Einreichung von Petitionen, zur Abhaltung illegaler Versammlungen, zur illegitimen Wahl von sogenannten akademischen Vertretungsorganen und zur Durchführung von Demonstrationen veranlassen sollte, um die Hochschulpolitik in der DDR und die gesamten gesellschaftlichen Verhältnisse in der DDR zu verändern. Der Leiter der Studentengemeinde erklärte auf dieser Zusammenkunft, er bedauere, daß der Putschversuch am 17. Juni 1953 nicht geglückt sei und somit keine Veränderung der Verhältnisse in der DDR erreicht wurde. Er glaube aber, daß durch einen Generalstreik eine Änderung der Verhältnisse erreicht werden könne. Es wurde in dieser Besprechung festgelegt, daß die Studentengemeinde und ihre Vertrauensleute bei den Aktionen nicht öffentlich in Erscheinung treten dürfen. Die Studentengemeinde müsse sich auch bei einem dieser Aktionen für die Zukunft bereithalten.

Der erweiterte Mitarbeiterkreis der Studentengemeinde nahm am gleichen Tag eine Resolution gegen die vom Staatssekretariat durchgeführte Ernennung eines Dozenten an der Theologischen Fakultät an, ebenfalls mit dem Ziel, die Studentenschaft aufzuwiegeln, in Unruhe zu bringen und zu Demonstrationen zu mißbrauchen. Diese Resolution wurde von einem an der theologischen Fakultät auf Betreiben der Studentengemeinde illegal gebildeten Konventausschusses an den Dekan weitergeleitet. Der Konventausschuß beschloß die Resolution am 9. 11. 1956.

Damit ist eindeutig erwiesen, daß die Studentengemeinden, die unter der Leitung von Studentenpfarrern stehen, die auf den Studentenpfarrerkonferenzen ihre Anleitung erhalten, sich keineswegs um die seelsorgerische Tätigkeit unter den Studenten bemühen, sondern in das akademische Leben, in die Hochschulpolitik der DDR eingreifen, daß sie eine vom Westen gesteuerte Wühltätigkeit gegen die demokratischen Universitäten und den demokratischen Staat betreiben. Die zentralen Organe der Studentengemeinde, in der die westdeutschen Vertreter die Mehrheit haben, organisieren diese Wühlarbeit bzw. dulden und sanktionieren sie.

b) Von der Zentrale der Studentengemeinde wurde ein System der Schulung und Beeinflussung der Angehörigen der Studentengemeinde und weiterer Studentenkreise ausgearbeitet, das die Studenten in ihrem Haß und Widerstandswillen gegen die Deutsche Demokratische Republik bestärken sollte, um für den Tag X eine unterirdische Streitmacht zum Sturze der Republik bereitzuhaben. Zu diesem Zweck wurde den Studentengemeinden an den Hochschulorten aufgetragen, laufend Studenten zu besonderen Kursen an die Evangelischen Akademien Westdeutschlands und zu besonderen Lägern zu entsenden, die von sogenannten Patengemeinden (Studentengemeinden) Westdeutschlands organisiert wurden.

Die Evangelischen Akademien unterstehen der evangelischen Kirche in Deutschland. Sie sind zumeist, wie z. B. die Sozialakademie Friedewald eigens dazu geschaffen, „gesamtdeutsche Arbeit" zu leisten. Die Aufgabe der Evangelischen Akademien besteht darin, theoretische Grundlagen zur Bekämpfung des Marxismus zu schaffen. Die Akademien führen besondere Lehrgänge für Besucher aus der DDR durch, darunter auch besondere Lehrgänge für Angehörige der Studentengemeinde. Aufenthalt und Rückfahrt sind für DDR-Teilnehmer frei. Der Lehrplan der Lehrgänge enthält kaum religiöse Themen. Häufig werden die politischen Themen nicht einmal von Angehörigen der Kirchen behandelt. Auf einem Lehrgang in Friedewald sprach z. B. auch der Trotzkist Leonhardt. Auf dem gleichen Lehrgang wurde ferner ein Vortrag „Ostkollektivs und unsere Verantwortung" gehalten.

Die Evangelischen Akademien versorgen die Studentengemeinden in der DDR mit Literatur, die in der DDR nicht lizenziert ist, und die zum großen Teil ausgesprochene Hetze gegen die DDR und die anderen sozialistischen Staaten enthält und theoretisch ohne jeden Wert ist. Der Leiter der Evangelischen Akademie Friedewald, Dr. Thier, regte an, über diese Literatur in Kleinkreisen der Studentengemeinden in der DDR Buchbesprechungen durchzuführen und versandte Hetzliteratur wie z. B. „Marxismus studieren", „Mitarbeit", „Soziale Frage und die Kirche", „Kirche und Volk", „1984".

Von den Leitungen der Evangelischen Akademien werden die aus der DDR teilnehmenden Angehörigen der Studentengemeinde nach bestimmten Fakten an den Universitäten, an denen sie studieren, ausgefragt. Die meisten machen Angaben, so z. B. über die politische Einstellung bestimmter Professoren. Schmutzler wurde von dem Leiter der Evangelischen Akademie Friedewald ausführlich über Prof. Bloch ausgefragt. Die Leiter der Evangelischen Akademien beließen es nicht beim Ausfragen, sondern gaben den Studentenpfarrern und Vertrauensstudenten Instruktionen und Empfehlungen für die weitere Arbeit in der DDR, insbesondere für die Verwendung der von ihnen angefertigten versandten oder persönlich übergebenen Hetzmaterialien.

Über die Auswahl der Mitglieder der Studentengemeinde, die an die Evangelischen Akademien entsandt wurden, sagte Schmutzler aus: „Es wurden zu den Tagungen ausschließlich leistungsmäßig gute und im übrigen sehr zuverlässige Studenten geschickt". Die Auswahl der zu entsendenden Studenten liegt bei den Studentenpfarrern, die Vorschläge dazu machen die Vertrauensleute der Studentengemeinden. Von der Studentengemeinde Leipzig wurden in den letzten drei Jahren über 70 Studenten zu Lehrgängen an die Evangelischen Akademien Westdeutschlands entsandt, hauptsächlich an die Akademien Bad Holl, Bad Türkheim, Westberlin, Tutzing, Loccum und Friedewald.

c) Von der Zentrale der Studentengemeinden wurden den einzelnen Studentengemeinden in der DDR Patengemeinden (Studentengemeinden) in Westdeutschland als Betreuungseinrichtungen zugewiesen. Der Studentengemeinde Leipzig z. B. sind die Studentengemeinden München, Erlangen , Münster und Saarbrücken als Patengemeinden vorgeschrieben worden. Die Aufgabe der Patengemeinden besteht darin, Angehörige der Studentengemeinden nach Westdeuschland zu sogenannten „Besinnungszeiten" oder „Freizeiten" einzuladen, auf denen genauso wie auf den Lehrgängen der Evangelischen Akademien durch Vorträge, Besprechungen usw. gegen die DDR gehetzt wird. Die Studentengemeinden der DDR laden Mitglieder der westdeutschen Patengemeinden ebenfalls zu Freizeiten in die DDR ein, die dem gleichen Zwecke dienen. Die westdeutschen Patengemeinden senden fernerhin Hetzliteratur, Zeitschriften und Bücher an die Studentengemeinden in der DDR. Im Schmutzler-Prozeß sagte der Angeklagte über die Patengemeinden aus: „Zweck der Patengemeinden ist, den Widerstandswillen der Glieder der Studentengemeinden in der DDR gegen die marxistische Weltanschauung und gegen den sozialistischen Staat zu stärken und zu festigen und die Studentengemeinden in der DDR im Kampf gegen den sozialistischen Staat zu unterstützen. Die Glieder der westdeutschen Studentengemeinden stehen dem Sozialistischen Staat feindlich gegenüber. Sie wissen aber auch, daß die Gefahr besteht, daß die Studenten der DDR den marxistischen Einflüssen unterliegen und zu einem positiven Verhältnis zum sozialistischen Staat kommen. Um dieses zu verhindern, unterstützen sie den Kampf der Studentengemeinden der DDR gegen die Arbeiter- und Bauernmacht und gegen den Marxismus".

Das Auswahlsystem für die Teilnahme an Lehrgängen der Patengemeinden ist folgendes: Auf Grund einer Besprechung auf einer zentralen Studentenpfarrerkonferenz entsenden die Studentenpfarrer, die ja Leiter der Studentengemeinden sind, auf Vorschlag der Vertrauensstudenten immer andere Studenten zu solchen Freizeiten in Westdeutschland, so daß eine möglichst große Anzahl der hetzerischen Beeinflussung ausgesetzt wird. Die Studentenpfarrer waren sich darüber im klaren, daß hier „neben den menschlichen Gesichtspunkten", wie gesagt wurde, „auch der politische Faktor mitspielte, daß möglichst viele Studenten in ihrer negativen Haltung zur DDR bestärkt werden.

Die Studentenpfarrer waren zentral angewiesen, den zu „Freizeiten" der Patengemeinden fahrenden Studenten zu raten, sich mit falschen Angaben bei der Volkspolizei die Reise nach Westdeutschland zu erschleichen. Schmutzler sagt im Prozeß aus: „Um die Behörden der DDR nicht auf diese gegen die Interessen des Arbeiter- und Bauern-Staates gerichteten Veranstaltungen westdeutscher Studentengemeinden aufmerksam zu machen, riet ich den Mitgliedern der Studentengemeinde, bei der Volkspolizei bei der Beantragung von Personalbescheinigungen als Grund den Besuch von Verwandten anzugeben. Dieser Ratschlag hat sich innerhalb der Studentengemeinde auch herumgesprochen.

Die Studentengemeinden in der DDR laden Angehörige der westdeutschen Patengemeinden auf die gleiche Weise, durch Erschleichung von Aufenthaltsgenehmigungen unter Angabe falscher Gründe ein. Den westdeutschen Angehörigen der Studentengemeinden, die keine Verwandten in der betreffenden Universitätsstadt hatten, wurden die Adresse und die Einladung eines Angehörigen der Studentengemeinde mitgeteilt. Als Reisegrund gaben sie Besuchszwecke an. Schmutzler führte im Prozeß aus, daß in den letzten Jahren 60-70 Studenten westdeutscher Patengemeinden die Freizeiten der Leipziger Studentengemeinden besucht haben. Die Studentengemeinden der DDR haben die Teilnahme westdeutscher Studenten vor den Volkspolizeibehörden deshalb zu verschweigen gesucht, damit die auf diesen Veranstaltungen betriebene Hetze gegen die DDR und die gegen die DDR gerichtete Tätigkeit unentdeckt bliebe.

Die systematische Veranlassung der Studenten, sich mit falschen Angaben Personalbescheinigungen zu besorgen, ist eindeutig eine strafbare Handlung. Sie beweist, daß sich die Studentengemeinde über den illegalen Charakter der Schulung in den Freizeiten der westdeutschen Patengemeinden klar ist. Da die Hetze gegen die Deutsche Demokratische Republik strafbar ist, ist selbstverständlich auch die organisierte Anstiftung junger Menschen, sich dieser Hetze auszusetzen, strafbar. Diese strafbaren Handlungen sind systematisch von den Vertrauenskreisen der Studentengemeinden auf Veranlassung ihrer zentralen Organe begangen worden.

d) Die Studentengemeinden in der DDR organisieren den systematischen Bezug von Hetzliteratur (vor allem Schulungsmaterialien, Bücher Zeitschriften), die für Reden, Predigten, Bibelstunden, Buchbesprechungen, Evangelisationswochen und Diskussionen in anderen Kreisen benutzt wird. Hunderte von Büchern und Zeitschriften, die bei der Studentengemeinde Leipzig beschlagnahmt wurden, sind nach wissenschaftlichen Gutachten des Instituts für Zeitgeschichte als einwandfreie Hetzmaterialien, die jeden wissenschaftlichen Wertes bar sind, eingeschätzt worden.

Daß sich die Studentengemeinde, insbesondere ihre zentralen Organe über den staatsfeindlichen Charakter des Inhalts dieser Bücher und Zeitschriften klar war, beweist die Methode ihrer Beschaffung. Auf der Studentenpfarrerkonferenz vom 12. bis. 18.11.1956 gab der Reisesekretär der evangelischen Studentengemeinden in der DDR, Bassasak, folgende illegale Beschaffungsmethode allen anwesenden Studentenpfarrern bekannt. Jede Studentengemeinde in der DDR erhält eine gewisse Anzahl von Zeitschriftenexemplaren zugeteilt. Die Versendung der Zeitschriften sollte von der Geschäftsstelle der Studentengemeinden Deutschlands in Stuttgart nicht direkt an die Studentengemeinden in der DDR geschehen. Die Versendung sollte über zwei Deckadressen gehen. Die westdeutschen Patengemeinden teilten der Geschäftsstelle in Stuttgart eine entsprechende Anzahl westdeutscher Deckadressen mit, die als Absender angegeben werden sollten. Die Studentengemeinden in der DDR teilten den westdeutschen Patengemeinden eine entsprechende Anzahl von Deckadressen in der DDR mit, die als Empfänger fungieren sollten. Die Empfänger, die Glieder der Studentengemeinde sind, liefern die Zeitschriften bei der Leitung der Studentengemeinde ab. Die Zeitschriften werden dann in Umlauf unter die aktiven Glieder der Studentengemeinde gesetzt oder wie dargestellt, in Buchbesprechungen, Bibelstunden usw. behandelt. Bassarak teilte dieses System den Studentengemeinden in der DDR mit der Begründung mit, daß, wenn die Zeitschriften als Sammelsendungen an die Studentengemeinden gingen, die Gefahr der Beschlagnahme durch die Postkontrollorgane der DDR bestände.

Hier zeigt es sich, daß von den zentralen Organen der Studentengemeinden in der DDR die Glieder der Studentengemeinden systematisch zu einer Reihe von strafbaren Handlungen angehalten wurden: einmal, staatsgefährdende Literatur in die DDR zu schleusen, zu verbreiten und auf ihrer Grundlage Hetze zu betreiben. Zweitens konspirative Tätigkeit zu betreiben durch Angabe und Benutzung von Deckadressen. Drittens durch Täuschung der Post, sich der Kontrolle durch die Postorgane zu entziehen. Das ist ein abscheulicher Mißbrauch der Studenten unserer Universitäten, Hoch- und Fachschulen zu systematischer Straffälligkeit, wobei jede einzelne den Ausschluß aus der Universität rechtfertigen würde.

e) Die Studentengemeinden haben einen illegalen Kurierdienst zur Einschleusung von in der DDR nicht lizenzierter Literatur, insbesondere von Hetzliteratur, organisiert. Die Angehörigen der Studentengemeinden, die im Auftrag der Studentengemeinden (zum Besuch Evangelischer Akademien, von Freizeiten der Patengemeinden usw.) Westdeutschland besuchen, werden, soweit man sie für zuverlässig hält, von der Leitung der Studentengemeinden aufgefordert, Hetzliteratur persönlich über die Staatsgrenze der DDR zu schaffen und sie der Leitung der Studentengemeinde auszuhändigen. Schmutzler sagte im Prozeß aus: „Die antimarxistischen und gegen die DDR gerichteten Schriften wurden prinzipiell von Studenten mitgebracht, da diese Bücher auf dem Postwege durch die Postkontrollorgane der DDR beschlagnahmt worden wären."

Dieser illegale Kurierdienst mit solchen Büchern ist in mehrfacher Hinsicht ein Verstoß gegen die Strafgesetze der DDR, so z. B. gegen das Gesetz zum Schutz des innerdeutschen Handelns, gegen das Postgesetz, gegen das Gesetz über die Genehmigungspflicht des Vertriebs und der Verbreitung von Druckerzeugnissen und gegen Artikel 6 der Verfassung der DDR, der die Hetze gegen die DDR unter Strafe stellt. Auch zu diesen verbrecherischen Handlungen sind die Studenten systematisch von den Leitungen der Studentengemeinden angehalten worden.

Wie sehr sich die Leitungen der Studentengemeinden über den hetzerischen Inhalt dieser Literatur im klaren waren, zeigt nicht nur die Beschaffungsmethode, sondern auch die Sicherung vor Entdeckung bei der Aufbewahrung und beim Kursieren dieser Bücher. In den Bibliotheken wurden vielfach die Schutzumschläge dieser Bücher herumgedreht, so daß sie für den nicht erwünschten Besucher nicht ohne weiteres zu sehen waren.
(Das ergibt sich aus Aussagen von Schmutzler).

f) Die Studentengemeinden beschafften sich für ihre staatsgefährdende Tätigkeit auf gesetzwidrigem Wege Geld aus Westberlin. In der Geschäftsstelle der Evangelischen Studentengemeinde Deutschlands, in Berlin-Spandau, wird ein Fonds, bestehend aus Geld der Deutschen Notenbank verwaltet, aus dem die Studentengemeinden der DDR finanziert werden. Der Fonds wird verwaltet vom Generalsekretär der Studentenmeinde Deutschlands, Kreyssig.

Angehörige der Studentengemeinden, die von den Leitungen der Studentengemeinden mit Aufträgen für Westberlin versehen waren, bekamen häufig den zusätzlichen Auftrag, Geld der Deutschen Notenbank in Beträgen in 300,—, 400,— und 500,— DM von Spandau in den Heimatort ihrer Studentengemeinde zu schaffen. Die Gelder waren offiziell als Unterstützungsbeiträge für notleidende Studenten gedacht, soweit sie nicht Gelder zur besonderen Verwendung (d. h. nicht zweckgebunden) waren. Allein auf dem Beihilfe-Konto der Leipziger Studentengemeinde befand sich ein Betrag von 20.000,— DM. Die Gelder wurden in den seltensten Fällen wirklich an notleidende Studenten ausgezahlt. In Leipzig wurde von Schmutzler folgendes System entwickelt: Ein Angehöriger der Studentengemeinde (ein „Notleidender") nahm das Geld in Empfang und stellte darüber eine Quittung aus. Mit dem Geld bezahlte er Anschaffungen, die die Studentengemeinde gemacht hatte, oder sonstige Leistungen, die für die Studentengemeinde erbracht wurden. Die Anschaffung eines Projektors, eines Kachelofens (wahrscheinlich auch Reisegelder) wurden als Studentenbeihilfen verbucht.

Auch hier offenbart sich, daß die Geschäftsstellen der Evangelischen Studentengemeinde Deutschlands und ihr Generalsekretär die Angehörigen der Studentengemeinden systematisch zur Begehung strafbarer Handlungen angehalten und verleitet haben. Durch die zentralen Organe der Studentengemeinden wurden laufend Verstöße gegen das Gesetz des innerdeutschen Zahlungsverkehrs begangen und organisiert. Außerdem verleiteten die Studentengemeinden die Studenten zu Verstößen gegen die Rechnungsbestimmungen, zur Fälschung von Urkunden (Quittungen) usw. Alles dies diente dem Zweck, zu verheimlichen, daß westdeutsche Stellen an der Finanzierung der illegalen und staatsfeindlichen Tätigkeit der Studentengemeinden interessiert sind.

Von der Studentengemeinde Leipzig sind uns folgende Namen von Studenten bekannt, denen solche Verstöße nachzuweisen sind:

Rolf Steglitz brachte 400,— DM über die Grenze;
Renate Jäckel 300,— DM;
Wohllebe 500,— DM;
Jentsch 450,— DM.
Die Studentin Zschunke unterschrieb als „notleidende Studentin" eine Quittung über einen Betrag, mit dem sie einen Kachelofen für die Studentengemeinde bezahlte.

g) Der illegale Charakter dieser strafbaren Handlungen und Betätigungsformen der Studentengemeinden wird durch die Art des konspirativen Vorgehens und durch den konspirativen Aufbau der Studentengemeinden unterstrichen

Auf der Studentenpfarrerkonferenz im April 1956 in Arnoldshain legte der Reisesekretär der Evangelischen Studentengemeinden in der DDR, Bassarak, dar, daß sich die Studentengemeinden in ihrer Tätigkeit vor sogenannten Spitzeln staatlicher Organe schützen sollten. Er warnte vor allem vor „Spitzeln" in den sogenannten Kleinkreisen, in denen Buchbesprechungen durchgeführt, Referate gehalten und Diskussionen geführt werden. Auch der erweiterte Mitarbeiterkreis wurde als nicht sicher vor Spitzeln angesehen. Allein den Vertrauenskreis, dessen Angehörige von den Landeskirchenleitungen bestätigt werden, hält man für vertrauenswürdig.

Da der Kreis der Vertrauensleute aber sehr klein ist (in der Studentengemeinde Leipzig, die eine der größten ist, besteht er aus 4-5 Personen) und seine Wirkungsmöglichkeit auf die Fakultäten relativ gering, der erweiterte Mitarbeiterkreis aber vor „Spitzeln" nicht sicher ist, wurde angeregt, ein Zwischenorgan zu bilden, in dem möglichst Vertreter aller Fakultäten sein sollten, die aber so sorgfältig ausgesucht sein sollten, daß sich auch keine staatlichen „Spitzel" darin befinden. Auf Grund dieser Anregung wurde im Dezember 1956 in der Studentengemeinde Leipzig der sogenannte Gemeinderat gebildet, der sich aus 13 Mitgliedern zusammensetzte. Die Bildung des Gemeinderates sollte im erweiterten Mitarbeiterkreis mit irgendwelchen Gründen vorgebracht werden. Die Vertrauensleute wurden vom Studentenpfarrer mit den wirklichen Gründen vertraut gemacht. Schmutzler sagte aus: „Durch die Bildung des Gemeinderates sollte verhindert werden, daß die Institutionen, die Gewährsleute entsenden, durch dieselben von meiner und verschiedener Studenten, vor allem der Vertrauensstudenten Tätigkeit gegen die sozialistische Weltanschauung und die DDR informiert würden. Zu diesem Zweck sollten sie in einer Weise abgeschirmt werden, daß sie vom engeren Gemeindekreis – den Funktionären – isoliert werden".

Die Warnung Bassaraks vor „Spitzeln" führte dazu, daß die Vertrauensstudenten und andere zuverlässige Studenten den Auftrag erhielten oder erteilten, das Verhalten bestimmter Studenten zu beobachten. In Leipzig beobachtete man einen Studenten, Joachim Schubert, der dadurch aufgefallen war, daß er sich bei der Wahl der Vertrauensstudenten die Namen der Gewählten aufschrieb und in einer Freizeit in Sehlis von Gruppe zu Gruppe gegangen war, um zu hören, was gesprochen wurde.

In den leitenden Organen der Studentengemeinden wurde auch erörtert, Gewährsleute von ihrer Seite in FDJ-Leitungen zu entsenden. In der Studentengemeinde Leipzig erklärte sich das Mitglied des Vertrauensrates, die Studentin der Philosophischen Fakultät Ingrid Weise bereit, in der FDJ-Hochschulgruppe der Karl-Marx-Universität Spitzeldienste zu verrichten.

Diese Maßnahmen wurden auf Grund der Warnungen, die der Reisesekretär der Studentengemeinden der DDR, Bassarak, auf einer zentralen Studentenpfarrerkonferenz ausgesprochen hatte, ergriffen. Sie waren keine zufälligen örtlichen Maßnahmen, sondern im Konzept der gesamten, zentral gelenkten Tätigkeit der Studentengemeinden mit einbegriffen.

Die Anweisungen der Landeskirchenleitung Sachsen, bei Gesprächen in den Geschäftsstellen der Studentengemeinden den Stecker aus der Steckdose, die mit dem Telefonapparat verbunden ist, zu ziehen, unterstreichen die systematisch betriebene Konspiration. Auch die Aufforderung des Vertrauensrates an die aktiven Glieder der Studentengemeinde, bei den aufrührerischen Machenschaften während der Ungarnereignisse nicht in Erscheinung zu treten, zeugen von der bewußt konspirativen Tätigkeit.

Auch die handschriftlichen Notizen, die Schmutzler während eines Referates des Reisesekretärs Bassarak auf der Studentenpfarrerkonferenz im Dezember 1956 gemacht hat, zeugen von der konspirativen Tätigkeit der Studentengemeinden. Diese

Aufzeichnungen lauten: „Über Spitzeltätigkeit in der Studentengemeinde. Selbst Spitzel in Kleinkreisen. Landeskirchen und Kult können wohl zur Deckung gebraucht werden."

h) Die Ausnutzung des Kultes und Religionsveranstaltungen durch die Jungen Gemeinden zu staatsgefährdeten Zwecken ist ebenfalls systematisch betrieben worden. Aus der Fülle des gerichtsbekannten Materials können nur einige Beispiele herausgegriffen werden.

Allein in mehreren Vorträgen des Studentenpfarrers Schmutzler, die während einer Evangelisationswoche in Böhlen gehalten wurden, zu denen 22 Glieder der Studentengemeinde Leipzig Hunderte von Einwohnern einluden und an denen die meisten von ihnen selbst teilnahmen, ihren hetzerischen Inhalt hörten und dennoch zu den folgenden Vorträgen weitere Einwohner einluden, wurde auf folgende Weise gehetzt:

In einem Vortrag „Jesus Christus und die Arbeiter" sagte er: „Muß sich einer nicht von Herzen freuen, der hier in Böhlen das Leben eines schlichten Arbeiters führt, ein Leben, nach dem kein Hahn kräht."

In einem anderen Vortrag hetzte Schmutzler gegen die Bodenreform unter Heranziehung des Gleichnisses vom Weinberg. In diesem Gleichnis heißt es: Die Besitzer des Weinberges (die ehemaligen Großgrundbesitzer) weilten außer Landes. Die Arbeiter schlagen den Boten des Weinbergbesitzers und bringen ihn um, um den Besitz an sich zu reißen (die Neubauern). Und Gott verdammt diese Arbeiter.

In einem anderen Vortrag hetzt er gegen den Leistungslohn und predigt Gleichmacherei. Der Besitzer eines Weinberges stellte Arbeiter zu verschiedenen Zeiten ein, zahlte aber allen den gleichen Lohn. Die Arbeiter meutern dagegen und halten das für ungerecht. Der Herr aber sagt: Merkt ihr nicht, daß hier nichts Unrechtes passiert.

In einem anderen Vortrag hetzte er gegen die Jugendweihe und hetzt gegen die Befürworter der Jugendweihe zum Mord auf. Er sagte: „Dieses Nein zur Jugendweihe ist ein Ja zur Menschlichkeit gegenüber den Kindern. Wer Kinder wissentlich dazu treibt, muß sich fragen lassen, ob sein Handeln weiter als wahrhaft menschlich beurteilt werden kann. Die Kinder nehmen dabei Schaden an Leib und Seele. Jesus Christus aber sagt dazu ein furchtbares Erkenntniswort: „Wer aber ärgert dieser geringsten einen, die an mich glauben, dem wäre besser, wenn ein Mühlstein an seinen Hals gehängt werde und ersäuft werde im Meer, da wo es am tiefsten ist."

Weiter hetzte er gegen die Sonntagsarbeit und fordert zum Streik auf und gerade zu einer Zeit, als die Regierung alle zur Unterstützung des Kohle- und Energie-Programms aufforderte (Februar 1957): Wer seinen Feiertag verliert, verliert seine Menschlichkeit. Ob wir ihn verlieren oder nicht, liegt an uns selber. Gewiß sind viel Schwierigkeiten da. Aber es geht um den Gehorsam gegenüber Gott. Christliche Gemeinde, höre auf, dich des Feiertags zu berauben. Laß den Feiertag Feiertag bleiben. Wo der Feiertag fehlt, kommt ein Leben der Unmenschlichkeit ins Rollen.

Und sogar im Gebet hetzte er gegen unseren Staat und unsere Regierung: „Am 25. 2. 1957 betete ich in Böhlen für die Obrigkeit in Bonn und Pankow".

Kirchliche Veranstaltungen, religiöse Handlungen, Predigten, Gebete, wurden dazu ausgenutzt, Haß gegen unseren Staat zu säen, die Menschen gegen unseren Staat zu staatsgefährlichen Handlungen aufzuwiegeln. Daß die Mitglieder der Studentengemeinde, davon zahlreiche Mitglieder des Vertrauensrates nichts dabei empfanden, den staatlichen Organen keine Meldung erstatteten, selber zu diesen Vorträgen gingen und andere dazu einluden, zeigt, daß ihnen auf Grund ihrer sonstigen Tätigkeit in der Studentengemeinde diese Ungeheuerlichkeiten des Schmutzler, die ihm fünf Jahre Zuchthaus einbrachten, als nichts anderes als die von ihnen ständig ausgeübte und organisierte Tätigkeit erschien, daß die staatsfeindliche Tätigkeit ihre normale Arbeit war.

Auf Grund der Tatsache, daß die Angehörigen der Studentengemeinden systematisch staatsfeindliche Tätigkeit ausübten, daß sie systematisch und bewußt zahlreichen Strafgesetzen zuwiderhandelten, auf Grund der Tatsache, daß die Organe der Studentengemeinden, Studentenpfarrer und Vertrauensrat, die staatsfeindlichen Handlungen und sonstigen Gesetzesbrüche bewußt organisierten, auf Grund der Tatsa-

che, daß die örtlichen Organe der Studentengemeinden von den zentralen Organen in der DDR und in Westdeutschland, insbesondere den Studentenpfarrkonferenzen, die die Zusammenkünfte der Leiter der örtlichen Studentengemeinde darstellen, systematisch zu staatsfeindlicher Tätigkeit und zu sonstigen Gesetzesverletzungen angehalten wurden, kann man die Anweisung des Staatssekretariats für Hochschulwesen, daß die Betätigung der Angehörigen der Universitäten, Hoch- und Fachschulen in den Studentengemeinden mit den Pflichten der Studenten nicht vereinbar ist, nur für richtig halten: Einmal, weil dadurch unser Staat und unsere Universitäten, Hoch- und Fachschulen vor staatsfeindlichen Anschlägen bewahrt werden, zum anderen, weil damit die Angehörigen der Universitäten, Hoch- und Fachschulen vor dem Mißbrauch zu staatsfeindlicher Tätigkeit geschützt werden.
Staatsfeinde und systematische Gesetzesbrecher gehören nicht an staatliche Universitäten, Hoch- und Fachschulen. Aber auch solche, denen der staatsfeindliche Charakter der Tätigkeit der Studentengemeinden klar gemacht worden ist, und die trotzdem in der einen oder anderen Weise sich in einer solchen Organisation betätigen, gehören nicht an unsere Universitäten, Hoch- und Fachschulen. Deshalb ist jede künftige (d. h. nach dem Verbot) nicht aufgegebene oder neu aufgenommene Betätigung in einer Studentengemeinde gleichfalls disziplinarisch zu ahnden.

DOKUMENT 24

Abt. Org.-Instrukteure

Berlin, den 14. 2. 1961
Bei/Li.

Zu einigen Problemen der Arbeit unter der religiös gebundenen Jugend

I. Grundfragen der Kirchenpolitik

Die Politik von Partei und Regierung in Kirchenfragen wird von dem Ziel bestimmt, alle Bürger unserer Republik für den Kampf zur Sicherung des Friedens in Deutschland, für die Vollendung des Sieges des Sozialismus in der DDR zu gewinnen und die moralisch-politische Einheit unseres Volkes ständig zu festigen sowie den politischen Klerikalismus in Westdeutschland ständig zu entlarven.

Sie stimmt darin mit der Erklärung der Beratung von Vertretern der kommunistischen und Arbeiterparteien überein, die u. a. betonte, daß „keine politischen, religiösen oder sonstigen Differenzen... den Zusammenschluß aller Kräfte der Arbeiterklasse gegen die Kriegsgefahr verhindern" dürfen.

Die Grundsätze unserer Kirchenpolitik wurden am 4. Oktober 1960 in der Programmatischen Erklärung des Vorsitzenden des Staatsrates der Deutschen Demokratischen Republik vor der Volkskammer dargelegt.

Sie führen zu folgenden Schlußfolgerungen:

1. Die gemeinsame Erklärung von Vertretern der evangelischen Kirchen in der DDR und der Regierung vom 21. Juli 1958 ermöglicht normale Beziehungen von Kirche und Staat. Wir begrüßen das in der evangelischen Kirche der DDR wachsende Verständnis für die Politik unserer Regierung, für die Ziele und Aufgaben unserer sozialistischen Gemeinschaft.

Es ist das beiderseitige Bemühen erforderlich, im Sinne der gemeinsamen Erklärung die normalen und guten Beziehungen weiter auszubauen und alles zu unterlassen, was diese stören und beeinträchtigen könnte.

2. Mit den katholisch gebundenen Menschen sind durch die Nationale Front noch mehr Aussprachen über die Lebensfragen unserer Nation zu führen.
Sie selbst müssen durch Erklärungen, Briefe und Delegationen von der Leitung der katholischen Kirche in der DDR fordern, daß sie erklärt, daß die Mithilfe der Gläubigen am Aufbau des Sozialismus nicht im Widerspruch zur katholischen Kirche steht und mit der Regierung der DDR ebenfalls eine entsprechende Vereinbarung abzuschließen.

3. Die enge Verflechtung kirchlicher Stellen in Westdeutschland mit Militarismus und NATO-Politik hat für die DDR jede Zusammenarbeit mit gesamtdeutschen Kirchenleitungen und deren Institutionen unmöglich gemacht.
Verhandlungen können deshalb nur mit kirchlichen Amtsträgern geführt werden, die Bürger der DDR sind und können nur die Beziehungen zwischen Staat und Kirche in der DDR zum Gegenstand haben.

4. Die reaktionäre Rolle des politischen Klerikalismus in Westdeutschland, besonders die Propaganda führender westdeutscher Kirchenleute für die Atomkriegspolitik des Bonner Staates ist weiterhin allseitig und offensiv in der Verbandspresse, in Jugendforen und Aussprachen zu entlarven.
Unsere Angriffe richten sich dabei nicht gegen Kirche und Religion, sondern gegen deren politischen Mißbrauch für volksfeindliche Zwecke.

Mit der Klärung der Grundfrage veranlassen wir auch junge Christen, gegen den politischen Klerikalismus aufzutreten, der objektiv gegen ihre eigenen Interessen gerichtet ist, der offen die furchtbare Perspektive eines Atomkrieges in Aussicht stellt.

II. Zur Situation unter der religiös gebundenen Jugend

Ein bedeutender Teil der religiös gebundenen Jugend hat heute erkannt, daß die gesellschaftliche Entwicklung in der DDR unaufhaltsam zur Vollendung des Sozialismus führt.
Diese Erkenntnis bildete sich heraus durch die beeindruckende Stärke des gesamten sozialistischen Lagers, durch die Erfolge und die ständig wachsende Autorität der DDR sowie nicht zuletzt durch ihre eigene Teilnahme am sozialistischen Aufbau und am gesellschaftlichen Leben in unserer Republik.

Analog damit ist der Einfluß der Kirche unter der Jugend auch im vergangenen Jahr insgesamt weiter zurückgegangen. Dabei darf aber nicht übersehen werden, daß in verschiedenen Gebieten und Orten der Einfluß gewachsen ist.
Es gibt auch Anzeichen, daß sich Jugendliche aus Opposition zum Arbeiter-und Bauern-Staat, begünstigt durch Nichtbeachtung ihrer Interessen usw., auf die Seite der Kirche stellen, ohne zu ihr eine enge Bindung zu haben.
Die Zustimmung, Unklarheiten oder falschen Auffassungen der religiös gebundenen Jugendlichen zu den Lebensfragen unserer Nation unterscheiden sich nicht wesentlich von denen aller anderen Jugendlichen.
Ihr Inhalt wird vor allem durch die soziale Stellung und den Grad der politischen Reife jedes Jugendlichen bestimmt.

Die Einflüsse des politischen Klerikalismus aus Westdeutschland führen jedoch dazu, daß es bei den Meinungsäußerungen eines Teils der religiös gebundenen Jugendlichen mehr oder weniger starke negative Besonderheiten gibt, die sich auf folgende Grundzüge reduzieren lassen:

1. Versuche, offene und klare politische Stellungnahmen zu umgehen.

2. „Rechtfertigung" des teilweise passiven gesellschaftlichen Verhaltens mit Gründen des „Gewissens und des christlichen Glaubens":

- „Sozialismus ist gleich Atheismus;
  als aktiver Erbauer des Sozialismus wären wir deshalb unsere eigenen Totengräber.

- Der Staat in der DDR – als ein atheistischer Staat – degradiert die Christen zu Bürgern zweiter Klasse; der Kampf gegen die Kirche ist immer ein Beweis für die Unfreiheit in einem Staat.

- Die FDJ ist eine atheistische Jugendorganisation; sie fordert Anerkennung des Marxismus-Leninismus und der führenden Rolle der Partei."

3. Ignorierung des Grundwiderspruchs in Deutschland mit den Argumenten „absoluter Nächstenliebe und christlicher Brüderlichkeit."

- „Die Aggressivität des Bonner Staates und die verderbliche Rolle des politischen Klerikalismus sind Erfindungen der kommunistischen Propaganda, Militarismus gibt es auch in der DDR.

- Nur die Machtansprüche des Kommunismus verhindern die Wiedervereinigung Deutschlands, sie unterbinden alle Beziehungen von Mensch zu Mensch.

- Ein Christ kann nicht die DDR gegen seine Brüder im Westen verteidigen."

4. Proteste gegen die Entwicklung des sozialistischen Gemeinschaftslebens und Überbetonung der individuellen ethischen Beziehungen auf der Grundlage der christlichen Gebote.

- Ganztagsschule, sozialistische Gemeinschaftsarbeit und inhaltsreiche Freizeitgestaltung werden diffamiert als „Besitzanspruch des Atheismus auf den ganzen Menschen." Diese Argumente, die die ideologische Konzeption des politischen Klerikalismus widerspiegeln, treten fast ausschließlich bei Gliedern der Studentengemeinde, aktiven Anhängern der „Jungen Gemeinde" und der katholischen „Pfarrjugend", bei Theologiestudenten und Oberschülern (vor allem mit bürgerlichem oder kleinbürgerlichem Elternhaus) auf, die unserer Entwicklung ablehnend gegenüberstehen.

Einige Probleme der Arbeit mit den Theologiestudenten

Im vergangenen Jahr mehrten sich die Beispiele, daß junge Pfarrer, die Mitglieder der FDJ sind, besonders in Dörfern eingesetzt wurden.

Es handelt sich dabei vorwiegend um Absolventen der Theologischen Fakultät Leipzig, an der eine zahlenmäßig starke FDJ-Grundeinheit besteht.
Diese jungen Pfarrer nutzen ihre Mitgliedschaft in der FDJ dazu aus, um die Jugendlichen des Dorfes für die „Junge Gemeinde" zu gewinnen.

Die Lage in den FDJ-Grundeinheiten der Theologischen Fakultäten Berlin und Leipzig selbst wird vor allem dadurch charakterisiert, daß sie ihre Isolierung nicht überwinden konnten. Obwohl im Inhalt ihrer Arbeit das Statut der FDJ und die grundsätzlichen Beschlüsse des Verbandes kaum eine Rolle spielen, hat sich ihr Einfluß nicht verbreitert.

Die FDJ-Grundeinheit der Theologischen Fakultät Greifswald trägt den Charakter eines liberalen Diskussionsforums über theologische, kirchenpolitische und politische Fragen. Mit der fast völligen Negierung des Charakters der FDJ wird gleichzeitig alles vermieden, was zu einer politischen Differenzierung der Studenten führen könnte.

Im allgemeinen ist einzuschätzen, daß die politische Arbeit an den Theologischen Fakultäten im wesentlichen nicht über Fragen der Friedensbewegung hinauskommt, daß der Kreis der Studenten, die bewußt den Sieg des Sozialismus unterstützen, einen geringen, nahezu isolierten Kern umschließt.

In den Theologischen Fakultäten Halle, Jena und Rostock steht den jahrelangen Bemühungen um Bildung einer FDJ-Grundeinheit eine künstlich aufgerichtete weltanschauliche Mauer entgegen, die von einflußreichen Kräften des Lehrkörpers und den älteren Studenten gestützt wird.

Neue Möglichkeiten der politischen Einflußnahme auf die Theologiestudenten ergeben sich mit der Bildung eines „Studentisch-theologischen Arbeitskreises zur Prager Christlichen Friedenskonferenz" in Berlin.

Hauptinhalt seiner Arbeit soll, neben der Information über die Prager Christliche Friedenskonferenz, vor allem die Aussprache über zwei Probleme sein:

1. Konsequente Ablehnung der atomaren Aufrüstung.

2. Der Weg der Kirche in einem sozialistischen Staat.

Die FDJ-Grundeinheit wurde bereits zur aktiven Beteiligung an diesem Arbeitskreis eingeladen.

III. Zur kirchlichen Jugendarbeit

Schlußfolgerungen für die Führungstätigkeit des Verbandes

Der schwindende Einfluß der Kirche auf die Jugend veranlaßt sie, mit wenigen Kräften eine Aktivierung und Intensivierung ihrer Jugendarbeit anzustreben.
Sie ist bemüht, die bekannten Formen und Methoden ihrer Arbeit den modernen Bedingungen und den Interessen der Jugend anzupassen.

Große Aufmerksamkeit schenkt sie der individuellen Beeinflussung der Jugendlichen und der Eltern. Gleichzeitig ist sie bemüht, auf größeren überörtlichen Treffen das Zusammengehörigkeitsgefühl, vor allem in der „Jungen Gemeinde" zu stärken.

Die evangelische „Junge Gemeinde", die katholische „Pfarrjugend", die „Evangelische Studentengemeinde" und die „Katholische Studentengemeinde" sind keine Organisationen!
Sie sind die lose Zusammenfassung von religiös gebundenen Jugendlichen der Kirchengemeinde eines Ortes bzw. von religiös gebundenen Studenten.

Diese Charakterisierung erfolgt auch entsprechend der bis heute gültigen Rechtslage. Beim Ministerium des Innern der DDR sind gesellschaftliche Institutionen unter der obengenannten Bezeichnung weder registriert noch zugelassen.

Auch kirchliche Stellen haben wiederholt versichert, daß die kirchliche Jugendarbeit nicht in „vereinsmäßigen Formen" betrieben wird. Die FDJ erklärt darüberhinaus eindeutig, daß es keine Notwendigkeit und auch keine Möglichkeit für die Existenz konfessioneller Jugendorganisationen in der DDR gibt.

Die FDJ verkörpert als sozialistische Jugendorganisation die Einheit der Jugend der DDR. Auf der Grundlage der gemeinsamen Ziele und Interessen und entsprechend dem Statut können junge Christen ihren Platz in der FDJ haben.

Der wichtigste Beitrag der FDJ zur Sicherung des Friedens in Deutschland und zur Wiedergeburt der deutschen Nation ist die Mobilisierung aller Schichten der Jugend für den Sieg der sozialistischen Gesellschaftsordnung in der DDR.

Ein ernstes Hindernis, besonders bei der Gewinnung der religiös gebundenen Jugendlichen für eine aktive gesellschaftliche Arbeit, ist gegenwärtig das Sektierertum im Verband.
Es hat seine Ursachen im ungenügenden oder formalen Studium des Marxismus-Leninismus, der Beschlüsse der Partei und Regierung und dem Unvermögen, die richtigen Schlußfolgerungen aus den konkreten Entwicklungsbedingungen unserer Zeit zu ziehen.

Ebenso schädlich ist das prinzipienlose, liberale Verhalten, bei dem die verstärkten Anstrengungen reaktionärer Kirchenkreise zur politischen und ideologischen Beeinflussung der Jugend unterschätzt werden.

Inhalt und Ziel unserer Erziehungsarbeit formulierte Genosse Walter Ulbricht in seiner programmatischen Erklärung vor der Volkskammer am 4. 10. 1960:
„Alle Mädchen und Jungen sollen kluge, vorwärtsdrängende Staatsbürger werden, die die Vollendung des Sieges des Sozialismus und den Triumph über den Todfeind unseres Volkes, dem Militarismus als ihren Lebensinhalt betrachten."

Die Auswertung der Beratung von Vertretern der kommunistischen- und Arbeiterparteien und der programmatischen Erklärung des Vorsitzenden des Staatsrates vom 4. 10. 1960 erfordert unter den jungen Christen besonders die Behandlung folgender Fragen:

- Die Macht des sozialistischen Lagers verbannt die Geißel des Krieges von unserem Erdball!

- Der Sieg des Sozialismus in der DDR verwirklicht die edlen Bestrebungen, für die die Besten der Menschheit kämpften:

Frieden und Freiheit, Humanität und Menschenwürde, Wohlstand und Glück, Fortschritt auf allen Gebieten der Wissenschaft, der Technik und der Kultur.

„Das Christentum und die humanistischen Ziele des Sozialismus sind keine Gegensätze."

- Der gemeinsame Feind der Christen und Atheisten ist der westdeutsche Militarismus.

- Jeder junge Christ hat in der DDR eine gesicherte Perspektive; denn nur die DDR ist der einzig rechtmäßige deutsche Staat und ihre Staatspolitik entspricht den Interessen des ganzen deutschen Volkes.

- Die FDJ als einheitliche sozialistische Jugendorganisation ist die Interessenvertreterin aller Schichten der Jugend.

Es kann nicht im Interesse unseres Verbandes liegen, den allgemein schwachen Einfluß der Religion auf die Arbeiterjugend durch eine falsche Aussprache zu beleben.
Es wird empfohlen, junge Arbeiter nicht als Christen anzusprechen. Vielmehr beschränken wir uns mit Aussprachen auf die aktiveren Kreise wie Theologiestudenten, junge Kirchenfunktionäre, Pfarrer usw., damit sie positiven Einfluß auf die anderen jungen Christen nehmen.

An den Theologischen Fakultäten sind keine Neugründungen von FDJ-Grundeinheiten vorzunehmen. Eine Auflösung der jetzt bestehenden erfolgt nicht.
Die Arbeit der FDJ-HSGL und der Bezirksleitungen muß darauf gerichtet sein, an diesen Fakultäten Aktive der politisch aktivsten Studenten zu schaffen und diese ständig zu festigen. Eine Schulung des Aktivs erfolgt außerdem in Winter- und Sommerlagern des Zenralrates der Freien Deutschen Jugend.

Das Sekretariat des Zentralrats unterstützt die Bildung des „Studentisch-theologischen Arbeitskreises zur Prager Christlichen Friedenskonferenz" als eine neue Form der Friedensarbeit.

Bei Sicherung des bestimmenden Einflusses der FDJ ist für diesen eine größere Massenbasis gegenüber den isolierten FDJ-Grundeinheiten gegeben.

Die Abteilungen Org.-Instrukteure und Studenten werten die Erfahrungen in Berlin aus und prüfen, inwieweit eine Übertragung auf andere Theologische Fakultäten möglich ist.
In der weiteren Entwicklung ist zu beachten, daß dieser Arbeitskreis weder ein Ableger der Studentengemeinde noch eine neue selbständige Organisation werden darf.

Gegenüber den bestehenden Einrichtungen der kirchlichen Jugendarbeit ergeben sich folgende Schlußfolgerungen:

1. Zur „Jungen Gemeinde" und zur katholischen „Pfarrjugend"

In der Führungstätigkeit ist deren Existenz und ihren Schwerpunkten Rechnung zu tragen. Alle Formen der Massenarbeit sind für die Gewinnung dieser Jugendlichen einzusetzen. Dabei verwenden wir nicht die Bezeichnungen „Junge Gemeinde" oder „Pfarrjugend", sondern sprechen direkt die Jugendlichen an.

Politische Aussprachen sind auf der Grundlage der gemeinsamen persönlichen Interessen und der Verantwortung für die Sicherung des Friedens und den Sieg des Sozialismus, gemeinsam mit anderen Jugendlichen des jeweiligen Bereiches zu führen.

Nach Möglichkeit sind durch den Staatsapparat und die Nationale Front mit den Pfarrern gesonderte Aussprachen zu führen, da es im Ergebnis unserer Arbeit nicht zu einem stärkeren Zusammenschluß der Jugendlichen um den Pfarrer, sondern um die FDJ kommen muß.

Allein die Zugehörigkeit von Mitgliedern des Verbandes zur „Jungen Gemeinde" oder „Pfarrjugend" darf kein Grund sein, sie von der Tätigkeit im Verband fernzuhalten!
Grundlage für ihre Tätigkeit ist die Bejahung des Status und aktive Mitarbeit.
Ebenso dürfen die religiösen Bindungen eines Jugendlichen kein Grund sein, ihm den Besuch der erweiterten Oberschule, der Fach- oder Hochschule zu verwehren.

2. Zur „Evangelischen Studentengemeinde" (ESG)

Mit der bisherigen unfruchtbaren Politik einer völligen Ignorierung ist Schluß zu machen. Ohne öffentliche Verwendung des Begriffes „ESG" ist die politische Differenzierung unter den dort zusammenkommenden Studenten bewußt und zielstrebig voranzutreiben.

Das erfordert die Teilnahme von Mitgliedern des FDJ-Aktivs der betreffenden Studieneinrichtung an Veranstaltungen der ESG, die von ihrer Themenstellung her unser politisches Auftreten ermöglichen.
Es ist dabei anzustreben, daß Glieder der ESG auch in wachsendem Maße an den vielseitigen Veranstaltungen der FDJ teilnehmen.

Einzelne Funktionäre des Verbandes sind zu beauftragen, mit positiven oder schwankenden, vor allem aber einflußreichen Studenten, ständigen individuellen Kontakt zu halten, um sie persönlich, vor allem ihre politische Auffassung und ihre Rolle in der ESG kennenzulernen. Das Ziel muß dabei sein, vor allem auf den Inhalt der Arbeit in der ESG selbst Einfluß zu nehmen sowie die Sicherung von Informationen.

Die Instrukteure für Kirchenfragen bei den Bezirksleitungen der FDJ gewährleisten persönlich eine rechtzeitige und umfassende Information über die Situation und die Entwicklung in der ESG selbst.
Die FDJ-Leitungen der Universitäten müssen einen ständigen Überblick über die Tätigkeit der ESG haben.
Im gesamtdeutschen Rahmen ist die Trennung der ESG in der DDR von den reaktionären Einflüssen aus Westdeutschland anzustreben (Lösung vom Vertrauensrat).

3. Die „Katholische Studentengemeinde" (KSG)

Die „KSG" spielt hinsichtlich der Zahl ihrer Glieder eine geringe Rolle, ist jedoch im Inhalt ihrer Arbeit ernst zu nehmen.
Sie wird stärker als die „ESG" von reaktionären Gremien des politischen Klerikalismus in Westdeutschland beeinflußt und arbeitet in der DDR vorwiegend konspirativ.

Es ist dementsprechend ein untragbarer Zustand, daß der Arbeit der „KSG“ in den vergangenen Jahren keine Aufmerksamkeit geschenkt wurde und keinerlei Informationen vorliegen. Die erste Aufgabe der nächsten Zeit besteht deshalb darin, einen konkreten Überblick über Inhalt und Methoden der Arbeit der „KSG“ zu erhalten. Verantwortlich dafür sind die Instrukteure für Kirchenfragen bei den Bezirksleitungen persönlich.

Beziehungen zu internationalen christlichen Organisationen

Eine allgemeine und stets gültige Richtlinie kann nicht fixiert werden. In jedem einzelnen Fall ist zu prüfen, inwieweit die konkrete Verbindung die internationale Autorität der FDJ stärken kann, ohne die kirchliche Jugendarbeit in der DDR zu aktivieren.

Voraussetzung für jeden praktischen Schritt ist die Erarbeitung einer Konzeption mit einer klaren politischen Zielstellung und die organisatorische Sicherung ihrer Durchsetzung.

Möglichkeiten für die Aufnahme internationaler Kontakte sind ferner dort gegeben, wo die jeweiligen Vertreter als Gäste des Zentralrats die Grundsätze der friedlichen Koexistenz öffentlich, auch vor jungen Christen, unterstützen.

Alle Versuche aber, unter Ausnutzung der FDJ, in der DDR eine diffamierende religiöse kirchenpolitische Propaganda zu treiben, sind strikt zu unterbinden.

Das Sekretariat des Zentralrats verweist darauf, daß in internationalen oder gesamtdeutschen Beziehungen keinerlei isolierte, selbständige Sonderaktionen einzelner Abteilungen des Zentralrates oder einzelner Bezirksleitungen gestattet sind.
Jede einzelne Maßnahme ist rechtzeitig mit den verantwortlichen Mitarbeitern der Abt. Org.-Instrukteure des Zentralrats zu vereinbaren und zu koordinieren.

AUFGABEN AUF DEM GEBIETE DES HOCHSCHULWESENS

In Auswertung der Ergebnisse des 6. Parteitages der Christlich-Demokratischen Union sind auf dem Gebiete des Hochschulwesens wichtige Maßnahmen durchzuführen, die in der Lage sind, die Position der christlichen Studenten an den Universitäten und Hochschulen in der Deutschen Demokratischen Republik genau zu bestimmen und die aktive Beteiligung der christlichen Studenten am sozialistischen Aufbau zu gewährleisten.

Dazu erscheinen für das nächste halbe Jahr folgende Aufgaben als notwendig:

1. Als Schwerpunkte der Arbeit unter den christlichen Studenten sind die Universitäten zu betrachten. Die Arbeit an den Technischen Hochschulen, Fachschulen usw. kann später intensiviert werden.
   An den Universitäten selbst müssen wiederum drei Schwerpunkte ins Auge gefaßt werden, von denen aus augenblicklich die Beeinflussung der christlichen Studenten am größten ist:
   a) Studentengemeinden;
   b) die kirchlich eingestellten Professoren;
   c) bis zu einem gewissen Grade die theologischen Fakultäten.

2. Die Arbeit an diesen Schwerpunkten muß nach 2 Seiten hin erfolgen:
   a) Diskussion mit den augenblicklichen Repräsentanten der christlichen Studenten, also z. B. den Vertrauensstudenten der Studentengemeinden, den Studentenpfarrern, den Fakultätsräten der theologischen Fakultäten, den Theologieprofessoren, den anderen christlichen Professoren, um ihre Argumente zu hören, sie entweder zu zerstreuen oder aber zu entlarven;

   b) Aufklärung der christlichen Studenten an allen Fakultäten, also Aufklärung der Glieder der Studentengemeinden, der Theologiestudenten und aufklärende Gespräche mit einzelnen Professoren mit dem Ziele, sie aus falschen Vorurteilen zu befreien und sie vor der Auslieferung an schädliche Theorien zu schützen.

3. Die CDU-Hochschulgruppen müssen in die Lage versetzt werden, das Zentrum für diese Arbeiten, für die Erfüllung dieser wichtigen

Aufgaben zu sein. Es ist notwendig, daß die Parteileitung für die Arbeit der Hochschulgruppen genaue Richtlinien sowohl ideologischer als auch organisatorischer Art, ausarbeitet. Damit die Hochschulgruppen in die Lage versetzt werden, diese Linie der Partei zu verwirklichen, müssen Maßnahmen nach zwei Seiten hin getroffen werden:

a) Ständige präzise Anleitung der Hochschulgruppenvorstände durch die Parteileitung;
b) ständige Fühlungsnahme mit den Hochschulgruppenleitungen der sozialistischen Einheitspartei und der Freien Deutschen Jugend.

Dem Sekretariat der Parteileitung wird deshalb vorgeschlagen:

a) Heinz-Wolfram Mascher mit Wirkung vom 1. November als Referenten für Hochschulfragen bei der Parteileitung anzustellen;
b) in der Parteileitung selbst eine Kommission zu bilden, die sich mit der Unterstützung des Hochschulreferenten befaßt und die aus den Unionsfreunden Wirth, Trebs, Dr. Alisch und Schöpf besteht;
c) eine Zusammenkunft von etwa 12 der besten Studenten, die unserer Partei angehören, mit Vertretern des Zentralkomitees der SED, des Zentralrates der FDJ und des Staatssekretariats für Hochschulwesen zu organisieren, auf der die Voraussetzungen für die Erfüllung unserer Aufgaben auf dem Gebiete des Hochschulwesens geschaffen werden.

4. In einzelnen Hochschulgruppen werden folgende Unionsfreunde beauftragt, Material über die Lage der christlichen Studenten ihren Universitäten zusammenzustellen und Vorschläge für die Verbesserung der Arbeit, wie sie bei einem ersten Überblick als richtig erscheinen, zu machen:
a) Harald-Dietrich K ü h n e in Halle;
b) Werner B e c k e r in Jena
c) Adolf N i g g e m e i e r in Leipzig;
d) Hubert F a e n s e n und Dieter B r u n n e m a n n in Berlin

In Rostock und Greifswald sind sofort neue Hochschulgruppenvorstände einzusetzen.

Die genannten Unionsfreunde werden beauftragt, sich einen kleinen Kreis von absoluter parteiergebenen Mitgliedern und Funktionären zu schaffen, der sie bei der Durchziehung der Linie der Partei unterstützt.

5. Der Referent für Hochschulfragen bei der Parteileitung wird beauftragt, sofort genaue Richtlinien für die Arbeit der Hochschulgruppen auszuarbeiten.

   In der ideologischen Diskussion werden vor allem folgende Fragen geklärt werden müssen:

   a) Verhältnis von Glaube und Wissenschaft;
   b) Zerfall der Bildung und des Bildungswesens in den kapitalistischen Ländern;
   c) Verhältnis zur Sowjetunion und zur Arbeiterklasse;
   d) die Prinzipien des Zehnmonatestudienjahres;
   e) Studentengemeinden und ihre Rolle an der Universität;
   f) Theologische Fakultäten.

   Im organisatorischen Teil der Richtlinien werden vor allem folgende Fragen zu klären sein:

   a) Verhältnis der Hochschulgruppen zur Parteileitung – Ergänzung der Satzung;
   b) Bildung eines politischen Führungskreises in den Hochschulgruppen;
   c) Fortführung der Aufklärungs- und Versammlungstätigkeit.

6 Das Sekretariat beauftragt die Unionsfreunde Trebs und Wirth, sofort ein Rüstzeug für christliche Studenten fertigzustellen, das in einer Auflage von etwa 3.000 Stück die unter Ziffer 5 angeführten Fragen beantwortet werden. Dieses Rüstzeug ist noch in diesem Jahr über alle Hochschulgruppen an den Universitäten zu vertreiben.

7. Das Sekretariat der Parteileitung beauftragt die Unionsfreunde Mascher, Trebs und Wirth in 3 großen Artikeln, die jeweils auf der 3. Seite des Zentralorgans erscheinen die Diskussion über diese Frage in die Partei und die Öffentlichkeit hineinzutragen. Von den Hochschulgruppenleitungen ist mit Unterstützung der Parteileitung eine große Diskussion über diese Fragen zu organisieren.

   Im Zentralrat der FDJ wird der Vorschlag gemacht, im „Forum" ebenfalls eine Reihe solcher Artikel erscheinen zu lassen. Über Form und Inhalt dieser Artikel müßten noch genauere Verhandlungen geführt werden.

8. An den Universitäten selbst scheinen folgende Maßnahmen notwendig:
   a) Bildung von Zirkeln christlicher Studenten in loser Form, in denen im Anschluß an die Veröffentlichung der unter Ziffer 7. und 6. genannten Publikationen eine Diskussion möglich ist, die Erfolg versprechend ist;
   b) Erklärungen von Vertretern der FDJ auf Fakultätsvollversammlungen bzw. in den Seminargruppen über das Verhältnis der FDJ zu den christlichen Studenten; auf Vollversammlungen sollten Vertreter der SED und der CDU vorher genau abgesprochene Erklärungen abgeben;
   c) zu einem späteren Zeitpunkt gut organisierte öffentliche Versammlungen oder (beispielsweise an theologischen Fakultäten) Vorlesungen über den Christlichen Realismus von führenden Vertretern des wissenschaftlichen Arbeitskreises bei der Parteileitung der CDU durchzuführen;
   d) im Zusammenhang mit den gesellschaftswissenschaftlichen Vorlesungen (und zwar im Zusammenhang mit der Behandlung des dialektischen Materialismus) gesellschaftswissenschaftliche Behandlung des Themas „Marxismus und Religion", insbesondere nach den beiden Aufsätzen Lenins über diese Frage und nach der Sowjetenzyklopädie, Kapitel „Religion und Kirche in der UdSSR".

9. Gespräche mit den Studentenpfarrern, und zwar sowohl von Vertretern der Hochschulgruppen selbst, als auch von Vertretern der Parteileitung. Gleichzeitig Einladung aller Vertrauensstudenten der Studentengemeinden zu einem Gespräch mit CDU, FDJ und Staatssekretariat für Hochschulwesen.

   In der Zeit der Durchführung dieser Gespräche werden von den Hochschulgruppenleitungen unserer Partei die positiven Glieder der Studentengemeinden festgestellt und erste Gespräche mit ihnen geführt. Dabei ist besonders darauf zu achten, daß die Glieder der Studentengemeinde, die unserer Partei angehören, entweder als Vermittler gewonnen werden oder selbst innerhalb der Studentengemeinde für die Einleitung eines solchen Gespräches sorgen.

   Nicht unbeachtet bleiben dürfen Gespräche mit der Kirche über die Frage der Studentengemeinde. Beispielsweise bereitet die Synode der Thüringischen Landeskirche nach unseren Informationen einen Beschluß vor, wonach die Studentengemeinden einer bestimmten Kirche an der Universitätsstadt angeschlossen werden sollen.

10. Das Sekretariat der Parteileitung beauftragt Unionsfreund Trebs, ein ausführliches Memorandum mit konkreten Vorschlägen auszuarbeiten hinsichtlich der Herausnahme der theologischen Fakultäten aus dem Verband der Universität.

    Das Sekretariat der Parteileitung beauftragt die Kirchenabteilung

    a) sofort die gebildete Kommission „theologische Fakultäten" einzuberufen und
    b) eine Konferenz mit Theologieprofessoren vorzubereiten – diese allerdings erst zu einem späteren Termin.

    Das Sekretariat unterbreitet den Vorschlag, eine aus Vertretern des ZK der SED, des Hauptvorstandes der CDU, des Zentralrats der FDJ und des Staatssekretariats für Hochschulfragen bestehende Kommission zu bilden, die den Aufbau der kirchlichen Akademie vorbereitet.

11. Das Sekretariat beauftragt die Presseabteilung, die Kirchenabteilung und das Referat für Hochschulfragen eine Kampagne gegen schädliche Theorien, die in den Hochschulgruppen zum Teil vertreten werden und unter den christlichen Studenten verbreitet sind, zu beginnen und außerdem das Material über die Lage der kirchlichen Akademie in der Volksrepublik Ungarn zu publizieren.

12. Das Hochschulreferat wird beauftragt im Zusammenhang mit der Festigung der Hochschulgruppen reaktionäre Elemente aus den Hochschulgruppen zu entfernen und die Hochschulgruppenleitungen zur Wachsamkeit zu erziehen.

13. Der Tätigkeit der katholischen Akademie in Erfurt ist größere Aufmerksamkeit durch das Hochschulreferat zu widmen.

14. Das Sekretariat beauftragt das Hochschulreferat und die Schulungsabteilung der Parteileitung mit der Vorbereitung eines Kurzlehrganges für Studenten im Dezember dieses Jahres zu beginnen, auf dem 30 Studenten unserer Partei für die Erfüllung dieser Spezialaufgabe ausgebildet werden.

15. Als Perspektivplan ist eine Konferenz christlicher Studenten auf breitester Basis im März nächsten Jahres vorzubereiten, die unter dem Thema stehen soll: „Die Rolle der christlichen Studenten beim sozialistischen Aufbau".

DOKUMENT 26

24. September 1958
Az.: 20.62.66
Sche/Mö.
Tgb.Nr. 1766/58

Hauptverwaltung Deutsche Volkspolizei
- Abt. Erlaubniswesen -

An die
Bezirksbehörde Deutsche Volkspolizei
- Abt. Erlaubniswesen -

16 Ausfertigungen
16. Ausfertigung

1 - 14 u. PdVP Berlin

Betr.: Katholischer Studententag in Berlin

In der Zeit vom 10. - 13.8.1958 fand in Westberlin der 12. Katholische Studententag statt.

Die verantwortlichen Stellen der katholischen Kirche hatten gegenüber den zuständigen Organen der Deutschen Demokratischen Republik ausdrücklich erklärt, dieser Studententag sei ausschließlich eine Angelegenheit des Westens und kein Student der DDR nehme daran teil.

Wie festgestellt wurde, waren aber, trotzdem von den zuständigen staatlichen Stellen keine Genehmigungen zur Teilnahme an diesem Katholischen Studententag in Westberlin erteilt wurden, und entgegen allen Abmachungen mit der katholischen Kirche, ca. 200 Studenten aus der DDR anwesend.

Von seiten der katholischen Kirche waren starke Sicherungsmaßnahmen getroffen worden, damit kein Fremder die Veranstaltungen besuchen konnte.

Das Treffen der katholischen Studenten hatte das Ziel, die Studenten für eine weltanschauliche Auseinandersetzung zu aktivieren.
Man versuchte, die Studenten theoretisch zu schulen und für eine ideologische Diversionstätigkeit in der DDR zu beeinflussen.

Die Sicherungsmaßnahmen der katholischen Kirche während der Veranstaltungen lassen darauf schließen, daß es hinter den Kulissen Aussprachen gab, die nicht offiziell bekannt werden durften.

In der Anlage werden den betreffenden Bezirksbehörden Listen von Teilnehmern des Katholischen Studententages bzw. von solchen Personen übersandt, von denen den Umständen nach angenommen werden muß, daß sie daran teilgenommen haben.

Diese Listen sind im Bezirk in Verbindung mit den staatlichen Organen und mit der Partei auszuwerten.

Anlage

Leiter der Abteilung Erlaubniswesen
I.V. *(Unterschrift)*
(Hötling)
Major der VP

Berlin, den 13. August 1958

Einschätzung des 12. Katholischen Studententages in Berlin vom 10. - 13. August 1958 in der Kongreßhalle (W-Berlin)

= =

Dieser Katholikentag für Studenten wurde von den Stellen der Katholischen Kirche der Regierung der DDR gegenüber solange geheim gehalten, bis Maßnahmen der Regierung das Lokalkomitee des Katholikentages dazu zwangen, mit der Regierung eine Aussprache zu führen. Dabei betonte Prälat Zinke ausdrücklich, daß der Studententag ausschließlich eine Angelegenheit des Westens sei, und daß kein Student der DDR daran teilnehmen würde. Er wurde darauf verwiesen, daß entsprechend den Anordnungen des Staatssekretärs für Hochschulwesen eine Genehmigung für den Besuch von Veranstaltungen durch Studenten in Westberlin vorliegen muß. Um unnötige Schwierigkeiten zu vermeiden, wurde die Anreise jugendlicher Teilnehmer erst ab 13. 8. gestattet. Alle Vorstöße des Prälaten Zinke, die Anreise schon vom 10. 8. 1958 zu gestatten, wurden abgelehnt.

Weiterhin wurde mit der VP vereinbart, daß anreisende Studenten wieder nach Hause geschickt würden.
Bei der Rückkehr nach dem Katholikentag soll besonders bei den Jugendlichen und Studenten auf etwaiger Einfuhr illegaler Druckerzeugnisse geachtet werden.

Die katholische Deutsche Studenteneinigung

Die KDSE wurde am 24. März 1947 in Limburg/Lahn gegründet. Bereits 1 Jahr vorher wurde auf einem Treffen in Hardehausen/Westfalen ein Grundgesetz angenommen, das feststellte, daß eine katholische Akademikerschaft gebildet werden sollte, die in möglichster Breite die fortschreitende Sekularisierung aller Lebensbereiche eindämmen soll.
Die Studentengemeinden vermeiden eine straffe Organisation und bilden lockere Arbeitsgemeinschaften. Sie sind aber in Gruppen zusammengefaßt. 65 Studentengemeinden in 7 Regionen bilden die gesamte KDSE. Das Sekretariat der KDSE befindet sich in Bonn, Kölnstr. 101.
Jedes Jahr wird ein Kath. Deutscher Studententag durchgeführt. In den Jahren, in denen ein Katholikentag stattfindet, wird der Studententag

so gelegt, daß die Studenten im Anschluß an ihr Treffen am Katholikentag teilnehmen.

Das diesjährige Treffen der kath. Studenten an dem entgegen den Abmachungen ungefähr 200 Studenten aus der DDR teilnahmen (1956 in Köln waren es ca. 400 Studenten aus der DDR), hatte das Ziel, die Studenten für eine weltanschauliche Auseinandersetzung zu aktivieren. Es ist genau wie der Katholikentag eine Einrichtung zur gegnerischen politischen Beeinflussung der Bürger der Deutschen Demokratischen Republik.

Maßnahmen in den Bezirken der Republik haben trotz der Ferienzeit erwirkt, daß die Beeinflussung der kath. Studenten seitens der Kath. Kirche sie zur Teilnahme zu bewegen, wesentlich weniger Erfolg hatte, als in den vergangenen Jahren.

Mit einem großen Aufwand an Material und breiter Darlegung der imperialistischen Theorie wird eine Kampagne gegen den sozialistischen Staat vorbereitet. Waren auch die offenen politischen Provokationen geringer als vor 4 Jahren beim katholischen Studententag, so wurde diesmal eine wesentlich größere Aktivität auf die Verbreitung reaktionärer unwissenschaftlicher Lehren verwandt. Der politische Klerikalismus führt seinen Angriff diesmal nicht frontal, sondern versucht durch die ideologische Unterwanderung Einfluß zu gewinnen.
Aus der Erkenntnis, daß die Erziehung der Menschen zum sozialistischen Bewußtsein das Hauptkettenglied in der jetzigen Periode ist, versucht die kath. Kirche dieser Entwicklung durch ihre bürgerliche Theorie zu paralysieren.
Gleichzeitig will man den Bürgern der DDR, die sich in der Deutschen Demokratischen Republik mit Problemen des wissenschaftlichen Sozialismus auseinandersetzen müssen, schriftlich und mündlich Antworten für die Diskussion gegen den Arbeiter- und Bauern-Staat geben. Das ist besonders nach den Ergebnissen und Beschlüssen des V. Parteitages der SED deutlich, denn die Argumentation der Katholiken liegt auf den Gebieten der Erkenntnistheorie, der Ethik und Moral und Gesellschaftswissenschaften.
Dabei versucht die kath. Reaktion vor allem die Studenten auf dem Studententag theoretisch zu schulen und für eine ideologische Diversionstätigkeit in der DDR zu beeinflussen.

Deshalb hatte auch der Klerus strenge Sicherungsmaßnahmen für die Studenten aus der DDR angeordnet, so daß es nicht möglich war, daß andere interessierte Studenten an den Veranstaltungen, auch den offiziellen, teilnehmen. Die Studenten wurden immer wieder durch kath. „Vertrauensleute" aufgefordert, wachsam zu sein und sich von denjenigen, die nicht bekannt sind, fernzuhalten und diese aus den Veranstaltungen zu entfernen, was auch in einigen Fällen geschah, wo es möglich gewesen war, in offizielle Tagungsstätten zu gelangen.

Die Sicherungsmaßnahmen lassen darauf schließen, daß es hinter den Kulissen Aussprachen gab, die nicht offiziell bekannt werden durften. Das Auftreten von Männern, wie Gypkens, der in seinem letzten Referat auf den Kongreß „Kirche in Not" gegen die Sowjetunion auftrat und auch diesmal wieder aggressiv gegen den Marxismus zu Felde zog und die offenen Angriffe des westberliner Studentenpfarrers Szydzik, der die Studenten dazu aufrief, nicht nur zu beten, sondern die Gebete in die Tat umzusetzen, beweist den Charakter dieses Treffens.
Die starken Sicherungsmaßnahmen zeigen auch, daß sich die Leitung des Studententages darüber klar war, daß sie die Studenten der DDR zu Gesetzeswidrigkeit verleiten. Insgesamt nahmen ungefähr 2000 - 2500 Studenten am Studententag teil. Ungefähr 200 waren Bürger der DDR. Teilnehmer aus der DDR.
Außerdem muß man sagen, daß alle Maßnahmen darauf hin deuteten, daß das Treffen gegen jeden Einfluß von Außen abgesichert werden sollte, um in aller Ruhe die Pläne zur politischen Aggression festzulegen.

<u>Folgerungen</u>

An den Hochschulen und Universitäten, von denen Studenten am Studententag teilgenommen haben, muß durch die politische Massenarbeit eine Verbesserung des Einflusses der sozialistischen Ideologie erreicht werden.
Das Staatssekretariat für Hochschulwesen muß entsprechende Informationen und Argumentationen an die Universitäten herausgeben.
Entsprechend des Schwerpunktes der Konzentration von katholischen Studenten an der TH Dresden und der Fachschule für Chemiker in Meiningen sollte auf diese Ausbildungsstätten besonderes Schwergewicht gelegt werden.
Gleichzeitig soll man bewußte Feinde der Arbeiter- und Bauernmacht im Laufe der Auseinandersetzung entlarven, und von den Universitäten und Hochschulen verweisen.

DOKUMENT 27

Berlin, den 12.8.1958

Informationsbericht über den zweiten biblischen Arbeitskreis am 12. 8. um 11,00 Uhr im Frauenbundhaus Charlottenburg, Wundstr. 42

Teilnehmer cirka 200 Personen, davon cirka 30 - 40 Westdeutsche.
Referent: der gleiche wie am Tage zuvor.
Thema: „Ihr habt den Sieg über die Welt schon j e t z t errungen"

Der Referent ging noch einmal auf das Thema vom Vortag ein, brachte aber keine neuen Gesichtspunkte.
In seinen Ausführungserläuterungen der Redner bestimmte Teile aus dem 1. Johannesbrief, wie z. B.
„Glaubt nicht an jeden Geist, es sind viele falsche Propheten in dieser Welt." Das Kennzeichen für den echten Christen ist die Aberkennung des Gottes - und Menschsein Christi.
Man darf nicht alles Gesagte anstandslos hinnehmen.
Mit der Welt darf man nicht paktieren, sondern muß seinen Glauben in der Welt aktiv vertreten.
In diesem Zusammenhang sprach er vom Martyrium. Er behauptete, daß das Martyrium derjenigen, die heute für ihren Glauben eingekerkert seien – Gläubige Christen würden fast immer nur ihres Glaubens wegen eingekerkert, auch wenn die Urteilsbegründung keine religiösen Motive enthält, – viel höher einzuschätzen ist, als das der alten Märtyrer, die unter freiem Himmel in aller Öffentlichkeit für ihren Glauben gelitten haben. Er betonte weiterhin, daß es auch viel schwerer sei, den Einflüssen der Welt täglich zu widerstehen, keine Kompromisse einzugehen, sich von der Welt fernzuhalten, als schlechthin dem Feind als Gläubiger entgegenzutreten.
Der Beifall wurde in studentischer Manier durch Füße schnurren und Klopfengeben.
Außer einem Hinweis, auf eine abends in diesem Raum stattfindende Filmvorführung „Das Wunder von Fatima" erfolgte nur noch die interne Auskunft, daß sich alle Interessenten um 20,00 Uhr an der Gedächtniskirche treffen sollten.
Das war der letzte Bibelkurs der Studenten aus der DDR. Dann fuhren die Teilnehmer in drei BVG Sonderbussen in die Deutschlandhalle zum Essen.

gez. Wilke

DOKUMENT 28

S a t z u n g
der Katholischen Studentenseelsorge
in L e i p z i g

Seit dem Jahre 1921 werden die katholischen Studenten der Leipziger Hoch- und Fachschulen durch einen eigens dafür beauftragten Geistlichen seelsorglich betreut. Die langbewährten Grundsätze der Studentenseelsorge und die für den hauptamtlichen Seelsorger erforderlichen Regelungen fassen wir hiermit zusammen und approbieren sie als Satzung

der Katholischen Studentenseelsorge
in L e i p z i g

1. Kirchlicher Schutzpatron der Katholischen Studentenseelsorge in Leipzig ist der hl. Thomas Morus.

2. Die Katholische Studentenseelsorge in Leipzig hat die Aufgabe, die zu ihr gehörenden Studenten der Leipziger Hoch- und Fachschulen in der ihnen eigenen Weise kirchlich zu beheimaten und für sie religiös Sorge zu tragen.

   Alle katholischen Studenten faßt sie zu einer Gemeinschaft zusammen, die den Namen Studentengemeinde trägt.

   Über Leipzig hinaus hat sie die Aufgabe, die kirchliche Beheimatung der Studenten der übrigen Hoch- und Fachschulen im Bereich der Archipresbyterate Leipzig, Altenburg, Gera und Hubertusburg durch Hilfe und Anregung zu unterstützen und zu fördern.

3. Die Katholische Studentenseelsorge in Leipzig steht unter der Leitung eines Welt- oder Ordenspriesters, der den Titel Studentenpfarrer trägt. Er wird vom Bischof von Meißen ernannt.

   Die Dienstaufsicht über die Studentenseelsorge und den Studentenpfarrer in Leipzig übt der Erzpriester des Archipresbyterates Leipzig im Rahmen seiner Aufgaben.

4. Der Studentenpfarrer vertritt die Katholische Studentenseelsorge in Leipzig nach innen und außen. Er beruft und entläßt selbständig seine Mitarbeiter. Soweit es sich um hauptamtliche Mitarbeiter handelt, bedarf er dazu der Genehmigung des Bischöflichen Ordinariates.

5. Die Finanzierung der Katholischen Studentenseelsorge in Leipzig erfolgt über den jährlichen Haushaltplan und die Jahresrechnung. Der Studentenpfarrer stellt den Haushaltplan auf und reicht ihn dem Bischöflichen Ordinariat zur Genehmigung ein. Ebenso reicht er die Jahresrechnung zur Richtigsprechung und Entlastung ein.

6. Der Studentenpfarrer erstattet dem Bischöflichen Ordinariat am Ende jedes Studienjahres einen Bericht über die Katholische Studentenseelsorge in Leipzig.

7. Diese Satzung hat Wirksamkeit vom 1. Juni 1958 an.

Bautzen, den 29. Mai 1958

+Otto

Apostolischer Administrator
des Bistums Meißen

DEKRET ÜBER DIE HOCHSCHÜLERSEELSORGE IN DRESDEN

Im Einvernehmen mit dem Erzpriester und den Pfarrern des Archipresbyterates Dresden wird mit Wirkung vom 20. Mai 1954, die bis dahin nebenberuflich geübte katholische Hochschülerseelsorge in Dresden von einem dafür hauptamtlich angestellten Seelsorger ausgeübt:

Statut für die katholische Hochschülerseelsorge in Dresden.

Die Seelsorge an den katholischen Hochschulangehörigen in Dresden wird von dem „Seelsorgeamt für katholische Hochschüler" geübt. Sein Sitz ist in Dresden A 27, Eisenstuckstraße 27, sein Schutzpatron ist der heilige Thomas von Aquin.

Zuständigkeit

Die Hochschülerseelsorge erstreckt sich auf alle katholischen Angehörigen von Hoch- und Fachschulen in Dresden, seien sie Hörer oder Lehrer derselben, sowie auf die in Dresden ansässigen Altakademiker auch anderer Hochschulen.

Sie stellt aber keine Personalpfarrei dar, arbeitet vielmehr ausdrücklich darauf hin, daß die von ihr betreuten Jung- und Altakademiker den Kontakt mit der Heimatpfarrei bewahren, bzw. aktiven Anschluß an ihre Wohnsitzpfarrei gewinnen. Sie ist somit weder auf dem Gebiete der Sakramentenspendung, insbesondere der Trauung, noch auf den gottesdienstlichen Funktionen für Pfarramt zuständig, noch hat sie das Recht der Matrikenführung. Dementsprechend obliegt dem Stelleninhaber auch keine Applikationspflicht, wenngleich es ihm angelegentlich empfohlen bleibt, häufig für die ihm Anvertrauten die hl. Messe zu applizieren.

Aufgabe

Aufgabe der Hochschülerseelsorge ist die religiöse Belehrung und die Pflege des religiösen Lebens, des Sakramentenempfangs, der Sonntagsheiligung, des Verantwortungsgefühls, des apostolischen Geistes, der pietätvollen, aus innerster Überzeugung entspringenden Achtung vor der Autorität der Kirche und des Bewußtseins, vorbildlich allen Ständen voranzuleuchten.

Seelsorgliche Mittel

Sie erstrebt die Erfüllung dieser Aufgabe durch das Bemühen, die ihr Anvertrauten zu der traditionell sogenannten „Studentengemeinde" zusammenzuschließen und sie in geeigneter Weise seelsorglich zu betreuen, insbesondere durch akademischen Gottesdienst, durch die wöchentliche, mit Predigt gehaltene Studentenmesse, durch den wöchentlichen Hauptkreis und durch Nebenkreise nach Bedarf für spezielle Interessenten, durch eine kirchliche Bücherei, durch akademische Aussprachetage, Werkwochen, geschlossene Studentenwochen, Exerzitien, Pflege katholischer Geselligkeit usw.

Ergänzt wird diese Arbeit durch die planmäßig geförderte Teilnahme an entsprechenden pfarrlichen oder überpfarrlichen Veranstaltungen, insbesondere an denen des Katholischen Bildungswerkes und der Caritas.

Seelsorger

Die Bestellung für die hauptamtliche Hochschülerseelsorge in Dresden erfolgt durch den Bischof.

Der Inhaber der Stelle führt die Dienstbezeichnung „Studentenpfarrer".

Ihm obliegen die Hochschülerseelsorge in Dresden, die Mithilfe in der Hochschülerseelsorge anderer Städte des Bistums, die Teilnahme an den Tagungen der Studentenseelsorger im Rahmen der gegebenen Studenteneinigungen. Soweit das diese Aufgaben erlauben, übernimmt er auch gelegentliche Aushilfe und Vertretungen in der Dresdener Pfarrseelsorge.

Er bezieht ein Gehalt, wie es nach der Besoldungsordnung des Bistums Meißen einem Pfarrer der entsprechenden Dienstaltersstufe zusteht.

Wirtschaftsführung

Alle Einnahmen und alle personellen wie sächlichen Ausgaben, die das Seelsorgeamt für katholische Hochschüler auf Grund der im Rahmen seines Auftrags geübten Tätigkeit hat, sind in einem Haushaltplan zu erfassen. Am Schluß des Jahres ist über die Einnahmen und Ausgaben unter Beifügung der Unterlagen Rechnung zu legen.

Dienstaufsicht

Seelsorgeamt und Seelsorger unterstehen der unmittelbaren Dienstaufsicht des Bischöflichen Ordinariats, das seine Aufsichtsbefugnisse in der Regel durch den Erzpriester des Archipresbyterates Dresden als seinen ständigen Beauftragten übt.

DOKUMENT 30

DIENSTANWEISUNG FÜR HOCHSCHUL-SEELSORGE

Der graduelle Abstand der heutigen Hochschulen von den Universitäten und Techn. Hochschulen vor 1933 in lehrzielmäßiger, methodischer und personeller Hinsicht erfordert heute eine Hochschulseelsorge, die wesentliche Züge mit der Jugendseelsorge im Allgemeinen gemeinsam hat. Sie muß darauf Rücksicht nehmen, daß

1. der Begriff der akademischen Freiheit verloren gegangen ist und der Student ein einfacher Lernender im Maßstab früherer Mittelschulen ist
2. die akademischen Sitten und Gebräuche nahezu unbekannt sind
3. die universale Allgemeinbildung zugunsten der Fachausbildung preisgegeben worden ist
4. die ideologischen Einwirkungen die Studenten zu Kompromissen veranlassen, die die Gewissen irritieren.

Frühere Hochschulseelsorge konnte sich auf einige Veranstaltungen wie akademische Gottesdienste, Beichtgelegenheit, akademische Bonifatius- u. Vinzenz-Zirkel beschränken.
Heutige Hochschulseelsorge verlangt eine totale seelsorgliche Betreuung der Studenten, die auch eine möglichst vollzählige Erfassung anzustreben hat.
Hierfür ist ein Sekretariat erforderlich, das die Unterlagen beschafft, die Kartothek führt, die Werbung betreut, den Caritashilfsdienst in die Wege leitet, den Schriftverkehr abwickelt. Der Hochschulseelsorger ist verantwortlicher Chef des Sekretariats. Seine besonderen Obliegenheiten dürften folgende sein:

1. akademische Gottesdienste
2. Beichtgelegenheit
3. Einkehrtage u. Exerzitien
4. Seelsorgl. Einzelberatung
5. Religionsvorlesungen u. Glaubensstunden
6. Caritative Betreuung
7. Zirkeltätigkeit:
   a. akad. Bonifatiuseinigung
   b. akad. Vinzenzkonferenz
   c. akadem. Bibelkreis
   d. akad. Aussprachekreis
   e. akad. Singekreis

8. religions- u. kunstgeschichtliche Fahrten und Führungen
9. Wallfahrten
10. Werkwochen.

Darüber hinaus muß der Hochschulseelsorger bemüht bleiben, die Studenten an das in der Erwachsenenbildung und in den Veranstaltung der Pfarreien der Hochschulstadt sichtbar werdende religiös-kulturelle Leben heranzuführen und sie vor einer geistig u. sozial nicht vertretbaren Isolierung zu bewahren.
Die Verbindung mit den Heimatseelsorgern der Studenten wird gepflegt werden müssen, um aus der Kenntnis des Heimatmilieus ein besseres Gesamtbild der geistigen Entwicklung der Studenten zu erhalten.
Dem sittlichen Niveau der Studenten mit Einschluß des gesellschaftlichen Verkehrs der katholischen Studenten und Studentinnen untereinander wird er besondere Aufmerksamkeit widmen müssen. Mit den Studentengemeinden anderer Hochschulen wird ein angemessener Verkehr und Austausch gepflegt und im Bistumsmaßstab gelegentlich größere gemeinsame Veranstaltungen durchgeführt werden müssen. Zu empfehlen wäre auch, Einfluß auf die Freizeitgestaltung in den studentischen Erholungsheimen, etwa Gaußig, zu gewinnen.

29.1.54

DOKUMENT 31

SEELSORGEAMT für kath. HOCHSCHÜLER
Pfarrer Dr. Baum
D r e s d e n A 27, Eisenstuckstr. 27
Fernspr. 43 731

November 1955

2.11.	Mi	E	Arbeitsplan-Besprechung
4.11.	Fr		Geselliger Abend im Gemeindesaal der Kath. Kirche F r e i t a l , Johannesstr. 2
7.11.	Mo	B	Versammlung der Studentengemeinde. Hl. Messe, Vortrag von Dr. Baum „Die Dresdener Gemälde-Galerie" (mit Lichtbildern). Aussprache
10.11.	Do	E	Kunst-Kreis
11.11.	Fr	E	Philosophie-Kreis
14.11.	Mo	B	Versammlung der Studentengemeinde, Hl. Messe, Vortrag von Dr. Baum „Der Primat der Liebe", Aussprache
16.11.	Mi	E	Freundeskreis ehemaliger Angehöriger der Dresdener Studentengemeinde
17.11.	Do	E	Vinzenz-Kreis
18.11.	Fr	E	Sing-Kreis
20.11.	So		AKADEMISCHER GOTTESDIENST Hofkirche 9.30 Uhr
21.11.	Mo	B	Versammlung der Studentengemeinde. Hl. Messe, Vortrag von Herrn W. Merz „Das Antlitz des Menschen in der modernen Malerei (mit Lichtbildern) Aussprache
24.11.	Do	E	Kunst-Kreis
25.11.	Fr	E	Philosophie-Kreis
28.11.	Mo	B	Versammlung der Studentengemeinde. Hl. Messe, Vortrag von Dr. Baum „Private und liturgische Frömmigkeit". Aussprache

---

Beginn 19.00 Uhr

B = Bernhardstr. 42 E = Eisenstuckstraße 27

Alle katholischen Studierenden der Dresdener Hoch- und Fach-Schulen sind herzliche eingeladen, Gäste nach Anmeldung willkommen.

Programm f. d. einzelnen Studentengemeinden

P a t r o n a t s f e s t
der Katholischen Studentengemeinde Leipzig
29. Oktober - 31. Oktober 1960

Samstag, 29. 10. Exkursion nach ~~Leisnig~~ Merseburg, Abf. 7.15 Uhr

Sonntag, 30. 10.

~~9.00~~ 9.30 h Hl. Messe in der St. Bonifatiuskirche, S 3, Biedermannstr.

nach dem gemeinsamen Frühstück im Bischof-Petrus-Haus, Prinz-Eugen-Str. 28, Festakademie. [Festrede über] "Eucharistie und Gemeinschaft" (Bischöfl. Rat J. Gülden)

[15.30 h Forumgespräch]

[19.00 h Bunter Abend im Pfarrheim der St. Georgsgemeinde, N 22, Hoeppnerstr. 17]

Montag, 31. 10.

9.00 h Hochamt in der St. Bonifatiuskirche

10.30 h Vortrag: "Angst vor der Technik?" (Dipl. biol. Roland Antkowiak - Görlitz)

16.00 h Klavierkonzert mit Werken von Schumann und Chopin (Prof. Amadeus Webersinke)

[19.00 h Festlicher Ausklang]

Das Eingeklammerte nicht mit auf den Aushang schreiben!

Vielen Dank!

DOKUMENT 33

K A T H O L I S C H E   S T U D E N T E N G E M E I N D E
Leipzig W 33, Karl-Heine-Straße 110   Ruf 42905

S e p t e m b e r   1 9 5 8

	Feierlicher Beginn des Semesters:
	S E M E S T E R E R Ö F F N U N G S G O T T E S D I E N S T
	Freitag, d. 26. 9., 19.30, Universitätskirche (Choralamt)
Akademischer Gottesdienst:	Sonntag, d. 21. 9., 11.30, Universitätskirche
Gemeinschafts-messe:	Freitag, d. 19. 9., 6.00, Universitätskirche
Offene Abende:	Dienstag,d. 23. 9., 19.30, Elsterstraße 15 "Der 78. Deutsche Katholikentag"(mit Lichtbildern), Bericht von H. Prof. Dr. Hermann Hoffmann, Leipzig
	Dienstag,d. 30. 9., 19.30, Elsterstraße 15 "Die neuen Schriftfunde vom Toten Meer. Fragen an Christus und an das Christentum" Studentenpfarrer Wolfgang Trilling
Bibelkreis:	Lesung der Bergpredigt (14 tägig) Studentenpfarrer Wolfgang Trilling 1. Abend: Freitag, d. 3. 10., 19.30, Friedrich-Ebert-Straße 91
Sprechstd.d. Stud.pfr.:	Jeden Dienstag von 16.00-18.00 (außer 16.9.), sonst nach Vereinbarung.

KATHOLISCHE STUDENTENGEMEINDE
LEIPZIG
W 33, KARL-HEINE-STRASSE 110 · TELEFON 42905/41750
C 1, FRIEDRICH-EBERT-STRASSE 91

Oktober 1958

Akademischer Sonntag	Sonntag, d. 12.10.,Beginn mit der hl. Messe 9.15 Wiesenstr.8
Akademischer Gottesdienst	Sonntag, d. 19.10.,11.30, Universitätskirche
Gemeinschafts-messe	Jeden Freitag 6.00, Universitätskirche
Offene Abende	Dienstag, d. 7.10.,19.30, Elsterstr.15 "Anruf und Sendung. Die Thematik des Katholikentages" (Herr W. Brüntrup, Leipzig) Dienstag, d. 14.10., 19.30, Elsterstr.15 "Die Antwort des hl. Franz v. Assisi" (Herr Kaplan Franz Peter Sonntag, Leipzig) Dienstag, d. 21. 10.,19.30, Elsterstr.15 "Theologie der Willensfreiheit"(P.R.Ortmeyer.OP) Dienstag, d. 28.10.,19.30, Elsterstr.15 "Was ist der Mensch?" (Regens Dr. Paul Nordhues, Huysburg)
Bibelkreis	Freitag, d. 3. und 17. 10. 19.30, Friedr.Ebertstr.91 Lesung der Bergpredigt
Sprechstd. d. Stud.pfr.	Dienstags 16-18,Friedr. Ebertstr. 91 od. n. Vereinbar.
Voranzeige	Patronatsfest v. 30.10. abends bis 2.11. siehe Sonderaushang

Das Studium an der Technischen Universität Dresden, der größten akademischen polytechnischen Bildungsstätte der Deutschen Demokratischen Republik, ist eine hohe Auszeichnung und ein ehrenvoller gesellschaftlicher Auftrag.

VERPFLICHTUNG

Ich verpflichte mich, mein Studium an der Technischen Universität Dresden zum Nutzen der Deutschen Demokratischen Republik durchzuführen, mir ein Höchstmaß an Wissen und Können anzueignen und nach den Grundsätzen der sozialistischen Ethik und Moral zu leben.

Ich verpflichte mich, die Gesetze und Anordnungen unseres Arbeiter-und-Bauern-Staates und die Universitätsbestimmungen gewissenhaft einzuhalten, alle mir erwachsenen Pflichten zu erfüllen, am sozialistischen Aufbau unserer Republik tatkräftig mitzuarbeiten und für deren Schutz aktiv einzutreten.

Ich verpflichte mich, nach Abschluß des Studiums unserem sozialistischen Staat treu zu dienen und am gesellschaftlichen und wirtschaftlichen Aufbau mitzuwirken. Ich betrachte es als meine Pflicht, nach Beendigung des Studiums dort tätig zu sein, wo für unsere Deutsche Demokratische Republik der größte Nutzen zu erreichen ist.

Mit Empfang des Studentenausweises ist der Studierende an der Technischen Universität Dresden immatrikuliert. Durch die Annahme dieses Dokuments verpflichtet sich der Student zur Anerkennung der Studienordnung der Technischen Universität Dresden.

Teil I

Erziehungs- und Bildungsziel

Die weitere Durchführung des Gesetzes über das einheitliche sozialistische Bildungssystem bei der Gestaltung des entwickelten gesellschaftlichen Systems des Sozialismus in der Deutschen Demokratischen Republik, die Entwicklung der Wissenschaften, der Technik und der Volkswirtschaft und die komplexe sozialistische Rationalisierung stellen erhöhte Anforderungen an die Ausbildung und Erziehung der Studenten.

Die Technische Universität Dresden hat die Aufgabe, sozialistische Ingenieure, Mathematiker, Naturwissenschaftler, Gesellschaftswissenschaftler, Ingenieur-Ökonomen, Ingenieur-Pädagogen und Forstingenieure auszubilden und zu erziehen, die in der Lage sind, die Wissenschaften zum Nutzen der Deutschen Demokratischen Republik und der sozialistischen Gesellschaft zu entwickeln und anzuwenden. Die Absolventen der Technischen Universität müssen fähig und bereit sein, die Probleme und Aufgaben der komplexen sozialistischen Rationalisierung auf wissenschaftlicher Grundlage und in enger Zusammenarbeit mit den Werktätigen zu lösen.

Die sozialistische Gesellschaft erwartet von der Technischen Universität Dresden Absolventen, die

1. den Marxismus-Leninismus zutiefst begriffen haben, eine klassenmäßige Position in unserem nationalen Kampf einnehmen und die Zusammenhänge von Politik, Ökonomie, Ideologie und Wissenschaft verstehen;
2. ein festes Staatsbewußtsein besitzen, die führende Rolle der Arbeiterklasse und ihrer Partei anerkennen und sich durch ein hohes Pflicht- und Verantwortungsgefühl gegenüber der sozialistischen Gesellschaft auszeichnen;
3. über ein breites Spektrum von Kenntnissen ihres Fachgebietes verfügen, die es ihnen ermöglichen, dem raschen Fortschreiten von Wissenschaft und Technik zu folgen;
4. spezielle moderne Kenntnisse ihres Fachgebietes anwendungsbereit beherrschen, um die Entwicklung und den Fortschritt der Produktivkräfte, der Wissenschaften und Technik schöpferisch mitzubestimmen;
5. im Sinne des proletarischen Internationalismus handeln und besonders die Freundschaft mit der Sowjetunion pflegen;
6. alle arbeitenden Menschen und die gesellschaftlich nützliche Arbeit achten und bereit sind, an sich selbst hohe Anforderungen zu stellen;
7. sich die Schätze der deutschen und internationalen Kultur angeeignet und durch entsprechende Lebensweise und regelmäßige sportliche Betätigung leistungsfähig erhalten haben;
8. zur Führung sozialistischer Kollektive fähig sind.

Das Erreichen des Erziehungs- und Bildungszieles stellt an das Verantwortungsbewußtsein und an die Studiendisziplin der Studierenden, an ihre Einsatzbereitschaft, ihren Willen, ihre schöpferischen Fähigkeiten und ihr Wirken in Kollektiven hohe Anforderungen.

Teil II

Rechte und Pflichten

1. Das Erreichen des Erziehungs- und Bildungszieles mit höchsten Ergebnissen in allen Wissenschaftsgebieten ist für jeden Studierenden besondere Ehre und Verpflichtung.
2. Die Studien- und Prüfungspläne sind verbindliche Grundlagen für den Studienprozeß. Die vorgeschriebene Studiendauer darf nicht überschritten werden. Der

Studierende ist zur termingemäßen Ablegung von Prüfungen und zur fristgemäßen Abgabe von Belegarbeiten verpflichtet.

3. Die wissenschaftlichen Einrichtungen der Universität können entsprechend den jeweiligen Anordnungen und Regelungen kostenlos von den Studenten genutzt werden. Die zur Verfügung stehenden Lehr- und Forschungsmittel, die Räume, das Inventar in den Instituten und Wohnheimen sind schonend und sorgfältig zu behandeln.

4. Der Studierende hat Anspruch auf vier zusammenhängende Wochen Ferien. Der Zeitpunkt der Ferien wird jährlich durch den Studienjahresablaufplan geregelt. Die darüber hinaus von Lehrveranstaltungen freien Zeiträume des Studienjahres werden für das Selbststudium, für produktiv-schöpferische Studienaufgaben, für gesellschaftliche und kulturelle Aufgaben genutzt.

5. Das Erwerben und Vertiefen systematischer Kenntnisse des Marxismus-Leninismus sind Grundvoraussetzung für ein erfolgreiches Studium. Es ist Aufgabe jedes Studenten, sich die revolutionäre Wissenschaft des Marxismus-Leninismus als höchstes geistiges Erbe anzueignen.

6. Um die Einheit von Politik und Wissenschaft, Theorie und Praxis, Wissenschaft und Leben erkennen und verwirklichen zu können, ist jeder Studierende zum eingehenden und regelmäßigen Studium der sozialistischen Presse verpflichtet.

7. Die Studierenden haben die Fähigkeit zu selbständiger und schöpferischer wissenschaftlicher Arbeit zu entwickeln. Sie müssen alle Anstrengungen unternehmen, die Gesetzmäßigkeiten der Wissenschaften sowie die wissenschaftlichen Methoden zu begreifen und anzuwenden. Die Fähigkeit zur langfristigen Planung und Organisation der wissenschaftlichen Tätigkeit auf der Grundlage exakter Kenntnisse ist als besondere Leistungsform zu erwerben.

8. Der Studierende ist verpflichtet, nach Beendigung des Studiums seine Arbeit dort aufzunehmen, wo es – in Übereinstimmung mit seinen Interessen – volkswirtschaftlich notwendig ist.

9. Die Studierenden haben im Verlauf des Studienprozesses, während der Praktika, der gesellschaftlichen Einsätze und in den Kollektiven der Freien Deutschen Jugend mannigfache Gelegenheit, Verantwortungsbewußtsein und Verantwortungsfreude zu beweisen und erste Erfahrungen auf dem Gebiet der sozialistischen Menschen- und Wirtschaftsführung zu erwerben.

10. Die Mitarbeit im sozialistischen Jugendverband ist für den Studierenden selbstverständliche Pflicht. Es ist für ihn eine besondere Anerkennung und Auszeichnung, als Funktionär der Freien Deutschen Jugend und anderer gesellschaftlicher Organisationen vorgeschlagen und gewählt zu werden.

11. Kritik und Selbstkritik sind notwendige Mittel der weiteren Entwicklung von Kollektiven und Persönlichkeiten. Deshalb beteiligt sich der Student aktiv an allen Auseinandersetzungen über politisch-ideologische und fachliche Probleme.

12. Die Teilnahme am Studentenwettstreit, dem sozialistischen Massenwettbewerb der Studierenden, wird von jedem Studierenden erwartet. Das Ringen um Auszeichnungen, die für besondere fachliche und gesellschaftliche Leistungen vergeben werden können, ist für die Studierenden ehrenvolle Pflicht. Solche Auszeichnungen und Anerkennungen sind: das Karl-Marx-Stipendium, das Wilhelm-Pieck-Stipendium, die Arthur-Becker-Medaille, die Herder-Medaille, die Lohrmann-Medaille, Leistungsprämien, von den Fakultäten gestiftete Medaillen, mündliche und schriftliche Anerkennungen. Höchste Kollektivauszeichnung ist der Ehrentitel „Sozialistisches Studentenkollektiv der TU Dresden“.

13. Beststudenten werden durch den Abschluß von Sonderstudienplänen und durch die Beschäftigung als wissenschaftliche Hilfsassistenten gefördert.

14. Der wöchentliche Zeitaufwand der Studierenden für die Teilnahme an Lehrveranstaltungen, für das Selbststudium und die gesellschaftliche Arbeit beträgt erfahrungsgemäß mindestens 65 Stunden. Den Studierenden ist es daher nicht erlaubt, Nebenbeschäftigungen auszuführen. Ausnahmen bedürfen der besonderen Genehmigung des Prorektors für Studienangelegenheiten.

15. Jeder männliche Studierende schwört den Fahneneid eines Angehörigen der bewaffneten Organe. Er hat seine Bereitschaft zum persönlichen Einsatz beim militärischen Schutz unserer Republik durch Erreichen höchster Ausbildungsergebnisse in der militärischen und vormilitärischen Ausbildung zum Ausdruck zu bringen.

16. Als sozialistische Persönlichkeiten machen sich die Studierenden mit den Kunstschätzen der Universitätsstadt Dresden vertraut und beteiligen sich am kulturellen und sportlichen Leben innerhalb und außerhalb der Technischen Universität.

17. Bei seinem Auftreten in der Öffentlichkeit und in seinem gesamten Verhalten hat der Studierende Vorbild zu sein. Er sucht das fachliche und politische Gespräch mit allen Angehörigen des Lehrkörpers und anderen Angehörigen der TU und nutzt die Möglichkeit, sich mit allen Fragen vertrauensvoll an sie zu wenden.

18. Der Studierende hat seine Verbundenheit mit der Universität und der Stadt Dresden – der Stadt der Industrie, der Wissenschaft und Kultur – auch durch aktive Teilnahme an der Vorbereitung und Durchführung von Veranstaltungen und Demonstrationen zu bekunden.

19. Die Studierenden haben sich mit der bürgerlichen Ideologie und Dekadenz aktiv auseinanderzusetzen und fortschrittliche Traditionen zu pflegen. Die Studierenden entwickeln im Jugendverband interessante Formen des sozialistischen studentischen Gemeinschaftslebens und gestalten unter Führung der Leitungen der Freien Deutschen Jugend nur solche Feiern und Feste, die unseren Prinzipien von Ethik und Moral entsprechen.

20. Die Studierenden tragen als Mitglieder der Freien Deutschen Jugend an Staatsfeiertagen, bei Kundgebungen und bei besonderen Höhepunkten während des Studiums die Kleidung des Jugendverbandes.

21. Die Interessen der Studierenden werden durch gewählte Vertreter der Freien Deutschen Jugend bei den Leitungen der Universität vertreten. Die Organisationen der Freien Deutschen Jugend sind berechtigt und verpflichtet, zu allen gesellschaftlichen und fachlichen Problemen des Studienprozesses Stellung zu nehmen. Die Studierenden unterbreiten über die Leitungen der Freien Deutschen Jugend Vorschläge zur Verbesserung des Studiums.

Teil III

Studienorganisatorische Bestimmungen

1. Der Studierende hat seinen bei der Einschreibung erhaltenen Studentenausweis ständig bei sich zu tragen und auf Verlangen eines Angehörigen der Universität vorzuzeigen. Der Studentenausweis ist nur mit dem jeweiligen Semestervermerk des Prorektorates für Studienangelegenheiten gültig.

2. Die Studierenden sind verpflichtet, sich über den Studienjahresablaufplan und andere Anweisungen der Leitungen und Organe der Universität zu informieren.

3. Stipendien oder Beihilfen können den gesetzlichen Bestimmungen entsprechend gewährt werden. Anträge sind an das Prorektorat für Studienangelegenheiten zu richten.

4. Bei guten und sehr guten Leistungen auf gesellschaftlichem und fachlichem Gebiet besteht die Möglichkeit, Leistungsprämien zu erhalten. Einzelheiten sind durch die „Richtlinie über die Anwendung ideeller und materieller Hebel für die Steigerung der Studienleistungen" vom 1. 1. 1967 geregelt.

5. Jeder Studierende, der von seinem Heimatort die Universität durch tägliche An- und Abreise in vertretbaren Zeiten nicht erreicht, kann für die Dauer seines Studiums die Unterbringung in einem Wohnheim oder in einem privaten Zimmer bei der zentralen Heimverwaltung oder Zimmervermittlung beantragen. Das für die Dauer des Studiums gewährte Wohnrecht für Dresden erlischt 14 Tage nach der Exmatrikulation. Studierende können keinen Antrag auf Zuweisung von Wohnraum an die Betriebswohnungskommission stellen.

6. Jeder Studierende muß im Besitz eines Ausweises für Arbeit und Sozialversicherung sein. Dieser Ausweis ist nur mit der Eintragung des jährlichen Pflichtversicherungsbetrages gültig. Die Eintragungen werden jeweils im 1. Quartal durch den Bereich Soziale Betreuung der Studenten vorgenommen.

7. Im Interesse der Volksgesundheit sind auch die Studenten verpflichtet, an der jährlichen Volksröntgenaktion teilzunehmen und sich den Tbk-Testimpfungen an den jeweils vorgeschriebenen Tagen zu unterziehen.

8. Die Studierenden haben die erteilten Weisungen und Belehrungen über den Arbeits- und Brandschutz und die technische Sicherheit zu befolgen. Erkannte Gefahren, Mängel und Erschwernisse sind den zuständigen Stellen und Personen (z. B. Brandschutz- und Arbeitsschutzbeauftragte der Einrichtungen und Gebäude) unmittelbar zu melden.

9. Unfälle, die in einer Einrichtung der Universität erfolgen, sind über diese Einrichtung der Inspektion für Arbeitsschutz und technische Sicherheit und dem zuständigen Fakultätsbereich im Prorektorat für Studienangelegenheiten zu melden. Während des Praktikums erlittene Unfälle sind über den Praktikumsbetrieb ebenfalls der Inspektion für Arbeitsschutz und technische Sicherheit und dem zuständigen Fakultätsbereich des Prorektorats für Studienangelegenheiten zu melden. Für Unfälle während der verschiedensten Einsätze trifft diese Regelung ebenfalls zu.

10. Anträge auf Beurlaubung vom Studium aus gesundheitlichen Gründen, auf Befreiung vom Studentensport und auf Befreiung von Einsätzen aus gesundheitlichen Gründen sind unter Beifügung des schriftlichen Untersuchungsergebnisses eines Arztes des Ambulatoriums der TU Dresden über den Fachrichtungsleiter bzw. Leiter der Abteilung Studentensport an den zuständigen Fakultätsbereich des Prorektorats für Studienangelegenheiten zu richten.

11. Anträge auf Urlaub außerhalb der durch den Studienjahresablaufplan festgelegten Ferien (eingeschlossen Praktika, ökonomische und militärische Einsätze, Selbststudium u.a.) sind über den Fachrichtungsleiter an den zuständigen Fakultätsbereich des Prorektorats für Studienangelegenheiten zu stellen. Sie werden in besonders begründeten Fällen nur dann genehmigt, wenn der Studienprozeß und die Leistungen des Studierenden nicht beeinträchtigt werden.

12. Entstehen für das Anfertigen von Belegen und Diplomarbeiten Reisekosten, so werden diese bei Verwendung des Vordrucks für Dienstreiseaufträge vergütet; das betrifft den Fahrpreis für die 2. Klasse der Reichsbahn und den D-Zug-Zuschlag bei Fahrten über 150 km. Fahrtkosten für Gruppenfahrten aus studienbedingten Gründen werden erstattet, wenn sie ordnungsgemäß beantragt sind.

13. Die Studierenden sind verpflichtet, die notwendigen Meldungen und das Stellen von Anträgen ordnungsgemäß vorzunehmen:

13.1. Jede Änderung in den Personalien und der Wohnanschrift ist spätestens nach 3 Tagen im zuständigen Fakultätsbereich des Prorektorats für Studienangelegenheiten anzugeben. Das gleiche gilt für Änderungen im Einkommen der Angehörigen, die Einfluß auf die Gewährung von Stipendien bzw. Studienbeihilfen haben.

13.2. Im Falle einer Erkrankung ist der Student verpflichtet, innerhalb der gesetzlichen Frist von 3 Tagen den Arbeitsbefreiungsschein im zuständigen Fakultätsbereich des Prorektorats für Studienangelegenheiten abzugeben bzw. abgeben zu lassen. Es werden nur Arbeitsbefreiungsscheine (Vordruck der Verwaltung der Sozialversicherung) bei Krankmeldung anerkannt. Die Gesundmeldung ist sofort vorzunehmen. Diese Bestimmung gilt für alle Abschnitte des Studienjahres.

13.3. Entsprechend dem Studienjahresablaufplan hat sich der Student zweimal im Jahr im Dekanat seiner Fakultät zurückzumelden. Das geschieht durch das Ausfüllen eines entsprechenden Formulars.

13.4. Jeder Studierende muß der polizeilichen Meldepflicht genügen (Verordnung über das Meldewesen der DDR vom 15. 7. 65). Der Wohnsitz in Dresden – während des Studiums – gilt als Nebenwohnung. Studenten, die in den Heimen der Universität wohnen, haben sich in der Meldestelle der Deutschen Volkspolizei in der Universität zu melden. Studierende, die in Privatzimmern wohnen, melden sich bei der für ihren Wohnbezirk zuständigen Meldestelle der Deutschen Volkspolizei.

13.5. Jeder männliche Studierende ist verpflichtet, bei Aufnahme und Beendigung des Studiums sowie bei Wohnungswechsel während des Studiums eine entsprechende Meldung beim zuständigen Wehrkreiskommando abzugeben. Eine eventuell erfolgte Ausmusterung bzw. Umstufung des Tauglichkeitsgrades ist dem zuständigen Fakultätsbereich im Prorektorat für Studienangelegenheiten zu melden.

13.6. Anträge auf Hochschul-, Fakultäts- und Fachrichtungswechsel können nur zum Ende des Studienjahres bzw. bei Fakultäts- und Fachrichtungswechsel auch am Ende des Semesters auf vorgeschriebenem Formular gestellt werden. Den Anträgen ist eine Stellungnahme der Mitglieder der FDJ-Seminargruppe beizufügen. Das gleiche gilt für vorzeitige Exmatrikulationsgesuche. Alle derartigen Anträge sind über den Fachrichtungsleiter an den zuständigen Fakultätsbereich des Prorektorats für Studienangelegenheiten einzureichen.

13.7. Bei Beendigung des Studiums sind die notwendigen Abmeldeformalitäten sofort im zuständigen Fakultätsbereich des Prorektorats für Studienangelegenheiten vorzunehmen. Die Ausgabe des Zeugnisses ist daran gebunden.

Bei allen schriftlichen Eingaben und Meldungen an Universitätsdienststellen sind neben Name und Vorname unbedingt die Fakultät, die Fachrichtung und der Studienjahrgang sowie die Anschrift am Hochschulort anzugeben.

Die Studienordnung wurde am 18. Februar 1967 vom Senat der Technischen Universität Dresden beschlossen und ab 1. März 1967 zur Erprobung verbindlich eingeführt.

Anlage

Auswahl von Gesetzen, Beschlüssen, Anordnungen und Bestimmungen, die Grundlage des Studienprozesses sind:

1. Gesetz über die Teilnahme der Jugend der Deutschen Demokratischen Republik am Kampf um den umfassenden Aufbau des Sozialismus und die allseitige Förderung ihrer Initiative bei der Leitung der Volkswirtschaft und des Staates, in Beruf und Schule, bei Kultur und Sport – Jugendgesetz der DDR – vom 4. Mai 1964, GBl. I, Nr. 4, S. 75

2. Gesetz über das einheitliche sozialistische Bildungssystem vom 25. Februar 1965, GBl. I, Nr. 6, S. 83

3. Statut der Freien Deutschen Jugend, beschlossen vom VII. Parlament der FDJ am 1. Juni 1963 in Berlin

4. Jugend und Sozialismus
Beschluß des Staatsrates der Deutschen Demokratischen Republik vom 31. März 1967, Schriftenreihe des Staatsrates der Deutschen Demokratischen Republik Nummer 1/1967

5. Prüfungsordnung für Universitäten und Hochschulen der Deutschen Demokratischen Republik vom 15. März 1966, Verfügungen und Mitteilungen des Staatssekretariats für das Hoch- und Fachschulwesen, Nr. 5/6 1966

6. Verordnung über die Regelung des Stipendienwesens vom 6. Dezember 1962, GBl. II, Nr. 98, S. 833 und
Anordnung über die Gewährung von Stipendien an Studierende der Universitäten, Hoch- und Fachschulen der Deutschen Demokratischen Republik – Stipendienordnung – vom 17. Dezember 1962, GBl. II, Nr. 98, S. 834

7. Anweisung Nr. 56 des Staatssekretariats für das Hoch- und Fachschulwesen in der Neufassung vom 26. April 1957 – Disziplinarordnung für Studierende der Universitäten und Hochschulen

8. Verordnung über die Pflichtversicherung der Studenten und Aspiranten bei der Sozialversicherung der Arbeiter und Angestellten vom 15. März 1962, GBl. II, Nr. 15, S. 126 und 1. Durchführungsbestimmung, S. 127

9. Anweisung des Rektors über die Behandlung von Schadensfällen an gesellschaftlichem Eigentum, die vom Studierenden der Technischen Universität verursacht wurden, vom 24. 3. 1965

10. Heimordnung für die Studentenwohnheime der Technischen Universität Dresden vom 1. September 1966

11. Richtlinie zur Anwendung ideeller und materieller Hebel für die Steigerung der Studienleistungen der Studierenden an der Technischen Universität Dresden vom 1. 1. 1967

12. Jährlich vom Prorektor für Studienangelegenheiten erlassene Richtlinien zur Durchführung des Ingenieurpraktikums.

53589 III 9 5 15 567 IG 02/98/67

DOKUMENT 35

Friedenskreis der Evangelischen
und Katholischen Studentengemeinde
Dresden
c/o Thomas Weihemüller
Tornaerstraße 39
Dresden, 8036

Dresden, den 15. 12. 1986

Sekretariat
der Berliner Bischofskonferenz
Französische Straße 34
B e r l i n
1086

Betr.: Konziliarer Prozeß

Wir, Studenten der Katholischen und der Evangelischen Studentengemeinde Dresden, haben uns in einer Arbeitsgruppe für Frieden, Gerechtigkeit und Verantwortung für die Schöpfung Gedanken zum „konziliaren Prozeß" gemacht und unsere Erwartungen, Vorschläge formuliert. Das vorliegende Schreiben wurde in einer gemeinsamen Versammlung der ESG und KSG diskutiert und von 92 Gemeindegliedern mit ihrer Unterschrift befürwortet.

Wir gingen davon aus, daß das brennende Problem gegenwärtig darin besteht, die Erde vor einer atomaren Katastrophe zu bewahren und einen Frieden zu schaffen, der auf Gerechtigkeit beruht. Wir haben deshalb zunächst die Friedensproblematik in den Mittelpunkt unserer Betrachtungen gestellt. Eine allgemein-christliche Versammlung, die aus dem „konziliaren Prozeß" hervorgeht, müßte durch ein „Volksbegehren des Volkes Gottes" entstehen und sollte ein verbindliches Wort der gesamten Christenheit sprechen. Wir erhoffen uns, daß unter den Versammlungsteilnehmern der Geist Gottes ständig gegenwärtig sei, damit aus diesem Geist heraus die Fragen zu Frieden, Gerechtigkeit und Bewahrung der Schöpfung beantwortet werden können und die getroffenen Entscheidungen vom Glauben her motivierte Aussagen im Sinne konziliarer Entscheidungen sind.

Insbesondere erwarten wir von einer solchen Versammlung:

- eine eindeutige Aussage darüber, daß die Entwicklung, Erprobung, Stationierung und erst recht der Einsatz von Massenvernichtungswaffen sowie das Eintreten für solche Waffen als Mittel der Abschrekkung mit dem christlichen Glaubensbekenntnis absolut unvereinbar sind. Dies erfordert eine konsequente Vertiefung der nach dem zweiten Weltkrieg begonnenen Neuorientierung kirchlicher Positionen zu Fragen des Krieges und der Gewalt.
- eine Überprüfung der Aufgaben und der Notwendigkeit der Militärgeistlichkeit. Zivile Pfarrer sollten die Seelsorge von Militärangehörigen übernehmen und die Suche nach friedlichen Konfliktlösungen unterstützen. Eine Segnung von Waffen darf es nicht geben.
- einen starken Impuls der Annäherung und der Verständigung zwischen den Konfessionen. Bei den Gesprächen sollte man sich nicht in theologischen Einzelheiten verlieren, sondern auf der gemeinsamen Grundlage der Versöhnung durch Jesus Christus eindeutige Aussagen formulieren.
- einen Konsens über eine möglichst große Anzahl von Fällen politischer Auseinandersetzungen, in denen die Anwendung von Gewalt unterbleiben und verurteilt werden muß.
- ein intensiveres Nachdenken darüber, wie die christlichen Kirchen der wirtschaftlich reichen Länder auf eine weltweit gerechtere Verteilung der Güter Einfluß nehmen können.
- ein Wort an das Gewissen aller Christen, die in der Rüstung oder an umweltzerstörenden Technologien arbeiten und forschen, in dem auf unsere Verantwortung als Christen für die uns anvertraute Schöpfung hingewiesen wird.
- die Ermutigung der Christen, zumindest alle in ihren Ländern zur Verfügung stehenden politischen legitimen Mittel zu nutzen, um gegen Gewalt und aggressive Bestrebungen aufzutreten.

Nun wollen wir unsere dringenden Erwartungen an die Verantwortlichen der evangelischen und der katholischen Kirche hier in der DDR benennen und die Fragen ansprechen, die unserer Meinung nach im Rahmen des „konziliaren Prozesses" vorrangig einer Beratung und Lösung bedürfen.

- Wir fordern die Kirchenleitungen auf, im innerkirchlichen Bereich alles zur Förderung des „konziliaren Prozesses" zu tun. Wichtige Gedanken und Ergebnisse sollen auf offiziellem Weg (z. B. über Kanzelabkündigungen bzw. Hirtenbriefe) in die Gemeinde getragen werden, um ein größtmögliches Maß an Verbindlichkeit zu erzielen. Anregungen aus den Gemeinden sollen aufmerksam behandelt und durchdacht werden.

- Innerhalb unserer Kirchen sollen folgende Fragen im Mittelpunkt stehen:
  - die Verständigung der Konfessionen untereinander sollte verbessert werden. Insbesondere sollten gemeinsame Positionen zu Fragen der Friedensarbeit, des Wehrdienstes, der Unterstützung der Länder der 2/3-Welt sowie zu Umweltfragen gefunden und vorgebracht werden.
  - die Einrichtung eines Faches „Friedenskunde" an allen kirchlichen Lehreinrichtungen sowie die stärkere Behandlung des christlichen Friedenszeugnisses in Christenlehre und Religionsunterricht.

- Die Kirchenleitungen sollten sich um den Dialog mit den zuständigen staatlichen Stellen bemühen und bei der Behandlung grundsätzlicher Fragen auch das Risiko eingehen, Privilegien zu verlieren. Bei diesen Gesprächen sollte die Kirche ihren vollen Einfluß geltend machen, um auf eine Entmilitarisierung des öffentlichen Lebens und der Erziehung der Kinder im Schul- und Vorschulalter (z. B. Kriegsspielzeug, Fragen des Wehrunterrichts), für den Abbau von Feinbildern und gegen die Einbeziehung von Frauen in den Wehrdienst hinzuwirken. Gleichzeitig sollte sie sich auch weiterhin für die Einführung eines zivilen Wehrersatzdienstes einsetzen. In der Frage der Massenvernichtungswaffen sollten die Kirchen verstärkt die Forderung nach allseitiger Abrüstung unterstützen und die Frage nach einseitigen Vorleistungen dabei in die Gespräche einbringen.

Als Studenten sehen wir folgende Probleme als wichtig an:

- das Abgehen von der nachdrücklichen Forderung der Hochschulen zur Bereitschaftserklärung als Reserveoffiziersanwärter (ROA)

- die Möglichkeit des „Zurücktretens" vom Fahneneid, um als Reservist vom Dienst mit der Waffe Abstand nehmen zu können, wenn man dies aus Gewissensgründen für richtig erachtet

- die Möglichkeit, als Wissenschaftler die Arbeit an bestimmten Forschungsobjekten aus Gewissensgründen ohne persönliche Nachteile ablehnen zu können.

Zum Abschluß wollen wir die Anfänge nennen, die wir selber begonnen oder uns vorgenommen haben.

- Wir wollen uns – jeder in seiner konkreten Umwelt – für die Ziele des „konziliaren Prozesses" einsetzen und die Verantwortung dabei nicht allein den Kirchenleitungen überlassen. Dabei spielen Dialogbereitschaft und Zivilcourage eine wesentliche Rolle. Wir sind bereit, eventuelle persönliche Konsequenzen zu tragen, die sich durch unser Eintreten für den Frieden und den konziliaren Prozeß ergeben, und wir wollen auch das Risiko eingehen, dabei als Außenseiter zu erscheinen.
- Wir wollen unsere Kenntnisse nutzen, um selbst über den „konziliaren Prozeß" und die sich daraus ergebenden Konsequenzen für die Friedensarbeit, Umweltverantwortung und Solidarität mit den Ländern der 2/3-Welt zu informieren.
- Unsere Studentengemeinden wollen sich besser als bisher für ausländische Kommilitonen öffnen. Wir möchten unsere Ideen sowie die Ergebnisse unserer Arbeit zum „konziliaren Prozeß" durch persönliche Kontakte mit Christen aus anderen Teil der Welt austauschen (evtl. auch in Form einer Dreieckspartnerschaft).
- Jeder von uns wird sein persönliches Verhalten auf eigene Machtansprüche, Bequemlichkeiten oder egoistisches Denken hin überprüfen, und wir wollen uns um das Erlernen einer Sprache des Friedens bemühen.
- Die Arbeit unserer Arbeitsgruppe soll fortgesetzt werden. Wir möchten versuchen, mit Gästen anderer Konfessionen ins Gespräch über den „konziliaren Prozeß" zu kommen.
- Wir bemühen uns um eine Verbindung zu anderen Arbeitskreisen, die sich mit der gleichen Thematik wie wir beschäftigen.

Schalom!

Beate Gellner
(i. A. des Friedenskreises)

2. Original: als Eingabe an die Synode des Bundes der Evangelischen Kirchen in der DDR
Auguststraße 80
Berlin, 1040

Verteiler: Katholische Studentengemeinde Dresden
Evangelische Studentengemeinde Dresden
Landeskirchenamt
Zentraler Arbeitskreis der Kath. Studentengemeinden der DDR

DOKUMENT 36

VORSCHLÄGE

zur Thematik einer möglichen DDR-Synode und zu ihrer Vorbereitung

Daß wir, der Regionalkreis der katholischen Studentengemeinden der DDR, uns zunächst z. T. ungefragt in dieser Sache zu Wort melden, geschieht in der folgenden Absicht:

Die Ankündigung einer Synode verstehen wir als Aufforderung, für ihre Vorbereitung unsere Mitarbeit anzubieten. Wir sind redlich bemüht, aus unseren Erfahrungen, Kenntnissen und Überlegungen eine Liste von Themenstellungen zu formulieren, deren Behandlung auf der Synode wir für unerläßlich halten. Dabei sind wir uns zweier Einschränkungen bewußt:

Einerseits können die von uns zusammengetragenen Erfahrungen nur einen Ausschnitt der Gesamtsituation erfassen, andererseits sind die Informationen, die wir bisher über den Charakter und den Gang der Vorbereitungen der Synode erhalten konnten, zufällig und bruchstückhaft, so daß unsere in dieser Form angebotene Mitarbeit den nötigen Wirksamkeitsgrad wahrscheinlich noch nicht erreicht. Wir bitten für die Folgezeit dringlich um regelmäßige und ausführliche Benachrichtigung über das Schicksal der Synode.

Wie überhaupt nur dadurch, daß die Daten (Zeitplan, Themen, Modalitäten der Synode) dem Kirchenvolk allgemein zugänglich gemacht werden, alle fähigen Mitarbeiter gefunden, alle Kräfte genutzt und die Vorbereitungsaufgaben sachgerecht verteilt werden können.

Der Erfolg der Synode wird zu einem guten Teil davon abhängen, ob sich in der Vorbereitungsphase die Erkenntnis durchsetzt, daß nur durch die Beteiligung möglichst vieler auch die zunächst schwierig erscheinenden Arbeitsvorhaben, die bisher aufgeschoben oder abgewiesen wurden mit der Begründung: „Das können wir mit unseren geringen Kräften nicht realisieren", bewältigt werden können. Das angeführte Argument ist der Ausrede verdächtig. Die Synode könnte hingegen sichtbar machen, daß die katholische Kirche in der DDR nicht ganz so arm an geistigen Potenzen ist, wie das allenthalben zu hören ist.

Wir schlagen vor, durch Kanzelabkündigung oder Rundschreiben die Gemeinderäte aufzufordern, Themenvorschläge zu sammeln und auszuarbeiten, und geeignete Mitarbeiter für die Fachkommissionen zu benennen. Die solcherart ermöglichte Mitwirkung der Gläubigen könnte überdies ein Gesamtbild der pastoralen Situation und der Problemlage der Christen in der DDR ergeben.

Christina Gertler
Klaus Körner
Clemens Rosner

Themenvorschläge

I. Das Selbstverständnis der Kirche und des Christen in der sozialistischen Gesellschaft

Kurzfassung: Die Synode sollte sich um die Formulierung eines theologischen und pastoralen, das Bewußtsein formenden Konzepts für die christliche Existenz unter den Bedingungen des Sozialismus bemühen.

Diesem Themenvorschlag liegen folgende Überlegungen zugrunde:

1. Der Christ in der DDR findet sich in einer Situation vor, die bestimmt ist durch die zunehmende Divergenz zwischen dem Lebensvollzug, der sich auf den Glauben gründet, und der Daseinsbewältigung, die in erster Linie dadurch geformt wird, daß sein Leben eingebettet ist in gesellschaftliche Funktionszusammenhänge.

   Dies hat für die Lebenspraxis und das Bewußtsein des Christen zur Folge, daß der Glaube als Existenzkonzept zunehmend privatisiert wird, was sich darstellt als eine Gespaltenheit in „kirchliches Denken" einerseits und säkulares Alltagsbewußtsein andererseits, was sich ferner zeigt in der Verdrängung des Glaubens in den alltäglichen, gewöhnlichen Entscheidungen, da der Glaube als für diese belanglos erfahren wird, und was schließlich in eine Lebenshaltung einmündet, die den Glauben für außergewöhnliche Situationen und Grenzfälle reserviert.

   Daraus resultiert eine eigentümliche Flexibilität, die – ohne daß sie so recht bewußt wird – die Zuständigkeit des Glaubens für aktuelle Konflikte immer wieder aus diesen hinausdrängt. So entsteht unbemerkt ein Alltagsatheismus aus der scheinbaren Unerheblichkeit des Glaubens für die Bewältigung der gegenwärtigen Wirklichkeit.

2. Die in unserer Kirche verbreitete Fixierung auf den Gegensatz zum weltanschaulichen Atheismus – und damit auf einen fundamentalen Gegensatz zu den die sozialistische Gesellschaft Leitenden – verursacht es, daß die sozialen Realitäten und ihre Differenzierungen in der hiesigen Gesellschaft für den Christen weithin verdeckt bleiben. Das „Leben in dieser Welt" kommt in der kirchlichen Reflexion nur als Abstraktum vor, und die Verkündigung erweist sich somit dem politisch-sozialen Leben gegenüber als hilflos und unangemessen.

3. Die Christen sind, wie die Erfahrung zeigt, häufig im Hinblick auf gesellschaftliche Vorgänge und Praktiken von großer Naivität und die in der Gesellschaft sich abwickelnden Prozesse erscheinen ihnen als fremd und undurchsichtig. Dies führt zu einem unbestimmten, lähmenden Gefühl der Ohnmacht. Man rettet sich aus dieser Unsicherheit in allgemein menschliche Gefühle, die häufig rein defensiven Charakters sind und einer Solidarität aus Konformität entspringen, in Gefühle also, die zwar die eigene Existenz ein wenig abpolstern, die aber die gesellschaftlichen Praktiken gar nicht mehr affizieren, weil diese Gefühle ungenau und uniformiert sind.
Daher rührt auch die Unfähigkeit über nachbarschaftliche Gefälligkeit und die – fraglos wichtige – caritative Hilfe hinausgehend gesellschaftlich wirksame Dienste zu erbringen: sei es ein Beitrag zum Menschenbild, sei es die Formulierung von Ansichten zu den Zielsetzungen der gesamtgesellschaftlichen Entwicklung, sei es Motivation und Verständnishilfe für die Lebensführung des Einzelnen.

Die in 1. - 3. skizzierten Tatbestände könnten nach folgenden Fragen geordnet zu Themen der Synode werden:

1) Was kann die Kirche aus den Existenzbedingungen der Kirche und der Christen in der sozialistischen Gesellschaft für sich und für andere Kirchen, für sich und ihre Erneuerung lernen?

2) Welches ist die besondere Art der Säkularisierung durch den Sozialismus? (Z. B. Ersetzung der Eschata durch gesamtgesellschaftliche und folglich das Individuum betreffende Planziele: Ersetzung von Hoffnung durch Optimismus und Prognose...)

3) Welches sind die besonderen Erfahrensweisen, Lebensbedingungen, Fragegewohnheiten und Erkenntnismodi der in dieser Gesellschaft lebenden Individuen, denen ja der missionarische Auftrag der Kirche gilt?

4) Was für ein Verständnis von Kirche muß daher zugrunde gelegt werden , damit MISSION und SENDUNG in unserer Gegenwart aktualisiert und konkretisiert werden können?

5) Was kann die Kirche angesichts bestimmter Fehlleistungen der Gesellschaft stellvertretend leisten – ihrem hohem moralischen Anspruch und ihrer Autorität gemäß?

   (Das Verhältnis von Staat und Kirche sollte auch unter diesem Aspekt betrachtet werden.)

II. Verkündigung und Religionsunterricht

Kurzfassung: Die Synode sollte den Zustand der Wortverkündigung in der DDR analysieren und Empfehlungen ausarbeiten, wie diese in Zukunft gestaltet werden müßte, damit sie unter den hiesigen Bedingungen zum Ort lebendiger Begegnung des Christen mit dem Evangelium werden kann.

Diesem Themenvorschlag liegen folgende Überlegungen zugrunde:

1. Die Verkündigung des Evangeliums ist der erste Dienst des Priesters an der Gemeinde. (Kirchenkonstitution 3 Kap. 28) Die Form, in der dies heute hauptsächlich geschieht, ist die Predigt. Stellvertretend für die Gemeinde, aber solidarisch mit ihr bringt der Priester ihre Glaubens- und Lebenslage zur Sprache, um von diesem Horizont aus das Evangelium anzufragen und umgekehrt vom Evangelium her – kraft Sendung die Botschaft verkündend – Fragen an die konkrete Lage der Gemeinde zu stellen. Die Aktualisierung der Botschaft geschieht nur dann angemessen, wenn die Auslegung den Hörer betrifft, das aber setzt voraus, daß man seine Lage kennt und ausspricht.

2. Aus unterschiedlichen Gründen liegt die gegenwärtige Predigtpraxis im Argen. Mangelnde Einsicht in die tatsächlichen Gegebenheiten der hiesigen, gesellschaftlichen Praxis, an der zwar die Gemeinde, nicht aber der Priester unmittelbar teilnimmt, deren Konflikte und Möglichkeiten er nicht kennt, verleitet zu oberflächlichen Aktualisierungen durch Bezugnahme auf spektakuläre Tagesereignisse oder durch Einflechten politischer Gemeinplätze. Dieselbe Ursache führt andererseit zu Rückgriffen auf idyllische Zustände der Vergangenheit (vor allem in sog. Beispielen), die heute und hier niemandes Lage mehr beschreiben und treffen. Das Fehlen differenzierter Informationen über Art und Lösungsmöglichkeiten praktischer, alltäglicher Konflikte führt u. a. zur bevorzugten Erörterung von Grenzsituationen wie Katastrophen, Martyrium, Tod. Diese Einseitigkeit paralysiert den Sinn für das Mögliche im Rahmen des Zugänglichen und Bekannten. Zur Misere der heutigen Predigt gehört auch das Moralisieren, das immer abstrakt bleiben muß, darin nie gesagt wird, <u>wie</u> diese oder jene Forderung realisiert werden kann.

3. Schließlich fehlt es allgemein an der Entschlossenheit, die Leitworte des Evangeliums wie „Glaube“, „Hoffnung“, „Liebe“, „Gnade“ u. a. in situationsgerechte Entsprechungen zu übersetzen, um den heuti-

gen Sinn des damals Gemeinten der Gemeinde begreiflich zu machen. Die Synode könnte in gründlicherer Weise die Bestandsaufnahme der gegenwärtigen Situation vornehmen, als es der Homiletische Kongreß (Februar 1969) vermochte, da dort die Perspektive der Zuhörer, der Adressaten der Predigt, ausgespart blieb.
Die Predigt hat heute noch ihre Chance, wenn sie sich anderen Arten der öffentlichen Rede nicht dadurch angleicht, daß sie den Hörer verbal überrollt, sondern wenn sie ihn, seine Mündigkeit respektierend, zur selbständigen Glaubensreflexion ermuntert.

Die in 1. - 3. skizzierten Tatbestände könnten nach folgenden Fragen geordnet zu Themen der Synode werden:

1) Wie soll der Prediger über die Glaubenssituation und die Lebenslage seiner Gemeinde genau und nach den wichtigsten soziologisch vorhandenen Schichtungen unterschieden in Kenntnis gesetzt werden?

2) Auf welche Weise kann eine dialogische Wortverkündigung erreicht werden, bei der Prediger und Zuhörer ins Gespräch kommen? Wie könnten Predigtvor- und -nachgespräche z. B. mit schon existierenden Kreisen der Gemeinde in Gang gesetzt werden? Ihre Aufgabe wäre es, eine bestimmte kerygmatische Intention des Predigers in die Realität des Gemeindelebens umzusetzen, diese Umsetzung im Nachgespräch zu prüfen und eine neue Frage an das Evangelium zu formulieren. Der Dialog hat nicht die Aufgabe, irgendwelchen besonderen Auffassungen Geltung zu verschaffen, sondern jeweils herauszufinden, was die bestimmte Gemeinde braucht.

3) Das Mißverständnis zwischen der zentralen Stellung der Verkündigung im priesterlichen Amt und der zu ihrer Vorbereitung jeweils aufgewendeten bzw. zur Verfügung stehenden Zeit muß korrigiert werden. Sie Synode sollte erwägen, ob die notwendige Entlastung des Amtes (bei unausweichlich zunehmender Spezialisierung) und die Weckung der Charismen in der Gemeinde es nicht geboten erscheinen lassen, unter bestimmten Umständen die Verkündigung (Predigt) einem geeigneten Laien zu übertragen.

Im Zusammenhang mit dem oben behandelten Komplex könnte auch die Problematik des Religionsunterrichtes für Kinder erörtert werden.

III. <u>Kollegiales und synodales Prinzip bei der Ausübung der Ämter und Funktionen in der Kirche</u>

Kurzfassung: Die Synode sollte sich um die Festlegung von grundsätzlichen Prinzipien der Zusammenarbeit in der Kirche; um ein Statut der Räte und um die Definition und den Aufgabenbereich der einzelnen Funktionen bemühen.

Diesem Themenvorschlag liegen folgende Überlegungen zugrunde:

1. Das II. Vatikanische Konzil verkündet: Die Kirche ist das gesamte Gottesvolk, jeder hat Sendung in die Welt empfangen und übt daher missionarische Tätigkeit aus, ist also gleichermaßen vom Hl. Geist gesandt wie der Papst, die Bischöfe, nur ist er in jeweils anderer Weise tätig. Dieses Verständnis von Kirche muß in der DDR situationsgerecht verwirklicht werden. Unsere bisherigen praktischen Erfahrungen sind jedoch anders, z. B. beansprucht der Priester für sich weithin eine besondere Stellung gegenüber dem Laien, der Bischof verfügt autoritär über seine Seelsorger (Stellenbesetzungen, Gestaltung des Gemeindelebens, Seelsorgeschwerpunkte im Bistum). Auch die Arbeitsweise der Berliner Ordinarienkonferenz ist hinsichtlich der Kollegialität nicht nachprüfbar, da sie davon für die innerkirchliche Öffentlichkeit nicht Rechenschaft gibt.
2. Die Einsetzung von Laienräten, gewählten und nicht gewählten, war ein erster Schritt. Jedoch besteht weithin Unsicherheit über die Aufgaben dieser Räte. Ihre Kompetenz ist nicht klar umrissen, deshalb bleiben sie funktionslos. Sie sind lediglich äußere Zeichen einer nur scheinbaren Demokratisierung. Offenkundig ist das Dilemma der mangelnden Informiertheit der Räte und anderer Gremien der Kirche, der Informationsgehalt der kirchlichen Presse ist einseitig und unbefriedigend.
3. Die Varietät der einzelnen Gemeinden und Gruppierungen, ihre jeweils besondere Weise der Glaubensentwicklung, sowohl dem Inhalt als auch der Form nach, wird ignoriert und in der Pastoral kaum beachtet. Nach exegetischem Befund (paulinische Briefe) existierte so etwas wie Pluriformität bereits in der frühen Kirche – bei uns wird sie praktisch negiert.

Die in 1. - 3. skizzierten Tatbestände können nach folgenden Fragen geordnet zu Themen der Synode werden:

1) Sollte es nicht möglich sein, aus dem Geist der Mündigkeit und Verantwortung jedes Christen und der Brüderlichkeit untereinander nach Formen der Demokratie in der Kirche zu suchen, die unseren Lebensbedingungen in der sozialistischen Gesellschaft gerecht werden, was zugleich heißt: Westlicher Parlamentarismus kann nicht unkritisch adaptiert werden.

2) Ist praktische Kollegialität – die nicht nur die unter den Bischöfen meint – nicht notwendige Voraussetzung und Beispiel für die Verkündigung, der es um Brüderlichkeit geht?
Gibt es in der Kirche nur Gehorsam nach oben, nicht vielmehr auch einen Gehorsam der Autorität nach unten (wie ihn das Beispiel Johannes XXIII. zeigte)? Kann daraus die praktische Folgerung gezogen werden, daß jeder kirchliche Amtsträger von seiner Gemeinde, bzw. seiner Diözese designiert wird?

3) Welche Aufgabenbereiche und Entscheidungsbefugnisse kommen den einzelnen Räten zu (Statuten für Laien- und Priesterräte), wer entscheidet im Konfliktfall zwischen den Räten (evtl. eine Schiedskommission)?
Wie können Gemeinden und Gruppen spezifische, ihrer Struktur und Zusammensetzung gemäße Aufgaben im Auftrag der Gesamtkirche lösen (Arbeits- und Fachbereiche)?

4) Welche realen Möglichkeiten können – über bloß moralische Apelle hinaus – im Interesse einer breiteren Verantwortlichkeit genutzt werden? Wie können sachliche Differenzen Öffentlichkeitscharakter erhalten, damit sie in gemeinsamer Diskussion und Anstrengung lösbar werden?

IV. <u>Organisation der Seelsorge</u>

Kurzfassung: Die Synode sollte beraten, ob die traditionelle Ausübung der Seelsorge, beschränkt auf den Wirkungsradius relativ isolierter Ortsgemeinden den Aufgaben der Kirche in der DDR angemessen ist.

Diesem Themenvorschlag liegen folgende Überlegungen zugrunde:

Die Ortsgemeinde in ihrer derzeitigen Form ist dem Dienst für die Welt (DDR) nicht gewachsen. Der Schwerpunkt der Gemeindearbeit liegt (noch immer) auf der Liturgie, demzufolge wird selbst von der Gemeinde nur ein Teil für die Seelsorge erfaßt. Die Fehlorientierung der Verkündigungspraxis und der routinemäßige Vollzug des liturgischen Dienstes setzen die mit der Versammlung verbundenen Chancen herab. Das bestehende Kirchenbild begründet in der Gemeinde die Trennung von Klerus und Laien. Der Klerus nimmt die Interessen der Kirche wahr, da sie zugleich seine eigenen gesellschaftlichen Interessen sind. In der Struktur der Ortsgemeinde wird die Kirche mit dem Pfarrer identifiziert. Bei dem allgemein geübten Seelsorgestil übersteigen die Funktionen des (Amts-) Pfarrers die des Priesters. Die exakte geografische Begrenzung der Pfarrei ist die Basis der sog. „Pfarrsouveränität", sie wird mittels eines aufwendigen Apparates ausgeübt, der den Pfarrbetrieb aufrechterhält. Das starre Festhalten an dieser territorialen Seelsorgebegrenzung und die unbedingte Besetzung der Stellen führen zu Verschleißerscheinungen (das undifferenzierte Allesmachen in der Gemeinde macht Entlastung durch Aufgabenteilung unmöglich). Es gibt keine geregelte Zusammenarbeit zwischen den Gemeinden. Die Folge der eben geschilderten Erscheinungen sind Rückzug aus der Gemeindearbeit und Auflösungserscheinungen, verursacht durch:

1. Fehlen der Integration von Gemeinde- und Weltdienst
2. Mangel an Information
3. Mangel an individueller Seelsorge

Änderungen in der ökonomischen Struktur, die den gesellschaftlichen Reproduktionsprozeß auf Kooperation und Integration hin ordnen, schaffen auch in den Gemeinden neue Verhältnisse. Einerseits entstehen (zumindest in den neuen Industriezentren) Wohngebiete ohne Pfarreien, andererseits werden alte Pfarreien „entvölkert", und die Pfarrstrukturen bleiben funktionsentleert erhalten. Für die Gemeindearbeit in den neuen Wohngebieten ist der bisherige Seelsorgestil unbrauchbar. Das bisher Gesagte legt den Schluß nahe, daß die aktuelle Verfaßtheit der Ortsgemeinde nicht mehr zweckdienlich ist.

Wir empfehlen der Synode die Behandlung folgender Fragestellungen:

1) Es ist zu prüfen, ob die Einengung der Seelsorge in Form der „Pfarrsouveränität" nicht überwunden werden sollte durch Aufgabenteilung, Schwerpunktbildung, Spezialisierung und Zusammenarbeit zwischen mehreren Gemeinden. Zumindest in den Ballungszentren der DDR müßte die lokale Ordnung der Seelsorge aufgegeben werden. Die Gemeinden sollten Kooperative bilden und bei rationellem Einsatz der Personen, Mittel und Räume von einem Operationszentrum aus (eine der Gemeinden mit den besten Voraussetzungen) die Seelsorge aufgabenbezogen organisieren.

2) Könnte nicht die Polarität zwischen Pfarrer und Gemeinde abgebaut werden durch Erweiterung der beschließenden und ausführenden

Kompetenzen der Gemeinderäte. Die Verabschiedung einer allgemeinen, entsprechend ausgebauten Räteordnung täte not.

3) Sollten wir es nicht erreichen, daß die Seelsorge von den Aufgaben bestimmt wird, und nicht, daß traditionsgemäß die Aufgaben aus dem Seelsorgeerbe abgeleitet werden?
Die empirische Eigenanalyse der Gemeinden bildet die günstigste Grundlage für die Aufgabenfindung. Sie hätte, wenn die Aufgaben, die aus ihr abgeleitet werden, verbindlich sein sollen, auch die Verflechtung der Gemeindeglieder im gesamtgesellschaftlichen Reproduktionsprozeß zu erfassen. Die örtlichen Knotenpunkte dieses Prozesses werden meistens Mitglieder mehrerer Nachbargemeinden binden. Die empirische Situationsanalyse könnte die Startaufgabe für die Kooperation der Gemeinden sein und ein Forum für die ökumenische Bewegung in der Gemeinde bilden.

V. Berufsbild des Priesters und Theologenausbildung

Kurzfassung: Die Synode sollte die tatsächliche Situation des priesterlichen Dienstes und das mehr oder weniger reflektierte Priesterbild bei Laien und Theologen untersuchen und dann ein theologisch konsistentes Berufsbild des Priesters in seinen Funktionen und Qualifikationen entwerfen.

Diesem Themenvorschlag liegen folgende Überlegungen zugrunde:

1. Allgemein bekannt ist die Unsicherheit des Priester inbezug auf ihre Rolle in den sozialen und intersubjektiven Beziehungen in der Gemeinde und auch in größeren Kontexten.
Der Priester ist Adressat vielfältiger und durchaus widerprüchlicher Erwartungen, wobei er häufig nicht unterscheiden kann, welche zu genügen er sich bemühen soll. Diese disparaten Erwartungen sind z. T. verursacht durch das gewohnte fundamentalistische Priesterbild, z. T. sind sie hervorgerufen durch den Vergleich mit weltlichen Berufsbildern.

2. Die landläufige pastorale Praxis läßt vom Berufsbild des Priesters nur die Funktionen des Priesters in der Liturgie, bei der Sakramentenspendung und bei verschiedenen Arten der religiösen Erziehung erkennen, dadurch hält, verfestigt und tradiert sich das Bild vom Seelsorgebeamten, das unserer Ansicht nach weder dem Priesterberuf, noch der konkreten Person, die diesen Beruf ausübt, gerecht wird. Der Seelsorgebeamte ist insofern eine Verengung der priesterlichen Aufgaben und Möglichkeiten, als dieser, einmal zur gewohnten In-

stanz geworden, in der Gemeinde zum exponierten Alleinrepräsentanten und Sachwalter des Kirchlichen determiniert wird, sein festes Ressort an den oben genannten Funktionen stellt ihn in erster Linie der Gemeinde gegenüber und weniger in die Gemeinde hinein. Wir glauben daher, daß andere Züge des Priesterbildes wieder neuentdeckt und ausgebildet werden müssen. Da ist zu fragen, welche Persönlichkeitseigenschaften zu fordern sind, damit der Priester seine Rolle als Kommunikator zwischen den einzelnen Gliedern der Gemeinde, zwischen Gruppen in der Gemeinde und zwischen Gemeinde und gesellschaftlicher Umwelt ausfüllen kann. Der Status des Kommunikators ist weniger technisch zu verstehen, als intellektuell, weniger institutional als funktional. In diesem Sinne als Vermittler verstanden sind die Aufgaben und die Dienste des Priesters ständig in concreto neu zu bestimmen, vor allem, in dem die Bedürfnisse der Gemeinde gemäß ihrer typischen und spezifischen Problemlage erfragt werden. Da diese Bedürfnisse immer differenzierter werden, ja, sich in den Gemeinden mitunter sogar polarisieren, sind bestimmte Spezialisierungen in seinen Aufgaben für den Priester unerläßlich, Spezialisierungen, in denen er sein Charisma ausschöpfen und erkennen können muß. Der Priester muß von der Notwendigkeit zum dilletierenden All-round-man wegkommen zum sinnvoll sich beschränkenden Charismatiker. Ein solches Konzept hat Auswirkungen auf die Priesterausbildung wie auf die Organisation des Gemeindelebens (vgl. IV).

3. Die Berufsbilder aller Tätigkeitsbereiche in der soz. Gesellschaft sind charakterisiert durch Erfordernisse wie hohe Disponiblität und hochgradige Sozialisierung und ständige Weiterqualifizierung. Das Berufsbild des Priesters muß hierzu in einem angemessenen Verhältnis stehen, nicht allein dadurch, daß Spezialisierung und Qualifizierung der Priester aus Gründen der Angleichung im Zuge der Zeit halt so nötig werden, daß der Priester befähigt wird, ein entwickeltes Sensorium für heutige Probleme und Erfahrungen auszubilden, seine Isolation von der Gesellschaft außerhalb der Gemeinde und der Kirche zu überwinden und die gesamtgesellschaftlichen Fragen, die sich in der Situation der Gemeinden brechen, zu verstehen und als Koordinator für die Suche nach ihrer Beantwortung zu wirken. Die gesellschaftliche Existenz der Kirche und die Präsenz christlicher Gemeinden in der Öffentlichkeit als gesellschaftspolitischer Faktor werden für die Zukunft nur dann möglich sein, wenn die Priester in den Gemeinden und in der Kirche überhaupt zu einer solchen Funktion gelangen. Dabei schwebt uns nicht das Bild eines Moderators oder Managers für Diskussionsstoffe vor, sondern das Bild des Koordinators und

Kommunikators umfaßt unverwechselbar priesterliche Merkmale, etwa wie: es gibt für ihn keine Frage, die er abwehren dürfte, sofern sie die menschliche Existenz betrifft, es kann für ihn keine Vorauswahl seitens des Fragenden geben wie bei Ärzten, Psychologen, Soziologen, Philosophen usw. sondern er ist grundsätzlich zuständig für das Anhören und Formulieren einer menschlichen Erfahrung in Form einer Frage, zumal dann, wenn die Gesellschaft für das betreffende Problem noch gar keine Zuständigkeiten etabliert hat. Er ist n i c h t a priori zuständig für die Bewältigung des Problems, aber es sollte seine Funktion als Koordinator und Kommunikator sein, daß er die Frage innerhalb der Gemeinde und anderswo in den angemessenen Diskussionszusammenhang bringt und sie so zumindest im Bewußtsein einer größeren oder kleineren Öffentlichkeit wachhält; ferner: für einen Priester gibt es keine Dienststunden, weniger als in sämtlichen weltlichen Berufen kann es bei ihm eine Unterscheidung von privater und öffentlicher Existenz geben, eine Trennung in Priester und „Mensch"; und schließlich: er ist, von der materiellen Grundlage seiner Berufsausbildung betrachtet, der Prototyp eines frei vergesellschafteten Menschen, er wird von der Gemeinde unterhalten und ist somit für sie freigestellt: damit exemplifiziert er seine spezifische Art gesellschaftlicher Existenz.

4. Einige Anmerkungen zur Theologenausbildung:

Die Theologenausbildung teilt die Tendenzen der allgemeinen Wissenschaftsentwicklung und Erkenntnisfindung, insofern wird sie umprofiliert werden müssen, um Spezialisierungen nach Fähigkeit und Neigungen schon während des Studiums Raum zu geben und gleichzeitig die Grundlage zu schaffen für gezielte spätere Weiterbildung. Damit ergibt sich eine Gliederung des Studienaufbaus in Grundstudium und Spezialstudium. Ferner wäre zu erwägen, ob nicht Forschungsstudenten mit Lehrverpflichtungen betraut werden sollten, um den Mangel an Dozenten und Seminarassistenten aufzubessern.

Als Konsequenz daraus wäre zu überlegen, ob es nicht in den Gemeinden zu einer Entflechtung der einzelnen Formen des Pastoralen Dienstes kommen könnte (und damit zu einer Entlastung der beamteten Priester), durch Schwerpunktorientierung und Verteilung der Aufgaben nach sachlichen Kriterien.

Zu fragen ist sodann nach Sofortmaßnahmen wie z. B. Ausbildung nebenamtlicher Theologen nach Art der „mittleren Kader" in Predigerschulen sowie die Erarbeitung eines Konzepts verschiedener Formen der Verkündigung, die von Laientheologen geleistet werden können.

VI. Ökumene

Kurzfassung: Die Synode sollte ein Verständnis von Ökumene reflektieren und vorlegen, das DDR-spezifisch zu konkretisieren wäre, um die offensichtliche Stagnation zu überwinden. Es wird sich zeigen, daß wirklicher Fortschritt in der Ökumene vor allem kritische Reformarbeit in und an der eigenen Kirche bedeutet.

Diesem Themenvorschlag liegen folgende Überlegungen zugrunde:

1. Der Eindruck einer Ermüdung in der ökumenischen Arbeit ist unausweichlich, das belegen örtliche Erfahrungen und wird auch in der Fachliteratur zugestanden. Als Gründe lassen sich zunächst nennen:
   a) Die Möglichkeiten des bisherigen ökumenischen Dialogs scheinen an ihr Ende gekommen zu sein, immer die gleichen Probleme werden reproduziert. Es wächst die Einsicht, daß Einheit und Unterscheidung der Konfessionen sich nicht mehr „rein theologisch" darstellen lassen. Die Differenzen im Bekenntnis der Kirchen sind Produkte ihrer geschichtlichen Entwicklung, so daß auch die Einheit nicht durch Auslegung und Konfrontation theologischer Argumente allein erreicht werden kann.
   b) Vorzüglich jüngere Leute scheinen der traditionellen „Höflichkeitsökumene" kein gerade heftiges Interesse zu schenken. Einerseits ist ihnen der ökumenische Gedanke, insofern man sich an den Weltproblemen beteiligt weiß, einigermaßen selbstverständlich. Andererseits können sie für konfessionelle Rücksichten wenig Verständnis erübrigen und werden durch die klein gehaltenen Möglichkeiten gemeinsamen ökumenischen Tuns gelähmt.
   c) Überdies ist die aus zweifelhaften kirchenpolitischen Erwägungen heraus verodnete Zurückhaltung in den ökumenischen Bemühungen den Christen schlicht unverständlich und wird von den Betroffenen (siehe Mischehenfrage) als Ärgernis empfunden.
2. Reflektiert die Kirche auf die Herausforderung durch die Gesellschaft und versucht von hier ihren Dienst zu begreifen, stellt sich Ökumene nicht mehr dar als eine zusätzliche, ganz und gar beliebige Unternehmung einzelner, sondern wird eine Notwendigkeit. Sie ist dann kein „Fach" mehr, ein Ressort für Spezialisten, sondern eine universale und radikale theologische Einstellung. Sie bedeutet überall dort zusammenzuarbeiten, wo keine tatsächlich zwingenden Gründe es unmöglich machen.

3. Der Wandel in den Strukturen und in der öffentlichen Praxis der Kirche, die ernsthafte Bemühung um Zusammenarbeit mit den anderen Kirchen, bedeutet einen Gewinn für die Einheit, des Bekenntnisses allemal. Denn die Identität einer Kirche, ihr Bekenntnis also, wird nicht einfach durch tradierte Formeln und ihre Interpretation bestimmt, sondern gleicherweise in der Konfrontation der Botschaft mit den gegenwärtigen und zukünftigen Aufgaben zu ihrer Verwirklichung gewonnen. So daß das Postulat (s. I.) ein theologisches und pastorales, das Bewußtsein formendes Konzept für die christliche Existenz unter den Bedingungen des Sozialismus zu formulieren, und entsprechend die Strukturen zu wandeln (s. VI.), dem ökumenischen Fortschritt untrennbar verbunden ist, ja seine Voraussetzung bildet.

Die in 1.-3. skizzierten Tatbestände gaben zu folgenden Fragen Anlaß:

1) Welche Aufgaben wären vordringlich von den Kirchen der DDR zu tragen?

2) Die Synode sollte sich unbedingt der Mischehenfrage widmen. Daß die derzeitigen Mischehengesetze der kath. Kirche im Höchstmaß ärgerlich sind und von einem vorkonziliaren Kirchenverständnis ausgehen, ist hinlänglich bekannt. Selbst über schon bestehende Möglichkeiten werden Gläubige nicht informiert. Unabhängig von den kirchenrechtlichen Fragen sollte die Synode Möglichkeiten einer ökumenischen Mischehenpastoral anregen.

3) Müßte nicht die Theologie als Initiator des Wandels die kirchliche Verkündigungspraxis befähigen, die Einsicht in die historische Bedingtheit konfessioneller Unterschiede zu vermitteln, und so Verfestigung zu relativieren?

4) Es wäre zu wünschen, daß die Verantwortung für ökumenische Bemühungen den Gemeinden übertragen würde.

5) Die Synode sollte die Fragen im Zusammenhang mit gemeinsamen Gottesdiensten und Abendmahlsfeiern nicht von der Diskussion ausschließen.

PROTOKOLL

der Studentenpfarrerkonferenz am 1. - 3. 4. 1970 in Berlin

anwesend: Ulrich, Rosner, Bartel W., Hammer, Mechtenberg, Bartel H., König, Schäfer, Kluck, Pittner, Beike, Engels, Schlamber, Marx, Muche, Sammet, Kirnich, Wagner (Zittau), Faber (Roßwein), Muschick

1. Finanzen

Die Anteile von Greifswald, Merseburg, Freiberg und Ilmenau werden erhöht, da die Zahl der Studenten und Arbeitsaufgaben größer geworden sind.
Rostock, Greifswald und Merseburg sollten evtl. mit Hilfe der Region einen Etat beim Ordinariat beantragen.
Karl-Marx-Stadt wird einen Zuschuß zum Ausbau eines Dachgeschosses im Gebirge bewilligt. Die Räume stehen später allen Gemeinden offen.

2. Wallfahrt

Bericht über den Stand der Vorbereitungen der einzelnen Gemeinden. Schwierig gestaltet sich das Thema von KMSt., evtl. eingrenzen! Magdeburg stellt jeder Gemeinde Fragen zur Struktur der SG. Bald zurückschicken.
Samstag Abend Bußandacht, am besten im Quartierort,
Sonntag 15.00 Uhr hl. Messe (Vorbereitung Dresden, Predigt bzw. Abschlußwort zum Thema: Berger)
Bericht über den Stand der Vorbereitung des Theol. Konzeptes (Ulrich, Beike, Bartel W., Rosner) Kurzfassung soll vor der Wallfahrt allen Gemeinden zugehen. Ergänzungen zum theologischen Verständnis der SG im gemeinsamen Abendgespräch.

3. Sprechertage

26.- 30. 8. 70 womöglich in Magdeburg
Schulung und Thema: Christ in der sozialen Umwälzung. Genauere Vorbereitung im Regionalkreis.

1.- 3. 1. 71 in Bad Saarow mit evang. Sprechern.
Genauere Vorbereitung: Reg.-Kreis und evang. Studentengemeinde.

Vorschlag: Kath. und evang. Heim liegen weit auseinander, evt. andere Essenseinteilung.

4. Studentengemeinde und Jugendseelsorge

Ist die Arbeit jeweils zu verschieden?
Empfehlung: Wochenenden für Oberschüler gestalten, Oberschülerwochen in Naundorf, Abituriententage, Mithilfe bei Oberschulunterricht, Problembewußtsein schaffen, besseren Oberschullehrplan erstellen.
Integration der in der Pfarrjugend aktiven Mitglieder ist schwieriger, weil sie so stark an die Heimatgemeinde gebunden bleiben.

5. DDR-Synode

Zweifel an der Opportunität, mindestens in den nächsten 3 Jahren. Dennoch Mitarbeit an den Themen wichtig, da die „Aktivisten der ersten Stunde" weithin die Vorlagen bestimmen.
Die Vorschläge zur Thematik des Regionalkreises sollen in den Gemeinden noch besprochen werden.

6. Akademiker-Seelsorge-Konferenz

20./21. 6. Berlin, Pappelallee, Thema: Verhältnis und Zusammenarbeit mit der Studentenseelsorge. Ulrich und Muschick werden teilnehmen (vom Regionalkreis Jürgen Groh und evt. Klaus Körner)

7. Herbstkonferenz der deutschsprachigen Studentenpfarrer:

10.- 12. 10. 70, Berlin, Thorner Str. 64. Thema: Synoden in Ost und West.

8. Ökumenische Studentenpfarrertagung: 20. 4. 71, 12.00 Uhr bis 23. 4. 71, 13.00 Uhr in Berlin, Pappelallee.
Thema: Exegese von marx'schen Texten (Entfremdung, Säkularisierung, Was ist der Mensch?)
Vorbereitungskommission: Hüttel von Heidenfeld, Uhle-Wettler, Muschick, Ulrich.
Abendmahlsgespräch an einem Abend.

– Nur für innerkirchlichen Dienstgebrauch –

PROTOKOLL

vom 27. RK
am 20./21. 2. 71, Dresden, Eisenstuckstraße 27

Anwesend: Tacjana Litwinska, Leipzig
Gerd Büchner, Erfurt
Michael Bartoszek, Magdeburg
Klaus Appenroth, Jena
Monika Rothe, Rostock
Anita Herrmann, Freiberg
Joachim Ebermann, K.-Marx-Stadt
Ulrich Daemen
Christina Gertler, Erfurt
Jürgen Groh, Dresden
Hans Körner, Berlin
Pfr. Muschik, Pfr. Dr. Ulrich
Entschuldigt: Elisabeth Gerlach, Halle

Tagesordnung

1. Wintersprechertag am 4. Advent 1971
Gute Vorbereitung auf das „Vorstellen des Programms" ist notwendig durch eines der RK-Mitglieder, damit ein besserer Einstieg in die Zusammenarbeit gewährleistet ist.
Die zu bearbeitenden Themen sollen inhaltlich möglichst zusammenpassen und Arbeitshilfen sein für die Sprecherarbeit in den Gemeinden.
Der Erfahrungsaustausch der Sprecher soll am Beginn der Tagung liegen, so ist das Kennenlernen leichter.

2. Großer Sprechertag, Sommer 71
Termin wird während der Studentenpfarrerkonferenz festgelegt, nachdem die RK-Mitglieder ihren Pfarrern den Termin vom Beginn des Herbstsemesters 71 mitgeteilt haben. Der Tagungsort wird ebenfalls über Michael Bartoszek und Pfr. Mechtenberg auf der Stud.-Pfarrerkonferenz am 26. 2. bestimmt.
Programmgestaltung
Anreisetag: 18 Uhr Abendessen
19 Uhr Erfahrungsaustausch in 3-4 Gruppen (Einteilung nach groß u. klein. Gemeinden) nach vorgegebenen Stichpunkten, ansonsten freie Diskussion.

Stichpunkte:

1. Semesterprogrammgestaltung geschieht nach welchen Motiven?
2. Erfahrungen aus der Arbeitsweise der Gemeinden. Modelle, z. B. Rhythmus von Hauptkreis u. kleineren Arbeitskreisen
3. Auseinandersetzung mit der Kunst, insbesondere in Hinblick auf das kulturpolitische Grundstudium

Was einer Gemeinde besonders am Herzen liegt, möchte sie außerdem zur Diskussion bringen!

2. Tag:

8 Uhr 30	Frühstück
9 Uhr 15	Morgengebet
9 Uhr 30	Rollengespräch zum Thema „Gottesdienstgestaltung" in Gruppen von etwa 10 Personen. Die Rollen, die von den einzelnen Gruppengliedern vertreten werden sollen, stellt Pfr. Ulrich beim nächsten RK vor.

Weiteres Programm – unklare Gestaltung
Hallenser Tag: „Konsequenzen für die Studentenseelsorge aus der Hochschulreform"
„Regeln formaler Demokratie" – Referent über Pfr. Göbel erreichbar durch Pfr. Ulrich bzw. Elisabeth Gerlach
Arbeitsfragen – Vollversammlung-Wahl der beiden neuen RK-Sprecher
Referat „Synode"
Abendmeditation oder Nachtgebet – Pfr. Ulrich fragt an bei Herrn Hellmuth Geiger bzw. Kpl. Kluck
Ausgestaltung der Morgengebete ist noch nicht festgelegt
Gottesdienst gestaltet Leipziger KSG
Manöverkritik

3. Winterakademie, 22./23. 1. 72, Berlin, Pappelallee 61
Unser Themenvorschlag an Doz. Dr. Ernst:
„Christliche und säkulare Ethik",
unser Programmvorschlag:

22. 1.	15 Uhr	Kaffee
	16 Uhr	1. Vorlesung – anschl. Kolloquium
	18 Uhr 30	Abendessen
	19 Uhr 30	Gottesdienst (Gestaltung?)
23. 1.	10 Uhr	2. Vorlesung anschließ. Kolloquium
	13 Uhr	Mittagessen

Gerd Büchner bespricht dieses Programm mit Doz. Dr. Ernst und berichtet beim nächsten RK über das Ergebnis. Verteilerschlüssel:
groß. Gemeinden – 2 Vertreter
Klein. Gemeinden – 1 Vertreter

4. Wallfahrt 1972

Jedes RK-Mitglied möchte in seiner Gemeinde das Problem Wallfahrt zur Sprache bringen und erörtern. Im RK stehen sich die Meinungen gegenüber: halten wir Wallfahrt in Rosenthal oder stattdessen eine Arbeitstagung, die zu diesem Zweck an einem günstigeren Ort, möglichst Erfurt, stattfinden sollte. Bei der Abstimmung im RK gewann die Wallfahrt an Stimmenmehrheit, trotzdem sollte in jeder Gemeinde noch einmal darüber nachgedacht werden. Auch das Modell „Taizé" stand zur Debatte.

5. „Tag der Begegnung" 1971
Termin: 16./17. 10. 71, Erfurt, Theol. Seminar
Einladungen werden rechtzeitig ausgegeben, jedoch wird schon jetzt darauf hingewiesen, daß aus jeder Gemeinde wenigstens 2 Vertreter eingeladen sind!

6. Regionales Wochenende, Roßbach
Einladungen zum 17./18. 4. werden verschickt von Christina Gertler.
Thema: „Soziologie der Gruppe"
Referent: Wolfgang Bartel

7. Dr. Sonntag bestätigte unsere Eingabe zur Rahmengeschäftsordnung der AG-Studentenseelsorge. Der Leiter dieser AG wird jeweils ein Mitglied unseres Leitungsgremiums sein.

DOKUMENT 39

PROTOKOLL

des Sprechertages und Regionalkreises vom 2. bis 4. 1. 1970 in Halle, Mühlweg 18

Vom Regionalkreis anwesend:

Klaus Appenroth, Jena
Monika Bothe, Rostock
Joachim Ebermann, Karl-Marx-Stadt
Jürgen Groh, Dresden
Clemens Hansch, Magdeburg
Ulrike Henke, Halle
Georg Jelich, Erfurt (Theol. Sem.)
Ruth Kölblin, Jena
Klaus Körner, Berlin
Rainer Nolte, Leipzig
Mechthild Scholz, Erfurt
Heiner Theves, Leipzig
Hubert Thums, Freiberg
Pf. Rosner

entschuldigt: Pf. Muschick

<u>Arbeitsfragen:</u>

1. <u>Roßbach - Wochenenden:</u>

Die Vollversammlung einigte sich auf die beiden Themen:
I. Wie verantworte ich meinen Glauben?
II. Das Gebet
Sollte nur ein Wochenende zur Verfügung stehen, wird das Thema I behandelt.
Die Termine konnten noch nicht bekanntgegeben werden.

2. <u>Pfingst-Wallfahrt 1970</u>

Die Thematik wird weiter von der KSG Berlin erarbeitet. Die Gestaltung des Gottesdienstes übernimmt die KSG Dresden. Von Berlin und Dresden werden Papiere über den technischen Ablauf an alle Gemeinden verschickt.
Die Dresdner KSG bietet allen Gemeinden einen Fußmarsch von Dresden nach Rosenthal an und bittet, bis zum 31. März 1970 um Meldung von jeder Gemeinde über

a) Teilnehmerzahl an der Wallfahrt
b) Übernachtungswünsche
c) Mittagessen - Wünsche
d) Fußmarsch-Teilnehmerzahl zwecks Übernachtung in Dresden vom 15. zum 16. Mai

3. Sprechertag im August 1970 in Magdeburg:

Der vom Regionalkreis vorgelegte Themenvorschlag: „Aufbau einer Kommunikationsstruktur“ wurde von der Vollversammlung abgelehnt. Diese Problematik soll mit in die geplante Sprecherschulung eingebaut werden.
Es standen folgende Themen zur Diskussion:
I. Die Theologie nach dem Tode Gottes
II. Der Christ in der sozialen Umwälzung

Von der Vollversammlung konnte keine Mehrheit für eines der beiden Themen gewonnen werden. Die Entscheidung wurde dem Regionalkreis nach sachlichen und technischen Erwägungen überlassen.

Aufruf der Berliner ESG zur Mithilfe bei der Sammlung für 10 Traktoren nach Indien!
Kto.: ESG Berlin, Berliner Stadtkontor 6651-32-125 „Traktor“

Themenvorschläge für die Arbeitskreise in Rosenthal

1. Theologische Konzeption der Studentengemeinde

1.1. unter besonderer Berücksichtigung
a) der Struktur der Funktionsgemeinde
b) der Funktion als Aktionsgemeinde
c) der Glaubensvermittlung
d) der Stellenwert der Eucharistiefeier im Gemeindeleben
Arbeitskreis ist Teamwork der Studentenpfarrerkonferenz
Vorschlag: Pf. Rosner, W. Bartel, Pf. Ulrich, Frl. Beike

2. Arbeitsformen innerhalb der Studentengemeinde

2.1. Entwicklung von der Konsumentengemeinde zur arbeitsfähigen Gemeinde
a) Vortragsabend
b) Gesprächsabend
c) Arbeitskreise
d) Arbeitswochenenden
e) Gesprächs- und Reflexionsmöglichkeiten innerhalb der Gemeinde

Vorschlag: Berlin

3. Sachgerechter Beitrag der Studentengemeinde zu methodischen wissenschaftlichen Fragestellungen

   a) Einleitung eines gesellschaftswissenschaftlichen Differenzierungsprozesses (genaue Kenntnis des Marxismus)

   b) Befähigung zur Bewältigung methodischer Probleme (selbsttätig-schöpferisches Studium)

   c) Auzsnutzung aller Möglichkeiten der Entwicklung einer Studienreform (Verwirklichung der Konzeption der 3. Hochschulreform)

   Vorschlag: Karl-Marx-Stadt

4. Studentengemeinde im gesellschaftlichen Engagement

   a) Erkundung neuer Möglichkeiten zum praktischen Dienst an der Gesellschaft

   b) Erkundung neuer Möglichkeiten der Beteiligung bei der theoretisch-prognostischen Entwicklung der Gesellschaft

   Vorschlag: Weimar

5. Studentengemeinde – Auftrag für die Gesamtkirche

   a) Erkennen und Lösen von Problemen stellvertretend für die Gesamtkirche
   b) Das Hinterfragen pastoraler, religiöser und politischer Praktiken der Kirche

   Vorschlag: Halle

6. Entwicklung einer Strategie im Hinblick auf eine DDR-Pastoralsynode

   a) Berücksichtigung der Dekrete und der Arbeitsweise der Meißner Synode
   b) Möglichkeiten einer arbeitsfähigen progressiven Gruppe

   Vorschlag: Leipzig

7. Untersuchung der Struktur einer Studentengemeinde
   a) Wer bildet die Gemeinde?
   b) Welche Rolle spielen geistige und geistliche Differenzen innerhalb der Gemeinde?

c) Für wen ist die Gemeinde verantwortlich?

Vorschlag: Magdeburg

8. Akademiker – Integration und Desintegration

a) Erarbeiten einer Statistik über den heutigen Wirkungskreis ehemaliger aktiver Gemeindemitglieder innerhalb der Kirche

b) Entwicklung eines wirkungsvollen Modells für die Mitarbeit innerhalb einer Ortsgemeinde

c) Entwicklung eines wirkungsvollen Modells von desintegrierten Gruppierungen für die Kirche

d) Kritik und Vorschläge für die Befähigung des einzelnen Studenten durch die Studentengemeinde, in einem dieser Modelle tätig zu werden.

Vorschlag: Jena

Technische Vorschläge

1. Vorbereitende Gemeinden haben ein Kurzreferat von 30 Min. zu halten (jede vorbereitende Gemeinde erhält einen Theologen als Betreuer)
2. Die Gesprächsleiter werden vom Regionalkreis bestimmt und sollen möglichst nicht aus der vorbereitenden Gemeinde kommen.
3. Diskussion ca. 1 1/2 Stunden
4. Bildung eines Redaktionsausschusses, der die wesentlichen Gedanken zu einem Bericht vor dem Plenum zusammenfaßt. Dem Ausschuß sollen nicht nur Studenten der vorbereitenden Gemeinden angehören.
5. Jede Gemeinde hat mindestens 1 Mitglied zu jedem Arbeitskreis zu delegieren, das aus diesem Arbeitskreis vor seiner Gemeinde Bericht erstatten soll.
6. Die Berliner Studentengemeinde erklärt sich bereit, Diskussionsthesen zur Problematik des Selbstverständnisses der SG bis Mitte November an alle Gemeinden zu verschicken, mit der Auflage, ihre Vorstellungen und Anmerkungen bis 1. 2. 1970 der Berliner SG zu schikken (wünschenswert wären Literaturhinweise).
   Die Berliner SG wird auf dieser Basis den Versuch unternehmen, ein Selbstverständnis der SG zu entwickeln, das sie bis zum 1. 4. 70 den SG der DDR übermittelt.

7. Die Studentenpfarrerkonferenz wird gebeten, über die Problematik des Selbstverständnisses der SG und Gemeindevorstellung an sich eine Literaturliste auf ihrer nächsten Tagung zu erarbeiten und bis 1. 2. 70 an die Berliner SG zu senden.

Vorschlag für den Sprechertag Ende August 1970

Aufbau einer Kommunikationsstruktur

a) Kontakte und Informationsfluß zwischen den einzelnen Studentengemeinden und Akademikergruppierungen

b) Kontakte und Informationsfluß zwischen den katholischen und evangelischen Studentengemeinden im Hinblick auf Bildung überregionaler Projekte (Friedensinstitut, ökumenisches Institut usw.)

c) Möglichkeiten einer Breitenwirkung unter besonderer Berücksichtigung der kirchlichen Presse.

d) Informationsfluß zwischen den Gemeinden und den Ortsgemeinden und innerhalb der Gemeinden

– Nur für innerkirchlichen Dienstgebrauch –

STATUT

der katholischen Studentengemeinden der DDR

Die Studentengemeinden der einzelnen Jurisdiktionsbezirke arbeiten auf DDR-Ebene zusammen. Diese Zusammenarbeit soll den einzelnen Gemeinden durch Anregung und Koordinierung dienen. Sie soll es ermöglichen, die Anliegen der Studentengemeinden bei der Ordinarienkonferenz und den örtlichen Gliederungen der Kirche zu vertreten und Verbindungen zu den örtlichen Organen der evangelischen Studentengemeinden der DDR sowie zu den Studentengemeinden anderer Länder herzustellen.

Organe der katholischen Studentengemeinden der DDR sind:

die Vollversammlung
die Sprecherkonferenz
die Studentenpfarrerkonferenz
der zentrale Arbeitskreis
das Leitungsgremium

1. Die Vollversammlung

1.1. Zusammensetzung

Die Sprecherkonferenz, Studentenpfarrerkonferenz und Zentraler Arbeitskreis (ZAK) bilden die Vollversammlung.

1.2. Aufgaben

Die Vollversammlung gibt Richtlinien für die gemeinsame Arbeit und beschließt zentrale Veranstaltungen. Sie behandelt Anträge der Sprecherkonferenz, der Studentenpfarrerkonferenz und des ZAK.

1.3. Die Vollversammlung tritt unter Vorsitz des Leitungsgremiums normalerweise zweimal im Jahr zusammen. Das Leitungsgremium kann eine außerordentliche Vollversammlung einberufen. Die Vollversammlung ist beschlußfähig, wenn mindestens 2/3 ihrer Mitglieder persönlich anwesend sind. Stimmberechtigt ist jedes Mitglied der Vollversammlung. Stimmabgabe nur bei persönlicher

Anwesenheit möglich. Bei Alternativentscheidungen ist absolute, sonst einfache Mehrheit erforderlich. Eine Statutenänderung kann nur mit 2/3 - Mehrheit aller Stimmberechtigten beschlossen werden.

2. Die Sprecherkonferenz

2.1. Zusammensetzung

Amtierende Sprecher bzw. Delegierte der Gemeinden sowie die von den Gemeinden in den ZAK delegierten Mitglieder bilden die Sprecherkonferenz.
Folgende Gemeinden haben vier Stimmen:
Berlin, Dresden, Leipzig, Halle, Jena, Magdeburg
Alle übrigen Studentengemeinden der DDR haben zwei Stimmen. Die Zuordnung der Gemeinden zu einer der beiden Gruppen kann auf Antrag von der Vollversammlung geändert werden. Jedes Mitlied des ZAK hat in der Sprecherkonferenz eine Stimme. Stimmabgabe ist nur bei persönlicher Anwesenheit möglich.

2.2. Aufgaben

Zu den Aufgaben der Sprecherkonferenz gehören:
- gegenseitige Information
- Anregungen für die Arbeit der einzelnen Gemeinden
- Planung der zentralen Veranstaltungen
- Koordinierung der Arbeit mit den Organen der evangelischen Studentengemeinden.

2.3. Arbeitsweise

Die Sprecherkonferenz tritt normalerweise zweimal im Jahr zusammen und wird von den Sprechern des ZAK geleitet. Sie berät die von den Studentengemeinden, dem ZAK und der Studentenpfarrerkonferenz vorgeschlagenen Arbeitsfragen. Auf diesen Tagungen wird außerdem ein Thema behandelt.

3. Die Studentenpfarrerkonferenz

3.1. Zusammensetzung

Die amtierenden haupt- und nebenamtlichen Studentenpfarrer und hauptamtlich angestellte theologische Assistenten bilden die Studentenpfarrerkonferenz.

3.2. Aufgaben

Die Studentenpfarrerkonferenz berät pastorale Fragen, macht Vorschläge für die gemeinsame Arbeit und die zentralen Veranstaltungen. Zusammen mit dem ZAK ist sie für die Durchführung dieser Veranstaltungen verantwortlich, vertritt sie die Anliegen der Studentengemeinden bei der Ordinarienkonferenz und den örtlichen Gliederungen der Kirche und unterbreitet den Ordinarien Vorschläge zur Berufung bzw. Abberufung haupt- und nebenamtlicher Studentenpfarrer. Sie wählt ihren Vorsitzenden für eine dreijährige Amtsdauer sowie den Studentenpfarrer vom Reisedienst und entscheidet über dessen Amtsdauer.

3.3. Arbeitsweise

Die Studentenpfarrerkonferenz trifft sich viermal im Jahr. An ihren Sitzungen nimmt ein Delegierter des ZAK teil. Zur Wahl des Vorsitzenden ist jedes Mitglied stimmberechtigt; Stimmabgabe ist nur bei persönlicher Anwesenheit möglich, es entscheidet die einfache Mehrheit.

4. Der Zentrale Arbeitskreis (ZAK)

ist das von der Sprecher- und Pfarrerkonferenz beauftragte Organ zur Leitung der zentralen Arbeit der Studentengemeinden der DDR. Er ist der Vollversammlung rechenschaftspflichtig.

4.1. Zusammensetzung

Die Sprecher des ZAK, zwei hauptamtlich in der Studentenseelsorge tätige Vertreter der Studentenpfarrerkonferenz und die von den Gemeinden delegierten Mitglieder bilden den ZAK. Folgende Gemeinden delegieren für zwei Jahre je einen Vertreter:
Berlin, Dresden, Erfurt, Halle, Jena, Karl-Marx-Stadt, Leipzig, Magdeburg, Rostock und das Priesterseminar Erfurt.
Mit der Zustimmung der Vollversammlung können auch andere Gemeinden einen Vertreter in den ZAK entsenden. Im Konfliktfall können die Mitglieder des ZAK von der Vollversammlung mit 2/3 - Mehrheit abgelehnt werden.

4.2. Aufgaben

Der ZAK bereitet die zentralen Veranstaltungen vor. Er konkretisiert die von der Vollversammlung beschlossenen Arbeitsvorhaben und befaßt sich mit speziellen, die Studentengemeinden betreffenden Fragen. Der ZAK soll Anregungen für die Arbeit der Studentengemeinden der DDR geben. Er koordiniert die Zusammenarbeit mit den zuständigen Organen der evangelischen Studentengemeinden, er unterbreitet Vorschläge zur Berufung bzw. Abberufung der haupt- und nebenamtlichen Studentenpfarrer. Der ZAK wählt aus seinen eigenen Mitgliedern für ein Jahr die Sprecherin und den Sprecher mit der Möglichkeit der Wiederwahl. Eine vorherige Mitgliedschaft im ZAK ist anzustreben. Das jeweilige Sprecherpaar wird der Vollversammlung vorgestellt.

4.3. Arbeitsweise

Der ZAK wird mindestens viermal im Jahr vom Leitungsgremium einberufen. Jedes Mitglied ist für die benachbarten Gemeinden verantwortlich, die keinen Delegierten im ZAK haben.

5. Das Leitungsgremium

besteht aus den beiden ZAK-Sprechern und dem Vorsitzenden der Studentenpfarrerkonferenz. Es beruft den ZAK und gegebenenfalls eine außerordentliche Vollversammlung ein. Das Leitungsgremium ist berechtigt, in dringenden Fällen im Namen der Studentengemeinden der DDR zu entscheiden. Diese Entscheidungen bedürfen der nachträglichen Billigung durch die entsprechenden Organe der Studentengemeinden der DDR.

Dieses Statut setzt frühere Statuten außer Kraft. Zugrunde liegt das am 4. 1. 70 von der Vollversammlung angenommene Statut, eine Überarbeitung auf Wunsch der Pastoralkonferenz im Jahre 1971 und eine Änderung der Sprecherwahl, angenommen von der Vollversammlung am 12. - 14. 9. 75 in Halle.

Nur für innerkirchlichen Dienstgebrauch!

Zentraler Arbeitskreis der
kath. Studentengemeinden
der DDR (ZAK)

701 Leipzig, den 22. 10. 77
Peterssteinweg 17
KSG Leipzig

An Herrn
Bischof Braun
30 Magdeburg
Beethovenstr. 4

Sehr verehrter Herr Bischof!

Die Sprecher der katholischen Studentengemeinden der DDR, die am 23. - 25. September zu ihrer Sommersprechertagung in Leipzig zusammengekommen sind, haben uns beauftragt, Ihnen unsere Sorge um die Zukunft der KSG Halle mitzuteilen.
Ihre Entscheidung, Herrn Pfarrer Richter neben der Aufgabe als Studentenpfarrer gleichzeitig zum Vikar an der St.-Paulus-Gemeinde Halle-Neustadt zu ernennen, auch das Haus Halle, Mühlweg 18 für die Studentenseelsorge zu schließen, hat bei den Sprechern der Studentengemeinden und ihren Seelsorgern Unverständnis hervorgerufen.
Zum Studienjahresbeginn hat Pfarrer Richter Formen eines neuen Gemeindelebens festgelegt, die in einem Brief – in welchem er sich auf Ihre Bestätigung beruft – den Studenten mitgeteilt wurden.
Dem von Pfarrer Richter erarbeiteten Modell liegt ein Verständnis von Studentenseelsorge zugrunde, das unseren Erfahrungen widerspricht. Die „neue Linie" von Pfarrer Richter, die von einer ganz bestimmten Spiritualität geprägt ist, wird ihrer Einseitigkeit und Ausschließlichkeit wegen sowohl von Sprechern der Studentengemeinden als auch der Mehrheit der Hallenser Studenten abgelehnt. Viele unserer Kommilitonen in Halle fühlen sich ohne eigene Schuld vom Gemeindeleben ausgeschlossen. Das gibt uns besonders deshalb zum Nachdenken Anlaß, weil christliche Studenten in unserem Land in vielfacher Weise angefragt werden und in ihrer Suche und ihren Fragen dringend vielfältige Hilfe einer christlichen Gemeinde benötigen.
Der Verlust dieser Gemeinschaft ist in seinem gegenwärtigen und zu erwartenden künftigen Auswirkungen für den Einzelnen schmerzlich, weil es für viele der Betroffenen schwer sein wird, ihren Weg zum Christsein weiterzugehen. Unverständlich ist uns, warum Pfarrer Richter in

seinem Brief diese ernste Tatsache bewußt einplant, indem er schreibt, daß nur wenige den Mut haben werden, das Studentenleben auf diesem neuen Weg des demütigen und schweren Dienstes zu beginnen. Damit stellt er seine geistlichen Prinzipien über seine seelsorgliche Verantwortung gegenüber den Einzelnen und der gesamten Gemeinde.
Wir fragen, wie den Ausgeschlossenen geholfen werden kann und ob Studentenseelsorge in Halle nur noch für die von Pfarrer Richter in einer bestimmten Richtung orientierten Gruppe möglich sein soll.
Welche Zukunft sehen Sie für die gesamte katholische Studentenschaft dieser Stadt?
Welche Auswirkungen wird die Integration der Studentengemeinde in die St.-Paulus-Gemeinde mit sich bringen?
Die Lebensweise, die Interessen und Probleme der Studenten unterscheiden sich zu stark von denen der anderen Gemeindemitglieder; da Studenten nur zwei bis vier Jahre zur Gemeinde gehören können, bleiben sie letztlich eine Randgruppe, der das wirkliche Gemeinschaftsleben verloren geht. Erschwert würden die Kontakte durch Heimfahrten der Studenten an den Wochenenden und die damit ausbleibende Mitfeier des Gottesdienstes in dieser Gemeinde. Die Darstellung des bisherigen Gemeindelebens durch Pfarrer Richter erfolgte einseitig und verzerrt. Völlig ungenannt bleiben zum Beispiel das Interesse und die Auseinandersetzung mit theologischen und Glaubensfragen zur Lebensbewältigung und das offene Engagement für die Kirche. Die caritative Arbeit wird als fast nicht vorhanden dargestellt, obwohl sie schon seit langem wichtiger Bestandteil der Arbeit der meisten Studentengemeinden, so auch der Hallenser, ist. Neben der konkreten Arbeit der einzelnen Studentengemeinden in verschiedenen sozialen Einrichtungen, werden auch regelmäßige Geldsammlungen durchgeführt. Innerhalb eines Jahres haben die Studentengemeinden etwa 15.000,- M für caritative Zwekke oder für Entwicklungshilfe gesammelt.
In den vergangenen beiden Jahren hat sich gezeigt, daß Pfr. Richter sich nicht auf das Profil und die Eigenart einer Studentengemeinde einstellen konnte. Das fehlende, aber notwendige gegenseitige Vertrauensverhältnis ist trotz mehrfacher Bemühungen der Studenten nicht zustandegekommen. Weil mit Sicherheit ein Weiterbestehen dieses Nebeneinanderlebens für Pfarrer Richter und die Gemeinde eine physische und psychische Überbelastung darstellt, bitten wir Sie, diese Situation neu zu überdenken und dabei vorrangig o. g. menschliche Aspekte und Konsequenzen in Betracht zu ziehen.
Schließlich müssen wir auf die Auswirkungen hinweisen, die sich aus der Schließung des Hauses Halle, Mühlweg 18, für die Studentenseel-

sorge dort und der gesamten DDR ergeben. Aus unserer Sicht widerspricht die Schließung dieses Hauses den gegenwärtigen und künftigen Erfordernissen der pastoralen Arbeit in unserem Raum.
Es zeigt sich immer wieder, daß unser kirchliches Leben an vielen Stellen von den Absolventen aus den Studentengemeinden getragen wird. Wir wissen, welche Verantwortung und Chance für die Kirche in der Studentenseelsorge und -arbeit liegt.

Für Ihre Arbeit wünschen wir Ihnen Gottes Segen und den Beistand des Heiligen Geistes.

Mit herzlichen Grüßen

ZAK - Sprecher ZAK - Sprecherin

DOKUMENT 42

Entwurf zu einem

PASTORALE

für die Arbeit der Studentengemeinden

1. Die Situation der Studenten

1.1. Statistische Angaben

An den Universitäten, Hoch- und Fachschulen der DDR studieren laut Statistisches Jahrbuch 1971 163 004 Studenten. Der Anteil der Katholiken – schätzungweise – beträgt 6,5 %, das sind 10. 595. Diese Zahl dürfte unrealistisch sein. Man rechnet in der DDR mit einem Gottesdienstbesuch von 25 %, damit erfaßt man die Katholiken, die Interesse am Gemeindeleben zeigen. Das ergäbe 2.648 Studenten.
Nach den Karteien der Studentengemeinden sind erfaßt ca. 2.300 Studenten. Regelmäßig an dem Leben der Gemeinden beteiligen sich ca. 1.000 Studenten.

1.2. Menschliche Situation

Die menschliche Situation der Studenten ist dadurch gekennzeichnet, daß bisherige Bedingungen gelöst oder doch merklich gelokkert werden, ohne daß für die Phase des Studiums eine neue, gleichwertige Eingliederung erfolgt. Der Student tritt mit Beginn des Studiums aus seiner gewohnten Umwelt heraus (Familie, Schule, Wohnort). Er wird einer neuen Lebenswelt eingegliedert (Hochschule, Seminargruppe, Internat, Hochschulort). Er gewinnt eine größere Möglichkeit an Freiheit, in der er gleichzeitig im zunehmenden Maße dem Verschulungsprozeß des Studium ausgeliefert ist.

Eine solche Lebenssituation birgt die Gefahr der Krise in sich. Der Übergang von einem vertrauten Lebensmilieu in eine neue Umwelt ist in der Regel mit „Entfremdungserfahrungen" verbunden, zumal wenn ein Student aus begrenzten Lebensverhältnissen kommt und sich so einer andersartigen Lebenswelt konfrontiert sieht. Er wird in seiner Lebenshaltung unsicher; an die Stelle einer bisher gewonnenen Stabilität seines Ich tritt eine gewisse Labilität. Die geforderte Anpassung an die veränderte Lebenswelt stellt eine schwierige Aufgabe dar. In ihr liegt die Chance einer menschlichen

Reifung, zugleich aber auch die Gefahr sowohl einer Isolierung also auch einer konformistischen Verhaltensweise.

1.3. Kommunikation und Problemlage

Die geistige Situation der Studierenden in der DDR hat einige besondere – auf den ersten Blick nicht zu erwartende Merkmale.

1.3.1. Studium und Interesse

Vom offiziellen Erscheinungsbild unserer Universitäten und Hochschulen her, scheinen die Komponenten des geistigen Lebens einfach zu sein: der Studierende hat sich mit dem Stoff seines Faches, mit dem Marxismus-Leninismus und mit einigen sogenannten persönlichen Problemen auseinanderzusetzen. Dieses einfache Bild trügt.

Man findet eine sehr pluralistische Interessenlage. Die Probleme der jüngeren europäischen Geistesgeschichte (Philosophie, Psychologie, Kunst, Literatur) sind mehr oder weniger „unter der Decke" lebendig und zwar im Einzelfall in überraschend fundierter Kenntnis (z. B. Camus, Sigmund Freud). Meist jedoch in sehr fragmentarischer Weise, oft auch nur in konfusen Fragen.
Dieses Phänomen hat seinen Ursprung in der Diskrepanz zwischen der unumschränkten Vormachtstellung der ökonomischen Strukturen in unserem Staat und den vorhandenen Einzelbegabungen. Die Vormachtstellung der Ökonomie läßt dafür wenig „offiziellen" Raum der Entfaltung der Begabung offen. Berufsaussichten für diese Begabungen gibt es kaum. So kommt es, daß sehr viele studieren, nur um einen – meist technisch-naturwissenschaftlichen – „Beruf" erlernen, ihr intellektuelles Interesse aber ohne rechtes Ziel bleibt. Diese Lage wird dadurch verschärft, daß auf den Studierenden neben dem Zwang des Berufsstudiums noch der Zwang der doktrinären Ideologie liegt, die alles durchfärbt.
Viele Studenten empfinden ein Unbehagen an dem offiziell propagierten Welt- und Menschenverständnis, das keine ausreichende Hilfestellung zur Klärung der Sinnfrage bietet.

1.3.2. Kommunikation der Studenten untereinander

Die zunehmende Unterbringung der Studierenden in Internaten und das Zusammenleben in Seminargruppen bringt eine vielseitige Kommunikation außerhalb des „berufsmäßigen" Studiums mit sich. Die Einzelnen suchen Andere, die sie verstehen. Die geistigen Interessen suchen ein „inoffizielles" bzw. privates Betätigungsfeld. Trotz allem aber bleiben viele Studenten mit wichtigen Problemen allein.

1.3.3. Folgen

Diese Existenznot wird mehr und mehr erfahren und im gegenseitigen Kontakt bewußt. Deshalb sucht man Antwort und Stütze in dem, was fragmentarisch „unter der Decke" vermittelt, gedacht und – in kleinen Gruppen – gemeinsam getan wird. Da sich für diesen Konflikt selten ein Ausweg findet, sind Resignation und Selbstaufgabe häufig. In den meisten Fällen hat sie die Gestalt der mehr oder weniger totalen Anpassung an die bestehende Arbeitswelt der DDR.

2. Pastorale Konsequenzen

2.1. Notwendigkeit der Studentenseelsorge

Die Notwendigkeit der eigenen Studentenseelsorge ergibt sich sowohl aus dem relativen Anteil katholischer Studenten an der Gesamtzahl der Studierenden in der DDR als auch vor allem aus deren menschlichen und glaubensmäßigen Situation. Eine Seelsorge für Studenten durch die Heimatgemeinde und die normale Ortsgemeinde am Hochschulort ist für die spezifischen Situationen der Studenten nicht ausreichend. Freilich bestehen Unterschiede zwischen Gemeinden an Universitätsstädten und Studentengruppen an Fachschulorten.

2.2. Aufgabenstellung

2.2.1. Eucharistiefeier und Gottesdienst

Eucharistiefeier als Quelle und Gipfel allen kirchlichen Tuns bilden für die Studentengemeinde ein wesentliches Anliegen. Diese Eucharistiefeier wird – je nach den räumlichen Möglichkeiten – sonntags und einmal wochentags und an hervorgehobenen Punkten des Studienjahres gehalten.
Die Eucharistiefeier soll zeichenhaft das gesamte Leben der Studenten zusammenfassen in Hinordnung auf Christus und zugleich zum modellhaften Entwurf und Impuls zur Realisierung christlichen Lebens werden. Das erfordert eine sorgfältige Vorbereitung

der Gottesdienste. Wünschenswert wäre die Möglichkeit einer Flexibilität der Formen. Die vielfältige Situation der Studenten erfordert noch andere Formen des Gottesdienstes (Wortgottesdienste, Meditationsstunden usw.), die den thematischen Erfordernissen und verschiedenen Glaubenssituationen Rechnung tragen können.

2.2.2. Verkündigung und Problembewältigung

Die Verkündigung des Evangeliums durch den Seelsorger muß von theologischer Fachkenntnis und Redlichkeit geprägt sein. Studierende sind sehr feinfühlig dafür, ob sie eine klar und durchsichtig interpretierte Botschaft hören oder ob sie be- bzw. überredet werden. Stark ausgeprägt ist der Wille zum Verstehen. So ergibt sich öfter die Notwendigkeit im Anschluß an die Schrifterklärung durch den Seelsorger ein „Schriftgespräch" statt einer Predigt zu versuchen. Der Vortrag ist der notwendige Ort, wo im großen Kreis durch fachkundige Rede die geistige Lage der Studenten aufgedeckt, angesprochen, geklärt und Hilfen zur Problembewältigung gegeben werden. Eine breite Streuung der Thematik ist nötig, um die vielfältigen Probleme zu erfahren und gleichzeitig andernorts ausfallende Themenkreise zur Sprache zu bringen. Um der Situation gerecht zu werden ist für die Programmgestaltung die Mitarbeit der Studenten unerläßlich. Fast wichtiger noch als der Vortrag selbst ist das anschließende Gespräch. Hier wird im eigentlichen Sinn „unter der Decke Befindliches" aufgedeckt und geklärt. Dabei ist neben der inhaltlichen Antwort des Referenten und anderer Studenten die Atmosphäre der freien Aussprache entscheidend. Daß die Fragen oft die Form von Behauptungen annehmen, liegt in der Art, wie an unseren Schulen „gelehrt" wird.
Zum Vortrag mit Aussprache haben sich im Laufe der Zeit „Arbeitsgruppen" und „Gesprächskreise" ergeben. Die Gründe hierfür sind kennzeichnend:
Die Studenten möchten aus der Passivität heraus. Die kleinere Gruppe erleichtert und übt das mutige, wenn auch oft ungekonnte Aussprechen der tiefer sitzenden Fragen.
Eine Kombination von Vortrag und Gesprächskreis stellen die „Wochenenden" dar, von denen zwei im Jahr regional, d. h. für alle interessierten Studenten der DDR in Roßbach, stattfinden. Außerdem veranstaltet jede Gemeinde in verschiedener Häufigkeit solche Wochenenden.

2.2.3. Gemeinschaft und Struktur

Der Student braucht aufgrund seiner spezifischen menschlichen Situation am Hochschulort einen Raum der Gemeinschaft, der ihm durch die Studentengemeinde eröffnet wird. Der pastorale Dienst in den Studentengemeinden wird erfahrungsgemäß mit Recht danach bemessen, inwieweit die Gemeinde der offene Raum personaler Begegnung und helfender Gemeinschaft ist. Ein solcher Raum bietet Hilfe zur menschlichen Reifung in persönlicher und sozialer Hinsicht. Der hohe Wert des Gemeinschaftscharakters der Studentengemeinde bleibt nicht ohne Konsequenz für die Struktur der Gemeinde und die Stellung des Studentenpfarrers. Die Struktur der Gemeinde ist stärker, als dies in einer Ortsgemeinde möglich ist, personal und kollegial bestimmt. Für die Stellung des Studentenpfarrers hat die charismatische Befähigung mehr Gewicht als die amtliche Autorität. Er muß Verständnis für die spezifischen Probleme der Studenten haben, offen und gesprächsbereit sein und bei der Problembewältigung helfen. Den Initiativen der Studenten muß er Raum lassen und seine Leitungstätigkeit ohne Dirigismus verantwortlich ausüben.

2.2.4. Diakonie und Weltdienst

Durch die fortwährende Konfrontation mit den Problemen der Gesellschaft wiegt die Frage nach Diakonie und Weltdienst schwer. Angeregt durch die Diskussion der Probleme und auch spontan wenden sich die Studenten in Gruppen verschiedenen Anliegen zu (Caritas, Entwicklungshilfe, Synode, liturgische Gestaltung des Gottesdienstes). Die Wahl wie auch Dauer solcher Aktivitäten ist durch die altersspezifische Situation und der Belastung der Studenten durch das Studium bestimmt.

2.3. Studentenseelsorge und Gesamtpastoral

Die Studentenseelsorge bildet einen Bestandteil der Gesamtpastoral. Sie muß sich immer bewußt bleiben, daß Studentsein ein Übergangszustand ist. Wie der Student aus einer örtlichen Pfarrgemeinde kommt, wird er auch in absehbarer Zeit in eine solche zurückkehren. Deshalb sollte es ihr Ziel sein, die Studenten zu befähigen, in einer Pfarrgemeinde von heute verantwortlich mitzuarbeiten. Um dieses Ziel zu erreichen, haben sich bewährt: Podiumsgespräche von Absolventen mit Erfahrungsberichten von ihrer Arbeit in Be-

ruf und Pfarrgemeinde, Beteiligung am Synodengeschehen, caritative Einsätze, gelegentliche Mitarbeit in der Jugendseelsorge der Pfarrei und des Dekanats und ähnliches mehr.
Auch in seinem Verhältnis zur Kirche ist der Student ein suchender und fragender Mensch. Er wird manches spüren und in Worte fassen können, was im Bewußtsein vieler Gläubiger vorhanden ist. Damit kann der Studentengemeinde eine wichtige Funktion innerhalb der kirchlichen Entwicklung zuwachsen, die nicht vorschnell als unkirchlich verdächtigt werden sollte, sondern nach dem Wort des Apostels Paulus: „Löscht den Geist nicht aus!" (1 Tess 5,19) zu beachten ist.
Karl Rahner wies auf die Möglichkeit hin, daß die Hochschulgemeinden Modell künftiger Pfarrstrukturen sein können. (Pastorale Handreichungen zum kirchlichen Amtsblatt Nov. 1968). Sie seien weniger einfach „Volkskirche" sondern mehr Kirche der persönlich Glaubenden in einer „Diaspora", weniger als bisher Verwaltungsbezirk einer religiösen Großorganisation, mehr Altargemeinde der Glaubenden, weniger durch die Bestimmung der Amtskirche auf Grund bloßer Wohnortgleichheit „zusammengefaßt", mehr Gemeinde der durch personellen Glaubensentschluß Geeinten. Eine Hochschulgemeinde müsse immer neu werden, weil ihre Mitglieder rasch wechseln, sie müsse etwas „bieten", was über die Erfüllung standardisierter „religiöser Pflichten" und individueller „religiöser Bedürfnisse" hinausgeht, sie muß einen lebendigen, festen Kern haben, und muß doch offen sein zu allen Studenten und darf keine festen Grenzen haben, sie hat heute schon ein unbefangenes Verhältnis zu den „Sympatisanten", während oft zu einer Pfarrei entweder bürokratisch „alle" gehören oder eben praktisch doch nur die eifrigen Praktikanten, so daß „die anderen" nur die „Abständigen" sind.
Eine Studentengemeinde holt sich wie von selbst Kräfte von „außen" zur Hilfe (Prediger, Vortragende, Fachleute usw.), während eine Pfarrei noch zu oft „autark" sein will. Eine Hochschulgemeinde muß sich, soll sie lebendig sein, in kleinere Gruppen gliedern, ohne ihre Einheit zu verlieren, Gruppen, die andere Strukturprinzipien haben als die „Naturstände", die heute nicht mehr recht als Gestaltungsprinzipien infrage kommen. Eine Hochschulgemeinde sollte sich weder auf die „Kirche beschränken", noch alles Weltliche in Eigenregie in sich zu integrieren suchen. In ihr läßt sich vielleicht am besten erproben und einüben , wie der Laie von morgen

in der Kirche aktiv werden kann und ein brüderlich vertrauensvolles Verhältnis zum Klerus gewinnt (H 81 f.).
Zusammenfassend muß wohl gesagt werden, daß die Studenten im Vergleich zu anderen jungen Erwachsenen in einer spezifischen Situation leben. Sie sind aus ihrer vertrauten Umwelt herausgelöst, einer besonderen menschlichen Bewährungsprobe ausgesetzt. Die Erfahrung zeigt, daß gerade diese Lage eine Chance ist zur Vertiefung eines persönlich verantworteten Glaubens.
Eine spezifische Seelsorge an Studenten erscheint deshalb als eine entscheidende Aufgabe der heutigen Stunde.

STATUT

der Katholischen Studentengemeinde (KSG) in Leipzig (1966)

I. Zusammengehörigkeit und Ziel

1) Wir verstehen uns als Gemeinde Jesu Christi, ähnlich einer Pfarrgemeinde. Quelle und Mittelpunkt unseres Lebens sind die Eucharistiefeier und die Verkündigung des Wortes Gottes. Unser Patron ist der heilige Lordkanzler und Märtyrer Thomas Morus. Unsere Gemeinde ist keine Organisation im weltlichen Sinn, entsprechend der am 29. Mai 1958 approbierten bischöflichen Satzung der katholischen Studentenseelsorge in Leipzig.

2) Zu uns gehören alle katholischen Hoch- und Fachschulstudenten der Stadt Leipzig.

3) Wir wissen uns eins mit der deutschen katholischen Studentenschaft im Geist des Hardehausener Grundgesetzes von 1946. Unsere Gemeinde will gläubige und verantwortungsbewußte Menschen bilden, die fähig und bereit sind, an der Erneuerung der Kirche und an der Vermenschlichung der Gesellschaft führend mitzuwirken. Im Sinne des II. Vatikanischen Konzils arbeiten wir eng mit der Evangelischen Studentengemeinde (ESG) Leipzigs zusammen, vornehmlich in dem, was die Sorge um die Ausländer betrifft.

4) Unsere Gemeinde gehört zur Region der DDR, d. h. zum Zusammenschluß aller katholischen Studenten in unserem Lande. Sie weiß sich für die Region verantwortlich, arbeitet mit und nimmt vor allem in entsprechender Weise an den Vertreter- und Sprechertagen teil. Ihre Seelsorger gehören der Studentenpfarrerkonferenz an.

II. Die Leitung der Gemeinde

1) Die Leitung der Gemeinde liegt in den Händen des Studentenpfarrers, des 1. Sprechers und der 1. Sprecherin, des 2. Sprechers und der 2. Sprecherin und eventuell des Studentenkaplans. Der Studentenpfarrer (und Kaplan) üben dabei den ihnen vom Bischof übertragenen Seelsorgsauftrag verantwortlich aus.

2) In partnerschaftlicher Zusammenarbeit mit dem Studentenpfarrer trägt die Leitung die Verantwortung für das Leben der Gemeinde, für das Semesterprogramm und sämtliche organisatorischen Fragen.

3) Die Sprecher und Seelsorger kommen möglichst oft zum Sprecherkreis zusammen, wenigstens aber zweimal im Monat. Die Sekretärin der KSG führt dabei das Protokoll.

4) Der Studentenpfarrer und der erste Sprecher repräsentieren die Gemeinde nach außen. Sie können diese Aufgabe aber auch einem anderen Sprecher oder dem Kaplan übertragen.

5) Zur Leitung unserer Gemeinde gehören auch beratende Mitglieder. Es sind dies: der Verbindungsmann zur ESG, der Beauftragte für Ausländerarbeit, die Mitarbeiter des Regionalkreises und die Sekretärin der KSG. Sie möchten wenigstens sooft am Sprecherkreis teilnehmen, daß er über ihre Arbeit gut informiert ist.

6) Die Leitung unserer Gemeinde ist dem Mitarbeiterkreis rechenschaftspflichtig.

III. Der Mitarbeiterkreis

1) Der Mitarbeiterkreis setzt sich aus verantwortungsbewußten Studentinnen und Studenten möglichst aller Fachrichtungen zusammen.

2) Die Mitarbeiter werden von unserer Gemeinde empfohlen und vom Studentenpfarrer berufen. Die ehemaligen Sprecher gehören durch ihr früheres Amt zum Mitarbeiterkreis.

3) Der Mitarbeiterkreis trifft sich etwa dreimal im Semester. Von jedem Mitarbeiter, der fernbleibt, wird eine Entschuldigung erwartet.

4) Der Mitarbeiterkreis beschließt grundlegende Fragen des Gemeindelebens, berät die Leitung und hilft ihr bei der Durchführung der gestellten Aufgaben. Beschlüsse werden mit einfacher Mehrheit gefaßt. Da der Mitarbeiterkreis in gewissem Sinne der Kern der Gemeinde ist, trägt er eine besondere Verantwortung für das gesamte Gemeindeleben. Vornehmlich sollen die Mitarbeiter die Studenten ihrer Fachrichtungen

kennenlernen und mit ihnen Kontakt halten. Sie sorgen für Verständnis und Aktivität in der Gemeinde bei deren Veranstaltungen (z. B. Teilnahme am Gottesdienst, an regelmäßigen Gemeindeveranstaltungen, an Fakultätskreisen, am Patronatsfest, an „Wochenenden", an den Wallfahrten). Einzelne Mitarbeiter übernehmen spezielle Aufgaben: Caritasarbeit, Sorge für den Ministrantendienst, Singe- bzw. Scholaleiter u. ä. Sie sind für ihre Arbeit der Gemeindeleitung und dem Mitarbeiterkreis Rechenschaft schuldig.

5) Der Mitarbeiterkreis wählt unsere Sprecher. Die Wahl findet normalerweise bei der letzten Zusammenkunft im jeweiligen Semester statt.

IV. Die Sprecherwahl

1) Die Kandidaten für dieses Amt werden von der Gemeinde bzw. vom Mitarbeiterkreis und von der Leitung vorgeschlagen. Die Sprecher fordern die Gemeinde etwa vier Wochen vor der Wahl auf, ihnen Kandidaten zu benennen.

2) Es werden stets der zweite Sprecher und die zweite Sprecherin gewählt. Die bisherigen zweiten Sprecher rücken an die Stelle der ersten. Jeder Sprecher bleibt also ein Jahr im Amt.

3) Vor Beginn des Wahlaktes verlassen die anwesenden Kandidaten den Raum, damit eine kurze, freie und sachliche Diskussion über Für und Wider der einzelnen Kandidaten stattfinden kann. Die Kandidaten wählen selbst nicht mit.

4) Die Wahl ist geheim. Die ersten Sprecher, deren Amtszeit zu Ende ist, leiten die Wahl. Sie teilen Zettel aus, auf die der Name des zu Wählenden vom Wähler zu schreiben ist. Die beiden Wahlleiter sammeln die zusammengefalteten Zettel ein und zählen sie unter Ausschluß der Öffentlichkeit aus. Gewählt ist, wer die einfache Mehrheit der Stimmen auf sich vereinigen kann. Bei Stimmengleichheit entscheidet ein zweiter oder dritter Wahlgang, dem unter Umständen eine erneute Diskussion über die Kandidaten vorausgeht. Das Wahlergebnis wird von den Wahlleitern bekanntgegeben. Sie Stimmenzahl bleibt jedoch, auch für die Gewählten, geheim. Zur Bekanntgabe sind wieder alle Kandidaten anwesend.

5) Aus alter Gewohnheit haben die Sprecher, deren Amtszeit zu Ende ist, der Studentenpfarrer und der Kaplan je zwei Stimmen. Sie bekommen also vier Wahlzettel. Alle Mitarbeiter haben je eine Stimme, ebenso die Sekretärin der KSG.

6) Die gewählten Sprecher werden am nächsten „Offenen Abend" der Gemeinde vorgestellt, ihre Vorgänger verabschiedet. Ihr Amt ist mit der Wahl der neuen zweiten Sprecher erloschen. Sie werden jedoch gebeten, um einen guten Übergang zu gewährleisten, bis zum Beginn des neuen Semesters noch am Sprecherkreis teilzunehmen. Sie haben die Aufgabe, die Gewählten in ihr Amt einzuführen.

7) Falls ein Sprecher wegen Krankheit oder aus anderen schwerwiegenden Gründen sein Amt nicht mehr ausüben kann oder will, bedarf es seinerseits einer Rücktrittserklärung. Entweder bleiben dann nur drei Sprecher im Amt, oder es wird ein Vierter vom Mitarbeiterkreis für die Dauer der Amtszeit des Zurückgetretenen hinzugewählt. Der Hinzugewählte übt aber stets das Amt des zweiten Sprechers aus. Der bisherigen zweite Sprecher rückt an die Stelle des zurückgetretenen ersten Sprechers.

8) Abschnitt IV des Statuts soll vor jeder Wahl dem Mitarbeiterkreis vorgelesen werden.

V. Aufhebung und Änderung des Statuts

1) Die Aufhebung und jede Änderung oder Ergänzung des Statuts kann nur durch Zweidrittel-Mehrheit vom Mitarbeiterkreis beschlossen werden. Entsprechende Anträge dazu stellt die einfache Mehrheit des Mitarbeiterkreises.

2) Sollten außergewöhnliche äußere Umstände eintreten, dann kann durch Beschluß der Leitung das Statut aufgehoben werden.

PROTOKOLL

des S p r e c h e r t a g e s vom 3. bis 5. Jan. 1969
Halle, Mühlweg 18

Freitag, 20.00 Uhr — Information und Erfahrungsaustausch über die Situation der Gemeinden

1. Gestaltung der Semesterprogramme:

In vielen Gemeinden (Halle, Leipzig, Merseburg, Jena u.a.) werden die Themen im Mitarbeiterkreis vorgeschlagen und erarbeitet. Oft liegen die Programme anderer Gemeinden zugrunde. Die Programme werden z. T. mit der ESG abgestimmt und vor der Gemeinde (Merseburg) oder im Mitarbeiterkreis zur Abstimmung gebracht. Leider entscheidet meist noch die Frage: was interessiert? und nicht: was ist nötig?!

2. Der Mitarbeiterkreis und seine Aufgaben:

Berlin: Gemeinderat genannt; setzt sich zusammen aus dem Pfarrer, 4 Sprechern, RK-Mitglied, 2 ehemaligen Sprechern und 6 von der Gemeinde gewählten Studenten.

Aufgaben: Programmgestaltung und -beschluß
Gestaltung des gesamten Gemeindelebens
Arbeitskreise sind dem Gemeinderat rechenschaftspflichtig
Kontakte mit anderen Gemeinden pflegen

Karl-Marx-Stadt:
Kernkreis genannt; 15 Mitglieder, durch einzelnes Ansprechen aufgenommen – keine Wahl; tagt einmal im Monat.

Rostock: Keine Sprecher mehr, sondern ein ZK! Ein ZK-Sprecher, der monatlich wechselt, fungiert als Schriftführer.

Pfr. Dr. Ulrich bewertet die Arbeit der Mitarbeiterkreise als sehr positiv, da sie die wirklichen Träger des Gemeindelebens sind. Die Arbeit des Kreises darf sich aber nicht nur in technischen Fragen erschöpfen.

3. Arbeitskreise:

Berlin: Bibelkreis –
Aufgabe: die Mitglieder sollen befähigt werden, selbständig einen Bibelkreis zu leiten und Texte zu erarbeiten.
Entwicklungsfragen –
Fortführung der Wallfahrtsproblematik; schriftliche Fixierung der Ergebnisse.
Themen für Partnertreffen werden von 1 Kreis vorbereitet.
An allen Kreisen ist ESG mit beteiligt.

Dresden: Philosophiekreis – Descartes, Feuerbach
Fakultätskreise – Studienprobleme

Freiberg: Konvergenztheorie – mit Beteiligung der ESG und der Jungakademiker
Ein biblischer Kreis ist geplant.

Rostock: Ökumenischer Gesprächskreis
Entwicklungsprobleme

4. Wie wird das erste Studienjahr mit in die Gemeindearbeit einbezogen?

In fast allen Gemeinden werden Neuenabende durchgeführt. Man bemüht sich besonders im Ansprechen der Neuen und versucht sie durch Aufgabenstellungen in die Arbeit mit einzubeziehen.

Halle: Das „Warmwerden" benötigt rein menschliche Grundlagen, d. h. gemeinsame Ausflüge, Tanz, Kneipenabende.

Jena: Von jeder Fachrichtung übernimmt ein „Fakultätsverantwortlicher" die Betreuung der entsprechenden Neuen.

Berlin: Veranstaltet einen Neuenabend mit der ESG zusammen, wo nur das 1. Studienjahr ganz unter sich diskutieren kann.

Übereinstimmend konnten alle bestätigen, daß fast 50 % der zum Neuenabend erschienenen Kommilitonen später der KSG fern bleiben. Wir konnten keine Antwort auf die Frage finden, warum manche nur einmal auftauchen und nicht den Übergang von der Pfarrgemeinde, in der sie aktiv waren, in die KSG vollziehen können.

5. Ökumene:

In allen Gemeinden besteht ein guter Kontakt zur ESG.

Greifswald:
veranstaltet gemeinsame Wochenenden, Wortgottesdienste.

Jena: täglich gemeinsames Mittagsgebet,
pro Semester 4 gemeinsame Abende mit vorangestelltem Wortgottesdienst,
Wochenenden

Dresden: beide Gemeinden erarbeiten gemeinsam ihr Programm, pro Semester 1 Bibelwochenende, 1 Gebetsandacht, 1 Podiumsgespräch, Dampferfahrt mit Sprechertaufe.

Karl-Marx-Stadt:
Bibelarbeit, pro Semester ein Wochenende, jeder Pfarrer hält einmal im Semester in der Partnergemeinde einen Vortrag.

Ilmenau: gemeinsame Programmerarbeitung mit beiden Pfarrern, alle 3 Wochen ein gemeinsamer Informationskreis.

Halle: u. a. Krankenhausdiakonat: kath. Studenten helfen im evangel. Krankenhaus und umgekehrt.

6. Beziehungen zu anderen Gemeinden:

Leipzig: Im Sommer fand ein 14-tägiges Treffen mit Polen in Polen und in der DDR (Zeltlager) statt.

Magdeburg: Arbeitseinsätze in Polen

Berlin,
Dresden: Treffen mit den WD-Partnergemeinden in Form von Arbeitswochenenden; beide Teile bereiten sich vor.

Samstag: Hauptvortrag – „Theologie der Revolution“ (Pfr. Brockhoff)

Am Nachmittag wurde in Gruppen über folgende Punkte diskutiert und die Ergebnisse im Plenum vorgetragen (Protokolle):

1. Gewalt – Gewaltlosigkeit:

Gewalt muß differenziert betrachtet werden –

a) Formen
b) Anwendung
c) Zielstellung
d) konkrete histor. Situation

Es ist eine Tendenz zur Entpersönlichung der Gewalt feststellbar, die die Distanz zur Gewaltanwendung verringert; diese Distanz aufrecht zu erhalten, ist christliche Aufgabe. Die moralische Beurteilung von Gewalt und Gewaltlosigkeit kann nur eine histor. und damit relativ sein; sie bleibt aber dem absoluten Maßstab des Evangeliums unterworfen. Die Frage wann eine Revolution, wann Gewalt gestattet sind, unterliegt einem histor. Kalkül (ihre Chancen, das Risiko, Abwägen der Opfer, Frage nach dem Zeitpunkt). Das Dilemma ist dies: Die moralische Entscheidung muß, um geschichtlich konkret zu sein, von einem Kalkül abhängig gemacht werden, das unmenschliche Züge hat (Abwägen der Opfer). Wie aus diesem Dilemma herauszukommen sei, konnte nicht beantwortet werden. Die Frage bleibt, wie ein absoluter Anspruch – nämlich das Evangelium – historisch zu konkretisieren ist, wie die Wirkungen der Freiheit, die dem Christen zugesagt sind, geschichtlich wirksam werden.

2. Industrielle technische Revolution und Sozial. Revolution:

Es besteht eine Diskrepanz zwischen der technischen Rev. und der sozial. Rev.
In hochindustrialisierten Ländern gibt es keine sozia. Rev., sondern eine Evolution – permanente Dynamisierung der Gesellschaft.
Die sozial. Rev. ist notwendig, um die techn. Rev. zu ermöglichen. Hier ist diese sozial. Rev. identisch mit der Schaffung neuer Gesellschaftsstrukturen.
Überwindung der Diskrepanz nicht wesentlich durch die Entwicklung, wie sie gegenwärtig praktiziert wird, sondern im Bewußtseinswandel.

3. Struktur und Bewußtsein (Veränderungen)

Die Marx'sche Einstellung (Sein - Bewußtsein) ist eindeutig. Welche Bedingungen muß die Struktur erfüllen, damit das Bewußtsein sich ändern kann? Jede Strukturänderung bedingt schon zuvor die Bewußtseinsänderung einer „Elite"!
Thesen:

a) Warum gilt nicht der Satz von Marx, daß jede Strukturänderung eine Bewußtseinsänderung zur Folge hat?
   Antwort: Die Struktur muß bestimmte Kriterien erfüllen,
   der Mensch ist zweiseitig und durch die Erbsünde vorbelastet,
   Traditionen.
b) Wer sind die Träger von Strukturveränderungen, wer hat die Verantwortung und wer bestimmt Sinn und Ziel??
c) Einige müssen vor der Strukturänderung genaue Einsichten und das Bedürfnis dazu haben!
d) Struktur muß veränderbar sein.
e) Strukturveränderungen dürfen nicht zum Schaden derer geschehen, die sich nicht ihr unterwerfen (Freiheit).

4. Möglichkeiten der Anwendung der Guerillamethode für die Optimierung der sozialistischen Gesellschaft:

Qualitative Veränderung der vorhandenen Strukturen ist das Ziel der Guerilla.
Unser Ziel ist eine sozialistische Gesellschaft, in der der Mensch von jeder Entfremdung befreit wird. Um dieses Ziel zu erreichen, wurden die Guerilla als Methode untersucht.
Die christlichen Kirchen sollten ihre Mitglieder befähigen, gesellschaftlich aktiv mitzuarbeiten. Der heutigen Situation entsprechend scheint es angebracht, ein Bekenntnischristentum durch anonymes Handeln als Christ zu ersetzen, da unsere Mitarbeit als Christ nicht gefragt ist. Das würde auf die Bewußtseinsbildung Einfluß nehmen.
Wahrnehmung der Möglichkeiten der Mitsprache bei der Hochschulreform, bessere Kenntnisse der Dokumente von Partei und Regierung, aktive Mitarbeit in den Seminargruppen, Sektionsleitungen oder Gewerkschaftsleitungen – u. U. auch in der Partei.
Eine schematische Übertragung der Guerillamethode auf das Verhältnis in der DDR ist nicht möglich, da eine Arbeit außerhalb der Grenzen des Systems nicht geduldet wird.
Es wäre zu untersuchen, inwieweit Arbeitskreise die Guerilla als Methode praktizieren könnten!

5. Das Reich Gottes und die Humanität der Tat:

Dieses Thema wurde von den Theologen behandelt – ein Protokoll lag nicht vor.

Bekanntgabe von Terminen:

1. Bonhoeffer-Akademie:
   8./9. 2. 69 Berlin, Pappelallee 61
2. Roßbach:
   12/13. 4. 69 „Was heißt Politik? Ein Gespräch mit Sokrates"
   Pfr. Muschick, Frankfurt
   15./16. 11. 69 „Politische Bewußtseinsbildung"
   Pfr. Brockhoff
3. Nächster Sprechertag:
   28.-31. 8. 69 Ort noch unbestimmt.

Kath. Studentengemeinde
69 Jena
Wagnergasse 30

Jena, 3. 10. 70

Betr.: Amtliche Mitteilung des Bistums Meißen Nr. 120
vom 28. August 1970

Mit Befremden nimmt der Gemeinderat der Studentengemeinde Jena den Beschluß der Berliner Ordinarienkonferenz vom 23./24. Februar 1970 zur Kenntnis. Bei der unerfreulichen Lage der kirchlichen Publikationsorgane dürfte es ein sehr schwerwiegender Schritt sein, eine Informationsquelle einfach zu zerstören, zumal sie Dr. Becker im Informationsdienst der Leipziger Ökumenischen Arbeitsstelle Nr. 9 folgendermaßen würdigt: „In diesen Briefen wurden viele aktuelle Themen behandelt, und sie haben viel zur Vertiefung des Dialogs und zum Wachstum einer guten ökumenischen Atmosphäre, besonders unter den Pfarrern beider Konfessionen in der DDR, beigetragen." Es ist das Recht der Ordinarienkonferenz festzustellen, daß der „Briefkreis nicht die Zustimmung der Ordinarien findet". Wir halten es aber für Selbstverständlichkeit, daß man diese Ablehnung begründet und sich nicht nur auf Autorität beruft. Dies wiegt um so schwerer, als es sich bei der vorliegenden Mitteilung um ein Verbot handelt. Die „Argumentation", daß die Darlegungen von Pfarrer Herbst „einseitig", verworren, theologisch falsch und mißverständlich sind", reichen heute nicht mehr aus. Was das Argument „einseitig" betrifft, können wir es in Anbetracht der übrigen Publikationsorgane („St. Hedwigsblatt", „Tag des Herrn") nicht unterlassen festzustellen, daß die theologische Information durch diese Verbote erst recht einseitig wird. Wir möchten auch sehr ausdrücklich darauf hinweisen, daß die gesamte kath. Kirche vor der evang. Kirche und unserer Gesellschaft an Glaubwürdigkeit verliert, wenn unbequeme Ansichten auf diese Art unterdrückt werden. Wir möchten an dieser Stelle betonen, daß wir uns nicht kompetent fühlen, über den theologischen Inhalt zu urteilen, sondern lediglich gegen das Verfahren Einspruch erheben.
Aus den genannten Gründen protestiert der Gemeinderat der Studentengemeinde Jena gegen das Vorgehen der Berliner Ordinarienkonferenz und erwartet, daß nachträglich eine angemessene Begründung gegeben oder der Beschluß revidiert wird.

Gemeinderatsvorsitzender

THESEN

zur Studentenseelsorge nach der 3. Hochschulreform

1. Wachsende Ideologisierung des Studiums

Die Studienreform zielt auf eine Synthese zwischen Fachstudium und Ideologisierung ab. Die Lehrstoffe werden so dargestellt, daß der Marxismus sich jeweils als Lösung von Fachproblemen ergibt.

1.1. Die Studienreform beabsichtigt vor allem eine zunehmende ideologische Beeinflussung, der sich der Student nicht entziehen kann. Bereits jetzt sind wir wesentlich von der marxistischen Weltanschauung geprägt. Wir richten uns darauf ein, daß gesellschaftliche Betätigung zu einem wesentlichen Kriterium in Zulassungs- und Stellungsfragen wird.

1.1. An welchen Punkten wird deutlich, daß wir von der marxistischen Weltanschauung geprägt sind?
Welche Versuche gibt es bei Ihnen, den Marxismus anzunehmen, um ihn als eine mögliche Basis für das Evangelium zu nützen?

1.2. Durch die wachsende Ideologisierung des Studiums wird die Studentengemeinde noch mehr in ideologische Gegnerschaft gedrängt. Neuerdings wird sie nicht nur von Außenstehenden dementsprechend gesehen und gemieden.

1.2. Ist eine Entideologisierung der Studentengemeinde möglich?
Inwieweit ist ein offizielles Engagement in der Studentengemeinde künftig für Studenten zumutbar?
Sollen wir feste Strukturen (Gemeinderat) auflösen und uns auf dynamische verlassen?

1.3. In allen Fachrichtungen laufen Marxistisch-Leninistische Grundstudien, Wehrdienst u. ä. parallel und stellen die gleichen Studienjahre vor dieselben Probleme. Dabei fallen auf das erste Studienjahr Philosophie (und Geschichte der Arbeiterbewegung), auf das zweite Oekonomie des Kapitalismus und des Sozialismus, auf das dritte Wissenschaftlicher Sozialismus; im Anschluß daran ist das Staatsexamen in Gesellschaftswissenschaften zu absolvieren. Vermutlich werden auch andere gemeinsame Ausbildungsabschnitte größtenteils zeitparallel durchgeführt (EDV-Ausbildung).

1.3. Empfiehlt es sich, Gruppenarbeit nicht mehr auf der Grundlage der Fachrichtungen, sondern auf der von Studienjahren aufzubauen?

2. Abgesättigtes Bedürfnis nach Vergesellschaftung

Die Studienreform bewirkt eine Umorganisation der Lernarbeit. Studienbegleitende Leistungskontrollen machen ein kontinuierliches Arbeiten in Seminargruppen notwendig.

2.1. Die Seminargruppen erhalten einen Betreuer, der seine Funktion für die Dauer des gesamten Studiums übernimmt und vermutlich verstärkt wahrnimmt. Somit besteht eine größere Aussicht auf Einzelbetreuung der Studenten vonseiten der Hochschule.

2.1. Welche Betreuerfunktion soll der Studentenpfarrer ausüben?

2.2. Der Zusammenhalt in den Seminargruppen gewinnt an Bedeutung. Zudem werden immer mehr Studenten in Internaten wohnen, die ihrerseits in verstärktem Maße zu Zentren der Geselligkeit werden. Das Bedürfnis nach Vergesellschaftung und das Verlangen nach Umsorgtsein ist dadurch weitgehend befriedigt.

2.2. Welches typische Geselligkeitsbedürfnis hat die Studentengemeinde zu befriedigen?
Welche Hilfen können wir für das Leben in den Studien- und Internatsgruppen anbieten?

2.3. Der gesellschaftliche Aspekt des Menschen wird stark betont.

2.3. Muß deshalb in der Verkündigung der persönliche Aspekt mehr hervorgehoben und der für den Westen berechtigte Trend der Verkündigung vermieden werden?

3. Intensivierte Beziehung zur Praxis

Die Studienreform nimmt verstärkt Bezug auf die Praxis. Die Studenten sollen bereits während der Ausbildung lernen, Problemstellungen aus der Praxis zu erkennen und sie zu lösen. Die Suche nach absoluter Wahrheit wird vorzeitig eingestellt.

3. Wie können wir aus der Methode des praxisbezogenen Studiums Anregungen für eine wirklichkeitsbezogene Glaubenshaltung gewinnen?
   Mit welchen Mitteln läßt sich das Interesse an absoluter Wahrheitssuche wecken?

4. <u>Erschwerter Einstieg zu Studienbeginn</u>

   Infolge der veränderten Studienpläne, der neuen Studienorganisation und der höheren zeitlichen Belastung werden zumal an die ersten Studienjahre große, neuartige Anforderungen gestellt. Die Neuimmatrikulierten sind in dieser Situation auf Orientierungshilfen angewiesen, insbesondere solange, bis die Hilfe seitens der Universität noch nicht eingespielt ist.

4. Wie können wir die Anfänger durch Information und methodische Hinweise unterstützen?

   Welche Wege bieten sich an, durch brüderlichen Beistand den neuen Lebensraum zu bewältigen?

Berlin, den 4. Februar 1969

BStU
000429

Information

Katholische Studentengemeinde Berlin

Innerhalb der Katholischen Studentengemeinde Berlins hat sich ein Arbeitskreis gebildet, dessen Tätigkeit sich in verstekkter Form gegen die gesellschaftliche Entwicklung der DDR richtet. Diese Studenten gehören gleichzeitig zur sogenannten innerkirchlichen Opposition.
Kardinal Bengsch und die Bischöfe der DDR werden von ihnen als "konservative Dogmatiker", die "Freiheit und Demokratie in der Kirche unterdrücken" bezeichnet.

KOPIE BStU

Von dem o.g. Arbeitskreis wurde ein Dokument zu dem Thema "Gedanken zum Friedensdienst des Christen in der DDR" erarbeitet. Dieses Dokument behandelt den Wehrdienst.
In den Räumen der Katholischen Studentengemeinde ist es angeschlagen, so daß alle Studenten Einsicht nehmen können.
Außerdem wurde es an die Geistlichen des Bistums Berlin verschickt. Ob es darüber hinaus an andere Geistliche der DDR verschickt wurde, konnte bisher nicht festgestellt werden.

In diesem Dokument wird festgestellt, daß "Friedensdienst in der DDR" nur leisten kann, wer den Sozialismus aufbauen will.

> "Weder politischer Affront noch unkritische Loyalität sind Friedensdienst. Wir müssen uns mit unserer Wirklichkeit identifizieren, wir sind Bürger der DDR."

- 2 -

\- 2 -

BStU
000430

Aus dieser Feststellung wird dann die Schlußfolgerung gezogen, daß jeder Christ den Wehrdienst verweigern bzw. nur Wehrersatzdienst leisten sollte.

Offensichtlich sollen die katholischen Bischöfe, die es bisher abgelehnt haben, zum Wehrdienst Stellung zu nehmen bzw. eine Wehrdienstverweigerung zu befürworten, durch dieses Dokument zu einer Stellungnahme gezwungen werden.

KOPIE BStU

Anlage
1 Fotokopie des Dokumentes

gef. 4 Exemplare
Verteiler:
1. Ex. ...HA Ltr...
2. Ex. ...Ltr....
3. Ex. Ref. II / Wagener
4. Ex. ...Ablage..

Gedanken zum Friedensdienst des Christen in der DDR

Vielen jungen Menschen ist die Aufforderung zur Musterung die erste ernsthafte Konfrontation mit der Frage des Wehrdienstes. Die Mehrzahl der Jugendlichen, die sich mit dieser Frage auseinandersetzen, stellt fest, daß sie weder von der Kirche darauf vorbereitet wurde, noch einen angemessenen und verantwortungsvollen Rat bei der erwachsenen Generation bekommen kann. Deshalb faßt sie den Wehrdienst als schicksalhaft auf. Mit den folgenden Thesen wollen wir dazu beitragen, diese Haltung zu überwinden und auf die Notwendigkeit eines Friedensdienstes aller Menschen aufmerksam machen. Um die folgenden Thesen verstehen zu können, muß man wissen, was wir unter Frieden verstehen. Frieden ist kein Zustand, sondern eine Art und Weise, miteinander zu leben. Frieden ist nicht kriegslose Zeit, sondern das Bemühen der Menschen, mit ihren Unterschieden und Konflikten auszukommen und sie in liebender Verantwortung zu klären.

1. Der Christ hat für die Versöhnung der Menschen und die Heilung ihrer Beziehungen untereinander zu arbeiten.

Das Neue Testament bezeugt, daß Jesu Predigt und Wirken auf Versöhnung der Menschen und Heilung ihrer Beziehungen untereinander abzielte. So weiß sich der Christ in der Jesusnachfolge zu Friedenszeugnis und -dienst berufen. Das Heil der Menschen kann nur wollen, wer auch für ihr Wohl eintritt. Wie der Einzelne nur in der Gesellschaft zu begreifen ist, so sind auch seine Entscheidungen nur in Bezug zur Gesellschaft zu verantworten. Ein individual-ethisches Konzept (der Mensch sucht sein privates Seelenheil; er will sich „die reine Weste bewahren") wird dieser Tatsache nicht gerecht. In seinem Handeln wird der Mensch schuldig. Dies entbindet ihn aber nicht von verantwortlichem Tun. Erst so darf er auf das Erbarmen Gottes hoffen.

2. Friedensdienst kann nur dort geleistet werden, wo man sich räumlich und zeitlich befindet.

Wir sind Bürger der DDR und können Friedensdienst nur hier und unter den uns gegebenen Bedingungen leisten (das schließt nicht aus, daß wir für Vietnam, Nahost und Nigeria-Biafra etwas tun müssen). Die Ausschöpfung der vorgegebenen Möglichkeiten ist dabei jedoch unzureichend. Wir müssen Fantasie entwickeln und neue Wege suchen. Dabei dürfen wir nicht prinzipiell verfahren, sondern müssen uns der Realität gemäß korrigieren.

3. Friedensdienst kann in der DDR nur leisten, wer den Sozialismus mit aufbauen will.

Weder politischer Affront noch unkritische Loyalität sind Friedensdienst. Wir müssen uns mit unserer Wirklichkeit identifizieren; wir sind Bürger der DDR.

4. Friedensdienst ist Auseinandersetzung mit dem herkömmlichen Gedankengut über Krieg und Frieden.

Gegenwärtig sind wir weitgehend im traditionellen Denken über Krieg und Frieden befangen. Militärisches und patriotisches Pathos (Ehrendienst, Verteidigung des Vaterlandes) sind in der Bevölkerung weit verbreitet und werden auch von den Christen allzu unkritisch übernommen. Die Verharmlosung des Kriegsgeschehens durch die Generation unserer Väter ist eine schwere Gefahr für die Herausbildung einer kritischen Haltung. Auch die Verharmlosung des Wahnsinns eines Atomkrieges, wie sie gegenwärtig in populärer Form geschieht, täuscht über das Ausmaß und Vernichtungskraft der Atomwaffen hinweg. Die fortschreitende Automatisierung und Technisierung des Kriegsmaterials und die damit verbundene Distanzierung des Soldaten vom unmittelbaren Kriegsgeschehen führen zu einer scheinbaren Unwirklichkeit des Vernichtungsmechanismus und zu moralischer Fehlbewertung des Mordens. Die fortschreitende Integrierung des Verteidigungspotentials in die ökonomische Struktur des Staates verdunkelt die Reichweite der eigenen Beteiligung. Hingewiesen sei noch auf Existenzangst, Karrieremachen, vermeintliches Kameradschaftsdenken und Armee als Erziehungsorgan: all das fördert eine unkritische Haltung besonders.

Auch die traditionelle Haltung christlicher Moral zu dieser Problematik erfordert ein kritsches Nachdenken. 1963 wurde von den Bischöfen eine pastorale Anweisung zu Fragen des Wehrgesetzes und des Fahneneides herausgegeben, die ein deutliches Beispiel für die nach unserer Auffassung unzureichende kirchliche Morallehre ist. Diese Pastoralanweisung enthält ausschließlich kurzgefaßte negative Pauschalaussagen, die zusammengefaßt feststellen, dem jungen Christen sei es durch Wehrgesetz und Fahneneid nicht verboten oder unmöglich gemacht, weiter Christ zu sein, er sei ferner zu nichts verpflichtet, was als Sünde zu bezeichnen wäre. Müßte nicht die Auffassung über Krieg und Frieden in der Moraltheologie neu bedacht werden, da sie von Kategorien ausgeht, die heute nicht mehr zutreffen?

5. Eine wesentliche Form des Friedensdienstes ist verantwortliche Aufnahme und Weitergabe von Informationen.

Die Stellung der meisten Menschen zu Krieg und Frieden beruht weithin auf oberflächlichem Nachdenken, das zu einer fatalistischen Haltung gegenüber den Forderungen des Staates in Fragen der Wehrerziehung und Verteidigungsbereitschaft führt. Somit scheinen uns Information und die durch sie ermöglichte Anregung zum Nachdenken Formen des Friedensdienstes zu sein. Hieraus ergibt sich eine wesentliche Aufgabe der christlichen Gemeinde für verantwortliche Aufnahme und Weitergabe von Informationen. Das Friedensstiften ist Bestandteil christlicher Existenz. Das muß seinen Ausdruck finden in einem politisch bedeutsamen Friedensdienst, d. h. daß z. B. die Gemeinden und ihre Glieder zur Versachlichung von Auseinandersetzungen beitragen, den Haß abzubauen versuchen und jeder Verteufelung von Gegnern entgegenwirken.

6. Friedensdienst ist verantwortliches Entscheiden in Fragen des Wehrdienstes.

Die Überlegungen zum Frieden verlangen zum Zeitpunkt der Einberufung eine konkrete Entscheidung. Wenn diese Entscheidung für den aktiven Wehrdienst überlegt, mit Brüdern besprochen und vor dem Gewissen verantwortet erfolgt, dann ist sie unbedingt zu achten. Es ist aber zu überlegen, ob die Wahl der vom Staat gebotenen Möglichkeit des Wehrersatzdienstes (Bausoldat) nicht eine deutlichere Weise zur Verwirklichung von Friedensdienst ist. Die totalen Wehrdienstverweigerer bedürfen, da sie den schwierigsten Weg gewählt haben, besonders unserer Solidarität.

7. Die Bedeutsamkeit des Friedensdienstes liegt nicht in einer militärisch-strategischen Effektivität.

Der oft vorgebrachte Einwand einer militärisch-strategischen Bedeutungslosigkeit des Friedensdienstes (auch der Bausoldat ist an militärischen Projekten beteiligt) trifft nicht den Kern der Sache. Der Friedensdienst in Fragen des Wehrdienstes trägt bei uns wesentlich Zeichencharakter. Sein Ziel ist eine ethische Neubesinnung. Die Ächtung der ABC-Waffen, jeglicher Gewaltanwendung, Machtpolitik, sozialer, politischer und ökonomischer Ungerechtigkeit steht als dringliche Forderung in der gegenwärtigen Zeit. – Die herkömmliche Ethik akzeptiert den ‚gerechten' Krieg. Die mögliche Ausweitung ‚gerechter' Kriege stellt eine schwere Gefahr für den Bestand der Menschheit dar. Mindestens die militärischen Erfolge der Nachkriegszeit haben gezeigt, daß Krieg als Mittel zur Lösung politischer Fragen nicht zum Erfolg führt. Die Abstraktion ‚gerechter Krieg', die vom Notwehrmodell ausgeht (Krieg als letzte Möglichkeit), ist durch die militärischen Gegebenheiten ad absurdum geführt.

Anhang

Der Wehrersatzdienst als Bausoldat ist durch die Anordnung des Nationalen Verteidigungsrates der DDR über die Aufstellung von Baueinheiten im Bereich des Ministeriums für Nationale Verteidigung vom 7. September 1964 gewährleistet. „Zum Dienst in den Baueinheiten werden solche Wehrpflichtigen herangezogen, die aus religiösen Anschauungen oder aus ähnlichen Gründen den Wehrdienst mit der Waffe ablehnen." (§ 4 der Anordnung, vgl. auf jeden Fall Gesetzblatt 1964, Teil I, Nr. 11 vom 16. September 1964!). Zum Musterungstermin muß diese Entscheidung schriftlich beim Wehrkreiskommando vorgelegt werden.

Wer in eigenster Verantwortung auch in der Frage des Wehrdienstes Friedensdienst tun will, dem sollen diese Thesen helfen. Ihm empfehlen wir, außer Gesprächen mit Soldaten, Bausoldaten und Wehrdienstverweigerern folgende Anregungen zu nutzen: C. F. von Weizsäcker, Bedingungen des Friedens; Martin Luther King, Warum wir nicht warten können; Günter Andora, Der Mann auf der Brücke; Linus Pauling, Leben oder Tod im Atomzeitalter; Dietrich Bonhoeffer, Widerstand und Ergebung; Neues Deutschland; die Bibel.

Nur für den innerkirchlichen Gebrauch!

Katholische Studentengemeinde
"Thomas von Aquin"
Dresden

Dresden, den 21.6. 82

An den
Apostolischen Administrator
in Schwerin

Sehr geehrter Herr Bischof !

In unserer Studentengemeinde haben wir, einige Studenten, uns als eine Gruppe zusammengefunden, um gemeinsam zu überlegen, was wir als christliche Studenten, oder überhaupt als Christen in der DDR für den Frieden tun können, dessen Bedrohung uns beunruhigt und mit großer Sorge erfüllt.
Bei der Suche nach einer Antwort durch unsere Kirche fanden wir, unter den verhältnismäßig wenigen Äußerungen, Ihren Hirtenbrief zur österlichen Bußzeit 1982.
Wir möchten Ihnen danken, daß Sie sich in Ihrem Hirtenwort dieser so viele bewegenden Thematik angenommen haben, und Ihnen sagen, was wir darin als positiv empfinden und in welchen Punkten wir Anfragen hätten.

Wichtig sind für uns:
- die weite Fassung und die Theologische Erklärung des Begriffes Frieden,
- die Hervorhebung der persönlichen Verantwortung und der Verantwortung der Kirche entgegen dem vom Staat beanspruchten Monopol der Friedenssicherung,
- die Nennung von Bedrohungen des Friedens,
- die entschiedene Ablehnung der Verbreitung von Haß und der Erziehung zum Haß,
- das Aufzeigen von für den Einzelnen möglichen Schritten.

Bei dem Bemühen, mit der Gesinnung zum Frieden im täglichen Leben wirksam zu werden, ergeben sich für uns jedoch konkrete Fragen, die wir Ihnen auch nennen möchten:
- Welche Möglichkeiten haben wir, unsere Kinder vom Unterrichtsfach Wehrerziehung und von vormilitärischer Ausbildung in Lagern oder bei Manöverspielen in den Schulen fernzuhalten ?
  Oder genügt die "Ergänzung" durch unsere Erziehung zum Frieden ?
- Welche Hilfen gibt die Kirche bei der Findung "verantworteter Entscheidungen in der Frage des Wehrdienstes" und bei der Findung eines christlichen Lebensstiles während des Wehrdienstes (Möglichkeit des sonntäglichen Gottesdienstbesuches, Seelsorge in den jeweiligen Gemeinden) ?
- Ist es nicht ein unlösbarer Konflikt, einerseits nach dem Wort der Schrift "Man muß Gott mehr gehorchen als den Menschen" leben zu wollen, andererseits aber im Fahneneid der NVA schwören zu müssen, seinen "Militärischen Vorgesetzten <u>unbedingten</u> Gehorsam zu leisten" ?

-2-

- Was heißt: "Wir werden auch die Entscheidung derer achten, die, um dem Frieden zu dienen, aus christlichem Gewissen den Dienst mit der Waffe ablehnen..." ?
- An den Hochschulen und Universitäten wird die Bereitschaft, Reserveoffizier zu werden, inoffiziell zur Vorbedingung der Aufnahme eines Direktstudiums gemacht.
  Von Studentinnen wird in ähnlicher Weise eine Bereitschaftserklärung, in der Zivilverteidigung als Führungskader tätig zu sein, gefordert.
  Wäre ein Einspruch seitens der Bischöfe hier vielleicht angebracht ?
- Was ist gegen die zunehmende Militarisierung im Berufsleben zu tun ?

Dies sind aus unserer Sicht Probleme, die wir in unsere gemeinsamen Überlegungen einbeziehen sollten.

Im Gebet um Christi Frieden mit Ihnen verbunden, grüßt Sie

der Friedenskreis der KSG Dresden

ARBEITSPAPIER

zur Frage der Reserveoffiziersausbildung bei Studenten

Problem

Die militärische Laufbahn eines Studenten soll mit der Ableistung des aktiven Wehrdienstes nicht abgeschlossen sein. Deshalb sind die leitenden Organe der Universitäten und Hochschulen der DDR bestrebt, alle männlichen Studenten, die einen Wehrdienst abgeleistet haben, für die Reserveoffizierslaufbahn zu gewinnen und sie auch entsprechend auszubilden.

In der letzten Zeit ist die Tendenz feststellbar, daß fast alle Studenten ihre Bereitschaft zur Reserveoffiziersausbildung erklären. Die häufigsten Ursachen dafür bestehen in der Unkenntnis der Sachlage und der Angst, eine Entscheidung zu treffen, die nicht der abverlangten Bewußtseinshaltung der Studenten entspricht. Die Entscheidung zum Reserveoffizier fällt aber oft schon vor dem Studienbeginn, nämlich im Verlauf der Armeezeit.

Mit Besorgnis sehen wir diese Entwicklung und meinen, daß es notwendig ist, alle Abiturienten über die Reserveoffiziersausbildung zu informieren und sie auf die kommenden Entscheidungen vorzubereiten. Dieses können die Katholischen Studentengemeinden kaum wahrnehmen, da die endgültige Bereitschaftserklärung von den Studenten in den ersten Tagen des ersten Semesters gefordert wird, einer Zeit, in der die meisten von ihnen noch keinen Kontakt mit den Katholischen Studentengemeinden aufgenommen haben.
Wir bitten Sie darum, die Abiturienten Ihrer Gemeinde mit diesem Problem vertraut zu machen.

Mit den vorliegenden Materialien wurde versucht, eine allgemeine Übersicht über

1. Stellung und Aufgaben des Reserveoffiziers

2. Entwicklungsweg des Studenten zum Reserveoffizier

3. Ablehnungen der Reserveoffiziersbereitschaft

4. Argumentationshilfen für Katholische Studenten und ihre Stellung zur Reserveoffiziersbereitschaft zu geben.

1. Stellung und Aufgaben des Reserveoffiziers

„Die Offiziere der Reserve tragen eine besondere Verantwortung für die Stärkung der Landesverteidigung der DDR sowie für die Sicherung der Kampfkraft und Gefechtsbereitschaft der NVA. Sie haben bereit und fähig zu sein, militärische Führungsfunktionen bzw. Spezialaufgaben in der NVA zu übernehmen, wenn es die Verteidigung des sozialistischen Vaterlandes notwendig macht." (§ 3, Abs. I der ersten Durchführungsbestimmung zur Reservistenordnung vom 25. März 1982, Gesetzblatt Teil I Nr. 12, Ausgabetag: 2. April 1982)

Aus dem § 3 ergeben sich u. a. folgende Aufgaben für den Reserveoffizier:

Mitwirkung in der sozialistischen Wehrerziehung und in der Reservistenarbeit sowie in Reservistenkollektiven, Teilnahme an Veranstaltungen zur Qualifikation der Reserveoffiziere, Ausübung von Funktionen bei Organisation und Durchführung des Wehrkampfsportes und anderer Veranstaltungen, Förderung der militärischen und militärtechnischen Propaganda unter der Bevölkerung, Mitarbeit in zentralen Leitungen und Reservistenbeiräten.

Im Falle der Einberufung zum Wehrdienst hat der Reserveoffizier die gleichen Rechte und Pflichten wie jeder Berufsoffizier. Entsprechend seiner Qualifikation, die er während seiner speziellen Ausbildung, bei Studenten einer Ausbildung innerhalb der Studienzeit, erhält, kann er eingesetzt werden. Da Studenten meist als Zugführer ausgebildet werden, können sie dann eine entsprechende Personenzahl zu befehlen haben. Als Vorgesetzte einer Einheit sind sie für diese verantwortlich und haben einen bestimmten Ausbildungsstand und politisch-moralischen Zustand zu gewährleisten. Darum hat der Reserveoffizier neben der militärischen Ausbildung eine politische Ausbildung zu organisieren und durchzuführen. Zentrale Stellung in seiner Tätigkeit nimmt der moralische Faktor ein, der die Gesamtheit solcher politisch-moralischer und psychologischer Eigenschaften eines Volkes und einer Armee verkörpert, in dem sie ihre Entschlossenheit zum Ausdruck bringen, zu kämpfen und zu siegen, alle Schwierigkeiten des Krieges zu überwinden und in seinem gesamten Verlauf den Kampf- und Siegeswillen aufrecht zu erhalten (aus dem Handbuch der Militärpsychologie). Der Reserveoffizier als Kommandeur muß den Anforderungen an eine sozialistische Persönlichkeit genügen und sie bei sich und den Mitgliedern seiner Einheit vervollkommnen. Sie zeichnen sich durch ein hohes politisches Wissen und Können, eine ausgeprägte klassenmäßige Überzeugung und Einstellung, die feste Bindung an die Arbeiterklasse und die Partei, durch sozialistisches Führungsverhalten und die Einheit von Wort und Tat im täglichen Leben aus. Er ist objektiv Beauftragter der SED und hat die durch sie gestellten Aufgaben zu lösen und ist ihr rechenschaftspflichtig.

Die Dienstzeit des Reserveoffiziers entspricht der Dienstzeit der anderen Reservisten, d. h. 24 Monate bis zur Vollendung des 50. Lebensjahres und maximal bis zu 3 Monaten im Jahr (§ 35, Abs. 2 des Wehrdienstgesetzes vom 25. März 1982).

2. Entwicklungsweg des Studenten zum Reserveoffizier

Die erste Entscheidung hat der Student in vielen Fällen bereits während der Zeit des aktiven Wehrdienstes getroffen, wo ihm der Werdegang zum Reserveoffizier angetragen wird. Dazu erfolgt eine Aussprache mit dem Kommandeur der Einheit bzw. dem Politstellvertreter. Hier wird im Falle der Bereitschaft zum Reserveoffizier eine Unterschrift gefordert. Wird diese Unterschrift gegeben, erfolgt zur Entlassung aus dem Armeedienst die Beförderung von Soldaten des Grundwehrdienstes zum Uffz. d. R.

Mit Studienbeginn fällt dann die endgültige Entscheidung. In der ersten Studienwoche, meist schon am ersten oder zweiten Tag, findet eine wehrpolitische Veranstaltung statt, im Verlauf derer den männlichen Studenten ein Vordruck mit einer Bereitschaftserklärung zum Reserveoffizier vorgelegt wird und die nur noch unterschrieben werden muß. Diese Situation ist für viele Studenten überraschend, da sie plötzlich vor diese Entscheidung gestellt werden und den Sachverhalt nicht kennen. Auch werden Exmatrikulationsdrohungen für den Fall der Verweigerung der Unterschrift ausgesprochen. Da sich die Studenten in den Seminargruppen noch nicht kennen, treffen sie oft eine Entscheidung im Sinne der Mehrheit der Seminargruppe. So entwickelt sich eine Zwangslage für die Betroffenen, der sie sich nur schwer erwehren können und die kaum Raum für eine freie Entscheidung zuläßt.

In der Regel haben im zweiten Studienjahr alle tauglichen männlichen Studenten einen fünfwöchigen Reservedienst zu leisten. Eine Ausnahme bilden u. a. die Medizinstudenten, die im fünften Studienjahr als medizinische Kader in Einheiten der NVA eingesetzt werden.

Die direkte Ausbildung zum Reserveoffizier erhält aber nur ein Teil von den Studenten, die sich dafür bereit erklärt hatten. Das betrifft vor allem die Studenten, die sich bereits während ihrer Armeezeit verpflichteten und die Studenten, die einen dreijährigen oder längeren Wehrdienst geleistet haben. Der andere Teil der Studenten, ebenso der Teil, der keine Unterschrift geleistet hat, wird zum Gruppenführer ausgebildet. Entsprechend unterscheidet sich die Beförderung nach Lehrgangsabschluß. Letztere erhalten teilweise eine Beförderung zum Uffz. d. R., zum Leutnant d. R. werden nur die mit direkter Offiziersausbildung befördert.

Die Ausbildung erfolgt für alle Studenten mit Benotung und schriftlichen oder mündlichen Prüfungen. Schwerpunkte sind die theoretische und praktische Ausbildung, militärische Körperertüchtigung und die politische Ausbildung. In allen Fächern sind die Anforderungen relativ hoch und ihnen muß auch Rechnung getragen werden, denn ein bestandener Lehrgang ist Voraussetzung für die Zulassung des Studenten zu den Hauptprüfungen in seinem Studienfach. Dieses Kriterium besteht auch bei Verhinderung der Ausbildung im Krankheitsfall.

3. Ablehnung der Reserveoffiziersbereitschaft

Die Zahl der Ablehnungen der Reserveoffiziersbereitschaft an den Hochschulen und Universitäten ist sehr klein.
Offiziell wird die Ansicht vertreten, daß die Reserveoffiziersbereitschaft zum Studium dazu gehört. Das ist nicht richtig, denn diesbezüglich existiert keine gesetzliche Festlegung. Es besteht also generell die Möglichkeit der Ablehnung. Exmatrikulationsdrohungen, die gegen Studenten ausgesprochen werden, sind also unberechtigt.
Das wird bestätigt durch ein Schreiben des Ministerrates der DDR, Ministerium für Hoch- und Fachschulwesen, Abteilung Erziehung und Ausbildung auf Anfrage betr. Bereitschaftserklärung als Reserveoffiziersanwärter vom 9. 11. 1982. (Siehe Text der Anlage, aus: Glaube und Heimat, Nr. 49 – 2. Advent – vom 2. 12. 1982).

Trotzdem wird es den Studenten, die eine solche Bereitschaftserklärung nicht abgeben, nicht leicht gemacht. Sie haben mit einer Reihe von Aussprachen zu rechnen, in denen besonders nichtchristliche Studenten bezgl. ihrer Argumentation benachteiligt sind. Die Ablehnung der Bereitschaftserklärung aus christlicher Motivation wird schneller akzeptiert. Grundsätzlich sind bei den Ablehnungsbegründungen pazifistische Aussagen zu vermeiden, da auf sie besonders empfindlich reagiert wird.

Wird die Ablehnung der Reserveoffiziersbereitschaft akzeptiert, sind negative Auswirkungen auf den betroffenen Studenten nicht ausgeschlossen. Sie äußern sich in Schwierigkeiten beim späteren Vorankommen, so daß an den Hochschulen Forschungsstudium, Dissertation und Assistentenlaufbahn abgelehnt werden können.
Andere Betriebe und Einrichtungen benutzen die Reserveoffiziersbereitschaft als Einstellungskriterium.

Für den Verlauf des Studiums muß damit gerechnet werden, daß kein Leistungsstipendium erteilt wird und weitere Konfrontationen bevorstehen.
Ein besonderer Fall liegt vor, wenn der Student bereits eine abgeschlossene Berufsausbildung besitzt und vom Betrieb eine Delegierung zum Studium erhalten hat. In diesem Fall ist es möglich, daß der Student bei Ablehnung der Bereitschaftserklärung nicht immatrikuliert wird. Eine solche Entwicklung muß auf alle Fälle angefochten werden.

Es sind aber auch Fälle bekannt, bei denen nach längeren Auseinandersetzungen trotzdem ein Leistungsstipendium gewährt wurde.

4. <u>Argumentationshilfen für katholische Studenten und ihre Stellung zur Reserveoffiziersbereitschaft</u>

In der Auseinandersetzung mit der Problematik einer Reserveoffizierslaufbahn darf eine grundlegende Orientierung auf die Fragen: Gewaltanwendung, militärische Verteidigung, gerechter Krieg, Pazifismus… aus der Sicht des Evangeliums nicht fehlen.

<u>Frieden ist möglich – Verantwortung für den Frieden</u>

„Wir alle haben die Aufgabe, dem Unrecht und der Unterdrückung zu wehren, Frieden und Freiheit zu schützen. Deshalb kann man dem

Staat nicht das Recht absprechen, diese Werte seinerseits zu sichern. Von daher entstand im Mittelalter die Lehre vom „gerechten Krieg“; sie billigte nicht den Krieg als solchen, sondern rechtfertigte die Selbstverteidigung eines Landes im Falle der Notwehr.

Zur Verteidigung aber braucht es Streitkräfte; Rüstung und Ausbildung mit der Waffe sind notwendige Voraussetzungen. Ist das aber für einen Christen vertretbar? Und gelten obige Überlegungen noch in der Zeit der Atombombe? Wird die Verteidigung nicht praktisch sinnlos, wenn das Verteidigte selbst dabei zugrunde geht?

Die Bibel gibt uns in diesen Fragen keine fertigen Rezepte. Aber sie unterstreicht nachdrücklich den Wert der Versöhnung, die Liebe zum Feind, den Frieden.“ (1)

Der Friede mit den anderen Völkern ist heute die wichtigste politische Aufgabe jeder Nation. Es ist angesichts der atomargerüsteten Machtblöcke die erste Bedingung des Weiterlebens der Menschheit. Die Sorge um den Frieden kann nicht allein den Politikern überlassen werden. Christen sind besonders aufgerufen, die Gesinnung des Friedens zu wecken und zu wahren, eine Politik des Friedens zu unterstützen und sich mit den Menschen, die den Frieden aufrichtig suchen, zu verbünden.“ (2)

„Ein besonderes Problem für junge Menschen ist der Wehrdienst. In der DDR gibt es die allgemeine Wehrpflicht. Der Dienst in der NVA wird als ein besonderer Ehrendienst bezeichnet. Es gibt auch den waffenlosen Dienst in bestimmten Baueinheiten der NVA. (3) Die NVA wird als ein Instrument zur Sicherung des Friedens gesehen. Die Verfassung betont ausdrücklich, daß die Streitkräfte niemals gegen die Freiheit eines anderen Volkes eingesetzt werden dürfen, (4) und kein Bürger sich an kriegerischen Handlungen zur Unterdrückung eines Volkes beteiligen darf (5).

Junge Christen müssen befähigt werden, ihre Entscheidungen in der Frage des Wehrdienstes vom Gewissen her treffen zu können. Sie müssen damit rechnen, Befehle zu erhalten – als Reserveoffizier Befehle erteilen zu müssen –, die sie aus Gewissensgründen nicht befolgen können – als Reserveoffizier nicht an Untergebene geben dürfen.
Für sie gilt dann das Wort des 2. Vatikanischen Konzils: „Höchste Anerkennung verdient die Haltung derer, die sich solchen Befehlen furchtlos und offen widersetzen“. (6)

„Ferner scheint es angebracht, daß Gesetze in humaner Weise die Vorsorge treffen, die aus Gewissensgründen den Wehrdienst verweigern, vorausgesetzt, daß sie zu einer anderen Form des Dienstes an der menschlichen Gemeinschaft bereit sind." (7)

„Das Recht auf Leben ist auch mit der Problematik des Rechtes verbunden, sich zu weigern, anderen das Leben zu nehmen" (8) – und als Reserveoffizier den Befehl dazu zu erteilen.

Recht auf Bildung – aktiver Einsatz für den Frieden

„Die allgemeinbildenden polytechnischen Oberschulen, die von fast allen Kindern 10 Jahre besucht werden, die Angebote der Berufsbildung und der beruflichen Qualifizierung, die Volkshochschulen und Fernstudienkurse geben den meisten Menschen in unserer Gesellschaft gute Möglichkeiten der Bildung und Ausbildung.
Die Verfassung der DDR garantiert in den Artikeln 25,1 und 26,1 allen Bürgern die gleichen Bildungschancen.
Die Berliner Bischofskonferenz hat dennoch verschiedentlich in Eingaben an die Regierung und in Hirtenbriefen darauf hinweisen müssen, daß christliche Kinder und Jugendliche wegen ihres Glaubens Schwierigkeiten beim Übergang zu den höheren Bildungsstufen (EOS, Hochschulen, Universitäten) (und in letzter Zeit auch
- bei der Vergabe von Weiterbildungsstellen
- Absolventenstellen
- Arbeitsstellen überhaupt
- bei der Vergabe von Dissertationsarbeiten
- Forschungsstudienplätzen...) haben, und das christliche Eltern und Kinder in Gewissenskonflikte kommen, weil das Erziehungsziel der alle verpflichtenden Schulen auf die atheistische Weltanschauung festgelegt ist" (hier auch die Problematik Jugendweihe, Wehrerziehung in der Schule...).

Im Artikel 2 der Erklärung der Menschenrechte wird ausdrücklich gleiches Recht und gleiche Freiheit für Menschen unterschiedlicher politischer und weltanschaulicher Überzeugungen gefordert. Auch die Konvention der UNO gegen die Diskriminierung im Bildungswesen, die von der Regierung der DDR am 5. 10. 1973 angenommen wurde, verlangt in den Artikeln 1 und 3 das gleiche Recht auf Bildung für Menschen unterschiedlicher politischer und sonstiger Überzeugungen. Die elementaren Menschenrechte, die auch in unserer Verfassung verankert sind, sowie das Recht auf Bildung dürfen dem Einzelnen nach christlichem Verständnis nicht erst aufgrund erfüllter Bedingungen im weltanschaulichen oder gesellschaftlichen Bereich zugesprochen werden, sondern sind von Natur aus vorgesehen.

Den Gläubigen wird empfohlen, in der jeweiligen Situation alle Möglichkeiten auszuschöpfen und sich für die Verwirklichung dieses Grundrechtes einzusetzen. Die Bischöfe werden dringend aufgerufen, sich weiterhin um die Aufhebung der Benachteiligungen bei den zuständigen Stellen zu bemühen." (9)

Die Pastoralsynode der DDR formuliert in ihrem Beschluß DIENST DER KIRCHE FÜR VERSÖHNUNG UND FRIEDEN im 3. Kapitel, Abschnitt 30: „Wer den Frieden stiften will, muß mit Mißverständnissen, Benachteiligung und Anfeindung rechnen. Angst darf nicht das Handeln lähmen. Es gelten die Worte der Schrift: „Wer sich also fürchtet, ist in der Liebe nicht vollendet" (1 Joh 4,18) und „Der Jünger ist nicht über seinem Meister" (Mt 5,9).

Daraus folgt, daß der Christ die alltägliche Last seiner Bemühungen um Versöhnung und Frieden als Teilnahme an der Passion Christi verstehen darf. Für ihn gilt aber auch die Verheißung.
„Selig die Friedensstifter, denn sie werden Söhne Gottes heißen" (Mt 5,9).

Dienst der Kirche für Versöhnung und Frieden

So nennt die Patoralsynode der DDR einen ihrer Beschlüsse, der am 1. 12. 1975 von den Bischöfen der DDR in Kraft gesetzt wurde. Vielleicht sollten wir uns alle von Zeit zu Zeit besinnen und uns auch an den so formulierten Lebenswahrheiten messen?

Abschnitt 35: „Christen, die wehrpflichtig sind, sollen in Fragen des Wehrdienstes verantwortliche Entscheidungen treffen. Vor allem die, welche mit der Aufgabe christlicher Erziehung betraut sind, sollen die Jugendlichen zu solchen Entscheidungen befähigen."

Abschnitt 36: „Christen, die den Wehrdienst leisten, werden daran erinnert, daß in allen Situationen des Lebens das Wort der Schrift gilt: „Du sollst Gott mehr gehorchen als den Menschen." (Apg 5,2)

Abschnitt 38: „Jesus Christus hat sich in Liebe allen Menschen, selbst seinen Feinden, zugewandt. Er war bereit, sie anzuhören und mit ihnen zu sprechen. Sogar in seinem Sterben betete er um Vergebung für seine Mörder. Er hat seine Jünger zur Feindesliebe aufgerufen, weil er wußte, daß nicht Haß und Vergeltung zum Frieden führen, sondern Vergebung und Liebe. So sind auch wir zur Feindesliebe verpflichtet.
In der Nachfolge Jesu ist jede gewaltfreie Aktion der gewaltsamen Aktion vorzuziehen.
Auf diese Weise kann das Evangelium wirkmächtig werden in der Befreiungsgeschichte der Menschheit."

Pazifismus in der gegenwärtigen Friedensdiskussion (10)

In den Aussprachen, die Studenten mit den jeweils verantwortlichen staatlichen Leitern, Parteiorganisatoren und FDJ-Sekretären wegen der geforderten Bereitschaftserklärung zum Reserveoffizier führen müssen, sollten sie den Begriff „Pazifismus" meiden, weil darauf sehr empfindlich und aggressiv reagiert wird.
Der Begriff Pazifismus „schillert". Seine undifferenzierte und fast beliebige Verwendung beruht auf seiner mangelnden definitorischen Klarheit und unterschiedlichen Auslegungsfähigkeit.
Dies läßt ihn als exakte Beschreibung friedensethischer und -politischer Motive und Tendenzen eher als ungeeignet erscheinen…
Eine Klärung des Pazifismusverständnisses ist daher unumgänglich."
(10)

Wir wollen uns hier mit der Darstellung des marxistischen Pazifismusverständnisses begnügen, weil dieses die größte praktische Relevanz in der Argumentation und Begründung einer Ablehnung der Reserveoffiziersbereitschaft hat.

„Pazifismus: bürgerliche politische Strömung und Ideologie, die unter der Losung des Friedens um jeden Preis gegen alle Arten von Kriegen auftritt. Der Pazifismus läßt den Klassencharakter des Krieges unberücksichtigt und lehnt auch den gerechten Krieg – den revolutionären Krieg der fortschrittlichen Klassen wie auch den nationalen Befreiungskrieg – ab. Er führt den Kampf um den Frieden nicht als Kampf gegen die sozialen und politischen Ursachen der Kriege in der antagonistischen Klassengesellschaft, namentlich im Imperialismus…" (11)

„Pazifismus: Der Pazifismus geht von extremen unwissenschaftlichen Vorstellungen eines Friedens um jeden Preis aus... Der Imperialismus versucht mit Hilfe des Antikommunismus, den Pazifismus gegen die Politik der sozialistischen Staaten auszuspielen und besonders junge Menschen mit religiösen Anschauungen von der Wahrnehmung der Pflicht zur Verteidigung des sozialistischen Vaterlandes abzuhalten. Pazifistische Einstellungen in der sozialistischen Gesellschaft dienen lediglich den Interessen der reaktionären imperialistischen Kräfte." (12)

Die klare Einordnung des Pazifismus in eine klassenfeindliche, antisozialistische Strategie weist darauf hin, daß der Pazifismus-Vorwurf in der sozialistischen Gesellschaft eng mit dem Verdacht der inneren und äußeren Destabilisierung verbunden wird.

In seinem Hirtenwort zur österlichen Bußzeit 1984 schreibt Bischof Wanke: „Dort ist meine klare Entscheidung herausgefordert, wo Gottes Herrschaft über mein Leben in Frage gestellt wird... Der Grund dafür ist einleuchtend: Der christliche Glaube ist das volle Ja des Menschen zu Gott, der uns zuvor in Jesus Christus seine Liebe und sein Erbarmen geschenkt hat...
„Vater unser im Himmel. Dein Name sei auch in unserem Leben geheiligt." Damit haben wir einen Maßstab gewonnen, der uns in manchen Fragen des Alltags eine Richtschnur sein kann.
Er lautet: „Wo Gottes Anspruch über mein Leben eingeschränkt oder verdunkelt werden soll, bin ich unausweichlich vor die Forderung gestellt, meinen Glauben klar und eindeutig zu bekennen...
Im übrigen wird im Beruf oder Lebensalltag eine redliche und offene Entscheidung, die sich klar religiös begründet, häufig auch von der nichtchristlichen Umgebung anerkannt und respektiert, vielleicht sogar insgeheim erwartet – ganz abgesehen davon, daß sie uns eine tiefe Übereinstimmung mit uns selbst und einen unbezahlbaren Frieden des Gewissens schenkt. Im Grunde beneiden uns viele Menschen um die Kraft einer ganzheitlichen Entscheidung, die Denken, Reden und Handeln in Übereinstimmung zu bringen sucht...
Entscheidungen können also nur auf Grund eines Gewisssensspruches des Einzelnen fallen. Dabei ist klar, daß es zu unterschiedlichen Handlungsweisen unter Christen kommen kann. Das zu ertragen, erfordert von einer christlichen Gemeinde eine beträchtliche innere Reife und gegenseitige Toleranz...
Das Gewissen des Christen muß sich jedoch immer wieder bilden.

Das geschieht nicht im Selbstlauf. Lest miteinander die Heilige Schrift, besonders die Worte Jesu!... Betet um die Gabe der Unterscheidung der Geister und um die Klarheit des Gewissens!... Aber entwickelt auch ein Gespür für die Situation, in denen Euer Einsatz als Christen für fremde Zwecke mißbraucht werden soll!... Die Priester bitte ich, in Geduld mit den Gläubigen die Fragen und Probleme zu besprechen, die mit dem Christsein hier und heute verbunden sind. Laßt Eure Gemeindemitglieder spüren, daß ihr deren Not kennt, daß ihr sie mittragt und mit ihnen zusammen nach den besten Wegen suchen wollt!... Ihr könnt zeigen, wie man aus der Kraft des Glaubens heraus die Angst überwindet und zur Freiheit der Gotteskindschaft gelangt...

Jeder von Euch hat den heiligen Geist empfangen: und der gibt bekanntlich in der entscheidenden Stunde ein, „wie und was ihr reden sollt" (Mt 10,19), wie die Schrift sagt. Darauf dürfen wir uns heute verlassen..."

Dies sind nach unserer Meinung bedenkenswerte Anstöße, die den zukünftigen Studenten und ihren Seelsorgern helfen können, eine richtige Entscheidung in der Frage der Reserveoffiziersbereitschaft (und nicht nur in dieser Frage) zu fällen und trotz Benachteiligungen, Anfeindungen und Mißverständnissen durchzutragen. Es ist uns ein großes Anliegen, daß über diese Problematik gesprochen wird, denn die gegenwärtigen Tendenzen sind bedenklich und geprägt von Unwissenheit und Angst, eine Entscheidung zu treffen, die von der Mehrheit nicht getragen wird.
Die obigen Überlegungen sind alle allgemeingültig für die Fragen: Gewaltanwendung, militärische Verteidigung im Zeitalter der atomaren Hochrüstung, Versöhnungs- und Friedensdienst und der Verantwortung, die wir als Christen in unserer sozialistischen Gesellschaft zu übernehmen haben.

Für den Reserveoffizier spitzen sich alle diese Überlegungen noch zu, da er im Auftrag der Partei, der SED, Befehle an Untergebene zu geben hat, die seinem christlichen Glauben widersprechen können. Er hat eine große Zahl ihm untergebener Soldaten im Sinne der atheistischen Weltanschauung zu erziehen und zu einem vorbildlichen sozialistischen Wehrkollektiv auszubilden.

1 aus „Glaube aktuell", S. 211, St. Benno-Verlag GmbH Leipzig, 3. Auflage 1980,
2 Arbeitspapier der Pastoralsynode der DDR zum Kapitel: Dienst der Kirche für Versöhnung und Frieden, Fassung 24. 8. 1974,
3 Vgl. Anordnung des Nationalen Verteidigungsrates über die Aufstellung von Baueinheiten vom 7. 9. 1964,
4 Vgl. Verfassung der DDR, Artikel 8,1
5 ebd, Artikel 23,2
6 Vatikanum II, Kirche und Welt, 79,
7 s. o.
8 Vgl. Kommunique des Weltkongresses der Friedenskräfte vom 25. - 31. 10. 1973, zitiert im ND vom 4. 11. 1973.
9 s. 2,
10 Studie des Bundes der evangelischen Kirchen in der DDR, Juli 82,
11 Wörterbuch der Außenpolitik und des Völkerrechtes, Dietz-Verlag, Berlin 1980
12 Meyers Jugendlexikon Philosophie.

– nur für innerkirchlichen Dienstgebrauch –

Anlage

Geschäftsstelle der Evangelischen Studentengemeinden in der DDR

1055 Berlin, den 13. 5. 8
Immanuelkirchstr. 1a

Antwortschreiben des Ministerrates
der Deutschen Demokratischen Republik,
Ministerium für Hoch- und Fachschulwesen,
Abteilung Erziehung und Ausbildung,
auf Anfrage betr. Bereitschaftserklärung
als Reserveoffiziersanwärter vom 9. 11. 1982:

„Es ist allgemein an den Hochschulen der DDR üblich, mit allen männlichen, wehrdiensttauglichen, gedienten Reservisten Gespräche mit dem Ziel zu führen, sie dafür zu gewinnen, ihre Bereitschaft zu erklären, Reserveoffiziersanwärter zu werden. Diese Entscheidung basiert auf dem Prinzip der Freiwilligkeit. In allen Fällen, wo eine derartige Bereitschaftserklärung unter Verweis auf Gewissens- und Glaubensgründe nicht abgegeben wird, muß dieser Standpunkt akzeptiert werden. Aus dieser Entscheidung dürfen dem betreffenden Studenten keinerlei Nachteile erwachsen, er führt sein Studium entsprechend der von ihm unterzeichneten Verpflichtungserklärung wie jeder andere durch."

– Nur für den innerkirchlichen Gebrauch! –

AG Studentenseelsorge
– Vorsitzender –

7010 Leipzig, den 30. 10. 89
Peterssteinweg 17
Tel.. 208773/324038

An die Mitglieder der AG

Liebe Mitbrüder!

Die Studentengemeinden sind in der Zeit des Auf- und Umbruchs spezifisch gefordert, sich in die neuen Entwicklungen „einzumischen" (im Bild des Gleichnisses vom Sauerteig); dabei sind Versäumnisse (Schulung, Motivation, Zivilcourage...) nachzuholen. In vielen Hochschulen bilden sich Studentenräte, Studentenbünde werden ins Leben gerufen, Fachgruppen gebildet, katholische Studenten für bisher ungewohntes Engagement angesprochen, weil sie als vertrauenswürdig gelten.

Wir verfügen bei allem schmerzlichen Mangel doch über relativ intakte Kommunikationssysteme, die wir nutzen sollten. Dieser Brief ist ein Anfang dazu.

1. Welche KSG ist bereit, auf DDR-KSG-Ebene anlaufende Projekte (s. 2.-5.) zu koordinieren? (Leipzig dürfte hier überfordert sein.)

2. Der Nachrichtenaustausch über neue Aktivitäten (Arbeitskreise, Eingaben, andere Aktionen von KSGn und von Studenten aus den KSGn heraus) müßte organisiert werden. (KDW nutzen.)

3. Katholische Studenten, die sich in Studentenräten etc. mitbeteiligten, müßten bald zum Erfahrungsaustausch zusammentreffen, ebenso die Vertreter neuer informeller Gruppen in den KSGn. Die Gründung eines katholischen oder christlichen Studentenbundes wäre zu diskutieren. Wo und wann könnte das geschehen (Zentrales Wochenende Frühjahr Alt-Buchhorst?)

4. Die KSGn sollten verstärkt an die Hochschul-Öffentlichkeit dringen. Zu denken wäre an:
a) Veröffentlichung der KSG-Adresse und eventuell des Schemas für das Wochenprogramm in hochschuleigenen Adreßverzeichnissen u. ä.
b) Aushangmöglichkeiten für Programme bzw. eigene Schaukästen im Hochschulbereich o. ä.

Diesbezügliche Initiativen (3. und 4.) wären mit den ESGn abzustimmen.

5. Für die Sommerpause wäre ein einwöchiges Sommerseminar zur Katholischen Soziallehre notwendig. Ort, Zeit, Referenten wären zu suchen. (Von der Europäischen Koordination der katholischen Schüler- und Studentenverbände (MIEC) Brüssel könnte Hilfe zu Fragen der Verbandsgründung zu bekommen sein.)

6. Studentenvertretungen, Seminargruppen etc. suchen Vervielfältigungsmöglichkeiten. Sollten die KSGn dafür Technik zur Verfügung stellen? Wenn ja, wie ist das einzugrenzen? Gleiches gilt für Raumangebote.

Ich erwarte Eure Antworten. Möge unsere Arbeit getragen sein von der Bitte um den Geist Gottes, worum wir besonders Pfingsten beten wollen.

(Unterschrift)

(Nur für innerkirchlichen Gebrauch!)

Katholische Studentengemeinden in der DDR
Arbeitsgemeinschaft Studentenseelsorge – Vorsitzender –

An das Ministerium für Jugend und Sport der DDR

Überlegungen zur Jugendpolitik im Bereich der studentischen Jugend

(Das folgende Papier entstand aus Diskussionen auf der Frühjahrstagung der Studentenvertreter aus den Katholischen Studentengemeinden in der DDR und auf der Konferenz der katholischen Studentenpfarrer und wurde mit Studenten der Leipziger Katholischen Studentengemeinde besprochen.)

I. Prinzipielle Feststellungen

Studentinnen und Studenten gehören vom Durchschnittsalter her zur Jugend.
Ihr sozialer Status war bisher gekennzeichnet durch die Tatsache, daß ihnen „der Staat" bzw. „die Gesellschaft" ein Studium gewährt, sie in dieser Zeit finanziell nicht einmal absichert, sondern nur unterstützt, eine diesbezügliche Dankbarkeit der Studierenden erwartet und Leistungen fordert, die von anderen Jugendlichen dieses Alters nicht gefordert wurden (besonders „gesellschaftliches Engagement", gewünschte verlängerte Armeezeit als Studienvoraussetzungen, zusätzliche Arbeitseinsätze und militärische Sonderausbildungen während des Studiums).

Für das, was bisher von der FDJ getragen wurde, gilt: „Prüfet alles, behaltet das Gute!"

Eine erneuerte Jugendpolitik sollte darauf achten:

1. Studenten sind in der Regel volljährig und Nichtstudenten ihres Alters ebenbürtig. Sie sollten nicht wirtschaftlich und rechtlich weiter von ihren Familien abhängig sein müssen. Sie müssen in der Lage sein, schon während des Studiums eine eigene Familie aufzubauen.

2. Studenten sind Leistende (nach Erkenntnissen des Leipziger Instituts für Jugendforschung durchschnittlich 60 Wochenstunden, bei Medizinstudenten sogar 70), die für ihre Leistungen (auch wenn sie nicht „produktiv" sind) entsprechend sozial anerkannt werden müssen.

3. Studenten sind wirtschaftlich schwach, in vielen Punkten sind sie auf den Schutz der Gesellschaft angewiesen (z. B. in der finanziellen Absicherung).

4. Studenten sind künftig wichtige Glieder der Gesellschaft, die zuweilen großen Einfluß auf die Gestaltung des öffentlichen Lebens und die Heranbildung künftiger Generationen nehmen werden. Ihre ganzheitliche Bildung über die fachliche Qualifikation hinaus, die Bewahrung ihrer physischen und psychischen Gesundheit, die Förderung ihres Solidaritätsbewußtseins besonders mit den schwächeren Gliedern der Gesellschaft, aber auch ihre Stellung zum gesellschaftlichen Umfeld überhaupt, ihre Ausrichtung auf humanistische und nationale Werte und auf über das Nationale hinausgehende Ziele (wie Denken in internationalen Kategorien und Solidarität mit der Zweidrittelwelt) können nicht allein Sache der einzelnen Bildungseinrichtung (Universität, Hochschule, Fachhochschule etc.) sein.

Für die Verwirklichung dieser Prinzipien und der folgenden Hinweise sind Rahmenbedingungen erforderlich, die in einer engen Zusammenarbeit zwischen den Ministerien für Bildung und Jugend und anderen Ministerien zu schaffen sind; außerdem muß sich die Bildungseinrichtung um ein enges Zusammengehen mit der jeweiligen Kommune und mit am Ort vorhandenen gesellschaftlichen Vereinigungen bemühen.

II. Einzelne Hinweise

1. Kultureller Bereich

Ein kulturelles Leben in Vielfalt ist für Studenten unbedingt notwendig. Deshalb ist darauf zu achten,

a) daß sich Orte, an denen sich Bildungseinrichtungen befinden, um ein entsprechendes kulturelles Leben allgemein bemühen (hier sind besonders kleine Städte zu unterstützen, damit nicht Kinos das einzige vor Ort sind);

b) daß Studentenclubs rechtlich und finanziell abgesichert sind, um eine vielfältige kulturelle Arbeit (z. B. Finanzierung von Künstlern, Referenten, Arbeitsgemeinschaften) leisten zu können. Eine völlige wirtschaftliche Selbständigkeit dürfte beim anzusprechenden schlechtverdienenden Studentenpublikum kaum möglich sein und ginge wahrscheinlich auf Kosten der Qualität der Arbeit bzw. der sozialen Zusammensetzung der Nutznießer des Clubs. Ob die Raumfrage und Finanzierung durch die Bildungseinrichtung, durch die Kommune, Stiftungen oder sonstige Sponsoren, durch gesellschaftliche Gruppierungen oder auf der Basis von Aktiengesellschaften u. ä. zu lösen ist, wäre jeweils zu prüfen. Auf Vielfalt und Freiheit in der Gestaltung des Angebotes ist zu achten. Ähnliches gilt für Studententheater, Filmclubs, einzelne kulturelle Aktivitäten.
Größere Clubs brauchen eventuell hauptamtliche Mitarbeiter, deren Qualifizierung und Bezahlung unterstützt werden muß;

c) daß die Aktivitäten der Katholischen und Evangelischen Studentengemeinden entsprechend diesen Hinweisen behandelt werden. Auch deren Einsatz (und der anderer Religionsgemeinschaften) ist für eine kulturelle Vielfalt und ganzheitliche Bildung unabdingbar;

d) daß auch andere Studentenverbindungen (über die parteigebundenen hinaus) zum Zuge kommen – entsprechend den Hinweisen zu den Clubs;

e) daß dem Studentensport besondere Aufmerksamkeit geschenkt wird, auch er ist analog zu den Clubs zu fördern.

2. Soziale Absicherung der Studenten

Studenten gehören aufgrund ihrer wirtschaftlichen Lage zu den sozial schwachen Schichten der Gesellschaft, sind aber Leistende, nicht Sozialhilfeempfänger.

In Vorbereitung dieses Papiers wurde die Bedeutung der Stipendienregelung als gesellschaftspolitisches Instrument deutlich. Einerseits wurde die Forderung laut, die Regelung so zu treffen, daß eine Omnipräsenz des Staates bzw. der Gesellschaft verhindert, das Subsidiaritätsprinzip ausreichend beachtet und dementsprechend die Familie, aus der die Studenten kommen, verstärkt in die Pflicht genommen wird, d. h.

die Stipendien dem Einkommen der Eltern entsprechend gestaffelt werden. Andererseits sprach sich eine Mehrheit dafür aus, Studierende als Leistungsträger, nicht als Unterstützungsempfänger zu sehen und ihre Volljährigkeit sozial anzuerkennen. D. h. prinzipiell dürfen Studenten nicht von ihren Familien abhängig bleiben (Finanzen, Versicherungsschutz etc.); auf keinen Fall sollten sie in die Lage geraten, gegen ihre eigenen Eltern wegen Unterhaltszahlungen klagen zu müssen.

a) Stipendien: Es sollte ein Grundstipendium unabhängig von der sozialen Herkunft gezahlt werden. Die Höhe richtet sich nach den zu ermittelnden Lebenshaltungskosten; Studenten aus sozial schwachen Familien müssen damit grundsätzlich leben können. Es ist an bestimmte Leistungen (z. B. erfolgreiche Absolvierung von Zwischenprüfungen, Festlegung der Höchstdauer eines Studiums – die aber Räume für kreative Weiterbildung offenlassen und Unterbrechungszeiten für Jobs oder anderes ermöglichen muß) gebunden. Darüber hinaus müßte zusätzliche Unterstützung (vielleicht auf Kreditbasis – rückzahlbar nach Beendigung des Studium) gewährt werden. Leistungsabhängige Stipendien sind beizubehalten bzw. zu modifizieren. Das Grundstipendium darf nicht dazu verführen, erneut eine gesellschaftliche Kontrolle (durch numerus clausus bei der Studienzulassung und durch Forderungen nach Beendigung des Studiums) zu installieren.

b) Ermäßigungen sind ähnlich wie Rentnern zu gewähren bei Benutzung öffentlicher Verkehrsmittel (besonders zwischen Heimat- und Studienort), bei Inanspruchnahme kultureller Leistungen (Eintrittsgelder), bei einer warmen Mahlzeit pro Tag (Mensaessen).

c) Wohnung: Die Absicherung der Wohnung kann nicht allein Sache des wohnungssuchenden Studenten sein, sondern ist gemeinsame Sache der Bildungseinrichtung, der Kommune und gesellschaftlicher Gruppierungen (z. B. Stiftungen). Das betrifft besonders die Erhaltung und Schaffung von Wohnheimplätzen. Hier müssen sich studentengerechte Miete und entsprechender Komfort (Hygiene, Zimmerbelegung, Arbeitsbedingungen, Räume für Kreativität – dazu gehören schon Kochmöglichkeiten –, personelle Ausstattung – Bewohner sollten nicht als Arbeitskräfte verplant werden) die Waage halten.

d) Versicherungsschutz ist auch im Falle kurz- und mittelfristiger Studienunterbrechungen und bei Teilzeitbeschäftigungen während des Studiums (Jobs) zu gewährleisten.

e) Studentenfamilien: Besonderen Schutz der Gesellschaft genießen die Familienangehörigen (Ehepartner, Kinder) von Studierenden und die eheliche Gemeinschaft. Dabei ist die Balance zu halten zwischen einer besonderen Förderung der ehelichen Gemeinschaft und der sozialen Absicherung von nichtehelichen Gemeinschaften (z. B. von alleinerziehenden Müttern). Studentenfamilien mit Kind müssen besonders unterstützt werden, wenn der Studierende Alleinverdiener der Familie ist bzw. wenn beide Studenten sind. Alleinerziehende müssen Unterstützung bei der Kindererziehung erhalten (Stützung bei Studienunterbrechung zur Kindererziehung, von Krippen, Tagesmüttern, Kindergärten, Stützung des Wohngeldes, Unterstützung eines Wechsels vom Direkt- zum Fernstudium).
Die Punkte b-e sind natürlich besonders wichtig, falls Studenten weiterhin als wirtschaftlich nicht selbständige Personen gewertet und entsprechend finanziell nur gefördert werden.

f) Betreuung von Studenten: Studenten unterliegen durch die Trennung vom bisherigen gesellschaftlichen Umfeld und durch die Studienanforderungen spezifischen Streßfaktoren.
Die Bildungseinrichtung muß eine ausreichende gesundheitliche, psychologische und soziale Betreuung der Studierenden gewährleisten, d. h. die noch vielerorts unzureichende Struktur (z. B. Beratertätigkeit) ist unbedingt auszubauen. Dabei sind gesellschaftliche Gruppierungen vor Ort, besonders auch die Kirchen und andere Religionsgemeinschaften, einzubeziehen. Ihnen sind die entsprechenden Möglichkeiten zur Selbstdarstellung und Werbung, eventuell auch Räume für ihre Tätigkeit zur Verfügung zu stellen. Zwischen Kommune und Bildungseinrichtung sind die Zuständigkeiten eindeutig zu klären (z. B. welche Gesundheitseinrichtung ist für ein Internat der Hochschule zuständig?).

3. Arbeitsrechtliche Absicherung

Das Studium ist keine gesellschaftliche Gnadengabe, aus der zusätzliche Forderungen abgeleitet werden können und die jederzeit entziehbar ist. Geleistete Studienarbeit muß gesellschaftlich anerkannt werden; Studienzeit darf nicht verlorene Zeit sein.

a) Exmatrikulationsschutz: die bisherige Regelung, auch aus relativ geringfügigen Gründen Studierende zu exmatrikulieren oder dieses ihnen androhen zu können, ist im Sinne eines arbeitsrechtlichen Kündigungsschutzes zu ändern. Natürlich muß es der Bildungseinrichtung möglich sein, aus Leistungsgründen bzw. wegen unangemessenen Verhaltens Studierende zu exmatrikulieren. Solche und andere Entscheidungen ähnlicher Art müssen gerichtlich überprüfbar und nötigenfalls revidierbar sein. Für die „Hausordnung" einer Bildungseinrichtung ist ein Rahmengesetz vorzugeben.

b) Vorpraktikum ist in einigen Studienrichtungen wünschenswert. Eine entsprechende Stimulierung der Betriebe, Krankenhäuser usw. müßte erfolgen, damit sie Vorpraktikanten einstellen und das Vorpraktikum im Sinne einer Kurzausbildung mit entsprechendem Abschluß theoretisch und auch sonst begleiten.

c) Vergütung von Praktika während des Studiums: Es darf nicht sein, daß Studenten nur ihr Stipendium weiter erhalten, aber nicht eine ihrer Tätigkeit angemessene Bezahlung bekommen. Zwangsweise Ernte-, Wäscherei- und Kücheneinsätze sollten der Vergangenheit angehören.

d) Jobs: Eine Zustimmung der Bildungseinrichtung zur Aufnahme von Teilzeitbeschäftigungen neben dem Studium sollte nicht mehr erforderlich sein. Umso mehr muß das gelten, falls Studenten weiterhin als wirtschaftlich nicht selbständige Personen gewertet werden. Dabei ist davon auszugehen, daß auch bei leistungsorientiertem Grundstipendium die Studenten am Rande des Existenzminimums leben werden.

e) Anerkennung von Abschlüssen: Bei vorzeitiger Exmatrikulation (z. B: durch Studienabbruch) besteht für Studenten die Gefahr, Hilfsarbeiter mit Abitur zu werden. Das Abitur muß gesellschaftlich als Abschluß anerkannt werden. Weiterbildungs- und Umschulungsmaßnahmen sollten dem Exmatrikulierten angeboten werden und auf dem bisherigen Studiengang (Zwischenabschlüsse ermöglichen!) aufbauen. Ausbildungsjahre nach dem Abitur sind wie Arbeitsjahre anzurechnen. Vorläufige Abschlüsse (z. B. Vor-Diplom) verhindern, daß bei nicht möglicher Arbeitsvermittlung nach dem Studium wenigstens ein Teilabschluß nachweisbar ist, da oft ein Betriebspraktikum, Referendarzeit, Facharztausbildung usw. für den endgültigen Abschluß Voraussetzung sind. Sofort muß der Status derjenigen Studenten geklärt werden, deren delegierende Betriebe (rechtmäßig?) entsprechende Verträge einseitig gekündigt haben.

f) Absolventenvermittlung: Es herrscht Unklarheit, ob die bisherige Praxis, Absolventen über die Bildungseinrichtung zu vermitteln, aufgehoben oder modifiziert ist; Klarheit wäre dringend zu wünschen.

g) Weiterbildung und höhere Abschlüsse: Die Erreichung eines höheren Abschlusses (Diplom, Promotion) darf nicht einem numerus clausus unterliegen (z. B. „60 % dürfen Diplom machen"), sondern muß strikt leistungsabhängig sein.

4. Internationale Kontakte

Weltanschauung entsteht durch Welt-Anschauen:

a) Jugendaustausch und Jugendtourismus müßte gefördert werden durch finanzielle und organisatorische Unterstützung von Reisen, durch Vermittlungszentralen (au-pair-Familien, Mitfahrzentralen), durch Schaffung von Studentenheimen (ähnlich wie Jugendherbergen), durch Förderung von Sprachkursen usw.

b) Das Studium an ausländischen Einrichtungen muß erleichtert werden, d. h. Studienunterbrechung muß möglich sein. In dieser Zeit ist die Aufrechterhaltung bestimmter finanzieller und sozialer Rechte (z. B. Versicherungsschutz für Familienangehörige) abzusichern – besonders falls Studenten weiterhin als wirtschaftlich nicht selbständige Personen gewertet werden.
Studentenaustausch über die Grenzen hinweg ist zu fördern.

c) Ausländische Studenten
Aus Gründen der Solidarität und zur Förderung eines internationalen Bewußtseins ist das Studium ausländischer Studenten in der DDR im höchsten Maße wünschenswert und darf nicht total kommerzialisiert werden. Entsprechende Stiftungen etc., die Auslandsstudenten auch aus ärmeren Ländern das Studium in der DDR ermöglichen, sind zu fördern. Besonders ist darauf zu achten, daß der plötzliche Abbruch des Studiums durch das entsendende Land aus staatspolitischen und ideologischen Gründen (wie z. B. bei den nordkoreanischen Studenten Ende 1989 passiert) oder wegen Zahlungsstops verhindert wird (entsprechende Bestimmungen sind bei Studienbeginn festzuschreiben). Der ausländische Studierende sollte grundsätzlich sein Studium in Freiheit und Würde gestalten können.

DOKUMENT 51

Ausländische Studenten müssen die Möglichkeit erhalten, sich ihrer kulturellen und religiösen Tradition gemäß zu versammeln und miteinander zu leben. Die Bildungseinrichtung muß eine entsprechende Betreuung personell absichern.
Vor Ort müssen Möglichkeiten zur Begegnung zwischen deutschen und ausländischen Studenten gefördert werden.

(Unterschrift)
Leipzig, den 27. April 1990 Dr. Eberhard Tiefensee
- Vorsitzender-

Peterssteinweg 17
Leipzig
7010

Tel. 208773/324038

E r k l ä r u n g

Es kommen immer wieder Fälle vor, in denen der Staatssicherheitsdienst Mitglieder der Studentengemeinde auffordert und zum Teil drängt, sich für seine Aufgaben, auch für Erkundigungen über die Arbeit der Studentengemeinde zur Verfügung zu stellen. Dazu möchte ich folgendes erklären:

1. Die Veranstaltungen der Studentengemeinde sind öffentlich, das Monatsprogramm ist allen katholischen Kirchen von Leipzig ausgehängt. Gäste, die sich dem Studentenpfarrer bekannt machen, sind jederzeit willkommen.

2. Die Studentengemeinde gehört zum seelsorglichen Verantwortungsbereich des Bischofs von Meissen, besitzt eine von ihm verfaßte Satzung und wird von seiner Autorität getragen. Für Auskünfte über die seelsorgliche Arbeit im allgemeinen und über die einzelnen Veranstaltungen der Gemeinde ist allein der von ihm eingesetzte Studentenpfarrer zuständig, an den bei Anfragen regelmäßig zu verweisen ist.

3. Über private Auffassungen und die Gesinnung von einzelnen Mitmenschen planmäßig Nachrichten zu sammeln und staatlichen Organen weiterzugeben, ist sittlich nicht erlaubt. Das verbietet

   a) nach dem natürlichen Sittengesetz das Gebot, die Ehre des Nächsten zu schützen,

   b) nach den allgemeinen Menschenrechten das Prinzip der Gedanken- und Gewissensfreiheit,

   c) nach der christlichen Ethik das Gebot der Nächstenliebe.

4. Sofern es sich nicht um die Aufklärung eines Verbrechens handelt, ist jedem Ansinnen auf eine oben beschriebene Mitarbeit von Anfang an entschlossener Widerstand entgegenzusetzen. Erfahrungsgemäß läßt man bei einer entschiedenen Haltung bald von dem Versuch ab. Als Motiv genügt der Hinweis, daß sich eine solche Tätigkeit nicht mit dem Gewissen vereinbart. Auch die Bemerkung, daß man seinem Beichtvater von dieser Gewissensnot Kenntnis geben müsse, kann die Situation klären helfen.

5. Es empfiehlt sich, in solchen Fällen zur Beratung und Unterstützung den Studentenpfarrer zu informieren. Die oft auferlegte Schweigepflicht bindet im Gewissen nur dann, wenn sie in völliger Freiheit und aus eigenem Entschluß übernommen worden ist.

Leipzig, den 23. November 1963 — Wolfgang Trilling

Studentenpfarrer

DOKUMENT 53

Bezirksverwaltung Leipzig
Abteilung XX

Leipzig, den 13.3.1973

Treffbericht

Der Vorlauf IM „Mick" berichtete über die am 12. 3. 73 von 20.00 bis 22.30 Uhr stattgefundene Veranstaltung zwischen Studenten der KSG Freiburg und Leipzig im Objekt Karl-Heine-Straße 110 folgendes:

Die Begegnung fand wieder in 2 Diskussionsgruppen statt, und sollte eine Fortsetzung der am Vortage durchgeführten Diskussion über das Menschenbild sein.
Der IM schätzt ein, daß die Diskussion sich jedoch im wesentlichen mit Problemen der Perspektive der jetzigen Studenten befaßte. An den Anfang wurden 3 einführende Diskussionen gestellt. So sprach eine Studentin der Handelshochschule Leipzig über die Frage der Absolventenplanung.
Der KSG-Student [redacted] berichtete über die Möglichkeiten der Studenten der DDR nach Abschluß ihres Studiums und ein weiterer Student, der namentlich ebenfalls nicht bekannt ist, sprach zu Fragen der sozialen Versorgung und Betreuung der Studenten in der DDR.
Diese 3 Vorträge waren nach Meinung des IM-Kandidaten sehr real und entsprechen der Wirklichkeit. Diese 3 Vorträge bildeten im Anschluß daran die Diskussionsgrundlage.
Von dem ehemaligen KSG-Studenten [redacted], [redacted], welcher jetzt in Dresden auf dem Gebiet der EDV tätig ist, wurde erklärt, daß man bei uns in der DDR keine Bildung der Menschen mehr vornehme, sondern lediglich eine Ausbildung. Er sprach in diesem Zusammenhang von einer Verschulung des Studiums. Er war weiterhin der Meinung, daß bei uns nur eine sogenannte Intelligenz aber keine intellektuellen Persönlichkeiten herangezogen werden würden. Auch im Studium mache sich immer stärker ein gewisser Planungstrend bemerkbar. Der Meinung des [redacted] wurde durch eine Reihe Studenten widersprochen. Auch von seiten der westdeutschen Studenten gab es zum Teil gegenteilige Meinungen. So brachte der westdeutsche Studentenpfarrer [redacted] beispielsweise zum Ausdruck, daß man auch in der BRD dazu übergehe, die Studenten auf eine bestimmte Entwicklung festzulegen und eine Entwicklung völlig individueller Art gar nicht mehr möglich sei.
Im Laufe der Diskussion brachte der [redacted] desweiteren zum Aus-

druck, daß das Menschenbild in der DDR barbarisch sei. Eine individuelle Meinung sei überhaupt nicht gefragt, und die meisten würden nur um ihres eigenen Vorteils Willens studieren. Auch hierzu wurde ihm von einer Reihe Studenten der KSG Leipzig widersprochen. An einer Reihe von Beispielen versuchten sie ihm nachzuweisen, daß nach Abschluß des Studiums die Aufgaben sehr vielseitig gestellt werden und die Anforderungen an jeden einzelnen sehr hoch sind.
Durch einen namentlich nicht bekannten Studenten wurde an die westdeutschen Vertreter die Frage gestellt, welche Rolle die Studenten heute spielen, die 1968 die Studentenstreiks in der BRD organisiert haben. Dazu wurde erklärt, daß die Masse derselben in dem großen Fels der Studenten untergegangen sind und nur noch einzelne heute eine „revolutionierende" Rolle spielen. Die Diskussion endete mit der Fragestellung, was kann man dagegen tun, um zu verhindern, daß die Studenten nach Abschluß ihres Studiums sich in ein völliges Privatleben zurückziehen? Vom IM wird dazu eingeschätzt, daß es zu keiner befriedigenden Antwort kam.
Die Veranstaltung endete gegen 22.30 Uhr. Im Anschluß daran begaben sich noch einige Studenten aus Freiburg und Leipzig in das Objekt Friedrich-Ebert-Straße 5. Hier kam es jedoch zu keinen grundsätzlichen Diskussionen mehr. Außer den bereits am vergangenen Tag genannten Personen berichtete der IM noch über folgende Teilnehmer, die ihm namentlich bekannt sind:

Das Ehepaar [redacted], das Ehepaar [redacted], der Student vom theologischen Seminar [redacted] mit seiner Verlobten mit Familiennamen [redacted]. Sie ist Medizinstudentin. Eine Studentin [redacted], 2 namentlich nicht bekannte Studenten der TU Dresden, vermutlich letztes Studienjahr.
Der zweite mit angereiste Studentenpfarrer heißt [redacted].
Die Studenten der KSG Freiburg werden in den Vormittagsstunden des 13. 3. 73 abreisen. Am gleichen Tage wird eine Studentengruppe aus Heidelberg erwartet, mit denen die erste Veranstaltung am 13. 3. 73 um 20.00 Uhr im Bischof-Petrus-Haus durchgeführt wird.
Der nächste Treff mit dem IM findet am 14. 3. 73 um 7.00 Uhr statt.

(Unterschrift)

Störl
Hauptmann

DOKUMENT 53

- Abschrift -

Leipzig, den 14. 3. 1973

Bericht

Betr.: Veranstaltung der KSG am 13. 3. 1973, 19.00 Uhr im
Bischof-Petrus-Haus

Zum o. g. Zeitpunkt fand eine Veranstaltung von 19.00 - 23.00 Uhr im Bischof-Petrus-Haus statt.
Das Thema lautete: „Arbeit der Gemeinde". Anwesend waren insgesamt 56 Studenten, davon 11 Studenten aus Heidelberg.
Der Ablauf gestaltete sich in der Form, daß von 19.00 - 20.00 Uhr ein gemeinsames Abendessen eingenommen wurde. Im Anschluß daran wurde von den Studenten der DDR und den Heidelberger Studenten je ein Programm, welches bereits eine Woche vor Messebeginn durch jeweils etwa 10 Vertreter beider Gruppen aufgestellt wurde, erörtert. Die westdeutschen und DDR-Studenten, die in der Vorbereitung des Messeprogramms zusammengetroffen sind, haben hier das Rahmenprogramm aufgestellt, daß Messeveranstaltungen als Grundlage dienen soll.
Während der Gesprächszettel von der KSG Leipzig abgezogen, allen Teilnehmern ausgehändigt wurde und meinem Bericht auch beiliegt, haben die Heidelberger ihren schriftlich erarbeiteten Gesprächszettel nur zur Einsichtnahme verbreitet und anschließend wieder eingezogen. Nach den Vorträgen wurden 3 Gruppen gebildet (2 x 18, 1 x 20 Studenten mit 5, 4 und 3 westdeutschen Studenten.
In den Gruppen wurde über die Aktivierung der Arbeit der KSG in der DDR gesprochen und im wesentlichen mit der Gruppenarbeit der Gemeinden noch nicht zufrieden sein kann.
Bezogen auf die KSG Leipzig wurde zum Ausdruck gebracht, daß man von staatlicher Seite den Studenten, die sich in der KSG zusammenfinden, schon Bewegungsfreiheit einräumt, daß jedoch die ungenügenden Aktivitäten noch auf den wenigen Zusammenhalt der Studenten untereinander zurückzuführen ist, was seine Ursache im Generationsproblem (Studenten d. älteren — d. jüngeren Studienjahre) und in verschiedenen Glaubensauffassungen hat. Die Heidelberger Studenten sahen die Ursache ihrer Probleme darin, daß sie nicht auf eine gezielte theologische Unterstützung seitens eines Pfarrers rechnen können.
Bei beiden KSG trifft zu, daß die teilnehmenden Studenten wenig an einem theologischen Fundament haben, sondern sich lieber von den Leitern der Abende durch allgemeinere Themen berieseln lassen würden. In der KSG bestände die Gefahr, sich zu einem reinen Diskussionskreis zu entwickeln und immer weiter vom Glauben entfernen würde.

Die Heidelberger stellten fest, daß sie die Jugendlichen nur noch durch gesellige Abende zusammenhalten würden. Sie würden die sozialpolitischen Probleme der Gruppe den jungen Kommunisten überlassen, die proklamieren, daß mit der Veränderung der Gesellschaft auch eine Veränderung der sozialen Lage bei den Jugendlichen in ihrem Lande zu verzeichnen sein würde.
Die KSG Heidelberg vertritt den Standpunkt, daß durch einzelne Aktionen, durch „hilfreiche Werke", wie z. B. Besorgen von Wohnungen für Personen, die aus der Psychatrie entlassen wurden, Anfertigung von Schulaufgaben mit Gastarbeiterkindern, durch eine Vorbildwirkung überhaupt mehr erreicht werden könnte.
Als Motivation für den Eintritt in eine KSG bezeichneten beide Gruppen als in der Gleichheit der Gesinnung liegend und daß die KSG für die Jugendlichen der einzige Ort der Freiheit und der Befreiung wäre.
An den Diskussionen beteiligten sich mehr westdeutsche als DDR-Studenten. Besonders von seiten der KSG Leipzig wurde eine sehr schleppende Diskussion geführt.
Geleitet wurde die gesamte Veranstaltung vom Pfarrer [redacted] der als katholischer Pfarrer tätig ist.
Einer Gruppe gehört der Theologe [redacted] an, der als Hilfspfarrer fungierte und eine sehr aktive Rolle in der KSG inne hat. In der Gruppe, zu der auch ich zählte, war der Med.-Student (3. Stdj.) [redacted] Diskussionsleiter, der die Funktion des Sprechers in der KSG Leipzig hat.
Negative Aspekte konnten durch mich in der Veranstaltung nicht beobachtet werden, da keine gesellschaftspolitischen Probleme im Mittelpunkt der Diskussion standen.
Diese Diskussion soll am heutigen Tage (14. 3. 1973) ab 10.00 Uhr bis in die späten Abendstunden fortgesetzt werden, am Tage im Bischof-Petrus-Haus und ab 20.00 Uhr in der Karl-Heine-Straße. Ich konnte noch feststellen bzw. über den [redacted], [redacted] in Erfahrung bringen, daß die Heidelberger geschlossen im Bischof-Petrus-Haus übernachten und auch voll durch die Kirche verpflegt werden. Ebenfalls übernachten einige Studenten der Leipziger KSG dort, die nicht in der unmittelbaren Umgebung Leipzig wohnhaft sind.
Nach den bisherigen Informationen konnte ich feststellen, daß die Heidelberger Studenten und die Leipziger KSG-Mitglieder bis einschließlich Sonntag, dem 18. 3. 1973 hier verbleiben. Ich werde heute Abend an der Veranstaltung erneut teilnehmen.
Ein bärtiger Student (Vollbart) ca. 25 Jahre, in einer theologischen Bücherei beschäftigt, wurde mir als vermutlicher Staatssicherheitsmitarbeiter gezeigt und ihm gegenüber auch kein Vertrauen entgegengebracht, wie überhaupt äußerte Vorsicht sichtbar wurde.

gez. Torsten

DOKUMENT 53

Bezirksverwaltung Leipzig
Abteilung XX/4

Leipzig, den 15. 3. 1973

KSG-Veranstaltung am 14. 3. 1973 im Bischof-Petrus-Haus

Ergänzend zu der bereits berichteten Veranstaltung wurde durch den IMV „Fuchs" noch folgendes bekannt: Das Mitglied des Leipziger Gemeinderates der KSG [redacted] war als Leiter einer Diskussionsgruppe eingesetzt. Im Laufe der Veranstaltung erklärte er u. a. „Die KSG hat erkannt, daß ein Großteil der Studenten nur deshalb zur KSG kommen, weil sie erwarten, daß man von dort aus in der Gesellschaft etwas verändern kann. Hier kann man Gruppen bilden und seine eigenen Gedanken und Ziele verwirklichen. Natürlich ist es auch möglich, in den FDJ-Gruppen mitzuarbeiten, aber dort werden die eigenen Ziele gebremst und man darf nur bis zu einem gewissen Punkt mitmachen.

Das Mitglied des Gemeinderates der KSG [redacted], [redacted] führte aus, daß es eine Reihe von Studenten gibt, welche als Leiter von Arbeitskreisen der KSG gearbeitet haben. Diese Studenten wurden nach ihrer Studienzeit, als sie in der Praxis arbeiteten, in ihren Betrieben zur Rede gestellt und bekamen Schwierigkeiten mit dem Staatssicherheitsdienst. Dabei hat man nur solche Personen angesprochen, die Funktionen in der KSG hatten. Andere hat man in Ruhe gelassen.
Wie der [redacted] weiterhin berichtete, gibt es gegenwärtig in der Gemeinde der KSG Leipzig 8 Arbeitskreise. Er kritisierte in diesem Zusammenhang, daß die meisten Teilnehmer dieser Arbeitskreise jedoch nur Aufnehmer sind.

(Unterschrift)

Störl
Hauptmann

Bezirksverwaltung Leipzig
Abteilung XX/7

Leipzig, den 15. 3. 1873
-/Eck

Tonbandabschrift

Bericht des „Horst" zum Treff am 13. 3. 1973

Auftragsgemäß nahm ich an den Messeveranstaltungen der KSG Leipzig teil. Am 12. 3. 1973 besuchte ich die Kaffeerunde in der Friedrich-Ebert-Straße 5. Bei meiner Ankunft war anwesend Pfarrer [redacted] aus Freiburg sowie 3 Studenten, die zum ersten Mal in die DDR eingereist waren. Im Verlauf der Runde kamen noch 3 Studentinnen aus Freiburg hinzu. Weiterhin waren 4 Studenten aus der Leipziger KSG anwesend. In der Ebertstraße 5 war darüber hinaus noch anwesend die Haushälterin von Pfarrer [redacted] und er selbst. Er war aber nicht beim Gespräch dabei. Dann kam noch meine Frau hinzu und der in früheren Berichten erwähnte [redacted] [redacted] aus WD. Die Gesprächsthemen in der Runde waren ziemlich allgemein gehalten und hatten für uns keinen operativ interessanten Wert. Lediglich in einem Gespräch zwischen Pfarrer [redacted] und meiner Frau wurde vereinbart, daß wir am Abend in unserer Wohnung zusammenkommen mit noch einigen Anwesenden von der Abendveranstaltung in der Karl-Heine-Straße 110. Dazu kam es nicht. Der Grund dafür geht aus dem Bericht hervor.

Weiterhin kam es zu einem Gespräch zwischen [redacted] meiner Frau und mir. Er hatte mir nach der letzten Herbstmesse einen Brief geschrieben, in welchem er mich um die Adresse von [redacted], die mit meiner Frau näher bekannt ist, gebeten hatte. Diese hatte er, wie er meinte, verlegt. Da auch ich auf diesen Brief nicht geantwortet hatte, machte er sich Sorgen darüber, ob der Brief abgefangen worden sei oder irgendwie, warum er hier nicht angekommen sei. Daraufhin rief meine Frau [redacted] an und versuchte sie, für den Abend in die Karl-Heine-Straße 110 zu bringen. Soweit ich es verfolgen konnte, kam es an diesem Abend nicht zu einem Gespräch zwischen [redacted] und [redacted], da diese erst um 22.00 Uhr dort eintraf und [redacted] später erschien. Er war an dem Abend nicht da, als die Runde bereits im Auseinandergehen begriffen war. Gegen 17.30 Uhr verließen meine Frau und ich die

Friedrich.-Ebert-Str. 5. Wir begaben uns in unsere Wohnung und bereiteten ein wenig den Abend vor. Um 20 Uhr nahmen wir an der Abendveranstaltung in der Karl-Heine-Str. 110 teil. Es waren etwa 40 Personen anwesend, davon namentlich bekannt: [redacted], Pfarrer [redacted], [redacted], [redacted], [redacted], [redacted], [redacted], [redacted] aus der DDR. Von westdeutscher Seite [redacted], ein Student aus Freiburg mit Vornamen [redacted], der in früheren Berichten schon genannt wurde sowie Pfarrer [redacted] und die mit ihm reisenden Studenten, etwa 7 oder 8.

Der Abend verlief so, daß zu Beginn eine kurze Wiederholung der Thematik vom Sonntagabend gegeben wurde. Danach gaben 3 Studenten der Leipziger Studentengemeinde, darunter [redacted] einige Informationen über den Einsatz und die Einsatzmöglichkeiten von Absolventen in der DDR. Das bezog sich im wesentlichen auf Absolventenlenkung, auf Sozialmaßnahmen sowohl für verheiratete Studenten sowie auf Entwicklungsmöglichkeiten von Absolventen. Im großen und ganzen trug diese Information einen positiven und sachlichen Charakter. Im Anschluß daran wurde die Runde in zwei Gruppen geteilt. Meine Frau sprach in einer Gruppe mit, bei der unter anderem [redacted], [redacted] und [redacted], Pfarrer [redacted], anwesend waren. Für den weiteren Abend war es mir nicht möglich, mit den genannten Personen in näheren Kontakt zu kommen. Ich beteiligte mich an dem Gespräch in der Gruppe von [redacted]. Darin waren weiterhin anwesend [redacted], zwei in früheren Berichten schon genannte Apothekerinnen, die in Leipzig studiert haben sowie ein Student der Sektion Journalistik. Weiterhin [redacted] und [redacted]........... . Von westdeutscher Seite nahmen an diesem Gesprächskreis teil: der schon vorher erwähnte Student [redacted] 2 Studentinnen der Pädagogik aus Freiburg, die mir namentlich nicht bekannt sind, sowie ein Student aus Freiburg, dessen Name mir auch nicht bekannt wurde. Im Anschluß an diese Gesprächskreise, die etwa gegen 23.00 Uhr zu Ende gingen, ging ein großer Teil der Anwesenden in die Friedrich -Ebert-Straße 5, dort war vorgesehen, im ehemaligen Zimmer von [redacted] und unten im großen Raum Diskussionsrunden zu bilden. Meine Frau und ich folgten der Einladung von [redacted], in seiner Wohnung noch weiter ein Gespräch zu führen. Insgesamt nahmen daran 10 Personen teil, u. a. die schon erwähnten beiden Studentinnen und der Student, alle drei namentlich nicht bekannt, aus Freiburg sowie die beiden Apothekerinnen aus Leipzig [redacted] und zu Beginn noch eine Studentin aus dem 1. Studienjahr der KSG Leipzig, die mir auch nicht näher bekannt ist. Die Gespräche wurden in dieser Runde immer zwischen 2 maximal 3 Personen geführt. Ich unterhielt mich mit der einen der beiden Apothekerinnen im wesentlichen über ihre Bewerbung an der Schauspielschule und damit im Zusammenhang stehende Probleme und im weiteren Verlauf mit [redacted], einer Pädagogikstudentin aus Freiburg und meine Frau über ästhetische und moralische Werte im Zusammenhang mit der Ausbildung als Pädagoge und der späteren Tätigkeit. Insgesamt trugen die Gespräche, soweit ich sie verfolgen konnte, keinen für uns operativ interessanten Charakter.

In einem Gespräch während des Aufbruchs um 23 Uhr schätzte [redacted] das Gesprächsergebnis so ein, daß er sagte, in jedem Jahr oder zu jeder Messe sei bisher die Frage ganz schnell auf gesellschaftliche Grundfragen gekommen und man hätte sich in diesem Punkt immer irgendwie festdiskutiert. Das hätte zwar den Vorteil gehabt, daß man über größere Problemkreise sprechen konnte. Diesmal sei es ein wenig klein geblieben, aber dafür konkret.
In der Gesprächsrunde davor ging es nämlich um Fragen des Einsatzes von Studenten in der Bundesrepublik und der DDR nach ihrem Studium, wobei von den Studenten der BRD die Vorverträge bei uns als ein Positivum empfunden worden. Das Vorvertragssystem bei uns wurde zum Teil in Frage gestellt. Die Studenten aus der BRD blieben aber bei ihrer Meinung und empfanden ihre Situation als wesentlich schlechter, da sie auf Zeitungsinserate bzw. persönliche Kenntnis von offenen Stellen angewiesen seien und in keiner Weise Sicherheit über ihren Einsatz hätten.

Weiterhin ging es um Ideale der Studenten während ihrer Studentenzeit, was man davon mit in die Berufslaufbahn unbedingt hinüber nehmen sollte, um das Etabliertsein nach Abschluß des Studiums, um ein dabei notwendiges Anpassen an die Berufswelt und ein darüber hinaus gehendes Bequemwerden in der Berufswelt. Probleme, die mit politisch aktuellen Ereignissen im Zusammenhang stehen, und für uns operativ interessant werden, hat es nicht gegeben. Bei dieser Einschätzung gehe ich natürlich immer von dem Kreis aus, in dem ich persönlich anwesend war.

Das Auftreten von Pfarrer [redacted] sowohl am Nachmittag in der Friedrich-Ebert-Str. 5 sowie auch am Abend in der Karl-Heine-Str. 110 betrachte ich als zurückhaltend und von der Erscheinung her etwas risignierend charakterisieren. Er gab am Abend eine sachliche Zusammenfassung, dessen, was am Vorabend diskutiert wurde, und hat sich nicht so engagiert und interessiert, wie in den vergangenen Jahren gegeben. Die Ursache dafür ist mir nicht bekannt. Es ist aber zu vermuten, daß es vielleicht auch ein mangelndes Interesse von seiten der Leipziger Studentengemeinde ist, was ihn zu einer solchen Haltung bewegt hat. Denn am Nachmittag zwischen 16.00 und 17.00 Uhr waren lediglich 4 Studenten mit meiner Frau und mir 5 oder 6 am Schluß anwesend, um mit den Gästen aus der BRD Gespräche zu führen.

Über [redacted] kann ich weiter keine Angaben machen, da er während meiner Anwesenheit nicht in Erscheinung getreten ist. Mir wurde auch nicht bekannt, mit wem er Gespräche geführt hat oder Zusammenkünfte geplant hat.
Gespräche zu den Personen [redacted], [redacted], [redacted] sowie [redacted] und [redacted] wurden an diesem Abend nicht geführt, auch nicht an dem sich anschließenden Gespräch in der Wohnung von [redacted]

gez. Horst

Maßnahmen:
- Auswertung im TOV „Heuchler" n. Kontakten
- Inf. an Ref. 4

Übereinkunft

Ich will nicht, daß irgendein Gott mich umdenkt.
Ich hab seit jeher meinen,
für den eigenen Gebrauch, auch, um mich aufzurichten.
Und für die Demut, deren ich bedarf.

Zuweilen geschieht 's, daß die menschliche Seele stinkt
wie regennasses Hundefell.
Darüber lästre ich nicht. Nur will ich, daß der Schmerz
wirklich schmerzt und die Träne eine Träne ist.

Jan Skacel

Was in meinem Leben bis zu diesem Augenblick stattgefunden hat, weiß ich. Was für den Menschen, der dies zu lesen beginnt, in der Vergangenheit war, und was gegenwärtig in ihm ist, weiß ich nicht. Ich wünsche mir geschriebene oder gesprochene Worte als Antwort auf meinen Brief. Wer als Antwort das Schweigen wählt, wird seine Gründe haben, die zu verstehen ich versuchen werde.
Die letzten Begegnungen liegen über ein Jahrzehnt zurück. Wer sich erinnert, wird sein Bild von mir neu beleben müssen, korrigierend oder ergänzend. Ich schreibe dies auch auf die Gefahr hin, daß ich störe – vielleicht mit meiner Vergangenheit, möglicherweise mit meiner Gegenwart. Wer inzwischen gelesen hat, was von der Bezirksverwaltung Leipzig des ehemaligen MfS über ihn an Informationen gesammelt wurde, weiß, daß darunter Berichte sind, die ich abgegeben habe. Wer keine Einsicht in seine Akte genommen hat, soll es auf diese Weise von mir erfahren.
Ich habe für das MfS als IM gearbeitet, freiwillig, weil ich davon überzeugt war, dem Staat und der Gesellschaft der DDR in richtiger Weise zu dienen. Ich glaubte daran, daß die bestehende Gesellschaftsordnung der DDR eine Garantie dafür sei, daß humane und soziale Gerechtigkeit für alle Menschen verwirklicht werden. Ich habe geglaubt, daß durch den Geheimdienst MfS die Ziele und Interessen dieses Staates glaubhaft und zuverlässig geschützt werden.
Im Laufe der Zeit setzte eine allmähliche Distanzierung zur Arbeitsweise des MfS ein, was schließlich meinerseits zu einer Beendigung der Mitarbeit beim MfS führte. Zu manchem, was ich damals getan oder verantwortet habe, kann ich nicht mehr stehen aufgrund des Wissensstandes, den ich heute über die Dinge habe.
Ich entschuldige mich nicht für meine Überzeugung, die mir gebot, diesem ehemaligen Staat DDR zu dienen. Ich bitte darum, mir zu verzeihen, wo ich Vertrauen gebrochen habe, wo durch mich in der Vergangenheit Schmerz oder Traurigkeit die Folge meiner Mitarbeit beim MfS waren. Ich weiß, es gibt kein Vergessen für einmal begangenes Unrecht, aber es gibt für vernunftbegabte Wesen, welche wir Menschen nun einmal sind, die Möglichkeit, miteinander zu sprechen, um gemeinsam im Interesse der Zukunft der Vergangenheit ihre Würde zurückzugeben.

A. Unger

DOKUMENT 55

Über den Verlauf des Patronatsfestes der Katholischen Studentengemeinde Berlin

In der Zeit vom 7. - 9. Mai 1965 führte die Berliner Katholische Studentengemeinde (KSG) unter Leitung des Berliner Studentenpfarrers Eberhard Kirsch in der Hauptstadt der DDR in Berlin, Thornerstr. 64 (Kath. Kirchengemeinde Corpus Christi) ein sogen. Patronatsfest durch. Dieses Fest, das die KSG alljährlich feiert, wurde in diesem Jahr erstmals vom Studentenpfarrer in die Zeit des 8. Mai, den Tag der Befreiung vom Faschismus, gelegt, um so den vollen Sonnabend und Sonntag für die Veranstaltungen des Patronatsfestes nutzen zu können.

An den insgesamt 4 Veranstaltungen nahmen unterschiedlich ca. 150 - 400 Personen teil. Hierbei handelte es sich hauptsächlich um Mitglieder der KSG Berlin, aber auch um Mitglieder der KSG aus der Republik und um einige Mitglieder der Evangelischen Studentengemeinde.

In jeder Veranstaltung waren ca. 15 - 20 KSG-Mitglieder aus den Städten Frankfurt/Main, Münster und Hamburg und in Westberlin studierende westdeutsche KSG-Mitglieder anwesend.

Die im Mittelpunkt der Veranstaltungen stehenden Vorträge wurden ausnahmslos von westdeutschen katholischen Persönlichkeiten gehalten. So sprach zum Thema „Die Kirche nach dem II. Vatikanischen Konzil" der katholische Studentenpfarrer Dr. B e n d e r aus Frankfurt/Main (350 Teilnehmer).
Prof. B ö c k e n f ö r d e, Jurist (speziell Verfassungsrechtler) aus Heidelberg, hielt Vorträge über „Verjährung und Notstandsgesetzgebung" (150 Teilnehmer) und über „Formen des christlichen Weltverhaltens in den Jahren 1933 - 45 (450 Teilnehmer).
Der Vortrag „Vom Sinn der Krankheit" wurde von dem Neurologen Prof. E n g e l m e i e r aus Münster gehalten (500 Teilnehmer).

Im Anschluß an die Vorträge fand jeweils eine Diskussion mit Beantwortung von Fragen durch die Vortragenden statt.

Im einzelnen beinhalteten die Vorträge und Diskussionen:

Dr. Bender führte sinngemäß folgendes aus:
Auf dem II. Vatikanischen Konzil wurde die Konstitution über die Kirche verabschiedet. Zum ersten Mal wurde die Kirche als das Volk Gottes bezeichnet. Man müsse dabei zwei Wörter besonders betrachten. Die Kirche als Volk. Die Kirche ist die Gemeinschaft aller. Es herrscht in ihr die Gleichheit. Vorher wurde – nach dem IV. Jahrhundert bis zum II. Vatikanischen Konzil – die Hierarchie dem Laien gegenübergestellt.
Nach dem II. Vatikanischen Konzil steht die Hierarchie nicht mehr dem Laien gegenüber, sondern sie bilden beide zusammen eine Einheit. Die Priester müssen sich somit fragen, ob sie auch gute Laien sind. Die Gegenüberstellung Hierarchie und Laie kam vor allem auch dadurch zustande, daß die Inaktivität der Laien dazu führte, daß der Priester als der aktive Teil der Kirche, sich absonderte.
Könnte nun nicht die Studentengemeinde ein Modellfall dafür werden, daß Priester und Laien eine Gemeinschaft bilden.
Dr. Bender führte weiter aus, daß die Kirche der Tradition treu bleiben müsse, jedoch ohne in festen Formen und starren Schemata zu verharren. Der einzige Weg zur Sicherheit sei heute der Weg des Wagnisses. Deshalb erklärte der Papst Paul VI., daß die Kirche eine Kirche des Dialogs sei.
Mit folgenden 3 Gruppen von Menschen soll der Dialog geführt werden:

1. mit den getrennten christlichen Brüdern.
   Als erste Auswirkung dieser These sei die im Oktober dieses Jahres in Göttingen stattfindende gemeinsame evangelische und katholische Studententagung zu sehen. Neben diesen gemeinsamen Gesprächen muß das gemeinsame Handeln kommen;

2. mit den nichtchristlichen Religionen.
   Dieser Dialog soll vor allem an Universitäten zwischen Studenten aus den verschiedenen Ländern geführt werden;

3. mit den Atheisten.
   Hierfür wurde ein Sekretariat gebildet, dessen Leiter der Kardinal König ist. Der Dialog mit den Atheisten wird schwierig, wenn nicht fast unmöglich, sagte Paul VI. Ausgeschlossen wird aus diesem Dialog jedoch niemand.
   Als erste Auswirkung dieser These sei die Tagung der Paulus-Gesellschaft in Salzburg zusammen mit marxistischen Philosophen zu sehen.

In der Diskussion wurden vom Kaplan Kirsch Einzelheiten über die genannte Tagung in Salzburg gewünscht. Dazu äußerte Dr. Bender: An dieser Tagung nahmen u. a. marxistische Philosophen aus der KP Frankreich, Italien und Jugoslawien teil.
Ob aus der DDR jemand teilnahm, sei ungewiß.
Prof. H a v e m a n n wäre ebenfalls eingeladen gewesen. Er erschien jedoch nicht. Dafür habe sein vorgesehenes Referat unter den Teilnehmern kursiert.
Sehr aktiv wären die französischen und italienischen kommunistischen Philosophen aufgetreten. Der italienische Vertreter der kommunistischen Partei habe auf dieser Tagung erklärt: Wenn Sozialismus in Italien, dann nur in Zusammenarbeit mit der katholischen Kirche.
Die Philosophen aus den „Ostblockstaaten" lehnten ein Gespräch über Gott und die Kirche ab, weil sie diese Fragen angeblich rationell erklären könnten.
Für den Dialog mit den Atheisten kann es kein Schema geben. Man muß diese Frage von den Gegebenheiten eines jeden Landes lösen.

Ein Student fragte; ob der Index (für Katholiken unerwünschte Literatur) noch aktuell ist. Bender antwortete, daß dieser in Vergessenheit geräte. Kein katholischer Christ halte sich mehr an diesen Index, der seiner Meinung nach nicht mehr erweitert wird.

Die nächste Frage eines Studenten bezog sich auf Hochmuths Stück „Stellvertreter": Warum interventierte der Papst gegen die Aufführung des „Stellvertreters"?
Bender antwortete: In diesem Stück werde ein direkter Angriff gegen eine Person geführt. Manchem Zuschauer wäre das sehr peinlich. Es sei peinlich, was gegen diese Person gesagt wird.

Zur Rechtfertigung der Verjährung und Notstandsgesetzgebung führte Prof. B ö c k e n f ö r d e aus, daß das Problem bei der Verjährung darin bestehe, ob ein Rechtsstaat eine Verjährung nachträglich aufheben könne. Die Meinungen darüber seien in der Bundesrepublik geteilt. B. war der Meinung, daß mit der Verfolgung einzelner Naziverbrecher nicht das System gerichtet wird. Personen, die in Prozessen verurteilt wurden, wären nur kleine Rädchen im System und Befehlsempfänger gewesen. Die bürgerliche Rechtsauffassung bestehe darin, daß jedem einzelnen Mitglied der Gesellschaft die größtmögliche Freiheit zu sichern ist. Darum könne man sich nicht über bestimmte Rechtsgrundsätze hinwegsetzen und die früheren Verbrecher verurteilen, weil diese Verbrechen bereits verjährt sind.

Z. B. hätten die Angeklagten des Auschwitzprozesses nach 1945 als ehrsame und anständige Bürger gelebt. Verbrecher wurden sie nur, weil ihre Umgebung, das NS-System, verbrecherisch und schlecht war. Man müßte mit Prozessen gegen diese Menschen aufhören, weil damit die Vergangenheit nicht bewältigt wird.

In der Diskussion wurde von einem Teilnehmer die Frage gestellt, ob man nicht auch die Widerstandskämpfer verurteilen müßte, da sie ja auch Morde begangen hätten.
Böckenförde antwortete darauf, daß das eben das Problem sei. Wenn man jeden Mord in der NS-Zeit verfolgen wollte, würde es eine endlose Kette von Prozessen geben. Aber bei den Wiederstandskämpfern könnte man noch annehmen, daß sie aus Notwehr gehandelt hätten.
Aber man müßte dann auch die Soldaten verurteilen, weil sie an einem ungerechten Krieg teilnahmen. Man müßte auch das Erschießungskommando von Stauffenberg verurteilen. Aber daran denkt keiner, weil diese Soldaten ein Gerichtsurteil ausführten.
Man müßte auch die antisemitischen Schriftsteller verurteilen, die durch ihre Werke die Voraussetzung für Auschwitz schufen, obwohl diese Menschen beim Schreiben ihrer Bücher sicher nicht an Auschwitz dachten. Diese Schriftsteller waren vielmehr später selbst erstaunt, welche Auswirkungen im Nazireich der Antisemitismus hatte.

Weiter erklärte Böckenförde, wenn NS-Verbrecher freigesprochen werden wie das in der Bundesrepublik oft geschehen ist, so muß man sich vor Augen halten, daß das Recht in der Bundesrepublik fordert, bei Zweifeln zu gunsten des Angeklagten zu entscheiden. Da aber nach so vielen Jahren nur schwer noch Zeugen der unmittelbaren Verbrechen zu finden sind, erfolgten in der Bundesrepublik zahlreiche Freisprüche.

Auf die Frage einer Studentin, ob man nicht innerhalb der Verjährungsfrage eine Abstufung der Verjährung vornehmen könne, z. B. nach der Verantwortlichkeit, die der Verbrecher innerhalb des NS-Reiches zu tragten hatte, antwortete Böckenförde: Wo will man denn überhaupt mit der Bestrafung anfangen. Man müßte die Hauptverantwortlichen bestrafen, man müßte den Sachbearbeiter bestrafen, der technische Details, z. B. zur Ausrottung der Juden ausarbeitete, man müßte den Lokführer bestrafen, der den Transport ins Vernichtungslager führte usw. Man müßte das ganze Volk verurteilen. Daran ist zu sehen, daß man diese Frage nicht löst, wenn man einzelne Personen aus dem Volksganzen herausgreift und diesen einen Prozeß macht.

(Eine Studentin aus der DDR wendet hier in der Diskussion ein, daß man bei uns in der DDR konsequent diesen Schritt geht und daß es bei uns keine NS-Verbrecher mehr gebe.
Von den meisten Studenten erhob sich bei dieser Frage ein scharfer Protest. Sie sagten, man erfahre nur nicht, wieviel Nazis es bei uns noch gebe.)

B. sprach weiter, daß es natürlich auf die Bundesrepublik ein schlechtes Licht wirft, wenn an verantwortlicher Stelle Männer sitzen, die früher Nazis waren. Soll man diese aber ausschalten, wenn es keine Beweise gegen sie gibt? Das kann man nicht, denn sie sind vielleicht tatsächlich unschuldig. Viele frühere Nazi-Beamte gingen ja auch nur deshalb in die Bundesrepublik, weil es dort wieder einen Beamtenstatus gibt und eine Beamtenversorgung. Das ist einer der Gründe, weshalb in der Bundesrepublik soviele ehemalige NS-Beamte sitzen.

Natürlich kommt es vor, daß einige Verbrecher durch das Netz der Justiz schlüpfen. So muß man auch das vielfach mißverstandene Wort Buchers: „Wir müssen mit Verbrechern leben" sehen. Man kann dieses Wort dahin deuten, daß aufgrund der bürgerlichen Rechtssprechung immer Verbrecher davonkommen.

Zur Notstandsgesetzgebung führte Böckenförde aus, daß es die Möglichkeit der Ausrufung der Notstandsgesetzgebung schon heute in der Bundesrepublik gebe, nur liege diese noch bei den Westmächten. Jetzt gehe es darum, die Ausrufung des Notstandes in die deutsche Kompetenz zu überführen.

Über die Formen des christlichen Weltverhaltens in den Jahren 1933 - 45 äußerte Böckenförde unter offensichtlicher Anspielung auf die Jetztzeit, daß die Nazis mit ihrer Politik der kleinen Schritte das Betätigungsfeld der Kirche immer mehr eingeschränkt hätten. Sie wurde auf den Kultraum zurückgedrängt. Hitler sagte einmal: „Die Kirche brauche ich, um meine Macht aufzurichten. Wenn ich an der Macht bin, hat die Kirche nichts zu lachen." Die Christen bezogen eine unterschiedliche Haltung zum Nazismus. Die einen verließen ihre exponierten Stellungen und zogen sich zurück. Sie sicherten sich ein ruhiges Leben. Andere blieben auf ihren Posten, um von hier Schlimmeres zu verhüten.
Böckenförde stellte die Frage, ob man noch brutalere Gesetze hätte schaffen müssen, um die ganze Schrecklichkeit des Nazismus den Juden vor Augen zu führen, denn dann wären viele Juden sofort geflohen, weil sie keinen anderen Ausweg mehr gesehen hätten.

Eine Gruppe von Christen ging in die NSDAP, um hier den Verbrechen des Nazismus entgegenzuwirken. Sie schufen sich eine gewisse Immunität und konnten dadurch gegen die Nazis arbeiten. Manche Christen gingen in die NSDAP, um Schwierigkeiten aus dem Wege zu gehen.
Es gab aber auch Christen, die gegen die Nazis schlicht protestierten, und andere wieder, die Widerstand leisteten, z. B. Oberst Stauffenberg. Als letzte Form des christlichen Verhaltens während der Nazizeit sei die Partisanenbewegung anzusehen. Der Partisan habe nicht mit Dank zu rechnen und kann auch auf keine Unterstützung hoffen. Als Beispiel sei hier der Obersturmführer Bärenstein zu nennen, der sich mit den Nazis assimilierte, bis ins RSHA von Kaltenbrunner vordrang und von hier aus wirksam gegen den Nazismus vorging. Er berichtete z. B. von den Judenvergasungen einem Mitarbeiter der schwedischen Botschaft, wodurch diese Verbrechen der Weltöffentlichkeit bekannt wurden.

Der letzte Vortrag „Vom Sinn der Krankheit", der keine wesentlichen und erwähnenswerten Äußerungen beinhaltete und zu dem auch keine Diskussion zustande kam, wurde vom Dieter-Ecke-Streichquartett der Deutschen Staatsoper umrahmt.

Außerdem fand im Rahmen des Patronatsfestes am 8. 5. eine Veranstaltung „Jazz und Lyrik" statt, auf der das Wedelmeyer-Sextett spielte und ein Student eigene und polnische Lyrik las, ohne daß ein politisch tendenziöser Inhalt zu erkennen war.

DOKUMENT 56

3.10.73

Hauptabteilung XX/4 Berlin, den 26. 9. 1973

KSG 128

BStU
000501

kT r e f f b e r i c h t

Quelle: IMV "Berg"
Zeit: 21. 9. 73, 9.00-12.30 Uhr
Ort: Objekt "Hort"
Mitarbeiter: Hptm. Nordt

Beim Treff wurde folgendes bekannt:

1. Sprechertag der KSG in der DDR

Vom 14. - 16. 9. 1973 fand in Halle der Sommersprechertag der KSG in der DDR statt. An der Tagung nahmen die gewählten Sprecher der Katholischen Studentengemeinden in der DDR (KSG) sowie die Studentenseelsorger teil.
Im Vergleich zu bisherigen Sprechertagen waren etwa 2/3 der Sprecher ..... 48 Studenten anwesend.
Die Tagung begann am 14. 9. 73, 20.30 Uhr mit der Begrüßung der neugewählten Sprecher und einen anschließenden Erfahrungsaustausch über Aufgaben im Sprecheramt.
Die Diskussion wurde am 15. 9. 73 fortgesetzt mit Hinweisen über Gesprächsführung sowie Gottesdienstliche Gestaltung. Gesprächsleiter waren Pastoralassistent Wolfgang B a r t e l, Leipzig, bzw. Pfr. G ö b e l , Halle.
Höhepunkt der Sprechertagung waren ein Referat von Frau [redacted], Jena zum Thema: "Von der Studentengemeinde zur Ortsgemeinde" sowie Ausführungen von Herrn [redacted], Karl-Marx-Stadt über den bisherigen Verlauf der Pastoralsynode der Katholischen Kirche in der DDR. Beide Vorträge trugen im wesentlichen innerkirchlichen Charakter.

- 2 -

KOPIE BStU

BStU
000502

Am 16. 9. fand für die Teinehmer am Sprechertag ein Gottesdienst statt, den Pfr. K a c z m a r c z y k , Rostock, hielt. In seiner Predigt wandte er sich besonders gegen die Studentenpfarrer und Sprecher, die ständige Kritik an den Bischöfen üben. Er brachte zum Ausdruck, daß es unverschämt wäre dauernd auf die Bischöfe zu schimpfen und nicht zu wissen warum sowie unreale Forderungen zu stellen.
Während des kritischen Abschlußgespräches zum Sprechertag wurde K a c z m a r c z y k hart angegriffen. Er hat darauf mit scharfen Worten reagiert und äußerte sich, daß es unfair und unverantwortlich sei, was diesbezüglich gemacht würde.

KOPIE BStU

Während des Sprechertages fand eine separate Zusammenkunft der Studentenpfarrer statt. Sie diente vor allem der Vorbereitung der Konferenz katholischer Sudentenpfarrer in der DDR mit Gästen aus der BRD in der Zeit vom 2.10. - 4.10.73 in Berlin, Pappelallee.
Während dieser Zusammenkunft wurde vom Vorsitzenden der Konferenz Prf. Dr. U l r i c h , Dresden, folgende Tagesordnung vorgeschlagen:

<u>2.10.73</u> <u>nachmittags</u>

Bericht über die X. Weltfestspiele
Ausführungen Pfr. G ö b e l u. Pfr. B a r t h e l

<u>abends</u>

Erfahrungsaustausch

1. Was ist das spezifisch christliche der Studentengemeinde. Welche typischen christlichen Erfahrungen werden in der Studentengemeinde eingebracht und verwertet.
2. Das Problem der Trennung von Staat und Kirche in der BRD auf der Grundlage des 14-Thesen-Programms der FDP.
(Der WB Verbindungsmann Robert L o b e c k war beauftragt diese Thesen zu besorgen, damit sie zur Diskussion vorliegen).

<u>3./4.10. 73</u> Vortrag zum Thema: "Die Sache Jesus"
Referent: Klaus S c h ä f e r , Frankft/M. (SJ)

Neben dem Hauptreferat ist vorgesehen, daß Fragen der

- Partnerschaftstreffen und
- Finanzen

angeschnitten werden.

- 3 -

BStU
000503

- 3 -

> Ulrich meinte dazu, daßdie zweite Hälfte der finanziellen Zuwendungen aus der BRD zur Unterstützung der Arbeit der KSG in der DDR noch nicht eingetroffen sei. Nach der Pleite der KDSE wisse hier niemand wie es weitergehen soll. Die Situation sei ernst.

Nachdem die Tagesordnung durch die Anwesenden Zustimmung fand, wurde Pfr. Dr. B e r g e r , Berlin, beauftragt, sie über den Verbindungsmann des BBZ den WD Gästen zu übermitteln. Das Zusammentreffen mit dem Verbindungsmann ist am 24.9.73 in Berlin vorgesehen.

Während der Zusammenkunft der Studentenpfarrer kam es zu interessanten Auslassungen, insbesondere durch Pfr. GÖBEL, Halle und BARTEL, Jena.
Sie äußerten, während der X. Weltfestspiele in Berlin gewesen zu sein und hätten sich sehr aktiv an den Diskussionen auf dem Alexanderplatz beteiligt. G ö b e l hätte sehr intensive Gespräche mit Vertretern des BDKJ, der Jungen Union, den JUSOS und mit FDJ-Funktionären gehabt. Im Gespräch hätte er mal diese und mal jene Rolle eingenommen. Einmal habe er die DDR verteidigt und ein anderes Mal habe er vom westlichen Standpunkt aus gesprochen.
Er ist der Meinung:" Der DDR sei ein großes Kunststück gelungen, die Jugend davon zu überzeugen, daß sie die Diktatur liebt und zwar durch Feste und Feiern". Nach Ansicht von Pfr. G ö b e l bestünde die große Gefahr, daß der wirtschaftliche Aufschwung in der DDR weitergehen werde, der die Jugend beruhige und sie Systemkonform mache. Sie würden sich dann weniger oder "keine Gedanken mehr machen über das Unrecht, die Gewalt, die allgemeine Knechtung im Sozialismus. Sie seien froh darüber über mehr Geld und kulturelle Güter zu verfügen und könnten Feste feiern. An dem Punkt sei Schluß. Das müsse aufgefangen werden und sei mit Aufgabe der Studentengemeinde dafür zu sorgen, daß ein waches Bewußtsein dabliebe. Um Feste zu Feiern, müßten, nach Auffassung von G ö b e l , erst die Grundlagen in Ordnung gebracht werden".

KOPIE BStU

- 4 -

BStU
000504

"Es könnte", so G ö b e l weiter, "das Furchtbare passieren, daß die Jugend auch die kirchliche Diktatur liebt, wenn man sie nur Feste feiern läßt". Das würde den Kampfgeist gegen Bischöfe, Kardinäle und Papst nicht mehr lebendig erhalten.
Die Ausführungen B a r t e l s bestätigten im wesentlichen G ö b e l s Auffassung.

Pfr. B e r g e r wurde gefragt, ob er als Berliner etwas hinzuzusetzen habe. Er brachte zum Ausdruck, daß eine Reihe vorgesehener Veranstaltungen der ESG während der X. WFS nicht stattgefunden hätten und daß Studenten an ihn herangetreten seien, daß Pfr. Dr. G a l l a y (ESG) in den übrigen Veranstaltungen recht systemkonform aufgetreten sei.
Von Studentenpfarrer G ö b e l wurde weiterhin die Meinung vertreten, daß sich die kirchenpolitische Situation in der DDR verschärft habe. In dem Zusammenhang wurde auf ein Tonbandgesetz hingewiesen, das das Vorführen westlicher Tonbänder ~~xxxx~~ verbietet bzw. eine Anmeldepflicht vorschreibe. Dies sei ein Beispiel wie die zunehmende Einengung des kirchlichen Raumes vor sich gehe.

KOPIE BStU

Im weiteren Verlauf und im Gespräch über die Tagesordnung wurden auf die Thesen der FDJ zum Verhältnis von Staat und Kirche in der BRD aufmerksam gemacht und eine kurze Übersicht gegeben. Pfr. G ö b e l sprach sich für die Thesen aus und begrüßte die Behandlung auf der Konferenz im Oktober in Berlin.

Die ursprünglich vorgesehene Wahl des Regionalsprechers für den zum Wehrdienst eingezogenen und damit ausgeschiedenen [redacted] fand nicht statt, da zwei Kandidaten ihre Kandidatur zurückgezogen hatten. Die Gemeinden wurden aufgerufen, neue Kandidaten zu benennen.
Stattgefunden hat die Wahl für den neuen Vertreter der KSG in Pastoralsynode (vorher [redacted]).
Von drei Kandidaten wurde der Dresdener Student [redacted] als neuer Synodaler gewählt, nachdem er sich mit einem Vortrag vorgestellt hattte.

BStU
000505

Der konterrevolutionäre Putsch in Chile am 11. 9. 1973 spielte während der Tagung keinerlei Rolle und blieb völlig unerwähnt. Unerwähnt blieben auch von seiten der Studenten die X. WFS während dieser Konferenz.

Der IM schätzt ein, daß es für seine Begriffe eine der bisher langweiligsten Tagungen der KSG gewesen sei und daß von ihr kein Strom der Begeisterung ausgegangen ist.

2. <u>KSG-Berlin</u>

Im Zusammenhang mit dem Treffen KSG-Berlin-Münster in der CSSR wurde noch bekannt:

- Die Münsteraner übergaben eine Zeitschrift (vermutlich "Der Spiegel") mit einem Artikel von Leonhard "Sowjetzonendiktator Ulbricht starb als Unperson". Diesen Artikel habe der Student [redacted] Vors. des Gemeinderates der Berliner KSG in Besitz und habe ihn mit Schreibmaschine in mehreren Exemplaren abgeschrieben. Es bestehe die Absicht, ihn innerhalb der KSG, besonders in dem Kreis derer, die mit in der CSSR waren, herumgehen zu lassen. Z. Z. sei ein Exemplar im Besitz des Studentenpfr. G i e s l a k . Gleichzeitig mit diesem Artikel sei die Rede des evang. Bischofs F r ä n k e l , Görlitz, die er im April 1973 während der evang. Synode in Görlitz gehalten hat, im Umlauf, die [redacted] ebenfalls abgeschrieben habe.

- Zu dem im November geplanten "Partnertreffen" Berlin-Münster zum Thema: "Die Charta der Menschenrechte in den Vereinigten Nationen" ist beabsichtigt, daß einer der Münsteraner Teilnehmer, vermutlich der bereits genannte Wolfgang aus Freiburg im Breisgau, Mitte Oktober das entsprechende Material dazu in die DDR einschleust.
  Es ist beabsichtigt, daß das Material [redacted] übergeben wird.
  Bei dem PKW, der von [redacted] benutzt wurde, soll es sich um einen Renauld Kombi mit einem Kennzeichen aus Münster handeln.

KOPIE BStU

- 6 -

BStU
000506

- 6 -

- Der Zeltplatz in der CSSR befand sich etwa 200 m vom Ort Orlik entfernt. Die Talsperre ist in der Nähe und nach dem Ort benannt.

- Der mit zur Gruppe gehörende [redacted] wurde durch Gespräche dem IM jetzt näher bekannt. Seine politische Auffassung und seine Grundansichten seien besonders reaktionär. Er wäre der Negativste in dieser Gruppe. [redacted] ist mit [redacted] befreundet.

- Der IM gab einen Überblick über den sog. Ostkontaktekreis in Münster (siehe Anlage).

3. [redacted]

Dem IM wurde bekannt, daß die [redacted], seit dem 17. 9. 73 vermißt sei. Der Verwaltungsleiter vom St. Antonius habe bei der VP-Inspektion Köpenick Vermißtenanzeige erstattet.
Im einzelnen wurde bekannt:
Die [redacted] sei befreundet mit einer Krankenschwester im katholischen Entbindungsheim Maria Heimsuchung in Berlin-Pankow. Ihr habe sie gesagt, daß sie die Absicht hatte, an einer Wochenendveranstaltung der ESG-Berlin teilzunehmen. Außerdem sei sie befreunde mit [redacted] .... mit der sie gemeinsam an Veranstaltungen der KSG in Berlin teilgenommen hatte.
[redacted] wisse nicht wo die [redacted] sei. Man habe sie bereits daraufhin schon angesprochen. Wer sie angesprochen hat, äußerte sie nicht.
[redacted] ist wohnhaft in [redacted]

KOPIE BStU

- 7 -

BStU
000507

Maßnahmen:

1. Der IM nimmt an der Konferenz vom 2. - 4.10.73 teil.
   Er informiert täglich. Über den Gesamtverlauf wird eine Information an die Leitung gefertigt.

2. [redacted] unter op. Kontrolle nehmen und Maßnahmen zur Beschaffung der abgeschriebenen Artikel einleiten.

3. Personalermittlungen über [redacted] aus Freiburg einleiten.

4. Auszug über [redacted] an Auswertung der HA XX

5. Bericht über "Ostkontaktekreis" zum op. Material "Luke".

KOPIE BStU

Nächster Treff: 9. 10. 73.

Nordt
Hptm.

BStU
000302

Ministerrat der
DeutschenDemokratischen Republik
Ministerium für Staatssicherheit
Der Minister

Berlin, den 8. Februar 1978

Auszug aus dem

B e f e h l Nr. K 433/78

KOPIE BStU

Für besondere Leistungen, verantwortungsbewußte Tätigkeit, Initiative und hohe persönliche Einsatzbereitschaft bei der Erfüllung übertragener Aufgaben zur Stärkung und Sicherung unserer Arbeiter-und-Bauern-Macht

Z e i c h n e i c h

aus Anlaß des 28. Jahrestages der Bildung des Ministeriums für Staatssicherheit aus:

Dr. F ü r s t, Walter

mit der Medaille für treue Dienste
in der Nationalen Volksarmee
in Bronze

gez. M i e l k e
Generaloberst

Auszeichnung wurde dem IM am 28.02.78 verbunden mit 100.- M Prämie überreicht.

Schulze
Hptm.

DOKUMENT 58

Information zum Themenabend in der KSG am 12. 4. 89
Ideologie und Macht im Verhältnis zwischen Kirche und Staat
Anwesend: ca. 40 Studenten keine Gäste erkennbar
Studentenpfarrer.

Ordinariatrat Lange stellte sich als Verhandlungsbeauftragter der Berliner Bischofskonferenz mit dem Staat und Chefredakteur des Hedwigsblatt vor neben einem kurzen Lebenslauf.
Zunächst ein geschichtlicher Exkurs zum Verständnis von Staat Rolle von Thron und Altar beginnend bei Kaiser Konstantin eingehend auf die Hegelsche Staatsvorstellung und das Verhältnis von Marx und Engels dazu, der preußische Staat könne nur gestürzt werden, wenn sein Gottes Gnadentum d. h. der Altar beseitigt wird und so wäre der „politische" Atheismus von Marx zu erklären. Daher ergäbe sich jetzt die Frage, ob Marxismus und sozialistischer Staat zwangsläufig mit dem Atheismus, der als aktive und nicht nur mit geistigen sondern administrativen Mitteln betriebene Verbreitung von Ideologie verstanden wird, verbunden sein muß. Hier werden nun Bemerkungen von marxistischen Philosophen der letzten Zeit O. Klohr zitiert, daß es sich bei der DDR nicht um einen atheistischen im obigen Sinne handelt.
Lange bezeichnete diese Äußerung als wahrscheinlich nicht unautorisiert. Hier ergeben sich Ansätze, daß Christen in der DDR nicht nur „ungekränkt" (Hinweis auf E. Honecker) sondern auch gleich geachtet und akzeptiert leben können.

In der Aussprache waren 3 wesentliche Fragen und Antworten:

– ist eine konfessionelle Schule denkbar
– Sozialer Friedensdienst
– Papstbesuch in der DDR

Antworten von Lange:

1. Hinweis auf die Theresienschule in Berlin (letzter Beschluß des Berliner Kontrollrats vor dem Auseinandergehen)
von der Kirche organisatorisch und finanziell auf Grund der Demographie nicht durchführbar, Jugendweihe Frage sei nicht mehr im Vordergrund es reiche aber nicht, wenn mögliche ungerechte Einzelfälle geklärt werden können, eine Entflechtung zwischen Schule und Jugendweihe sei anzustreben, wenn es auch Hinweise für eine vorsichtige Handhabung gäbe (z. B. keine schlechten Zensuren bei Nichtteilnahme an Jugendweihe) es gäbe auch noch christliche Lehrer in Schule (Anfrage

eines Lehrerstudenten) diese hätten aber weiterhin Schwierigkeiten wenn ihre Kinder nicht an der Jugendweihe teilnehmen.

2. Wir sind keine Kirche von Pazifisten, Hinweise auf Aussagen des 2. Vaticanums, einzelne Gewissensentscheidung sei zu respektieren, in der DDR gibt es keine Gewissensprüfung aber die Entscheidung muß glaubhaft sein, was sich selbst und anderen schwer zu beweisen ist, Hinweis auf die Bausoldaten, Sozialer Friedensdienst sei aber eine im Prinzip wünschenswerte Sache, größere Schwierigkeiten sieht er, wenn ein einmal geleisteter Fahneneid (von einem Volljährigen) nachträglich umfrisiert werden soll, das würde de facto eine Aufhebung der Wehrpflicht bedeuten, so daß er an dieser Stelle wenig Chancen sieht.

3. Papstbesuch ist freilich wünschenswert, allerdings müssen die umfassenden diplomatischen und staatsrechtlichen Fragen z. B. Bistum Berlin in Westberlin und in der DDR gesehen werden. Auch etwa ein Besuch nur in Dresden sei nicht möglich (das könnte man den Berlinern nicht antun).
Er glaubt, daß im Zusammenhang mit der Seeligsprechung von Probst Lichtenberg eine solche Möglichkeit geschaffen wird, wozu noch viel diplomatische Arbeit notwendig ist, aber alle wollen es.

Besonders hervor hob, daß es in der DDR als einzigem soz. Land, eine völlige Freiheit in der Einsetzung von Bischöfen gäbe, was er als besonders wichtig darstellte.
Die katholische Kirche lebe in einem geordneten Verhältnis zum Staat, wobei natürlich immer wieder Probleme und Wünsche gegenseitig auftreten und die Kirche habe ihre Möglichkeiten in der DDR noch nicht voll genutzt.

Zum Problem der Freidenker äußerte Lange, daß er durchaus positive Möglichkeiten sehe, wenn diese Organisation sich tatsächlich den Fragen noch einer Sinngestaltung des Lebens auf atheistischer Grundlage zuwende und den Sorgen und Nöten von Menschen sich annehme, Sorgen zeigte er nur über die Organisationsform
von oben organisiert Bezirk, Kreis möglichst jede Gemeinde, daß hier nicht wieder, weil es ja von Deutschen gemacht wird, eine Überorganisation eintritt, die letztlich sich dann Konfliktpartner sucht.
Insgesamt machte die Veranstaltung einen durchaus konstruktiven Eindruck sowohl vom Referenten her wie von den Teilnehmern.

Herzog
(Unterschrift)

DOKUMENT 58

Abteilung XX

Halle, 26. April 1989
4/sr-scha

I n f o r m a t i o n
zu einem Themenabend in der KSG Halle

Am 12. 4. 1989 fand von 19.00 bis 21,30 Uhr in den Räumen der

Katholischen Studentengemeinde (KSG)
Halle

eine Veranstaltung unter dem Thema

„Ideologie und Macht im Verhältnis zwischen Staat und Kirche"

statt. Als Referent und späterer Diskussionsleiter war als Gast der

Ordinariatrat Lange (Berlin)

anwesend. Etwa 40 Studenten aus dem üblichen Teilnehmerkreis der KSG nahmen an der Veranstaltung teil, die durch den Studentenpfarrer

S[redacted]
(Halle-Lettin)

eröffnet und geleitet wurde.

Ordinariatrat Lange stellte sich als Verhandlungsbeauftragter der Berliner Bischofskonferenz (BBK) mit dem Staat und als Chefredakteur des „Hedwigsblatt" vor. Davon ausgehend schilderte er in groben Zügen seinen Lebenslauf.

Bei seinem Vortrag zum genannten Thema ging er von einem geschichtlichen Exkurs zum Verständnis von Staat, Rolle von Thron und Altar, beginnend beim Kaiser Konstantin aus.
Der Redner orientierte auf die Hegelsche Staatsvorstellung und die Positionen von Karl Marx und Friedrich Engels dazu (...) „der preußische Staat könne nur gestürzt werden, wenn seines Gottes Gnadentum, d. h. der Altar beseitigt wird" (...) und so wäre der „politische" Atheismus von Marx zu erklären. Daher ergäbe sich jetzt die Frage, ob Marxismus und sozialistischer Staat – zwangsläufig mit dem Atheismus, der als aktive und nicht nur mit geistigen, sondern administrativen Mitteln

betriebene Verbreitung von Ideologie verstanden wird, verbunden sein muß. Daran schlossen sich Zitate von Marxistischen Philosophen aus jüngerer Zeit, wie O. Klohr, an:

> (...) „daß es sich im Falle DDR nicht um einen atheistischen Staat im obigen Sinn handelt" (...)

Lange erklärte diese Feststellung als „wahrscheinlich nicht unautorisiert". Hier ergeben sich Ansätze, daß Christen in der DDR nicht nur (ungekränkt) – (Erich Honecker), sondern auch gleich geachtet und akzeptiert leben können.

In der sich anschließenden Diskussion, welche in der Bibliothek fortgesetzt wurde, erfolgte eine Aussage im wesentlichen zu drei Themen:

– ist in der DDR ein konfessionell geprägtes Schulwesen denkbar?

– Sozialer Friedensdienst und mögliche Anwendungsbereiche;

– Papstbesuch in der DDR.

1. Zum Bildungswesen

Anführung der Theresienschule in Berlin (letzter Beschluß des Berliner Kontrollrates vor dessen Auflösung als Beispiel). Konfessionelle Schulen sind von der Kirche organisatorisch und finanziell aufgrund der Demokraphie nicht realisierbare.
Jugendweihe stelle keinen Diskussionspunkt mehr dar. Trotzdem sei es nicht ausreichend, wenn mögliche ungerechte Einzelfälle geklärt werden können. Es wäre notwendig, eine Entflechtung zwischen Schule und Jugendweihe anzustreben, wenn es auch Erkenntnisse für eine vorsichtige Handhabung gibt (keine Benachteiligung in Form schlechterer Benotung, im Falle der Nichtteilnahme an der Jugendweihe). Die Argumentation des Gastes machte in diesem Zusammenhang auf christliche Lehrer im Schulwesen aufmerksam. Diese hätten aber weiterhin Schwierigkeiten, wenn ihre Kinder nicht an der Jugendweihe teilnehmen.

2. Zum Sozialen Friedensdienst

Lange wies zurück, daß die katholische Kirche eine Kirche von Pazifisten sei. Er begründete das unter Berufung auf das II. Vaticanum. Die einzelne Gewissensentscheidung sei zu respektieren. In der DDR gibt es keine Gewissensprüfung, aber die Entscheidung muß glaubhaft sein, was sich selbst und anderen schwer zu beweisen sei.

Die Nutzung der Möglichkeit zur Ableistung des Wehrdienstes als Bausoldat und die Forderung nach SoFd sei im Prinzip eine wünschenswerte Sache, Probleme treten auf, wenn eine diesbezügliche Entscheidung als Reservist erfolgt, d. h. der Fahneneid bereits geleistet worden ist. Das käme der Aufhebung des Wehrdienstes nahe. Lange gab dieser Variante wenig Chancen.

3. Zum Papstbesuch in der DDR

Ein Papstbesuch in der DDR wird generell als wünschenswert eingeschätzt. Im Vorfeld sind jedoch eine Reihe von diplomatischen und staatsrechtlichen Fragen zu lösen (z. B. Bistum Berlin, in Berlin-West und in der DDR). Einen alleinigen Besuch in Dresden könne man den Berlinern nicht antun.
Lange ging davon aus, daß im Zusammenhang mit der Seeligsprechung des Propst Lichtenberg eine solche Möglichkeit geschaffen werden könnte.
Als eine gute Voraussetzung bezeichnete der Gast, daß in der DDR (als einziges sozialistisches Land) die Bischöfe völlig uneingeschränkt durch den Vatikan eingesetzt werden können. Diese Tatsache stellte Lange als besonders begünstigend bei den diplomatischen Verhandlungen zum Papstbesuch heraus. Die katholische Kirche lebe in einem geordneten Verhältnis zum Staat, wobei naturgemäß immer wieder Probleme und Wünsche auf beiden Seiten auftreten, die katholische Kirche habe jedoch ihre Möglichkeiten in der DDR noch nicht allseitig genutzt.

Auf eine Anfrage zu den „Freidenkern" äußerte der Gast, daß er damit positive Möglichkeiten sehe, wenn sich diese Organisation tatsächlich den Fragen nach einer „Sinngestaltung des Lebens" auf atheistischer Grundlage zuwende. Besorgt sei er nur über die Organisationsform dieser Bewegung.

Zusammenfassend ist einzuschätzen, daß die Veranstaltung einen konstruktiven, vermittelnden Eindruck hinterließ, sowohl vom Referenten wie auch von den Veranstaltungsteilnehmern.

(Unterschrift)
Schaller
Hptm.

DOKUMENT 59

Abteilung XX/4 Halle, 21. Juni 1984

Quelle: IM „Dr. Herzog"
entgegengenommen: Hptm. Kowatzki
Tonbandabschrift-scha

Information zum Treffen ehemaliger Absolventen in der „Mühle" vom 15. bis 17. 6. 1984

Über den Herrn [redacted] bekam ich eine Einladung zu diesem Treffen, daß Absolventen, die etwa vor 10 Jahren hier abgegangen sind, umfaßt. Ich nahm Eröffnungsabend, indem ein Gespräch zwischen den ca. 20 Teilnehmern und dem neuen Studentenpfarrer, Herrn L , stattfand, in dem Erfahrungen und Erwartungen in den Gemeinden zum Ausdruck gebracht werden sollte.
Alle Sprecher, Herr H[redacted], Herr G [redacted], Frau N[redacted], Pfarrer W[redacted] und F. W[redacted] brachten sehr unterschiedliche, teilweise sehr kritische Einstellungen zu ihren jetzigen Gemeinden zum Ausdruck, daß es ihnen teilweise sehr schwer fällt, dort Fuß zu fassen. Das kam in solchen Formulierungen zum Ausdruck, noch katholisch oder gerade noch katholisch und ähnlichen. Sie erwarteten offensichtlich viel mehr, daß andere sie ansprachen und sich um sie bemühten.

In diesem sehr kritischen Gespräch versuchte der Studentenpfarrer eine etwas mehr positiv gefärbte Wendung zu geben, kam aber dabei doch in eine zwar begrenzte doch aber deutliche Kontroverse mit den Teilnehmern.
Ich selbst hatte ein Gespräch mit ihm, er war zunächst erstaunt über meine Anwesenheit, da ich ja offensichtlich aus dem Rahmen der Absolventen herausfiel und war dann sehr erfreut über die Teilnahme eines Hochschullehrers und stellte mehrfach die Frage, ob ich wirklich hier Professor an der Universität sei. Er fragte mich ausdrücklich, wie ich also zusammen das politische und kirchliche Engagement sehen könnte und forderte mich auf, zu einem späteren Zeitpunkt, nach einer vorhergehenden Absprache in dem Studentenkreis aufzutreten und dort die Frage politisches und gesellschaftliches Engagement eines Christen darzustellen.

Am nächsten Tag war ein Vortrag von Herrn P[redacted] zu der Umweltproblematik. Nach einer Einleitung, der allgemeinen Darstellung der Umweltprobleme, indem er auch darauf hinwies, daß lange Zeit die Problematik in der DDR nicht richtig dargestellt worden sei, jetzt aber eine etwas mehr im Umfang Aufmerksamkeit bestehen würde, brachte er dann eine weitestgehendst naturwissenschaftliche Darstellung vorwiegend über die Problematik der Waldverhältnisse, des Waldsterbens.

In seinen Schlußfolgerungen waren dann recht maßvoll orientiert, auch Einschränkungen der Bedürfnisse, sammeln von Sekundärrohstoffen und ähnlichen Versuchen die Ausbeutung der Umwelt zu verringern.

Die anschließenden 3 Filme, die im Urania-Kino vorgeführt worden, waren Experimentalfilme von einem Herr [redacted] [redacted] die natürlich ein geteiltes Interesse fanden, für meine Begriffe auch an der Grenze der Verständlichkeit.

Anwesend war am zweiten Tag noch Herr [redacted]W[redacted], der allerdings kaum in die Diskussion eingriff.
Welche weiteren Pläne die Gruppe hat, wurde/ob es überhaupt zu einem weiteren Treffen kommen wird, konnte von mir noch nicht näher eingeschätzt werden.

gez. „Herzog“

Abteilung XX/4

Halle, den 29. 1. 1975
Schu/Ha

IMV „Dr. Herzog" – Information über KSG-Veranstaltung am 22. 1. 1975 zum Thema „Zum Verhältnis von Ideologie und Glaube"

Als Referent für diese Thematik hatte der IM das Mitglied des CDU-Hauptvorstandes [redacted] O [redacted], Berlin, gewonnen.
O [redacted] hatte bereits vor ca. 2 Jahren in der kath. Zeitschrift „Begegnung" einen Artikel unter dieser Thematik veröffentlicht. An der Veranstaltung selbst nahmen ca. 40 Studenten teil.
Nach dem Referat begann dann die Diskussion im großen Rahmen. Nach Aussagen des IM untersützte O [redacted] mit seinem Referat die politische Linie der SED, ließe aber trotzdem an verschiedenen Stellen anderweitig orientierende Bemerkungen fallen. In der nachfolgenden Diskussion wurde dann die Thematik auf eine Diskussion über Menschenwürde und Menschenrechte in der DDR reduziert. So wurden nach Aussagen des IM Stimmen laut, die auf eine Benachteiligung und Unterdrükkung jener Menschen verwiesen, die nicht die Ideologie der herrschenden Klasse vertreten, speziell geschehe dies mit den Christen.
Der Pharmaziestudent

[redacted], [redacted]

brachte in diesem Zusammenhang als Beispiel an, daß Leuten, die eine ungenügende Arbeitsmoral haben, weniger passiere, wie solchen, die eine andere Ideologie vertreten.
Von den Pharmaziestudenten

[redacted]

wurde im Zusammenhang mit der weltweiten Entspannungspolitik und der Durchsetzung der Prinzipien der friedlichen Koexistens durch die soz. Länder folgendes offenbart.

Von den soz. Staaten wird auf Entspannung, Einstellung des Wettrüstens, auf den Abbau der Kriegshysterie in den kap. Staaten eingewirkt und somit gewissermaßen eine Herabsetzung der Wehrmoral unter der Jugend in diesen Staaten angestrebt. Andererseits aber und, speziell in

der DDR, wird auf eine Erhöhung der Wehrmoral unter der Jugend getungen.
Sie verwiesen dabei auf den Werbeslogan für Berufssoldaten sowie auch auf das Einwirken auf die Studenten, Reserveoffizier zu werden.

Die Frage wurde an dieser Stelle gestellt, wo hier die Menschenrechte verwirklicht werden, wenn man zu solchen Entscheidungen gezwungen wird.

(Unterschrift)
Schulze
Oberleutnant

PERSONENREGISTER

In das Personenregister wurden die Namen der Personen aufgenommen, die im Textteil enthalten sind.

ERFURTER THEOLOGISCHE STUDIEN

Herausgegeben von Konrad Feiereis und Georg Hentschel

1. Benno Löbmann †, *Der kanonische Infamiebegriff in seiner geschichtlichen Entwicklung* unter besonderer Berücksichtigung der Infamielehre des Franz Suarez*
   142 Seiten, Broschur, 10,- DM, 1956
2. Georg May, *Die geistliche Gerichtsbarkeit des Erzbischofs von Mainz im Thüringen des späten Mittelalters.* Das Generalgericht zu Erfurt*
   XXIV/332 Seiten, Broschur, 20,- DM, 1956
3. Alfred Bengsch †, *Heilsgeschichte und Heilswissen.* Eine Untersuchung zur Struktur und Entfaltung des theologischen Denkens im Werk „Adversus haereses" des hl. Irenäus von Lyon*
   XXIV/244 Seiten, Broschur, 18,- DM, 1957
4. Paul Nordhues, *Der Kirchenbegriff des Louis de Thomassin* in seinen dogmatischen Zusammenhängen und seiner lebensmäßigen Bedeutung*
   XVIII/250 Seiten, Broschur, 19,- DM, 1958
5. Leo Scheffczyk, *Das Mariengeheimnis in Frömmigkeit und Lehre der Karolingerzeit**
   XXIV/530 Seiten, Broschur, 30,- DM, 1959
6. Fritz Hoffmann, *Die Schriften des Oxforder Kanzlers Johann Lutterell.* Texte zur Theologie des vierzehnten Jahrhunderts*
   X/248 Seiten u. 2 Bilder, Broschur, 22,- DM, 1959
7. Wolfgang Trilling †, *Das wahre Israel.* Studien zur Theologie des Matthäusevangeliums*
   250 Seiten, Broschur, 21,50 DM, 3. Aufl. 1975
8. Georg May, *Die kirchliche Ehre* als Voraussetzung der Teilnahme an dem eucharistischen Mahle*
   XVIII/132 Seiten, Broschur, 11,- DM, 1960
9. Joseph Klapper †, *Der Erfurter Kartäuser Johannes Hagen.* Ein Reformtheologe des 15. Jahrhunderts*
   I. Teil: Leben und Werk
   X/136 Seiten, Broschur, 9,- DM, 1960
10. Joseph Klapper †, *Der Erfurter Kartäuser Johannes Hagen.* Ein Reformtheologe des 15. Jahrhunderts*
    II. Teil: Texte
    VIII/192 Seiten, Broschur, 10,25 DM, 1961
11. Hans Lubsczyk, *Der Auszug Israels aus Ägypten.* Seine theologische Bedeutung in prophetischer und priesterlicher Überlieferung*
    XII/192 Seiten, Broschur, 23,- DM, 1963
12. Erich Kleineidam/Heinz Schürmann, *Miscellanea Erfordiana**
    316 Seiten, Broschur, 11,25 DM, Ganzleinen 12,85 DM, 1962
13. Franz Peter Sonntag †, *Das Kollegiatstift St. Marien zu Erfurt von 1117 bis 1400.* Ein Beitrag zur Geschichte seiner Verfassung, seiner Mitglieder und seines Wirkens*
    XX/336 Seiten, Broschur, 22,50 DM, 1962
14. Erich Kleineidam, *Universitas Studii Erffordensis.* Überblick über die Geschichte der Universität Erfurt Teil I: Spätmittelalter 1392–1460
    XXX/482 Seiten, Broschur, 29,80,
    2. erw. Aufl. 1985
15. Wilhelm Ernst, *Die Tugendlehre des Franz Suarez.* Mit einer Edition seiner römischen Vorlesungen „De Habitibus in communi"*
    XVI/280 Seiten, Broschur, 21,- DM, 1964
16. Franz Schrader, *Die ehemalige Zisterzienserinnenabtei Marienstuhl vor Egeln.* Ein Beitrag zur Geschichte der Zisterzienserinnen und der nachreformatorischen Restbestände des Katholizismus im ehemaligen Herzogtum Magdeburg*
    XX/204 Seiten, Broschur, 19,50 DM, 1965
17. Joseph Klapper †, *Johann von Neumarkt, Bischof und Hofkanzler.* Religiöse Frührenaissance in Böhmen zur Zeit Kaiser Karls IV.*
    XII/176 Seiten, Broschur, 12,- DM, 1964
18. Konrad Feiereis, *Die Umprägung der natürlichen Theologie in Religionsphilosophie.* Ein Beitrag zur deutschen Geistesgeschichte des 18. Jahrhunderts*
    XX/256 Seiten, Broschur, 18,- DM, 1965
19. Josef Mann, *John Henry Newman als Kerygmatiker.* Der Beitrag seiner anglikanischen Zeit zur Glaubensverkündigung und Unterweisung
    XVI/204 Seiten, Broschur, 13,- DM, 1965
20. Lothar Ullrich, *Fragen der Schöpfungslehre nach Jakob von Metz OP.* Eine vergleichende Unter-

---

* beim Verlag vergriffen

, Broschur, 24,50 DM, 2. erw.

März, *„Siehe, dein König kommt* Eine traditionsgeschichtliche Un- zur Einzugsperikope*
2 Seiten, Broschur, 23,- DM, 1980

Wanke, *„Bezugs- und Kommentarwor- en synoptischen Evangelien.* Beobach- zur Interpretationsgeschichte der worte in der vorevangelischen Über- ung*
/122 Seiten, Broschur, 14,80 DM, 1981

hard Marx, *Glaube, Werke und Sakramente Dienste der Rechtfertigung* in den Schriften on Berthold Pürstinger, Bischof von Chiem- ee*
XXX/570 Seiten, Broschur, 39,- DM, 1982

. Walter Kaliner, *Katechese und Vermittlungstheologie im Reformationszeitalter.* Johann VIII., Bischof von Meißen, und seine „Christliche Lehre"*
XXII/202 Seiten mit 15. Abb., Broschur, 21,- DM, 1982

47. Erich Kleineidam, *Universitas Studii Erffordensis.* Überblick über die Geschichte der Universität Erfurt
Teil IV: Die Barock- und Aufklärungszeit von 1633 bis zum Untergang 1816
XXVI/394 Seiten, Broschur, 29,80 DM,
2. erw. Aufl. 1988

48. Stephan Kotzula, *Der Priesterrat.* Ekklesiologische Prinzipien und kanonistische Verwirklichung. Eine rechtstheologische Studie*
XXXII/364 Seiten, Broschur, 27,- DM , 1983

49. Georg Jelich, *Kirchliches Ordensverständnis im Wandel.* Untersuchungen zum Ordensverständnis des Zweiten Vatikanischen Konzils in der dogmatischen Konstitution über die Kirche „Lumen gentium" und im Dekret über die zeitgemäße Erneuerung des Ordenslebens „Perfectae caritatis"
XVI/294 Seiten, Broschur, 24,30 DM, 1983

50. Klaus Fronzek, *Kirchliche Leitungstätigkeit* in der katholischen Pastoraltheologie der deutschen Aufklärung nach der Lehre von Franz Christian Pitroff (1739–1814)*
XXX/282 Seiten, Broschur, 25,50 DM, 1983

51. Bernhard Dittrich, *Das Traditionsverständnis in der Confessio Augustana und in der Confutatio*
XXIV/228 Seiten, Broschur, 24,80 DM, 1983

52. Thomas Gertler SJ, *Jesus Christus – Die Antwort der Kirche auf die Frage nach dem Menschsein.* Eine Untersuchung zu Funktion und Inhalt der Christologie im ersten Teil der Pastoralkonstitution „Gaudium et spes" des Zweiten Vatikanischen Konzils*
XXVI/438 Seiten, Broschur, 36,50 DM, 1986

53. Hans-Christian Rickauer, *Rechtfertigung und Heil.* Die Vermittlung von Glaube und Heilshandeln in der Auseinandersetzung mit der reformatorischen Lehre bei Konrad Klinge (1483/84–1556)*
XXII/280 Seiten, Broschur, 25,50 DM, 1986

54. Gerhard Nachtwei, *Dialogische Unsterblichkeit.* Eine Untersuchung zu Joseph Ratzingers Eschatologie und Theologie*
XXX/346 Seiten, Broschur, 26,50 DM, 1986

55. Josef Pilvousek, *Die Prälaten des Kollegiatstiftes St. Marien in Erfurt von 1400–1555*
XXII/292 Seiten, Broschur, 26,- DM, 1988

56. Eberhard Tiefensee, *Die religiöse Anlage und ihre Entwicklung.* Der religionsphilosophische Ansatz Johann Sebastian Dreys (1777–1853)
XXVII/262 Seiten, Broschur, 29,80 DM, 1988

57. Karl Heinz Hoefs, *Erfahrung Gottes bei Bonaventura.* Untersuchung zum Begriff „Erfahrung" in seinem Bezug zum Göttlichen
XVI/148 Seiten, Broschur, 24,80 DM, 1990

58. Gerhard Feige, *Die Lehre Markells von Ankyra in der Darstellung seiner Gegner*
XIX/272 Seiten, Broschur, 48,- DM, 1991

59. Karl Kertelge/Traugott Holtz/Claus-Peter März, *Christus bezeugen – Festschrift für Wolfgang Trilling.**
320 Seiten, Broschur, 25,80, 1990

60. Reinhold Körner OCD, *Mystik – Quell der Vernunft.* Die Ratio auf dem Weg der Vereinigung mit Gott bei Johannes vom Kreuz
XIV/179 Seiten, Broschur, 19,50 DM, 1990

61. Michael Gabel, *Intentionalität des Geistes.* Der phänomenologische Denkansatz bei Max Scheler. Untersuchung zum Verständnis der Intentionalität in Max Schelers „Der Formalismus in der Ethik und die materielle Wertethik"
XIX/256 Seiten, Broschur, 48,- DM, 1991

62. Hermann-Josef Röhrig, *Diaspora – Kirche in der Minderheit.* Eine Untersuchung zum Wandel des Diasporaproblems in der evangelischen Theologie unter besonderer Berücksichtigung der Zeitschrift „Die evangelische Diaspora"
XLII/320 Seiten, Broschur, 48,- DM, 1992

---

* beim Verlag vergriffen

suchung zu Sentenzenkommentaren aus der Dominikanerschule um 1300*
XVI/384 Seiten, Broschur, 31,50 DM, 1966

21. Johannes Bernard †, *Die apologetische Methode bei Klemens von Alexandrien.* Apologetik als Entfaltung der Theologie*
XXII/406 Seiten, Broschur, 21,- DM, 1968
22. Erich Kleineidam, *Universitas Studii Erffordensis.* Überblick über die Geschichte der Universität Erfurt, Teil II: Spätscholastik, Humanismus und Reformation 1461–1521*
XXVI/400 Seiten, Broschur, 48,- DM, 1969, 2. erw. Aufl. 1992
23. Adolf Laminski, *Der Heilige Geist als Geist Christi und Geist der Gläubigen.* Ein Beitrag des Athanasios von Alexandrien zur Formulierung des trinitarischen Dogmas im vierten Jahrhundert*
XVI/200 Seiten, Broschur, 21,- DM, 1969
24. Fritz Hoffmann/Leo Scheffczyk/Konrad Feiereis, *Sapienter ordinare – Festgabe für Erich Kleineidam**
500 Seiten, Broschur, 28,- DM
Ganzleinen, 32,- DM
25. Joseph Reindl †, *Das Angesicht Gottes im Sprachgebrauch des Alten Testaments**
XXVI/358 Seiten, Broschur, 20,- DM, 1970
26. Joachim Meisner, *Nachreformatorische Frömmigkeitsformen in Erfurt**
XXXV/362 Seiten und 14seitiger Bildanhang, Broschur, 24,- DM, 1971
27. Wolfgang Trilling †, *Untersuchungen zum zweiten Thessalonicherbrief**
176 Seiten, Broschur, 19,50 DM, 1972
28. Wilhelm Ernst, *Gott und Mensch am Vorabend der Reformation.* Eine Untersuchung zur Moralphilosophie und -theologie bei Gabriel Biel*
XXII/438 Seiten, Broschur, 30,- DM, 1972
29. Franz Georg Friemel, *Johann Michael Sailer und das Problem der Konfession**
XVIII/366 Seiten, Broschur, 28,- DM, 1972
30. Heribert Rücker, *Die Begründung der Weisungen Jahwes im Pentateuch**
XXXII/168 Seiten, Broschur, 19,10 DM, 1973
31. Joachim Wanke, *Die Emmauserzählung.* Eine redaktionsgeschichtliche Untersuchung zu Lk 24,13-35*
XVIII/196 Seiten, Broschur, 20,60 DM, 1973
32. Wilhelm Ernst/Konrad Feiereis, *Einheit in Vielfalt – Festgabe für Hugo Aufderbeck**
256 Seiten, Broschur, 21,- DM
Ganzleinen, 23,50 DM, 1974
33. Geor…
h…
35. …
ti…
Regi…
XX/2…
36. Nikolaus…
vom Codex …
Vaticanum S…
matische Unter…
XIV/294 Seiten, b…
37. Wilhelm Ernst/Ko…
mann, *Dienst der Vern…*
25jährigen Bestehen des …
*Erfurt**
692 Seiten, Broschur, 33,85 …
Ganzleinen mit Schutzumsch…
1977
38. Rudolf Schnackenburg/Josef Erns…
Wanke, *Die Kirche des Anfangs – Fests…*
*Heinz Schürmann**
672 Seiten, Broschur, 28,80 DM
Ganzleinen mit Schutzumschlag, 30,40 D…
1977
39. Ulrich Werbs, *Die Bedeutung des Hörers für die Verkündigung.* Pastoraltheologische Überlegungen zum anthropologischen Ansatz der Verkündigung im Holländischen Katechismus für Erwachsene*
XXIV/188 Seiten, Broschur, 19,80 DM, 1978
40. Konrad Hartelt, *Die Diözesan- und Regionalsynoden im deutschen Sprachraum nach dem Zweiten Vatikanum.* Rechtshistorische und rechtstheologische Aspekte der Verwirklichung des Synodalprinzips in der Struktur der Kirche der Gegenwart*
XXVII/340 Seiten, Broschur, 31,20 DM, 1979
41. Siegfried Foelz, *Gewißheit im Suchen.* Gabriel Marcels konkretes Philosophieren auf der Schwelle zwischen Philosophie und Theologie*
XXIV/432 Seiten, Broschur, 28,50 DM, 1979
42. Erich Kleineidam, *Universitas Studii Erffordensis.* Überblick über die Geschichte der Universität Erfurt*
Teil III: Die Zeit der Reformation und Gegenreformation 1521–1632

---

* beim Verlag vergriffen

63. Wilhelm Ernst/Konrad Feiereis, *Denkender Glaube in Geschichte und Gegenwart.* Festschrift aus Anlaß der Gründung der Universität Erfurt vor 600 Jahren und aus Anlaß des 40jährigen Bestehens des Philosophisch-Theologischen Studiums Erfurt
460 Seiten, Broschur, 48,- DM, 1992
64. Klaus Demmer/Karl-Heinz Ducke, *Moraltheologie im Dienst der Kirche.* Festschrift für Wilhelm Ernst
348 Seiten, Broschur, 48,- DM, 1992
65. Claus-Peter März (Hg.), *Die ganz alltägliche Freiheit.* Christsein zwischen Traum und Wirklichkeit
164 Seiten, Broschur, 48,- DM, 1993
66. Michael Kleiner, *Saul in En-Dor – Wahrsagung oder Totenbeschwörung?* Eine synchrone und diachrone Untersuchung zu 1 Sam 28
XIX/240 Seiten, Broschur, 48,- DM, 1995
67. Günter Frank, *Die theologische Philosophie Philipp Melanchthons (1497–1560)*
XXXIX/360 Seiten, Broschur, 48,- DM, 1995
68. Norbert Clemens Baumgart, *Gott, Prophet und Israel.* Eine synchrone und diachrone Auslegung der Naamanerzählung und ihrer Gehasiepisode (2 Kön 5)
XXVIII/292 Seiten, Broschur, 48,- DM, 1994
69. H.-Konrad Harmansa, *Die Zeit der Entscheidung.* Lk 13,1–9 als Beispiel für das lukanische Verständnis der Gerichtspredigt Jesu an Israel
XXV/160 Seiten, Broschur, 48,- DM, 1995
70. Peter-Paul Straube, *Katholische Studentengemeinde in der DDR als Ort eines außeruniversitären Studium generale*
XXXIV/402 Seiten, Broschur, 48,-DM, 1996
71. Emerich Coreth/Wilhelm Ernst/Eberhard Tiefensee (Hg.), *Von Gott reden in säkularer Gesellschaft.* Festschrift für Konrad Feiereis zum 65. Geburtstag
362 Seiten, Broschur, 48,- DM, 1996

ERFURTER THEOLOGISCHE SCHRIFTEN

Herausgegeben von Konrad Feiereis und Georg Hentschel

1. Erich Kleineidam, *Wissen, Wissenschaft, Theologie bei Bernhard von Clairvaux**
   66 Seiten, Broschur, 2,- DM, 1955
2. Joseph Klapper †, *Die Kirche zum heiligen Brunnen in Erfurt**
   136 Seiten u. 1 Bild, Broschur, 6,- DM, 1957
3. Lorenz Drehmann, *Der Weihbischof Nikolaus Elgard.* Eine Gestalt der Gegenreformation*
   XIV/112 Seiten u. 12. Abb., Broschur, 7,- DM, 1958
4. Walter Gerblich, *Johann Leistentrit* und die Administratur des Bistums Meißen in den Lausitzen*
   116 Seiten u. 1 Bild, Broschur, 6,- DM, 1959
5. Heinrich Schipperges, *Das Menschenbild Hildegards von Bingen.* Die anthropologische Bedeutung von „Opus" in ihrem Weltbild*
   44 Seiten u. 1 Bild, Broschur, 2,60 DM, 1962
6. Joachim Meisner, *Das Auditorium Coelicum am Dom zu Erfurt.* Ein Beitrag zur Universitätsgeschichte Erfurts*
   108 Seiten u. 3 Abb., Broschur, 6,- DM, 1962
7. Heinrich Schipperges, *Die Benediktiner in der Medizin des frühen Mittelalters**
   64 Seiten u. 8 Abb., Broschur, 5,- DM, 1964
8. Joachim Wanke, *Beobachtungen zum Eucharistieverständnis des Lukas aufgrund der lukanischen Mahlberichte**
   80 Seiten, Broschur, 10,50 DM, 1973
9. Walter Kaliner, *Julius Pflugs Verhältnis zur „Christlichen Lehre" des Johann von Maltitz**
   84 Seiten, Broschur, 10,50 DM, 1972
10. Karl-Heinz Ducke, *Das Verständnis von Amt und Theologie im Briefwechsel zwischen Hadrian VI. und Erasmus von Rotterdam*
    88 Seiten, Broschur, 19,80 DM, 1973
11. Claus-Peter März, *Das Wort Gottes bei Lukas**
    XX/112 Seiten, Broschur, 12,75 DM, 1974
12. Paul Christian, *Jesus und seine geringsten Brüder**
    XXX/114 Seiten, Broschur, 12,75 DM, 1975
13. Eckehard Peters/Eberhard Kirsch, *Religionskritik bei Heinrich Heine**
    142 Seiten, Broschur, 10,80 DM, 1977
14. Hans-Andreas Egenolf, *Die katholische Weihnachtspredigt nach 1945*
    XX/124 Seiten, Broschur, 19,80 DM, 1977
15. Lothar Ullrich (Hg.), *Kirche in nichtchristlicher Welt**
    80 Seiten, Broschur, 7,80 DM, 1986
16. Theodor Schneider/Lothar Ullrich (Hg.), *Vorsehung und Handeln Gottes**
    212 Seiten, Broschur, 18,60 DM, 1988
17. Paul Bolberitz, *Philosophischer Gottesbegriff bei Nikolaus Cusanus in seinem Werk „De non aliud"*
    88 Seiten, Broschur, 10,80 DM, 1989
18. Bertram Pittner, *Studien zum lukanischen Sondergut.* Sprachliche, theologische und formkritische Untersuchungen
    XXVIII/159 Seiten, Broschur, 32,- DM, 1991
19. Georg Hentschel/Erich Zenger (Hg.), *Lehrerin der Gerechtigkeit.* Studien zum Buch der Weisheit
    182 Seiten, Broschur, 32,- DM, 1991
20. Claus-Peter März, *„... laßt eure Lampen brennen!"* Studien zur Q-Vorlage von Lk 12,35 bis 14,24
    126 Seiten, Broschur, 32,- DM, 1991
21. Lothar Ullrich (Hg.), *Aspekte eines christlichen Menschenbildes.* Erfurter Theologische Woche 1989
    124 Seiten, Broschur, 32,- DM, 1991
22. Georg Hentschel, *Gott, König und Tempel.* Beobachtungen zu 2 Sam 7,1–17
    XIII/99 Seiten, Broschur, 32,- DM, 1992
23. Matthias Wanitschke/Guido Erbrich, *„... auf die innere Stimme hören."* Die Frage nach Gott und dem Sinn des Lebens im Werk von Václav Havel
    100 Seiten, Broschur mit Schutzumschlag, 19,80 DM, 1994

* beim Verlag vergriffen